大家文学课

曾思艺／编著

19世纪俄罗斯文学史（上册）

北京师范大学出版集团
BEIJING NORMAL UNIVERSITY PUBLISHING GROUP
北京师范大学出版社

图书在版编目（CIP）数据

　19 世纪俄罗斯文学史/曾思艺编著. —北京：北京师范大学出版社，2023.1
　（大家文学课）
　ISBN 978-7-303-28473-3

　Ⅰ.①1… Ⅱ.①曾… Ⅲ.①俄罗斯文学-文学史-19 世纪
Ⅳ.①I512.094

　中国版本图书馆 CIP 数据核字（2022）第 242348 号

图 书 意 见 反 馈　gaozhifk@bnupg.com　010-58805079
营 销 中 心 电 话　010-58807651
北师大出版社高等教育分社微信公众号　新外大街拾玖号

19 SHIJI ELUOSI WENXUESHI

出版发行：北京师范大学出版社　www.bnup.com
　　　　　北京市西城区新街口外大街 12-3 号
　　　　　邮政编码：100088
印　　刷：天津旭非印刷有限公司
经　　销：全国新华书店
开　　本：787 mm×1092 mm　1/16
印　　张：38.5
字　　数：600 千字
版　　次：2023 年 1 月第 1 版
印　　次：2023 年 1 月第 1 次印刷
定　　价：96.00 元（上下册）

策划编辑：周劲含　　　　　　责任编辑：杨磊磊
美术编辑：李向昕　　　　　　装帧设计：李向昕
责任校对：康　悦　　　　　　责任印制：马　洁

伟大的艺术品像暴风一般，涤荡我们的心灵，掀开感知之门，用巨大的改变力量，给我们的信念结构带来影响。

——【美】乔治·斯坦纳

上册目录

第一章　俄国文学的黄金时代
——19 世纪俄罗斯文学概述

19 世纪俄罗斯文学不仅是俄国文学的高峰，也是世界文学的高峰之一。其突出的艺术成就，有着独特的历史文化原因，也有其深厚的文化与文学渊源。

一、独特的历史文化土壤与气候——繁荣的原因

19 世纪是俄国文学辉煌灿烂、令人感叹的黄金时代。倏然间，一批具有世界水平的文学大师出现了：普希金、莱蒙托夫、丘特切夫、屠格涅夫、陀思妥耶夫斯基、托尔斯泰、契诃夫……这是一个专制高压的历史时代，社会动荡不安，人们骚动不宁，但同时也是俄国历史上群星璀璨的一个时代。高尔基不无自得地谈道，"在欧洲文学的发展史上，年轻的俄国文学是一种惊人的现象。我并非夸大事实：没有一种西方文学像俄国文学这样有力而迅速地诞生，放射出这样强烈而耀眼的天才的光辉。在欧洲，任何人都没有写过如此伟大并为全世界所公认的作品，任何人都未曾在如此难以名状的艰苦环境中创造出这样惊人的美。试比较一下西方文学史和俄国文学史，就可以得出这个不可动摇的结论：没有一个国家像俄国这样在不到一百年的时间里就出现了灿若群星的伟大名字，没有一个国家像我们这样拥有如此之多殉道的作家。"苏联学者布拉果依也附和道："任何别的民族，都没有像十九世纪至二十世纪前半叶的俄罗斯文学，在这样短的时期内，产生过那样一系列强大的巨人，伟大的艺术大师和极负盛名的一群光辉璀璨的星辰。"而这也正是至今不少人感到惊奇并觉得神秘的一个问题：为何恰恰在这黑暗专制的时代，并在"如此难以名状的艰苦环境中"，俄罗斯出

现了如此高水平的世界一流的文学，而且是群星璀璨。对此，国内外学者兴趣浓厚，提出了各种不同的看法。

英国学者贝灵认为，十二月党人起义的政治运动虽然结果很坏，但这场政治运动对于文学的影响却很深远：此后，哲学代替了政治，自由主义又转回浪漫主义的激流里。就在这场浪漫主义运动中，俄国的诗歌第一次使俄国人找到了表现心情的机会。也就是说，这是文学的一次转机，给了俄国有天才的人成为作家、艺术家、诗人的机会。

卜鲁克勒尔认为："在智识上的俄罗斯，没有出版自由，没有集会自由，没有发表意见主权的自由，文学至成为思想自由最后的庇护物，宣传较高的理想的工具。他期望俄国文学不仅只是美学的重造；他简直把文学当作感兴的任务。"

美国俄裔学者马克·斯洛宁指出，沙皇尼古拉一世在位的三十年（1825—1855）相当反常，其力图将帝国改造成一座巨大的军营。"军营"中到处都是密探，这些密探积极地四处搜索具有"反抗思想"和"非俄罗斯倾向"的人。他们对西方十分疑惧，对人民出国采取了诸多限制，同时还建立了一个无所不包的检察制度。在"预防亵渎、叛逆思想渗入"的口号下，严查所有的诗作、小说、教科书、图画及歌剧。尼古拉一世一直认为大学是自由思想的温床，教授和学生是最有嫌疑的革命分子，他时常谈起"知识对农奴及农奴子弟不良的影响"。1848年欧洲革命运动之后，所有留学计划一律停止，西洋宪法及哲学的课程也都受到压制，一些对旧有教学内容提出挑战的课程，譬如心理学和逻辑学，则全改由神学家来讲授。自然科学被视为"无神论之渊薮"，社会科学被视为激进思想的"带菌体"。斯洛宁进而解释道："生存在这样一个反动、愚昧环境中的俄罗斯知识分子，只好转向艺术及哲学寻找新鲜蓬勃的事物。由于知识分子被限制不能反映政治和社会，所以他们都借着研究和创作而另觅出路。这点解释了俄罗斯文学和艺术何以在尼古拉一世极权统治下，反而造成了一个'黄金时代'。"

张伯权则认为："自普希金以降，仅不过百多年时间，而能有如此令人惊异的丰盛成就，塑造了这么多个世界性的文学巨魂，有人说这是由于俄罗斯没有文化桎梏，而享有思想与创造自由之故。诚然如此，但最重要的因素，在于他们的作家，尤其是思想家，不论大小都以'先知'的姿态出现，以'先知'的智慧领导着俄罗斯的命运，预示着人类的未来。俄罗斯作家的热烈情感一向难与深邃的思想割裂。他们在创作上，亦即在思想上最大的成就，如其十九世纪末一位伟大的思想家谢斯托夫①说的，'不是完整的思想体系而是思想之矛盾；不是肯定而是疑问；不是条理的观念而是散乱的吼声；不是结构而是幻想。俄罗斯人在思想上的探求要凌驾于理性的真与假之上；是在探测那自由而不可想象，通称为"上帝"的不合理智的最高境界'。"

　　以上说法虽都有一定的道理，但还是过于简单，缺乏足够的说服力。其实，仔细考察俄国当时的社会文化状况，以及俄国历史和文化发展过程中的文学传承及其所受的外来影响，尤其是当时的历史气候，我们便会觉得这种辉煌是应运而生的。

　　19 世纪初期，俄国还是一个沙皇专制的农奴制国家，政治、经济、文化都颇为落后。此时，俄国人极其崇拜法国文化，上流社会以说法语为荣。18 世纪，沙皇叶卡捷琳娜二世一度接近法国启蒙思想家，但后因法国大革命的影响，开始推行高压政策。沙皇亚历山大一世最初也颇为开明，后来也走向高压统治。不过，法国大革命后欧洲蓬勃开展的民主革命和民族解放运动影响巨大，西方强劲的民主之风吹进俄国，影响了各个阶层。在1812 年卫国战争中俄国打败了横扫欧洲的法国大军，进而攻入巴黎，成为神圣同盟的盟主。在这火热的政治文化气候中，俄罗斯的民族自尊心、自信心和爱国热情被空前激发了，俄罗斯人的才气和灵感或者说创造性也因此而热烈地喷发出来，这在文学艺术方面表现得尤为突出。茹科夫斯基、普希金等一批诗人、作家应运而生，并且正如基列耶夫斯基所说，作家成了"民族的自我意识的带路人"。作家们以昂扬的公民激情、鲜明的俄罗斯民族特色和民族语言，推动俄罗斯文学走进了新的发展阶段。与此同时，一批青年贵族也看到了俄国与欧洲的巨大差距，致力于改变现状，这奠定了日后发动起义和不断要求改革的历史基础。在某种程度上可以说，正是反法战争的胜利激发了俄罗斯民族的自信心与创造力，使得他们创造了许多世界一流的文艺作品。

---

　　①　一译"舍斯托夫"。

　　1825 年 12 月，沙皇亚历山大一世在探望生病的皇后途中染病，在离首都很远的塔甘罗格突然驾崩，而他没有子嗣，按照俄国皇位继承法，应该由其皇弟康士坦丁继位。然而，康士坦丁在波兰华沙担任波兰王国军队总司令，并娶了非皇族血统的波兰女子为妻，且早已致信亚历山大，声明放弃皇位继承权。当时的亚历山大收到声明信后，立即决定让另一皇弟尼古拉继承皇位，他命大臣菲拉雷特草拟了一份诏书，宣布皇位继承的变化。这份诏书当时并未公布，只是将它的三个副本分别存放于国务公会、圣教总会和参政院，而诏书正本则由菲拉雷特保存。亚历山大在正本的封套上亲笔签署："在我下达新的指示之前，本件应存放于圣母升天节教堂内国家文件之列；若我身后未曾留下其他指示，则首要之事即应由莫斯科教区大主教和莫斯科总督二人于圣母升天节教堂内开启本件。"康士坦丁、尼古拉都不知道有这样一份诏书。因此，沙皇死后，在彼得堡的尼古拉立即向在华沙的康士坦丁宣誓效忠，而康士坦丁也同样向尼古拉宣誓。由于彼得堡和华沙相隔遥远，加上当时通信落后，俄国出现了皇统中断 20 多天的局面。

　　一批在反拿破仑战争中到过西方、受到西欧自由主义思想影响的贵族军官，因"回国后看到农奴制、人民的贫困和对自由派的迫害，心情特别沉重"（俄国贵族军官雅库什金语）而秘密组织起来，力图废除沙皇专制统治和农奴制，实现政治自由。他们便乘着这千载难逢的有利时机，密谋举行武装起义。1825 年 12 月，他们率领几个近卫军团在彼得堡枢密院广场发动起义。由于组织不严密、行动不果敢，特别是没有人民群众的支持和参加，因此起义失败，史称"十二月党人起义"。尼古拉一世登基后，对十二月党人进行了严厉的镇压。1826 年 7 月，公布了对全体案犯的判决书，雷列耶夫等 5 名特等罪案犯被判处分尸刑（后改为绞刑），丘赫尔别凯、尼基塔·穆拉维约夫等 31 名一等罪案犯被判处砍头（后改为服苦役），卢宁等 17 名二等罪案犯被判处"政治死刑"和终身苦役，穆哈诺夫等 16 名四等罪案犯被判处 15 年苦役。尼古拉一世还在多方面加强了专制高压，如 30 年代炮制了"正教、专制制度、民族性"三位一体的官方民族性理论，神化自己的统治，以便更好地控制人民群众的思想。因此，19 世纪前期的俄国，一方面因为在 1812 年卫国战争中打败了横扫欧洲的拿破仑，增强了民族自尊心和自信心；另一方面则是经济上落后，政治上从相对开明转向专制高压。

　　然而，西欧思想仍旧强劲地影响着俄国，随着教育的逐渐普及，越来越多的知识分子尤其是平民知识分子登上历史舞台，他们不满现状，呼吁改革。在克里米亚战争①中，俄国惨败，改革的呼声更高。在西欧的影响和国内的巨大压力下，亚历山大二世这位具有"高度的责任感"而且锐意改革的沙皇②上台后，采取了相当开明的政策，进行了多方面的大改革，对俄罗斯的社会发展做出了历史性的贡献，成为俄国历史上与彼得大帝、叶卡捷琳娜二世齐名的沙皇。1861年亚历山大二世下诏废除了农奴制，为俄罗斯在19世纪后半期的中兴奠定了基础。他还主持了多项政治改革，并开始实行地方自治和司法改革等，给予地方政府一定的自主权，制订了把俄罗斯君主制改造为君主立宪制的改革计划。梁赞诺夫斯基等认为："'大改革'朝着改变俄国的方向大大地前进了一步。可以肯定地说，虽然俄国依然是沙皇专政，但是它在很多方面都有了变化。在这些变化中非常重要的一个方面就是政府的改革也带动了经济的发展和社会的变迁……俄国资本主义的发展，农民阶层的演变，贵族的衰落，中产阶级的上升，特别是专业团体和无产阶级的壮大，公共领域的发展——所有这一切都受到亚历山大二世立法的影响。俄国确实在向现代国家的路途中开始迈开了大步。"

　　废除农奴制后，俄国的资本主义得以大大向前发展。张建华认为："自19世纪60年代俄国踏上资本主义道路以来，经济增长便出现了前所未有的趋势，开始了俄国近代的工业化历程"，"从19世纪60年代起，直至1913年，俄国国民生产总值的年增长率保持了2.5％的速度，这在俄国历史上是前所未有的"。刘祖熙指出，俄国的资本主义化过程导致俄国经济发展方向的改变："根据苏联历史学家科瓦尔钦科等人的意见，农民经济转化为独立的自由经济、商品生产占统治地位、劳动力变成商品、工业主要部门组成

---

　　① 又名"克里木战争"、东方战争、第九次俄土战争，是1853—1856年为争夺巴尔干半岛的控制权，英国、法国、奥斯曼帝国(1299—1922)和撒丁王国结成同盟与沙皇俄国在欧洲大陆进行的一次战争，也是拿破仑帝国崩溃以后规模最大的一次国际战争，以沙皇俄国的失败而告终。

　　② 美国学者莫斯认为亚历山大二世具有高度的责任感，这种"责任感和时代要求的结合，促使他充满活力地在其任期的头十年中完成了改革的绝大多数工作"。详见[美]沃尔特·G.莫斯：《俄国史(1855～1996)》，张冰译，24页，海口，海南出版社，2008。

资本主义大生产——这一切现象大致发生在 19 世纪 70—80 年代。在 19 世纪 60—70 年代，农民经济从自然经济转化为小商品经济，小商品经济又转化为小资产阶级经济和资本主义经济。"

1881 年 3 月，亚历山大二世在圣彼得堡被民意党人炸死。他的遇刺打断了俄罗斯现代化的改革进程，此后俄罗斯帝国基本上丧失了进行政治改革的历史机遇。亚历山大三世即位后马上采取高压政策：实施地方长官制，破坏地方自治；限制大学自治权；对待异族强制推行俄罗斯化的政策；迫害犹太人。然而，俄国走向民主化、现代化的进程早已不可遏止。

正因为上述原因，人们往往认为 19 世纪的俄国是极端专制而黑暗的（以尼古拉一世残酷镇压革命的十二月党人为突出标志），然而随着时代的发展和观念的更新，现在的人们能更理性、更客观也更公正地认识这段历史时期。

俄国当代历史学家米罗诺夫指出，学者们"总是用一种悲观的调子来看待过去：民不聊生；上流社会狂热地追求一己私利，却忘记社会、国家和民族利益；专制政府只关心贵族利益和自我保全；帝国时期的所有改革几乎都是不成功的，因为它是以巩固腐朽的专制制度为唯一目的；贵族剥削农民，城市剥削农村，商人和资产阶级剥削小市民和工人，俄罗斯帝国剥削其境内的所有民族，而专制政府却支持剥削者；农奴制只有残酷和痛苦；官僚的外行和营私舞弊；权力服务于统治阶级，法庭可以贿买；社会舆论受制于专制政府，等等"，以致人们几乎一致地认为，从 18 世纪至 20 世纪初的整个帝俄，越来越专制，越来越黑暗，是一个独裁、保守、停滞的国家。

米罗诺夫却以大量的历史事实和翔实的材料证明，实际上俄国在这两百多年里并非如此，而是恰恰相反，其逐渐走向并形成尊重个体和人权的民主家庭、公民社会及法治国家——从总体上讲，帝俄时期基本实现了社会现代化：第一，人民获得了个人权利和公民权利，个人不再依附于家庭、公社和其他集体组织，人民成了独立的人，获得了自决权，脱离了集体和家族的束缚；第二，小家庭不再受集体的监督，摆脱了家族和邻里关系的束缚；第三，村社和城市公社改变了自给自足的封闭状态，不断融入大社会和国家管理机制；第四，先是各集体组织转化成等级，后来等级又转化成职业团体和阶级，最后形成了公民社会，社会不再受国家和政权机关的压制，成为实现国家权力和管理的主体；第五，随着公民公法的不断发展，国家管理机关的权力受到法律监控，俄国逐渐变成了法治国家。总之，帝俄时期社会现代化的实质在于形成了个性意识、小型民主家庭、公民社会和法治国家的雏形。在社会现代化过程中，市民和农民在法律、社会及政治关系上从最高政权的臣民变成了国家的公民。

甚至对最被否定的沙皇尼古拉一世，米罗诺夫也提出了不同看法："他们向社会灌输这样的观念，即尼古拉一世是一个头脑简单、举止粗鲁的大兵，他统治的时期尽管也取得了很大的成就，但却是一个停滞反动的时期。这种观念影响之深，以至于一直到今天它仍然是历史著述中的主流观点，而且，还得到了读者的认同"，然而，公正地说，"不管怎样，尼古拉一世执政时期应该说是改革的准备时期。正是这一时期准备了改革的方案，或者至少可以说是酝酿了改革的主要思想，并培养了一批能够实现改革的人才"。

其实，俄国历史学家克柳切夫斯基早就指出："通常把尼古拉的统治认为是反动的，它不但反对12月14日人士所宣布的企望，而且反对过去的整个执政方针。可是，这种议论未必十分公正。"比如说，尼古拉一世在1847年颁布法律，允许那些因还债卖掉的领地上的农民带着土地赎身，1848年又颁布法律，赋予农民拥有不动产所有权的权利。"显而易见，所有这些法律具有多么重要的意义。在此以前，贵族阶层当中盛行的观点是，农奴同土地、工具等一样，是占有者普通的私有财产。所以，把农奴当作物品进行日常交易时往往忘掉这样一种观念，即农民不可能成为这种私有财产……这些法律把占有农奴的权利从民法范畴划归国家法范畴，所有法律宣布一个观念，即农奴本人不是私人的普通财产，首先他是国家的臣民。这是一项重要的成果。这一成果本身就能证明尼古拉为解决农民问题所付出的一切努力是有效的。"

英国历史学家杰弗里·霍斯金也认为："在尼古拉统治末期，俄国形成了一个高级法律官员的预备队伍，他们受过良好的法律教育，有资格指导并执行法庭的决定。至此，一个'规范'国家的框架第一次成型，这也为亚历山大二世的改革奠定了基础。因此，暂且不论尼古拉在个人集权问题上的倒退，就其自身而言，他仍是一个有建设性的政治家。"亚历山大二世时期，俄国更是全方位地走上了现代化进程。亚历山大三世在位期间，尽管采取了高压政策，但现代化的趋势早已不可阻遏，俄国社会逐渐走向公民社会。

即便是一向被人们诟病的书刊检察制度，也并非毫无可取之处。首先，担任书刊检察机关负责人的，不少是一些视野开阔、在文学上也很有成就的作家或诗人，如冈察洛夫、丘特切夫等，他们的思想颇为开明，而且也懂得艺术。其次，从另一角度来看，书刊检察制度在某种程度上有助于提高文学作品的艺术性。它过滤了一些艺术性太差的非文学作品，阻挡和否决了一些过于露骨或过于直接因而也缺乏艺术性的宣教之作，迫使反映现实甚至反对政府的作品的作家以更隐晦、更艺术的方式来表达思想观点，从而在一定程度上保证了文学的基本品位。

上述原因再加上俄国的教育的逐渐普及、紧随西方的现代化进程和经济的较大发展，使得 19 世纪的俄国作家能够完全以开放的心态接受本国和外国的文化和文学，并在文化交流中创作出独具俄国特色的文学作品。

19 世纪俄国文学是在融汇本国和西欧文化与文学的基础上而形成俄罗斯民族的独特风格并自成体系的，也就是说其文学渊源，包括本国渊源和西方渊源两个方面。

西方文化与文学深深地影响着俄国，不仅仅是拜占庭和东正教，古希腊罗马的哲学和文学，德国的古典哲学特别是谢林和黑格尔，还有西欧的文艺复兴时期的人文主义，17 世纪的古典主义，18 世纪的启蒙主义，18 世纪后期兴起的感伤主义、浪漫主义和 19 世纪的现实主义、唯美主义、自然主义、印象主义、象征主义等，都在俄国开花结果。其中，德国古典哲学、法国的启蒙主义和德国浪漫主义、英法现实主义对俄国 19 世纪文学的影响尤大。

米罗诺夫指出："俄国的国家制度、社会生活和思维方式主要起源于欧洲……在基辅时期，俄国受拜占庭文化的影响，接受了基督教和文字。后来数百年不利的外部和内部条件虽然阻碍了俄国沿着欧洲道路发展，但欧洲模式却从未彻底消失，也并未被其他模式所替代……从历史的角度看，俄国基本上是沿着欧洲发展的道路前进的，只是比欧洲迟了一步。"而且，正如拉伊夫说的那样，自彼得大帝改革以来，"俄国与俄国文化欧洲化的愿望已被内在化了"。

米罗诺夫宣称："1825—1850年，在俄国知识团体中盛行启蒙思想和浪漫主义思想。"德国古典哲学对俄国的影响更大，康德、费希特、谢林、黑格尔、叔本华、尼采，分别在19世纪初期、中期、后期深刻影响了俄国知识界，尤其是谢林和黑格尔，其中谢林影响更大，以致著名作家奥多耶夫斯基兴奋地谈道："在19世纪初，谢林就像是15世纪的西班牙航海家哥伦布一样，他为人类开启了他自己内心世界的未知部分，在这个未知区域内，他的寓言和传说，就是他心灵的全部！跟哥伦布一样，他发现了他并没有打算去探索的事物；像哥伦布一样，他唤醒人们对看上去无法逾越的困难抱有希望；他仍然跟哥伦布一样，为人类活动指明了新的方向！于是所有的人都奋力扑向了这个神奇而美妙的王国。"

与此同时，19世纪俄国文学也继承了本国民间和书面的文学和文化传统，并在此基础上融合西欧的文学和文化而形成自己独具的特色。其中，特别值得谈论者有四。

一是俄罗斯古代文学(10世纪—17世纪)，主要有诗歌(民间歌谣、史诗等)、编年史(历史故事)、圣徒传(传记)、战争故事、人物传记、历史故事、游记、政论作品、小说以及翻译作品等，基本主题包括宗教、公民、战争、爱情、智慧等。俄国文学史家库斯科夫指出："古代俄罗斯文学是坚实的基础，在此基础上耸立着18—20世纪俄罗斯民族艺术文化的宏伟大厦。其根基中蕴含着崇高的道德理想，蕴含着对人的信仰，对人具有无限的道德完善之可能性的信仰，对词语力量及其能够改变人的内心世界的信仰，蕴含着为俄罗斯大地—国家—祖国服务的爱国主义激情，蕴含着对善最终必将战胜邪恶势力、全人类必将统一起来、统一必将战胜万恶之分裂的信仰。不了解古代俄罗斯文学史，我们就无法理解普希金创作的全部深度、果戈理创作的精神本质、托尔斯泰的道德探索、陀思妥耶夫斯基的哲理深度、俄罗斯象征主义的特色、未来主义作家在词语方面的探索。"其中，尤其是与法国的《罗兰之歌》、西班牙的《熙德之歌》、日耳曼人的《尼伯龙根之歌》并称为中古四大英雄史诗的《伊戈尔远征记》，首次在俄国文学史上明确地反对个人英雄行为，宣扬集体团结，表现爱的力量。这成为19世纪俄国文学的一个重要主题，在普希金的叙事诗歌、托尔斯泰和陀思妥耶夫斯基的小说中表现得尤为突出。

二是 18 世纪俄国文学。18 世纪俄国文学为 19 世纪俄国文学的繁荣打下了坚实的基础，甚至可以说，没有 18 世纪俄国文学多方面的理论与文学探索以及所取得的成就奠基，也就没有 19 世纪俄国文学的辉煌，而这是以前很少被谈及的，所以此处特别点明。18 世纪俄国文学已经开始探寻俄罗斯民族文学的发展之路，在诸多方面都进行了有益的探索，特列佳科夫斯基、罗蒙诺索夫等人对俄语语言和诗歌格律的探索，苏马罗科夫等人的戏剧创作，艾明(一译艾敏)、楚尔科夫、科马洛夫、拉吉舍夫、卡拉姆津的小说创作，尤其是杰尔查文的诗歌创作等都取得了令人瞩目的成就，19 世纪文学正是在此基础上繁荣兴旺起来并走向辉煌的。18 世纪文学的影响具体表现在以下几个方面。

其一，一批诗人、作家以其艺术探索和不俗的成就在小说、戏剧尤其是诗歌方面奠定了 19 世纪文学发展的坚实基础。法捷耶夫曾宣称，没有杰尔查文、罗蒙诺索夫和其他先驱，就不可能造就出普希金。

其二，俄罗斯文学中有一种很有特色、影响深远的公民诗歌，它也是 18 世纪形成的，包括两方面的内容：第一，强调履行公民职责，歌颂尽忠报国，描写有益于国家和人民的重大事件；第二，和一切阻碍祖国顺利前进的东西做斗争，具体表现为：关心人间苦难，抨击社会乃至宫廷里的专制与黑暗。这种诗歌由康捷米尔奠基，经过罗蒙诺索夫、苏马罗科夫、杰尔查文、拉吉舍夫等人的继承和发展，到 19 世纪，终于形成蔚为壮观的局面，出现了普希金、涅克拉索夫以及以雷列耶夫等为代表的"十二月党人"诗人的作品构成的公民诗歌，在社会上产生了巨大的反响。

三是致力于反映俄国现实生活、社会问题的文学作品。其最早代表主要有两位。一位是冯维辛，主要作品有喜剧《旅长》(1769)和《纨绔少年》(1781)。这两部作品较早偏离了长时间统治俄国文坛的法国古典主义的法则，而转向真实地反映俄国现实问题。《旅长》嘲笑了领地贵族的愚昧落后，同时批判了京城贵族追逐法国时尚的空虚浅薄、崇洋媚外；《纨绔子弟》揭露和批判了没有文化、庸俗粗鲁、自私自利、愚昧野蛮的乡村贵族。冯维辛的巨大贡献在于，第一次在俄罗斯戏剧舞台上推出了有血有肉、活灵活现的人物形象，并且真实地反映了俄国的现实生活和国民气质（或国民性）问题。马克·斯洛宁认为，《纨绔子弟》充分表现出超人写实的观察力与机智的讽刺，是第一本真正具有俄罗斯民族特色的戏剧。另一位是拉吉舍夫，他是俄国著名的作家和思想家。他的代表作《从彼得堡到莫斯科旅行记》（1790），共26章，章标题大多是从彼得堡到莫斯科途经的地名，表面上像是一部游记，实际上是以这一形式作为障眼法，全面、生动地描写和揭露了沙皇专制制度和农奴制下农奴的悲惨命运，对被折磨、被虐待的农奴表达了真挚的同情。叶卡捷琳娜二世读后大怒，批示：作者想"揭露当今统治的缺点和罪恶"，"其目的在于唆使农民反对地主、煽动军队违抗政府，以断头台来恐吓沙皇"，作者是"比普加乔夫更坏的暴徒"。拉吉舍夫随即被捕，并被流放到西伯利亚，《从彼得堡到莫斯科旅行记》一书也几乎全部被焚毁，直到1858年赫尔岑在伦敦发行了第二版。《从彼得堡到莫斯科旅行记》中强烈的反专制农奴制的倾向、揭露黑暗现实的勇敢精神、同情底层大众的人道关怀、承担社会使命的公民意识，影响了整个19世纪的俄国文学。

对19世纪俄国诗歌影响最大的诗人是杰尔查文，其文学贡献主要体现在以下三个方面。

第一，杰尔查文的创造性在于把俄国公民诗歌的两种倾向结合了起来。一方面，极力歌颂当时俄国社会的一切重大事件，尤其是俄国的军事胜利，歌颂重要历史人物，赞扬俄国英勇的士兵；另一方面，以强烈的公民责任感，揭露官吏的无能、政府的腐败，如其名作《致君主与法官》的锋芒直指帝王，先是教诲他们要善待民众、保护弱小，但他们置之不理，于是诗人愤怒地宣称他们跟卑微的奴隶没有区别——同样会被死亡带走，并且祈求上帝显灵，审判惩处奸佞，以致叶卡捷琳娜二世称该诗为"雅各宾党人的话"。波斯彼洛夫等学者更是认为，18世纪的诗歌中，没有比杰尔查文的《大臣》《致君王与法官》之类的颂诗更有力、更富于勇敢的公民热情的作品。这样，杰尔查文就独创性地把颂诗变成了公民诗，并且与现实生活紧密相连，就像别林斯基指出的那样，把康捷米尔的讽刺与罗蒙诺索夫的颂歌结合起来："俄国诗歌从它一开始，假如容许这样说的话，就是顺着两条彼此互相平行的河床而向前流动，它们越是往下流，越是时常会合成一股洪流，随后，又分成两股，一直到我们今天它们又汇合成一条大河为止。通过康捷米尔，俄国诗歌表现了对于现实，对于如实的生活的追求，让力量立足于忠于自然的基础上。通过罗蒙诺索夫，俄国诗歌表达了对理想的追求，把自己看作一种神圣而高翔的生活的神谕者，一切崇高伟大事物的代言人……在杰尔查文这种天才人物身上，这两种倾向经常合流在一起。"杰尔查文的这种极具创造性的公民诗，对当时和后世产生了颇大的影响。布罗茨基等指出："拉吉舍夫、十二月党诗人雷列耶夫以及 18 世纪末和 19 世纪初俄罗斯社会及文学界的一切进步与优秀的人物，都很尊崇杰尔查文高度的公民精神，和表现这些精神时的勇敢态度。拉吉舍夫曾经把自己的著作《从彼得堡到莫斯科旅行记》寄给杰尔查文，雷列耶夫也曾经把自己的一篇《沉思》献给他。杰尔查文的公民诗歌对克雷洛夫和普希金创作中的公民主题都起了影响"。

　　第二，杰尔查文把俄国的哲理诗发展成为哲理抒情诗。俄国的诗歌有表现哲理、探索生命意义的传统，这就是俄国哲理诗。其源头在文人创作中可追溯到俄国第一个职业诗人波洛茨基。把俄国哲理诗推进一步的，是罗蒙诺索夫。他的名诗《晨思上帝之伟大》《夜思上帝之伟大》，试图把科学知识、激越的感情与哲理诗结合起来，探究自然的规律、宇宙的奥秘，但情感与哲理还未能很好地融合为一体。杰尔查文开始把生命的思索与饱满的激情较好地结合起来，并把哲理诗由向外探寻自然规律转向通过人自身的生命来追寻宇宙生命的奥秘。他强调，在卓越的抒情诗中，每句话都是思想，每一思想都是图画，每一图画都是感情，每一感情都是表现，或者炽热，或者强烈，或者具有特殊的色彩和愉悦感。这样，他就不仅从理论上，而且从实践上，把俄国的哲理诗发展成为哲理抒情诗，并初步奠定了俄国哲理抒情诗的基础。杰尔查文的哲理抒情诗最关注现实生活中人的生死问题，感叹人生短暂，青春不再，试图思考生死的奥秘。然而，杰尔查文不像波洛茨基似的直接说出自己的思考，而是把感情与形象灌注于哲理诗中，透过感情与形象显示哲理，写出现实生活中人人共同感知却又十分害怕的问题，生动形象，摄人心魂，如《悼念梅谢尔斯基公爵》①。

---

　　①　该诗可见顾蕴璞、曾思艺主编：《俄罗斯抒情诗选》，43～46 页，北京，商务印书馆，2017。

　　第三，杰尔查文最先把真正实在的自然风景放到诗歌中。俄罗斯的大自然有一种独特的非同寻常的美，法国作家莫洛亚指出："俄罗斯的风景有一种神秘的美，大凡看过俄罗斯风景的人们，对那种美的爱惜之情，似乎都会继续怀念至死为止。"然而，18世纪很长一段时间里，由于古典主义统治文坛，俄国文学主要描写义务与情感的冲突，表现公民精神，很少关注自然，即使描绘自然景物，也往往是古典主义式的假想风景，最多像罗蒙诺索夫一样，把它当作科学认识的对象。18世纪后期兴起的俄国感伤主义的一大贡献，便是重视自然风景，并且以一种审美的眼光欣赏大自然的一切，同时把它与人的心灵结合起来。该派的领袖卡拉姆津认为，"大自然和心灵才是我们该去寻找真正的快乐、真正可能的幸福的地方，这种幸福应当是人类的公共财物，却不是某些特选的人的私产：否则我们就有权利责备老天偏心了……太阳对任何人都发出光辉，五光十色的大自然对于任何人都雄伟而绚丽……"俄国感伤主义以此为指针，在诗歌创作中把自然景物的变化（自然的枯荣）与人的生命的变化结合起来，对生命进行思索，如卡拉姆津的《秋》把自然的衰枯繁荣与人心的愁苦欢欣联系起来，并在面对自然的永恒循环时深感生命的短暂。不过，他们的自然风景一般还是普遍的风景，俄国的色彩不太明显。受俄国感伤主义尤其是卡拉姆津的影响，杰尔查文在后期的创作中大大增加了对俄国自然风光的描绘，以致自然风景描写在其晚期乃至整个创作中占据了一个显要的位置。杰尔查文的自然风景描写，往往和对日常生活的描绘结合起来。别林斯基指出："在他的诗中，常常碰到以俄国的才智和言辞的全部独创性所表现出来的纯粹俄国大自然的形象和图画。"季莫菲耶夫认为："杰尔查文诗中的自然已经不是古典主义所虚构的那种自然，而是真正的、俄罗斯的、具有民族色彩的自然。"库拉科娃更具体地谈道："杰尔查文最先把真正实在的自然景色放到诗歌中，用真正实在的俄罗斯风景来代替古典主义的假想的风景。杰尔查文看到全部色彩和自然界的全部丰富的色调，他听到各种声音。在描写乡村的早晨时，他听到牧人的号角、松鸡的欢悦的鸣声、夜莺的宛转娇鸣、奶牛的鸣声和马的嘶叫。……杰尔查文不仅最先在俄罗斯诗歌中描述了真实的风景，而且他还让风景具有极为鲜明的色彩。……当杰尔查文谈到自然景色时，他的诗歌中经常闪耀着珍珠、钻石、红玉、绿宝石、黄金和白银。"

波斯彼洛夫等指出："杰尔查文的诗充满了许多真实的细节,许多对外部生活与内心事件的反响,也充满了真正的事实或对生活、对同时代人与朋友们的日常生活的影射,以及个人生活中的大大小小的事件",具有明显的"现实主义成分"。马克·斯洛宁还指出,杰尔查文的诗,气势恢宏,音调饱满,隐喻丰富,朗诵起来往往有绕梁三日,意犹未绝之味。他以激烈的雄辩和具体的感觉代替了罗蒙诺索夫数学式的高傲与抽象。他是一个抒情的主观主义者,尤其是当他描写闲情逸致、美食珍馐、肉体的愉悦以及乡间的情趣时。这方面,他为后来的卡拉姆津、巴丘什科夫与茹科夫斯基开辟了一条路径,而这些人都是普希金的前辈,也是导师。季莫菲耶夫更是总结道:"他(杰尔查文——引者)以自己的诗歌活动总结了18世纪前六十余年俄国文学的发展,而且还在各方面影响了它后来的发展","杰尔查文诗歌活动的意义与力量便在于他力求把真实与纯朴的人的感情和思想表现出来"。

杰尔查文在诗歌内容和形式上的革新,对俄罗斯诗歌的发展产生了很大的影响,为19世纪的诗歌黄金时期的到来铺展了道路,因而,别林斯基说他燃起了俄罗斯新诗的"灿烂的彩霞":"罗蒙诺索夫是杰尔查文的先驱者,而杰尔查文则是俄国诗人之父。如果说普希金对他的同时代的以及在他以后出现的诗人有强大的影响,那么,杰尔查文对普希金也有强大的影响。"普希金则称杰尔查文为"俄罗斯诗人之父"。值得一提的是,杰尔查文还主动向民间文学学习,把民间的谚语、生动的口语等带进了俄国文学。可以说,在杰尔查文这里,已初步具备了后来俄罗斯诗歌发展的各个方向,他的确不愧为普希金所说的"俄罗斯诗人之父"。

正因为如此,俄国当代著名学者洛特曼指出,从18世纪到19世纪初是新俄罗斯文化特征形成的时期,要真正理解俄罗斯的现代文化形态,必须对这一时期的历史文化给予足够的重视。

四是东正教的巨大影响。对俄国文学影响更大的,首推既是俄国的宗教又是俄国的哲学的东正教。朱光潜先生曾经说过:"诗虽不是讨论哲学和宣传宗教的工具,但是它的后面如果没有哲学和宗教,就不易达到深广的境界。诗好比一株花,哲学和宗教好比土壤,土壤不肥沃,根就不能深,花就不能茂。"其实何止是诗,整个文学、整个文化,乃至整个民族的精神世界，何尝不是如此。俄罗斯文学、俄罗斯文化的独特魅力不能不主要归功于既是其宗教也是其哲学的东正教。

东正教是俄罗斯的国教，也是基督教的三大派（天主教、新教、东正教）之一，对俄罗斯的文化气质和民族精神有巨大的影响。俄罗斯宗教哲学家别尔嘉耶夫指出："东正教表现了俄罗斯的信仰。"的确，东正教在相当长的时间里一直统辖着俄罗斯人的精神世界，对其社会科学、哲学、文学和艺术等的发展，有着不可估量的巨大影响。要较好地理解俄罗斯，理解俄罗斯文化，理解俄罗斯文学艺术，首先必须对东正教有一定的理解和认识。

基督教原为犹太教中的拿撒勒派，公元1世纪产生于巴勒斯坦，135年成为独立宗教，392年成为罗马帝国的国教。395年，罗马帝国分裂成东罗马帝国（又称拜占庭帝国）和西罗马帝国，基督教会也随之渐渐分裂成东西两派。东派教会的经书和崇拜仪式用希腊文，以君士坦丁堡为中心；西派教会则用拉丁文，以罗马为中心。1054年，几百年的分歧随着历史、地理以及双方领导集团争夺教会最高统治权的冲突而达到顶点，导致东西教会的最终决裂。东部教会为标榜自己的正统性，自称"正教"（意即继承基督教正统教义教规），因为地处欧洲东部，所以又称"东正教"，又因其在崇拜仪式中使用希腊礼仪，也称"希腊正教"。西部教会则强调自己的"普世性"，称为"公教"，因其领导中心在罗马，又称"罗马公教"，中文译作"罗马天主教"或"天主教"。

俄罗斯正式接受东正教作为国教，是在988年。这一年，基辅大公弗拉基米尔接受了东部拜占庭教会大主教的洗礼，皈依了基督教。不久，宣布基督教为国教，并禁止俄国流行已久的多神教。苏联学者克雷维列夫在其《宗教史》中指出："罗斯的基督教化，是一段漫长而渐进的过程。这一过程的开始，早于基辅大公弗拉基米尔公国的建立，而其终结则在公国消亡以后几百年。弗拉基米尔的'罗斯受洗'不过是这段历史中的一个插曲。因此，不应当把东斯拉夫人的基督教化同他在公元988年前后所采取的这次行动混为一谈。似乎'罗斯受洗'一举就彻底完成了罗斯的基督教化，这是一种天真的想法。"

在长期的发展中，俄罗斯的东正教形成了自己的特点。其一，教权为王权控制。其二，强调"因信称义"，注重修道生活。其三，注重教义的传统性和保守性。其四，注重形式，讲究华丽、庄严的仪式。其五，设置议事制的教会结构。其六，渗入了多神教的成分。其七，具有神秘主义色彩。[1]

扼要地说，俄罗斯东正教尽管也是基督教，但与天主教等区别较大，主要表现在两个方面：首先，东正教不承认"和子句"[2]，因此使人不具有肉体性，而具有神性，从而有一种顿悟式的对精神和神性的追求，而天主教则把神性降低到人性；其次，东正教不承认天主教的地狱、炼狱、天堂理论，宣称只有地狱和天堂，而没有炼狱。否定炼狱，就是更强调一种体悟或顿悟，强调人人都可以从精神上刹那间升华到神性的境界，而天主教有了炼狱，则把一切都理性化了，人的得救全在于一种理性的推理，而且，更物质化了，人的得救全在于他在世上所做好事的多少：全做好事则进天堂，坏事多则进地狱，又做坏事又做好事则先进炼狱。由此，俄罗斯的东正教赋予俄罗斯民族和俄罗斯文化三个突出的特点。

其一，鲜明的神秘主义特色（含象征）和强烈的精神追求。东正教强调"因信称义"，并具有鲜明的神秘主义色彩。天主教和新教认为基督来到世上，救赎的只是上帝预先特选的人。东正教则认为只要虔诚信教，潜心苦修，积极行善，与神沟通，所有人都能得到上帝的恩典。也就是说，信仰的虔诚是得到救赎和在上帝面前得以称为义人的必要条件，即"因信称义"。在东正教看来，上帝是万物的创造者，因而，他超然物外，但他又存在于造物之中，是造物中最核心的内容。由于他超然物外，具有超在性，他是不可感的，但从其内在性来说，他又是可以由人的灵魂领悟、晤见的。在东正教的神秘主义看来，东正教是人类思想和行为的"先知先觉"，是使人类能看见"真知"的光，是融会知识和精华的真理，是使人类充满理解和同情的爱；东正教作为"先知先觉"不需要任何教理和教条，真理和真神存在于信徒的信仰之中；东正教是上帝和人、圣父和被造物之间的超凡的和精

---

[1] 参见曾思艺：《俄罗斯文化中的东正教》，载《世界文化》，2005(7)。

[2] 325年尼西亚公会议和381年君士坦丁堡公会议制订的信经都确认"圣灵"从父出来。但589年罗马教会却在"从父"后增加了"和子"两字，变成：圣灵"从父和子出来"。东正教会对此坚决反对，把它列为西派教会的五大谬误之一，认为"和子"句混淆了"圣父""圣子""圣灵"的位格，把"圣灵"降到"圣父""圣子"以下，破坏了"三位一体"的统一性。

神的结合，是天国和人间的桥梁；非信徒只有和信徒共享神秘的友情，才能理解和了解东正教的实质；人类可以通过忏悔把心灵奉献给上帝，通过赎罪来拯救自己的灵魂，通过感恩祈祷得到永生，通过"耶稣的牺牲"而得救；在东正教精神的感召下，非正义可以变为正义，罪人可以变成"圣人"，圣人一旦藐视罪人就会丧失其圣洁的价值。由此，也产生了俄国人的另一特点：鄙弃物质欲望，有一种强烈的精神追求。这些影响到文学便表现为：强调人的霍然醒悟和对精神生活的高度重视乃至执着追求，如托尔斯泰小说中的彼埃尔、列文、聂赫留朵夫，陀思妥耶夫斯基小说中的拉斯科尔尼科夫，以及自然而然形成的象征色彩（托尔斯泰笔下的橡树、陀思妥耶夫斯基书中的彼得堡等）。

其二，独特的道德体系与浓厚的人道主义精神。东正教特别重视人的道德修养，强调忠信、博爱、忍让和自我牺牲精神。这赋予俄国社会和俄国文学独特的道德体系。别尔嘉耶夫说："在俄罗斯，道德的因素永远比智力因素占优势。"东正教尤其关心人（特别是下层人）的不幸与苦难，具有浓厚的人道主义传统，主要体现为：上帝"道成肉身"拯救人类，"爱上帝、爱邻人"的教义，"上帝是父亲，人人是兄弟"的精神，对社会不公的抗议，对弱者和受欺凌受侮辱者甚至罪人的同情与怜悯。正因为如此，赫尔岑宣称，"对小人物的同情心是俄罗斯文学的基调"。

其三，深刻的忧患意识和突出的超越精神（彼岸性、世界性或终极性）。东正教关注现实社会的不公，强调对弱者乃至罪人的同情、关心与爱护，同时又具有强烈的精神追求，这使得大多数俄国人具有一种深刻的忧患意识和突出的超越精神。他们对现实不满，抗议社会的不公，深深忧虑个人的命运、民族的前途乃至整个人类社会的前景；与此同时，他们又力图超越世俗红尘，在与上帝的关系中确立人自身，建立理想的道德王国，达到极高的精神境界，追求彼岸世界，追求终极意义。这在俄罗斯知识分子身上尤为明显，他们既关心现实生活中人的苦难、生存的意义和价值，又极力超越世俗，奔向彼岸，追求无限、永恒。这样，他们一方面有一种现实的对人间的不幸与苦难的同情与怜悯；另一方面更有一种终极追求——竭力探寻人的生存的意义与价值，关心人的灵魂能否进入永恒，最终能否得救。这二者的典型体现，一方面表现为19世纪后期俄罗斯知识分子对人民大众过分极端的负罪感，"民粹派"甚至发起"到民间去"的运动；另一方面表现为俄罗斯的"最高纲领主义"①。

正因为如此，19世纪俄国文学乃至绝大多数俄国文学都有一个突出的特点，那就是与哲学乃至宗教密不可分。俄国学者利哈乔夫指出："俄罗斯文学(散文、诗歌、戏剧)就是俄罗斯的哲学，就是俄罗斯创造性地自我表现的特点，就是俄罗斯的全人类性"，"俄罗斯哲学在许多世纪中十分紧密地与文学和诗歌联系在一起。因此要研究俄罗斯哲学，就得研究罗蒙诺索夫和杰尔查文、丘特切夫和弗拉基米尔·索洛维约夫、陀思妥耶夫斯基、托尔斯泰、车尔尼雪夫斯基"。美国学者斯坦纳则以托尔斯泰和陀思妥耶夫斯基为例，指出19世纪俄国文学的宗教性——"巴尔扎克、狄更斯以及福楼拜的传统是世俗化的。托尔斯泰和陀思妥耶夫斯基的艺术是宗教的，源于渗透着宗教体验的氛围，源于这一信仰：俄罗斯命中注定要在即将来临的大灾难中扮演重要角色……可以这么说，《安娜·卡列尼娜》和《卡拉马佐夫兄弟》是精神小说和精神诗歌，它们的核心目的是别尔嘉耶夫所说的'对人类救赎的追求'"，"他们两位都是宗教艺术家……他们两位对上帝的理念非常着迷，把自己的生活视为通往圣城大马士革之路。上帝的思想以及上帝存在的神秘拥有令人炫目的约束力量，控制了他们的灵魂。他们表现出狂热、自豪的谦卑，觉得自己不是小说的创作者，而是先知，是预言家，是夜里的守望者"，"有两个因素构成了这两位俄罗斯大师的小说艺术的核心和基础，其一是对上帝的认识，其二是对上帝与灵魂生命之间的使人畏惧的类似性的认识"。19世纪俄国文学的另一特点是与社会生活紧密相连。俄国文学专家米川正夫指出，"人们都一致地承认着：俄国文学就在世界文学当中也是一种特殊的现象。可是，俄国文学这种特殊之点果何所指呢？一般地，人们都把俄国文学认作一种暗淡而忧郁的文学，一种反抗的、革命的精神很浓厚的文学，或是一种宗教色彩很显著的文学；而且，这好像已经变成了一种常识。不错，这些原不失为中肯的观察；然而，都不过是

---

① "著名的俄罗斯最高纲领主义，即冲破一切界限、注目深渊的不可遏制的欲望，不是别的，正是对于绝对物的永恒的、不可息止的渴望。在俄罗斯人那里，灵魂之根，正如在柏拉图那里那样，是系于无限的。"详见[俄]叶夫多基莫夫：《俄罗斯思想中的基督》，杨德友译，31页，上海，学林出版社，1999。

把俄国文学之最根本的特质，从各种不同的侧面去加以说明而已。原来它的最根本的特质，乃是服务社会的精神和社会教化的倾向。换句话说，就是一种不甘只是住于文学这另一独立世界，去固守那观察和再现人生现象的纯艺术的立场；而要为着解决实际的人生问题，实际的社会问题以及改善人类的生活，而不断地做拼命的血淋淋的斗争的真挚的态度——即是希望自己是一个艺术家，同时也是一个人和一个公民的心境。这是一切俄国文学者所共有的特征。因此，在俄国文学当中，批评和指导的要素尽了极重要的任务；如要谈俄国文学，是无论如何也不能够把这一点加以忽视的。不但是这样，而且更进一步，说俄国文学乃是社会的指导和批评之历史，也不会陷于十分的夸张。"

此外，非常值得一提的是，在19世纪，俄国出现了一大批杰出的文学和理论人才，既有茹科夫斯基、普希金、莱蒙托夫、丘特切夫、果戈理、阿克萨科夫、柯尔卓夫、屠格涅夫、费特、陀思妥耶夫斯基、奥斯特洛夫斯基、托尔斯泰、契诃夫这类伟大的诗人、作家，又有别林斯基、车尔尼雪夫斯基、杜勃罗留波夫、德鲁日宁、鲍特金、安年科夫这样出色的批评家，用他们从文学发展实践中以独到发现和面向未来的眼光归纳出来的文学理论，引导着文学发展的方向，促进了"自然派"和"纯艺术派"的形成和发展，大大地推动了俄国文学向前迈进的步伐。

正是上述多方面因素的作用，使得19世纪俄国文学才气横溢，富于创造性，同时善于融汇，自成体系，并且群星璀璨，达到了世界文学的高峰。

二、流派迭出，群星璀璨——文学发展概况

19世纪以普希金为代表的俄国文学，出现了感伤主义、浪漫主义、现实主义、民粹主义、唯美主义、象征主义等众多文学流派，以及茹科夫斯基、丘特切夫、莱蒙托夫、屠格涅夫、托尔斯泰、陀思妥耶夫斯基、契诃夫等众多世界一流的作家，堪称流派迭出，群星璀璨。纵观整个19世纪的俄国文学，可以发现其自始至终都有两条发展路线：一条是关注现实、批判阻碍祖国前进的一切现象的公民传统文学；另一条是注重诗与人生合一，注重从宗教、哲学高度解决个人和社会问题，同时十分关注艺术形式的创新甚至发展到"为艺术而艺术"的文学。

从文学发展来看，19世纪前期的俄国文学，在思想取向上进一步推进了18世纪就已开始的启蒙思想的影响，发展了俄国文学原有的公民精神，一方面大量描写下层平民百姓的不幸和苦难，提出并思考产生这种不幸和苦难的社会根源；另一方面把矛头直接指向农奴制乃至沙皇政府和沙皇，号召推翻专制暴政，彻底改变社会。除此之外，还有一些作家试图从宗教、哲学的高度来探讨、解决社会问题和人生问题，从而形成了俄国文学最本质的特点：既扎根大地，又心系彼岸，而这是以往许多俄国文学史忽略或有意避而不谈的19世纪俄国文学相当重要的一个方面。在流派、思潮方面，此时期的俄国文学则从一元化逐渐转向多元化，出现了感伤主义、浪漫主义和现实主义文学。

感伤主义，又名"前浪漫主义""主情主义"，是18世纪后期出现于欧洲的一种文艺思潮。它否定理性，强调感情，注意抒写平凡人的遭遇及其内心感受，描绘美好的大自然，常以理想化的大自然和乡村宁静纯朴的生活来否定工业化带来的社会弊病。俄国作家接受了西方的影响，在18世纪末19世纪初也形成了感伤主义文学浪潮，他们反对俄国古典主义对国家的赞颂，挺身捍卫个人的权利，关心普通人的不幸，描写人的内心世界，崇拜大自然，代表作家是卡拉姆津。

卡拉姆津（旧译卡拉姆辛，1766—1826），是著名的历史学家，著有11卷巨著《俄罗斯国家史》；也是小说家、诗人，主要作品有中篇小说《贵族小姐娜塔丽雅》《伯伦高尔姆岛》《城总管夫人玛尔法》和散文书信集《一个俄国旅行家的书信集》；代表作是中篇小说《可怜的丽莎》（一译《苦命的丽莎》，1791）。

《可怜的丽莎》中，农家姑娘丽莎为了供养母亲，经常采摘鲜花到莫斯科去卖。她和贵族青年艾拉斯特谈起了恋爱，并常在一个风景如画的池塘边幽会。后来，艾拉斯特因为赌博输光了钱财，只好娶了一位有钱的寡妇，抛弃了丽莎。绝望的丽莎跳进池塘自杀，艾拉斯特知道后一直到死都十分痛苦。小说出色地描绘了男女主人公细腻的内心世界，发表后获得空前的成功。小说描写的池塘成了多愁善感的读者特别喜爱的散步场所，太太们纷纷为丽莎的命运痛哭流涕，因为她证明了"农村姑娘也懂得爱情"。随之出现了一系列如《可怜的玛莎》《不幸的丽莎》《不幸的马尔加丽塔》之类的仿作。

对这篇小说在艺术上的特点，任光宣等学者有精辟的分析："感伤主义文学的两个核心概念是'自然'和'情感'。这决定了小说《苦命的丽莎》的艺术风格。《苦命的丽莎》的艺术风格首先表现在对自然富于诗意的描绘，通过对'大自然图画'内在生命的展现，突显出感伤主义'反理性'的审美理想和价值追求，同时为揭示情感完成'心—物'对应结构。其次，在这部小说中，作家对主人公丽莎的心理状况做了真实、细腻的刻画和描写，展现了她的期待、矛盾、喜悦、忘我、悲伤和绝望等一系列心理特征。通过对丽莎心理过程的展示，感伤主义小说的基本审美功能得以实现。最后，在小说语言方面，同古典主义文学对语言的要求相悖，作家运用口语进行写作，虽然这种'口语'还不能称之为是'大众化的口语'，但其中毕竟出现了诸多口语词汇、口语语法等元素。与此同时，非叙事性话语的运用也为叙事者的情感抒发提供了语言前提。这一切都为俄国近代小说的生成、发展提供了语言范例。"米川正夫则指出，《可怜的丽莎》唤起了人们心中对不幸的农家少女的同情和哀怜，这种对"被虐待、被折磨的人们"的人道主义博爱精神，正是俄国文学的基调，对此后的俄国文学影响深远，几乎在后来出现的全部伟大文学作品中都可以找到其影子。别林斯基更是早就指出："卡拉姆津开辟了俄罗斯文学中的一个新时代……卡拉姆津把俄罗斯文学引入了新的思想境界……卡拉姆津第一个用活的社会语言代替了死的书本语言。"赫尔岑更是认为："卡拉姆津后期创作对文学的影响，可以与叶卡捷琳娜对社会的影响相提并论。他使得文学充满仁爱。"俄国学者卡奴诺娃则认为："卡拉姆津对文学的最重要的贡献，是他在创建俄罗斯中篇小说以及创建俄罗斯心理散文方面所发挥的作用。"

浪漫主义是18世纪末19世纪初兴起于欧洲的一种文学思潮，其特点主要有四：第一，表现主观理想，抒发个人情感，描写内心感受；第二，追求离奇情节、异域色彩，塑造非凡人物；第三，描绘自然景物，借大自然的美好批判工业文明和社会的黑暗；第四，重视民族文化传统，喜爱中世纪的"田园牧歌"。浪漫主义的发源地是德国，随后波及英国、法国乃至整个欧美。俄国在19世纪初也兴起了浪漫主义。俄国浪漫主义文学有三种倾向：一是以茹科夫斯基为代表的宗教哲学倾向，表现终极问题，探索心灵的安顿和人生的出路；二是以普希金、十二月党人为代表的爱国、革命倾向，充满公民责任感，揭露社会黑暗，力图推翻沙皇专制制度；三是以马尔林斯基、拉热奇尼科夫为代表的传奇小说派，注重描写俄国的社会风俗或者历史，表现爱情、爱国等人性之常。

这个时期是俄国诗歌的黄金时期，以普希金为中心形成了众星拱月的诗歌局面，出现了茹科夫斯基、巴丘什科夫、莱蒙托夫、丘特切夫、巴拉丁斯基等一大批出色的诗人。

巴丘什科夫（1787—1855），早年曾钻研古希腊诗学和意大利文艺复兴时期的文学，深受其影响，歌颂醇酒、爱情、友谊和人间欢乐，如《康复》：

> 恰似收割者那致命的镰刀下铃兰/垂下头颅，全身枯干，/我在重病中静候那为时过早的夭亡，/并且想到：命运的丧钟就要敲响。/冥府的浓稠黑暗已遮住了双眼，/心儿似乎已越跳越慢：/我正在衰弱，正在死去，青春华年/就像那一轮夕阳正在落山。/可你走来了，啊，我心灵的生命，/你那红嘟嘟的双唇吐气如兰，/你的双眼里滚动着灼灼发光的珠泪盈盈，/接着便是合二为一的热吻连连，/激情盈溢的喘息，甜蜜私语的力量，/这一切使我远离了忧伤悲痛——从忧愁的领域，从忘川之岸——把我召唤到极乐的爱欲之中。/你又给了我生命；/它是你美好的赠品，/我将终生在呼吸中融入你。/对于我就连致命的痛苦也那么甜蜜温馨：/为了爱情，我情愿马上去死。（曾思艺译）

后来一度受卡拉姆津感伤主义的影响，追求内心自由和谐，流露出悲观遁世情调。最后，转向浪漫主义，重视情感尤其是想象，巴丘什科夫强调，"幻想是诗人和诗歌的灵魂"，并且表现了对大自然的非凡热爱，如《在野性的森林中也有喜悦……》：

> 在野性的森林中也有喜悦，/在海滨的荒岸上也有快乐，/在巨浪的拍击中也有和谐，/尽管它在荒凉的岸边散若飞沫。/我爱人，可你，大自然母亲，/对于心灵你比一切都珍贵！/和你在一起，圣母，我惯于忘尽/青春年少时经历过的零零碎碎，/和酷寒岁月下存留至今的东

西。/和你在一起，情感正在复活：/心灵欲表达却找不到恰切的词，/也不知道对此该怎样沉默。（曾思艺译）

可惜的是，1822年，才华横溢的巴丘什科夫的精神崩溃了。别林斯基称他为俄国诗歌提供了"理想形式的美"，并扼腕叹息："这位卓越的天才被时代窒息了。"他的诗歌画面鲜明，色彩绚丽，音韵优美，对普希金等有较大影响。米川正夫称他的诗"富于明快的形象美，以造型的完整为其特色。正如评论家别林斯基所说的一般：他的诗不但可以用耳朵去听，而且令人觉得甚至还可以用眼睛去看。在这种艺术形式之完美上，巴丘什科夫不但是普希金的最接近的先驱者，甚至于还可以说是他的教师"。

巴拉丁斯基（1800—1844），主要作品有诗集《诗选》（1824）、《黄昏》（1842），长诗《舞会》（1828）、《茨冈女人》（后改名为《姘妇》，1831）等。他的大多数诗都沉浸在个人的世界里，致力于艺术的新探索与新追求。他早期的诗把忧伤和欢乐糅合在一起，致力于描写人的内心矛盾和心理变化过程。米尔斯基指出，其早期抒情诗使他成为19世纪20年代最杰出、最有代表性的诗人；晚期接受德国古典哲学和美学的影响，致力于创作哲理诗，成为一位思想诗人。他的诗有的富于灵气，如《漫漫飘移的云彩……》：

漫漫飘移的云彩，/有时会幻聚成奇美的城市，/但只要风儿轻轻吹来，/它就会马上失去踪迹。//富有诗意的幻想/引发的瞬间创作灵感，/也这样被世俗的无谓奔忙，/轻轻一吹，烟消云散。（曾思艺译）

有的富于哲理，如《悼念歌德》：

死神降临，伟大的老者/安详地合上他那双鹰眼；/他平静地长眠，因为大地上的一切伟业，/他都在人世一一实现！/不要在宏伟的坟墓边悲泣，也不要哀婉，/天才的头颅——将成为蛆虫的遗产。//他逝去了！但他留给人世的一切，/无一不受到活着的人们的仰慕；/对要求他用心灵应答的所有那些，/他都用自己的心灵做出了回复；/他那长翅的思想遍历宇宙空间，/在无限的境界为自己找到了界限。//一切都滋养他的精神：哲人的著作，/热情洋溢的艺术作品，/历史的遗训，/古代的传说，/对民富国强时代的憧憬。/他能从心所欲地驾驭自己的想象，/深入贫民的茅屋和帝王的宫殿。//他的生命和大自然浑然一体：/他懂得小溪的淙淙声响，/他明白树叶的绵绵细语，/并感知到小草的拔节生长；/天空中的星星之书他一目了然，/大海的波涛也和他倾心交谈。//他已体验和经历了整个人生！/假如造物主用尘世的生活，/限制我们电光石火的短短一生，/而我们除了坟墓和棺椁，/除了现象世界，再无什么可等，——/他的死就是造物主无罪的证明。//假如我们真会有阴间的生活，/那么，他饱尝了人世的苦辣酸甜，/并以深邃的思想、洪亮的欢歌/把自己的一切回献给了人间，/他那轻快的灵魂将飞向永恒的上帝，/此时此刻再没有俗事搅扰他的安谧。（曾思艺译）

纵观 19 世纪俄国诗歌的发展，我们认为，巴拉丁斯基的这些追求及其诗歌观念，对后来的"纯艺术派"有较大的影响，如《诗歌医治病痛的心灵……》：

> 诗歌医治病痛的心灵。/神秘而有威力的和声，/救治重大的弊病，/抑制狂暴的激情。/歌者的灵魂，融入了和谐，/消除了自己所有的悲痛；/神圣的诗歌赋予自己的参加者/纯洁和宁静。（曾思艺译）

十二月党人是 19 世纪初期俄国的贵族革命家，绝大多数属于贵族军官和知识分子，参加过反对拿破仑的战争。十二月党人作家强调文学的教育意义和社会功用，认为文学应反映时代精神，表现爱国的和革命的思想感情，诗人应关心人民的命运，鼓舞战士的斗志。他们重视发展民族文学，重视在创作中发扬民族风格，把民间文学当作"我们文学最优良、最纯洁与最可靠的来源"。其诗歌充满公民的责任感和浪漫主义的激情，揭露社会的黑暗，抨击政府乃至沙皇的专制，力图改变乃至推翻现存社会。

在诗歌方面，雷列耶夫是其代表。其成名作是《致宠臣》（1820），代表作是《公民》（1824）和组诗《沉思》（21 首，1821—1823）。《公民》提出了公民诗歌的一个公式："我不是诗人，而是一个公民"，后来在涅克拉索夫那里发展成著名的诗句："你可以不做诗人，但是必须做一个公民。"普希金写了《致西伯利亚囚徒》，奥陀耶夫斯基则写了《答普希金》。《答普希金》中的"我们悲惨的事业将不会落空：/星星之火必将燃成熊熊的烈焰"，成为列宁在1900 年创办《火星报》时的口号。

在小说方面，代表作家是别斯土舍夫（1797—1837）。他是小说家、诗人兼文学评论家，也是俄国浪漫主义文学的杰出代表之一，笔名马尔林斯基。他的小说，以叙述的曲折诱人和语言的生动俏皮，一扫当时古典主义作品陈腐呆板的文风，在19 世纪30 年代的俄国文坛名噪一时，被公众誉为"散文中的普希金"。主要作品有中篇小说《考验》(1830)、《别洛尔中尉》(一译《别罗佐尔中尉》，1831)、《巡航舰希望号》(1832)、《阿玛拉特伯克》(1832)、《航海家尼基金》(1834)等。

《考验》的故事情节如下：贵族军官尼古拉·彼特罗维奇·格列明公爵，三年前曾经和阿丽娜·亚历山德罗芙娜·兹维兹季奇伯爵夫人相爱，但分别后很快就忘记了她，现在好友瓦列里安·斯特列林斯基少校马上就要去彼得堡，格列明公爵让他刻意去追求她，以考验她对自己的爱情。瓦列里安劝阻无效，于是只好依计行事。在一次化装舞会上，瓦列里安化装成西班牙人堂·阿龙卓接近了阿丽娜，两人在跳舞和交谈中对彼此产生了相当浓厚的兴趣。随后他又以真名去拜访她，两人在长久的接触中产生了爱情。他给格列明写了两封信，但由于军队移防，对方没有收到。瓦列里安向阿丽娜求婚，并说结婚后准备退出军队到乡下去进行农业改革，阿丽娜让他给自己三天时间考虑。社交界盛传他俩准备结婚（阿丽娜的丈夫已经去世）。格列明突然后悔采用这种方式试探情人，于是赶到彼得堡，正好听说他们结婚的事情，怒不可遏，认为朋友背叛了自己，便跑到朋友家里去指责他。格列明见到了瓦列里安的妹妹奥尔伽，没想到几年不见，她出落成一个光彩照人、青春美丽的大姑娘了，并且一直敬爱着他。他斥责了瓦列里安，瓦列里安也因阿丽娜没有回音而心绪不好，于是两人发生了争吵，并且演变为决斗。幸好这事被奥尔伽知道了，她及时赶到现场，请求挑起这一决斗的格列明放弃决斗，并向自己的哥哥道歉。格列明本已后悔自己的冲动，现在这位可爱的人使他心甘情愿放弃决斗，并向朋友道歉，而瓦列里安正好在这时收到阿丽娜同意求婚的答复,心情舒畅,和格列明和好如初。格列明也明白自己真正爱的人是奥尔伽,于是向她求婚,得到他们兄妹的答应。于是,他们宣布请参加他们决斗的证人和副手做他俩结婚的男傧相。小说文辞华丽,情节生动,一波三折,引人入胜,而且对上流社会的风习写得颇为出色,对人物的心理把握得也比较成功,是典型的浪漫小说家兼诗人的作品。不过,一些与情节无关的插话过多。

《别洛尔中尉》的故事情节如下:俄英联合舰队与拿破仑在法国交战,中尉别洛尔因为救一位落水的英国水兵,和几位战士一起被冲到荷兰,在那里和一位荷兰姑娘产生爱情,最后战胜法国兵和大自然而胜利回国。

《巡航舰希望号》的故事情节如下:伊里亚·彼得洛维奇·普拉文舰长在希望号巡洋舰上工作出色,受到过沙皇的接见和奖赏。后来,他爱上了公爵夫人维拉。在舰艇远航执行任务的途中,伊里亚不顾战友和部下尼尔·巴甫洛维奇中尉的忠告,私自上岸与维拉幽会。当晚暴风雨来临,由于没有他指挥,富有经验的中尉又因劝阻他被关了禁闭,希望号几经挣扎,保全了舰只,但是牺牲了十个人,再加上伊里亚发现情况不妙后,率领小船赶奔舰上,途中又牺牲了六个人,一共死去了十六个人,伊里亚本人也负了重伤。最终,伊里亚在强烈的内疚和深重的忏悔之中去世。小说采用全知视角叙事与第一人称书信叙事相结合的方式,情节曲折,写恋爱心理细腻生动。

《阿玛拉特伯克》是马尔林斯基较长的中篇之一,讲述了高加索切尔克斯族伯克阿玛拉特归顺俄国,结果两次被别人煽动,背叛俄国,导致爱情和人生双重悲剧的故事。小说情节曲折,人物形象鲜明,富有浓厚的异域风情,文笔也优美生动,是马尔林斯基最出色的作品之一,堪称其代表作。

《航海家尼基金》的故事情节如下:俄国商人萨韦利·尼基金为了娶美女卡捷琳娜,驾驶木船出海经商,结果遇到了装备精良的英国私掠船,他们被抓上船去。后来尼基金利用时机,反败为胜,占领了私掠船,并且把英国船长杜尔尼普等作为俘虏押回俄国,成为人人赞颂的俄国英雄。有论者认为这是马尔林斯基的代表作之一,可能是因为作家一改优美甚至华丽的语言风格,而转向朴实的民间语言;更可能是因为爱国主义内容而称赞这部小说。严格讲来,这只是一则具有传奇色彩的民间故事,人物形象过于简单，写法也过于简单，艺术加工和升华不够充分。

别林斯基认为马尔林斯基"拥有不可剥夺的显著的才能，生动的、机智的、引人入胜的叙述的才能"，其中篇小说，"具有最新颖的欧洲风格和特质，到处可见的是智性和启蒙精神，总是遇到独特的美丽的思想，并以自己的创新和求真而令人震惊"，其作品"永远是那个文学时代的纪念碑"。俄国学者卡奴诺娃也宣称："别斯土舍夫创作于19世纪20年代和30年代的中篇小说，是俄国文学中的耀眼的现象。"

另一位在当时影响颇大的浪漫主义小说家是拉热奇尼科夫（1792—1869）。他于1813—1815年参加俄国远征欧洲的战斗，后来发表了《一个俄国军官的行军札记》。他主要的文学遗产是三部历史长篇小说《最后一个新贵》（1833）、《冰宫》（1835）和《异教徒》（1838）。其中《冰宫》不仅是浪漫主义小说的代表作，也是俄国19世纪浪漫主义历史小说的代表作。

《冰宫》的故事情节如下：俄国年老体衰的安娜女皇当政，宠用德国人比伦，而他作威作福，搞得民不聊生，甚至滥施私刑，草菅人命；与此同时，宫廷大臣沃伦斯基也得到女皇的重用，他充满爱国主义激情，与比伦势不两立。沃伦斯基领导了一帮爱国者，试图把比伦赶出宫廷，但他此时却陷入双重矛盾中：第一是他的爱国情与高涨的爱情之间的矛盾；第二是他在北方美人——妻子纳塔丽娅·安德烈耶夫娜和南国女子——女皇爱得要命的摩尔达维亚公爵小姐玛丽奥莉察·列列米科的爱情中的矛盾。在这种感情与义务、政治与爱情的冲突中，他一再犹豫，结果错失时机，被比伦诬告，连同好友一起被判处死刑。

小说很多情节具有浪漫主义的传奇性，如玛丽奥莉察的母亲是茨冈女人，她爱上了贵族公子，为了保护女儿，首先是放弃了对女儿的权利，后来在女儿的父亲被杀时又舍身救出她，并把她送给摩尔达维亚公爵，最后又一再保护她，甚至为了她的幸福，自己毁容并且发疯；埃赫列尔是比伦的手下利普曼的侄子，是比伦种种恶行的培育者，最后才挑明：他因为热爱祖国，早已在心里投向沃伦斯基，并且向女皇揭穿了比伦的卖国行径及其罪恶；而主人公沃伦斯基起初不爱妻子，后来又突然深深地爱上了她，比伦的手下利普曼的为了她竟然拒绝了女皇提议的与玛丽奥莉察的婚事，导致自己失宠、死亡，并连累朋友们死亡，也使自己的爱国大志落空。这些传奇性使作品可读，也突出了作品的道德说教性，但有些地方经不起推敲，尤其是沃伦斯基作为一个在宫廷的政治斗争旋涡中搏击了几十年的人物，居然像一个多愁善感的小伙子一样分不清主次轻重，完全任意而行，听凭情感的主宰。尽管如此，总的来说，这部作品还是一部很有才气的作品，作者因此被称为俄国文学中创作历史长篇小说的"先驱者之一"，小说也被别林斯基称为"俄国文学中最出色的现象之一"。

现实主义是 19 世纪 30 年代初形成，并在整个 19 世纪中后期占据欧美文坛统治地位的文学思潮。它继承和发展了文艺复兴以来文学反映现实、揭露社会矛盾的优良传统，不满足于主观幻想、抽象抗议和空洞追求的浪漫主义文学。

现实主义文学具有以下几个方面的特征。

其一，真实地描绘客观现实，努力反映生活的本来面目。现实主义作家不醉心于描写非凡的人物和离奇的事件，而是强调冷静地观察和客观地描写现实生活，揭露社会的种种弊端，探索社会罪恶的根源。现实主义作家们所反映的生活面极广，而且极其重视细节的描写。

其二，塑造典型环境中的典型人物。现实主义作家主张深入细致地观察现实，分析生活，力求选择最能揭示事物本质特征的环境、事件和细节加以典型化，使之代表一定时代某种特定的社会关系及其发展趋势。他们强调人是社会环境的产物，主张通过真实的细节，从人与环境的联系中塑造典型人物。

其三，坚定地批判社会罪恶。现实主义作家对现实生活中人们的心理状态十分关注，往往全神贯注地分析人类行为相互冲突的心理趋势，揭示心理矛盾产生的社会原因。同时，又以人道主义和民主主义为理想，关注各种社会问题，对社会上的各种弊病进行无情揭露和深刻批判。现实主义作家揭露金钱主宰一切的资本主义社会的疮疤，批判这个社会的利己主义的生活原则和人与人之间赤裸裸的利害关系，鞭挞贵族、资产阶级的代表人物。

俄国现实主义的形成，是诸多因素综合作用的结果。米尔斯基精当地指出，俄国现实主义的谱系是混成的，总体而言，它是果戈理讽刺性自然主义和更早些的感伤现实主义的"混血儿"，其中感伤现实主义主要由于乔治·桑的巨大影响而在 19 世纪三四十年代得以复兴和呈现。果戈理和乔治·桑是俄国现实主义的"父亲"和"母亲"，也是其初期推崇的两位大师。其他一些外国作家也产生了不小影响，尤其是巴尔扎克。普希金和莱蒙托夫的经典现实主义统领各种不同元素，《叶甫盖尼·奥涅金》和《当代英雄》对俄国现实主义小说产生极大影响。19 世纪三四十年代诸多莫斯科小组的发展，以及理想主义在之后十年间得以彰显的最终形式，也构成相当重要的因素，使俄国小说获得理想主义色彩和公民特征，别林斯基更是发挥了难以估量的作用。

俄国现实主义是从普希金开始的。从南方叙事诗开始，他就逐渐从浪漫主义转向现实主义，后来更是创作了《鲍里斯·戈杜诺夫》和《叶甫盖尼·奥涅金》等现实主义代表作。19 世纪 30 年代俄国现实主义文学开始兴盛，40 年代臻于成熟且产生了较大的影响，并把锋芒直指俄国沙皇政权政治上的专制制度和经济上的农奴制度，突出代表是果戈理。他的代表作《钦差大臣》和《死魂灵》对俄罗斯社会的丑恶进行了彻底、深刻的揭露和嘲笑，塑造了揭示俄罗斯乃至人类社会弊端的不朽的典型形象。从现实主义文学揭露社会问题的角度而言，一般认为 19 世纪的俄国文学是提出问题的文学，大致可以分为两个阶段，即 60 年代前剖析俄罗斯社会要害的"谁之罪"文学和60 年代后探讨俄罗斯社会出路的"怎么办"文学（具体内容包括"怎么办"，"真正的白天何时到来"，"谁在俄罗斯能过好日子"）。当然，除此扎根大地的内容以外，俄国现实主义文学还有心系彼岸的重要内容，那就是以果戈理、托尔斯泰、陀思妥耶夫斯基等为代表的从宗教、哲学高度探索人性、描绘拯救之路的伟大作品。可以说，俄国现实主义文学孕育于 19 世纪二三十年代，四十年代臻于成熟，五六十年代形成了群星荟萃、杰作迭出的繁荣景象。19 世纪前期俄国现实主义的代表作家是普希金、莱蒙托夫、果戈理、柯尔卓夫，以下几位作家也值得一提。

克雷洛夫（1769—1844），俄国寓言作家、戏剧家，与古希腊的伊索、法国的拉封丹并称为欧洲三大寓言家，创作了九卷诗体寓言，共 205 篇。他力图以寓言反映现实，针砭时弊，使寓言这种体裁成为具有概括意义的讽刺艺术，进而讲述人间的真理和生活的真谛。其寓言内容丰富，或揭露沙皇专制的黑暗统治，讽刺嘲笑统治阶级的专横、贪腐、寄生、无知，如

《狼和小羊》《狮子分猎物》《大象当官》《农夫和绵羊》等；或表达对下层人民的同情，对人民优秀品质的赞美，如《鹰和蜜蜂》《树叶和树根》《狼落狗舍》等；或通过日常生活现象见出人生哲理，如《狐狸和葡萄》《挑剔的待嫁姑娘》《主人和老鼠》《小树林与火》《狗的友谊》《狗鱼和猫》《鹰和鸡》《杰米扬的鱼汤》《天鹅、狗鱼和大虾》《橡树和芦苇》；等等。果戈理认为，"克雷洛夫的寓言是一部记录人民智慧的书"。克雷洛夫的作品富有生活气息，尤其善于抓住关键性的矛盾、冲突和焦点，情节生动，戏剧性强，角色社会属性鲜明而又不乏个性，构思巧妙，篇幅短小，语言简练，诗句流畅，充满了迷人的新鲜感，具有浓厚的俄罗斯色彩。茹科夫斯基曾称赞："你简直忘掉这是在读诗，故事这么轻松自如而又质朴无华，同时充满了葱茏的诗意！"果戈理认为，他选择了"人人都不屑一顾的寓言这种形式……而在寓言中他成了人民的诗人"。"没有一个诗人能够跟克雷洛夫一样把自己的思想表达得那样的明晰，那样使人一目了然。在他的身上诗人和哲人合而为一了。任何一件东西他描写得都是那样好，从迷人的、严峻的甚至肮脏的大自然的描写，一直到对话中最小的、能生动地表现出心理状态特点的刻画。所有的一切他都描写得那样的正确、那样的真实；每样事物他都写得那样的自然"。"他笔下所有的野兽都是按俄罗斯方式思想、行动的，因为从他们的行为中可以看到俄罗斯国内所存在的种种情况和生活习俗。而且，他所描写的野兽竟真实酷肖到了那样的程度，即不但狐、熊、狼，甚至连一把壶都好像有生命似的。除了这种酷肖之外，它们本身还表现出了俄罗斯的本性……一句话，在他的作品中到处都有俄罗斯，到处都散发出俄罗斯的气息。"别林斯基指出："他在寓言中充分地汲取了俄罗斯民族精神的全貌：他的寓言，正像一面平滑光洁的镜子一样，反映出了俄罗斯的冷静的智慧，带着它的表面上的笨重，同时还带着咬起来发痛的利齿，带着它的聪颖和敏锐，带着温和而有讥讽意味的嘲笑，对事物的自然正确的观点，以及简练、鲜明而又华丽地表现这种观点的才能。他的寓言里面包含着各种生活知识，包含着自己特有的和世代相传的生活经验的结果。"普希金更是称他为"最有人民性的诗人"，称赞他的作品"所表现出来那种令人感到愉快的机智、嘲弄和描绘的才能"，甚至宣称，"任何一个法国人都不敢把谁置于拉封丹之上，但我们好像认为克雷洛夫比他好"。克雷洛夫善于为自己的每一篇寓言找到轻松、平易、准确的词汇，而且大量采用谚语和俗语，并自己创作格言警句，在俄国文学史上第一次使书本语言和民间口语融合起来，对后来的现实主义作家很有影响。除了寓言，他还创作了《摩登小店》《勇士伊利亚》等十余部戏剧。

格里鲍耶陀夫（一译格利鲍耶陀夫，1795—1829），主要作品是喜剧《智慧的痛苦》（1824—1825，一译《聪明误》）。主人公恰茨基是一个家有三千农奴的贵族青年，从国外游学三年后回到莫斯科。他昔日的恋人索菲娅已钟情于法穆索夫的秘书莫尔恰林，他也与整个上流社会格格不入。在父亲的好友——大贵族法穆索夫的家庭晚宴上，他慷慨激昂地抨击时弊，同贵族们展开辩论，却被他们看成"疯子"。于是，他只好逃离莫斯科，"走遍天涯海角，给被侮辱的心灵找个安宁的角落"。戏剧包含了爱情和政治两条相互交织的线索，主要表现了两方面的主题。

其一，揭露俄国普遍存在的社会问题。通过由索菲娅串联起几个身份不同的登场人物，塑造了几个典型人物形象：维护农奴主财产与特权的官僚法穆索夫；头脑简单、视野狭窄的斯卡洛茹布；善于以虚伪的尽职和甜腻的媚态取悦上司的势利小人莫尔恰林。米川正夫指出，这部戏剧的使命是嘲笑19世纪初叶的莫斯科社交界，以及把这时代的特殊形象加以普遍化，从而讽刺虚伪、阿谀、傲慢、诽谤、贪欲、无智、懒惰等人性的弱点。妄自尊大的保守主义者法穆索夫，以阿谀为处世之唯一武器的无耻的僚属莫尔恰林，除叙勋和升官以外就不晓得其他人生目的的愚昧而傲慢的斯卡洛茹布，以及其他浅薄而空虚的社交界的各种代表的典型，都被集中于《智慧的痛苦》一篇之内。

其二，表现先觉者的智慧的痛苦。以恰茨基为一方，以法穆索夫一家和其客人为另一方，戏剧表现了觉醒和守旧两种力量的交锋与斗争。深受西欧影响、已经觉醒的恰茨基，看到依旧落后、死水一潭的俄国社会，深感痛心。面对众多顽劣守旧的贵族，他竭尽全力宣传进步、抨击时弊、揭露专制和农奴制度、批判崇洋媚外风气，充分表现了其智慧、信念和热情，却因单枪匹马、寡不敌众，被迫出走。西欧的启蒙主义思想给恰茨基以智慧，而这智慧却只能给他带来万般痛苦。作家通过恰茨基的遭遇，说明了有智慧的先觉者在俄国遭受的痛苦。

《智慧的痛苦》在结构上较早摆脱了古典主义"三一律"的束缚，语言准确、生动、口语化，达到了较高的艺术成就，也为俄国戏剧带来了新的气象，是 19 世纪俄国现实主义戏剧的奠基之作，对后世有较大的影响。苏联学者彼得罗夫指出，"《智慧的痛苦》是最受人注目的俄罗斯戏剧作品之一，是一部文学和社会生活紧密联系的光辉典范的作品，也是一部作家善于通过完美的形式来反映当代最迫切的社会现象的典范作品"。

赫尔岑（1812—1870），著名的哲学家、思想家、文艺理论家、作家。米尔斯基宣称，赫尔岑在政治史、思想史和文学史中均占有同等重要的地位。其主要作品有中篇小说《偷东西的喜鹊》（1848），长篇小说《谁之罪》（1845—1847），散文集《法意书简》（1847—1850）、《彼岸书》（1847—1850），巨型散文《往事与随想》（1852—1868）；其中《谁之罪》《往事与随想》是其代表作。

《谁之罪》通过贵族青年别里托夫、平民知识分子克鲁齐费尔斯基和农奴出身的姑娘柳博尼卡之间复杂的爱情故事及其悲剧，表现了个人情感与当时社会道德之间的剧烈冲突。平民知识分子克鲁齐费尔斯基到退职的将军家里做家庭教师，爱上了主人的私生女柳博尼卡。二人结婚后迁居 NN 城，克鲁齐费尔斯基则到一所中学任教。四年后，克鲁齐费尔斯基的老同学——年轻贵族别里托夫到该城参加贵族选举，因为共同的情趣和对社会的共同见解而与柳博尼卡产生感情。结果克鲁齐费尔斯基因此而颓废，终日酗酒，柳博尼卡重病即将死去，别里托夫则永远出走国外，酿成了人间惨剧。小说表面上只是一个三角恋故事，但实际上通过三个青年的感情纠葛和人生悲剧，反映了俄国当时社会生活中的一些重大问题——农奴制问题以及知识分子的出路问题。小说形象地指出，正是专制农奴制度下的俄国社会生活，造就了知识分子软弱无能的性格：克鲁齐费尔斯基因懦弱而颓废，别里托夫虽有教养但无法适应现实生活。小说借三个青年的婚姻恋爱问题和悲剧命运批判了当时的专制制度，概括了俄国 19 世纪 40 年代的社会生活状况，点明了时代问题的症结所在，并且尖锐地提出了"谁之罪"这一关键问题。尼克利斯基指出："这部作品引起强烈反响，首先是因为其中提到了农奴制问题，农奴制是俄国现实的主要的恶。通过这些问题可以看到家庭、婚姻、教育、妇女地位等问题。此外，还有对俄国知识分子使命和命运的反思。"别林斯基则认为，小说主要表现的是关于人的尊严的问题。偏见、无知都在贬损尊严，有时候表现为对自己亲人的不公正，有时候则是自己对自己的自愿歪曲。人的尊严不被承认，由此导致痛苦、疾病。人的尊严遭到故意的伤害，更为严重的是遭到无意的伤害。赫尔岑是人道的宣传者、辩护者。他塑造的人物不是恶人，甚至大部分是善良的人。他们折磨自己和他人，经常是带着良好的愿望，而不是坏的愿望，更多是出于无知，而不是出于恶。有些人因卑劣情感和愚蠢行为而让人反感，但作者认为，在更大程度上，这是他们的无知和他们生活于其中的那个环境导致的，而不是他们的恶的本性。值得一提的是，这部小说中的别里托夫是19世纪俄国文学中又一个"多余人"，是从奥涅金、毕巧林到罗亭的中介。《谁之罪》作为赫尔岑创作的著名"问题小说"，在俄国文学史上占有一席特殊的地位，其深刻的分析精神、嘲讽的叙事风格，对后来车尔尼雪夫斯基的《怎么办》有明显的影响；而其首先提出的"谁之罪"这一问题也成为那个时代的重要命题，并且成为四五十年代乃至此后许多俄罗斯作家所探索的中心主题。我国俄国史专家张建华甚至认为："赫尔岑笔下的'谁之罪？'和车尔尼雪夫斯基笔下的'怎么办？'，则成为二百余年来俄国知识分子共同的思想命题。"

《往事与随想》是一部包括日记、传记、书信、随笔、新闻、政论和杂感的长篇回忆录，记述了从1812年俄罗斯第一次卫国战争到巴黎公社前夕半个多世纪里俄国和西欧的社会文化生活，在广阔的历史背景下描写了形形色色的人物，把重大社会事件与作家个人的生活道路、思想发展紧密结合在一起。该书虽为自传性文学，却能在塑造人物和描写环境方面做到典型化，寓激情于记叙，从而集文学性、史料性、思想性于一身。汪剑钊认为，就文体而言，《往事与随想》显示了作者开阔的视野、博大的胸襟和出色的文学才能。在空间上，它不仅有莫斯科与外省的跨越，还有俄罗斯本土与西欧异域的对比；在时间上，上起1812年俄罗斯第一次卫国战争，中经十二月党人起义、四十年代欧洲革命、五十年代的政治流亡，下迄六十年代巴黎公社风暴的前夜。在这本书中，我们可以看到，作者既有对美丽风景充满热爱的描写，也有私密情感的坦诚流露，更有关于真理的探索性论证，实可谓激情与理性相得益彰，诗歌与哲学并驾齐驱。别林斯基在

《1845年俄国文学》一文中评论《谁之罪》时写道:"作者奇特地善于把理智提高到诗的境界,把思想转化为活的人物,又把自己观察的成果具体化为富于戏剧性的情节。"这个评价同样适用于《往事与随想》。赫尔岑本质上堪称浪漫主义的诗人(别林斯基称其为"人道的诗人"),他那磅礴的想象力与敏锐的感受力将"家庭的悲剧"与对社会的思考和对人类命运的展望紧密地联系到一起,为自己深刻的思想找到了恰切的载体。《往事与随想》对后世的俄国文学乃至世界文学都有较大影响。屠格涅夫认为,《往事与随想》揭开了他的"社会生活"和"私生活",为自己的一代人画出了肖像。

关于赫尔岑的文学成就和思想意义,列夫·托尔斯泰于1888年在致切尔特科夫的信里有颇为公正的评价:"第一,作为一位文学家,他即使不高于,也相当于我们的一流作家;第二,假如他的作品从五十年代起就成为年青一代思想中不可分割的部分,那我们就不会有什么革命虚无主义者了。"

继1825年12月残酷地镇压了十二月党人起义之后,沙皇政府在1826年设立了第三厅,对进步思想进行钳制,随后又开始弘扬国粹主义,鼓吹正教、专制制度和国民精神。40年代,农奴制开始崩解,社会矛盾异常尖锐。面对严峻的社会形势,富有责任感的俄国知识分子开始勇敢地担负起自己的职责。

恰达耶夫(1794—1856)在1836年9月底发表于《望远镜》杂志第15期上的《哲学书简》(之一)影响巨大而深远。在这封书简中,他彻底否定了俄罗斯的一切:"我们是世界上孤独的人们,我们没有给世界以任何东西,没有教给它任何东西;我们没有给人类思想的整体带去任何一个思想,对人类理性的进步没有起过任何作用,而我们由于这种进步所获得的所有东西,都被我们所歪曲了。自我们社会生活最初的时刻起,我们就没有为人们的普遍利益做过任何事情;在我们祖国不会结果的土壤上,没有诞生过一个有益的思想;我们的环境中,没有出现过一个伟大的真理;我们不愿花费力气去亲自想出什么东西,而在别人想出的东西中,我们又只接受那欺骗的外表和无益的奢华。"

在抗击拿破仑的卫国战争取得胜利之后,俄国的民族意识已空前觉醒,民族的历史和未来的命运,国家和民族的进一步发展,这一类问题得到了越来越多的思考和认识。恰达耶夫的这封书简，更是引发了知识分子对俄罗斯民族和国家前途与命运的深入思考乃至激烈争论，于是，在此背景下，俄国思想界出现了"西欧派"和"斯拉夫派"两大分歧的阵营。

西欧派主张全盘西化，认为西欧的文明就是俄国和整个人类的未来，因此俄国应该走西欧列强的发展道路，废除农奴制，发展资本主义，给人们普遍的言论自由，代表人物有安年科夫、卡维林、别林斯基、赫尔岑等；斯拉夫派则主张退回到宗法制，认为俄罗斯有着独特的历史道路和使命，具有丝毫不亚于西欧诸国的文明，不需要任何改革，而且贵族与农民、君主政体和东正教会等之间的和谐将使俄国在欧洲和世界中保持自己的优势，代表人物有霍米亚科夫、阿克萨科夫兄弟、基列耶夫斯基兄弟、陀思妥耶夫斯基等。但两派都主张废除农奴制，也全都呼吁废除农奴制。这造成了巨大的影响，到 19 世纪后期，变革的呼声慢慢响彻俄国。

梁赞诺夫斯基等指出，在思想观念方面，19 世纪中期的"俄罗斯思潮的发展轨迹就是：从爱智协会对哲学的抽象讨论和对美学特征的强调开始，经过斯拉夫派——在较次的程度上还有西方派——的制度建设，达到对于当前的紧迫问题的关注，这种关注在激进的西方派和彼得拉舍夫斯基分子那里最为典型，虽然两者关注的意义有所不同。与此同时，激进主义在有教养的俄国人中影响日增……另外，通过如赫尔岑和他的终生战友尼古拉·奥加辽夫这样的个人的努力，也通过新的皈依者组织即彼得拉舍夫斯基分子的活动，社会主义进入了俄国的历史舞台……最后，概括说来，亚历山大一世和尼古拉一世时期的俄罗斯思想，尤其是著名的 40 年代的'思想解放'运动，对俄罗斯知识分子的发展和俄罗斯历史的影响巨大，这种影响一直持续到 1917 年，甚至更远。""从农奴解放到第一次世界大战期间，俄国社会、政治和哲学思想也经历了相当大的变革……19 世纪 60 年代的激进主义者，那些屠格涅夫的子孙们，首先在'虚无主义'的思想中找到精神的家园，这种虚无主义以对激进的变化的模糊之向往的名义来反对既存的政治和社会权威。作为他们的发言人，年轻的天才文学评论家德米特里·皮萨列夫(1840—1868)说：'什么可以被打破，就应该被打破。'新的激进主义精神同时反映了时代的普遍唯物主义、现实主义特征和特殊的俄国情况，例如，知识分子对尼古拉一世统治时期令人窒息的生活的反抗、政府的专制和压迫、中产阶级的软弱、其他温和与妥协的因素以及知识分子的民主化趋势。"

19 世纪中期，俄国文学趋向哲学化（俄国学者马兴斯基具体谈道："自19 世纪 30 年代起，俄国知识分子处于对哲学思想保持浓厚兴趣的成长氛围之中，这种氛围促使知识分子作家们有意无意地将哲学思考引入文学创作。从普希金的《叶甫盖尼·奥涅金》、莱蒙托夫的《当代英雄》到赫尔岑、屠格涅夫、托尔斯泰的小说，在文学中进行哲学思考的传统不断得到加强"），致力于探索人的终极性问题，代表是带有浪漫色彩的"爱智派"。爱智派是莫斯科大学哲学—文学小组"爱智协会"的参加者创立的流派，成员主要有波戈金（1800—1875）、奥多耶夫斯基（1803—1869）、韦涅维季诺夫（1805—1827）、霍米亚科夫（1804—1860）、马克西莫维奇（1804—1873）、舍维廖夫（1806—1864）、基列耶夫斯基（1806—1856）、科舍廖夫（1806—1883）等。他们热衷于研究斯宾诺莎、康德、费希特尤其是谢林的著作，出版过文集《谟涅摩叙涅》（共 4 部，1824—1825）。他们特别喜爱谢林，深受谢林哲学的影响，探讨哲学问题，重视文学的美学特征，对俄国唯心主义辩证法和艺术哲学的发展起过显著的作用。他们中一些人后来成为影响很广的著名人物，如成为历史学家的波戈金，成为思想家的霍米亚科夫、基列耶夫斯基等，丘特切夫是他们的好友，深受其影响；他们的思想观念影响广泛后来也波及其他唯美主义诗人。

米川正夫指出，从 19 世纪 40 年代到 50 年代，俄国文学的一般倾向乃是对于世俗描写的特别感到兴味，和对于祖国的社会的政治的现象之否定的态度。几乎所有的小说，都假借艺术的形象，倾其全力于讽刺和暴露那些侵入了俄国生活的庸俗性、卑劣性。

19 世纪后期，俄罗斯上上下下都期盼变革、呼吁变革。这是时势使然。平民知识分子登上舞台，摒弃了西欧派的全盘西化主张，批判性地接受了斯拉夫派重视民族尤其是人民的思想，号召深入民间为人民服务，一些激进的平民知识分子更是成为革命民主派，主张推翻沙皇统治。这些观念深深影响到现实主义文学批评和理论，进而又极大地影响了现实主义文学创作，使现实主义作家们对社会的揭露、批判不断加深。与此同时，作家们在挖掘到阻碍俄国社会发展的"两大病害"（政治上的专制制度和经济上的农奴制度)后，对贵族和社会出路的探索越来越迫切，对灵魂苦难的关注越来越执着，基督教人道主义思想也越来越浓厚，于是又将文学引向寻求正面人物的领域，完成了从塑造贵族知识分子的"多余人"到塑造平民知识分子"新人"形象和由贵族地主立场向平民立场转化的"忏悔的贵族"的形象的任务。

19世纪后期，俄罗斯文学的思想和艺术都大大深化了，达到了西方文学尤其是现实主义文学的高峰。其突出的特点有五：第一，关注民族前途，因此提出了"谁之罪""怎么办""真正的白天何时到来""谁在俄罗斯能过好日子"等一系列关于人民解放、批判沙皇专制和农奴制度的社会问题，被称为"提问题的文学"(也有人将其概括为"文学与民族解放运动紧密相连，以批判沙皇专制制度和农奴制度作为主要内容"。吉尔卡尼诺夫则具体地指出，有三个课题引起了五六十年代的俄国作家的特别关注：农奴制度；一种新的势力——平民知识分子出现在社会生活的舞台上；妇女在家庭中的地位。然而，在生活提出的课题中，还有一个急需阐释的问题，这就是商人在生活中的任意胡为，金钱和陈腐权威的残酷统治，以及在这种统治的压迫下，不仅商人家庭成员，特别是妇女感到窒息，而且就连劳动贫民也要以任意胡为之人的无常变化为转移)。第二，高扬道德旗帜，强调宗教救助，深具悲悯情怀，从宗教哲学的角度反映时代和人生的苦难，表现复杂的人性，从而把个人和民族的问题普泛化，使之成为人类普遍的问题，并通过对人物心理奥秘的揭示来进行艺术描写，形成了独特的"心理现实主义"。第三，刻画独特的形象系列，主要有多余人形象系列、小人物形象系列、新人形象系列、忏悔的贵族形象系列，此外，还有丑陋的地主形象系列以及贪婪的官僚形象系列。第四，在艺术上有独特而执着的探索与追求，达到了世界一流的水平。第五，创作与理论的良好双向互动，别林斯基、车尔尼雪夫斯基和杜勃罗留波夫从理论高度总结、提升了现实主义作家的创作实践，对俄国现实主义进行了阐释和捍卫，指导并推进了现实主义文学的发展，德鲁日宁、鲍特金、安年科夫等从纯艺术派的诗歌创作中总结了经验，提炼出相应的理论加以引导，并在与革命民主主义文学理论家的论战中捍卫和推进了纯艺术派的诗歌创作。

这个时期，俄国文坛出现了两大思潮：把文学当作社会政治斗争的工具；维护艺术本体，"为艺术而艺术"。前者的流派主要有革命民主主义、民粹主义，后者的流派则主要是唯美主义、象征主义，此外还有一大批出色的现实主义大师。两大思潮的争鸣乃至斗争，推进了人们对文学的认识和思考，使文学作品的思想和艺术都得到了进一步的深化。

革命民主主义文学方面的成就主要在文学批评和理论方面，代表人物是三大文学理论家别林斯基、车尔尼雪夫斯基、杜勃罗留波夫。

别林斯基(1811—1848)，俄国现实主义美学理论和文艺批评的奠基人，革命民主主义的先驱。曾主办《祖国纪事》《现代人》杂志。前期受黑格尔的思想影响较深，强调艺术的社会功能和作家的自觉性，代表作有《文学的幻想》(1834)、《论俄国中篇小说和果戈理的中篇小说》(1835)、《智慧的痛苦》(1840)；后期转向现实主义美学观，主张写"现实的诗"，代表作有《艺术的概念》(1841)、《乞乞科夫的游历或死魂灵》(1842)、《论普希金》(1843—1846，这实际上是一部包括11篇论文的专著，是俄国最早的普希金研究论著之一)、《一八四六年俄国文学一瞥》(1847)、《一八四七年俄国文学一瞥》(1848)等，系统地论述了现实主义的美学原则和俄国文学中现实主义的形成过程及其特色，强调和宣扬文学是社会生活的反映和社会意识的表现，肯定了以果戈理为代表的"自然派"，捍卫了现实主义原则，维护并指导了俄国自然派的文学创作，有力地推动了俄国现实主义文学的发展。

车尔尼雪夫斯基(1828—1889)，杰出的思想家、革命家和文学批评家，在哲学、美学和文学方面都有很高的建树。在哲学上，他坚持人本主义与辩证法；在思想上，他主张通过暴力革命推翻沙俄专制制度，建立一个人人温饱、个个平等的社会；在美学上，他在《艺术和现实的审美关系》(1855)中提出了"美是生活"的唯物主义美学观；在文学批评方面，他继承了别林斯基的传统，在《俄国文学的果戈理时期概观》(1855—1856)一文中为文学批评功利主义的公民批评奠定了基础，重新树立了别林斯基崇拜，并运用历史的和美学的方法分析文学问题，阐释了托尔斯泰心理描写的特征，并用"心灵辩证法"予以总结。

车尔尼雪夫斯基提出"美是生活"和"文学是生活的教科书"，号召作家为建立理想的美好生活而斗争。他认为生活不仅是死的自然界，而且也是人的生活；不仅是过去的生活，而且也是未来的生活；不仅是现实的生活，而且也是"应当如此的生活"，即理想的生活。他宣称艺术的对象主要是美适应生活，因此他给艺术规定的第一个使命就是"再现生活"，第二个使命是"解释生活"，"对生活现象下判断"，也就是说要表明艺术家对生活的态度，是肯定它还是否定它，是加强它还是削弱它。由此，他提出一个著名的论断——"文学是生活的教科书"，号召作家为建立理想的美好生活而斗争。到此阶段，他已只看重文学的社会功能，从而把文学变成了社会政治斗争的工具。

1862年，车尔尼雪夫斯基因为政治原因被囚禁于彼得保罗要塞，在狱中他创作了充满革命信心的长篇小说《怎么办》，副标题是"新人的故事"。其中心情节是薇拉·巴甫洛夫娜、罗普霍夫、吉尔沙诺夫三人的情感纠葛。美丽少女薇拉被贪财的母亲逼着嫁给阔少斯托列西尼科夫，然而她却反对封建包办婚姻，选择离家出走，寻求经济上的自主和人格上的独立。医学院的大学生罗普霍夫为了救助薇拉，毅然牺牲自己的学业，放弃了当教授的前途，以假结婚的方式，把薇拉救出苦海。两人慢慢产生了感情，并自愿结婚。心怀抱负的薇拉创办了一家实行社会主义原则的缝纫工厂，自食其力，还团结了一批富有理想的青年。罗普霍夫性格内向，为人严肃，薇拉却热情奔放，善于交际。两人之间因为性格不合而产生了隔阂。薇拉与丈夫的同窗好友吉尔沙诺夫性格相投，产生了真正的爱情。然而，薇拉为了不使自己尊敬的丈夫痛苦，便尽力去爱他。吉尔沙诺夫也怕伤害罗普霍夫而主动疏远了薇拉，甚至不再拜访罗普霍夫家。罗普霍夫觉察到这种变化，暗暗决定成全他们。于是，他制造了自杀的假象，然后悄悄去到美国，参加废奴运动。几年后，罗普霍夫回到俄国，和薇拉的朋友卡捷琳娜自由恋爱，另建家庭。最后，罗普霍夫和吉尔沙诺夫两家人住在一起，相处融洽。

"新人"是指19世纪五六十年代俄国社会上出现的平民知识分子、革命民主主义者，其基本特征是从事劳动、自食其力、意志坚强、道德高尚、积极行动、献身革命、实事求是、头脑清醒。他们崇尚自然科学，对自由热烈追求，对人的尊严极为尊重，不仅有美好的理想，而且有能力去实现它。他们彼此尊重、平等相待，在处理家庭和恋爱婚姻问题时，遵循"合乎理性"的"合理利己主义"（一译理性利己主义）以及能让人人都快乐幸福的原则。

《怎么办》出色地描写了两种类型的"新人"。一类是普通的"新人",如罗普霍夫、吉尔沙诺夫、薇拉等。小说通过他们的恋爱婚姻问题塑造了其"新人"形象,表达了"合理利己主义"的爱情观与人生观。当薇拉被迫要和一个她不爱的人结婚时,罗普霍夫牺牲了大学学业,挺身救助她。后来当觉察到好友吉尔沙诺夫也爱着薇拉,并且薇拉也爱着对方时,罗普霍夫便制造了自杀的假象并躲到美国以成全他们。小说表现了"爱一个人,这意味着为他的幸福而高兴"的崭新的爱情观与人生观,从而回答了时代提出的问题。另一类是"特殊"的"新人",如拉赫美托夫、穿丧服的太太等。拉赫美托夫的形象集中地体现了"新人"的特点与本质:他虽然出身贵族家庭,但却同本阶级决裂,与人民群众相结合,投身革命队伍。他有意识地从两个方面锻炼自己:一是漫游俄罗斯,广泛地了解社会,并且有意识地抛弃舒适的生活,甚至弃绝正常的生活享受,自觉地过俭朴的、艰苦的生活。他说:"凡是老百姓吃的,有机会时,我不妨吃吃;凡是老百姓吃不着的,我就不应该吃。"他走遍俄罗斯各地,同农民一起砍柴、锯木、拉纤,以加强与劳动人民的联系,从而更好地向他们学习。二是不建立家庭,一心扑在革命事业上,具有自我牺牲的精神,自觉地锻炼革命意志,准备迎接艰苦的斗争。普列汉诺夫说:"在每一个出色的俄国革命家身上,都有过许多拉赫美托夫气质。"拉赫美托夫被称为"优秀人物的精华""原动力中的原动力",他集中体现了职业革命家的典型特征,是俄国文学中典型的"新人"形象。通过拉赫美托夫这一形象,小说给"怎么办"这一问题做出了完满的回答:为促进祖国的解放和发展,应该有一种献身精神;为解除人民的痛苦,应该起来进行斗争。

米川正夫指出:"这部小说也许不能称作纯粹的艺术作品,但其中却充满燃烧于作者胸中的高洁的热情,而散发出一种艺术情味,同时还具有在当时的青年们心中唤起同样的热情的力量。"约瑟夫·弗兰克也提出,《怎么办》通过为 19 世纪 60 年代的激进知识分子所关心的所有问题提供答案,甚至更有力地抓住了年轻读者们的想象——它向他们保证,这些答案可以被出奇容易地付诸实践。理性利己主义是为一切人类难题提供最终答案的神奇法宝——无论是两性关系,建立新的社会制度,获得个人生活的满足,蒙蔽愚蠢的沙皇当局，或者在未来的地上乐园中同时从肉体上和精神上改造人类。人们所需做的只是把严格的利己主义作为自身行为的准则，然后相信通过逻辑的无声力量，理性利己主义将驱使他们总是将私利与最多数人和最大利益等同起来。因此，"尽管艺术上存在各种明显的缺点，但该书仍然是以小说形式写成的最成功的宣传作品之一。很少有书能像它一样对如此广大民众的生活产生如此有效的影响。

　　正因为作者的热情和小说本身契合了当时社会对未来的憧憬，这部小说在19世纪后期的俄国社会尤其是俄国青年中产生了很大的影响①，成为革命青年斗争的旗帜和行动的指南。当时的年轻人纷纷跟着罗普霍夫和吉尔沙诺夫走，姑娘们深受薇拉·巴夫洛芙娜榜样力量的感染，少数人在拉赫美托夫身上找到了自己的理想。在这部小说及傅立叶等人空想社会主义思想的影响下，彼得堡的一些进步青年成立了一些同工同酬、实施集体经济的公社，其中最著名的是革命民主主义者、作家斯列普佐夫（1836—1878）在旗帜街建立的旗帜公社，以及后来出名的作曲家穆索尔斯基创办的大学生公社。正因为如此，安杰伊·瓦利茨基指出："对于许多年青一代的成员来说，这部小说成为真正的'生活和知识的百科全书'。普列汉诺夫宣称：'在俄国，没有什么出版物取得过像车尔尼雪夫斯基的《怎么办》那样巨大的成功。'"车尔尼雪夫斯基的同代人阿·斯卡彼切夫斯基则谈道："我们几乎要跪着读小说了……它在俄国生活中起了伟大的作用，把一切进步的知识分子引上社会主义道路。到处都开始成立生产消费协会、缝纫工场、皮靴工场、洗衣作坊、公社。"普列汉诺夫更指出了小说的特殊教育意义："哪一个不是一读再读这部著名的作品呢？哪一个不向往那些在小说的有益影响下而渐渐成为诚实、美好、朝气勃勃和勇敢的人呢？哪一个不为主要人物的道德上的纯贞而感到惊讶呢？哪一个在读了这部小说之后不思索个人的生活，不使自己的企求和志向受到严格的检验呢？我们所有的人都从

---

　　① 拉依辛指出，刊载有小说文本的几期《现代人》杂志已经成为最珍贵的文物。它们被精心珍藏起来，常常有人手自笔录，青年人经常成群地围聚在一起阅读小说，很少有举办大学生娱乐晚会不争论和议论小说中提到的这样或那样的问题。小说还引出了无数的讽刺性模拟作品、嘲讽短诗、讽刺画和文章，列夫·托尔斯泰对小说作了讽刺性模拟，写了一个喜剧《得传染病的家庭》，陀思妥耶夫斯基写了中篇小说《不寻常的故事》或《游廊里的怪事》。

它里面吸取了道德力量与对美好未来的信心，和对无私的劳动的无比信任……"

杜勃罗留波夫（1836—1861），俄国革命民主主义者，文艺评论家。他捍卫费尔巴哈的唯物主义自然观，并表达了革命民主主义的政治观。在文学与人民的关系上，他在《论俄国文学发展中人民性渗透的程度》一文中，提出了人民性的原则。在文学与现实的关系上，他提出了真实性与典型性两个问题。米尔斯基公正地指出，"杜勃罗留波夫对于文学价值具有一定判断力，他对他打算用作其布道文本的文学作品之选择就整体而言亦很成功，但是，他却从未试图过多探讨这些作品的文学层面：他仅将它们当作当代俄国生活的地图或照片，当作进行社会布道的借口"。其主要作品是评论冈察洛夫、奥斯特洛夫斯基、屠格涅夫的三篇文章：《什么是奥勃洛摩夫性格？》（1859）、《黑暗王国的一线光明》（1860）、《真正的白天什么时候到来？》（1860）。他强调文学"表现人民的生活、人民的愿望"，认为文学应该"随着生活的趋向而改变"，注重描写的真实性，致力于塑造反对农奴制的英雄人物，因此"往往以文学作品为依据，解释生活本身的现象"。他的观点较之前两位理论家更加激进，把文学完全当成社会斗争的工具，衡量作品几乎只关注社会政治内容，而对艺术性关注较少，因此引起了冈察洛夫、屠格涅夫等人的不满。

此后，又出现了政论家、文学评论家、民主革命者皮萨列夫（1840—1868）。皮萨列夫是 19 世纪 60 年代社会活动家的杰出代表。其主要论文有论托尔斯泰、谢德林、车尔尼雪夫斯基等人作品的《幼稚想法的落空》（1864）、《千金小姐的爱情》（1865），阐述自己观点的《普希金和别林斯基》（1865）、《美学的毁灭》，评《罪与罚》的《为生活而斗争》（1867），评《战争与和平》的《旧贵族》（1868）。他宣称要把"艺术的殿堂变成人类思想的作坊。作家、文学研究者、画家都要在这所作坊里依照自己的方式奔向一个伟大的目标——消灭贫困与愚昧"，因而坚决反对纯艺术论的唯美追求，注重文学的实用性。

总体来看，俄国革命民主主义文学批评有如下观点：第一，重视文学自身的规律和特点。别林斯基认为艺术是"形象思维"，哲学家用三段论，诗人则用形象和图画说话。第二，重视文学与生活的关系。别林斯基认为，一切艺术的内容都是现实，但必须经过选择、加工，提高到普遍的、类的、典型意义上的和谐整体。第三，强调人民性。即除了民族性之外，还要描写平民百姓的世界、情操高贵的平民百姓的典型，描写普通人。第四，注重文学的社会作用，反对"纯艺术论"。别林斯基指出，要想做一个诗人，不需要炫耀自己琐屑的意愿，不需要无所事事的幻想的梦、陈腐的感情和华丽的忧郁，需要的是与当代现实问题的强烈的共鸣。车尔尼雪夫斯基认为，文学应该说明生活，对生活现象下判断，通过描写生活所提出的主题，表现一定的思想，成为"人的生活的教科书"。

也有学者把涅克拉索夫、谢德林的文学创作列入革命民主主义文学中，而不把他们列入现实主义文学中。那么，此处就按照这一划分，介绍一下这两位作家。

涅克拉索夫（1821—1878），既是出色的编辑，主编了《祖国纪事》等杂志，团结和培养了一大批作家和诗人（米尔斯基称，涅克拉索夫是一位天才的编辑，他遴选最佳文学，促使合适人选诉诸当代题材的能力让人难以思议）；又是出色的诗人，创作了大量的抒情诗、叙事诗乃至长诗。他的叙事长诗《严寒，通红的鼻子》（1863）反映了贫苦农民的悲惨命运，塑造了勤劳、勇敢、诚挚、谦虚、美丽的农村妇女达丽娅这一形象。米尔斯基称这首诗"神奇壮美"，"其中有对俄国农妇神话般的理想化，也给出一幅幅静谧冰封的森林之壮阔画面"。阿赫玛托娃则认为："《严寒，通红的鼻子》是俄国诗坛最伟大的现象之一。整首诗都充满音乐感。整首诗都是新的发现。"楚科夫斯基更是宣称："就其对农民生活的观察的深刻，就其表现力和抒情力量的强烈而言，《严寒，通红的鼻子》几乎可以超过一切描写俄国乡村的诗篇。"《俄罗斯女人》（1872）则描写了两位十二月党人的妻子的动人故事。涅克拉索夫的代表作是长诗《谁在俄罗斯能过好日子》（1863—1876）。长诗写七个刚从农奴制下解放出来的农民争论谁在俄罗斯能过好日子。他们有的说是地主，有的说是官僚、神甫、富商、沙皇等，相持不下，便决定一起漫游俄罗斯，亲眼看看到底谁能过好日子，谁是幸福的人。长诗借这一情节，广泛地描写了改革前后俄国的社会生活，特别是农奴制改革后农民的艰难生活，揭露了农奴制改革的欺骗性，表现了农民的觉醒和反抗，指出农民要生活得快乐而自由，只有走革命的道路。拉依辛指出，涅克拉索夫这首长诗的风格，就其特征而言，近似于民歌风格。涅克拉索夫运用了民间口头诗歌创作的一切手法：常用的修饰语、否定比喻、反复、夸张等。长诗的大部分诗行都不押韵。然而，无韵诗行与押韵诗行在长诗中巧妙地结合在一起，就像一个完整的高雅的混合物。涅克拉索夫讲民间故事、口语化的特点，使诗巧妙地变成了歌。《谁在俄罗斯能过好日子》宛如一首歌曲，音调和谐，感情深沉。它充分表达了欢乐和痛苦，仇恨和怜悯，蔑视和热爱，时而渲染无情鞭挞的讽刺色调，时而渲染轻松调皮的幽默色调。米尔斯基认为，这首长诗是 19 世纪俄国诗歌最具独创性的作品之一，是涅克拉索夫民歌风格创作的最高成就，或许是其整个创作的最高成就。

涅克拉索夫诗歌的主题，用他自己的话来说，就是"人民的苦难"。他紧密结合俄国的解放运动，充满爱国精神和公民责任感。许多诗篇忠实地描绘了贫苦下层人民和俄罗斯农民的生活和情感，与当时的政治斗争紧密结合，具有高度的思想性和战斗性，并且以平易口语化的语言表现社会底层生活和农民生活，代表了千百万人民的呼声，反映了广大劳动人民的苦难和愿望。涅克拉索夫开创了"平民百姓"的诗风（米尔斯基认为，他最为出色、最为独特的诗作之意义，恰在于他大胆创作出一种不受传统趣味标准之约束的新诗歌，因此，就其独创性和创造力而言，他位居一流俄国诗人之列，堪与杰尔查文媲美。在 19 世纪所有俄国诗人中，只有他能够真正地、创造性地接近民歌风格），因此被称为"人民诗人"。他的创作在很长一段时间里成为文学的主流，对当时的诗歌以及 20 世纪俄罗斯的诗歌都产生了重大影响。然而，涅克拉索夫的诗尤其是抒情诗，往往不注意技巧，过于平铺直叙，缺乏跳跃性，尽管语言上有民间语言活泼、风趣、生动、丰富的一面，但多少缺乏弹性。

谢德林（1826—1889），俄国著名讽刺作家，主要作品有特写集《外省散记》（1856）、长篇小说《一个城市的历史》（又译《一个城市的故事》）（1869—1870）、《戈洛夫廖夫一家》（1880）等。《戈洛夫廖夫一家》通过描写一个贵族地主家庭成员堕落和衰亡的历史，揭示了俄国贵族地主阶级必然灭亡的历史命运。米尔斯基指出，仅此一书，便已使他位居俄国现实主义小说家之前排，永远跻身俄国经典作家之列。这是一部社会小说，是一个外省贵族家庭的自然史，旨在展示农奴主阶级之文明的贫乏与兽性。兽性对人类生活的统治从未获得如此有力的描绘。戈洛夫廖夫一家恶毒、贪婪、自私，彼此间没有任何家庭感情，甚至丧失一切感受满足和幸福的能力，置身于兽性的无望荒原。此书无疑是整个俄国文学中最阴郁之作，更为阴郁的是，这一印象凭借最简单的手法获得，不带任何戏剧手法或氛围渲染。小说中最出众的人物是波尔费利·戈洛夫廖夫，绰号"小犹大"。他是一个空虚机械的伪君子，油腔滑调，废话连篇。他说话并非出自内在需求或外在益处，而是因为他的舌头需要不断运动。这是一位作家所能想象出的关于人类最终的非人化之最恐怖景象之一。马克·斯洛宁认为，波尔费利·戈洛夫廖夫是俄国小说里一个伟大的虚构人物，他的外号"小犹大"已经成为象征这一类人的口头语，他和狄更斯小说里的毕克斯涅夫、尤里亚·希普及世界文学中其他著名的伪善者同为一类。他对母亲恭而敬之，似尽孝礼，可是实际上是噬人而肥的吸血鬼；他口蜜腹剑，一心一意聚敛财富，嘴上离不了上帝，骗人钱时必定祈祷而且画十字。马克·斯洛宁进而指出："这一部世家衰败录里面所记载的只是绝望、失败及死亡，俄国文学中没有几本小说如此阴郁忧闷，令人难以喘息，即使对于自然景色之描写也是与绝望衰败之气氛相衬的：低云笼罩，雨后一片泥泞，风雪严霜杀死一切生命，夏日炎热得灼人。"马克·斯洛宁对谢德林评价颇高："萨尔蒂科夫在俄国文学中的地位可与斯威夫特在英国文学中之地位比拟，他借鉴于善写讽刺文章之各位大师，尤其是格利鲍耶陀夫与果戈理（从他早年作品的文句便可以看出所受果戈理影响之深），可是要比各位大师来得更激烈、更基本。契诃夫曾说：'只有萨尔蒂科夫知道如何公开表示鄙视，读者中有三分之二不喜欢他，可是统统相信他。'契诃夫的话使人想到萨尔蒂科夫的三个显著特色：现实主义笔法描写之正确，力求忠实于事实，文章语气复有类似《圣经》中之愤怒。""一般人公认在萨尔蒂科夫的作品里《戈洛夫廖夫一家》和《一个城市的故事》已经永垂不朽，其他许多作品，对于1848至1888年的俄国情况虽然记载得十分清楚，可是对现代读者只不过具有历史性的趣味。作者私意认为《往事依稀》亦应列入萨尔蒂科夫最佳作品内，他的若干讽刺小说，尤其是他所写的童话在今日仍有一读的价值。"

　　民粹主义，指1861—1895年俄国资产阶级民主解放斗争时期非贵族出身的知识分子中兴起的一股社会思潮。民粹主义代表农民利益，反对农奴制和资本主义在俄国的发展，主张通过农民革命推翻专制制度。民粹主义是农民村社社会主义乌托邦的变种，创始人是赫尔岑、车尔尼雪夫斯基，思想家是巴枯宁、拉甫罗夫、特卡乔夫。19 世纪 60 年代初，民粹主义分裂为两派：革命派和自由主义派。70 年代初，民粹主义发起了声势浩大的"到民间去"运动，领袖人物是拉甫罗夫、米哈伊洛夫斯基和巴枯宁。

拉甫罗夫(1823—1900)在其著作《历史信札》中认为，受压迫的劳动人民为创造文明付出了高昂的代价，文化的一切进展都是靠千万劳动人民的血汗换来的，这才使得少数特权人士有机会从事研究并且有所创造。少数无忧无虑的人之所以能够培养哲学、文学素养以及崇高情操，是因为占大多数的吃苦的人被迫凿石铺路、挖掘隧道、耕耘田地与采煤。他们这种无声无息的劳动建立起了学术与文艺的殿堂，然而贫苦而又不识字的他们却不能进去。因此，享受文明的少数人，即知识分子，应该承担起自己应负的责任，向人民偿还欠债。在《前进，我们的纲领》一文中，拉甫罗夫明确指出："俄国大多数居民的前途赖以发展的特殊基础就是农民以及村社土地所有制。在村社共同耕作土地和村社共同享用土地的产品这个意义上发展我们的村社，把米尔大会变成俄国社会制度的基本政治因素，把私有财产吸收到村社的财产中去，使农民懂得自己的社会需要……这一切就是俄国人的特殊目的，一切希望祖国进步的俄国人都应该促使这些目的的实现。"也就是说，拉甫罗夫把社会改革的希望寄托在农民身上，希望在俄国农村公社的基础上建立社会主义。他进而主张建立一个消灭压迫等现象的新政权，让人人得以接受文化教育。他坚信劳动者将会开展社会革命，建立这种政权。他坚持首先必须使劳动者觉醒。因此，知识分子应该担任的任务就是"到民间去"，并在农民和工人之间宣传这一真理。

N. S. 鲁萨诺夫曾回忆当时作为一名青年学生的强烈感觉："我们曾被皮萨列夫所吸引，他告诉我们自然科学的巨大便利之处在于让人'思考时更为现实'……我们希望能够活在我们那'受过教育的利己主义'之中，拒绝所有的权威，并且以过上自由快乐的生活为目标。然而，[拉甫罗夫的]那本小书突然告知我们在自然科学之外还有很多东西。一个关于青蛙的类比[是屠格涅夫《父与子》中的巴扎罗夫终日解剖青蛙的类比]并不能让我们十分信服……人民，饥饿的大众，被劳动所累的人们，还有那些支持整个文明体系的工人们，他们的存在只是为了让我们能够研究青蛙……对于一段本该快乐的人生来说，我们可悲的中产阶级计划真是太丢脸了！……从现在开始，我们的生活必须完全属于大众，并且也只有当我们将力量贡献给社会公理的伟大胜利，我们才能在我们的国家和全体人类面前表现得毫不虚伪。"俄罗斯宗教哲学家弗兰克在《偶像的毁灭》一文中对此总结道："知识分子感到自己对人民有罪甚至是由于不属于'人民'、自己的生活条件略高于人民。赎去自己罪过只有一个办法——献身于'人民'。"

约瑟夫·弗兰克指出，如果说拉甫罗夫让知识青年开始对自身特权产生了负罪感的话，米哈伊洛夫斯基（1842—1904），另一位民粹主义思想家，则说服他们相信俄罗斯的乡村和农民保留了无法想象的财富，这些财富不应在"发展"的步伐当中被轻易丢弃。

另一领袖人物巴枯宁（1814—1876）更是热情洋溢地向俄国青年发出号召："赶快抛弃这个注定要灭亡的世界吧，抛弃这些大学、学院和学校吧……到民间去吧！你们的战场，你们的生活和你们的科学就在那里。在人民那里学习如何为他们服务，如何最出色地进行人民的事业……知识青年不应当是人民的教师、慈善家和独裁的领导者，而仅仅是人民自我解放的助产婆，他们必须把人民的力量和努力团结起来。但是，为了获得为人民事业服务的能力和权利，他们必须把全部身心奉献给人民。"

于是，1873—1874年，俄国知识青年掀起了一场声势浩大的"到民间去"运动。克罗波特金公爵在回忆录中非常典型地描述了这场运动及其目的和理想——"他们能够对大众起到怎样的作用呢？他们逐渐产生了这样的想法：到人们中间去，过上人们普通的生活，这是唯一的道路。青年男性前往乡村，成为医生、医生的助手、村里的抄写员，甚至是农民、铁匠、木匠……年轻的女性们则通过老师的测验学会助产和照料病人，然后到数以百计的村庄中去，将自己的一切贡献给最贫苦的大众。这些人脑海中并没有社会重建的概念，更没有所谓改革的概念。这些人只是想让农民大众学会阅读，教导他们学会一些事，给他们医务上的帮助……这些人用这样的方法让农民大众们脱离黑暗和痛苦，然后让农民们知道，农民在通往更好的社会生活的道路上也是不可或缺的一环。"

马克·斯洛宁进而指出，19世纪70年代的男女对于牺牲有差不多等于自残似的热诚，他们的政治活动具有一种心理郁结的现象。他们创造了一个神话。许多年轻极端分子，不管是拉甫罗夫还是巴枯宁，都把农民当作理想人物，认为他们具有和善、智慧与忍耐的种种美德；他们深信老百姓准备参加他们种种社会主义化的奋斗而且拥护他们的革命梦。的确，在这种观念的鼓舞下，成千上万的热血青年，尤其是一些贵族青年，羞愧于自己优越的社会地位和富足的生活，力求为他们的出身和教育所享受到的种种便利来赎罪。他们放弃舒适的城市生活，成群结队地到农村去。他们身穿农民的服装，使用农民的语言，过着农民的生活，向农民传播知识，教他们读书写字，为他们解除病痛，并在此基础上进行革命宣传，号召农民起来斗争，推翻沙皇政府，建立公正的社会主义社会。

然而，正如约瑟夫·弗兰克指出的那样，这幅图景虽然可以最直接地证明年轻的民粹主义者们有着深刻的利他精神，但它还是过于田园化了。他们的目标也包括"提高大众的思想准备"，然后为革命做出准备。受巴枯宁的影响，不少人认为只要有一个火花，那反叛的愤怒火焰就会在普加乔夫和斯金卡·拉辛的后代中熊熊燃起。可是事实上，他们懊恼地发现事与愿违，俄罗斯大众对他们煽动性的辞藻完全无动于衷。农民大众总体和受过教育的青年人们依然相去甚远，当这些青年人穿起了打着奇怪补丁的衣服，用奇怪的方式出现在农民们中间时，农民们忠诚地将他们丢给了警察。

不过，马克·斯洛宁指出："从俄罗斯知识分子的衍变来说，他们之'发现'老百姓，以及亲自去和农民接触，真是一件重大的事。俄罗斯人民的两大组成分子——知识阶级和劳动阶级——的关系初次成为具体的结合而不再是抽象的问题。这就是民粹运动在俄罗斯历史中的真正意义。"他进而指出，事实上，民粹主义在文艺与思想方面的成就要超过它的政治理想，那时一切文艺活动差不多都受到它的影响。当时的人或许不赞同民粹主义的理想与理念，但很少有人能不带着民粹主义者的情怀。连反对社会主义与革命运动的托尔斯泰及陀思妥耶夫斯基也都如此。托尔斯泰有自己的一套民粹情怀与理念，而陀思妥耶夫斯基的民粹倾向则强烈地表现为宗教性的斯拉夫主义。其他作家，若非以表现知识分子的新精神为志，便是致力于刻画农民与一般民众。

随着"到民间去"运动的兴起，俄国文坛出现了民粹派知识分子作家群，宣传民粹主义思想的民粹主义文学也就应运而生了。民粹派作家主要有纳乌莫夫（1838—1901）、乌斯宾斯基（1843—1902）、扎索津斯基（1843—1912）、尼·费·巴任（1843—1908）、兹拉托夫拉茨基（1845—1911）、斯捷普尼亚克-克拉夫钦斯基（1851—1895）、卡罗宁-彼特罗帕夫洛夫斯基（1853—1892）、奥西波维奇-诺沃德沃尔斯基（1853—1882）等。他们创作了大量的特写、中短篇小说。他们特别关心农村中出现的资本主义现象，并把村社理想化，竭力维护村社和劳动组合的原则，认为这些原则能够使俄国避开资本主义；侧重写农民的生活、农村的分化、淘金者和纺织工人的生活以及民粹派革命家的活动。

　　乌斯宾斯基，他的特写集《遗失街风习》（1866），反映了图拉城郊区工匠、小市民、小官吏等城市贫民的困苦和受压抑生活；《破产》（1869）描写了一个工人的悲惨命运；《土地的威力》（1882）描写了一个农民的破产史。马克·斯洛宁认为，乌斯宾斯基描写农民生活的作品，深受读者的喜爱。他不厌其烦地叙述种种事实，但是这些事实总是与更大的社会或政治问题有关。他有心纠正当时知识分子对农民所存有的不实的理想，并不讳言农民的实际发展水平。他这种态度表明民粹主义已由纯粹理想变为批判的态度。他的作品谈不上有什么文学价值，之所以生动，完全是因为作者对于人类之受难感受至深。它们仿佛一本大杂贴簿，都是心得的素描与随时观察所记下的札记，显得那么粗糙、简陋。乌斯宾斯基的小说半似社会学的论文，半似新闻报道，然而他却是俄罗斯这类文章的宗师。米尔斯基的看法不同，他指出，乌斯宾斯基在作品中体现出幽默的天赋和对人的同情，同时也表达了对现实生活清醒公正的观察。乌斯宾斯基之有趣，并不仅仅在于他是农民生活的探究者。总体而言，乌斯宾斯基是最佳类型的俄国知识分子之最具代表性、最为典型的人物之一。他具有高度发达的道德感，十分强烈地体验到俄国激进主义思想的各种矛盾和悲剧。俄国知识分子与俄国人民的悲剧"罗曼史"在他灵魂的"小宇宙"中上演。而今，一般学者都认为，乌斯宾斯基的作品充满了民主主义和人民革命的思想，他是一位出色的、独创一格的素描大师，善于把形象与政论艺术地交织在一起。

　　尽管民粹派作家有限地发展了特写和短篇小说的体裁，在某种程度上把艺术地展示现实生活与政论相结合，把数据和事实引进文艺作品，对开拓文学体裁做出了某些贡献，但总体而言，他们的作品艺术成就不是太高，有时甚至完全把文学当成说教、宣传的工具。

以上的文学理论和批评成为当时文学界的主流，影响极大，梁赞诺夫斯基等指出："车尔尼雪夫斯基等现实主义批评家对费特破口大骂和极尽讥讽，促使他作为一名作家不得不在19世纪60、70年代的大部分时间里保持沉默。"正是由于当时社会现实的政治高压和拜金主义、现实主义的盛行，以及别林斯基、车尔尼雪夫斯基、杜勃罗留波夫等革命民主主义理论家过分重视文学的政治功用而使之变成政治斗争的工具，涅克拉索夫、谢德林等现实主义作家和民粹派作家过分注重写实，甚至完全把文学变成政治宣传的工具，唯美主义文学才作为一种反拨力量出现在19世纪中后期俄国的文坛。

唯美主义（又译"艺术至上主义""为艺术而艺术主义"）是19世纪中后期流行于欧美的一种文艺思潮，主张"为艺术而艺术"，强调超现实、无功利的纯粹美，否定文艺的道德意义和社会教育作用，致力于追求艺术技巧和形式美。

事实上，唯美主义对东西各国文学尤其是现代主义文学影响极大。我国的田汉、郁达夫以及滕固、章克标乃至"新月派"诗人，都受到了唯美主义的影响。

唯美主义的发源地是法国。唯美主义作为一种明确的理论，最先是由法国诗人戈蒂耶（1811—1872）确立的。他首先提出"为艺术而艺术"的主张，并在《〈阿贝杜斯〉序言》（1832）、《〈莫班小姐〉序言》（1834）等一系列文章中确定、深化了这一概念的内涵。《〈莫班小姐〉序言》的发表更是标志着唯美主义的诞生。戈蒂耶第一个明确地将艺术从道德附属品和社会工具的地位中分离出来，使之成为一门独立的学科，获得了其独立的品格。戈蒂耶把创造形式美放在首位，反对文学有任何功利和实用目的。他不仅是唯美主义理论的奠基者，更是自己理论的实践者，创作了唯美主义长篇小说《莫班小姐》（1834）和诗集《珐琅与雕玉》（1852）。他的理论和创作影响了法国和其他国家的唯美主义者。

如前所述，19世纪中后期，俄国逐渐走向开放，资本主义经济大力发展。这种经济走向的改变，导致了人们观念的普遍改变——唯物主义、拜金主义、现实主义风行一时，成为时代主流。而唯美主义思想和文学观念正是对这种时代主潮的一种反动。俄国唯美主义包括"纯艺术论"文学理论与"纯艺术派"诗歌创作两个方面，在 19 世纪后期的俄国文坛取得了相当突出的文学成就，并且对别林斯基、车尔尼雪夫斯基、杜勃罗留波夫等的理论偏颇有一定的矫正；在 20 世纪又对俄国诗歌尤其是现代派诗歌、"静派"诗歌和形式主义理论产生了较大的影响。

俄国唯美主义的重要先驱是著名批评家格里戈里耶夫（1822—1864），他写有大量评论文章，著名的有《果戈理和他的最后一本书》（1847）、《1851 年的俄罗斯文学》（1852）、《1852 年的俄罗斯文学》（1853）、《艺术与真实》（1855）、《论奥斯特洛夫斯基喜剧及其在文学和舞台上的意义》（1855）、《论艺术中的真实与真诚——关于一个美学问题》（1856）、《对当代艺术批评原理、意义和手段的批评见解》（1858）、《普希金去世后的俄国文学概观——普希金、格里鲍耶陀夫、果戈理、莱蒙托夫》（1859）、《普希金去世后的俄国文学概观——浪漫主义、批评意识对浪漫主义的态度、黑格尔主义》（1859）、《屠格涅夫和他的创作活动——关于长篇小说〈贵族之家〉》（1859）、《奥斯特洛夫斯基〈大雷雨〉之后——给屠格涅夫的信》（1860）、《艺术与道德——关于一个老问题的新争论》（1861）、《文学中的西欧派》（1861）、《别林斯基与文学中的否定观》（1861）、《我们文学中的现实主义和理想主义》（1861）、《论涅克拉索夫的诗歌》（1862）、《为我们批评界所疏漏的当代文学现象——托尔斯泰伯爵和他的作品》（1862）、《俄罗斯戏剧——戏剧舞台领域的当代状况》（系列）（1862）、《戏剧札记》（1863）、《论文学和艺术中的现实主义》（1863）等。米尔斯基指出，作为批评家的格里戈里耶夫，主要因"有机批评"理论而青史留名。这一理论强调，艺术和文学应扎根于民族土壤（其追随者的"土壤派"之名便来源于此）的有机体。他在普希金作品中发现了这一有机品质，还在同时代人奥斯特洛夫斯基身上看到这一品质。

格里戈里耶夫对俄国唯美主义的影响有二。其一，组成格里戈里耶夫小组，并把艺术和美提高到与道德、上帝同等的地位。早在他的大学时代，就形成了以他为中心的文学—美学小组——格里戈里耶夫小组，主要成员有费特、波隆斯基、C. 索洛维约夫（1820—1879，后成为历史学家，其子便是有名的新宗教哲学家、象征主义诗人 B. 索洛维约夫）、K. 阿克萨科夫

(1817—1860，后成为斯拉夫主义哲学家、历史学家、文艺批评家)等人。他们一般白天听课，星期天或晚上就聚集在格里戈里耶夫家里饮酒、作诗、弹吉他，广泛热烈地争论美学和艺术问题。其二，强调艺术对生命永恒瞬间的捕捉："艺术捕捉永恒流动着的，永恒向前进发的生命，将其生动的瞬间化作永恒的形式，将那神秘的生命进程与共同的全人类灵魂的思想连接起来。""一旦艺术最终抓住了永不停息的生命之流并把它的某个瞬间汇入永久的形式，这个形式就会由于自己理想的美而拥有令人倾倒的魅力，为自己博得近乎专横的同情，以至于整个时代都生活在某些与时代的真、善、美观念联系在一起的艺术作品的'重压'之下。"

俄国唯美主义理论又称"纯艺术论"，高举"为艺术而艺术"的旗帜，捍卫艺术的独立，特别注重艺术形式的美。"纯艺术论"的三巨头是德鲁日宁、鲍特金、安年科夫。

德鲁日宁(1824—1864)的美学观点主要集中体现在其《普希金及其文集的最新版本》(1855)和《俄国文学果戈理时期的批评以及我们对它的态度》(1856)两篇文章中。他认为，社会处于不断的变动之中，社会兴趣转瞬即逝，不变的只有关于真、善、美的永恒理念，因此诗歌的任务不应涉及外在目的，而应表现这些永恒不易的理念。只有表现了超越时代局限的"永恒之美"，并且不受时代的现实利害制约的文学作品才能流芳百世，当教诲诗人及其应时之作早已被遗忘的时候，纯艺术诗人及其作品却能永受后世崇敬。德鲁日宁的理论主张对于俄国文艺具有重大意义。其一，在文学描写的对象方面，他与车尔尼雪夫斯基针锋相对，认为文学作为一门艺术，源于超凡脱俗的诗人艺术家的内在心灵，而非现实生活；其表现的对象应是"爱和欢乐"，即某种普遍的永恒理念——真、善、美，而非日常生活中的实际目的和利益。其二，他认为文学世界是一个独立的世界，独立于日常生活中的实际利益，并且只应以自身为目的，而不应为某些外在于文学的实际目的服务，不应成为用于说教的政论或科学论文。其三，他认为文学创作是一种非理性的产物，纯艺术诗人的创作灵感主要来源于其天才中的非理性因素，与现实世界中的实用目的和功利行为背道而驰。其四，在文学与时代要求的关系方面，他认为只有表现了超越时代局限的"永恒之美"，并且不受时代中的现实利害制约的文学作品才能流芳百世。这四点体现了一种与俄国"为人生而艺术"的文学传统的"唯美主义式的断裂",已预示了现代主义新的文学创作走向的开端,而这正是德鲁日宁"纯艺术论"的重要意义之所在。

鲍特金(1811—1869)的重要作品是《论费特的诗歌》(1856)等,强调诗歌的无目的性、创作的无意识性、自由创作论。鲍特金认为诗歌(艺术)是无功利的道德理念的外在显现,诗人的心灵中早就存在着某些不以自身意志为转移的神秘趋向,诗人的所谓创作实际上就是将这些神秘的趋向表现出来,是一种非理性的自由创作,诗人只有在无意识的"不由自主"的状态下才能创作出真正具有诗性的作品。

安年科夫(1813—1887)的《普希金传记资料》(1855)是俄国普希金学术研究的基石,开创了俄国的"普希金学"。其重要论文《旧的与新的批评》《柔弱者的文学典型》等认为,俄国的作家和艺术家无论多么热衷于社会进步和社会改革事业,都不应该转变为"导师和预言家",不应该激起深刻的道德判断和社会对抗,更不应该致力于将社会力量引向改造既定生活的现实实践领域;他们的主要任务首先应该是促进社会和个体意识在精神方面,即道德和审美方面的进步和发展。在俄国"纯艺术论"中存在着一系列二元对立的范畴:果戈理倾向与普希金倾向、社会教诲论与自由创作论、教诲的原则(即功利主义文艺观)与优美的原则(即纯艺术论),这些对立的创作原则乃是当时俄国社会中自由派与革命民主主义派文艺美学思想间的对立在俄国纯艺术论者思想中的体现。安年科夫还是一个文学家。他的《文学回忆录》(1880—1884)真实地描绘了当时俄国文坛不同思想倾向和不同流派之间的激烈争论乃至惊心动魄的斗争,展现了19世纪俄国文坛的变迁替嬗,揭示了果戈理的《死魂灵》及屠格涅夫的《罗亭》《贵族之家》等名作创作的内幕,既有很高的文学价值,也有一定的史料价值。马克·斯洛宁因此称他是"一个卓越的回忆录作家",并认为他"也是个浪漫诗人","他的吉卜赛歌谣及圣彼得堡诗集,魅力十足"。

"纯艺术派"诗歌出现于19世纪50年代,延续到80年代。一般认为,该派由七人组成:费特、迈科夫(1821—1897)、波隆斯基(1819—1898)(当时被称为"友好的三人同盟")、阿·康·托尔斯泰(1817—1875)以及丘特切夫、谢尔宾纳(1821—1869)、麦伊(1822—1862)。纯艺术诗歌在艺术上进行了诸多探索，形成了自己的特色，取得了很高的艺术成就。

丘特切夫思考人在宇宙中的位置，表现永恒的题材（自然、爱情、人生），挖掘自然和心灵的奥秘，表达了生态意识的先声，并在瞬间的境界、多层次结构及语言（古语词、通感等）方面进行了探索，形成了显著的特点：深邃的哲理内涵、完整的断片形式、独特的多层次结构、多样的语言方式。

费特充分探索了诗歌的音乐潜力，达到了很高成就，被柴可夫斯基称为"诗人音乐家"，其诗歌主要涉及自然、爱情、人生和艺术这些能体现永恒人性的主题，在艺术上则大胆创新，或情景交融，或意象并置，或词性活用。

作为诗人兼画家的迈科夫的诗歌主要包括古希腊罗马风格诗、自然诗、爱情诗，显著特点是富于古风——往往回归古希腊罗马，典雅地表现人与自然的和谐、雕塑特性等。如其《冬日的清晨》就让俄国的大自然披上了古希腊色彩：

天气寒冷。雪吱吱地响。田野上空白雾弥漫。/茅屋上升起了一团团清晨的炊烟，/在天空似火红霞的琥珀色余晖里氤氲。/我沉思地看着光秃秃的树林，/初雪像毯子覆盖了所有屋顶，/凝固的河面平滑如镜，/冉冉升起了红艳艳的太阳。/雪的白银闪射出紫红的光；/结晶的霜花，就像雪白的绒毛，/缀满死灰色的枝梢。/我喜欢凝视玻璃上奇美的花纹，/用每一幅新的图画爽目怡神；/我喜欢静静地欣赏，乡村/怎样快乐地迎接冬天的清晨：/在平坦的冰层和光滑的河面，/冰刀尖声吱吱作响，闪耀出金星点点；/猎人们滑雪急急奔向茂密的森林；/茅屋里干树枝噼啪燃烧，满屋如春，/渔夫坐在火边修补挂破的渔网，/他望着冰冻着无底大海的玻璃窗，/忆起了甜蜜的往日情景——/朝霞初升，天鹅发出阵阵叫声，/雨暴风横，水面波翻浪卷，/夜深人静，在柳树掩映下的海湾，/收获了鱼儿满舱，令人欣幸，/一直到月亮露出她沉思的眼睛，/给沉睡的无底海面镀上一片金光，/照耀着渔夫收起自己的大渔网。（曾思艺译）

美丽多姿的冬日清晨，人们的生活、劳动自然而平静，俄罗斯的大自然、农村，一切的一切，都充满了美，充满了生机，同时又和平、和谐而宁静。又如《八行诗》：

> 诗歌的和谐中有神圣的秘密，/智者的书籍也无法猜破这个谜：/在静谧的河岸边独自徘徊，/偶然用心灵倾听芦苇的低语/橡树的交谈；/感觉并捕获/它们那独特的声音……于是/音调优美、节奏和谐的八行诗句/就自然流出，一如森林的欢歌。（曾思艺译）

飞白指出："迈科夫非常推崇和热爱古希腊罗马文学，他仿照其体裁和内容进行创作的古风诗被认为是他创作中的精华部分。诗人走向古典，走向原始的追求带有明显的浪漫主义色彩。驱使他本人去寻觅古希腊罗马时代的自然与和谐之美。迈科夫的艺术观倾向于'纯艺术派'，他力图在静观自然与陶醉于艺术中回避矛盾重重的社会现实的冲突与斗争。名篇《八行诗》较充分地反映出他的美学观。在他的心目中，理智是软弱无力的，他倡导从大自然中获取灵感，以心灵去贴近和捕捉大自然的形象、色彩和音响，谛听芦苇的低吟，橡树的絮语，由此获得和美流畅的诗句。"的确，这首诗表现了诗人那种只要远离理性，到大自然中去用心感受、捕捉、体会，自然而然就会创作出好的诗歌的美学观念。

曾在梯弗里斯和国外生活多年的波隆斯基的诗歌主要有自然诗、爱情诗、社会诗、哲理诗，其突出的艺术特色是选用异域题材，叙事色彩深厚，并且富于象征性和现代性，如《在风暴中颠簸》：

> 雷声隆隆，狂风呼呼。船儿颠簸，/黑沉沉的大海在汹涌激荡，/狂风撕破了白帆，/在缆索间啪啪直响。//天穹一片阴沉，/我把自己交托给船儿，/在狭小的船舱里打盹……/船儿摇摇晃晃——我进入梦里。//我梦见：奶娘/把我的摇篮轻轻晃推，/还轻声歌唱——"睡吧，宝贝！"//枕头边灯光熠熠，/窗帘上洒满月光……/各种各样的玩具/全都沉入金色梦乡。//我一觉睡醒……发生了什么？/怎么啦？出现了新的风暴？——"糟透了——桅杆断折，/舵手也被砸倒。"//怎么办？我又能做甚？/我把自己交托给船儿，/重又躺下，重又打盹……/船儿摇

摇晃晃——我又进入梦里。//我梦见：我风华正茂，激情盈溢，/我在热恋，梦想翩翩……/一片舒爽的寒气/从清晨起就弥漫了花园。//很快就是深夜——云杉一片青黛……/"亲爱的，我们一起去荡秋千！"/一个声音活泼可爱，/在我耳边轻轻呢喃。//我用一只手紧揽/她颇为轻盈的娇躯，/摇摆的秋千板/驯顺地荡来荡去……//我一觉睡醒……发生了什么？——/"船舵折断；波浪嗖嗖，/从船头滚滚扫过，/卷走了水手！"//怎么办？听其自然吧！一切听天由命；/假如死亡唤醒了我啊，/我不会在这儿睡醒。（曾思艺译）

　　这是勃洛克最喜欢的波隆斯基的诗歌之一，整首诗形成了颇为复杂的象征。首先，是现实与梦的对立所构成的大象征。整首诗颇有故事性，很有节奏感地写了两次入梦两次醒来。抒情主人公面对的是黑沉沉的大海，风暴袭来，狂风撕破了白帆，而他毫无办法，只能把命运托付给船儿，自己在狭小的船舱里打盹，并进入了梦中。第一次，他回到了童年时代，奶娘边唱着儿歌边摇着他的摇篮，熠熠的灯光、洒满月光的窗帘、各种各样的玩具都进入了金色的梦中。然而，他很快就醒来，知道了自己所面临的可怕局面：桅杆断折，舵手也被砸倒。他万般无奈，只好又进入梦里。这回，他回到青年时代，正在热恋中，而且和恋人一起在清爽的花园里荡着秋千。但他又很快醒来，当前的情形更加严峻：船舵折断，波浪卷走了水手。面对严酷的情势，他依旧无法可想，只好听天由命，一切听其自然。在这里，大海、风暴象征着动荡不安、极其严酷的现实，而梦象征着人间温情（奶娘）、爱情（恋人）、想象以及艺术甚至逃离现实的欲望。整首诗表现了现实与梦境的对立。面对严酷的现实，人总是试图逃到梦中躲避，然而现实总是紧追不舍，你越是逃避，现实的情形可能会越发严酷。俄国学者艾亨巴乌姆指出，在诗中"心灵活动已经渗入到了梦境，变成了一种自然的现象存留在回忆之中：风暴摇晃着小舟——像'奶娘摇晃着我的摇篮'。梦——成为情节的心理依据（这在波隆斯基的作品中经常出现）。"其次，还有一些小的象征，如奶娘象征人间温情、恋人荡秋千象征自由自在的爱情。梦的意义更是丰富——既可以象征温情，又可以象征爱情，还可以象征逃避的欲望和自由自在的艺术创作。又如《晚钟声声……》：

　　晚钟声声……别等待黎明吧；/然而，就在十二月的浓雾里，/有时，冷冰冰的朝霞，/给我送来一丝夏日的笑意……//我灰色的日子，你悄然离去，/对一切召唤都不搭理。/一次不会没有问候的落日……/这个阴影——也不会没有意义。//晚钟声声……这是诗人的心灵，/你满心感激这钟声……/它不像光的呼声，/惊飞我最好的梦境。//晚钟声声……就在远方，/透过城市惊慌的喧鸣，/你向我预言灵感，/抑或坟墓和宁静。//但生与死的幻影，/向世界讲述着某种永恒，/不管你的歌唱得怎样喧腾，/比竖琴鸣得更响的是教堂的钟声。//也许，没有它们，甚至天才/也会像梦一样被人们忘记，——/世界将会是另一番风采，/将会有另一种庆典和葬礼。（曾思艺译）

　　西方人对晚钟有很深厚的感情，有不少画家以晚钟为题材，如法国画家米勒的名作《晚钟》，俄国画家列维坦的名作《晚钟》；也有不少诗人写到晚钟，如爱尔兰诗人托玛斯·穆尔（1779—1852）写有《晚钟》一诗，后来经过俄国诗人伊万·伊万诺维奇·柯兹洛夫（1779—1840）于1828年取意修改后变成了著名的俄罗斯民歌：

　　晚钟嘭嘭，晚钟嘭嘭，/多少往事，来我心中。//回想当年，故乡庭院，/温馨愉快，梦萦魂牵。//背井离乡，远去他方，/唯闻晚钟，耳边回响。//童年伙伴，音讯已断，/能有几人，尚在人间？//晚钟嘭嘭，晚钟嘭嘭，/多少往事，来我心中。（薛范译）

　　波隆斯基的《晚钟》不像柯兹洛夫的《晚钟》主要表达温馨的怀乡深情，而是有着比较复杂的象征意味。首先，是宗教神圣和拯救的象征，人世因为它而有意义——它超越世俗和死亡，象征永恒和神圣；其次，它也像诗人的心灵发出的声音，是永恒的艺术的象征，它穿透城市（世俗的象征）的惊慌的喧鸣，安抚人的灵魂。正因为有晚钟声声，有永恒的艺术和永恒的神恩，天才才能不会像梦那样很快被人忘记，这个世界才具有这诗意的风采。

　　阿·康·托尔斯泰的诗歌包括自然诗、爱情诗、哲理诗、社会诗。他善于学习民歌，把握了民歌既守一定的格律又颇为自由的精髓，以自由的格式写作民间流行的歌谣般的诗歌，如《你是我的故乡，亲爱的故乡……》：

　　　　你是我的故乡，亲爱的故乡，/马儿在那里自由地奔跑，/天空中鹰群的叫声嘹亮，/田野上传来阵阵狼嗥！//哦，你，我的故乡！/哦，你，繁茂的松林！/那里有午夜夜莺的歌唱，/风儿，草原和乌云！（曾思艺译）

　　又如《那是初春时分……》：

　　　　那是初春时分，/草儿刚刚冒出嫩芽，/溪流潺潺，天和气温，/森林刚刚绿上枝丫；//清晨牧人的号角/尚未呜呜吹响，/秀美的凤尾草/还在森林中盘曲成一团。//那是初春时分，/就在那白桦树荫，/你来到我面前，笑意盈盈，/你低垂下自己的眼睛。//你低垂下自己的眼睛，/那是在回答我的爱情——/啊，生命！啊，阳光！啊，森林！/啊，希望！啊，青春！//望着你这可爱的女神，/在你面前，我不禁热泪淋淋——/那是初春时分，/就在那白桦树荫！//那是我们生命的清晨——/啊，幸福！啊，热泪淋淋！啊，阳光！啊，生命！啊，森林！/啊，白桦树清新的芳馨！（曾思艺译）

　　阿·康·托尔斯泰的抒情诗大量运用象征、否定性比喻、反衬、对比、比拟等民歌常用的艺术手法，如《白桦被锋利的斧头砍伤……》：

　　　　白桦被锋利的斧头砍伤，/泪珠顺着银白的树皮流淌；/可怜的白桦呀，你不要哭泣，不要抱怨！/伤口并不致命，到夏天就会复原，/你会穿一身翠绿，仍旧美丽多姿……/只有伤痛的心里的创伤无法痊愈！（曾思艺译）

　　白桦受伤，眼泪直淌，但伤口很快就会痊愈，而人心一旦受了伤害，却无法医治。诗中拟人化的白桦不仅成为生命力强盛的永恒大自然的象征，而且还成为人心的反衬，从而深刻地表达了人与人之间应互相敬爱而不要相互伤害的哲理，使全诗含蓄耐读。阿·康·托尔斯泰的很多富有民歌风格的抒情诗也都被作曲家谱上了曲子。马克·斯洛宁称赞其抒情诗"优美细腻"。

谢尔宾纳的文学地位主要建立在其两类诗歌作品上：第一类是具有古希腊风格的抒情诗；第二类是讽刺诗和铭文式题诗。古希腊风格的抒情诗贯穿谢尔宾纳创作的始终（车尔尼雪夫斯基称"他始终都是用他写作《希腊诗集》的那种精神、那种风格写作"），也代表了其诗歌的最高成就。这类诗歌表现希腊题材，运用古希腊神话的典故并深得希腊文化和思想的神韵，表现了类似古希腊人的思想观念，创造出了一个对于他自己来说独立的、闲逸的、美好和谐的艺术世界。第二类诗歌则探索人性问题，思考俄国症结，揭露社会弊端。

麦伊的诗歌也可分为两类，一类是纯艺术性的，另一类是反映现实生活的。纯艺术性的诗歌充分体现了麦伊作为"纯艺术派"诗人的特点，这类诗歌也可分为两个阶段：莫斯科时期和彼得堡时期。莫斯科时期主要创作古希腊罗马风格的诗歌，古希腊的美的和谐、宁静的世界、纯净的喜悦，成为他远离丑陋现实的避难所，表现了其"纯艺术"的根本立场，其中爱情诗尤为出色。彼得堡时期的纯艺术诗歌，或表达对美的欣赏，或表现和思考艺术的多方面问题。反映现实生活的诗歌则主要是对俄国生活和民族精神的发现与探索：思考俄国和俄国人民的出路问题，从人性的高度反映普遍存在的社会问题。

与法国、英国的唯美主义文学相比，俄国唯美主义文学的特点表现在如下四个方面。

第一，是在论战中产生的，文学理论的系统性不十分鲜明。法国唯美主义文学通过戈蒂耶、波德莱尔、巴那斯派的阐发和发展，已初具理论体系；英国唯美主义文学通过佩特和王尔德的发展，更是形成了相当完备的理论体系，不仅"为艺术而艺术"，而且使艺术发展成一种人生态度和人生追求；俄国唯美主义文学由于是在论战中产生的，往往针对具体问题展开论述，因此，文学理论的系统性不十分鲜明，而且很少创新。

第二，既注意客观，也不排斥抒情。法国唯美主义诗歌尤其是巴那斯派诗歌与自然主义小说一样，受自然科学的影响颇大，强调以客观冷静为创作原则；英国唯美主义诗歌重视梦幻、梦想，具有强烈的抒情色彩；俄国的唯美主义诗歌则介于英法唯美主义之间，既注意客观，也不排斥抒情，无论是丘特切夫、费特、迈科夫，还是波隆斯基、阿·康·托尔斯泰，他们都对世界尤其是大自然有相当细致的观察，也在其诗歌中颇为客观、细致地描写了大自然的光影声色以及种种运动变化，同时又根据需要，适当抒发自己的感情，如丘特切夫的《秋天的黄昏》、费特的《傍晚》。这一点在纯艺术诗歌派诗人的爱情诗中表现得更为突出。他们往往结合自然，情景交融地表现爱情。如迈科夫的《遇雨》：

> 还记得吗，没料到会有雷雨，/远离家门，我们骤遭雷雨袭击，/赶忙躲进一片繁茂的云杉树荫，/经历了无穷惊恐，无限欢欣！/雨点和着阳光淅淅沥沥，云杉上苔藓茸茸，/我们站在树下，仿佛置身金丝笼。/周围的地面滚跳着一粒粒珍珠，/串串雨滴晶莹闪亮，颗颗相逐，/滑下云杉的针叶，落到你头上，/又从你的肩头向腰间流淌……/还记得吗，我们的笑声渐渐轻微……/猛然间，我们头顶掠过一阵惊雷——/你吓得眯住双眼，扑进我怀里……/啊，天赐的甘霖，美妙的黄金雨！（曾思艺译）

全诗先客观地描写外出遇雨以及在林中身处太阳雨中的动人美景，最后因为女孩躲入自己怀中而激情高呼，从而生动、细致、形象地展示了初恋时那种微妙、纯洁的恋爱心理。

第三，具有印象主义色彩。法国唯美主义诗歌独具雕塑美；英国唯美主义诗歌具有梦幻美；俄国唯美主义诗歌则多具印象主义色彩。

法国唯美主义诗歌注重形式美的创造，具体表现为重视诗歌的色彩美、音乐美，尤其重视诗歌的雕塑美。郑克鲁指出："巴那斯派诗人具有敏锐而精细的目光，语言的运用精确简练，善于描画静物，已经开始注意诗歌的色彩、音乐性和雕塑美。"因此，他们的诗歌独具雕塑美，这在李勒的诗歌、埃雷迪亚的《锦幡集》及邦维尔的诗中表现明显，而在李勒的诗中尤为突出。

李勒刻意追求造型艺术的美，他的诗格律严谨，语言精确，色彩鲜明，线条突出，像大理石雕像一样，给人以坚固、结实、静穆的感觉，同时也闪烁着大理石雕像一般的冷静的光辉，如其《正午》和《美洲虎的梦》。

英国唯美主义诗歌则具有梦幻美，并且更具感觉主义与快乐主义因素，如罗塞蒂根据自己的画《白日梦》创作的《白日梦》（题画诗）。王佐良认为，《白日梦》一画极其成功，是罗塞蒂的代表作之一，具有一种"罗塞蒂式的美"：一位身穿绿色衣服的美丽少妇坐在茂密的大树下，卷发浓密，脖子修长，嘴唇饱满而性感，面容憔悴，神情感伤，右手无力地挽住树枝，左手搭在放于膝间的书本上，掌心有一枝花瓣开始垂下的鲜花，整个画面弥漫着一股淡淡的忧伤。她那木然发呆的表情，全然忘了那似乎随时都可能滑到地上的膝间的书本和掌心的花朵，说明她正深陷于某种白日梦中（从周围的环境看，这应该是一个午后的花园），浓厚的绿色调、周边缥缈的云雾进一步加强了画面的感染力。诗歌细致地展现了绘画的情景：仲夏时节，荫凉的槭树，画眉欢唱，树林像梦幻一样，画中的女性正独坐着，在做白日梦，在她忘了的书上落下了一朵她忘了的小花，王佐良指出：该诗特别吸引人之处，在于诗中"有一种梦的神秘同女性的吸引力的混合"。

俄国唯美主义诗歌则由于大多数诗人往往通过捕捉自然和社会中某个瞬间来表现思想情感，因而多具印象主义色彩。如丘特切夫的《是幽深的夜》：

> 是幽深的夜。凄雨飘零……/听。是不是云雀在唱歌？……/啊，你美丽的黎明的客人，/怎么在这死沉沉的一刻，/发出轻柔而活泼的声音？/清晰，响亮，打破夜的寂寥，/它震撼了我整个的心，/好像疯人的可怕的笑！……（查良铮译）

全诗抓住黎明时分听到云雀歌声深受感动的瞬间印象，但并未从正面按照传统方法赞美云雀歌声的动听，而是反面着笔，说它"好像疯人的可怕的笑"，特别突出了这幽夜死沉沉的气氛，真实新颖、入木三分地写出了在这一气氛中云雀的歌声给自己的心灵所带来的极其强烈的震撼。又如迈科夫的《春》：

淡蓝的，纯洁的/雪莲花！/紧靠着疏松的/最后一片雪花……//是最后一滴泪珠/告别昔日的忧伤，/是对另一种幸福/崭新的幻想……（曾思艺译）

诗歌抓住初春雪莲花开还有雪花的瞬间感触，生动地把过去、现在、未来三者融为一体，将既有点感伤又满怀希望的复杂心态很好地表现了出来。这种通过捕捉瞬间来表现思想情感的方法，在俄国唯美主义诗歌中屡见不鲜，最典型的是费特，他的《呢喃的细语，羞怯的呼吸……》《沿着春草萋萋的河湾……》都是这方面的杰作。

第四，理论与创作互动。尽管法国、英国、俄国的唯美主义都是既有理论又有创作，而且差不多理论与创作都有双向作用——理论从创作实践中归纳出来，进而指导、推动创作；而创作也在丰富、发展理论的同时，既遵从理论又根据实际需要在某些地方突破了理论，但俄国唯美主义文学创作与理论的双向作用更为突出。

法国和英国唯美主义的理论更多的是作家兼理论家提出的，他们的理论更多地指向自身创作：往往是先提出理论，然后再在创作中实践并丰富它，戈蒂耶、波德莱尔、佩特、王尔德等莫不如此。巴那斯派只接受了戈蒂耶的"为艺术而艺术"、追求形式美的主张，而自己根据时代思潮，补充、丰富了实证主义、自然主义的科学精神。罗斯金稍有例外，他的唯美理论来自"拉斐尔前派"的创作实践，又在某种程度对其有一定的影响，但其主要功绩是为遭到舆论围攻的"拉斐尔前派"进行辩护，实际上正如英国学者劳伦斯·宾扬指出的那样："我们不需要关注罗斯金与前拉斐尔派成员的个人关系，只要记住这个运动的起源是完全独立的就足够了。《现代画家》的著名作者所获得的公众效应，在年轻画家早期对抗恶意批评的过程中帮助了他们，就好像是他的个人友谊秘密帮助了他们。但是每一位年轻画家都沿着自己的轨迹前进，很少受到罗斯金评论的影响。"

俄国唯美主义理论一方面维护艺术至上，保护并指导纯艺术诗歌创作，如德鲁日宁的《普希金及其文集的最新版本》和《俄国文学果戈理时期的批评以及我们对它的态度》；另一方面又是对众多唯美主义诗人纯艺术诗歌的概括、升华进而支持、鼓励和指导纯艺术诗歌创作，如鲍特金的《论费特的诗歌》。纯艺术诗歌创作则在为纯艺术理论提供了丰富的材料和肥沃的土壤的同时，又以自己的种种艺术创新，进一步推动纯艺术理论的发展。

象征主义在西欧是19世纪50年代诞生，七八十年代壮大发展起来的一个文学流派。象征主义反对浪漫主义的直抒胸臆与盲目乐观，反对现实主义典型化的原则和细节描写，不再直接再现客观现实，而把目光转向理想世界和内心梦幻，以含蓄代替激情，从联想产生形象，用对应构筑意念，借暗示识读奥秘，写梦幻表达理想，凭音韵增强冥想。总之，它以直觉感知、暗示象征和高度的音乐美来展示世界与人生，因而具有很强的暗示性、象征性、朦胧性和音乐性。

资本主义大工业的日益发展，不仅生产了大量的物质产品，也把人变成了工具。为捍卫人的主体精神，象征主义应运而生。象征主义在哲学上深受瑞典哲学家斯威登堡(1688—1772)自然界和人的内心世界互有联系的"对应论"影响；在文学上吸取了戈蒂耶、爱伦·坡"为艺术而艺术"、追求形式美的主张，力求在充满丑恶和腐败的现实苦海中，借艺术之力营造一个"人工的天堂"，寻找精神寄托的彼岸。象征主义文学的特点有三。第一，反传统、反理性、反现实。象征主义作家着重表现人的精神世界的复杂活动，描写怪诞现象。第二，描写丑恶的事物，创造美好的东西。象征主义大量描写丑恶的事物，创作了一朵朵"恶之花"。第三，在艺术上大胆创新，既提倡人的内心与自然的"应和论"，又提倡人自身各种感觉之间互相沟通的"通感论"，重视对形式美的追求与创新。象征主义产生于法国，而后波及欧美各国。重要的作家有波德莱尔、魏尔伦、兰波、马拉美。俄国象征主义产生于19世纪90年代初，在19世纪末20世纪初掀起过两次浪潮，形成了自己的特色：具有浓郁的宗教神秘色彩却又相当关注现实社会，强调"应和"，重视多义性，在诗歌语言、音响、造型方面进行了大胆探索，在音乐性和视画性两个方面尤为突出。出色的作家和诗人主要有梅列日科夫斯基(1866—1941)、吉皮乌斯(1869—1945)、索洛古勃(1863—1927)、巴尔蒙特(1867—1942)、勃留索夫(1873—1924)、别雷(1880—1934)、勃洛克(1880—1921)等。①

　　与此同时，现实主义文学继续向前发展，并且大大深化，达到了世界现实主义文学的高峰，出现了像阿克萨科夫、屠格涅夫、列夫·托尔斯泰、陀思妥耶夫斯基、奥斯特洛夫斯基、契诃夫这样的大师。斯坦纳甚至宣称："如果我们除去果戈理的《死魂灵》(1842)、冈察洛夫的《奥勃洛摩夫》(1859)、屠格涅夫的《前夜》(1859)这些例外情况，俄罗斯小说的奇迹迭出之年从 1861 年的农奴制改革开始，一直延续到 1905 年的第一次革命。在创造力量和持续天才的推动下，那 44 年时间中成果斐然，完全可以与历史上的创作黄金时期——伯利克里统治下的古雅典、伊丽莎白和詹姆斯一世时期的英格兰——相提并论。它们都是人类精神取得辉煌成就的岁月。"他进而谈到，当时俄国已经出现了社会动荡的迹象，从《死魂灵》到《复活》，俄罗斯文学反映出即将来临的大灾难："它充满预感和预示，常常受到对慢慢降临的灾难的设想的困扰。19 世纪的那些伟大俄罗斯作家们深深感到，俄罗斯正处在深渊边缘，它可能坠落下去；他们的作品反映正在发生的革命，反映即将出现的另外一场革命。"19 世纪的这一大批作家极具远见，他们预感到，一场暴风雨正在酝酿之中，并且发出了准确的预言。

　　在果戈理的影响下，现实主义作家形成了俄国"自然派"。约瑟夫·弗兰克具体谈道："俄罗斯文学界在 1843 年起了变化。一个原因是 1842 年果戈理《死魂灵》和短篇小说《外套》的发表。另一个原因是批评家别林斯基内心在进化，他当时主管着文学杂志《祖国纪事》。第三个原因是当时的俄国的媒体出版界开始追赶法国的潮流，热捧俄语中的'生理学特写'，即对城市社会生活和社会形态的具体描写，这种形式在 1830 年革命后开始流行。这一切都催生了 19 世纪 40 年代俄国自然派的出现。"

　　自然派(形成于 1842—1845 年)是 19 世纪三四十年代俄国现实主义的别称，其特点是真实地反映现实，以下层群众为描写对象，注重人物塑造的典型化原则，促进了文学的民主化。代表作家主要有果戈理、冈察洛夫、屠格涅夫、奥斯特洛夫斯基等。风貌特写、社会长篇小说以及各种讽刺体裁，在自然派的创作中占有重要地位。由于该派作家的成就大多集中出现

―――――――――

　　①　参见曾思艺：《俄国象征派阿克梅派诗歌研究》，北京，光明日报出版社，2016。

在 19 世纪后期，因此放在后期来介绍。果戈理、屠格涅夫、奥斯特洛夫斯基有专章介绍，这里简单介绍冈察洛夫。

冈察洛夫(1821—1891)从 1856 年开始，成为书刊检察机关重要负责人(俄国国民教育部首席图书审查官)，在他的帮助下，《猎人笔记》、《莱蒙托夫全集》和涅克拉索夫的作品得以出版。他的文学创作主要有中篇小说《癫痫》(1838)、《因祸得福》(1839)、《伊凡·萨维奇·波得查波宁》(1848)，长篇小说《平凡的故事》(1847)、《奥勃洛摩夫》(1859)、《悬崖》(1869)。此外，他从 70 年代转向文学批评，留下了一些颇为著名的文学评论，如《迟做总比不做好》(1879)、《文学晚会》(1882)，而其最有名的评论是论析格里鲍耶陀夫的《智慧的痛苦》的文章《万般苦恼》(1872)。

冈察洛夫的代表作是长篇小说《奥勃洛摩夫》。小说分为四卷。第一卷以大量的篇幅描写青年贵族地主奥勃洛摩夫，他天资聪颖，受过高等教育，为人正直、善良，"温柔得像只鸽子"，可是慵懒惰怠，终日躺在床上或沙发上，无所作为。第二卷写奥勃洛摩夫在童年朋友、企业主斯托尔兹(一译希托尔兹)的强迫下，起了床。后来贵族少女奥尔迦爱上了他，他开始苏醒，想有一番作为，却又感到畏怯，惴惴不安。第三卷写奥勃洛摩夫总是陷入矛盾之中，不断退却，导致奥尔迦对他彻底失望，两人分手。第四卷写斯托尔兹与奥尔迦结婚，奥勃洛摩夫则与他的房东太太阿葛菲娅结婚，最后发胖，"生命的机器慢慢地停止了"，终于"毫无疼痛地死去"。奥勃洛摩夫从小有家奴服侍，后来拥有三百多个农奴，可以从田庄中得到大笔收入。他以不为衣食奔走而自傲，以不亲手穿袜子为光荣，整天昏昏欲睡，一生的大部分时间都在躺卧中度过，甚至在梦中也梦见睡觉。

小说出版后，杜勃罗留波夫当即写了著名的论文《什么是奥勃洛摩夫性格？》，论述了奥勃洛摩夫性格形成的社会根源，说他的惰性是"俄罗斯生活的产物"，"是时代的征兆"，"他的懒惰，他的冷淡，正是教育和周围环境的产物"，宣称他是"多余人"，但已不像奥涅金那样还有一定的活力，而是失去了任何力量。列宁在《论苏维埃共和国的国内外形势》中宣称："俄国经历了三次革命，但仍然存在着许多奥勃洛摩夫，因为奥勃洛摩夫不仅是地主，而且是农民；不仅是农民，而且是知识分子；不仅是知识分子，而且是工人和共产党员。""奥勃洛摩夫性格(或习气)"成为懒惰成性、故步自封、不求上进的代名词，至今仍有不少学者把这一形象视为"多余人"形象，认为他是"多余人"的末代子孙，是没落贵族的典型，是腐朽农奴制的产物。奥勃洛摩夫有两个显著特点：一是无所事事，懒散成性，对周围的一切都冷漠处之，毫无兴致，成天昏睡是其生活的主要内容，空想是他特别的爱好。二是因循守旧，害怕改革。他足不出户，与世隔绝，满足于过死水一般的冷寂生活。搬家，他因怕麻烦而一再拖延，坐船，担心船到不了对岸；乘车，又害怕马车被马搞坏；就是爱情也不能唤起他对生活的欲念，改变其生活习惯。进而这种观点认为，这一多余人身上只有颓唐、空虚、冷漠、没落，是农奴制毁灭了奥勃洛摩夫，而要杜绝奥勃洛摩夫的重现，就必须彻底铲除农奴制。

然而，冈察洛夫当时就不同意杜勃罗留波夫纯社会政治化的解读，为此跟屠格涅夫、列夫·托尔斯泰等人一起退出了《现代人》杂志圈。他认为，冷漠和对待一切"尤其是对待大众利益漠不关心的万念俱灰"的主导思想贯穿了这部小说。

苏联学者吉尔卡尼诺夫指出，《奥勃洛摩夫》的两条情节线索。好像两部小说围绕着作品的中心展开：一部关于奥勃洛摩夫的小说，一部关于斯托尔兹的小说。冈察洛夫借助奥尔迦的形象，把两个事件的链条连接起来，使作品达到完整的统一。这两条情节线索又引出一个结构上的特征：通过人物形象形成鲜明对比。斯托尔兹同奥勃洛摩夫相对照，普希尼钦娜同奥尔迦相对照，阿妮希娅同查哈尔相对照。这种对比手法，贯穿冈察洛夫《平凡的故事》《奥勃洛摩夫》《悬崖》三部小说："理想主义者"的典型（亚历山大·阿杜耶夫、斯勃洛摩夫、赖斯基）相对照，资产阶级市侩的典型（彼得·阿杜耶夫、斯托尔兹、吐森）相对照，宗法式家庭主妇的典型（索菲娅、普希尼钦娜、玛尔芬卡）相对照，以及具有新生活激情的妇女典型（娜金卡、奥尔迦、维拉）相对照，这些对照在小说中比比皆是。

《奥勃洛摩夫》获得了高度评价。赫尔岑称它是"卓越的作品"。列·尼·托尔斯泰和高尔基赞扬它是俄国文学中最优秀的长篇小说之一。屠格涅夫认为："即使只有一个俄罗斯人存在，《奥勃洛摩夫》就不会被忘却。"阿·费·康尼宣称："即使冈察洛夫只写了一本《奥勃洛摩夫》，那也足以承认他在俄罗斯作家的第一流行列里，无可争议地占有一席最突出的地位。"米尔斯基认为，《奥勃洛摩夫》是一部巨著。奥勃洛摩夫不仅仅为一个形象，他更是一个象征。他是冈察洛夫用纯粹朴素的现实主义手法塑造出来的，这一事实强化了其象征意义。显而易见，他是俄国心灵某一侧面之化身，或更确切地说，是俄国贵族心灵一个侧面之化身，这一侧面即慵懒和无能。冈察洛夫典型地体现了俄国小说的一种倾向，即置一切情节可读性于不顾，他在这一方面近似阿克萨科夫，胜过屠格涅夫。《奥勃洛摩夫》中全无事件或故事。这一倾向统治着莱蒙托夫时代之后所有俄国小说，只有平民作家列斯科夫和皮谢姆斯基除外。然而，这一倾向最广泛、最完美之体现仍为《奥勃洛摩夫》，因为在这里，手法的进化决定论（实为对人的意志之功效的否定）与主人公之慵懒无能的决定论完全吻合。马克·斯洛宁指出，到了 20 世纪，有批评家开始怀疑奥勃洛摩夫是否只是环境的牺牲者。他们认为，奥勃洛摩夫主义不仅仅是一种不愿接受现实的心理现象，一种成人幼稚病，更是一种东方宿命论的征象。奥勃洛摩夫之所以逃避生活，是因为他心里存有优越感，瞧不起行动。他并不想成为历史进展的推动者。

关于冈察洛夫创作的特点及其文学地位，米川正夫有颇为精辟的论述。他认为，无论如何，冈察洛夫是以其卓越的天赋，作为具备了重、厚、宽的，堂堂的，正式的写实主义小说的完成者之一，而可以在俄国文学史中占有崇高地位的巨匠。他的艺术的显著特色，就是好像能够把所描写的事物，用自己的手去触到，或用皮肤去感到似的。他在创作上，尽量保持客观的态度，把贤愚、美丑、善恶，和一切人物的性格，都如实地、正确地描写出来，一点也看不到作者的好恶、爱憎。

19 世纪后期，"自然派"以外的现实主义文学继续发展，著名作家有格利戈罗维奇、列斯科夫、柯罗连科和迦尔洵。

格利戈罗维奇（1822—1899），主要作品有中篇小说《乡村》（1846）、《苦命人安东》（1847）以及长篇小说《渔夫》（1853）等。他的作品真实而生动地描写了农村人的贫穷生活和饱受欺凌的现状。谢德林指出："我记得《乡村》，记得《苦命人安东》，记得那么清楚，仿佛书中所写的一切是昨天发生的。这好像是初次下降的有益的春雨，又像是第一回流洒的真挚的热泪。由于格利戈罗维奇良好的开端，关于'庄稼人是人'这个思想在俄罗斯文学中扎下了根。"米尔斯基宣称："《乡村》和《猎人笔记》之后，对于农民生活的感伤、'仁慈'再次成为现实主义流派小说家的主要主题。"他进而指出，格利戈罗维奇的文学传记地位胜过其文学地位，因为正是他于 1845 年将陀思妥耶夫斯基介绍给别林斯基和涅克拉索夫，40 年后，他又在发现契诃夫的过程中发挥主要作用。

列斯科夫（1831—1895），自学成才的作家，也是俄国文学史上一位有特殊贡献的作家。主要作品有中篇小说《姆岑斯克县的麦克白夫人》(1864)、《左撇子》(1881)，长篇小说《走投无路》(1864)、《结仇》(1870—1871)、《大堂神父》(1872)、《着魔的浪人》(1872)、《兔窝》(1917)等。

马克·斯洛宁认为，《大堂神父》这部叙述内地生活及低级僧侣的小说有力、幽默、令人感动，堪称佳作，它里面的人物可以说是俄国现实派小说里最优秀的塑像，尤其成功的是小说刻画的阿希拉这个人物。阿希拉是教会里威权甚大的执事，以过人膂力及暴烈脾气卫道。他是俄国文学里最为生龙活虎的人物，象征俄国人民的潜在力量。《大堂神父》还是一部丝毫不谈爱情的小说，是由人与人之热诚与机锋凝成的，它的结构是一层一层的，情节虽然简单，可是意义却十分深刻，它所讲的基督徒在现代社会里的问题，和陀思妥耶夫斯基在《白痴》和《卡拉马佐夫兄弟》里所叙述的问题相同。列斯科夫最擅长的是短篇小说及中篇小说，差不多每一篇里都有个奇腔怪调的叙述者，尤以《着魔的浪人》最为精彩。这一类的作品在 19 世纪俄国文学里殊不多得，《着魔的浪人》和陀思妥耶夫斯基的《卡拉马佐夫兄弟》提出同一个基本问题，即俄罗斯人的极端作风问题。这种作风是一个年轻国家所表现的桀骜不驯的力量和道德上的潜能。列斯科夫在《着魔的浪人》里把他写作的特殊风格统统发挥出来，叙述节奏迅速，穿插种种人的小故事，每个故事枝叶分明，情节变化万千，结构却又具有连贯性。他的另一部长篇小说《盖了印的天使》，文笔之精彩与《着魔的浪人》相差无几。

米尔斯基也认为，《大堂神父》是列斯科夫所有作品中最为著名的作品，描写的是斯特尔哥罗德城的神职人员，其中，神职人员的首领、大司祭图别罗佐夫是列斯科夫笔下最成功、最高尚的"正人君子"形象之一，助祭阿希拉是列斯科夫最伟大的性格塑造，同时也是整个俄国文学画廊中最出色的形象之一；而在《着魔的浪人》中，他的叙事能力达到顶峰；1917 年发表的《兔窝》是其最出色的作品之一，也是其浓缩讽刺之最高成就，包含列斯科夫风格之一切最佳特征：生动出色的对话、俏皮幽默的场景和非同寻常的故事。

列斯科夫的小说题材广泛，描写了俄国社会的许多方面，尤其擅长描写僧侣、市民和宗法制农民的生活风习。这些作品结构独特，叙述生动，富于戏剧性和幽默感，具有浓郁的生活气息和民族特色，并且把俄国民间语言和文学语言融合得和谐一致。米川正夫声称："他的变化多端的情节，对于民间习俗、语言的深刻的知识，以及那任意操纵古旧的教会俄语的独创的文体，都很值得惊叹，而创造了一种不见于从来的俄国文学的新鲜的技巧。"马克·斯洛宁更具体地谈到，列斯科夫兴趣广泛，他脾气激烈，精力过人，研究古代民间艺术、风俗及歌谣与古画，是旧表、宝石、老信徒派文献及英国版画专家。这一方面是因为他在艺术方面感觉强烈，绘画及建筑知识渊博，另一方面是因为他喜欢古玩字画。他对人生大大小小的一切事物都感兴趣，他喜欢奇人异俗，荒唐不经的喜剧，意想不到之情节与出乎意料的结局，是以他的作品情节曲折复杂、文笔特别生动。他同时注重情操之升华，一再叙述人之原始本性如何经过爱与牺牲及真理之探求而臻纯洁。他的作品大都有一贯的主题，却叙述一个有罪孽的人如何经过赎罪而臻于善。他是故意描写善恶绝对分明的典型人物之少数俄国作家之一。他总想找个圣人似的人物，他有几篇最好的短篇小说都是讲简单纯朴的人在恶劣环境中仍力求过光明磊落的生活。马克·斯洛宁还指出，这位专门汇集趣话、谜语和双关语的专家，实在是俄国最杰出的幽默文学作家之一，他对契诃夫的影响是很显明的。苏联作家尤其是左琴科和扎米亚京得力于他的地方也不少。

总之，列斯科夫的独特贡献有五。其一，他大大扩展了文学反映的生活面，让读者看到活生生的现实，作品充满浓郁的乡土气息。其二，他创造了"风景画和风俗画""时事小说""狂想曲"等小说体裁，大大丰富了当时的文学创作形式，对后世影响颇大（高尔基就从他那里得益不小）。其三，出奇的叙事艺术。米尔斯基认为，列斯科夫在其同时代人中又一惊人的独创性，就是其卓越的叙事天赋。作为一位故事叙述者，他能轻而易举地在当代俄国作家中独占鳌头。他的短篇小说仅为一些叙述高超、饶有兴味的奇闻趣事，即便在其篇幅更大的作品中，他也喜欢借助一系列奇闻趣事来刻画人物，因此，文字的生动画面感，急速而又复杂的叙事，使他迥异于其他所有俄国作家，尤其是屠格涅夫、冈察洛夫或契诃夫。其四，英雄崇拜与幽默感等的奇妙结合。米尔斯基指出，高尚的美德、独特的原创力、深重的罪孽、强烈的激情和怪诞的幽默是他热衷的题材。他既是一位英雄崇拜者，也是一个幽默作家，甚或可以说，他的英雄越具有英雄气概，他对他们的处理便越具幽默感。其五，他的语言是地地道道的俄语，生动简洁。托尔斯泰认为他有"非凡的语言技巧"。高尔基认为"他是第一流俄国作家——他的作品把俄国的一切都写在里面"，高度称赞他的艺术技巧，说他是精通语言的"极其出色的行家"，是值得现代俄国作家学习的语言巨匠之一，并说自己和契诃夫从列斯科夫的作品中获益很多。米尔斯基则宣称，在同时代人均以一种平淡无奇的风格写作，或试图运用这一风格，刻意回避任何惊人或可疑字眼时，列斯科夫却贪婪地汲取一切出人意料、生动新颖的话语，各阶层和各阶级的不同话语，各类行话俗语，均见于其作品。他尤为钟爱的是口语化教会斯拉夫语所造成的喜剧效果以及"民间词源"的双关语。

正因为如此，利哈乔夫指出，"列斯科夫是19世纪末和20世纪头25年最受俄罗斯中等知识分子青睐的作者。在中等知识分子中间和地方上，阅读他的作品超过了阅读托尔斯泰、屠格涅夫和陀思妥耶夫斯基的作品"，尤其是他"笔下的怪人和虔诚的教徒使列斯科夫成为备受爱戴的人"。

柯罗连科（1853—1921），以短篇小说和中篇小说著名。主要作品有《奇女子》（1880）、《马卡尔的梦》（1883）、《在坏伙伴中》（1885）、《林啸》（1886）、《阿特—达凡》（1892）、《盲音乐家》（1886）、《嬉闹的河》（1892）、《哑口无言》（1895）、《瞬间》（1900）等，代表作是《盲音乐家》。还有长篇小说（实际上是长篇自传）《我的同时代人故事》（1905—1921），小说共四卷，前两卷写得很精彩，后面则写得比较匆促和粗疏，但依旧可以列入俄国文学优秀作品的行列里（米尔斯基甚至认为，这或许是其最佳作品；马克·斯洛宁也认为，这是一部极好的自传，很生动地叙述了俄国在解放农奴与亚历山大二世遇刺之间的生活）。高尔基从柯罗连科的创作中获益匪浅，他说："这位伟大的、文笔优美的作家对我个人说了许多前人所未说过的关于俄国人民的事情。"马克·斯洛宁认为，柯罗连科的小说情节动人，北国景色写得尤其出色，他的作品深受欢迎的主要原因是他对人类的态度仁慈和蔼，有令人亲切的幽默感和对人类前途光明的信心。他深信"人天生应该是快乐的，就是连鸟也天生会飞翔自如"，无论什么都打击不了他对于人类进步的信心。他的作品情节与行动只居次要地位，主要的是对流浪者、流配西伯利亚的罪犯、农民和谋求真理者种种人物的素描。这些作品并不脱离传统的现实主义格式，作者在文章里恒以旁观者或听人诫者的形象出现。别的许多作家如果采用这种格式则似乎会使人觉得平淡乏味，可是柯罗连科的真挚情感和抒情笔调则使得整个故事有声有色。他以一个基督徒的立场悲愤人类之不平，温和博爱，使得保守派、激进党莫不敬重。米尔斯基指出，柯罗连科的创作充满富有激情的诗意和屠格涅夫式的自然描写，在描写更为壮观的自然时，其诗意甚至超越了纯粹的美景，其独特的韵味，便在于诗意与淡淡的幽默，以及他对人类灵魂的不灭信念之神奇融合。柯罗连科还有一些散文写得简短、优美、隽永，富于哲理，如《火光》就表现了黑暗即将过去光明就在前面，对灿烂的未来充满信心：

> 很久以前，一个黑漆漆的秋夜，我乘着一叶扁舟，行驶在西伯利亚一条阴森森的河上。突然，河流的转弯处，黑巍巍的山峰下，闪出一星火光。
>
> 明晃晃，亮灼灼，几乎就在眼前……
>
> "噢，谢天谢地！"我欢天喜地地说，"就要到过夜的地方了！"
>
> 船夫回过头看了一眼，又全然无事地使劲划桨。
>
> "远着哩！"
>
> 我不相信：火光明明就在眼前，冲破混沌沌的夜色在闪耀。然而，结果船夫是对的：火光确实还很远。
>
> 在茫茫黑夜里，火光的特点就是：驱散黑暗，灼灼闪亮，令人神往，引人向前。而当你渐渐临近，似乎再猛划两三桨，行程就告终结……可其实还远着呢！……
>
> 我们又在黑墨墨的河面上划了很久。两岸的一个个峡谷和峭壁，迎面驶来，缓缓临近，又一一移去，落在后面，似乎消失在茫无边际的远方，而火光却仍然在前方灼灼闪耀，令人神往——依旧是那么近，

又依旧是那么远……

直到现在，无论是那条被重重山峦的峭壁千仞遮得黑蒙蒙、阴森森的河流，还是那一星生气勃勃的火光，都经常浮现在我的脑海。在此之前和在此以后，曾有许多火光，似乎近在眼前，使不止我一人衷心向往。然而，生活却仍然在同样阴森森的两岸之间奔流，而火光也依旧那么遥远。因此，必须使劲划桨……

然而，毕竟……毕竟……前面就是火光！（曾思艺译）

迦尔洵（1855—1888），主要作品有《四天》（1877）、《胆小鬼》（1879）、《艺术家》（1879）、《棕榈》（1880）、《红花》（1883）、《信号》（1887）等短篇小说。这些作品反映了不公平的社会现象和为民众服务的思想，表现了那些对理想和现实丧失信心因而感到悲痛绝望的知识分子的心理状态，受到托尔斯泰、屠格涅夫、契诃夫的高度评价。处女作《四天》讲述了俄土战争的故事。主人公俄国士兵被打断一条腿，在周围满是土耳其士兵尸体的战场上痛苦不堪地躺了四天，最后死去。小说深刻、生动地表现了战争的残酷性，马克·斯洛宁认为这是迦尔洵的“生平杰作”。这种反战的小说直接催生了后来安德烈耶夫的名作《红笑》（安德烈耶夫正是在读完《四天》之后创作的《红笑》）。代表作《红花》描写了疯人院一个病人的故事。主人公认为长在靠近他病房窗口旁的一株小红花是世界万恶的化身，他为了消灭邪恶、拯救人类，敢于“与全世界一切罪恶进行搏斗”。在一个夜晚主人公悄悄地溜出病房，走进花园，摘下红花，然而由于过于激动，当他把红花紧紧地捏在手中时，自己也断了气。小说用象征手法表现了白色高压下知识分子的悲观绝望。马克·斯洛宁称之为“极好的短篇小说”，并指出，他的带韵散文、寓言式的体裁以及一种不可思议之感觉开辟了一个新方向，使契诃夫及颓废派得以步其后尘。

此外，还有戏剧家苏霍沃-柯贝林（1817—1903），其一生坎坷，主要留下了被称为《往日情景》三部曲的喜剧：《克列钦斯基的婚事》（1854）、《案件》（1862）、《塔列尔金之死》（1869）。柯贝林的喜剧继承并发展了果戈理的喜剧传统，成功地塑造了一批具有社会典型意义的反面人物，通过赌徒、无赖、高利贷者、地主等人物的卑劣行为，揭露和讽刺了社会上层集团和官场的腐败。正因为如此，他的喜剧在 19 世纪仅《克列钦斯基的婚事》能够上演，其他两部则直到 20 世纪初才被搬上舞台。经过梅耶荷德等戏剧大师的导演，人们才认识到柯贝林是一位以前未能给予应有承认的伟大的剧作家。

当然，俄国后期现实主义文学的高峰是托尔斯泰、陀思妥耶夫斯基、契诃夫。

托尔斯泰在俄国现实主义小说中的一大贡献是，把此前作为说明人物行为的心理动机的心理描写变成观照和开掘人生的一种方法，并且独创了展示人物心理的独特方法——"心灵辩证法"。托尔斯泰善于深入细致地描写连接心理两极的环节，尤其善于描写心灵发展的隐秘过程，其中的一些描写达到了意识流的高度。

陀思妥耶夫斯基的小说是俄国心理现实主义小说的高峰。在陀思妥耶夫斯基的小说中，外部世界只是引发人物内心活动的一个条件。他不仅善于描写一般的人物心灵世界（如早期小说《穷人》），而且擅长展示人物的带有某种病态性质的心灵状态，特别是那种意识近似精神分裂而又具有双向转化的心灵状态，在艺术手法上则善于运用幻觉、梦呓甚至某些隐微的潜意识来揭示人物的心灵的深层，更善于运用复调小说的形式，通过多声部的对话、辩论、抗衡，展示人物复杂幽秘的内心世界。

值得一提的是，19 世纪后期由于西欧的自然主义、印象主义、象征主义等纷纷涌入俄国，一些作家兼收并蓄，具有两种乃至多种成分，如契诃夫就融现实主义、自然主义、印象主义、象征主义等于一体，而皮谢姆斯基、马明-西比利亚克等则把现实主义与自然主义融合起来。

皮谢姆斯基（1821—1881），1848 年发表处女作中篇小说《尼娜》，1850 年发表成名作中篇小说《窝囊废》，此后重要的作品有中篇小说《喜剧演员》（1851）、《有钱的未婚夫》（1851）、《巴特马诺夫先生》（1852）、《吹牛者》（1854）、《她有罪吗?》（1855），长篇小说《嫁妆——一千个农奴》（1858）、《浑浊的海》（1863）、《在漩涡中》（1871）、《小市民》（1877）、《共济会员》（1880），以及自传性的长篇小说《四十年代的人们》（1869）。

皮谢姆斯基十分熟悉外省生活风习，把极其重视真实性的自然主义与现实主义结合起来，特别关注人的动物本能（米川正夫指出："他的作品的根本思想，就是支配着人生的粗野的动物本能——主要的就是丑恶的肉欲的胜利"），创作了一系列颇为优秀的作品，大量反映外省人的普通生活，尤其是其爱情、婚姻、家庭等方面的问题，揭露地主贵族的荒淫无耻、腐朽没落，大小官吏的贪赃枉法、争权夺利，资产阶级的唯利是图、巧取豪夺，并且擅长讽刺，极力描写贵族地主的精神空虚和小市民的无聊习气，对受压迫的农奴和受凌辱的妇女抱有同情。其中，《她有罪吗?》反映女性解放的艰难与困境，被车尔尼雪夫斯基称作 1855 年最优秀的一部小说。车尔尼雪夫斯基由此认为皮谢姆斯基是沿着果戈理开辟的道路从事创作的，像果戈理那样善于从平凡的生活中吸取诗意，用对生活的忠实描绘来震撼心灵，着重描写普通人及其生活。《在漩涡中》反映俄国 19 世纪 60 年代广泛的社会生活，塑造了新人叶莲娜的形象，受到托尔斯泰的高度评价。《小市民》写古老的贵族与资本主义的冲突，受到屠格涅夫的赞赏。《浑浊的海》表现了反虚无主义的主题，尤其是出色地塑造了女主人公丽涅娃的形象，米尔斯基认为她是蓓基·夏普式的人物，是"作者笔下最伟大的角色之一"，作品"再现了她深重的堕落和她近乎孩童般动人的魅力"。

代表作《嫁妆——一千个农奴》描画了农奴制下俄国生活的广阔图景，揭露了贵族的荒淫无耻和官吏的钩心斗角，成功地塑造了雅科夫·卡利诺维奇这个颇为丰富复杂的人物形象。卡利诺维奇有抱负，也有思想，但总是幻想一夜暴富。后来他娶了一位有一千个农奴作为陪嫁的妻子，并利用妻子的关系混进官场，还当上了省长。就在这时，他异想天开，想要诚实守信，并改变现行的官场游戏规则，结果被迫离开官场。车尔尼雪夫斯基认为"这部小说真实地描写了我国外省城市的现实生活"，是"我们当代一位第一流作家的杰作"。皮萨列夫也认为，"就这部小说中包容的现象的丰富和纷繁而论，它比我们当代文学的所有作品都更胜一筹"。德鲁日宁更是对这部作品推崇备至，并充分肯定了卡利诺维奇这个形象。纳博科夫也宣称这部作品是"俄罗斯风格的《红与黑》"。

此外，剧本《苦命》(1859)通过讲述一个农民家庭的悲剧，揭露了贵族地主的专横。1863 年，该剧本与奥斯特洛夫斯基的《大雷雨》一同获得科学院奖。

米尔斯基认为，皮谢姆斯基在许多方面都异于其同时代人。首先，他没有任何理想主义，这就如下两层意思而言：一方面，他不使用观念和理论；另一方面，他对人类不持乐观主义观点。在对人的猥琐、卑劣和渺小的描写上他没有敌手，是果戈理的真正继承人，但他又比果戈理或任何一位现实主义作家客观，这同样就如下两层意思而言：一方面，他描写生活一如他之所见，不强使其服从任何一种先入为主的观念；另一方面，他作品中的人物并非一些完全依赖于个人体验外在化的主观创造物，而是一些能被亲眼所见、能被当作同类来理解的另类人物。其次，皮谢姆斯基的另一特点，即轮廓在其作品中远胜于氛围，其人物不在轻盈的秋雾中游走，而是站立在光天化日之下。其眼中所见，是与事物的持续性相对立的离散性。最后，与这一特征密切相关，其作品的叙事趣味成分远胜于寻常的俄国小说。皮谢姆斯基小说中的情节推进真实迅捷，并且非常有趣。较之那些有教养的小说家，皮谢姆斯基更为接近俄国人的生活，尤其是没有文化的中下层俄国人的生活。他与奥斯特洛夫斯基一道，在列斯科夫之前首先开辟非贵族出身的俄国文学人物的神奇画廊。皮谢姆斯基伟大的叙事天赋及其对现实的超强把握，使他成为俄国最优秀的小说家之一。他与巴尔扎克有许多共同之处，但走在左拉和莫泊桑的前面。苏联学者布施明等在《俄国长篇小说史》中指出："皮谢姆斯基的长篇小说在俄国文学中占据重要的一环。皮谢姆斯基的独树一帜的艺术个性，以反对人物与社会现象进行评判时的独特的视角，为我们评价他的长篇小说的特性奠定了基础。这位作家呈现了时代风貌。他描绘了人们的日常生活，但是，却能够在其中探寻时代特征。"

马明-西比利亚克(1852—1912)，原名德米特里·纳尔基索维奇·马明，中学时深受达尔文等人自然科学著作的影响，大学时曾在医学院和法律系学习。这种崇科学、重实证的经历，促使他后来接受以自然科学为指导的自然主义文学的影响。其主要作品有《普里瓦洛夫的百万家私》(1884)、《矿山里的小朝廷》(1884)、《黄金》(1892)、《粮食》(1895)、《乌拉尔短篇小说集》(4卷，1888—1901)。他的作品主要描写19世纪下半叶俄国资本主义迅速发展时期乌拉尔地区各阶层的生活。列宁高度评价他的作品，说它们"突出地描绘了与改革前的生活差不多的乌拉尔的特殊生活"。马克·斯洛宁认为，他写小说完全用自然主义笔法，情节穿插过多，往往散漫没有章法，不过具有左拉及德莱塞作品的某种力量。他的作品都是匆促而成，文字不够洗练，不过人物刻画得都很清楚，情节虽然复杂，不过大部分生动有力，题材则大都是描写乌拉尔地区资本主义之发展，讲述的多为金钱作祟以致世风日下的故事。

参考资料

〔俄〕尼·别尔嘉耶夫：《俄罗斯思想》（修订译本），雷永生、邱守娟译，北京，生活·读书·新知三联书店，2004。

《别林斯基选集》第四卷，满涛、辛未艾译，上海，上海译文出版社，1991。

《加林斯基选集》第五卷，辛未艾译，上海，上海译文出版社，2005。

《加林斯基选集》第六卷，辛未艾译，上海，上海译文出版社，2005。

〔苏联〕布罗茨基主编：《俄国文学史》，蒋路、孙玮译，北京，作家出版社，1957。

中共中央马克思恩格斯列宁斯大林著作编译局国际共运史研究室编译：《俄国民粹派文选》，北京，人民出版社，1983。

〔俄〕弗兰克：《俄国知识人与精神偶像》，徐凤林译，上海，学林出版社，1999。

〔美〕约瑟夫·弗兰克：《陀思妥耶夫斯基：作家与他的时代》，王晨、初金一、王嘉宇等译，北京，中国华侨出版社，2019。

〔苏联〕伏罗宁斯基等著：《俄罗斯古典文学论》，蓝泰凯译，北京，北京时代弄潮文化发展公司，2011。

〔苏联〕高尔基：《个人的毁灭》，见高尔基：《论文学》（续集），冰夷、满涛、孟昌等译，北京，人民文学出版社，1979。

〔俄〕T. C. 格奥尔吉耶娃：《俄罗斯文化史——历史与现状》，焦东建、董茉莉译，北京，商务印书馆，2006。

〔苏联〕尼古拉耶夫、库里洛夫、格利舒宁：《俄国文艺学史》，刘保端译，北京，生活·读书·新知三联书店，1987。

〔苏联〕季莫菲耶夫主编：《俄罗斯古典作家论》，北京，人民文学出版社，1958。

［英］杰弗里·霍斯金：《俄罗斯史》第 2 卷，李国庆、宫齐、周佩虹等译，广州，南方日报出版社，2013。

［苏联］约·阿·克雷维列夫：《宗教史》，王先睿、冯加方、李文厚等译，北京，中国社会科学出版社，1984。

［俄］瓦·奥·克柳切夫斯基：《俄国史教程》第五卷，刘祖熙、李建、郝桂莲等译，北京，商务印书馆，2009。

［俄］德·谢·利哈乔夫：《俄罗斯思考》，杨晖、王大伟总译审，北京，军事谊文出版社，2002。

［美］尼古拉·梁赞诺夫斯基、马克·斯坦伯格：《俄罗斯史》(第七版)，杨烨、卿文辉主译，上海，上海人民出版社，2007。

刘祖熙：《改革和革命——俄国现代化研究(1861—1917)》，北京，北京大学出版社，2001。

［英］约翰·罗斯金：《前拉斐尔主义》，张翔译，上海，上海人民出版社，2008。

［美］拉伊夫：《独裁下的嬗变与危机——俄罗斯帝国二百年剖析》，蒋学祯、王端译，北京，学林出版社，1996。

［日］米川正夫：《俄国文学思潮》，任钧译，重庆，正中书局，1941。

［俄］德·斯·米尔斯基：《俄国文学史》，刘文飞译，北京，人民文学出版社，2013。

［俄］米罗诺夫：《俄国社会史：个性、民主家庭、公民社会及法制国家的形成(帝俄时期：十八世纪至二十世纪初)》，张广翔、许金秋、郭宇春等译，济南，山东大学出版社，2006。

［俄］尼克利斯基：《俄罗斯文学的哲学阐释》，张百春译，合肥，安徽大学出版社，2017。

［俄］恰达耶夫：《哲学书简》，刘文飞译，北京，作家出版社，1998。

任光宣：《基辅罗斯—十九世纪俄国文学：俄国文学与宗教》，北京，世界图书出版公司，1995。

任光宣主编：《俄罗斯文学简史》，北京，北京大学出版社，2006。

［美］史朗宁：《俄罗斯文学史(从起源到一九一七年以前)》，张伯权译，

新竹，枫城出版社，1977。

　　〔美〕马克·斯洛宁：《现代俄国文学史》，汤新楣译，北京，人民文学出版社，2001。

　　〔美〕乔治·斯坦纳：《托尔斯泰或陀思妥耶夫斯基》，严忠志译，杭州，浙江大学出版社，2011。

　　〔法〕亨利·特罗亚：《神秘沙皇——亚历山大一世》，迎晖、尚菲、长宇译，北京，世界知识出版社，1984。

　　王佐良：《英国诗史》，南京，译林出版社，1997。

　　姚海：《俄罗斯文化之路》，杭州，浙江人民出版社，1992。

　　乐峰：《东正教史》，北京，中国社会科学出版社，1999。

　　张建华：《俄国史》，北京，人民出版社，2004。

　　张建华：《俄国知识分子思想史导论》，北京，商务印书馆，2008。

　　曾思艺等：《19世纪俄国唯美主义文学研究》，北京，北京大学出版社，2015。

　　郑克鲁：《法国诗歌史》，上海，上海外语教育出版社，1996。

　　《朱光潜全集》第三卷，合肥，安徽教育出版社，1987。

第二章 茹科夫斯基：俄国诗歌的导师和先驱

时至今日，俄国人公认茹科夫斯基、普希金、莱蒙托夫、丘特切夫、费特是 19 世纪俄国五大诗人，而茹科夫斯基堪称俄国诗歌的导师和先驱。

一、从懒散青年到诗坛泰斗

茹科夫斯基(1783—1852)是俄国第一位浪漫主义大诗人，也是优秀的翻译家和评论家。他是俄国一个富有的地主布宁和土耳其女俘——女管家萨里哈的私生子，出生在图拉省古老的贵族领地米辛斯科耶。穷贵族茹科夫斯基寄居在布宁家，成了孩子的教父，未来诗人的姓氏由此而来。茹科夫斯基在美丽的乡村长大，受过良好的教育。当时著名的教育家波克罗夫斯基是他的启蒙教师，他告诉学生，只有在乡村的愉快的幽居中才能使纯真与幸福的祭坛不受损毁，才能发展文学方面的志趣。茹科夫斯基很早就对文学感兴趣，且尝试自己创作剧本。1797 年，14 岁的茹科夫斯基就读于莫斯科大学附属的贵族寄宿学校，在校期间同时受到古典主义和感伤主义两种流派的影响，尤其喜欢卡拉姆津的作品，并且较早懂得了自己生活的追求："为什么要生活？难道不是为了用一切崇高和伟大的事物使自己的精神更趋于完善吗?"同年发表第一篇诗歌《五月的早晨》。离开学校后，他曾一度参加工作。然而，因不喜欢办公室工作的单调乏味，他于翌年辞去职务，回到故乡，醉心于文学工作，迷恋懒散而冥想的生活，成为一个懒散的青年。有其日记为证："我今天处于某种愉快的、哀伤的心绪中。我若有所思，但其实什么也没有想。眺望那为黄昏的阴影笼罩的远方，使我感到神怡。这种朦胧和遥远的远方永远有着感动人心的影响。"1805 年，他开始为两个外甥女教课，久而久之，他对外甥女玛丽亚·普罗塔索娃(1793—1823)产生了爱慕之心，并很快发展为爱情。1811年，他向玛丽亚的母亲——同父异母的姐姐表示了求娶玛丽亚的意愿，遭到拒绝。这段无望的爱情，持续了整整12年，影响了诗人的全部生活——高尔基指出："他终生念念不忘这段爱情，它培养他的忧郁情绪"——并且在一定程度上影响了他的创作。1817年，玛丽亚嫁给大学教授莫伊叶尔①。1823年，玛丽亚病故，茹科夫斯基十分悲痛，写了多首诗表示悼念。

乡居六年的时间里，茹科夫斯基大量阅读俄国和外国文学作品，并且创作了20来首诗，还翻译了一些外国诗歌，其中1802年所译英国感伤主义诗人格雷的《乡村公墓》，在保持原作精神的翻译基础上进行再创造，发表在卡拉姆津主编的《欧罗巴导报》上，这篇译文使他一举成名。1806年发表的哀歌《黄昏》(一译《傍晚》)，细腻优美，具有较为浓郁的感伤主义和浪漫主义色彩，很能体现茹科夫斯基的才华与诗歌风格的特点：

> 小溪，在亮闪闪的沙砾上潺潺流过，/你那轻袅袅的和声多么令人欣喜！/你波光闪闪，一路奔流到大河！/快来吧，哦，美好的缪斯，//头戴嫩汪汪的玫瑰花环，手拿金晃晃的芦笛；/朝着飞沫四溅的河水若有所思地低垂双鬓，/在睡思昏昏的大自然的怀抱里，/纵情歌唱，用歌声激活暮霭沉沉的黄昏。//日落西山时分是多么令人着迷——/此时田野躲进了阴影，似被移远的丛林，/和在如镜的碧水中摇漾的城市，/全都染上一层红紫紫的晚霞余晕；//一群群牛羊从金灿灿的山丘奔向河边，/它们那喧闹的吼叫在水上更加响亮；/渔夫收拾好渔网，划着轻便的小船，/驶向那灌木丛生的河岸；//船夫们渔歌唱和，小船纷纷聚集，/一叶叶船桨齐心协力劈开水流；/农夫们掉转犁头，纷纷走下田地，/沿着有很多大土块的垄沟……//早已是黄昏……天边的云彩渐渐暗淡，/最后一缕霞光正从塔楼上消逝；/河面上最后一片亮晃晃的波光，/也同暗淡无光的天空彻底隐匿。//万籁俱寂：丛

---

① 米尔斯基说玛丽亚出嫁后姓沃耶伊科娃(Воейкова)(详见[俄]德·斯·米尔斯基：《俄国文学史》，刘文飞译，103页，北京，人民出版社，2013)，不符合事实，其丈夫姓莫伊叶尔(Мойер)，全名是伊万·菲利波维奇·莫伊叶尔(Иван Филиппович Мойер，1786—1858)。

林在酣睡；四周一片静谧；/我藏身于长弯弯柳树下的青草丛，/凝神细听，那汇入大河的小溪，/在繁枝茂叶的丛林里一路淙淙。//草木的清香中透入了黄昏的凉爽！/寂静中水流的哗哗拍岸声多么美妙！/微风在水面轻轻轻轻地摇漾，/软柔柔的柳树轻舞丝条！//河面上隐隐传来芦苇轻摇的簌簌声，/远处公鸡的啼唤惊扰着沉睡的村庄；/我听见长脚秧鸡在草丛中野性地欢鸣，/菲洛墨拉在森林中拉长调痛苦地吟唱……//可那是什么？……什么样神奇的光在远处闪现？/东方云遮雾罩的山岭燃炽起一片火红；/黑暗中，汩汩的泉水迸溅出一个个闪耀的星点，/椴木林倒映在河水中。//一钩新月冉冉升起，从山那边……/啊，沉思的天穹中恬静的星球，/你的清辉是怎样荡涤着树林的昏暗！/你又是怎样为河岸镀上一层淡淡的金釉！//我静坐沉思；浮想联翩；/回忆带我飞回逝去的时光……/啊，我生命的春天，你飞逝如箭，/带着你的无限欢乐和百结愁肠！//你们在哪里，我的朋友，我的旅伴？/难道我们从此再不能欢聚一堂？/难道快乐的一切泉源都已枯干？/啊，你们，死去的至乐无上！//啊，兄弟！啊，朋友！如今安在，我们神圣的圈子？/赞美缪斯和自由的高昂歌儿今在何方？/冬日暴风雪肆虐中的酒神欢宴又在哪里？/哪里还有我们面对大自然发出的誓言，//它使兄弟般的友谊之火永远炽燃？/而今，朋友们，你们在哪里？……也许，每个人都在各走其径，/没有同伴，背负着怀疑的重担，/万般沮丧，心灰意冷，//蹒跚着走向死气沉沉的命定深渊？……/这一个——昙花一现——睡着了，而且永世长眠，/挚爱的泪水淋湿了过早夭折的木棺。/另一个——啊，愿上天公正裁判！……//而我们……难道会破坏友谊成为异己？/难道美女的顾盼，荣耀的追寻，/抑或被视为尘世幸运的空洞荣誉，/能在心灵深处消泯//那关于心灵的欢乐，关于青春时光的幸福，/关于友谊，关于爱情，关于缪斯的回忆？/不，不！就让每个人跟随自己的命运上路，/但在心底深爱着那些不能忘怀的东西……//我被命运判定：在人所不知的道路上漫步徐行，/我是宁静乡村的朋友，热爱大自然的美；/黄昏中尽情呼吸椴木林的宁静，/垂目凝望飞沫四溅的河水，//放声歌唱上帝、友谊、幸福和爱情。啊，诗歌，纯真心灵的纯净硕果！/谁能用芦笛使短如朝露的人生/生气勃勃，谁就会幸福快乐！//在静谧的凌晨时分，烟雾蒙蒙，/烟笼了田野，雾罩了山冈；/当朝阳东升，给蓝蒙蒙的丛林/静静地洒满自己的红光，//有人兴高采烈，离开自己的乡间小屋，/赶在榭木林中的鸟儿们睡醒之前，/让竖琴与牧童的芦笛和谐同步，/歌唱太阳的重新露面！//对，这歌唱就是我的使命……但能否长久？……谁又知道？……唉！也许，很快阿利宾会趁着黄昏时光，/——他常常与忧郁的明瓦娜在一道，/来到这里，在青年岑寂的坟墓旁沉入冥想！（曾思艺译）

　　黄成来、金留春认为，这首诗中有诗人对大自然景色变幻的细腻描绘，有诗人对与友人共度的幸福岁月的缅怀，以及对友谊、爱情、生与死的沉思，表达了以幽居大自然为理想境界的贵族感伤主义诗歌的思想倾向。波斯彼洛夫等更具体地指出："这首哀歌对宁静的黄昏时分的大自然景色做了细腻的描绘，还描写了诗人对于与友人们共同度过的幸福岁月、没有实现的愿望、一个朋友过早的夭亡，以及对于自己那即将来临的死亡等哀歌式的沉思。在这些沉思中，一方面，有许多个人自传性的事迹（大学寄宿学校的生活、与屠格涅夫一家的友谊、安德烈·屠格涅夫的死）；另一方面，还表现了往往是贵族的'感伤主义'诗歌的典型理想：渴望在大自然中幽居，倾向于发展内心的那种哀伤、悲愁、'忧郁'的感情，且对自己的这些感情流连欣赏，并且还在其中寻找慰藉。"克冰进而指出，作为浪漫主义诗人，茹科夫斯基对大自然怀着深深的爱。他在自己的诗歌中不断精细地描绘千姿百态的自然风光，或壮丽，或雄浑，或旖旎，或凶险，或娇婉，或明快，或朦胧，或诡奇，或神秘……他有时重彩浓抹，有时精雕细刻，有时则淡然一笔，风采全出。他描绘大自然的笔，那样娴熟，那样自如，那样流畅，那样富有真情实感。如果说，他的俄罗斯前辈诗人，特别是杰尔查文有时也对自然风光进行描绘，那么，茹科夫斯基在自己的诗中则不只是描绘，而是以儿子对母亲般的深情挚爱来咏叹大自然。茹科夫斯基对大自然的描绘，往往是传神的。他笔飞墨洒之处，无论浓淡繁简，皆神采飞动，自出机杼。他写大海，大海能爱，能怒，能惊悚，能激动，神情尽出。他写黄昏，云天暗，霞光熄，河波隐，林木睡，浓柳低垂，轻溪浅唱，神韵披拂。

茹科夫斯基写景之所以传神，首先在于他的笔墨不停留在表层，不生硬拼凑，而是善于抓住风光景致的本质特征，从而显露其灵魂，传达其精神。茹科夫斯基对大自然传情、传神的描绘功夫，前无古人而后启来者，为以后俄罗斯的诗歌，乃至屠格涅夫等作家的散文对自然风光的精彩描绘开了先河。

　　1808 年，茹科夫斯基在翻译并改写德国诗人毕尔格的故事诗《莱诺勒》的基础上，创作了具有浓厚俄罗斯民族色彩的谣曲（一译故事诗）《柳德米拉》。这是他发表的第一篇谣曲，产生了颇大的影响，米尔斯基甚至宣称，它"引发了一场写作谣曲的疯狂热潮"。就在这一年，他接受卡拉姆津的邀请，迁居莫斯科，担任《欧罗巴导报》的编辑。在卡拉姆津的鼓励与鞭策下，茹科夫斯基一改昔日的懒散，开始勤奋创作。在 1812 年的卫国战争中，茹科夫斯基创作了充满爱国主义激情的颂诗《俄国军营中的歌手》，更使得他在俄罗斯名闻遐迩。后来又创作了著名叙事诗《斯维特兰娜》《风神的竖琴》《捷昂与艾斯欣》《十二个睡美人》《伊凡王子和大灰狼的故事》等。

　　由于外表雍容文雅、为人严谨平和，又有着渊博的知识和良好的教养，诗才出众、精通外语，因此从 1815 年起，茹科夫斯基被召进宫廷任职，迁居彼得堡，担任保罗一世皇后的伴读，两年后担任未来沙皇尼古拉一世的未婚妻的教师。1825 年，在十二月党人起义之前，茹科夫斯基被任命为皇太子即未来的沙皇亚历山大二世的老师。从迁居彼得堡起，茹科夫斯基就积极参加京城的文学活动，加入了阿尔扎马斯社。[①] 与此同时，他继续创作和翻译，创作了叙事长诗《十二个睡美人》，以及《大海》等抒情诗，其巨大的艺术成就更使他成为当时的诗坛泰斗。茹科夫斯基利用自己的身份和地位，提携和保护了一些诗人。米尔斯基谈道："自年轻诗人普希金起步之日，茹科夫斯基一直与他关系密切，在普希金与官方发生冲突时，茹科夫

---

　　① 阿尔扎马斯社是 19 世纪初彼得堡的一个文学团体，活动时间主要是 1815—1818 年，主要成员有茹科夫斯基和普希金等。他们追随卡拉姆津，提倡感伤主义和浪漫主义，反对海军上将希希科夫等于 1811 年创立的"俄罗斯语言爱好者座谈会"的复古和保守倾向，主张革新文学语言，促使语言纯洁化和接近口语，开创文学新体裁。因茹科夫斯基的朋友、该社成员之一的布卢多夫（1785—1864）讽刺座谈会成员沙霍夫斯科伊的喜剧《对卖俏妇的教训，或里彼茨克的泉水》（该剧通过宫廷诗人菲阿尔金的形象讥笑了茹科夫斯基）的文章《学者协会出版的阿尔扎马斯的幻影》而得名。

斯基总是出面相助……茹科夫斯基也帮过果戈理，1838 年，在替乌克兰诗人谢甫琴科（一译舍甫琴科）脱离农奴身份所做的努力中，茹科夫斯基发挥了主要作用。"格奥尔吉耶娃更具体地指出："他比一般人反应灵敏，更具有同情心，当他在宫廷供职（他从 1815 年起，开始担任王子的教师）时，他曾扭转过失宠的 A. C. 普希金（普希金始终认为，茹科夫斯基是他的老师）、十二月党人、M. Ю. 莱蒙托夫等人的命运；茹科夫斯基还使诗人 E. A. 巴拉丁斯基免除了服兵役的义务；花重金赎回了失去自由的农奴 T. Г. 舍甫琴科（1814—1861 年，乌克兰诗人、画家）；使作家和哲学家 A. И. 赫尔岑（1812—1870）从流放地返回故乡。"1840 年，他辞去宫廷职务，并与德国艺术家列伊特伦的女儿叶莉扎维塔·列伊特伦（1821—1856）结婚。1841 年，茹科夫斯基定居德国，但因妻子身体不好，他不得不从一个疗养地迁居到另外一个疗养地，他一生中最后十年是在国外度过的，1852 年病逝于巴登，遗体运回俄国后安葬在彼得堡公墓，在他的导师和朋友卡拉姆津的墓旁。

茹科夫斯基翻译了荷马史诗《奥德赛》（去世前尚在翻译《伊利亚特》）、波斯菲尔多西的叙事诗《鲁斯坦姆与苏赫拉布》，拜伦、席勒以及其他英国与德国诗人的许多作品；与此同时，他也创作了数百首诗，重要的作品有抒情诗《乡村公墓》（1802）、《黄昏》（1806）、《大海》（1822）、《春将临》（1822）、《神秘的造访者》（1824）、《难以表述的》（1827），叙事诗《柳德米拉》（1808）、《斯维特兰娜》（1813）、《风神的竖琴》（1814）、《捷昂与艾斯欣》（1815）、《十二个睡美人》（1810—1817）、《伊凡王子和大灰狼的故事》（1845）等。但正如米尔斯基所说的那样："他的原创作品数量很小，包括一些幽默献诗、哀歌偶作和抒情诗。然而，仅仅那几首抒情诗便足以使茹科夫斯基跻身一流诗人之列。其诗作之飘逸的轻盈和悦耳的音调，其语言之优雅的纯净，均达到高度的完美。"茹科夫斯基创作态度十分认真，其诗歌韵律严谨而又丰富多样（波斯彼洛夫等认为："我们还必须承认茹科夫斯基在改善诗的形式，使诗的形式具有更大的柔韧性与音乐性，使诗的形式适合内容，适合变幻不定的情绪这几方面的功绩。茹科夫斯基创制了各种韵律和节奏。他在这方面给普希金开辟了一条道路"），语言感情充沛而富于形象性，优美生动而富于诗意，但因其早年对玛丽亚无望的爱以及玛丽亚的早夭，以致正如他自己在一首诗中说的："他在庆祝爱情，但声调十分忧郁，/因为他从爱情中得到的只有痛苦。"再加上他虔信宗教，相信命运，因而其诗歌往往带有较为浓郁的感伤和神秘的色彩。

二、代表性诗歌：生命的信仰

茹科夫斯基被誉为俄国文学史上第一位抒情诗人（波斯彼洛夫等认为："茹科夫斯基在俄罗斯文学史上的主要意义，在于他是俄罗斯第一个真正的抒情诗人"），其诗歌善于剖析人物心理，表现人物内心丰富的感受。茹科夫斯基很重视民间文学，善于从民间文学中汲取养料，他的不少作品都取材于民间流传的故事、传说或神话，如抒情诗《黄昏》，叙事诗《柳德米拉》《捷昂与艾斯欣》《十二个睡美人》《伊凡王子和大灰狼的故事》等。即便是短短的抒情诗，也有取材和写法颇为民间化的，如《歌》：

> 心爱姑娘的戒指，/我掉落在大海里，/尘世幸福随同这枚戒指，/也深深葬入了海底。//赠给我戒指时，她说："戴上吧！可别忘记！/只要戒指在你手上戴着，/我就一定属于你！"//时辰不利，我刚一/开始在海上撒网，/戒指就唰地掉进海里；/找啊找……但它在何方？//从此我们如同路人！/我去看她，她根本不理！/从那时起我的欢欣，/便深深地沉入了海底！//哦，午夜的风儿，/快快睡醒，我的好友！/从海底帮我把戒指捞起，/让它在草地上滚个不休！//昨天她又开始怜悯我，/看见我泪流满面！/并且，就像以往的时刻，/她的两眼晶莹闪亮！//她温存地坐到我身旁，/伸给我一只手，/她似乎有什么想对我讲，/可又说不出口！//你的温存对我有何用？/你的问候又能给我带来什么结果！/我要的是爱情，爱情……/你却不能把爱情给我！//大海里的琥珀车载斗量，/谁想要赶快去寻觅……/而我，只是满怀希望，/找到我那枚戒指。（曾思艺译）

诗歌的题材是民间文学惯用的丢失了恋人的戒指，写法也很平易，就连语言都一反诗人惯常的甜美、华丽，通篇选用日常口语。

总体来看，茹科夫斯基的作品受到感伤主义思潮的影响，充满神秘色彩，但却以浪漫主义的主观个性和创新革新了俄国诗歌的形式和格律。米尔斯基指出："茹科夫斯基1808—1821年的诗歌让公众着迷的那种独特氛围，其中交织着浪漫主义的伤感、梦幻、乐观的宗教性和甜蜜的顺从，以及恐怖谣曲故事中的幻想情节。然而令内行人更为着迷的则是诗人的高超技巧，是他格律上的创新，首先是其诗行和词汇那绝对新颖、前所未有的纯净、温情和悦耳。"卡普斯金更具体地谈道："茹科夫斯基的诗比他的先驱者的诗见长处，是文法结构完整。茹科夫斯基力求他的诗'文笔纯正'。他为了使诗'轻快明朗'，为了使诗的语句'简洁有力'，一贯地提出了要正确表达思想的原则。诗人茹科夫斯基的语言，以它的音乐性和优美的音调著称。普希金曾经谈到他的诗歌的诱人的甜蜜。"茹科夫斯基在发挥诗歌的音乐性、扩大诗歌的表现力、拓宽诗歌的题材方面做出了独特的贡献。克冰更具体地谈道，"他对俄国诗歌发展的贡献表现在：他的创作促进了俄罗斯诗歌由对外在世界的描摹向内心情绪的宣泄的转化；他的创作使俄罗斯诗歌表现的形象由粗略的概括评价转向细腻的性格刻画；他的创作使俄罗斯文人诗更加接近人民；他的创作对大自然做了深情、传神的咏叹；他的创作使俄罗斯诗歌的语言更加形象、生动、富有诗意。"他的创作对俄国浪漫主义的形成起了重要作用，并且对普希金、丘特切夫、费特乃至此后的诗歌创作有很大的影响。日尔蒙斯基指出："俄国象征派与普希金的诗歌遗产没有关系，象征派的根在俄罗斯抒情诗的浪漫主义流派之中，应归属于茹科夫斯基。从茹科夫斯基开始，经过丘特切夫、费特与费特流派（阿·康·托尔斯泰、波隆斯基，尤其是弗拉基米尔·索洛维约夫），传递到象征派手中。"因此，茹科夫斯基被誉为第一位俄国抒情诗人，普希金还把他称为"北方的俄耳甫斯"，并把他看作"培育和庇护"自己的"诗歌的恩人"。

茹科夫斯基是俄罗斯当之无愧的第一个真正的抒情诗人，是普希金乃至整个19世纪大诗人们的导师和先驱之一。别林斯基指出："茹科夫斯基，不可能使所有的和任何年龄的人喜欢；他的作品只是对那些具有一定年龄的或有着一定情绪的人和心灵来说，才是清晰明白的叙述。这就是茹科夫斯基诗歌的真正意义，也是他的诗歌永远具有的意义。但除此之外，一般地说茹科夫斯基对于俄罗斯诗歌还具有伟大的历史意义；茹科夫斯基以浪漫主义的因素强化了俄罗斯诗歌，使它为社会所理解，并且还给它开辟了发展的可能性。如果没有茹科夫斯基，我们就不可能有普希金。"普希金也曾这样称赞茹科夫斯基的诗："他的诗篇的引人入胜的甜蜜/将流传到令人羡慕的长远年代，/青春听见这样的诗，就会为光荣而太息，/无言的悲愁一得到安慰/就会想起无忧的乐趣。"这些评价指出了茹科夫斯基诗歌的特点和地位。我们认为，茹科夫斯基诗歌的突出特点是生命的信仰（波斯彼洛夫等指出，茹科夫斯基认为，"诗歌的任务，是在人们心中激起对理想的憧憬，支持对来世、对理想世界的信念，'使我们在日常生活风暴的黑暗中不至于迷失道路'"），具体包括以下几个方面的内容。

其一，心灵。别林斯基指出，茹科夫斯基给"俄罗斯诗歌以心灵"。卡普斯金认为，这指的是"他在自己的创作中表现了人的内心的感触和心里的感受"。这些说法都比较笼统，具体来说，就是指茹科夫斯基首先在俄罗斯诗歌中极力表现自己的个性和情感，展示自己的内心感触和心理印象，淋漓尽致地写出自己的喜怒哀乐，或者说茹科夫斯基使俄罗斯诗歌具有了主观情感性。因为在此以前，俄国的诗歌主要受古典主义和启蒙思想的影响，更多地强调公民意识和社会职责感，而且都是把客体的人、事、物作为对象进行描述，有主观态度但无明显个性，更难见诗人隐秘的内心和情感，即便主观色彩很浓的爱情诗，也往往偏重外部描述。感伤主义强调个性和情感，但主要表现在小说方面，在诗歌领域里，流行的依然是抽象的感情和一般化的人物。茹科夫斯基发展了卡拉姆津的感伤主义，并把浪漫主义对个性的推崇引入俄国诗歌，尽情地书写自己的希望与失望、快乐与忧愁。克冰具体地谈道，在俄罗斯诗歌的发展中，正是茹科夫斯基促进了由外而内的飞跃。茹科夫斯基之前的俄罗斯诗人，无论是为俄罗斯诗歌做出贡献的摩尔达维亚人康捷米尔，还是被誉称为"俄罗斯文学中的彼得大帝"的罗蒙诺索夫，抑或是以"费丽察的歌手"自诩的诗坛泰斗杰尔查文，以及古典主义的代表们如苏马罗科夫、赫拉斯科夫等，他们的颂诗、讽刺诗，都是把客体的人、事、物作为对象进行描述，虽然具有明确的主观态度——颂扬或讽刺，但这些主观态度主要是通过对外部对象的功绩、行为、语言以及相貌的描摹而客观地表达的，甚至连他们的一些鲜为人注意的爱情诗，也往往外部描述多于内心抒发。然而，茹科夫斯基的诗大大超越了这个局限。他由前辈的侧重外在描写转向侧重内心情绪的宣泄。无论是抒情诗，还是叙事诗，都浸透了他浓烈的主观情感。

当然，由于早年的爱情经历，茹科夫斯基写得更多的是忧伤哀愁的情感，如《回忆》：

> 逝去了，逝去了，醉人的时光！/再也没有像你那样的真爱！/你的身影拉长成一片回忆的忧伤！/唉！最好还是让我把你彻底忘怀！//可心儿情不自禁地向你飞去——/我更无法控制爱的滚滚热泪！/思念你——这是多么的悲戚！/但忘记你——却更使我心碎！//哦，那就只有用希望代替忧伤！/我们欣慰——曾幸福得热泪直滴！/我将满怀忧伤的回忆慢慢走向死亡！/不过，我还要生活，——唉，并且会忘记！
> （曾思艺译）

全诗一唱三叹地抒写了失去爱人的忧伤哀愁，真挚而动人。正因为如此，卡普斯金认为："茹科夫斯基实际上是一个善于描写精神上伤感、绝望、忧郁的真正诗人。"别林斯基也谈道："茹科夫斯基是罗斯的第一个其诗歌是从生活中来的诗人。在杰尔查文与茹科夫斯基之间，这方面的分歧是多么大。杰尔查文的诗歌是冷漠无情的，而茹科夫斯基的诗歌却是感动人的。因此，庄严的崇高是杰尔查文的诗歌最主要的特点，而同时，悲伤和痛苦则是茹科夫斯基的诗歌的灵魂。在茹科夫斯基之前，在罗斯，没有一个人会想到，人的生活可以同他的最好的传记紧密地联系在一起。那时候人们愉快地生活，因为他们过的是外部生活，并不向自己内心作深刻的观察……而茹科夫斯基，他主要是一个浪漫主义者，在罗斯他是悲伤的第一个歌手。他的诗歌是以他深重的损失以及伤心已极的痛苦作为代价而取得的；茹科夫斯基不是从节日灯彩中，不是在报纸的战绩报告中找到它的，而是在他的受折磨的内心的深处，在他的受到隐秘的痛苦的胸怀深处找到它的。"别林斯基还具体地指出其浪漫主义的特点："这是什么样的浪漫主义？这是愿望、企图、冲动、情感、叹息、呻吟，是对于没有实现的无名希望的抱怨，是对只有上帝晓得的已经失去的幸福的悲叹；这是一个和任何现实情况都格格不入的世界，是一个住着幽灵鬼怪的世界，当然是住着迷人而又可爱的并且是不可捉摸的幽灵鬼怪的世界；这是一个忧愁的缓慢流动着的永无止境的现在，它悲哭过去而看不见将来；最后，这是爱，是忧愁滋养着的爱，并且是假如没有忧愁就不会继续存在下去的爱。"

　　茹科夫斯基给"俄罗斯诗歌以心灵"在叙事诗中则体现为注重表现人的精神世界，开始细腻地刻画人物的性格。克冰指出，茹科夫斯基对俄罗斯诗歌的另一重大贡献，就是使诗歌表现的形象由粗略的概括评价转向细腻的性格刻画，加强了俄罗斯叙事诗的叙事性。茹科夫斯基之前的俄罗斯诗人，所颂扬或贬抑的人物，往往是偶像化、概念化的。这些诗人描写人物，主要不是刻画他们的深层的东西——性格，而是评定他们表层的东西——功德、品行等。他们喜欢罗列人物的种种行为、业绩，再附着一些鉴定式的直接批评，从而堆砌出眩目而又显得抽象的形象。这样的形象往往像广告招贴，华丽而缺乏生气。杰尔查文歌颂叶卡捷琳娜的诗歌如此，罗蒙诺索夫等人的作品往往也是这样。茹科夫斯基则不然，正像他注意到了自我内心情绪的宣泄一样，他也注意到了所描写的人物之精神世界的表现。他的诗人眼光较他的前辈敏锐得多，深邃得多。他看到的是更深层的东西——人的心灵蕴含。他有意识地在诗中表现人物的复杂精神世界，细腻地刻画他们的性格，从而塑造出有血有肉、形象具体、生气活现的人物，如柳德米拉、斯维特兰娜、瓦吉姆、格罗莫鲍依等。克冰进而指出，茹科夫斯基在刻画人物性格时，除了整体构思外，一是注意了细节描写，二是注意了心理描写，三是注意了语言描写。这三者往往又是自然、有机地糅合在一起的。

　　值得一提的是，诗人甚至把情感和大自然拟人化，使情感人格化，赋予大自然以心灵，如《神秘的造访者》把希望、爱情、思绪等都拟人化了，从玄奥神秘的地方翩翩降临，又缄默无言地悄悄离去。波斯彼洛夫指出，《春天的感情》《遗训的精华》《致飞过的熟悉的天才》《拉拉·鲁克》《诗的出现》《幻影》《海》《神秘的造访者》《意向》……在这些诗篇中诗人把人的感情和大自然现象加以高度的人格化，他把大自然描写成像具有自己精神生活的生物，一种能够使人认识这种生活的生物，一种能使人以自己的感情去了解这种生活，以及好像从而扩充了自己本来存在的境界的生物。他进而谈道，茹科夫斯基在1810—1820年所写的故事诗和浪漫主义的抒情诗中，他在创造相应的诗的形式方面取得了一些新的成就。他的诗的语言变得更加生动和更加富于隐喻的色彩了。为了表达这种崇高的和有意义的，但同时又是模糊的和不明确的感受,诗人经常把一些感情和心绪抽象地加以人格化,在这些感情和心绪当中对他特别重要的是对往事的回忆和对未来的预感。克冰也认为,茹科夫斯基对大自然的描写之所以传神,还在于诗人往往赋予自然景物以人的知觉,使之人格化。黄成来、金留春更是谈到,茹科夫斯基能够在自己的诗歌中找到描写人物内心世界的各种色彩,善于把感情、心绪人格化,并能借助对大自然的细腻生动的描绘,烘托心理情绪;能够在俄罗斯诗歌语言中发掘富于形象性的、感情充沛的文学语言,加强以感情为诗的本质的信念。他的诗歌的韵律是严格的,又是丰富而多样的,尤其是,他常常采用民间口头创作的传统格律,发展传统的抑扬格。这些为反对以"客厅语言"——法语为风尚的沙龙文学以及古板、反动的古典主义,以及为建立俄罗斯民族文学做出了贡献。

正因为如此,徐稚芳指出:"茹科夫斯基的浪漫主义主观性在俄国抒情诗发展中是一大进步。他摆脱了古典主义在描写人物感情上的抽象性和一般化毛病。他的抒情诗总是具体地描写人的感情,描写感情的细微变化;他的抒情主人公不是十八世纪抽象的理性精神的化身,他与古典主义理性诗学彻底决裂,力求唤醒人身上真正的人性,描写具体的活生生的人,刻画活人的思想感情。茹科夫斯基表现了浪漫主义流派对人的个性的重视,体现了个性解放的思想。"

其二,信仰。茹科夫斯基在某种程度上把英国感伤主义尤其是"墓畔派"诗歌对生命的重视(思考生死问题)、对感情的推崇与德国浪漫派尤其是耶拿派(如诺瓦利斯)对宗教的热爱,以及俄国东正教重视信仰等结合起来,形成了自己诗歌独具的特点——生命的信仰。他从宗教的高度关注人的生存和生命的意义和价值,探索生命的哲理,强调人的精神生活。在他看来,生活充满了苦难,但人不应该抱怨,而要加强自己的修养,尤其是要充实自己的心灵,要有虔诚的信仰,服从上帝的旨意,顺从命运的安排。正因为如此,米川正夫指出:"生、死、爱、友情、善、人类和上帝——这些就是茹科夫斯基一生一世的永远不变的诗作之主题。"

在《捷昂和艾斯欣》这首诗中,诗人借希腊人捷昂和艾斯欣这对好朋友的经历,表现了高度重视心灵和精神生活的思想,探讨了什么是个人幸福的问题。艾斯欣是一个不满足于现状的人,受酒神和爱神的控制,为了获得幸福——荣誉和财富以及人生的物质享乐，他外出追寻，在漫长的人生路上晃悠，"可幸福总捉摸不着，就像影子一样"。结果，酒神和爱神，还有荣誉和财富，"把他的心志搅得疲惫不堪；/枯萎的心灵，被摘去了生命的菁英；/他失去了希望，只剩下厌倦"，他又回到了故乡。家乡的"阿尔费河在静静地流淌，它那鲜花/盛放的河岸，启开了他心灵的明窗；/那早已流失在悠悠逝波中的/锦瑟华年，又浮现在他眼前"。于是，他找到了儿时好友捷昂。捷昂"没有奢望，也不作/非分的妄想，他守在自己家神的/屋里，留在阿尔费的河岸上"，幽居在乡村里，修身养性。两位朋友交谈了分别后的一切，捷昂告诉艾斯欣，他心爱的妻子死了，但自己内心的爱情永存，自己死后将与妻子在天国里永不分离，他对生命的感悟是："为了幸福，上帝赐给我们生命——/可是悲哀总追随着生命，如影随形"，但自己不抱怨，因为"尘世的幸福，/既不可存有妄想，也不应轻易地满足"，"世上那些理该不属于我们的，/命运在反掌之间就能把它们毁掉，/只有心灵才是永恒的财宝"，"我深信，我尘世道路的目标，/是为了走向美好与崇高"，并且开导朋友："一切都是上天的给予，朋友，/一切都是通向懿美伟大的道路；/无论是欢乐是悲忧——都指归于一个目的：/赞美你，生命的赋予者——宙斯！"诗人通过这个故事，宣扬人的幸福在于人自身，在于内心有信仰，在于精神的充实，而不在外部世界，更不在吃吃喝喝，以及追求物质和荣誉，因此，应该使自己的内心世界更加完美。

茹科夫斯基尤其强调信仰的重要性。在这方面，我们通过他的三首叙事名作来分析。

《柳德米拉》写女主人公柳德米拉苦等外出参军的未婚夫，但长久长久地毫无音信，知道爱人已战死他乡，因此希望破灭，从而对上帝满怀怨言："我们求天天不应，/上帝已把我们忘记干净……/难道他没曾对我许诺过幸福？/而诺言应验在何处？/哪里又有神圣的主？/不，上帝并不仁慈；/完了，一切都已结束。"尽管母亲一再开导，并且告诉她："柳德米拉，抱怨是有罪的；/哀伤——是上帝的给予；/上帝不施恶德；/怨言不能救活死者"，"生命中这一痛苦只不过是短暂的一瞬；/天堂——是奖赏，赐予温顺的人，/地狱——给那些叛逆的灵魂；/你应当知命而温顺。"然而，她仍然顽固地宣称："我内心已失去信仰"，"地狱的折磨有什么可怕"，继续抱怨上帝(克冰指出,茹科夫斯基常常通过语言描写来展示人物的精神世界,表现人物的性格。如柳德米拉在情人征战未归时说出抱怨上帝的话,就是这样的描写。这段话既体现了柳德米拉对情人至诚至深的爱,又体现了她的刚烈、大胆,这是处于痛苦、绝望中的不顾一切的发泄)。于是,在某个万籁俱寂的午夜时分,她的爱人骑着马回到家乡,告诉她:自己的狭窄的居所在遥远的纳列夫河畔,并要求她和自己一起去那里,她希望等到夜晚过去白天来临时再去,但未婚夫催着她和自己一起上马。他们骑着马一路飞奔,跑过山谷、丘陵和平原,她这才知道爱人真的已经死去,但她感情深挚,一点也不害怕:"死人又怎样?坟墓又何妨?/死者的屋宇就是大地的内脏。"黎明时分他们到达了未婚夫的家,那是数不清的石碑、十字架和坟墓,马儿和骑手砰的一声栽进了新建的坟墓。棺材开启,她发现自己的屋子是棺材,未婚夫是尸骸,它招手示意柳德米拉赶快过来,柳德米拉顿时两眼暗了下去,血液冷却,死了,倒在爱人的尸体上。这时,成群的死人从坟墓里探过身来,齐声哀号:"凡人的抱怨有多轻狂;/公正的裁判自有那至高的上苍;/主听到了你的怨詈,/死亡的报应临到你的头上。"

黄成来、金留春认为:"作品描写了一个性格倔强勇敢而感情执着的少女的抒情形象。在这个带着天真幻想色彩的神话故事中,传神地描绘了人与命运的斗争。同时,诗人又通过柳德米拉的死,来证明自己的信念:至高无上的主是万能的,它注定了人的命运;谁要是抗议自己的命运,谁就是有罪的,必定会受到惩罚。"实际上,诗歌的主题就是希望人们不要对自己的命运不满,任何对自己命运的不满都是罪过,都要受到惩罚。波斯彼洛夫进而指出:"在《柳德米拉》这篇故事诗里茹科夫斯基才初次尝试描写人间和来世力量的冲突。"因此,这篇作品奠定了此后许多作品写人间和来世力量冲突的基础。

《斯维特兰娜》讲述的是:主显节(在旧历一月六日,主显节前后是一年中最冷最黑的时节,俄罗斯的习俗是,在主显节夜里俄罗斯未婚男女尤其是女孩子喜欢猜命运。少女们往往通过占卜预测自己的爱情命运:她们或者把自己的鞋子脱下丢到大门外,拾到鞋子的人的名字,就将是姑娘未来夫婿的名字,或者认为鞋子着地后鞋尖指向哪个方向就将嫁往哪个方向;或者在镜子前占卜)的夜里,姑娘们都在占卜,但可爱的斯维特兰娜却沉默而忧伤，不愿参加这类活动，因为"世界因他而美丽"的恋人已经整整一年"音讯毫无"了。在朋友们的劝说下，她对着镜子、蜡烛以及两幅餐具开始占卜，希望窥见自己的命运。她独自对镜端坐，忽然觉得锁匙开启，发现心爱的人就在自己身边，并且动员她和自己一起到教堂去举行婚礼。于是，她和恋人坐上雪橇，在黑漆漆的原野里飞奔，可爱人坐在她身边一声不吭，使她更加胆战心惊。他们经过一个教堂，一大群人在那里举行葬礼，而拉雪橇的马儿不停足地疾奔。突然刮起了风暴，大雪成团降落，黑乌鸦声声报凶信。他们终于来到田野中一处荒僻的地方——雪堆下掩着的一所茅屋，可转眼之间，恋人、雪橇和马匹仿佛从未有过一般，突然失去了踪影，只留下孤零零的姑娘，被抛在这四周风雪茫茫的可怕地方。然而，她不怨天尤人，而是"划着十字"，一边敲叩茅屋的门一边祷告，进门后她借着燃亮的蜡烛发现一口棺材，棺材中死尸的脚那头是一个圣像。她跌倒在圣像前的尸骸上，向上帝祈祷呼告，而后手持十字架，瑟瑟缩缩地躲在圣像下。一只雪白的鸽子带着闪光的眼睛，飞了进来，落在她的胸口，用翅膀拥抱住她。那死尸突然发出声音，并向斯维特兰娜伸开冰冷的双手。在这危急时刻，鸽子猛力飞向死尸，使它重又躺下。斯维特兰娜发现：她的爱人，竟然是死人！就在这时，她忽然醒了，发现自己是在做梦。这时天已经亮了，周围的一切清明辉耀，但她却因梦境而烦扰，不知这个梦预兆她的未来是吉是凶。然而，上午一骑马飞奔到她家门前，一位来客气宇轩昂，登上了台阶，这就是她的新郎。诗人最后点明这首诗的用意："我们生活的最好支持，/莫过于相信天意。/造物主的法律是善良的：/不幸——只是虚幻的噩梦一场；/而幸福——就在于从梦中醒转。"当然，前提是要笃信上帝，有真诚的信仰，要忍耐、顺从，而不要抱怨上帝和命运。

　　黄成来、金留春指出："作者十分抒情地刻画了斯维特兰娜为失去音信的情人而惶惑不安的心理感受。然而，他却没能真正地让他的女主人公从奇异的神秘世界回归生活的真实。笼罩在浪漫主义气氛中的整个离奇的情节告诉人们：只要'相信预言'，'造物主'就会赐予幸福；梦幻中的恐怖之夜所预兆的幸福，待至一觉醒来，即翩然降临。这就把现实生活浪漫主义地理想化了。"其实，诗歌的主题依然是宣扬人要相信上帝，要相信并安于自己的命运，但与《柳德米拉》表现的角度不一样：《柳德米拉》着重从反面着笔，写上帝万能，抱怨者必受惩罚；这篇则从正面着笔，写虔信者相信预言，相信上帝，因此获得了幸福。波斯彼洛夫进而指出："诗人在描写未婚夫幸福归来的同时，他号召'相信预言'，宣布'造物主'的法律所解释的幸福在于：不幸仿佛只是虚假的睡梦，而一觉醒来，就是幸福。"在艺术上，正如卡普斯金指出的那样："在诗中，姑娘的焦虑、浪漫主义的幻想以及在一种不可知的东西面前感到的恐惧，都被鲜明地刻画出来了。茹科夫斯基巧妙地表达了期待、预感、痛苦的气氛，表达了浪漫主义的神秘气氛。"更重要的是，这首诗把浪漫主义的幻想、神秘与俄国民间习俗很好地结合起来，具有浓郁的俄国民间诗歌的特点，并且从心理角度塑造了动人少女斯维特兰娜的可爱形象（克冰指出，茹科夫斯基非常善于进行细致入微的心理描写，善于恰如其分地把握复杂、微妙的心理过程。《斯维特兰娜》中，对斯维特兰娜用镜子为远方的心上人占卜时的心理描写，就非常出色："她怀着暗暗的不安/向镜子里张望；/羞怯使她胸中忐忑，她害怕回头瞥看，/恐惧使她两眼发昏……"斯维特兰娜急切地想知道远方情人的消息，但又怕镜子里出现的是噩耗；她为情人的吉凶担心，同时又为自己这种炽烈眷念爱人的心情感到羞怯。诗人将这个女孩复杂的心理描写得细腻逼真，淋漓尽致，简直使人感觉得到这位多愁善感、惴惴不安的天真少女那咚咚跳动的心房），诗人因此被称为"斯维特兰娜的歌者"，这首诗也成为其代表作之一。

《十二个睡美人》则综合了上述两首诗的主题，并且更为复杂。这是一首由两个故事组成的长诗，也是茹科夫斯基写得最长、最好的叙事诗之一。

第一个讲的是格罗莫鲍依的故事。

穷得上无片瓦、下无插针之地的格罗莫鲍依在寂静的半夜时分，坐在第聂伯河旁，心事重重，烦恼不已，抱怨自己的贫苦，抱怨命运的不公（克冰认为，茹科夫斯基运用内心独白，反映出格罗莫鲍依不安贫苦、企慕富贵的心灵实质。在茹科夫斯基看来，这正是罪恶之源。因而，格罗莫鲍依为了得到富贵，把自己的灵魂、嗣后又把自己的十二个女儿出卖给魔鬼。这段内心独白，揭示出格罗莫鲍依步步堕落的性格基础。诗人恰到好处地利用内心独白的手法，展现了人物的精神实质和性格逻辑）。当他正打算纵身跳入奔腾的河水时，魔鬼出现了。魔鬼让他"快忘掉你的上帝——来向我祷告"，并许诺给他"数不尽的黄金、力量和荣耀"，声称要满足他的一切欲望："你要的、想的/都会出现在你眼皮下"，只是得以他的灵魂作抵押，期限是整整十年。格罗莫鲍依盘算了半天，最后为金钱背弃了信仰，与魔鬼订下了盟约。从此，他大富大贵，想要什么就有什么，并且为所欲为，作威作福。他还抢来十二个女郎，生下了十二个美丽的女儿，但他"视女儿如同陌路人，/哪怕是神圣的骨肉血亲都不承认"，可"强掳者留下的孩子，/自有天使庇护"。十二个孩子跟随母亲，住在圣洁的修道院里，"用无罪的双唇哀诉，/赞美天上的主"，"从摇篮中的最初时日，/到金色的青年时代，/她们只看到神恩的光彩，/只懂得善德的功绩"。

十年期限到了，魔鬼就要来到，格罗莫鲍依"由于死亡的烦扰而痛苦难宁，为了免于地狱的苦刑，不信神的格罗莫鲍依/乃向圣像求情"。最终在稍经犹豫后，还是为了自己，他接受了魔鬼的又一建议：以他十二个女儿的灵魂作抵押，换取自己在世的一时自由和幸福，一个女儿可得一年宽限。尽管获得了十二年的生命，依然是想要什么就有什么，然而，现在他感到"人活着，灵魂已毁"，因为"你再没有任何指望，/你心里已永远失去了欢畅；/呵！无论是美好的人间，/或是自己的生命，他都废然厌倦；/在人群中他伶仃孤苦，在家庭里他无依无靠"。于是，他幡然悔悟："上帝启示我们：/'在忏悔中得救'。/愿罪人的呻吟祈求，/上达霄九……"于是，他把自己的住房改成忏悔的庙堂，开始广行善事，救助一切，"以基督救主的名义，用乐善济众的手施舍黄金"。

十二年就要过去，他得了重病，已无力再拜谒上帝的神殿，但他"仰望天空，眼神虔敬而顺从"。在他临终的那一天，女儿们聚拢在他的床边，用她们纯洁的祈祷祈求上帝，他自己也一再请求："请赦罪吧，震怒的主"。于是，超度天使降临，带着和解的微笑，而一个不相识的长老更是来到床边，用他的衣襟轻触十二少女，让她们全都进入梦境，并接受了格罗莫鲍依临死前的忏悔和祈祷，还奋力击退前来践约的魔鬼，让花岗岩墙壁和大片森林陡然出现，使这块地方变得荒凉可怕，以保护十二个睡美人，让她们在甜蜜宁静的睡梦中等待上帝安排的救星。

第二个讲的是瓦吉姆的故事。

瓦吉姆是诺夫哥罗德的勇士，以自己的"勇敢、漂亮和内心的真诚赢得了所有人"。20岁那年，他在一次外出打猎时，意外地发现了一个神奇的白袍老人，老人告诉他："瓦吉姆，你所期待的在远方；/温顺地等待吧，你要信赖上苍；/世上的一切都变幻莫测，/唯天国才是永恒。"接着，一个美好的少女的幻影在蔚蓝色的远方出现，以手示意，召唤瓦吉姆随她而去。一连三个早晨，都是如此。于是，瓦吉姆下定决心，说服了极力留住自己的父母，策马飞奔向远方。在人所不知的道路上，他也曾一度犹豫，但他想到："为什么犹豫？信念——岂能怀疑，/朝前走，以上帝的名义；/我该怎么走？走向何处？/我的领路人比我更清楚。"

　　经过长久的奔驰，终于在某一天来到了第聂伯河畔茂密幽暗而荒凉的森林，瓦吉姆用剑砍伐出道路，朝着林中发出凄厉呼告的地方走去。他发现一个巨人抢了一个年轻美貌的姑娘，正在飞奔，姑娘一边哭喊一边奋力抗争。他冲上前去，与巨人搏斗，最终杀死了巨人，救下了姑娘。原来这是基辅大公心爱的女儿。她讲述了自己被抢的经历，感谢他的救助，并且说："上帝保护弱者，/至高无上的神助人制胜险恶。"他们遇到了大雷雨，为了保护公主免遭巨雷和大火的伤害，瓦吉姆把她搂在怀里，结果两人产生了青春的激情，热烈地亲吻在一起。然而就在这幸福的陶醉中，以前在路上一旦他失去方向就叮当响起的"熟悉的铃声/又响起在远方"，而且"仿佛有个倩影飞临，/似曾相识却看不分明；/那眼光满含幽怨的思念，/在面纱下隐现；/薄纱轻如空气，/隐隐透出她的哀哀叹息"。他把公主送到她父亲的身边，基辅大公当众对他说："是上帝把你给了我，/我要把你当作亲生骨肉……/由于你的勇敢与高尚，/将得到我的女儿为嘉奖。/一待我晏驾薨亡，/你更将得到国家的/至高权力和继承/大公冠冕的无上荣光。"

　　在热烈的宴庆中，瓦吉姆心乱如麻，郁郁寡欢，"他每走一步——就听到铃声，/每一举目——蒙着谙熟面纱的空中幻影/就在他上面飘忽；/当他侧耳细听——就有人谆谆叮咛：/瓦吉姆，走吧，毋忘前行！"于是，他听从这神和心灵的召唤，悄悄来到河边，坐上一条向他飘来的小船，向远方划去。当他思绪万千，茫然端坐的时候，小船自动滑行，朝向河岸，并且停泊在水边。瓦吉姆刚一登上岸，小船马上就自动掉头离去，不见踪影。他感到困惑，吃惊于在这样一个怪异荒凉、密密层层的松林高耸的河岸上，只有"月亮朦胧的晕光/洒落在冥晦的山峰上"，但"一股神秘的力量支配着他"，使他沿着断崖，攀缘而上，来到了极其阴森荒凉的山巅，发现一座古老的教堂。教堂旁边有一座坟墓，一双干枯的手突然打开墓石，一个面色苍白的人从坟墓里站了起来，毫无活气的眼睛闪了闪，便举目向天，边祈祷边走向教堂，并且开始敲叩那紧闭的大门，但大门不为他而开，他只好一边发出悲叹的声音，一边消失在远处的灌木丛中……瓦吉姆目睹了这一切，并且随着他的身影，发现了树林后岩石间的一座城堡。

黎明时分，他看见："城墙上自东至西，/有个少女，蒙着宛若云雾的纱巾，/如孤独的幻影，/踽踽蹀躞；/另一位姑娘迎她而去，/迨至行近相会，/即握手唏嘘，/嗣后，便接替前者，/继续沿墙姗姗向西；/而高墙上下来的少女，/则向着城堡，悠然离去。"瓦吉姆跟随从高墙上下来的少女，发现她行到围墙边，转过身影，便悄然不见。他只好转向东方，又看见了另一位少女。这时，朝阳初生，在耀眼的光芒中，少女发现一位勇士站在自己面前！当他们的目光相遇的时候，奇迹出现了：大门上的巉岩崩裂，门闩自动打开，他们互相迎上前去：他们终于相逢了！其他的睡美人也纷纷走了出来，眼睛如星星般闪烁，鲜艳的脸庞上"透露着欢乐、青春的娇媚和赎了罪的美"。神殿也突然打开，祈祷声从里面传出来，他们去到那里，瓦吉姆和其中的一个睡美人在圣坛前举行了婚礼，并且听从神秘声音的召唤，来到格罗莫鲍依的墓旁，带着眼泪伏地叩拜，祈求上帝的宽恕。上帝宽恕了格罗莫鲍依，人与人、人与上帝、人与自然都处于和谐美满之中……

波斯彼洛夫在分析这首诗时指出，基督教认为人生就好像是光明和黑暗两种精神力量亦即善与恶两种力量斗争的场所。这两种力量一方面通过上帝和他的圣徒与天使的形象体现出来；另一方面则通过魔鬼和地狱中他的所有随从的形象体现出来。茹科夫斯基就是根据这些传统的宗教观念来建构他的故事诗的情节，来叙述受恶魔阿斯莫捷依诱惑的格罗莫鲍依的堕落的，同时还运用了中世纪流传的关于人出卖自己的灵魂给魔鬼的神话。作者把自己创作的全部注意力都集中在格罗莫鲍依和瓦吉姆的感受上，集中表现他们和阴世力量的接触，集中说明各种各样奇异的征兆，以及对这些力量的到来和干涉的呼唤。茹科夫斯基的古代俄罗斯"故事"是典型的浪漫主义作品，作品的意义在于表现作者那奋激的浪漫主义情绪。这个使命决定了故事诗的全部艺术特征：简短的仅仅涉及事件最主要场面的情节；抒情的情调贯穿全诗；感情充沛的语言和生动的韵律。

其实，《十二个睡美人》既有对格罗莫鲍依从受诱惑抛弃信仰到最后幡然醒悟、虔诚信教、广行善事的描写，又有对他的女儿笃信宗教从而最终救了他的描绘，更有瓦吉姆听从心灵和命运的神秘召唤，抵制了美女和权力的种种诱惑，实现了神的意志的传奇故事，从而表现了不相信上帝者必受惩罚，虔信上帝者终得奖赏的主题。正因为如此，卡普斯金认为："在这些故事诗中，茹科夫斯基走进一个奇异的、英雄气概的、高度浪漫主义的世界，贯彻着温和、顺从以及来世的永恒幸福等宗教思想。"黄成来、金留春则指出："这部把读者带到产生基督教观念的中世纪去的故事诗，力图证明人生就是天堂与地狱两种力量斗争的场所；上帝、圣徒是善的力量的体现，魔鬼与它的地狱则是罪恶的化身；人生的种种诱惑使人灵魂堕落而陷入魔鬼的手掌，唯有皈依上帝才是出路，诚则灵，用祈祷忏悔才能洗净罪孽得到拯救。"这对后来的陀思妥耶夫斯基应该是有所启示的，陀思妥耶夫斯基的小说几乎都致力于表现这一主题。

生命的信仰是心灵和情感的事情，比较难于表达，甚至具有某种神秘性，因此茹科夫斯基的诗歌中经常出现神秘的事件和神秘的东西。由此，他认为诗歌的任务是在人们心中激起对理想的憧憬，支持对来世、对理想世界的信念，"使我们在日常生活风暴的黑暗中不致迷失道路"。在自然和人身上以最高的形式表现出来的美，诗人觉得就是一种不属于尘世的东西，就是大地上出现的"天国使者"，因此，美是神秘的、瞬间的、难以表达的。他认为，美是一种高于尘世的东西，是一种"纯洁的精灵"，它来自天国，抚慰世人："为了在阴暗的尘世之上，/心灵能知道天堂的存在，/有时它让我们透过帷幕/去注视那一片地方。/只在生活最纯洁的瞬息，/它才会降临到我们面前，/并且给我们的心灵带来/上天的有益的启示。"由此，他认为一切真正的美、理想、爱情、希望乃至诗都是神秘的，像幻影一样只有瞬间的显形，这样我们独特的感受、真实的情绪以及大自然的美都是语言所难以表达的。在《难以表述的》一诗中，他写道："在不可思议的大自然面前，我们尘世的语言能有何作为？"在被别林斯基称为"茹科夫斯基最典型的诗歌"的《神秘的造访者》中，他反复抒写希望、爱情、思绪从神秘的地方翩翩降临，又缄默无语地悄悄离去，冷酷无情地指明甜美迷人的欢乐只是昙花一现：

> 你是谁，幻影啊，美丽的客人？/你从哪里翩翩飞临？/你沉默无语，毫无回音，/为何又悄悄地离开我们？/你在哪里？哪里是你的村镇？/你怎么啦？你藏匿在哪里？/为什么你的身影，要从天上降临俗世？//你莫不是那年轻的希望，/遮覆着神秘的面纱，/从那玄奥未知的地方，/偶尔降临，一展风华？/像她一样，你冷酷地指明/迷人的欢乐只是昙花一现，/就和她一起抛下我们，/双双飞向天边。//你莫不是我们/在心中塑造的爱情？……/我们相亲相爱的时分，/世界最是美丽迷人，/啊！此时此刻，透过那层迷雾，/尘世变成了天堂……可驱散那层迷雾，爱情就化为虚无，/生命空无所有，幸福也只是梦幻。//你莫不是思想这女魔法家/到这儿显形在我们面前？/离弃尘世的喧哗，/满怀幻想地把手指紧贴唇间，/她有时降临我们身边，/像你一样，/悄然无言，/把我们带回过往。//抑或你是神圣的诗/在这里显现？……/像你一样，她从天堂里/带来两袭画帘：/给天空挂上蓝莹莹的一袭，/白莹莹的一袭盖上了大地：/使近处的一切无比美丽；/远处的一切万分熟悉。//甚或你就是预感，/突然降临我们心中，/明明白白地给我们引荐/天国和神圣？/生活中常有这样的景观：/似乎有谁全身晶莹剔透，/飞向我们，撩起画帘，/并在远方向我们频频招手。（曾思艺译）

《幻影》一诗更是写出了美、理想、希望的瞬间性的存在：

> 树荫下，弦音缭绕，/黄昏渐渐熄灭了昳日的残照，/宛似初恋那样让人迷醉，/又如青春华年那样曼妙——/我见到了她，她就在我面前，/披着一袭如雾的白衣衫；/那十分轻柔的身躯，蒙罩着/一层蝉翼般轻盈的蓝色帷幕；/她神秘地从身边将它撩动，/不住地把它卷拢，/一当轻幕褪下，便显露出/她的冰肌玉骨与一头乌黑的鬈发。/有时，她整个儿地将它撒散，/便神奇地隐迹其间，如幽灵一般；/有时，她低

垂着头，把纤手举向芳唇，/以沉思的热烈的眼神/传达出自己的心声。/蓦地……她掀起帷幕……/三次挥舞它打着招呼……随即，/便悄然消逝……就好像什么都不曾发生过！/我但愿能葆有这般的陶醉，/但枉然……她再不会返回，/怀恋着这魅人的幻影，/怎叫我不九转肠回。①

茹科夫斯基最终找到了传达神秘的美的办法，那就是运用象征手法。我们知道，诗人非常喜欢大自然，他的诗几乎离不开大自然，正是大自然给他提供了众多而美好的象征。茹科夫斯基往往把自己抽象的思想和无形的情绪，借用自然景象，用象征的手法表现出来，如《友谊》：

> 骤遭千钧霹雳轰劈，/橡树从山顶滚下，跌落尘埃；/缠绕橡树的柔软常春藤却与它共在。/啊，友谊，这就是你！（曾思艺译）

进而，他使神秘与现实、主观与客观合一，化平庸为神奇，让大自然与自己的思绪相结合，如其著名的诗歌《大海》中的"海"，既是客观的，又是主观的。诗人在描绘海的运动的过程中，寄寓了自己的思想和感情：

> 静沉沉的大海，蓝漾漾的大海，/面对你的深渊我心驰神往。/你生气勃勃；你汹涌澎湃，/骚动的爱情使你满怀惊惶。/静沉沉的大海，蓝漾漾的大海，/请把你深藏的秘密向我敞示：/是什么使你无垠的海面巨浪纷至沓来？/是不是那远蒙蒙、亮澄澄的蓝天，/牵引你挣脱大地的桎梏向上飞升？……/你活力四射，神秘而安恬，/蓝天的纯净使你透骨纯净。/你摇漾着它那亮溶溶的碧韵，/燃炽起早晨和傍晚的满天霞光，/你爱抚着它那金灿灿的流云，/欢快地灼耀着它的繁星点点。/当黑压压的乌云密密聚拢，/试图抢夺你明艳艳的蓝天，——/你掀腾，你咆哮，你翻起巨浪腾空，/你怒吼着撕扯与你为敌的重重黑暗……/黑暗消失，乌云也散若轻烟；/然而，既往的惊悸仍在你心胸

---

① 本章中所引茹科夫斯基的诗，未标明译者的，均出自《十二个睡美人——茹科夫斯基诗选》，黄成来、金留春译，上海，上海译文出版社，1989。

里萦回，/你久久地掀腾起惊惶的巨浪，/就连复原的天空那甜蜜的清辉，/也无法让你完全恢复安详；/你表面的平静只是假象：/你宁静的深渊里潜藏着狂乱，/你恋慕着蓝天，为它心摇魂荡。（曾思艺译）

这究竟是大海还是诗人的心灵，已不可区分。克冰具体阐述道，这首诗，是在写大海，也是在抒发诗人自己的情怀。在诗人的笔下，自然景象——大海——饱含活生生的、感动人心的情感：它爱天空，为这深挚的爱而激动不安。同时，茹科夫斯基又把汹涌、激荡、深沉的大海形象同自己不安的内心自然地融合起来，在写景中传达出深隐的情绪。诗人这种朦胧憧憬的心绪在《神秘的造访者》以及《十二个睡美人》等诗篇中，以不同的方式一再表露。读着这首《大海》，会使人不禁想起普希金的《致大海》。这两首诗所反映的志趣虽各不相同，但在艺术造诣上几乎异曲同工。

由于这种生命的信仰，茹科夫斯基的诗歌中还常常出现双重结构，它们往往由彼岸与此岸、天国与人间等构成，如《一八三二年三月十九日》：

你站在我面前，/多么温静。/你忧郁的目光/充满感情。/它使我想起/过去的亲切情景……/这是在人间最后一次/看见你的眼睛。/你离开了，/像天使一样轻盈。/你的坟墓/像天堂一样安静。/在那里，尘世的一切，/都成了回忆。/那里只有/关于天堂的奥秘。/天空的星星，/静静的夜！……（张草纫译）

这里有过去与现在、天堂与尘世、过去的相爱与现在的孤独等的对照，尤其是诗人刻意先写此岸、现实的人间最后一次相见，然后再写恋人的死去、她的坟墓，并设想到天堂，描写到天空，从而使这些对照构成了诗歌的内在结构，表达了诗人把自己的爱恋不是单纯放在个人情感的位置上，而是放在宗教的大背景上，透过个人的情感而思考生命的意义、奥秘乃至生命的永恒等大问题。

黄成来、金留春指出，《十二个睡美人》那至善至美境界的结尾，通过此岸与彼岸的双重结构，表达了更进一步的主旨。长诗写了一个耐人寻味的结尾：一对新人随着亡魂召唤，来到"闪亮的十字架"上"缠满了美丽的百合花"的墓茔前，那"神圣的尸骸"给以启示，使他们看到人世间最美好者莫过于这片向上帝赎了罪的坟地，并且为十二个美人安排了"幸福"归宿。之所以"幸福"，是因为她们悟得了人生的"真谛"——用生命来侍奉上帝，报答主恩。换言之，作者企图告诉人们：一切尘世的生活都只不过是为了天国来世，生活的意义即在于此。至善至美者莫过于飞翔着六翼天使的在"烟云叆叇"中的神圣天国，莫过于尘世的此岸与天国的彼岸融为一体！

在艺术上，茹科夫斯基的叙事诗除了具有象征、双重结构外，还具有其他一些特点，这就是布罗茨基等学者指出的："茹科夫斯基将一种新型的浪漫主义的故事诗引进俄罗斯文学，这是一种含有神秘的（有时候是幻想的）内容的诗歌，而且这种内容是用动人的抒情调子传达出来的。"布罗茨基等进而谈到，茹科夫斯基还有一些新的功绩，表现为改善了诗的形式，使诗的形式具有更大的柔韧性与音乐性，使诗的形式适合内容，适合变幻不定的情绪。茹科夫斯基创制了各种韵律和节奏，他在这方面给普希金开辟了一条道路。

特别值得一提的是，茹科夫斯基的诗歌对大自然有细致的观察、出色的描绘，而且语言优美生动，韵律甜美和谐，有一种普希金所说的"引人入胜的甜蜜"。卡普斯金因之认为："茹科夫斯基是一位精细的大自然的描绘者，他所描写的自然不仅是客观的、作为装饰用的背景，而且当进入抒情人物的情感生活中时，在很多场合下获有心理因素的意义。茹科夫斯基的浪漫主义手法所描绘的大自然，充满了动力、声响和芳香。"波斯彼洛夫更具体地指出："由于茹科夫斯基在俄罗斯诗歌语言中发掘了隐喻的、譬喻的和富于形象的象征意义的语言，从而使他能够把描绘内心情绪的那些复杂、细腻的色彩烘托出来。诗人使自己作品的语言有着充沛的感情和动人心弦的激情。茹科夫斯基笔下的那许多幅描绘大自然的抒情图画就是这样：他以深刻感人的笔触描写出了动态极其细腻的、色彩极为鲜明的大自然的美。"他进而指出，茹科夫斯基以上创新，"为稍后普希金和19 世纪其他伟大诗人和作家所达到的现实主义地描写人的内心生活和大自然的景色铺平了道路"。格奥尔吉耶娃也谈道："如果茹科夫斯基创作的叙事体诗歌非常脱离社会现实，如果在他的叙事体诗歌中给人留下的印象是'远离生活而追求空想主义、主观臆断和理想王国'，那么，他在抒情诗歌中所采用的客观心理描写方法，就意味着他已经接近了在抒情诗歌中心理分析的门槛，而他最著名的赞同者，从普希金开始，必然开始运用现实主义手法去理解并表现人物的内心世界。"可见，茹科夫斯基在现实主义方面也有贡献。

不过，需要指出的是，茹科夫斯基早中期的叙事诗，由于特别重视生命的信仰，因而大多为宣传思想观念而写作，往往像寓言一样，先讲一个简单的故事最后得出教训或哲理，艺术性因此受到一定的影响。《十二个睡美人》尽管写得很长也相对曲折生动一些，但依旧是这一模式。正因为如此，他在看了普希金的《鲁斯兰和柳德米拉》之后马上醒悟，并且虚心表示学生在这方面"青出于蓝而胜于蓝"，向普希金赠送了有"失败的老师赠给胜利的学生"题词的自己的画像。到晚期，茹科夫斯基可能受普希金叙事诗的启发，不再过分重视宣教，而颇为轻松地创作了《伊凡王子和大灰狼的故事》等童话故事诗，后来创作的那些改编自俄国民间故事的作品，生动活泼，引人入胜，艺术性也更强了。

此外，克冰还指出，茹科夫斯基在一定程度上缩短了俄罗斯文人诗与人民之间的距离，使诗歌较之前大大接近了人民。在茹科夫斯基之前，诗人们的眼光总是盯着上层社会：沙皇的伟绩、将领的丰功、贵族的德行或劣迹、宴席间的友谊、沙龙中的爱情等。18 世纪前期的诗人康捷米尔把讽刺"辱骂学问的人""堕落贵族的嫉妒与傲慢"等作为自己写诗的任务，而罗蒙诺索夫则把歌颂"英雄们的不朽光荣"视为诗人的职责。罗蒙诺索夫歌颂彼得大帝，也为安娜·伊凡诺夫娜、伊丽莎白、彼得三世、叶卡捷琳娜二世等的加冕典礼、登基纪念日、命名日等唱颂歌。他写过关于军事胜利的颂诗（如《攻克霍京颂》），把那些在俄罗斯征战史上立过战功的将领们当作民族英雄来歌颂。固然，他的这些颂诗中常常宣扬科学、教育等进步观念，但这些内容对人民来说毕竟是抽象而遥远的，正如康捷米尔对贵族们的讽刺一样，虽则也反映了人民的意愿，但毕竟与人民的切身生活有一定距离。杰尔查文的颂诗在题目上没有超出罗蒙诺索夫的范围，他歌颂沙皇的文治武功，歌颂祖国的伟大，歌颂俄罗斯军人的勇武，而且把沙皇、祖国、勇武三者统一起来，构成他几乎全部诗歌的浸透着沙文主义冲动的"爱国主义"总主题。茹科夫斯基则和他的先辈诗人们有所不同，他开始把目光向下转，从人民生活中为自己的诗歌撷取些许材料，把普通人的日常生活场景和民间的风情习俗写进自己的诗中。柳德米拉、斯维特兰娜、格罗莫鲍依、瓦吉姆等都是普通人。就是沿袭了传统诗题的《俄罗斯军营的歌手》，出场人物也是歌手和普通士兵。这些诗篇描写了普通人的生活和遭遇、欢乐和忧伤、精神和心理、愿望和追求……茹科夫斯基在自己的诗中还生动地描述了俄罗斯人民的民间习俗。《斯维特兰娜》的开头，细致地描写了姑娘们在主显节之夜占卜的情景：她们脱下鞋丢在门后，用雪占卜；在窗下悄悄谛听，用计算好的谷粒喂鸡；熔化蜡；把戒指和耳环投进水碗，在碗上盖上白帕，唱起占卜的歌儿。这一习俗，普希金在《叶甫盖尼·奥涅金》中描写过，列夫·托尔斯泰在《战争与和平》中也描写过。这些习俗描写为茹科夫斯基的诗歌增加了浓厚的生活气息和民间色彩。

参考资料

《别林斯基选集》第四卷，满涛、辛未艾译，上海，上海译文出版社，1991。

［苏联］布罗茨基主编：《俄国文学史》，蒋路、孙玮译，北京，作家出版社，1954。

《俄罗斯抒情诗选》，张草纫译，上海，上海译文出版社，1992。

［苏联］高尔基：《俄国文学史》，缪灵珠译，上海，上海译文出版社，1979。

［俄］T. C. 格奥尔吉耶娃：《俄罗斯文化史——历史与现状》，焦东建、董茉莉译，北京，商务印书馆，2006。

顾蕴璞、曾思艺主编：《俄罗斯抒情诗选》，北京，商务印书馆，2017。

［苏联］季莫费耶夫主编：《俄罗斯古典作家论》，北京，人民文学出版社，1958。

［苏联］卡普斯金：《十九世纪俄罗斯文学史》，北京，高等教育出版社，1958。

［日］米川正夫：《俄国文学思潮》，任钧译，重庆，正中书局，1941。

［俄］德·斯·米尔斯基：《俄国文学史》，刘文飞译，北京，人民文学

出版社，2013。

《茹科夫斯基诗选》，黄成来、金留春译，上海，上海译文出版社，1985。

徐稚芳：《俄国诗歌史》，北京，北京大学出版社，2002。

第三章　普希金：俄国文学之父

普希金是俄国浪漫主义文学的主要代表，俄国现实主义文学的奠基人，俄罗斯民族文学和文学语言的天才创造者，被称为"俄国文学之父"、"俄国诗歌的太阳"和最伟大的俄国人民诗人。

一、充满激情、创作辉煌的一生

亚历山大·谢尔盖耶维奇·普希金(1799—1837)，1799 年 6 月 6 日出生于莫斯科一个古老的贵族家庭。普希金酷爱自由、反对专制，身体强健、热爱生命，同时也欲望强烈、脾气暴躁。童年时期的普希金受到三种教育。一是按当时社会风尚所接受的正规贵族教育。这使普希金掌握了欧洲语言，尤其是法语。在这种教育里，普希金学到了一些文化科学知识，熟练地掌握了法语，并且运用法语阅读了大量的世界文学名著特别是法国文学名著，这对他后来的创作尤其是早期创作有颇大的影响。二是以其伯父和父亲为主的诗歌教育。伯父瓦西里·普希金是位诗人，他教会小普希金如何写诗。父亲谢尔盖·普希金热爱文学、戏剧、音乐，也会写诗，且精通法语，对莫里哀颇有研究。父亲有一个丰富的藏书室，在此，小普希金可以任意翻阅书籍。父亲又交际广泛，著名作家卡拉姆津、诗人巴丘什科夫、德米特里耶夫、茹科夫斯基等经常光顾其家，更使小普希金受到了潜移默化的影响。三是以其外祖母玛丽娅·阿列克谢耶芙娜尤其是奶母阿琳娜·罗季昂诺芙娜为主的民间文学和民间语言教育。它培养了普希金对民间文学的兴趣，也培养了他的想象力。奶母讲的民间故事成为普希金重要的创作源泉之一。上述三种教育为普希金打下了良好的文化科学基础，提高了他的文学素养，促进了他诗歌天才的觉醒。多种教育还给予普希金较为宏阔的视野，使其在后来的创作中能在俄国与西方、贵族与民间等不同文化之间寻找平衡，创造和谐。

普希金早慧，八岁开始写诗，一生洋溢着生命的活力——不断交际、宴饮、恋爱、决斗，充满激情，创作成绩也很辉煌，三十来年里留下了相当丰富、极其全面的文学遗产。其创作大致可分为三个时期。

法国影响时期(1811—1820)。1811 年普希金进入贵族子弟学校——皇村学校学习。在这里，普希金深受法国启蒙思想、法国文学(尤其是诗歌——米尔斯基指出，法国古典主义诗人对他影响很大。其中，伏尔泰在很长一段时间里一直是他的最爱，然后是善写充满感伤的、古典主义的却激情荡漾的杰出爱情哀歌的帕尔尼成为他的榜样；由于他读了不少法文书，以致同学给他起了个绰号"法国人")和俄国哲学家恰达耶夫、贵族革命家与思想家拉吉舍夫的影响，并和一些十二月党人接近，初步形成了反对暴政、追求自由的思想，同时开始探索诗歌创作的道路，因此这个时期大体可以叫作法国影响时期。处女作《致诗友》(1814)表明了献身文学的决心，《皇村回忆》(1815)初步显露了诗歌才华，受到老诗人杰尔查文的好评。茹科夫斯基看了他在皇村学校时期的诗歌后更是向朋友们发出号召："这是我国文学的希望……我们大家都应该齐心协力帮助这位未来的巨人成长。他一定会超过我们所有的人。"1817 年 9 月，普希金从皇村学校毕业，作为十等文官供职于外交部。然而，他对公职缺乏兴趣，却热衷于戏剧、跳舞及参加各种文学社团活动。一方面他积极参加各种文学团体、文学沙龙的活动，经常观看戏剧演出，拓宽眼界，提高文学修养；另一方面他热心政治，与十二月党人过从甚密，参加了革命组织"绿灯社"。他的思想趋于成熟，诗歌创作也达到了新的水平。这一时期著名作品有《自由颂》(1817)、《致恰达耶夫》(1818)、《乡村》(1819)等政治抒情诗，还有童话叙事长诗《鲁斯兰和柳德米拉》(1820)。

受 1812 年俄国反拿破仑卫国战争胜利的鼓舞和十二月党人思想的影响，普希金创作了不少政治抒情诗。这些诗反对暴政、歌颂自由、向往民主，充满革命激情，具有突出的浪漫主义精神。在《自由颂》中他公开宣称："你专制独裁的暴君，我憎恨你，憎恨你的宝座！"在《致恰达耶夫》中他更是大胆地号召、乐观地预言："在专制暴政的废墟上，定会铭刻上我们的姓名!"这些诗被当时进步的贵族青年竞相传抄，产生了很大的影响。

《鲁斯兰和柳德米拉》写鲁斯兰战胜种种魔孽，历尽千辛万苦，终于找回了心爱的柳德米拉，但他却被敌手法尔拉夫杀死。后来鲁斯兰得到一位会施法术的芬兰老人营救，死而复生，并揭穿了法尔拉夫夺走柳德米拉，妄图在她的父亲基辅大公面前冒功请赏的阴谋。这是一部富有民族特色的浪漫主义长诗，直接取材于俄国历史，出色地塑造了鲁斯兰这个神奇的俄罗斯古代勇士的形象，表现了正义战胜邪恶的主题。诗歌以朴素、刚劲、清晰的俄罗斯语言写成(别林斯基称赞，"他使用了新的词句，并且赋予旧词以新的生命"；马克·斯洛宁指出，"这首长诗的风格非常奇特新鲜，它是以民谣为主，辅以高度修饰的优美韵文，再用浓郁的抒情笔调引进日常的对话与俚语而写成的")，充满了生命的欢乐，通篇渗透着俄罗斯精神。彼得罗夫认为："民间故事的内容、美丽新颖的画面、生动的叙述、朴素典雅的风格、响亮的诗句使得这部叙事诗在当时所有的文学作品中显得出类拔萃。"

拜伦影响与走向独创时期(1820—1826)。由于政治诗触怒了沙皇亚历山大一世，1820年5月普希金被流放南俄，度过了四年的放逐生涯。他与十二月党人的联系更加密切，结识了"南社"的领袖，参加他们的秘密会议。到南方后，普希金阅读了拜伦的几乎全部诗歌和戏剧。拜伦以其作品中的强有力的人物个性、绚丽多彩的异国情调、激情洋溢的抒情自白，以及在这一切中所表现出来的现代人的心灵世界，在普希金的面前展现了一个崭新的天地，使他猛然惊醒。密茨凯维奇指出，"在读过拜伦的《海盗》之后，普希金才意识到自己是个诗人"，并且发现了自己真正诗才之所在。贝灵更具体地谈道："拜伦帮助了普希金使他去发现他自己的天才；拜伦做了他的向导，启示他的是他自己的力量，叫他从已经住了很久的法国的园地里出来，走向新的森林和新的草原去。"米川正夫则宣称："普希金比同时代的任何人都能正确深刻地理解而且感受着拜伦的精神，他在拜伦的艺术当中，找到了苦恼着自己的灵魂的不安的、强而有力的表现。"有一段时间，普希金自称"因为拜伦而发了狂"。他在自己的文论和书信中一再谈到拜伦的作品。他把拜伦与拿破仑相提并论，称之为"我们思想上的另一个君王"。这些，再加上自身自由的丧失，使他追求自由的思想更强烈、更深沉，创作了《囚徒》（1822）、《致大海》（1824）等名诗。

与此同时，被流放的处境、人生道路的挫折、社会变革的酝酿，又使诗人冷静下来，面对现实，思考人生，再加上拜伦作品描写现实生活的影响，普希金创作中的现实主义因素不断加强，写出了一系列南方叙事诗，史称"南方组诗"（或"南方叙事诗"），并开始创作《叶甫盖尼·奥涅金》。

"南方组诗"包括《高加索的俘虏》（1820—1821）、《强盗兄弟》（1821—1822）、《巴赫奇萨拉伊的喷泉》（1821—1823）、《茨冈》（1824）四首长诗，是普希金创作的一个转折点。这组诗的主要内容是张扬个性，歌颂自由。在《高加索的俘虏》里，俄罗斯青年到高加索山民中寻求自由，反而被俘虏，失去了自由。《茨冈》写的是青年贵族阿乐哥个性强烈，同城市的"文明"社会发生冲突，因"衙门里要捉他"而出走，跑到流浪群体茨冈人中寻找自由。到了茨冈游牧群中间，和他们一起流浪，他得到了自由，并同茨冈姑娘真妃儿结为夫妻。后来他发现真妃儿另有新欢，极度膨胀的个性使他把真妃儿当作私有财产，于是怀着报复心理杀了真妃儿和她的情人。自己寻求并拥有自由却不给别人自由，阿乐哥的凶残行径遭到了茨冈人的唾弃，他被孤零零地留在草原上。长诗大量描写了茨冈人的生活，表现的却是俄国贵族青年寻找出路的主题。诗人把茨冈人的生活理想化，用以对照城市文明的虚伪，同时揭露和批判了男主人公极端个人主义的本性。长诗展示了阿乐哥性格的复杂和矛盾，他是19世纪初俄国贵族青年的典型之一。在艺术上，"南方组诗"反映了诗人从浪漫主义向现实主义的过渡。浓郁的异域色彩、强烈的个性、高昂的激情、对自由的歌唱，无疑彰显了浪漫主义色彩（《巴赫奇萨拉伊的喷泉》最为突出），但作品的现实主义成分更多。《高加索的俘虏》《茨冈》对自然景物和人情风俗具体、朴实的描绘，尤其是对俘虏和阿乐哥性格的刻画（既注意言行合乎性格，又与社会环境、时代特征联系起来），显示出浓厚的现实主义特色。

1824年7月，普希金因与敖德萨总督冲突，被押送到母亲的领地——偏僻的米哈伊洛夫斯克村，过了两年幽禁生活。在孤寂中，他钻研俄国历史，搜集民歌、故事和童话，深入接触民间创作，思想更加成熟，现实主义倾向更加明显。1825年写出历史悲剧《鲍里斯·戈都诺夫》。《鲍里斯·戈都诺夫》的主人公戈都诺夫篡夺王位，大搞高压统治，因而失去人民的支持，受到良心的谴责，最终酿成了悲剧。普希金的戏剧受到莎士比亚的影响，打破了此前的俄国古典主义模式，巧妙地运用多种对比手法，塑造了复杂、丰满、鲜明、生动的人物形象（布拉果依指出，鲍里斯·戈都诺夫"不仅是一个以犯罪而获得'最高权力'的篡位的沙皇，而且是老练的政治家，慈爱的父亲；也是疲惫的，感到自己深切不幸，因良心不洁而为痛苦所折磨的人"），成功地揭示了人性的深度和历史的真实，表达了作家对王权、人民与国家命运的关系的深刻思考——封建王权具有愚弄人民、反人民的本质，人民在改朝换代中虽然起着决定性的作用，但由于生活在贫困和愚昧之中，极易受蒙蔽，但普希金又指出，只有人民自由，国家才能兴盛。这是一部地地道道的俄国现实主义悲剧，是普希金第一部成熟的现实主义作品，它的出现，使俄国剧坛面目一新。

创作辉煌时期(1826—1837)。1826 年 9 月 8 日，新任沙皇尼古拉一世为了收买人心，在莫斯科召见普希金。沙皇表示宽恕诗人，结束对诗人的流放，并自荐为诗人的审稿人。沙皇询问普希金，"如果 12 月 14 日你在彼得堡，你会参加起义吗?"诗人直率地回答："我的朋友都参与了，我一定也会参加。"从此，普希金开始了复杂多变的最后十年的创作生涯。起初，他曾一度对沙皇抱有幻想，但很快清醒过来，创作了《阿里昂》(1827)、《致西伯利亚因徒》(1827)等政治抒情诗。同时，开始思考个人与国家、个体与整体的问题。例如，历史叙事诗《波尔塔瓦》(1829)通过讲述高瞻远瞩、一心为国的彼得大帝和陶醉于个人情爱、追求爱情自主的玛利亚以及自私自利、睚眦必报的马赛巴等人的故事，初步表现了这一主题，歌颂了一切为了国家利益的彼得大帝。

1830 年 9 月，为准备与号称"莫斯科头号美人"冈察洛娃的婚事，普希金到波尔金诺村办理父亲领地的过户手续，由于周围流行霍乱，被迫滞留了三个月。这三个月却成为诗人创作丰收的金秋季节。他完成了诗体长篇小说《叶甫盖尼·奥涅金》的最后两章，创作了 29 首抒情诗，2 首童话诗，1 首叙事诗(《科隆纳一家人》)，4 部诗体小悲剧(《石客》《吝啬的骑士》《莫扎特和沙莱里》《瘟疫流行时的宴会》)，还有《别尔金小说集》(包括《射击》《暴风雪》《棺材店老板》《驿站长》《村姑小姐》5 个中短篇小说)，《戈留欣诺村的历史》以及 13 篇评论。普希金作为诗人、戏剧家、小说家和批评家的才能得到了全面的发挥。从此，"波尔金诺之秋"作为作家创作丰收季节的代名词而广为流传。值得一提的是，《别尔金小说集》中的《驿站长》，以同情态度描写了小职员维林的悲剧命运，拉开了俄国文学描写"小人物"①命运的序幕，对后来的俄国作家影响很大。彼得罗夫指出："驿站长维林的形象引起了对小人物、普通人的同情和爱护。《驿站长》是写小人物的俄罗斯民主小说的鼻祖，是果戈理的《外套》、陀思妥耶夫斯基的《穷人》的先声。"《别尔金小说集》中的几篇小说成了俄国小说的样板，许多作家如果戈理、屠格涅夫、契诃夫等，就是由这些作品培养起来的。列夫·托尔斯泰认为，这几篇小说应该成为每个作家研究的对象，他本人就常常阅读它们，并且获益匪浅。

普希金晚年完成的作品主要有：小说《杜布罗夫斯基》（一译《杜勃罗夫斯基》）(1833)、《黑桃皇后》(1833)、《上尉的女儿》(1836)，叙事诗《青铜骑士》(1833)，童话诗《渔夫和金鱼的故事》(1833)。《青铜骑士》通过描述地位低下的"小人物"叶甫盖尼只盼望与贫苦的姑娘芭拉莎结婚，结果却因彼得堡一场洪水失去未婚妻而变疯，以及彼得大帝建造彼得堡的故事，表现了诗人继《波尔塔瓦》之后对个人与国家、个体与整体问题更成熟、更深入的思考，是诗人晚年炉火纯青之作，被称为诗的高峰、艺术的奇迹。马克·斯洛宁指出："全诗象征彼得大帝反抗上帝与自然，为了国家的荣耀不惜牺牲个人。因此普希金同情这个城市的牺牲者，但最后仍然承认了圣彼得堡帝国是历史演变的结果。普希金在这曲悲剧里，安排这个小人物与历史的命运，做着绝望的挣扎，从此成了俄罗斯文学的重要主题之一。"

《上尉的女儿》以贵族青年军官格里尼奥夫的个人遭遇为线索，再现了普加乔夫起义的历史。格里尼奥夫到边防炮台就职，中途为暴风雪所阻，

---

① "小人物"：是 19 世纪俄国现实主义文学作品中所塑造的一批生活在社会底层的小官吏形象。他们在社会中官阶、地位低下，生活困苦，但又忍气吞声、逆来顺受、安分守己、性格懦弱、胆小怕事，因此成为"大人物"统治下被侮辱的牺牲者，由此暴露社会制度的腐败、黑暗。后成为小知识分子、下层百姓的代名词。普希金以其短篇小说《驿站长》开了俄国文学中描写"小人物"的先河。果戈理继承了普希金的现实主义又把它推到了一个新的高度。主要有普希金的维林、果戈理的波普里希钦、巴施马奇金，陀思妥耶夫斯基、契诃夫小说中的许多人物都是"小人物"。

偶然和普加乔夫结识，并送给他一件兔皮袄。后来，格里尼奥夫爱上了驻地上尉司令米隆诺夫的女儿玛丽亚（一译玛丽娅）。普加乔夫率领农民起义军攻破炮台，杀死了司令夫妇，格里尼奥夫也被起义军俘获。普加乔夫很重旧情，释放了格里尼奥夫，并成全了他的婚事。普加乔夫起义失败后，格里尼奥夫因与普加乔夫的旧事受到怀疑，被逮捕。上尉的女儿玛丽亚谒见女皇叶卡捷琳娜二世，澄清了怀疑，格里尼奥夫被释放。《上尉的女儿》是俄国第一部真实描写农民起义的现实主义作品，主人公普加乔夫被塑造成热爱自由、宁死不屈的英雄和俄罗斯人民真正的儿子。普加乔夫标志着农民起义领袖第一次出现于俄国文学的形象画廊中。彼得罗夫指出，普希金把普加乔夫描写为一位天才的、勇敢的群众领袖，并强调他的智慧、机智、英勇和人道主义。一方面是对一切反人民的事物所持的无情态度，另一方面又是宽大和人道、个人的才干、俄罗斯的英勇豪迈，这就是普希金在普加乔夫这位农民革命领袖形象中揭示出来的主要特征。别林斯基认为："《上尉的女儿》是《奥涅金》一类的作品，不过是散文的形式罢了。诗人在小说中描写了叶卡捷琳娜统治时期俄国社会的习俗风尚。许多画面在内容的忠实、真切和表现技巧方面都是完美的奇迹。"

普希金还在 1836 年创办了文学杂志《现代人》，把优秀的文学力量团结在自己周围，柯尔卓夫、丘特切夫的诗歌，果戈理的中短篇小说，就是在这个刊物上首先发表的。该刊物后来成为进步思想的喉舌。

1831 年 2 月，普希金与冈察洛娃结婚，随后迁居彼得堡，重入外交部供职，但家庭生活对他的创作有不良影响，他的生活充满危机感。1837 年 1 月 27 日，普希金因与法国公使丹特士决斗，身受重伤，29 日不幸逝世。普希金负伤引起了巨大的社会震动，无数的人民汇集在普希金家门前，询问病情的人数多达 5 万。莱蒙托夫在悼念普希金的长诗《诗人之死》中表达了人民对诗人的哀悼和对杀害诗人的凶手的无比愤怒。

普希金在文学创作上具有多方面的才能，在抒情诗、叙事长诗、小说、戏剧、散文、文学批评方面都取得了颇高的成就，创建了俄罗斯文学语言，确立了俄罗斯语言规范，并创立了俄国民族文学，在诗歌、小说、戏剧乃至童话等各个领域都给俄罗斯文学创立了典范，是当之无愧的"俄国文学之父"。别林斯基认为："只有从普希金起，才开始有了俄罗斯文学。"高尔基则称其为"一切开端的开端"。马克·斯洛宁更具体地指出："无论是长诗、戏剧，或是散文作品，普希金为俄罗斯文学的主题立下了一个规范，并且一再出现于后来作家的作品之中，这包括：彼得大帝改革的意义，圣彼得王朝的命运，当权者的沉浮以及俄罗斯历史的变动，西化派与那些无法与民族传统分割的民众之间的裂隙，小百姓的渴望与执政者审讯制度间的冲突，人性的错综复杂，俄罗斯人的那种破坏与美感兼具的激情，及其道德意识倾向于单纯的心智，而排斥过激的反叛。这些主题使得普希金的作品具有无比的广度与深度。""俄罗斯文学在普希金的身上，产生了与众不同的特质与独创力。我们可以说，彼得大帝沟通了俄罗斯和欧洲的物质与肉躯，而普希金则沟通了两者的精神与艺术。"米川正夫颇为全面地谈道："普希金的伟大，在于他的那种可以同化于一切时代、一切国民思想、情感和文化形式的可惊的普遍性。在他的内心，天和地，灵和肉，理智和情感，希伯来思想和希腊思想，西欧和俄国等一切相反的要素，都成为浑然一体的调和，而表现在好像天然结晶般的、一点也不觉得不合理的、简洁明快的、含蓄深湛的、美丽的形式上面。"

在普希金众多文学成就中，以抒情诗、叙事长诗、小说、戏剧四者最为突出。

普希金一生创作了 800 多首抒情诗，是俄国文学史上最重要的抒情诗人之一。其抒情诗真诚、简洁、自然、质朴且"饱含着生命"，题材广泛，内容丰富，风格多变，形式多样，感情真诚热烈，形象准确新颖，情调朴素优雅，语言丰富简洁。贝灵认为，他取材的范围之大与风格变化之多简直令人惊异。马克·斯洛宁指出："有些批评家认为，普希金抒情诗的成就已经臻至巅峰了。他沉思自然与死亡，将爱情坦然陈述出来，追忆已逝的过去。他采用抑扬格诗体，在韵律与意象两方面皆达到了无懈可击的领域，朴素自然，深情动人，而且简洁明朗。"彼得罗夫认为："普希金的抒情诗表现了他的自由思想、爱国热情、对祖国未来的信心、悲痛的感受、对艺术和诗歌的看法、关于完美的人的理想、友谊与爱情的思想。"总之，举凡生活中的一切均能入诗，但基本主题则是抨击专制与暴政，追求自由，弘扬个性，讴歌友谊、爱情和美，等等。

在普希金的抒情诗中，既有反暴政、反专制、歌颂自由、追求民主的诗歌，如《致恰达耶夫》：

　　爱情、希望、微小的名誉，/只给我们短暂的满足、欺哄，/青春的嬉乐已飘然远逝，/仿若梦境，仿若朝雾蒙蒙；//但我们的心里还燃烧着热望：尽管残暴政权的千钧重压罩顶，/我们仍怀着急不可待的心情，/时刻在凝神倾听祖国的召唤。//我们忍受着期待的折磨，/等待着神圣的自由降临，/一如那年轻的恋人/等待着忠诚的约会时刻。//趁我们都还为自由激情沸腾，/趁为荣誉献身的心还活力四射，/我的朋友，让我们把心灵的美好激情，/都奉献给我们的祖国！//同志，相信吧，迷人的幸福之星/就要升起，放射光芒，/俄罗斯将从睡梦中苏醒，/而在专制暴政的废墟上，/定会铭刻上我们的姓名！（曾思艺译）

也有借大自然形象来表现自己对自由的向往、生命的沉思、命运的感叹的诗歌，如《致大海》：

　　再见吧，自由恣肆的原始伟力！/这是你最后一次在我面前/蓝闪闪地波翻浪起，/让傲人的美不断闪现。//仿佛朋友那愁苦的绵绵絮语，/仿佛他在临别时的声声呼喊，/这是我最后一次倾听你/忧伤的喧响，响亮的召唤。//你就是我的心愿之乡！/我常常在你的岸边徘徊，/默默无言，满怀忧伤，/为那个珍秘的夙愿伤悲！//我多么喜爱你的回声，/那低沉的音调，悠深的混响，/还有黄昏时分的宁静，/和那激情的任性张扬！//渔夫们那简陋的风帆，/靠着你喜怒无常的保护，/在你的波峰浪谷间勇敢地滑翔，/但当你汹涌澎湃不可抗拒，/成群的渔船就会沉入深渊。//我曾试图永远离开你/那枯燥寂寞的静静海岸，/我愿欣喜若狂地祝贺你，/并让我的诗情紧随你的波涛飞驰，/可这一切我都未能如愿。//你在期待，你在召唤……我却被桎梏；/我的心拼命挣扎也是枉然，/我已被一种强烈的激情深深迷住，/不得不留在你的岸边。//有什么可惋惜？而今哪里/才是我逍遥自在的路径？/在你的荒漠中只有一件东西，/会使我的心灵震惊。//那是一个峭岩，一个光荣的坟冢……/种种伟大庄严的回忆，/在那里纷纷沉入一个寒梦：/拿破仑就在那里与世长辞。//他已在那里的苦难中安息，/紧随他，像风暴的喧响，/另一个天才又飞离我们而去，/我们思想的另一个君王。//他走了，自由为他悲泣，/他把自己的桂冠留给世界。/喧腾吧，让惊涛骇浪怒卷成恶劣天气，/啊，大海，他曾经是你的歌颂者。//他是你形象的生动反映，/他是用你的精魂铸造而成，/像你一样，强大，深邃，郁闷，/像你一样，没有什么能把他战胜。//世界已空空荡荡……而如今，/你将把我带到什么地方，海洋？/人们到处都是同样的命运：/不是文明，就是暴君，/严守在凡是有着幸福的地方。//再见吧，大海！我不会忘却/你那崇高壮丽的容光，/我还将久久地，久久地，/聆听你黄昏时分的喧响。//我将把你充满整个心灵，/带着你的峭岩，你的海湾，/你的闪光，你的絮语，你的身影，/走进那森林，走进那静默的荒原。（曾思艺译）

全诗生动地描绘了浩瀚、雄浑、壮美的大海景象。诗人将大海作为自由的象征，他讴歌大海，就是讴歌自由。

更有借助暗喻或象征来表达自己摆脱枷锁、获得自由的诗歌，如《囚徒》：

我坐在湿漉漉监狱的铁栏后，/一只在禁锢中成长的年幼鹰鹫，/我忧郁的同伴，不时把翅膀扇舞，/在铁窗下啄食着带血的食物，//它啄食着，丢弃着，又朝窗外望望，/像是和我有同一种思量；/它用眼神和叫声把我召唤，/仿佛想说："让我们展翅飞翔！//我们本是自由的鸟儿；时候已到，兄弟，时候已到！/飞到那乌云后熠熠闪光的山腰，/飞到那一碧如洗的海边，/那里只有风在飘舞，还有我做伴！……"（曾思艺译）

诗中的"鹰鹫"是抒情主人公渴望挣脱羁绊重获自由的暗喻或象征。

也有描绘俄罗斯自然与风俗之美、反映社会现实问题、思考俄罗斯的历史与未来的爱国主义诗歌，更有对爱情、友谊、理性、艺术乃至异乡风情的歌颂的诗歌。生活中的一切方面，几乎都在其中得到了表现，而且总是浸透着诗人那心灵的美，展示了生命的欢乐、人生的哲理，即使是忧郁，也是淡淡的忧郁。如《致凯恩》：

> 我记得那美妙的一瞬，/你在我面前翩翩降临，/仿若转瞬即逝的幻影，/仿若纯洁之美的化身。//当绝望的忧伤让我烦恼不堪，/尘世喧嚣的劳碌使我慌乱不宁，/你温柔的声音总萦绕在我耳边，/你可爱的倩影常抚慰着我的梦。//岁月飞逝。狂烈的暴风雨/把往日的梦想吹得风流云散。/我忘记了你温柔的轻语，/和你那天仙般的容颜。//幽禁在阴郁荒凉的乡间，/我苦挨时日，无息无声，/没有崇拜的偶像，没有灵感，/没有生命，没有眼泪，也没有爱情。//我的心猛然间惊醒：/你又在我眼前翩翩降临，/仿若转瞬即逝的幻影，/仿若纯洁之美的化身。//心儿重又狂喜地舒绽，/一切重又开始苏醒，/又有了崇拜的偶像，有了灵感，/有了生命，有了眼泪，也有了爱情。（曾思艺译）

《致凯恩》是普希金爱情诗中最为出色、相当完美的一首，创作于1825年。此时他被幽禁在米哈伊洛夫斯克村，只有年老的奶母陪伴。普希金形容这段生活时说，自己孤独苦闷极了，简直像得了"忧郁症"，更为可怕的是："我忍受着精神饥渴的痛苦，独自踯躅在幽暗的荒原。"幸好，邻村三山村是个景色宜人的地方，而且女主人奥西波娃性格开朗，待人热情，还有三个可爱的女儿。普希金经常去拜访三山村，并且为姑娘们写了不少赠诗。就在三山村，他再次见到了美丽非凡、光彩照人的凯恩。

安·彼·凯恩（1800—1879），奥西波娃的外甥女。1819年在彼得堡贵族奥列宁家的舞会上，普希金第一次见到她，凯恩给普希金留下了相当美好而深刻的印象。1825年6月中旬，凯恩到三山村舅母家消夏，逗留了一个月，第二次见到普希金。普希金几乎天天都去拜访她，给她讲故事，朗诵自己的叙事诗。离开三山村前夕，凯恩到米哈伊洛夫斯克村回访，两人一起追忆了在奥列宁家初次见面的情景。第二天清晨，普希金去三山村送别凯恩。他赠送给她《叶甫盖尼·奥涅金》第一章的发表稿，书页中夹着一张叠成四折的信笺，上面写着这首脍炙人口的《致凯恩》。

诗歌首先赞美凯恩纯洁清丽、超凡脱俗的美貌，接着写出了自己"幽禁在阴郁荒凉的乡间"的孤独痛苦，最后抒写了凯恩所代表的绝俗的纯美重现，使自己从死气沉沉的孤独痛苦中解脱，恢复了生机，恢复了活力，诗兴勃发，有了"偶像""灵感""生命""眼泪"尤其是"爱情"。这就充分写出了凯恩的美的魅力，也写出爱的力量。

这首诗歌的艺术特色表现在如下几个方面。

一是巧妙地运用叙事因素。这首诗是一首抒情诗，但却带有一定的叙事色彩。正是叙事因素的巧妙运用，成就了这首出色的抒情诗篇。诗歌以回忆开篇，突出强调"你"初次出现，超凡脱俗的美给我留下的美好而深刻的印象；接着进一步描写这美好而深刻的印象在绝望、忧伤、烦恼、慌乱时对自己的慰藉："你温柔的声音总萦绕在我耳边，/你可爱的倩影常抚慰着我的梦"；然后笔锋一转，写到生活发生了激变，狂烈的暴风雨驱散了往日的美梦，荒凉阴郁的乡村不仅使人孤独苦闷，而且让人没有生气，没有爱情，更没有诗歌的灵感，只能无息无声地"苦挨时日"；最后写到"你"的再次出现使我心花怒放，一切重又苏醒，有了"偶像""灵感"，也有了"眼泪""生命"和"爱情"。全诗就这样由较远的过去写到不远的过去再写到现在，形成一条颇为鲜明的叙事线索，从而使叙事因素巧妙地运用于抒情诗中。这种叙事因素的运用在诗歌中具有双重作用：既通过过去唤起彼此的美好回忆从而引起对方的强烈共鸣，又使结构层次分明，线索清晰，且富有节奏感。

二是出色地运用反复。首先，"仿若转瞬即逝的幻影，/仿若纯洁之美的化身"在第一节和第五节中两次出现，既突出了凯恩超凡脱俗、纯洁清丽的美，又使全诗前后呼应，结构严谨；其次，第四节写到"没有崇拜的偶像，没有灵感，/没有生命，没有眼泪，也没有爱情"，最后一节进而写到"又有了崇拜的偶像，有了灵感，/有了生命，有了眼泪，也有了爱情"，这可以叫作"变奏的反复"，其作用是：一方面，极力抒写从无到有的情感，在表达上递进一层，情真意挚，动人心弦；另一方面，造成了结构上的前后呼应与递进。与此同时，这两种反复在诗中形成反复咏叹，使全诗荡气回肠，具有浓郁的抒情性和音乐性。

三是暗用对比。诗歌极力渲染我的孤独寂寞、死气沉沉与苦挨时日，然后再抒写"你"那超凡脱俗的美的巨大魅力给我带来了一切，让我有了"偶像""灵感""生命""眼泪"尤其是"爱情"，这样两者间就暗暗构成一种对比，这种对比，相当深刻而生动地写出了凯恩的美的魅力。

四是把女性神化，从对美女的倾慕飞跃到精神的升华。从中世纪开始，西方兴起了女性崇拜。日耳曼人侵入欧洲，对欧洲文明产生的重大影响之一便是对妇女的尊敬。他们不尊崇男性神，而崇拜地母，并且认为"女性带有一定的神性"，随后形成了对圣母玛利亚的崇拜和向妇女献殷勤的风气，具体表现便是骑士对女性的尊崇，以致效命疆场，历经艰险，夺取功名，不是为了自己的地位升迁，而是为了赢得情人的青睐。爱情不仅不会使英雄气短，而且是男子事业的动力，其能够使人超凡脱俗，进入美的殿堂，甚至追寻到永恒，探求到终极价值。因此，西方人尽情表达自己对女性的爱慕、追求，并从中使自己的心灵纯化，精神升华，乃至瞬刻永恒，找到神性的光辉，追求在恋爱中实现人生，寻求人生永恒的美，但丁在《新生》中宣称贝雅特丽齐是"从天上来到大地显示神奇"的天使，把对她的追慕当作对人生永恒之美的追寻，并在《神曲·天堂篇》中让她引导自己进入天堂。彼特拉克《歌集》中的第72首更是明确指出，劳拉具有高度的精神美，她将引导自己找到人生的永恒之美与终极价值："高雅可爱的夫人啊，/从你闪动的眸子里，我窥见了指引我/通向天国的温柔之光；/你眼睛里映照的只有爱情和我，//谁都知道，你这隐约闪现的光芒/出自你那搏动的心房。/这光芒引导我从善向上，/使我走向光明荣耀的人生终极……"爱情神性化了，成为从此岸走向超越的永恒彼岸的中介。普希金这首《致凯恩》也充分写出了凯恩的超凡脱俗的美及爱情的力量。这种美与爱唤醒了诗人沉睡的心灵，让一切人性的、有灵气的东西在其心中复苏，并且使其有了宗教崇拜般的"偶像"，有了"生命"和诗歌的"灵感"，有了"爱情"，精神进入了一个新的境界。

正是突出的艺术成就和浓郁的抒情性、音乐性，使这首诗成为俄国诗坛乃至世界诗坛最优秀的抒情诗之一，并且在俄国著名作曲家格林卡为之谱曲后，成为俄国最有名的一首情歌，传唱至今。

又如《我爱过您》：

    我爱过您，也许，那爱情/还在我心底暗暗激荡；/但让它别再惊扰您；/我不想给您带来丝毫忧伤。/我曾默默而无望地爱着您，/时而妒火烧心，时而胆怯惆怅；/我那么真诚，那么温柔地爱您，/愿上帝保佑别人爱您也和我一样。（曾思艺译）

    普希金的爱情诗清新优美，格调高雅，感情真挚，并且大都表现了诗人高尚的情操，这首诗就是明证。真正的爱情不在于拥有，而在于只要所爱的人过得幸福。普希金高尚的情操就体现为：尽管我是那么爱你，可你并不爱我，所以我不愿再惊扰你，并且希望上帝保佑：别人爱你也像我爱你那样真诚而温柔。

    普希金有些抒情诗则富于哲理，如《假如生活欺骗了你》：

    假如生活欺骗了你，/不要悲伤，也不要气恼！/沮丧的日子暂且抑制自己，/相信吧，快乐的时光就要来到。//心儿总是迷醉于未来，/现在总令人沮丧、悲哀：/一切昙花一现，飞逝难再，/而那逝去的，将变成可爱。（曾思艺译）

    这首诗揭示生活的哲理，"不如意事常八九"，因此很有必要在遭到挫折、转入逆境时学会忍耐，暂且抑制自己。事过境迁，也许那逝去的还将变成可爱的回忆。这首诗曾对 20 世纪五六十年代的中国知识分子有很大的影响，如《普希金与我》一书中，就有多篇文章谈到这首著名的诗歌给了自己在逆境中生活下去的力量。①

    《小花》则从花联想到采花之人，进而从花的枯萎联想到人的死亡，由毫不起眼的书本中夹着的枯干的小花入手，表现了颇为深邃的生命哲理：

    一朵枯干、毫无芳香的小花，/我发现被遗忘在一本书中；/各种各样稀奇古怪的想法，/一下子充满了我的心胸：//它开在何处？何时？初春仲春暮春？/艳丽是否长久？又是谁把它摘下，/那只手是熟

---

① 参见孙绳武、卢永福主编：《普希金与我》，北京，人民文学出版社，1999。

悉还是陌生？/却又为何把它往书中夹？//是纪念一次幽会，堪称柔情刻骨，/或是纪念一次命中注定的离分，/抑或纪念一次孤零零的散步，/在僻静的山野，在寂静的林荫？//他是否还活着，或她是否还健旺？/如今他们的家又在哪儿？/或许他们早已死亡，/一如这朵没人知道的小花？（曾思艺译）

还有些抒情诗则表达对诗人、艺术家及其艺术追求的独到观点，如《致诗人》强调诗人不应看重世人的喜好，而应拥有自由的心灵，自由创作：

诗人！切莫看重大众的热爱！/狂热赞誉的喧嚣转瞬即逝，/你会听到俗众的冷笑，蠢货的责怪！/但你仍要坚强，沉静和刚毅。//你就是帝王：尽管特立独行，/自由的心灵会引导你走自由的道路，/让你心爱的智慧果实更完美芬馥，/这崇高的功勋不要求奖品。//奖赏就在你手上。你就是自己最高的法官，/你会对自己的劳动做出比任何人更严厉的评判。/你对自己的成果满意吗，苛刻的艺术家？//感到满意？那就听凭俗众去责骂，/听凭他们在你心火燃烧的祭坛喧哗，/听凭他们像顽童摇撼你的供桌支架。（曾思艺译）

《纪念碑》则表现了自己的崇高志向和伟大使命，充满了伟大艺术家的自豪与自信：

我为自己修建了一座非人工的纪念碑，/人们走向那里的路径上将寸草不长，/它那不屈的头颅直接霞晖，/高耸在亚历山大纪念柱之上。//不，我不会彻底死去——我的灵魂将存活于竖琴，/而逃避腐烂，比骨灰活得更为久长，——/只要这月光下的世界还有一个诗人，/我就会美名永远流传。//我的名字将传遍伟大罗斯的山麓水滨，/她所有民族的语言都会说着我的姓名，/无论是斯拉夫人高傲的子孙，芬兰人，/还是至今未开化的通古斯人，草原之友卡尔梅克人。//我将长久地被人民喜爱依旧，/因为我曾用竖琴唤起善良的感情，/因为我在这严酷的时代歌颂过自由，/还曾为倒下的人呼唤过宽容。//哦，缪斯，请听从上帝的旨意，/不要害怕欺辱，也不希求桂冠，/无论赞美还是诽谤，都漠然置之，/也不要去和蠢人争辩。（曾思艺译）

因此，别林斯基指出："普希金的诗，特别是他的抒情诗的共同的色调，是人的内在的美和培养心灵的人道主义精神……普希金的情感中永远有着特别高尚、和善、温顺、芬芳、优美的东西。在这一方面，当阅读他的创作时，能够最好地培养自己成为一个人……俄罗斯的诗人中没有一个能像普希金这样成为年青时代的培养者，成为青年感情的教育者。他的诗绝没有荒诞的、幻想的、虚伪的、虚幻唯心的东西。它整个渗透着现实；它不是在生活的面貌上涂脂抹粉，而是表现出它的自然的、真实的美；普希金的诗里有天国，但人世间也永远充满着天国。"他还认为普希金的诗能够"发展人们的美的感情和人道主义的感情"。其抒情诗的形式也多彩多姿，哀歌、颂诗、赠诗、讽刺诗、罗曼斯、歌、独白、对谈、三韵句，以往俄罗斯诗歌中已有的形式，他几乎都娴熟地加以运用，而且使之更加完善。普希金的抒情诗富于朝气，圆润和谐，常采用对称结构，以及反复、回环手法，其总体特征是感情真诚和热烈、形象准确且新颖、情调朴素而优雅、语言丰富又简洁、风格自然并明晰，有一种"深刻而又明亮的忧伤"。马克·斯洛宁认为，普希金抒情诗的成就已经臻至巅峰了。他沉思自然与死亡，将爱情坦然陈述出来，追忆已逝的过去。他采用抑扬格诗体，在韵律和意象两方面都达到了无懈可击的领域，朴素自然，深情动人，而且简洁明朗。他的诗一向刚健有力，充溢着生命胜利的意识。死亡的阴影从未能够遍照普希金，他的愿望不只是生活、思想、受苦与爱，他想要体验太阳底下的一切。他的一生充满好奇与热情，他的诗给人以罕有的和谐之感受，他遣词用字之均衡有如正午普射的阳光。

有学者认为，总体来看，普希金的抒情诗有以下特点。第一，真诚。别林斯基指出，普希金的诗的特征之一，那使他和以前的诗派严格区别的东西，是他的诚恳。别林斯基就特别提出"真情"这一概念来评论普希金的诗歌。第二，自然、朴素、优雅。与真诚密切相联系，普希金诗歌的另一个显著特点就是自然、朴素、优雅。普希金真正地把它们统一在一起，这就是普希金的高超之处。普希金的秘诀在于，他的情感"不仅是人的情感，而且是作为艺术家的人的情感"，这样，诗的品位在很大程度上就取决于艺术家的情感和思想品位，或者说取决于诗人的思想和艺术素质。别林斯基认为："在这一方面，可以把普希金的诗比作因感情和思想而变得炯炯有神的眼睛的美，如果您夺去使这双眼睛变得炯炯有神的感情和思想，它们只能是美丽的眼睛，却不再是神奇和秀美的眼睛了。"第三，简练的语言和独特的音韵美。普希金的诗从一开始就表现出异乎寻常的简练。这也许是和他的自然朴素的诗风相联系的。果戈理在谈到普希金的诗时指出："这里没有华丽的词藻，这里只有诗；没有任何虚有其表的炫耀。一切都简朴，一切都雍容大方，一切都充满含而不露的绝不会突然宣泄而出的光彩；一切都符合纯正的诗所永远具有的言简意赅。"普希金在综合前辈诗人创作成果的基础上，形成了自己独特的音韵美。别林斯基认为普希金的诗所表现的音调的美和俄罗斯语言的力量达到了令人惊异的地步："它像海波的喋喋一样柔和、优美，像松脂一样浓厚，像闪电一样鲜明，像水晶一样透明、洁净，像春天一样芳芬，像勇士手中的剑击一样有力。"第四，明亮的忧郁。普希金的诗歌在情调和风格上表现出来的又一特点是有一种忧郁。这是一种明亮的忧郁，一种"深刻而又明亮的悲哀"。普希金的忧郁，自然与他无时不在思考相联系。赫尔岑说，普希金的缪斯"是一个热情洋溢的女神，她太富于真实感了，所以无须再寻找虚无缥缈的感情，她的不幸太多了，所以无须再虚构人工的不幸。"就这一点而言，他的忧郁与哈姆莱特式的忧郁或拜伦式的忧郁不无相通之处，也就是说是一种社会性的忧郁。这里所说的忧郁主要是一种艺术风格，一种诗意的情调，它虽然与忧愁、哀伤乃至悲惨的生活内容相关，但仍然主要是一种美学的或者说是一种审美的效果。换句话说，生活中的忧郁在普希金情感的熔炉中经受冶炼以后成为一种美，它远高于那种具体的、世俗的忧愁和哀伤，而且，它唤起的也不仅是忧郁，更是思索、力量和美感："我忧郁而轻快，我的哀愁是明亮的。"

普希金的叙事长诗共有 10 余部，另有 6 部未完成的（只留下一些片段和写作计划），除上面提到过的外，还有《加百列颂》（1821）、《瓦吉姆》（1821—1822）、《努林伯爵》（1825）、《塔吉特》（1829—1830）、《叶泽尔斯基》（1832）、《安哲鲁》（1833）等。这些长诗反映的生活面很广，思考了个人、社会、国家、历史、宗教乃至人性的诸多问题，风格多样，手法灵活，并且大都注重结构安排，富有戏剧性，其中的独白和对话尤有特色。

　　普希金的小说多达数十部（篇），有《上尉的女儿》《彼得大帝的黑孩子》这样的散文体长篇小说，也有《杜布罗夫斯基》《黑桃皇后》《别尔金小说集》这样的中短篇小说，更有《叶甫盖尼·奥涅金》这样的诗体长篇小说。几乎在创作诗歌的同时，普希金也开始了小说创作。19 世纪 20 年代后半期，他的创作中更是出现了一个小说创作的高潮——从 1827 年创作长篇小说《彼得大帝的黑孩子》（未完成）开始，直至 1837 年去世，他几乎每年都要创作一部（篇）或多部（篇）小说：《书信体小说》（1829）、《别尔金小说集》（1830）、《戈留欣诺村的历史》（1830）、《罗斯拉甫列夫》（1831）、《杜布罗夫斯基》（1833）、《黑桃皇后》（1833）、《基尔扎里》（1834）、《埃及之夜》（1835）、《玛丽娅·绍宁》（1835）、《上尉的女儿》（1836）。

　　普希金的小说描绘祖国的历史（包括农民起义），展示家族的命运，表现都市的生活、乡村的风俗乃至异域风情，反映"小人物"的悲惨遭遇，歌颂青年男女的爱情，主题和题材都十分丰富，其中又以反映俄国城乡社会生活和描写家族的历史及俄国的历史最为多见，也最出色。这些小说形式多样，手法灵活，既有第一人称的独白，也有第三人称的叙述，既有笔记体，也有书信体，一般都语言简洁，篇幅短小（即使是长篇小说《上尉的女儿》也不到 10 万字），线索单纯（一般不超过两条），结构精巧，情节发展的脉络十分清晰，却又富有悬念，具有突出的诗性因素。普希金小说的诗性因素，主要体现在以下几个方面。

　　第一，在内涵上，主题颇为丰富，且往往具有深层哲理意蕴。普希金的小说往往通过简短的故事，表现对现实生活的感受和人生哲理的思考，具有颇为丰富的主题，且比较含蓄地体现了深层哲理意蕴，给读者留下广阔的思考空间，就像一首内涵丰富的诗歌。

　　《别尔金小说集》中的每一篇小说几乎都是如此。《射击》通过描述神秘而带传奇色彩的西尔维奥的复仇故事，一方面写出了俄国贵族的现实生活和精神状态，肯定了西尔维奥的执着和宽厚的性格以及最后为希腊独立而英勇牺牲的精神；另一方面更重要的是，探讨了人在不同的境况中勇敢与怯懦的心理变化，从而使作品具有较为深层的人性与人生哲理特性。《暴风雪》则通过描写玛丽娅·加夫里洛夫娜因为暴风雪，不是与情人弗拉基米尔而是与偶尔路过此处的陌生人布尔明在教堂结婚的故事，一方面表现了青年男女恋爱、婚姻自由的主题，尤其是揭示了"真正个性、家庭生活的潜层基质和斯拉夫传统价值的神圣：男欢女爱，忠实圣坛誓言"（王先晋）；另一方面更写出了命运的作用——命运以暴风雪的形式降临，以偶然因素破坏了人精心设计的一切，说明在人生中有时偶然因素决定一切（这与 20 世纪重视偶然的哲学观念合拍，具有超前意识）。《棺材店老板》一方面较早地描写了俄国下层商人的真实生活——生活不易，总是面色阴沉，心事重重，斤斤计较；另一方面也通过棺材店老板阿德里安·普罗霍罗夫的梦，写出了下层商人复杂的内心世界：有强烈的自尊心和极度的敏感；迫于生计压力，有时不免以假充真、以次充好，但内心深处良心犹在，常常陷入自责之中。这是俄国最早写小人物的灵魂的好作品，可我们以往总是强调普希金、果戈理只写小人物的不幸，而从陀思妥耶夫斯基开始才描写小人物的灵魂，那是只注意普希金的《驿站长》的结果。《村姑小姐》一方面描写了伊凡·彼得罗维奇·别列斯托夫和格里果里·伊凡诺维奇·穆罗姆斯基这对仇家的矛盾与和解，另一方面更描写了他们的子女富于戏剧性的自由恋爱，进而以这两个故事表现了人生的哲理：人生有时是一潭死水，有时又充满戏剧性，人们不能光凭主观印象办事，而应加强接触，增进了解，如此才能产生真正的友谊与爱情。

《驿站长》在这方面的表现更加突出。以往，人们主要关注的是普希金对小人物的同情，这当然是小说一个具有开创性的重要主题，但除此之外，小说还表现了一个同样深有影响的道德主题。吴晓都对此有精辟的见解："深刻的道德探索更加突出地表现在《别尔金小说集》最优秀的代表作《驿站长》中。女主人公冬妮娅出身贫贱，心地善良，却也羡慕富贵的生活。她心态的改变反映了 19 世纪初俄罗斯社会风气变化的某些侧面。古老的传统道德在物欲横流的生活风气冲击下松动了它的基石。冬妮娅思想感情的转变可以看作是传统道德失落的一种典型象征。她虽然眷恋养育她多年的父亲，却也经不起都市贵族生活方式的诱惑，终于弃别相依为命的老父亲，跟贵族军官私奔而去。在作者普希金的心目中，冬妮娅抛下的不仅仅是苦命的父亲，而是人类最可珍贵的亲情。面对荣华富贵的诱惑，女主人公没能守住自己的精神防线，冬妮娅在普希金的心中成了传统美德落败的可悲象征。诗人对这种现象极为痛心。实际上，在普希金看来，贵族欺压下层小人物的现象固然可恶，应该抨击，但亲情的丧失和美德的湮没，却让人更感心痛。伟大的诗人似乎用他的故事拷问每一个读者：在圣洁的亲情和世俗的物欲之间，你会做出怎样的抉择？面对种种诱惑能否依然故我？由此可见，《驿站长》的道德批判更具有震撼人心的力量，它具有更为普遍和深远的人道主义意义。普希金时代以降，无数的俄国优秀作家秉承先辈的优良传统，从未间断对社会道德问题的孜孜探求，写出了许多传世精品，而今回首往事200年，《驿站长》被称为俄罗斯同类主题创作的开山之作，应是当之无愧的，正是普希金深化了俄罗斯的道德文化的探索。"

　　其他小说也不例外。《杜布罗夫斯基》一方面表现了杜布罗夫斯基和马莎具有传奇色彩的浪漫爱情；另一方面通过描述作为近卫军骑兵上尉的杜布罗夫斯基被逼得当上绿林好汉的经历，表现了"官逼民反"的主题。《黑桃皇后》一方面通过塑造格尔曼这一形象，在俄国文学中最早表现了对金钱无限贪婪的资产阶级利己主义对人伦的践踏；另一方面通过丽莎白的形象，较早地表现了俄国文学中的另一种独特现象——养女现象。吴晓都指出，这些养女既无经济地位，也无社会地位，是别人消愁解闷的对象。她们注定是贵族社会的装点，人老珠黄，或依靠的主人死了以后，她们就会被随便配一个男人出嫁了事。她们的命运，在以后列·托尔斯泰的小说《复活》里被全面展开。丽莎白的现实地位和出路，远非普希金小说描写的那样舒适而得体，在更为普遍的意义上看，《复活》中卡秋莎的命运就是丽莎白的命运。亨利·特罗亚指出，普希金在这部小说里，"又采取了《莫扎特和萨列里》、《吝啬的骑士》和《唐璜》等作品所描写的题材，即他上次在波尔金诺逗留时所写的那些故事。赫尔曼（即格尔曼——引者）就是萨列里式的人物，一个吝啬鬼，一个穷汉，一个精于算计的小人物。他不是去碰运气，而是妄图把运气控制起来，归己所有。他试图把赌博变成数学运算。为得到这种赢取不义之财的方法，他不惜行凶犯罪。在赌桌上，他虽然因杀人事件心有余悸，但又感到自己比上帝强大。然而，上帝又一次把妄图凌驾在它之上的人碾了个粉身碎骨。只有顺从上帝的人才能获胜，只有'慷慨的骑士'才能获胜。赫尔曼想超过上帝，结果受到了上帝的惩罚。上帝把他送上用纸牌搭成的城堡，然后又把他从这座亵渎神明的建筑物上扔进虚无世界，使他变疯。"总之，由于作品既反映了真实的俄国现实生活，又带有神秘色彩，因此赋予主题更多的丰富性。比尼恩说："一方面，读者可以将小说的情节看作是现实主义的，他们可以赋予事件以心理上的解释；另一方面，这部小说也可以被看成魔幻和超现实主义的。但这两种解读方式都会遇到困难：现实主义的心理分析遭遇到了用理性难以解释的情节，而魔幻超现实主义的情节又很方便地就能运用理性来解释。最后，人们不得不认为这个故事是一个矛盾的综合体，它将两种互相冲突的观念结合在一起"。《上尉的女儿》一方面首次在俄国文学史上描写了颇为复杂而又真实的农民起义领袖普加乔夫的形象。亨利·特罗亚指出："慷慨仗义，但又好说大话，干过不少蠢事儿；他狡猾而又凶残……既杀害生灵又拯救生灵，他既会把某些人置于死地，也肯原谅某些人。他可以根据自己的好恶和事态的发展，从做好事改为干坏事"；另一方面也浓墨重彩地描写了格里尼奥夫和玛丽亚的恋爱。值得一提的是，上述三部小说几乎都暗喻了人生变幻无定的哲理感悟，从而使作品在表面的叙事后更多了一份深层的哲理内蕴。

第二，在结构上，运用跳跃、叠印的方法，使情节集中，结构紧凑，主题突出。这更是一种典型的诗歌方法。众所周知，诗歌善于运用跳跃、叠印而使结构紧凑、题旨突出，并给读者留下诸多空白和广阔的想象空间。作为诗人的普希金，把诗歌的方法运用于小说创作，收到了很好的艺术功效。

《别尔金小说集》中的作品大多如此。或者精心挑选几个重要生活或人生片段，跳跃性地组合在一起，塑造人物形象，展示丰富的主题。如《射击》以西尔维奥的决斗为情节线索，充分运用倒叙、追忆等方法，把主人公的四段重要生活经历跳跃性地串联起来。小说首先讲述西尔维奥神秘的隐居和苦练枪法，以及其枪法如神，却又当众受辱而放弃决斗，留下悬念；然后写他接到一封来信，匆匆离去，临走前讲述了六年前在军队里受辱决斗，并因对手在决斗时漫不经心地吃樱桃对死神满不在乎而推迟开枪；接着，小说笔锋突转，几年过去了，叙述者"我"因家庭状况蛰居贫苦的小村，在拜访Б伯爵夫妇时，伯爵给"我"讲述了几年前西尔维奥来此决斗的情形；最后，以听说西尔维奥率领一队希腊民族独立革命运动战士在斯库利亚内城下的战役中牺牲结尾。小说通过倒叙、追忆的手法，把精心挑选的主人公一生中的四个阶段跳跃性地组接在一起，从而一方面使小说情节集中，结构紧凑；另一方面更重要的是塑造了枪法如神、立志复仇、从精神上战胜对手但又富于人道情怀，最后为希腊民族的独立而英勇牺牲的西尔维奥的形象。《驿站长》则跳跃性地通过"我"的三次造访，展示了驿站长维林的三个典型生活横断面，既概括了维林苦难的一生，表现了对小人物深切的人道主义关怀，又通过冬妮娅的追求爱情、贪图富贵、弃父不顾，揭示了传统美德的衰败。或者采用叠印的方法，展示人物，表达含蓄丰富的主题。如《村姑小姐》有两条线索，一条是父辈的仇恨，一条是子辈的恋爱。两条线索有主有次，交错进行，又相互叠印，共同指向哲理性的主题：无论是友谊还是恋爱，人们之间应该多一点接触、多一点沟通、多一点了解、多一分谅解，如此才能和谐美满。《暴风雪》首先是单线结构，讲述玛丽娅与弗拉基米尔的相爱与父母的反对，然后展开两人私奔的两条线索：在预定的时间男女双方同时行动，情节片段交替跳跃，但又互为因果，相互叠印。一方面写出了青年男女为了爱情不怕任何艰难险阻的勇敢；另一方面也写出了偶然因素（命运）对人的捉弄。《棺材店老板》则颇为独特地通过主人公的梦境叠印其现实生活和真实心理，从而入木三分地刻画了下层商人隐微复杂的心灵世界。

其他小说也是如此。《杜布罗夫斯基》首先描写了老杜布罗夫斯基和贵族特罗耶库洛夫的友谊和分裂以及由此导致的家破人亡，小杜布罗夫斯基的回家葬父与被逼造反，然后突然跳到特罗耶库洛夫的女儿马莎对假扮法国家庭教师的小杜布罗夫斯基的微妙感情，再交代小杜布罗夫斯基是如何化装进入她的家庭的，再跳到第二年初夏年老的威烈斯基公爵向马莎求婚以及特罗耶库洛夫的逼婚，然后引起小杜布罗夫斯基的营救……可见，正是跳跃手法的运用，使得这部仅仅是中篇的小说容纳了本应有几十万字的丰富内涵。《黑桃皇后》则切取格尔曼听到老伯爵夫人神奇制胜的三张牌后心理发生变化并采取行动的一段时间作为描写对象，其中又特别描写了他听到这一消息后心理的变化，想法接近并诱惑丽莎白，吓死老伯爵夫人，参加葬礼后见到鬼魂获知了三张牌的秘密，最后在两次大赢后第三次输得精光，以此透视人物的心灵，并以丽莎白的单纯、痴情作为映衬，也具有一定的跳跃性。《上尉的女儿》则把悲欢离合的家庭小说与表现普加乔夫起义的史诗叠印起来，格里尼奥夫、普加乔夫、玛丽亚三条线索紧密相连，但以格里尼奥夫具有起伏跳跃的经历贯穿起来，更重要的是，正如杜定国指出的："《上尉的女儿》中许多人物如普加乔夫、别洛鲍罗朵夫、索科洛夫、省长卡尔洛维奇以及施瓦勃林等都是历史真人或有真实历史依据的人物；小说中的主要事件是震撼人心的普加乔夫起义活动。但和一般的历史小说不同，它摒除了浩繁的历史过程的描绘，不追述重要人物的身世经历，而突出反映历史本质；它避开对历史事件的直接描写，而重视风俗道德和人物精神气质的刻画；它不像一般历史小说那样使读者看到许许多多的历史场面，而是像诗那样使读者对历史风貌和人物精神性格有生动亲切的感受，引起人们对历史的思考和联想。"

第三，在风格上，采用讽刺性的模仿和叙事的情感化或抒情化。讽刺性的模仿（即首先模仿某位作家惯用的情节或写法，情节的最后却转到相反的方向去，构成带有某种反讽意味的情境）是普希金叙事诗的一大特色。早在青年时代，诗人不满于茹科夫斯基这位"神秘的幻影、爱情、梦想和魔鬼的歌手，坟墓和天堂的忠实居民"，讽刺性地模仿其代表作《十二个睡美人》，创作了《巴尔科夫的幽灵》和《鲁斯兰和柳德米拉》。1824 年的南方叙事长诗《茨冈》，在某种程度上也是对浪漫主义回归自然理想的一种讽刺性模仿。1825 年，他又创作了叙事诗《努林伯爵》，对莎士比亚的叙事长诗《鲁克丽丝受辱记》进行了出色的讽刺性模仿。如今，普希金把这种讽刺性的模仿引进小说创作，形成了其小说独特的艺术效果。《别尔金小说集》中的小说，几乎大多是讽刺性的模仿：《射击》在某种程度上讽刺性地模仿了当时盛行的马尔林斯基的浪漫主义冒险小说，并且在篇首的题词中引用了马尔林斯基小说《野营之夜》中的一段，特意提醒读者注意这一点，然而，神秘的决斗、出神的枪法最终并没有引向浪漫主义的杀死侮辱者，而是来了一个倒高潮：西尔维奥决意在精神上战胜对方，再加上伯爵夫人的求情，他放过了对方。《暴风雪》也是讽刺性地模仿了浪漫主义常用的情人私奔情节模式，但其情节的发展偏偏出人意料：原来的恋人弗拉基米尔因为未赶上婚礼而拒绝女方父母的好意并且战死沙场，而布尔明和玛丽娅后来相爱，却惊喜地发现他们早已在暴风雪的帮助下举行过婚礼。《驿站长》则讽刺性地模仿了感伤主义的小说：小说首先通过驿站长墙上的画，极力渲染脱离父母的浪子的悲惨遭遇，结尾却一反这一遭遇，并且一反感伤主义写贵族与平民青年恋爱总是出现悲剧的结局，而写冬妮娅不但没有被抛弃，而且日子过得很幸福，最后还坐着一辆六驾马车，带着三个小少爷和一个奶妈，还有一只黑哈巴狗，回来看望父亲。《棺材店老板》讽刺性地模仿了善写鬼魂的德国浪漫主义小说，但并未由此展开离奇的情节，而是巧妙地把它变成一个梦，用以揭示人物的心理。《村姑小姐》讽刺性地模仿了《罗密欧与朱丽叶》式的仇家子女相恋的模式，但并未导致悲剧，反而转向喜剧：不仅父辈在相互了解后成为好友，而且男女主人公也在恋爱游戏中深深相爱。《杜布罗夫斯基》同样讽刺性地模仿了仇家子女相恋的小说模式，但又有新的变化：其一是详细描写了双方父亲由友谊到分裂的过程，其二是在小杜布罗夫斯基率人赶来营救马莎的时候，不爱老丈夫的马莎却因为尊重在教堂举行过的婚礼这一民族传统而拒绝跟他走。《黑桃皇后》也是讽刺性地模仿了德国浪漫主义小说的鬼魂和神秘模式，但结尾却是格尔曼按照鬼魂的吩咐连胜两次的情况下最终输得精光。《上尉的女儿》讽刺性地模仿了英国作家司各特的《罗布·罗伊》，但又通过这一模式，首次塑造了农民起义领袖普加乔夫真实而复杂的形象，并且把家庭纪事与史诗沟通，使之成为普希金自己"散文创作的高峰"。

在叙事的情感化或抒情化方面，我国学者多有论述，刘文飞指出："和普希金的抒情诗一样，他的小说中'永恒的主题'也是爱情，男女主人公及其交往，几乎出现在普希金的每一个小说中。伊勃拉基姆在斩断巴黎的风流恋情回到俄国之后，又将面临彼得大帝为他挑选的一位未婚妻(《彼得大帝的黑孩子》)；别尔金在他的小说中讲述了两段有情人终成眷属的圆满的爱情故事(《暴风雪》和《村姑小姐》)；罗斯拉夫列夫通过对她不爱的男人的爱，表达了对祖国的爱(《罗斯拉夫列夫》)；杜勃罗夫斯基一直在复仇和爱情中犹豫不决地徘徊(《杜勃罗夫斯基》)；与普加乔夫的性格及其活动平行发展的另一线索，就是格里尼奥夫和玛丽娅的爱情故事(《上尉的女儿》)……爱情主题对普希金小说的渗透，使普希金笔下的人物更生动、更富有情感了，使普希金的故事更饶有兴味了，同时，我们似乎还感觉到，由爱情主题衍射出的强烈的抒情色彩，还保持了普希金小说风格上的统一。"吴晓都更具体、全面地指出："普希金作为卓越的诗人，他的叙事散文同样充溢着丰富饱满的诗情，确立了叙事散文的情感化和抒情化。在这方面普希金继承了卡拉姆津感伤主义的散文创作传统，并加以发扬光大。无论是写景状物、营造故事发生的氛围，还是描绘人物的心理状态，普希金的话语总是饱含着动人情愫。他常常把看似平淡无奇的自然现象和司空见惯的生活情境赋予诗意，正如别林斯基概括的那样，他能为最'散文化'的对象增添诗意……普希金总是以诗情去领悟自然现象和社会生活。他的叙事总是浸润着或浓或淡的情愫。驿站的感伤，传奇的忧郁，复仇的激荡，多余人的失落，农民英雄悲壮苍凉的情怀，弥漫在娓娓的叙述中。众所周知，普希金是从'诗歌王国'走向'散文天地'的，所以，他的叙事创作大都蕴含着浓浓的情韵，也就不足为奇了。但是，普希金叙事创作中的情感因素并不仅仅是为了抒发感情，它还具有叙事上的独到功用：有的是为了塑造人物性格，有的是为了推进故事情节，有的是两者兼有。例如，《上尉的女儿》中着意描写普加乔夫的悲壮情怀就有这两种叙事功效。作者两次让读者去体味这位农民领袖的悲壮豪情，欢宴上的'纤夫之歌'和'苍鹰的寓言'既突出了普加乔夫坚毅无畏的性格，同时又向读者暗示出一个命定的慷慨就义的豪迈结局。在叙述过程中的抒情或散文话语的情感化使叙事化本身平添了意趣和张力，更加鲜活生动。特别应该指出的是，普希金的情感总是一种正直而又高雅的情感，脱离了世俗生活的低级趣味。在普希金心中，不是任何'绝对'隐情都可以一味表露和咏唱。"诚如别林斯基所言，在普希金笔下，一切感情因为都是高雅的感情，所以就更加美，在他的感情中总有一种特别高贵、亲切、温柔、芬芳与和谐的东西。别林斯基的这一概括对于今天的叙事创作仍有值得汲取的意义。

此外，叙事上，普希金的小说常常出现叙事者公开干预叙事过程，发表对社会人生的种种看法，并且让非情节因素——序言、抒情插笔成为小说结构的有机组成部分的情况，这也是其诗歌尤其是诗体长篇小说《叶甫盖尼·奥涅金》的诗性特点。简洁、明晰、精炼、含蓄的语言，构成一种生动的质朴美，也是其诗歌语言特点在小说中的反映。这些，国内外学者多有论述，此处不赘。

由上可知，作为诗人的普希金的确把自己在诗歌方面的方法引入小说创作，并且形成了独有的特色，取得了独特的艺术成就，推动了俄国小说的发展，对后世有很大的影响。正因为如此，贝灵认为："普希金的散文（此处的'散文'是西方和俄国的概念，包括中国所说的小说和散文——引者）和他的诗歌一样优美。光说他的散文，他也证实了他是俄罗斯文学的先驱者。"

值得一提的是，《黑桃皇后》在普希金的小说中独具特色而且成就很高。布拉果依指出，假如说《青铜骑士》是普希金最伟大的诗歌作品之一，那么《黑桃皇后》就是他最完美的艺术散文的典范之一。这个中篇小说是以一个有趣而奇异的打牌情节为基础的。但是，它被赋予深刻的社会内涵。这个作品所展示的，已不是被"万恶的拜金狂"所支配的中世纪骑士的悲剧命运，而是在 19 世纪社会条件下形成的、特殊的"当代人物"的悲剧命运。格尔曼有"拿破仑的侧影与靡菲斯特的心灵"。为了实现自己贪婪自私的目的——不拘以什么方法来发财——他对任何事情都没有顾忌。他准备做八十岁老太婆的情人；他对那"可怜的养女"丽莎白的所谓爱情，只不过是在掩饰他所醉心的如火如荼的发财欲罢了："这完全不是爱情！金钱——这是他的心灵梦寐以求的东西！"在《黑桃皇后》中，普希金特别明显地指出：发财的渴望是怎样腐蚀灵魂和玷污人类一切美好的感情的。从情节的紧张与其开展之迅速而言，从图画的清晰与结构的和谐而言，《黑桃皇后》几乎是世界文学中短篇小说的最完美的典范。哈罗德·布鲁姆也认为："就普希金的散文体故事来说，最有力的（就翻译说）显然是短篇故事《黑桃皇后》，即便篇幅更长的《上尉的女儿》揭示了普希金一些更多样的叙事才能。"

普希金的小说在俄国小说史上有着重要地位。苏联学者、普希金专家格罗斯曼认为，《驿站长》"预示着别林斯基时代一个文学流派的诞生，它仿如自然学派的一个宣言，宣告社会—心理现实主义在俄国古典小说中已经获得前所未见的发展"。高尔基在《论普希金》一文中更是指出，普希金的"《黑桃皇后》……《驿站长》和其他几篇短篇小说为近代俄国散文奠定了基础，大胆地把新的形式运用到文学中去，并将俄国的语言从法国和德国语言的影响下解放出来，也把文学从普希金的前辈们所热心的那种甜得腻人的感伤主义中解放出来"。

普希金的戏剧共有七部，除上面提到的五部外，还有两部未完成的戏剧《美人鱼》(1832)、《骑士时代的几个场景》(1835)。最具代表性的是前面讲到的《鲍里斯·戈都诺夫》和四部诗体小悲剧。彼得罗夫认为，四部诗体小悲剧非常出色：它们洞察人类欲望的心理，有着忠实的和多方面的性格描写、强烈的戏剧性以及惊人简洁的艺术形式。《吝啬的骑士》再现了封建的中世纪，通过吝啬的骑士这个形象揭露了吝啬、贪婪的社会心理，且把他脑海中经常盘旋着的一个思想，即金钱的残忍的权威体现了出来。这是一种没有道德的力量，它毁灭了一切：爱情、家庭、荣誉。比起莎士比亚和莫里哀来，普希金创造了一个更为深刻、更为生动的吝啬者形象。"从一针见血的性格描写……巧妙的布局、热情磅礴的力量、惊人的诗句及完整性，一句话，从各个方面来看，这个剧本都是一部伟大的作品。"别林斯基这样写道。《莫扎特和沙莱里》表现的是艺术中的创作问题、天才与庸才的对比和嫉妒的心理。《莫扎特与沙莱里》中，莫扎特之牺牲于沙莱里之手，有其深刻的历史哲学的意义：在人们都斤斤计较于"卢布"、"黄金"和"利益"的小天地里，真正的艺术是没有发展余地的。在小悲剧里，除了深刻的社会内容外，还显示出普希金心理分析的卓越技巧：他看透了那沉溺于各种情欲(吝啬、嫉妒与情不自禁的肉欲)的人类心灵的最秘密的角落。这些吞没一切的情欲是自私的，所以是"凶狠的"而且具有破坏性的。普希金选定作为这些情欲的代表的是一些天资卓越、智慧不凡，尤其是具有特殊意志力量的人物，可是正因为支配他们的情欲带有利己性质，所以不可避免地会引导他们走上罪恶的道路，而且正是这些卓越的天资使吝啬的骑士与沙莱里的形象具有真正可悲的力量。在《石客》中，普希金揭露了恋爱时的心理状态。别林斯基认为这是普希金戏剧创作中最伟大的一个成就。这部悲剧独创地、以人道主义的精神和对爱情的崇高的道德理解探讨了世界文学的著名主题之一——关于唐璜的传说。《瘟疫流行时的宴会》浸透着对生命的乐观的歌颂，对死亡的恐惧不能挫败的人类的精神力量进行了赞扬。布拉果依也认为，在小悲剧里，普希金特别有力地表示出自己拥有的杰出才能：异常深刻地观察别的民族及其不同历史时期的生活，并善于把这一切艺术地反映出来。小悲剧在规模方面，确是非常小的。可是，这些很特殊的小型悲剧，大部分都提出了极端重要的问题。例如，《吝啬的骑士》的主题是：钱币与"黄金"对人们宿命般的统治。悲剧的主人公，高利贷者——骑士，他以人类"眼泪""血汗"的可怕代价，获得了毫无益处的强大

权力，积累了对自己丝毫无补的亿万财富。普希金把这个奇特的人物描写
为一个凶恶的"魔鬼"形象。当天才般地刻画出吝啬骑士的病态心理时，他
不仅深刻地看穿吝啬心理，而且看穿金钱的本质和它所引起的十足可诅咒
的拜金狂的实质。

　　总的来看，普希金的戏剧打破了俄国剧坛上盛行一时的古典主义戏剧
法则，引入了莎士比亚灵活自由的戏剧表现方式，或广阔地表现俄国从宫
廷到民间的历史画面，思考王权、国家与人民的关系，或集中于某一生活
场景，深入揭示人性的种种弊端，细腻地展现人物的心理。其共同特点是，
虽然都是悲剧，但都融入了喜剧的成分，从而使悲喜交织，打破了古典主
义悲剧和喜剧之间的人为界限；故事情节大都发生在异国他乡，同时又带
有浓厚的自传色彩，反映的是现实生活中引人关注的问题；塑造了丰满、
复杂的人物形象，如别林斯基曾这样评价普希金笔下的戈都诺夫："在读者
面前，戈都诺夫既是高贵的又是渺小的，既是英雄又是懦夫，既是明君又
是恶棍，除了有罪的良心的谴责，再也没有另一把能打开这堆矛盾的钥
匙了。"

　　当然，在普希金的全部创作中，成就最高的是诗体长篇小说《叶甫盖
尼·奥涅金》。

二、《叶甫盖尼·奥涅金》：个性、自由、责任

　　《叶甫盖尼·奥涅金》(1823—1830)是普希金的代表作，也是俄国文学
史上第一部经典性的现实主义诗体长篇小说。别林斯基称之为"俄国生活的
百科全书"。小说共10章，其中8章完整。男主人公叶甫盖尼·奥涅金是彼
得堡的贵族青年。他厌倦了上流社会寻欢作乐、空虚无聊的生活，正好为
继承伯父的遗产来到乡下，认识了邻居地主的女儿达吉雅娜(一译塔吉雅
娜)。他拒绝了这位少女纯真热烈的爱情。在一次舞会上，为报复朋友连斯
基的欺哄，他故意和连斯基的未婚妻奥尔加——达吉雅娜的妹妹调情，从
而激怒了诗人连斯基，两人发生决斗，连斯基被打死。奥涅金杀死好友，
深受良心谴责，便四处浪游。几年后，他又回到彼得堡。这时，达吉雅娜
已嫁给一个年老的将军，成为显赫的公爵夫人。奥涅金对她燃起了"孩子般
真诚的爱"。达吉雅娜拒绝了他狂热的求爱，称自己虽然还爱他，但已经嫁

给了别人，她将会一生忠贞于她的丈夫。

奥涅金和达吉雅娜是作品的男女主人公，是小说集中描绘的两个典型形象。

奥涅金是 19 世纪 20 年代俄国贵族知识分子的典型。他天资聪颖，才智出众，出身贵族，家资丰裕，从小受过良好的教育，且风度翩翩，仪表不凡。成年后进入上流社会，也曾随波逐流，天天游乐，"情场得意，战果辉煌，花天酒地，纵情宴饮"，一度成为社交界的宠儿，把大好的青春年华虚掷于舞会、剧院、恋爱、宴饮之中。然而，他很有个性，再加上西欧的启蒙主义思想和拜伦的作品的影响，使他从花花公子的浪荡生活中醒悟过来，决心为社会做一些有益的事。他先是打算从事写作来确立自己，可"不懈的劳动，他感到难挨"；接着想到开卷有益，但拿起书来又觉索然；他来到乡下，想在美丽的大自然和淳朴的人们中找到幸福，也告幻灭；他试图进行租役改革，为农民做点实事，但因周围环境的压力，也因自己有始无终，结果半途而废。面对达吉雅娜的求爱，奥涅金仍然拒绝了——即使是这样一种纯真的感情也不能激发他对生活的热情，由此可见奥涅金对生活的冷漠和厌倦。与连斯基的决斗，则反映了他的心胸狭窄和意气用事，以及利己主义思想。之后，他开始盲目漫游。一种揪心的痛苦追随着他的游踪，他比过去更加绝望了。三年后，他又回到彼得堡上流社会。奥涅金注定要在痛苦中沉沦，要在愤懑中了却残生。

奥涅金是个颇为矛盾、复杂的 19 世纪俄国贵族青年的典型形象。他既想有所作为，又由于缺乏决心和毅力，难以振作起来；既有为社会、为他人服务的思想，又保留着贪图安逸的个人主义特性；既有较善良、高尚的情怀，又有虚荣、利己、无所作为的精神特征。这反映了那个时代自身的社会和文化矛盾。19 世纪 20 年代，由于反法卫国战争的胜利，西方资产阶级文化纷纷涌入俄国，一批批贵族青年觉醒。他们受西欧启蒙思想的影响，与花天酒地、落后专制的社会格格不入，不甘沉沦，想有所作为，但没有明确的目标和足够的毅力，无法振作起来，在生活中找不到自己的位置。于是，他们怀疑、不满、苦闷、彷徨、孤独、悲观，患了时代的"忧郁病"。他们永远不会站到政府方面，且由于脱离生活、个人主义，他们也永远不能够站到人民方面。他们既无法完全西欧化，也无法再沉浸于传统的俄罗斯生活，只能是悲剧性的"多余人"。奥涅金的生活道路体现了他们普遍的命运，因而他成了俄国文学中"多余人"的鼻祖。20 年代的奥涅金、30 年代的毕巧林(莱蒙托夫《当代英雄》)、40 年代的罗亭(屠格涅夫《罗亭》)、50 年代的奥勃洛摩夫(冈察洛夫《奥勃洛摩夫》)等，构成了 19 世纪俄国文学"多余人"系列形象画廊，展示了俄国文学的独特人文景观。

"多余人"：19 世纪 20 年代以后俄国文学中出现的一系列贵族青年形象，他们深受启蒙思想的影响，不满现实，但贵族生活方式使他们灵魂空虚，无所作为，成为"永远不会站在政府方面"，同时也"永远不能够站到人民方面"的"多余人"，同时更是在俄国与西欧文化间无所适从的人(文化意义——米川正夫指出，奥涅金是从西欧文明的影响产生出来的没有根底的幻影，相反，达吉雅娜却是俄国的黑土和森林当中诞生出来的自然之子，是一个把表现在民间故事、民谣和原始的信仰当中俄国国民精神，如实地表现于一身的、单纯率直而有谜一般的深湛的女性)。

值得一提的是，奥涅金及此后的"多余人"都是中间人物，普希金开创了俄国文学中描写中间人物的先河。正如俄国学者波洛茨卡娅指出的那样，通常认为，选择"既非天使，也非魔鬼"的中间人物，拒绝将主人公分为"正面的"和"反面的"，这是契诃夫在塑造人物性格方面的革新，其实这何尝不是差不多整个 19 世纪俄国文学的传统呢？很能说明问题的一点是，普希金为自己的诗体小说选择的主人公不是心灵纯洁、充满理想的连斯基，而是奥涅金——这个相对来说在道德上具有中间特征的人物。在文学史上，所谓"多余人"就是一些中间人物，他们虽然具有绝佳的修养和丰富的精神生活，却没有实际的行动，也没有表现出特别高尚的道德水准或"下意识的"心理特征。此后，选择"中间的主人公"似乎成了普希金的一条原则(如《叶泽尔斯基》《青铜骑士》《别尔金小说集》中的主人公形象)。

达吉雅娜是普希金精心塑造的俄罗斯文学中的一个真实、优美的妇女形象，她是 19 世纪 20 年代优秀贵族妇女的典型形象。诗人着重描写她身上的诗意、严肃审慎的生活态度、热情大胆的言行举止和高度的责任感，着重揭示她身上所蕴含的高尚的精神美和道德美。

奥涅金的性格是在城市贵族生活中形成的。他脱离真正的生活，脱离人民，因而颇为自私，软弱无能。与他相反，达吉雅娜的个性深深植根于真正的生活——自然和人民之中。她生长在偏僻的乡村，因此，尽管出身贵族，却没有受法国式教育。她是在宗法制生活环境、民间古老的传统习俗和大自然的怀抱中长大的。她从奶母和村民等淳朴的人们中，从动人的民间文学中，从美丽和谐的大自然中，从所读卢梭等描写性格坚强、爱得深沉、富于自我牺牲精神的少女的书中，培养了诗意的感情、热情大胆而又严肃审慎的个性，尤其是强烈的责任心和道德感，使其具有一颗俄罗斯民族的灵魂。她对奥涅金大胆主动的追求，表现了她摆脱平庸单调生活而追求诗意爱情的强烈愿望，也表现了她对当时贵族道德规范的反叛，体现了俄国妇女个性的苏醒和对生活权利的正当要求。她最后的忠诚于丈夫，则是不愿把自己的幸福建立在别人的痛苦上，表现出强烈的责任心和突出的道德感（马克·斯洛宁指出，奥涅金与达吉雅娜第二次相遇后的失败具有突出的象征意义：健康的真理与责任观念胜过了犬儒式的思想与西方的肤浅）。她在道德上不可动摇的坚定性和责任感，远远超出了家庭生活的范围而独特深刻地表现了具有甘愿做出自我牺牲的一代人的崇高理想，展示了俄罗斯民族的精神气质和巨大的道德力量。普希金把道德的纯洁、强烈的责任感尤其是高度的自我牺牲精神等带入俄国文学，奠定了此后俄罗斯文学道德化的基础，影响深远。

对此，格奥尔吉耶娃有具体而精辟的论述："伟大的诗人普希金为19世纪俄罗斯古典主义文学奠定了基础，19世纪俄罗斯文学中所描写的爱情，即俄罗斯式爱情的表现方法与生死有关，与忏悔、通过具有悲剧色彩的和使人痛苦的信仰达到心灵净化的过程相关。""俄罗斯式的爱情往往以单相思、无人同情、自身重视、为了爱可以随时献身为主要特征的，这种爱情使一个懂得爱情的人显得高尚，他的高尚和光明又能照亮他所爱的人。""这是一种伟大的灵魂锤炼，是战胜个人主义、自私自利、崇尚肉欲和占有欲的标志；这是一种功德式爱情，是来自于上帝的恩赐，是心灵的充实及其不断追求完美的欲望。陀思妥耶夫斯基笔下的那些骚乱不安的和追求理想的女主人公——十二月党人的妻子们、托尔斯泰所描写的道德完美、和谐的女人形象，都是普希金笔下的女主人公——'塔吉亚娜'形象的变形。""1880年，陀思妥耶夫斯基在谈到诗人的创作时，他把这些妇女形象看作一笔最重要的民族财富和最崇高的俄罗斯精神，她们永远不可能把自己的幸福建立在他人的痛苦之上。这主要是一种心理上的平静，是一种最高水平的和谐；作家善于把俄罗斯的塔吉亚娜与整个俄罗斯、俄罗斯的神圣和全体俄罗斯人民的命运联结起来，这种对爱情的阐释方法被 20 世纪一大批伟大的诗人所接受，其中首先包括安娜·阿赫玛托娃和玛丽亚·茨维塔耶娃。爱情、长期的忍受力和自我牺牲精神或近似于这种精神的品质等，这些都是自古以来的永久的女性特征，这些特征已成为两位女作家本人独特的行为准则。"

通过男女主人公的经历，普希金认为自由在某种程度上就是选择，而选择不仅与社会和环境诸因素有关，而且与人的个性有关。这样，选择既是自由的，又有一定程度的不自由性。社会、环境、个性往往使选择不能随心所欲。有时，选择是出于身不由己，这是一种不选择的选择，如达吉雅娜之出嫁。有时，选择是一种随俗从众，这是一种为证明个性从而扭曲了个性的选择，是既从众又自私的选择，如奥涅金之参与决斗。任何个性都不是完全孤立的，自由即选择总是与社会、环境、他人密切相关，因此，普希金认为，个性、自由、选择还要关涉责任。于是，普希金提出了解决个性与社会冲突的方法：个性和自由（选择）必须以责任为前提。个人生活于社会之中，要想保持、发展个性，必然会与社会发生冲突，但一味冲突，只能导致个性的悲剧，几千年来人类社会中个人与社会的冲突悲剧触目惊心，屡见不鲜。因此，个性要想很好地发展，更高层次地升华，必须与社会保持一定的和谐。达到和谐的途径是：个人在维护个性、追求自由、做出选择时，必须意识到自己对他人的责任，妥善处理为我与为他的关系。

为了社会的发展，世界需要个性与自由。人人都有个性与自由的社会，才是真正健全的社会。但如果每个人都高扬自己的个性，追求自己的自由，凭着自己强烈的个性，随心所欲，任意选择，那就可能为所欲为，轻者损伤他人，重者祸害社会。而这，是思想成熟的普希金所不愿看到的。他认为，人可以自由选择，但也要对自己的自由选择负责，亦即每个人应基于个性中的自尊、平等意识尊重他人，对他人负责，对社会负责。责任是选择的前提条件，也是人的个性与自由有意义、有价值的保证。个性只有与责任连接，才具有真正人的意义。

责任既表现为对自己负责，也表现为对他人负责。对自己负责，主要指维护自己一贯的个性和自由，不让它们受到伤害。对他人负责，则主要指尊重他人独立的个性与自由，不让自己的行为对之造成伤害，如奥涅金面对达吉雅娜的主动追求，没有逢场作戏，而是认真地拒绝了她，就是试图保护她，而他参加决斗杀死连斯基，是害怕世俗的议论，不负责任的行为；达吉雅娜拒绝奥涅金的追求所表现出的责任感就更为明显，实现了她早年那做一个"忠实的妻子"的生活理想。

作品通过奥涅金的经历，生动深刻地表现了具有独特个性而又脱离生活、脱离人民的个人在当时社会的命运，同时，通过达吉雅娜的形象树立了道德责任与健全个性的典范，卓有远见地呼吁俄国的贵族青年和俄国的文化必须与真正的生活——自然与人民——保持密切的联系，才能生存和发展。这是当时社会变革的重大时期俄国贵族青年面临的一个迫切问题，也是面对西欧文化的冲击，俄罗斯文化该如何发展的一个重要问题，因而具有重大的现实意义。①

值得一提的是，哈罗德·布鲁姆认为，这部诗体长篇小说的中心意义既不在社会洞察，也不在民族原型的塑造。这部作品讲述的是一个关于恋人相互不协调的故事。经验的悲伤讽刺，即我们坠入爱河时彼此的不同步，在《叶甫盖尼·奥涅金》中给出了美妙的例证。达吉雅娜先爱上了奥涅金，而等到奥涅金爱上她时为时已晚，两人的合适时机已经错过。称奥涅金为"迟来的人"比"多余人"更恰当，你会意识到他的讽刺的处境，以及你自己的。

《叶甫盖尼·奥涅金》的艺术特征有以下几点。

一是独创性的诗体小说。诗体小说是介于叙事诗和小说之间的一种文学样式，是具有小说特点的一种叙事诗，是用诗的形式写成的小说。与一般叙事诗相比，它不仅篇幅更长，而且像小说那样具有人物、情节、环境三要素，比较细致地描绘人物性格，具有较为完整的情节结构。只是它是用诗的语言进行描写，能抒发更强烈的感情，但描写往往不如小说细致具体。诗体小说是英国诗人拜伦首创的一种文学样式，普希金首次把它引入俄国文学中，并增加了独特的俄国生活与文化的内容。诗人曾经宣称，《叶

---

① 参见曾思艺：《俄罗斯诗歌研究》，229~246 页，北京，北京大学出版社，2018。

甫盖尼·奥涅金》虽然受拜伦《唐璜》的影响，但毫无共同之处。从表现形式看，《叶甫盖尼·奥涅金》是用他独创的"奥涅金诗节"来写的一部十四行诗体小说。从创作方法看，《唐璜》是一部描写爱情和冒险的叙事长诗，描绘的是过去的时代，他乡异域的传奇故事，充满了浪漫主义情调；而《叶甫盖尼·奥涅金》则是一部描写当代社会生活的诗体小说，描绘的是现实生活中普通青年的平凡故事，充满了现实主义精神。就诗的格式而言，普希金对传统十四行诗的韵律进行了创造性的改造，已与西欧流行的十四行诗迥然相异：诗节由 3 组 4 行诗和 1 组 2 行诗组成，诗行采用与俄罗斯民歌相近的 4 音步抑扬格，音节数为 9898，9988，9889，88，押韵方式为第一组 4 行用交叉韵 abab，第二组 4 行用双韵 ccdd，第三组 4 行用环韵 effe，第四组 2 行用连韵 gg。这种诗节让轻重音节有规律地间杂使用，音韵既整齐又丰富多样，从而使诗歌的每一部分在动人的韵律中既相互勾连，又完整有序，而整个小说中同一形式的诗节重复排列，又形成整齐均匀的节奏。同时，诗节形式虽然相同，内容却相对独立，除少数例外，每节最后两行小结全节内容。这种诗节既有利于保持全书前后形式上的统一，又便于自由转换话题，在严整中透出活泼。

二是强烈的抒情因素。这种抒情因素不仅表现在第三人称的叙述上，同时特别突出地表现在抒情插话上。小说的抒情插话数量多，内容丰富多彩。其中牵涉面比较大的抒情插话有 27 处，随时插话多达 50 处。有时，小说以抒情主人公的身份出面与读者进行轻松而无拘束的交谈，评论各种人和事，或直接介绍自己的往事、经验和感悟。诗人似乎与男女主人公生活在同一空间和时间里，和作品中的人物一样触景生情，并且互通声气。有时，诗人对小说中人物的命运时而感叹，时而讥讽，时而调侃，时而谴责；有时，让小说中的人物沉痛地斥责上流社会的虚伪和喧嚣，但使读者感到这仿佛不是书中人物在讲话，而是诗人在讲话。普希金的抒情插话开阖自如，变化无穷，但都带有强烈的抒情因素。作品通过大量的"抒情插话"抒发自己对人物的褒贬、对事件和场面的评论以及对往事的追忆，有的尖锐激烈、锋芒毕露，有的诙谐幽默、妙趣横生，有的画龙点睛、入木三分。大量的多角度、多层次的"抒情插话"，扩大了作品的容量，深化了作品的内涵，加强了作品的艺术感染力。

　　三是丰富多彩的叙述方式。作品极其巧妙地把拜伦诗体小说的抒情、议论与莎士比亚式的叙事结合起来，且巧于裁断，自铸新体。以莎士比亚式的叙事反映广阔的现实生活，塑造较复杂的人物形象；在叙述过程中又将抒情、议论完美结合。这就有利于褒贬时事，议论人物，展示诗人的内心世界。这种熔抒情、议论、叙事为一炉的独特叙事方式，深深影响了果戈理和屠格涅夫。同时，在作品中，诗人既是故事的叙述者，又成为故事中的登场人物，这种出入自如的身份变换使得作品的叙事更生动有趣。

　　四是完美和谐的复线对比结构。作品打破了此前流行的单线结构，而采用了独特的复线对比结构。其一，男女主人公两条线索双向推进，相反相成，构成对比。起初是奥涅金从都城来到乡下，拒绝达吉雅娜的求爱，后来则是达吉雅娜从乡下来到都城，拒绝奥涅金的求爱。在此过程中，反映了人物性格的变化，揭示了人物的道德情感。其二，抒情主人公与男女主人公构成复线，形成对照。抒情主人公伴随男女主人公始终，不时出面"现身说法"，或抒情，或议论。眼光敏锐、富于激情、风趣幽默的抒情主人公与忧郁、孤独、冷漠的奥涅金，以及感情丰富、道德纯洁的达吉雅娜相映成趣。其三，作品中人物的多重对比。这里，既有奥涅金的冷漠与连斯基的热情以及男女主人公的对比，又有奥涅金、达吉雅娜、连斯基等个性突出、思想觉醒者的"智慧的痛苦"与奥尔加毫无个性、满足现状的平庸的幸福的对比；既有连斯基追求奥尔加与达吉雅娜追求奥涅金的情爱对比，也有达吉雅娜与妹妹、母亲的婚姻对比，等等。这些强烈的对比使人物的性格更加突出、鲜明，给人以难忘的印象。

　　正因为上述突出成就，这部诗体小说成为俄国文学的经典之作，对后世有重大的影响。米尔斯基指出，这种重大影响主要表现为：由它首次引入的现实主义、性格塑造、性格本身以及叙事结构，所有这些均可视为之后俄国长篇小说的源泉。其现实主义正是那种独特的俄国现实主义，这种现实主义是诗意的，却不将现实中的任何东西理想化，也不愿对它做出让步。正是这样的现实主义，后来又出现在莱蒙托夫的小说中，出现在屠格涅夫和冈察洛夫那里，出现在《战争与和平》中，出现在契诃夫最好的作品里。其性格塑造既非分析手法亦非心理手法，却是诗意的手法，它有赖于人物所处的抒情氛围和情感氛围，而非对人物思想和情感的解剖。普希金这一人物刻画风格后被屠格涅夫等俄国小说家所继承，但没有为托尔斯泰或陀思妥耶夫斯基所把握。就性格本身而言，奥涅金和达吉雅娜是俄国小说整个人物形象家族的祖先。莱蒙托夫和冈察洛夫笔下的人物，尤其是屠格涅夫的人物，全都属于这一家族。最后其叙事结构后来也成为俄国长篇小说之标准。简洁的情节，情节为主人公性格特征之逻辑发展，发人深省的不幸结局，这些均成为俄国小说家的金科玉律，尤其是对于屠格涅夫而言。

参考资料

〔英〕T. J. 比尼恩：《为荣誉而生——普希金传》，刘汉生译，北京，国际文化出版公司，2005。

〔美〕哈罗德·布鲁姆：《诗人与诗歌》，张屏瑾译，南京，译林出版社，2020。

杜定国：《试论〈上尉的女儿〉的诗质美》，载《江汉大学学报》，1997（4）。

〔苏联〕布拉果依：《普希金》，陈燊译，上海，新文艺出版社，1957。

冯春编选：《普希金评论集》，上海，上海译文出版社，1993。

〔苏联〕高尔基：《论文学》（续集），冰夷、满涛、孟昌等译，北京，人民文学出版社，1979。

〔俄〕T. C. 格奥尔吉耶娃：《俄罗斯文化史——历史与现状》，焦东建、董茉莉译，北京，商务印书馆，2006。

〔苏联〕格罗斯曼：《普希金传》，李桅、马云骧译，天津，天津人民出版社，1996。

〔苏联〕季莫菲耶夫主编：《俄罗斯古典作家论》，北京，人民文学出版社，1958。

刘文飞：《阅读普希金》，北京，人民文学出版社，2002。

〔日〕米川正夫：《俄国文学思潮》，任钧译，重庆，正中书局，1941。

〔俄〕德·斯·米尔斯基：《俄国文学史》，刘文飞译，北京，人民文学出版社，2013。

［俄］普希金著，卢永编选：《普希金诗选》，北京，人民文学出版社，1996。

《普希金小说选》，刘文飞译，桂林，漓江出版社，2013。

［俄］普希金：《叶甫盖尼·奥涅金》，智量译，广州，花城出版社，2012。

［美］史朗宁：《俄罗斯文学史（从起源到一九一七年以前）》，张伯权译，新竹，枫城出版社，1977。

［法］亨利·特罗亚：《天才诗人普希金》，张继双、李树立、董爱春译，北京，世界知识出版社，2000。

吴晓都：《俄国文化之魂——普希金》，济南，山东画报出版社，2006。

张铁夫等：《普希金的生活与创作》，北京，中国社会科学出版社，2004。

查晓燕：《普希金——俄罗斯精神文化的象征》，北京，北京大学出版社，2001。

曾思艺：《俄罗斯诗歌研究》，北京，北京大学出版社，2018。

第四章　莱蒙托夫：不安分的帆

　　莱蒙托夫是 19 世纪俄国早夭的天才诗人，但其出色的艺术成就，使他成为与普希金、丘特切夫相提并论的俄国三大古典诗人之一。米川正夫指出，作为同样从浪漫主义出发的独创天才，莱蒙托夫的确是普希金的继承者，但假如说普希金是个以平静温和的客观的观照态度去如实地再现生活现象和人类心理诸形象的调和的天才，即日神型的艺术家的话；那么莱蒙托夫则可以说是在主观上想要把自己内心的混沌的苦闷、不安和焦躁强有力地表现出来的叛逆的艺术家，即酒神型的诗人；假如说普希金的创作是有博大的饱和力的肯定人生的艺术的话，那么莱蒙托夫的创作就可以说是对于人生的诅咒和挑战的艺术。从普希金的源流出发的艺术，通过屠格涅夫、冈察洛夫、托尔斯泰和契诃夫等伟大的后继者，就形成了俄国文学主流的洋洋的现实主义大河；莱蒙托夫的精神则传给果戈理和陀思妥耶夫斯基等天才，而现出了并不弱于前者的猛烈的奔湍。王宗琥进而认为，如果说普希金树立了俄罗斯民族文学的理想，那么莱蒙托夫则开掘了俄罗斯民族文学的现实；普希金是光明和谐的日神阿波罗，莱蒙托夫则是混沌暗黑的酒神狄奥尼索斯；普希金喜欢"明亮的忧伤"，莱蒙托夫则偏爱"风暴中的安宁"。若从俄罗斯民族的精神特质来讲，莱蒙托夫是一个比普希金更为地道的俄罗斯人。他天生的忧郁气质，深刻的自我反省能力，否定一切的虚无主义，不按常理出牌的非理性和神秘性，强大的自然力和叛逆倾向，渴望行动但又漫无目的的漂泊宿命，这些都能在俄罗斯民族性格中找到回响。他那首脍炙人口的《帆》虽然合为时而作，但却精准地勾勒出了"俄罗斯"和"俄罗斯人"的历史形象：大海上一只在云雾中迷失方向的孤帆。它不以寻求幸福为旨归，而是渴望暴风雨的来临，渴望在激烈的动荡中寻求安宁。

我们只消回望一下俄罗斯的千年历史风云，便可明白这一形象所蕴含的深刻洞见。

一、短暂的辉煌

莱蒙托夫（1814—1841），出身于贵族家庭，3 岁丧母（其母热爱音乐，经常弹钢琴，喜欢读诗和写诗），童年是在奔萨州外祖母阿尔谢尼耶娃的塔尔罕内庄园中度过的。他接受的是贵族式的家庭教育，从小就多才多艺：象棋下得很好，会画画、雕塑，会弹钢琴、拉提琴，能流利地说法语和德语。1825 年夏，外祖母带莱蒙托夫到高加索的矿泉疗养，对高加索的自然风光和山民生活的记忆不仅在其早期作品里留下了印记（他后来深情地写道："高加索蓝色的群山，我向你们致敬！你们哺育了我的童年；你们用荒芜的山脊把我拥抱入怀，用片片云朵为我着装，是你们让我习惯于自己的童年时光，我从那个时候起就一直幻想着你们和天空……"），而且成为他后来许多作品的重要题材和主题。1827 年莱蒙托夫全家迁居莫斯科，1828年他作为半寄宿生进入莫斯科大学附属贵族寄宿学校，并开始学习创作。1830 年考入莫斯科大学，课余创作了近 300 首抒情诗和数首长诗。1832年，莱蒙托夫因参与反对保守派教授的活动而被迫离开莫斯科大学去往圣彼得堡，同年 11 月考入彼得堡禁卫军军官学校。1834 年入骠骑兵团服役。1837 年，普希金遇害，他写了《诗人之死》一诗，直接抨击沙皇及其宠臣，直呼他们为"扼杀'自由'、'天才'和'光荣'的刽子手"。这首诗以手抄本的形式到处流传。艺术评论家斯塔索夫（1824—1906）后来回忆道："莱蒙托夫的手抄诗《诗人之死》像传到各处一样，也立刻秘密地传到我们手里，它深深地打动了我们大家。我们在课间十分热烈地阅读它，朗诵它……我们心潮翻滚，切齿痛恨杀人凶手，我们怒火填膺，一身勇气，随时准备赴汤蹈火。莱蒙托夫的诗这样有力地鼓舞了我们，燃烧在诗中的热情竟有这样大的感染力。在俄国大概从来还没有什么诗能产生出如此巨大而普遍的影响。"这首诗激怒了沙皇政府，莱蒙托夫因此被流放到高加索。由于外祖母的奔走，1838 年 4 月他回到圣彼得堡原部队。1840 年 2 月，在一次舞会上，莱蒙托夫与法国公使的儿子巴兰特发生冲突，导致决斗。尽管决斗以双方和解结束，但诗人还是因此于 1840 年 4 月被遣往高加索现役军队骑兵团，7

月参加了与高加索山民的小型战斗和血腥的瓦列里克战役，由于作战英勇，受到表扬。1841 年 7 月 27 日，在高加索的一次家庭晚会上，莱蒙托夫的玩笑激怒了禁卫军军官学校同学马尔丁诺夫，二人发生了决斗。莱蒙托夫死于决斗，年仅 27 岁。

　　莱蒙托夫的生平经历和性格对其创作有很大影响。邦达连科指出，具有诗歌伟大先觉天才的诗人却生长在一个家庭纠纷永无止境的环境中。父亲实际上被排除出诗人的生活，于是他，一个小男孩，而后是一个少年，很难调整好自己的内心。马克·斯洛宁认为，从少年时代起，莱蒙托夫便表现出十分复杂的个性。他的情感有如野马般的狂放，却又有一副冷静的头脑，他往往以讽刺的面具来掩饰对人们的热情。他个性害羞但又具有侵略性，耽于肉欲快乐的同时也是个理想主义者，心地善良但有时却表现得很冷酷。他深为自卑的心理所苦，常常突然一阵子意志消沉，一阵子又欣喜若狂。张建华更具体地谈到，抑郁内向、酷爱沉思的性格既源于他的个性，也源于他的生长环境。上尉之子的父亲与富有、显赫的贵族之女的母亲的结合未能得到家人的认可，使未来的诗人、作家在充满争吵的家庭环境中长大。母亲病故后，幼小的莱蒙托夫被强行送到外祖母家，在失去母爱的同时，他又被剥夺了父爱的照拂。尽管家境富裕的外祖母给了他良好的教育，且多次带他去游览高加索，使高加索成为其诗歌创作的重要题材和特殊动因，但他渴望父爱而不得，性格也因此扭曲。法国的、德国的、英国的家庭教师的教育不仅赋予了他丰富的语言知识，更重要的是使他对强调主观精神的西欧浪漫主义文学运动有了深入的了解。莱蒙托夫先在莫斯科大学附设的贵族子弟中学读书，而后又在莫斯科大学政治伦理系学习。他酷爱十二月党人与普希金的诗歌，崇敬他们热爱自由和强烈的叛逆精神，并由此产生了对俄国专制农奴制度的不满，对"在奴役和枷锁下呻吟"的俄国人民的同情。就学期间，他对德国的浪漫主义以及英国的诗人拜伦产生了浓厚的兴趣，这形成其日后文学创作重要特征，即对人与周围世界关系的重大关注，而心理、道德伦理、哲学的思考视角又成为他创作的另一个重要的着眼点。作为诗人和作家的莱蒙托夫成熟于 19 世纪俄国尼古拉一世统治的 30 年代后期，一个"深深绝望与普遍失望"的时代。他承受了十二月党人失败后俄国的社会苦难和精神苦闷。孤独、寂寞、苦闷、沉思的时代心理在莱蒙托夫的思想和创作中有着鲜明的反映。这些成为莱蒙托夫对社会、人的心灵、历史与人生有着独特感悟的重要原因。

1828年，14岁的莱蒙托夫开始写诗，此后一直坚持创作，直到因决斗辞世，短短的一生创作了大量的作品，留下了颇为丰富的文学遗产，堪称短暂的辉煌，并且，他在抒情诗、叙事诗、小说、戏剧方面都有突出成就。

其抒情诗共有445首。马克·斯洛宁认为，莱蒙托夫的作品都是相当主观、十分个人化的，可以说是他的自传或是抒情的告白。梦幻与现实，美丽的幻想与粗俗的生活，两者间的冲突便是莱蒙托夫作品的主题。顾蕴璞认为，莱蒙托夫的抒情诗具有真诚的声音（无论篇幅长短，都是发自内心的真诚的声音，都是"为情造文"之作）、忧伤的声音（忧伤的声音虽然压倒了其他一切声音，但这声音表达的不仅是对生活的困惑与绝望，更是对理想、对真善美的苦恋，对行动、对叛逆的渴望，是唤起人们忧国忧民之心的号角）、动情的声音（其诗是对令人忧伤的时代怦然心动的回声，传播的是诗的艺术魅力加诗人人格魅力的信息，在形式上动用了一切可以动用的修辞和音韵手段，借鉴了一切可资借鉴的增强表现力的艺术经验）、复调的声音（表面的声音和隐匿在字里行间的暗示，浪漫主义和现实主义双声部合唱，理性之声和非理性之声双声部合唱）。

实际上，莱蒙托夫抒情诗的主题不像马克·斯洛宁说的那样单一，而是丰富多样的，表达了诗人丰富的情感与对世界多角度的感受及多维度的思考，其中最突出的是以下几方面的主题。

一是关于孤独、不为人理解且找不到出路的主题，代表性的作品有《孤独》《人生的酒盏》《帆》《囚徒》《被囚的骑士》《寂寞又悲伤》《我启程上路形单影只……》等。如《我启程上路形单影只……》：

> 一 我启程上路形单影只，/嶙峋的石路在夜雾中闪光，/夜很静谧。荒野倾听着上帝，/星星和星星也在相互密谈。//二 天空是如此壮丽又如此奇幻！/大地沉睡在蓝蒙蒙的光辉里……/我为何如此痛苦又如此悲酸？/是期待什么？或为什么而惋惜？//三 对人生我早已没有任何期待，/对往昔我早已没有一丝惋惜；/我只寻求一份宁静和自由自在！/我只想忘怀一切沉入梦里！//四 但并非那坟墓中冷冰冰的梦……/我只

愿永永远远这样安睡：/让生命的力量在我胸中睡意沉沉，/让胸膛慢慢起伏，呼吸轻微；//五 让甜美的歌声愉悦我的双耳，/整夜整天都为我歌唱爱情，/让那茂密的橡树永远翠绿，/并躬身在我的头顶哗哗欢鸣。（曾思艺译）

抒情主人公在深夜独自启程，已是孤独，饱受折磨的过去没有一丝温暖，连天空中的星星和星星都在密谈，而我却是"形单影只"，因此在这静谧的深夜我外出只为寻找自己需要的那份难得的宁静和自由自在。顾蕴璞更具体地谈道："这是莱蒙托夫最后所写诗篇之一，是他对主题进行多次探索的抒情性总结。别林斯基认为此诗是'一切都是莱蒙托夫的'。诗人在这里深化了宁静的主题，他把原先视为精神空虚的象征的荒原当作和宇宙幽会的地点，从而使人间的景物带有宇宙的色彩，烘托出一个似在人间，似在天国的朦胧境界。与早期抒情诗中使宁静与自由互不相容的情形相反，在此诗中两者并行不悖。对于诗中的'宁静'，论者众说纷纭：有的认为是'积极的宁静'，'与整个生活相合拍'，有的则认为是'昏昏欲睡，万念皆空'，'融化在宇宙的恬淡之中'。"

二是关于年青一代命运的主题，典型的作品是《独白》《沉思》等。如《沉思》：

我悲哀地望着我们这一代人！/我们的前途不是黯淡就是缥缈，/对人生求索而又不解有如重担，/定将压得人在碌碌无为中衰老。/我们刚跨出摇篮就足足地占有/祖先的过错和他们迟开的心窍，/人生令人厌烦，好像他人的喜筵，/如在一条平坦的茫茫旅途上奔跑。/真可耻，我们对善恶都无动于衷，/不抗争，初登人生舞台就败退下来，/我们临危怯懦，实在令人羞愧，/在权势面前却是一群可鄙的奴才。/恰似一只早熟且已干瘪的野果……/不能开胃养人，也不能悦目赏心，/在鲜花丛中像个举目无亲的异乡客，/群芳争艳的节令已是它萎落的时辰！//我们为无用的学问把心智耗尽，/却还嫉妒地瞒着自己的亲朋，/不肯倾吐出内心的美好希望，/和那受怀疑嘲笑的高尚激情。/我们的嘴刚刚挨着享受之杯，/但我们未能珍惜青春的力量，/虽然怕厌腻，但从每次欢乐中/我们总一劳永逸地吸吮琼浆。//诗歌的联翩浮想，艺术的创作结晶，/凭醉人的激情也敲不开我们心房；/我们拼命想保住心中仅剩的感情——/被吝啬之情掩埋了的无用的宝藏。/偶尔我们也爱，偶尔我们也恨，/但无论为爱或憎都不肯做出牺牲，/每当一团烈火在血管里熊熊燃烧，/总有一股莫名的寒气主宰着心灵。/我们已厌烦祖先那豪华的欢娱，/厌烦他们那诚挚而天真的放浪；/未尝幸福和荣誉就匆匆奔向坟墓，/我们还带着嘲笑的神情频频回望。//我们这群忧郁而将被遗忘的人啊，/就将销声匿迹地从人间走过，/没有给后世留下一点有用的思想，/没有留下一部由天才撰写的著作。/我们的子孙将以法官和公民的铁面，/用鄙夷的诗篇凌辱我们的尸骨，/他们还要像一个受了骗的儿子，/对倾家荡产的父亲尖刻地挖苦。
（顾蕴璞译）

顾蕴璞指出，第一诗节勾画了贵族知识青年迷惘、厌倦、麻木、懦弱的神情；第二诗节描绘了他们对待生活的矛盾心态；第三诗节剖析了他们那被苦涩的生活冷却了的心灵；第四诗节则想象了他们在后人心目中的地位。他进而指出，莱蒙托夫在这首诗里"以惊人的洞察力剖析了同时代人可恼又可悲的精神状态，尖锐地抨击了造成这种怪现象的政治背景。别林斯基说：'这些诗句是用鲜血写成的；它们发自被凌辱的灵魂的深处！这是一个认为缺乏内心生活比最可怕的肉体死亡还要难受千万倍的人的哀号、呻吟！''在新的一代人中间，有谁不会在它里面找到对于自己的忧郁、精神冷酷、内心空虚的解答，有谁不会用自己的哀号和呻吟去响应它呢？'思想的深刻、感情的深沉使这首诗成为莱蒙托夫的'纲领性的诗'。研究家艾亨巴乌姆认为此诗'与其说是讽刺诗，不如说是哀歌'。此诗对同代人及后代产生过深刻的影响"。

三是关于祖国的主题，标志性的作品是《诺夫哥罗德》《波罗金诺》《云》《祖国》等。如《祖国》：

我爱祖国，是一种奇异的爱！/连我的理智也无法把它战胜。/无论是那用鲜血换来的光荣，/无论是那满怀虔信后的宁静，/无论是那远古的珍贵传说，/都唤不起我心中欢快的憧憬。//但是我爱（自己也不知为什么）：/她那冷漠不语的茫茫草原，/她那迎风摇曳的无边森林，/她那宛如大海的春潮漫江……/我爱驾马车沿乡间小道飞奔，/用迟疑不决的目光把夜幕刺穿，/见路旁凄凉村落中明灭的灯火，/不禁要为宿夜的地方频频嗟叹；/我爱那谷茬焚烧后的袅袅轻烟，/我爱那草原上过夜的车队成串，/我爱那两棵泛着银光的白桦/在苍黄田野间的小丘上呈现。/我怀着许多人陌生的欢欣，/望见那禾堆如山的打谷场，/望见盖着谷草的田家茅屋，/望见镶着雕花护板的小窗；/我愿在节日露重的夜晚，/伴着醉醺醺的农夫的闲谈，/把那跺脚又吹哨的欢舞，/尽情地饱看到更深夜半。（顾蕴璞译）

顾蕴璞指出，此诗既是莱蒙托夫整个创作生涯中对祖国主题逐步深化的总结（可与《别了，藏垢纳污的俄罗斯》一起从正反两个方面加以认识），也是针对斯拉夫派而写的论战性很强的回答（斯拉夫派诗人霍米亚科夫于1839年也发表过一首《祖国》，认为俄罗斯的伟大在于人民的温顺和对东正教的虔信）。莱蒙托夫表达了自己对祖国的"奇异的爱"，把祖国美好的大地和勤劳的人民视为祖国概念的真正内涵，表现出他想了解和接近人民并与之休戚与共的强烈愿望。此诗在对祖国主题的发掘上继承并发展了拉吉舍夫、十二月党人和普希金的传统，达到了新的高度。他用感情与理智之争细腻而真实地抒发了自己对祖国的复杂感情，描绘了栩栩如生的俄罗斯形象，对俄罗斯的大自然和农村的典型景物进行了精彩的现实主义描写，在抒情诗的风格上别开生面，在诗的意境上别有洞天：对祖国悲喜交集的情感取代了早期愤世嫉俗的无穷忧伤。

四是关于大自然的主题，如《高加索》《雷雨》《雨后黄昏》《寂寂的万籁——圆圆的月亮……》《我爱那层峦叠嶂的青山……》《高加索的青山，我向你们致敬！……》《每当黄灿灿的田野麦浪迭起……》《从柯兹洛夫草原望山景……》等。如《每当黄灿灿的田野麦浪迭起……》：

每当黄灿灿的田野麦浪迭起，/清新的树林随风沙沙喧响，/而花园中红澄澄的李子/在浓香的绿叶清荫里躲藏；//每当金灿灿的清晨或红艳艳的傍晚，/银晃晃的铃兰身披香喷喷的露珠衣，/正满怀热忱地从那丛林下面/朝着我频频点头致意；//每当凉沁沁的泉水在山谷中嬉戏，/并把情思沉入某种迷离的梦幻，/对我低声讲述那英雄的传奇故事，/就发生在它刚离开的宁静之乡，——//此时我心里的慌乱才能平息，/此时我额头的皱纹才能轻舒，——/我才能在尘世领会幸福，/我才能在天国看见上帝。（曾思艺译）

这首诗不仅生动、细腻地描绘了大自然的美景，而且进一步写出了这些美景给自己慌乱的心灵带来的安宁。顾蕴璞更具体地谈道："这首诗构思巧妙，结构严谨，意境优美，具有以景移情的感染力。诗人列举了一个个能使他和大自然融为一体的短暂瞬间，只不过从反面更加衬托出诗人经常的内心不宁和焦虑。诗中列举的景物不属于同一节令，这仿佛向我们点明它们仅是诗人的主观愿望，并不是现实环境。这便进一步强化了'怀疑、否定、痛恨的思想'（赫尔岑语）主题。"

五是关于爱情的主题，如《致苏（什科娃）》《那么，别了！……》《星》《乌黑的眼睛》《祈祷》《我俩分手了……》《她一开唱……》《你的目光像天空一般……》《我一听到你的声音……》《因为什么》《不，我如此炽爱的不是你》等。但由于恋爱多次受挫，诗人写得更多的是不幸的爱情，如《我俩分手了……》：

我俩分手了，但你的仪容，/我依然保留在我的胸中，/仿若美妙年华的模糊幻影，/它依旧欢悦着我的心灵。//我虽然屈服于新的激情狂潮，/你的仪容却一直珍藏在我心，/一如冷冷清清的殿堂依然是庙，/被推倒的圣像依然是神！（曾思艺译）

顾蕴璞指出，这是一首怀旧的爱情诗，是献给瓦·亚·洛普欣娜的。诗人用了一个贴切而新鲜的比喻，形象地描绘了他对忍痛与之分离的恋人难断的旧情，突出了"永恒的爱"的主题。

六是表现人性之恶，思考人间与天堂关系的主题，代表性的作品是《我的恶魔》《天空与星辰》《人间与天堂》《天使》等，如《我的恶魔》：

积恶是他的最大癖好；/每当翱翔在烟样的云层，/他爱主宰命运的暴风雨，/也爱浪花和密林的喧声；/在纷纷飘落的黄叶中间，/有他的岿然不动的宝座，/在哑然无声的阵阵风中，/他坐在宝座上郁郁不乐。/他在人们心中播种怀疑，/他鄙薄纯洁无邪的爱情，/他断然摒弃一切的祈祷，/他眼看着流血毫不动情，/他用他自己情欲的嗓音，/盖过他崇高感受的声响，/而那位温顺灵感的缪斯/害怕见他非人间的目光。（顾蕴璞译）

顾蕴璞指出，这是莱蒙托夫第一首关于恶魔的诗，是在受到普希金的《恶魔》（1824）的影响下写出的。恶魔贯穿了莱蒙托夫的整个创作生涯，是他一生最重要的主题（其中包孕了怀疑的主题和孤独的主题），也是他形象体系中最重要的一个主导形象。

又如《人间与天堂》：

我们爱人间怎能不胜于爱天堂？/天堂的幸福对我们多渺茫；/纵然人间的幸福小到百分之一，/我们能知道它是什么情状。//我们心中翻腾着隐秘的癖好，/爱回味往日的期待和苦恼；/人间希望的难期使我们不安，/悲哀的易逝叫我们哑然失笑。//未来是漆黑一团，十分遥远，/现时已令人感到心寒；/我们多愿意品尝天堂的幸福，/却恋恋舍不得辞别人间。//我们更加喜欢手中之雀，/虽有时也寻找空中之雁；/一旦诀别我们才看得更清：/手中雀和心儿已紧紧相连。（顾蕴璞译）

顾蕴璞指出："诗人吸取了19世纪30年代俄国和欧洲浪漫主义哲理诗的经验，对人在宇宙中的位置、生与死的奥秘等永恒主题深入探索，唱出了天堂不如人间的主旋律，在思想境界上显然高出于他同年所写《天空与星辰》《天使》等抒情诗。"

七是关于诗人使命与命运的主题，如《拿破仑》《1830年5月16日》《不，我不是拜伦，我是另一个人……》《诗人之死》《诗人》《编辑、读者和作家》《先知》等。如《不，我不是拜伦，我是另一个人……》：

不，我不是拜伦，我是另一个人，/一个还不为人知的诗魔，/一个像他那样被人世放逐的漂泊者，/只不过有着一颗俄罗斯的灵魂。/我早早开始，也将会早早结束，/我的才智不会有太大的成就；/在我心里，就像在海洋深处，/一堆堆破碎的希望重压在上头。/谁能够，愁恹恹的海洋，/洞悉你的秘密？谁又能/向人群说清我的思想？/我——或者上帝——或者没有任何人！（曾思艺译）

顾蕴璞指出，莱蒙托夫在听了他的朋友们预言他前程远大并把他比作拜伦后写下此诗，作为对他们的回答——"不，我不是拜伦，我是另一个人。"和普希金、十二月党人一样，莱蒙托夫很崇敬拜伦，向往着能和他一样为自由而战，但他也清醒地意识到自己作为一个俄罗斯诗人肩负的特殊重任，预感到在俄国的现实中将会遇到的特殊坎坷。诗歌表现了孤独、自由、行动与功勋以及诗人的使命等主题。莱蒙托夫在形成自己的独特风格的过程中，很注意借鉴当时欧洲（首先是拜伦）的诗歌成就，这对他早期（特别是1830—1831年）的诗（尤其是抒情诗）产生了很大的影响。

莱蒙托夫的抒情诗创作大致可以分为两个阶段。

第一阶段（1828—1834），是其创作前期，也是其青少年时期，受普希金、拜伦影响很大，基本上是自传性极强的心灵日记式的独白（这种自传性也是莱蒙托夫绝大多数创作的一个突出的特点。邦达连科指出，他的多一半优秀作品都具有明显的自传性，无论写什么，他都要写自己生活中得来的感觉与印象，从《当代英雄》到《恶魔》，从《萨什卡》到《假面舞会》，没必要将毕巧林或阿尔伯林盲目地和诗人本人画等号，但发现不出其中的传记特征也是不合情理的）。抒情主人公一般都富有典型的浪漫主义特征：鹤立鸡群的自我与社会的尖锐对立，对世俗的鄙薄，对自己身世的顾影自怜，感情抒发的偏激，等等。邦达连科指出，莱蒙托夫14岁时就开始写诗，临近20岁时已经是一个成熟的诗人，并且是许多经典诗作的作者了。尤其是1828—1832年在莫斯科时期，莱蒙托夫对自己的天才有所意识后，与其说是学习，倒不如说是力求完善自己的诗歌与戏剧天赋。他在很短时间内走出了一条极远的路，并缔造出为自己所独有的极端浪漫主义和不妥协的世界。他在年少时创作的所有抒情诗，包括美妙的北俄歌谣《最后一位自由之子》(1831)，都鲜明地表现了两个主题——为自由而斗争，书写孤独与不幸的爱情。

第二阶段(1835—1841)，是其创作后期，也是其创作的成熟时期，审美观点由内倾渐渐转向外倾，自我成分减弱，浪漫主义的直抒胸臆在一定程度上让位于现实主义的细致观察和具体描绘，展示心灵世界由粗略的总体把握向细腻的深入表现发展。成熟时期的诗歌创作几乎字字珠玑，首首杰作。与普希金相反，莱蒙托夫的诗歌表现的是生命的忧郁。过强的生命力被压抑，深感苦闷又极度孤独，渴望自由，渴望冲出桎梏，尽情抒发生命的激情，但又不能够，因此他倍感痛苦。这也使得其诗歌独具特色和力度。杜勃罗留波夫对此大加赞赏，并称之为"莱蒙托夫的力量"。不过，过分的孤独与痛苦也使诗人甚至经常想到死亡，极其渴望与人对话，但由于高傲，又不成功，因此采用诗歌的形式，或者在假想中与人对话，或者与自我对话，如《致……》：

> 切莫以为我已经够可怜，/尽管如今我的话语凄然；/不！我的种种剧烈的痛楚，/只是许多更大不幸的预感。//我年轻；但心中激扬着呼声，/我是多么想要赶上拜伦：/我们有同样的心灵和苦痛，/啊，但愿也会有相同的命运！……//如像他，我寻求忘怀和自由，/如像他，从小我的心便燃烧，/我爱那山间夕照和风卷飞涛，/爱那人间与天国呼号的风暴。//如像他，我枉然在寻找安宁；/共同的思绪苦苦追逐着我们。/反顾过去——往事不堪回首；/遥望来日，——没有一个知音！
> (顾蕴璞译)

后期诗歌渐渐由主观走向客观，但前期的对比手法继续采用，只是一些诗歌增加了客观对应物，甚至出现了成熟的象征。通观莱蒙托夫的抒情诗，其象征诗虽然只有二十余首，但却是其诗歌最高成就的一种体现，更能体现莱蒙托夫多方面的诗歌风格，也说明他的诗歌并非全像马克·斯洛宁说的都是相当主观、十分个人化的。这些象征诗根据其艺术上的表现，大致可以分为以下三种类型。

第一，与比喻难分的象征诗。主要产生于其创作早期。这类诗往往由一个比喻拉长、展开，形成相对出现的本体和喻体，往往曲终奏雅，点明主旨。

具体地看，这类诗如果从喻体角度来区分，大体上可以分为两种类型。

第一种是明喻，即用文字直接而明确地点出喻体和本体，如《诗人》（1828）：

> 拉斐尔在灵感冲动之下，/把出神入化的彩笔挥洒，/正要把圣母的面容绘完，/却倒在画幅前愕然惊讶，/暗暗赞赏起自己的技法，/但这股昙花一现的激情，/很快在年轻的心中消减，/他精疲力竭，默不作声，/忘却了天赐的感情烈焰。//诗人的创作啊也是那样：/当着灵感刚在心中闪现，/他便奋笔倾吐他的情怀，/激越的竖琴声扣人心弦；/他飘飘欲仙，忘怀一切，/歌唱你们——他心中的偶像！/突然间炽热的双颊变凉，/心灵的波澜渐渐地消散，/幻象也随着逃出了心房！/但他心里久久地保存着/那初试锋芒留下的印象。（顾蕴璞译）

全诗直接而明确地点出诗人的创作也像拉斐尔作画一样，以拉斐尔作为诗人的比喻（拉斐尔是喻体，诗人是本体）而拉长、展开，指出诗人心中的偶像——美丽的女性也像拉斐尔的圣母一样，给他们灵感，使他们在激情的烈焰中如神附体，创作出出神入化的作品，从而使这种拉长、展开的比喻类似于象征。

《希伯来小调》（1830）一诗也是如此：

> 有时我看见夜间的星星/在明镜般的港湾里闪烁，/银色的水尘也在激流中颤抖，/逃离开星星，在四下散落。//你别贪图去理解和捕捉，/光线和波浪都是假象。/你的阴影方才还落在波上，/你一走开——星星就闪亮。//亮丽的欢乐的不安幻影/也这般诱我们入阴冷的昏暗；/你想抓住它——它嬉笑着躲开，/你受骗了——它又在你眼前。（顾蕴璞译）

夜间的星星、明镜般的港湾、银色的水尘所构成的假象（喻体）与亮丽的欢乐的不安幻影的欺骗性（本体）如出一辙，通过这一明喻（"也这般诱我们入阴冷的昏暗"）在某种程度上达到了类似象征的艺术功效，生动形象而又新颖别致地写出了亮丽的欢乐的不安幻影的欺骗性。这类诗中最出色的是《乞丐》(1830)，其在某种程度上已完全达到象征的高度：

> 在那圣洁的修道院门前，/站着一个乞求施舍的穷人，/他饱受饥渴，历经苦难，/已形销骨立，筋疲力尽。//他只是乞求一小块面包，/目光中却露出深深的苦痛，/可有人却把一块石头放到/他那只伸出的手掌中。//我也这样祈求你的爱情，/带着痛苦的眼泪，满怀忧伤，/我的那些美好的感情，/也这样永远被你欺骗！（曾思艺译）

这是莱蒙托夫给女友苏什科娃作的一首即兴诗。诗人早年曾一度爱恋这位女性，但她却无法理解诗人，没有报以相应的感情，因此诗人的爱是热烈而痛苦的。一次，莱蒙托夫和苏什科娃等几个年轻人结伴，徒步到一所修道院去玩。修道院门口有个瞎眼的乞丐，听到他们扔给他的钱币后说："善良的人们，上帝给你们赐福！不久前，也有一些老爷到这里来，是年轻人，调皮鬼，他们捉弄我：在我杯子里装满了石子儿。"从修道院回家途中，仅在饭馆等吃饭的工夫，莱蒙托夫就蹲在一张凳子旁一气呵成写就此诗，逼真而形象地表达了他对苏什科娃的复杂心情。俄国学者尼科列娃更具体地分析道："《乞丐》一诗是莱蒙托夫诗章中的珍品。诗人是在才气和灵感洋溢的瞬间挥笔而就的。令人诧异的是，对一个偶然的场面，他却能如此敏捷地赋予它如此的意义，而且写得如此真挚，如此深刻。你们看到了一个在肉体上和精神上备受痛苦折磨的人，你们也看到了那些轻佻而冷酷的阔少对他的贫困的残忍侮辱。在最后一个诗段里，莱蒙托夫把乞丐的痛苦和自己个人的痛苦两相比较，使社会的主题和个人心理感受的主题交融在一起，这样一来，它们获得的是何等的力量和何等的深度啊！一位活灵活现的乞丐的形象和他的全部痛苦，一位少年诗人和他最美好的感情受到的侮辱，在这短短的即兴诗里，都给栩栩如生地写出来了，那情景就像浮现在我们的眼前。"然而，他们都没有点明，这首诗之所以获得成功并且寓意深刻、包容量极大，主要是类比和象征手法的功劳，正是类比（乞丐乞求面包与"我"祈求爱情）把个人与社会沟通起来，而两者合起来所构成的象征则赋予诗歌的内涵以丰富性和多义性，使短短十二行的小诗蕴含着从多角度理解的可能性。

第二种是暗喻，即不点明本体和喻体，而直接让本体和喻体并列出现构成暗喻，形成类似于象征的关系。如《星》(1830)：

> 辽远的星啊，你放点光明吧，/好让我夜夜都看到你的晶莹；/你的微光在同黑暗的搏斗中，/给我这患病的心灵唤来憧憬；/我的心常常朝着你高高飞翔，/它摆脱了牵挂，舒畅而轻盈……//我见过一种炽热如火的目光，/它早已不肯再入我的眼帘，/我却如朝你那样朝着它飞去，/明知不能——还想看它一眼……（顾蕴璞译）

夜空中辽远的星在黑暗中大放光明，使得患病的心灵产生了憧憬，舒畅而轻松地朝它飞去（喻体），姑娘那炽热如火的目光也使抒情主人公产生同样的憧憬，并展翅向它飞去，尽管那目光现在已不肯入"我"的眼帘（本体），两相对比，更好地体现了抒情主人公的痴情。《波浪和人》(1830—1831)也是这样：

> 波浪一个接一个向前翻滚，/轻轻幽咽而又哗哗喧响；/卑微的人们在我眼前走过，/也是一个跟一个熙来攘往。/对波浪，奴役和寒冷更可贵，/胜似那正午骄阳的光芒，/人们却想要心灵……结果呢？——/他们的心灵比波浪还凉！（顾蕴璞译）

诗人以波浪一个接一个向前翻滚与卑微的人们一个跟一个熙来攘往构成暗喻，进而以波浪更需要奴役和寒冷而人们需要心灵却因社会的高压心灵变得比波浪还凉形成象征，通过自然界与人类社会的对照，含蓄而深刻地揭示了尼古拉一世统治下世人的碌碌无为及冷酷无情。

从表达的内容来看，这类诗也可以分为两种类型。

第一种是喻体与本体基本一致，抒情诗所表达的意旨或思想顺着喻体的方向发展，如《斯坦司》(1830—1831)：

> 我由造物主命定要爱到入土，/但照同一个造物主的旨意，/凡是爱我的一切都必定毁灭，/或也像我痛苦到最后一息。/我的自由令我的希望感到讨厌，/我爱人，又怕反过来受人爱恋。//春天在那荒秃秃的悬崖之上，/勿忘草独自烂漫地怒放，/任狂风和暴雨的频频打击，/依旧像往常屹立在崖上；/但美丽的小花已失去光华，/它已被狂风吹折，被冰雹扼杀。//我也是这般，在命运的打击下，/像悬崖一样巍然昂首，/但谁也休想经得起这场搏斗，/假如他想握一握我的手；/我不是感情而是行动的主人，/就让我不幸好了——独自不幸。(顾蕴璞译)

诗歌首先以荒秃秃的悬崖与烂漫地怒放的勿忘草构成喻体，并让悬崖与勿忘草两相对比，以后者的脆弱反衬前者的坚强，接着便展开本体——"像悬崖一样巍然昂首"的"我"，一任命运的狂风和暴雨频频打击，并紧接喻体的悬崖的坚强而展开本体，舍弃了脆弱的勿忘草，以突出"我"面对狂暴的命运的坚强。

《太阳》(1832)一诗也是这样：

> 冬天的太阳多么漂亮，/当它在灰云中间徜徉，/它徒劳无益地给雪地/投下它那微弱的光芒！……//年轻的姑娘啊也是这样，/你的丰姿在我眼前闪亮，/你的秋波预示着幸福，/但岂能复苏我的心房？——(顾蕴璞译)

诗歌先写冬天的太阳虽然漂亮，但只能给雪地投下徒劳无益的微弱光芒(喻体)，接着便写年轻姑娘的丰姿也像冬日的太阳一样闪亮，尽管其秋波预示着幸福，但已无法复苏"我"那雪地般的心房(本体)。诗歌巧妙地以冬天微弱的阳光比喻恋人薄情的目光，把失恋者的内心剖析得惟妙惟肖。

《小舟》(1832)更是这方面颇具代表性的作品：

> 受了奇异的力量的捉弄，/我被逐出了情爱的王国，/像一只毁于

风浪的小舟，/暴风雨抛它上沙岸停泊；/纵然潮水百般抚慰着它，/残舟对诱惑已无心问津；/它自知对航海已无能为力，/假装出它正在瞌睡沉沉；/任谁也不会再托付给它/装运自己或珍宝的重任；/它不中用了，却很自在！/它死了——却得到安宁！（顾蕴璞译）

全诗以"我"被逐出情爱王国，"像一只毁于风浪的小舟"这一比喻拉长、展开，并顺着这一方向深入发展：小舟已被暴风雨抛上沙岸，对潮水的百般诱惑无心问津，虽不中用了却感到无比自在，虽死了却得到了渴望已久的安宁。

这类诗在诗人早期的抒情诗创作中较多，上述之《诗人》《希伯来小调》《乞丐》都是如此，兹不赘述。

第二种是本体表达的意思与喻体不一致，或与喻体构成对比，如《乌黑的眼睛》（1830）：

夏的夜空里星星十分多，/为什么您身上只有两颗，/南国的眼睛！乌黑的眼睛！/咱俩相会在不祥的时刻。//无论谁询问，黑夜的星星/回答的只是天国的幸福；/乌黑的眼睛，在你们的星星里/我找到心的天国和地府。//南国的眼睛，乌黑的眼睛，/从你们身上我读出爱被判刑，/对我来说从此你们就变成/白日的星星和黑夜的星星！（顾蕴璞译）

这首诗是写给苏什科娃的，因苏什科娃有"黑眼睛小姐"的雅号。全诗以夏夜的星星和南国的眼睛构成暗喻，但夏夜的星星回答的是天国的幸福，而乌黑的眼睛却带来了心灵的天国和地府，并且使抒情主人公的爱被判刑。也就是说乌黑的眼睛给诗人带来的有欢乐但更多的是痛苦，两相对比，诗歌生动而深刻地写出了对苏什科娃的爱给抒情主人公带来的心灵痛苦。

或让喻体与本体两者构成反衬关系，如《星》（1830）：

天边有一颗星，/总是金光灿灿，/时时刻刻都在/把我心魂召唤，/还在我的心中，/勾起遐思幻想，/从上倾泻欢乐，/注入我的心房。/她那脉脉秋波，/也如星光一般，/我竟爱那目光，/直把命运埋怨；/它对我的痛苦，/总是望而不见，/有如那一颗星，/离我十分遥远；/我倦极的眼皮，/久久不能合上，/眼里望透这目光，/心中感到失望。（顾蕴璞译）

天边的星星金光灿灿，时时刻刻召唤我的心魂，勾起心中的遐思奇想，并且把欢乐倾注进"我"的心房（喻体），姑娘那脉脉秋波也像星光一般，但由于离"我"太远，却使我心中感到失望（本体），从而以喻体所体现的幸福形象生动地反衬了本体（抒情主人公）的失望与痛苦。

总体来看，与比喻难分的象征诗在某种程度上还是很不成熟的象征诗，不少诗还仅仅是一个比喻的拉长与展开，象征的意味很淡，有点类似于象征主义的"客观对应物"，但又不尽然，与丘特切夫的"对喻"①有点相似，但往往又没真正构成象征，如上述之《诗人》《星》《太阳》等诗就是如此。当然，一些诗在某种程度上达到了丘特切夫"对喻"的高度，具有一定的象征意味，是优秀的抒情诗，如《乞丐》《波浪和人》《小舟》。不过，相对于直抒胸臆和内心独白来说，这已是相对含蓄也更富形象意味的诗歌了，就连象征主义的先驱波德莱尔，尽管提出了"应和"理论，但在创作中也还写有不少这种类型的诗歌，如《信天翁》《人与海》等。②

第二，借民间传说或外国诗来构成通体象征的象征诗。从某种程度上说，通体象征或通篇象征在艺术上更具完整性和丰富性，难度也更大一些，因而是颇为成熟的象征诗。莱蒙托夫在这方面也进行了一定的艺术探索。

他或者借用民间传说来构成通体象征，如《两只鹰》（1829）：

在那亚速海岸的附近，/有一片碧绿绿的草原，/西天光熄，夜幕降临，/一阵旋风滑过丘陵间。/旷野上一只灰色的鹰/抖一抖翅膀悄悄落定，/它的兄弟箭一般飞来，/呼叫一声忙对它答应。/"老兄，你看见了什么？/快点告诉我你的见闻。"/"啊，我恨透了这人世，/也恨透

① 关于丘特切夫的对喻，参见曾思艺：《丘特切夫诗歌研究》，154页，北京，人民出版社，2012。

② 参见[法]波德莱尔：《恶之花 巴黎的忧郁》，钱春绮译，17～18，40～41页，北京，人民文学出版社，1994。

残酷无情的人。"/"在那里你见到什么坏事?"/"我看见一堆石样的心:/情郎惆怅少女只觉得好笑,/孩子眼里暴君竟然是父亲。/少女们拿真实眼泪的痛苦,/像玩游戏似的作乐消遣;/青年人一群一群地死在/很爱面子的人们的跟前!……/老兄!你看见了些什么?/快点告诉我你的见闻。"/"我也恨透了这个人世,/也恨透反复无常的人们。/那暗中受骗的沉重负担/压得青年们心头沉甸甸,/那毒害心灵的痛苦回忆/伴随着郁郁寡欢的老年。/那傲慢,你相信我吧,有时/会被美好的时光忘掉;/但热情少女对你的背叛/是你心灵的永久一刀!……"(顾蕴璞译)

鹰是俄国民间文学中常见的意象,全诗除采用民间文学中的这一常见意象,更是采用传统民歌中两只鹰相互对话的形式,在某种程度上构成了一定的象征关系,揭露了当时社会中道德沦丧的状况:人们冷酷无情、死爱面子、反复无常,欺骗和背叛风行。由于创作这首诗时,诗人还太年轻,处于创作早期,经验不够丰富,因此未能构成成熟的象征。相隔一年的《勿忘我》(1830)中象征手法的运用同样不够成熟,诗歌用童话的形式讲述了一名武士为美丽的姑娘摘取鲜花时陷入沼泽死去,从而使这鲜花得名"勿忘我"的故事。诗歌已经很有寓意和想象空间了,但结尾却一定要写上:"我的故事讲完了;您猜猜:/是真情实事,还是纯属虚构。/女郎是有罪还是没有过错——/对她准是良心才会告诉!"因而破坏了整首诗的含蓄蕴藉,破坏了通体象征的完整性。

晚期的《海宫公主》(1841)则构成了颇为成熟的象征:

王子在大海里给马洗澡;/忽听得:"王子,你快朝我瞧!"//马儿喷鼻息,把耳朵扇起,/打着水,拍着浪,向前游去。//王子听见喊:"我是公主!/你可愿和我把良宵共度?"//于是一只手从水中露出,/把马笼头上的丝缨揪住。//一个少女的头探出水面,/有几根海草缠住了发辫。//蓝眼里燃起情火的烈焰,/颈上的水滴似珍珠忽闪。//王子寻思:"太好了!等一下!"/他眼疾手快抓住她辫发。//杀敌的手可有劲,捏住了她,/她又哭泣,又哀求,又挣扎。//勇士毫无惧色地泅向海岸，/上了岸就大声呼唤起伙伴。//"喂，骁勇的朋友们，快来呀！/看我的捕获物是怎样挣扎……//"你们干吗都站着发窘？/莫非没见过这等美人？"/王子转过身朝后一看，/哎哟！得意的眼神就暗淡。//他看见一只绿尾巴的海怪，/躺在金色的沙滩露了丑态；//尾巴上挂的蛇鳞忽闪，/屏息蜷缩着不停抖颤；//额上滴淌下的水珠成串，/两眼笼罩着濒死的昏暗。//那苍白的双手抓着细沙，/嘴里嘟哝出难懂的责骂……//王子沉思地骑着马离开。/见公主的奇遇永记心怀！（顾蕴璞译）

顾蕴璞指出，本诗采用民歌民谣惯用的显露原形的手法写美人鱼的传统题材，把奥秘、爱和死三者熔于一炉，因而比较隐晦。但诗歌的寓意是深刻的：真理总是在假象的掩盖之下，但它不以伪装者的愿望为转移，总逃不过"老练的"眼光；上当受骗的人对此难以忘怀，一如王子对海怪的神态。全诗在艺术上最大的成功是通过民间故事的纯客观叙述，构成了通体象征，包容了丰富的甚至多义的内涵，人们对此诗还可以根据自己的接受屏幕提出更丰富的理解。

莱蒙托夫有时还会借外国诗来构成通体象征。他往往对外国诗加以创造性的翻译（或者说改写），表达自己复杂的心绪，如《在荒凉的北国有一棵青松》(1841)就是对海涅抒情诗的创造性翻译：

在荒凉的北国有一棵青松，/孤寂地兀立在光裸的峰顶，/它披着袈裟般的松软白雪，/摇摇晃晃渐渐地进入梦境。//它总是梦见：在辽远的荒原，/在那太阳升起的地方，/有一棵美丽的棕榈树，/在愁苦的崖上独自忧伤。（顾蕴璞译）

俄国学者伊凡诺夫指出："在初稿中，诗歌比较接近原作：在寒冷而光秃秃的山顶，/孤独地兀立着一棵苍松。/它打着盹……披着松软的雪，/摇晃着，睡意蒙眬。//它梦见遥远的东方大地——/有一棵美丽的青棕榈，/在炽热的沙土峭壁上，/静静地、忧郁地投下倩影。最后一稿则远离原稿，但，无疑却胜过原作和初稿。"顾蕴璞更具体地指出："这是莱蒙托夫对海涅抒情诗《一棵松树孤零零》的意译，他在第二次修改后离原诗更远，变成纯粹的创作。海涅的主题是恋人的离别,莱蒙托夫的主题则是人与人之间的隔膜。大雪压身的松树与阳光朗照的棕榈虽然天各一方,素昧平生,却同样地孤独而忧伤。在德语中松树(语法属阳性)和棕榈(语法属阴性)之间的区别在莱蒙托夫诗(俄语)中已失去性别的象征意义。"

第三,自创的通体象征诗。这类诗是诗人创作中最具独创性也最有艺术价值的作品。如《雷雨横穿大海喧闹不停……》(1830):

> 雷雨横穿大海喧闹不停,/船舰在狂浪支配下驰骋,/平静的只有航海家一人,/额头上留着深思的印痕。/那暗淡的目光举向乌云——/无人知他到底是何许人!……/当然,他曾在人间生活,/从内心深处懂得了人生;/呼叫、哀求和缆索的声响/不能惊破他的默不作声。(顾蕴璞译)

全诗以雷雨横穿大海喧闹不停,船舰被狂浪支配,而航海家却十分平静,因为他曾在人间生活,从内心深处懂得了人生,因此呼叫、哀求和缆索的声响都无法打破他的沉默和平静构成通体象征,形象而含蓄地表明了诗人冷静面对人世的狂风暴雨、惊涛骇浪的人生态度。又如《人生的酒盏》(1831):

> 一 我们紧闭着双眼,/饮啜人生的酒盏,/却用自己的泪水,/沾湿了它的金边;二 待到蒙眼的遮带,/临终前落下眼帘,/诱惑过我们的一切,/随遮带消逝如烟;三 这时我们才看清:/金盏本是空空,/它盛过美酒——幻想,/但不归我们享用。(顾蕴璞译)

顾蕴璞指出,这是一首寓意诗。诗人用空空的酒盏寓指空虚的人生,用美酒象征美丽的幻想,用含泪饮苦酒比喻忍受生活的折磨。短短的小诗把在尼古拉一世残酷统治下心灵空虚、蹉跎年华、空怀幻想的一代青年人的感受刻画得入木三分,揭示了深刻的生活哲理。实际上,这首诗以我们畅饮人生的酒盏而这金盏却是空的构成通体象征,表现了青年时期满怀理想,但却因社会和环境多方面原因,理想落空的普遍惆怅心态。

更值得一谈的是，在普希金的笔下，大多是客观的白描和主观的抒情，即使在诗歌中运用某物作象征，也仅仅像一颗流星，在诗中一闪即逝，并未构成通体象征。他的某些诗歌，如《致大海》《囚徒》《毒树》等，象征虽出现于全文，但象征手法不够成熟，过于显露，并未构成多层次结构。茹科夫斯基喜欢用象征，他的诗作充满了朦胧的幻想，但他的象征也较为明显（如《大海》），很少能构成多层次结构。莱蒙托夫则有所发展，在他的诗作中已有颇为成熟的通体象征或多层次结构，如《帆》(1832)：

在那大海上蓝幽幽的云雾里，/一叶孤伶伶的风帆闪着白光。/它寻找什么，在遥远的异域？/它撇下什么，在自己的家乡？//波涛怒涌，狂风劲呼，/桅杆弓着腰喀喀直响；/唉！它并非在寻找幸福，/也不是远避幸福的光芒！//下面是比蓝天更莹澈的碧波浩渺，/上面是金灿灿的阳光弄晴，/而它，不安分地祈求着风暴，/仿佛在风暴中才有着安宁！（曾思艺译）

尼科列娃指出："9月2日，莱蒙托夫寄给洛普辛娜一首在海边写的诗。这首诗是诗人激荡不安的心灵的绝妙形象。"的确如此。全诗表面上描绘的是雾海孤帆、怒海风帆、晴海怪帆三种画面，实际上，它所构成的通体象征表达了18岁的青年诗人渴望行动、渴望创造（抛下家乡远行在外、期盼风暴），但又深感前景朦胧，因而既孤独傲世又苦闷迷惘的复杂情感与抽象意绪。这本是一种难以言喻的情绪，诗人却通过"帆"这一象征性形象优美生动地传达出来。高尔基指出："在莱蒙托夫的诗里，已经开始响亮地传出一种在普希金的诗里几乎是听不到的调子——这种调子就是对事业的热望，积极参与生活的热望。对事业的热望，有力量而无用武之地的人的苦闷——这是那些年头人们所共有的特征……"由于通体象征运用出色，"帆"的象征意义超越了个人、超越了时代，概括了一切时代渴望冲破平庸与空虚的生活，力求有所行动、有所创造的人们的共同特征。如果说这首诗的象征手法还显得不够纯熟的话，那么，在诗人稍后创作的名篇《美人鱼》(1832)中，象征手法已用得相当完善：

美人鱼在幽蓝的河水里游荡，/身上闪着明月的银光；/她使劲拍打起雪白的浪花，/想把它溅泼到圆月的脸颊。//河水回旋着，哗哗流淌，/把水中的云影不停地摇晃；/美人鱼轻轻启唇——她的歌声/飞飘到陡峭两岸的上空。//美人鱼唱着："在我所住的河底上，/白日的光辉映织成幻象；/这儿，一群群金鱼在嬉戏、游玩，/这儿，一座座城堡水晶一般。//这儿，在闪亮细沙堆成的枕头上边，/在浓密的芦苇的清荫下面，/嫉妒的波涛的俘虏，一个勇士，/一个异乡的勇士，在安息。//但不知为什么，对我们的狂热亲吻/他一言不发，总是冷冰冰，/他只沉睡，即使躺在我的怀里/还是既不呼吸，也无梦呓……"//满怀莫名的忧伤，/美人鱼在暗蓝的河上歌唱，/河水回旋着，哗哗流淌，/把水中的云影不停地摇晃。（曾思艺译）

全诗把诗人那孤独傲世而又苦闷迷惘的复杂情感，借美人鱼和死去勇士的形象，非常巧妙、含蓄、生动地传达出来，在艺术上极富感染力，难怪别林斯基称之为俄国诗歌中不可多得的珍珠。

诗人晚期创作的名篇《云》《悬崖》《叶》通体象征更显成熟，也十分成功。如《云》(1840)：

天空的行云，永恒的漂泊者！/你们像珍珠串串飞驰在蔚蓝的草原，/也像我一样，是被流放的逐客，/从可爱的北方匆匆放逐到南方。//是谁在驱逐你们：命运的决定？/隐秘的嫉妒？或是公开的仇恨？/或是罪行重压在你们的头顶，/抑或是朋友恶毒的诽谤烧身？//不，是贫瘠的田土使你们厌腻……/你们没有激情，也没有痛苦，/永远冷若冰霜，永远自由适意，/你们没有祖国，你们也没有放逐。（曾思艺译）

这首诗写于莱蒙托夫第二次被流放到高加索动身之前。当时，友人们在卡拉姆津家聚会，和他告别。他站在窗前，仰望着涅瓦河上空的流云，有感于自己的身世，即兴成诗。顾蕴璞认为，这首诗以云为象征，将云拟人，移情于景，以碧空飞云之景，抒发惨遭流放之情，又以"永远冷漠，没有祖国"之景，烘托自己因热爱祖国而遭厄运的悲愤之情，情景相生，浑然一体。这首诗更成功的是，以云构成通体象征，用云的"永远冷漠，没有祖国"反衬自己对祖国的一腔热爱，以云的自由自在反衬自己的没有自由、将被流放。

《悬崖》(1841)的通体象征更是具有极大的想象空间：

　　一朵金灿灿的云儿夜宿/在悬崖巨人的怀抱里，/清晨它便早早疾飞离去，/在悠悠碧空快乐地飘舞；//而那悬崖老人的皱纹里，/却留下了一片湿津津的痕迹；/它孤零零地矗立着，陷入沉思，/在荒野里偷偷地哭泣。(曾思艺译)

这是莱蒙托夫晚期所写的寓意诗之一。孤独的主题从两方面得到挖掘：两个恋人的难舍难分；人与人之间的关系如过眼云烟，稍纵即逝。但此诗格调并不悲凉：通过悬崖的象征表现坚强和自信，通过"痕迹"暗示抒情主人公有所行动。的确，全诗所构成的通体象征，还可以让人想到这对恋人类似"金风玉露一相逢，便胜却人间无数"的偶然，进而生发出人与人之间的有聚有散、来去匆匆，具有丰富的想象空间。正如顾蕴璞前面所说的，悬崖和彩云这两个意象，好像在象征恋人之间的一见成梦或人际关系的过眼云烟，但实际上，诗人是在抒发对人生理想怀恋、无奈而难忘甚至无悔的情思。

《叶》(1841)的通体象征更为凝重和成熟：

　　一片橡叶脱离了它的故枝，/在暴风驱赶下向着旷野飘行，/因为严寒、酷暑和悲伤而枯萎，/最后一直飘落到了黑海之滨。//黑海边长着一棵年轻的悬铃树，/微风抚摩着绿枝，在互诉衷肠，/极乐鸟在枝头轻轻摇晃着身子，/把海中那妙龄女皇的荣耀歌唱。//飘叶贴到了高耸的悬铃树的根上，/哀惋动人地乞求个栖身的居处，/并说道："我是一片可怜的橡叶儿，/在酷寒的祖国过早地长大成熟。//我早就孤独彷徨地东飘西颠，/没有遮荫、无眠和不宁使我枯萎。/你就把我这异乡客留在翠叶间吧，/我知道不少故事，都离奇而优美。"//"我要你干吗?"年轻的悬铃回答,/"你又黄又脏,跟我的鲜叶儿难作伴,/你见多识广,可我何必听你的神话?/我连极乐鸟的歌声都已经听厌。//你再往前走吧,飘泊者!不认识你!/我受太阳的钟爱,为太阳争春;/这里我自由地伸出漫天的枝叶,/清凉的海水正洗涤着我的树根。"(顾蕴璞译)

全诗以漂泊的橡叶及其遭到悬铃树拒绝的经历,构成了十分成熟而含义丰富的通体象征。顾蕴璞指出:"这是一首寓意十分丰富的景物诗。诗中塑造了两个相互对立的主要形象:长途飘泊而倦于奔波的橡叶和蜗居一隅而志得意满的悬铃。橡叶在命运风暴的驱赶和严寒酷暑的摧残下走投无路,直至海滨,不得已而去向悬铃树求靠,但悬铃树对橡叶漠然处之,让它继续往前走。前面已是茫茫大海,只有死路一条。此诗通过景物的拟人化形象,鲜明地表现了莱蒙托夫愤世嫉俗的抒情主人公与周围世界的矛盾冲突。与早期的抒情诗不同,此时的抒情主人公已表现出对平静与忘怀的追求。"尼科列娃更详细地分析道:"在《叶》一诗里,被放逐的诗人借一片离开了枝头、为无情的风暴追逐到黑海之滨的橡树叶,表达了在他一生最后那些事件影响下的感受和沉思。离开了枝头的一片孤叶的形象,也见于莱蒙托夫以前的诗章,例如在《童僧》里,诗人就把'一片被雷雨打下的树叶'这一比喻用于童僧这一叛逆者形象。但是,在任何一首诗里,这一形象也不曾沁透着因孤独而脱离生活而激起的如此深重的走投无路的苦闷。……迫不得已的飘泊,扼杀了莱蒙托夫自由的希望,也扼杀了他更接近地从事文学创作和社会工作的计划。飘泊使他遭遇到的是漫长的孤独和军务的奴役,他也像那象征着他的命运的树叶一样,为了更充分地显露出自己无可穷尽的创作力,他需要的是光明和自由发展的空间。"

莱蒙托夫所创作的象征诗,尽管只有20余首,占其全部诗歌的很小一部分,但达到较高的艺术水平。这种象征手法成熟后还被广泛运用于叙事诗(如《童僧》《恶魔》)和小说(如《当代英雄》)的创作中,对叙事诗和小说创作有一定的影响,更由于其独特的艺术成就和在某种程度上与象征主义乃至现代主义的诗歌相通,不仅具有由此观照诗人创作发展轨迹的研究意义,而且在文学史上也具有独特地位。可以说,自茹科夫斯基、普希金以来,莱蒙托夫和丘特切夫是较早、较大量、较超前地创作象征诗的诗人，对俄国此后诗歌的发展，提供了出色的范本和很好的启迪。马克·斯洛宁指出，莱蒙托夫（梅列日科夫斯基称他为"俄罗斯文学黑夜之光"）否认了普希金所肯定的一切。两人对文学所抱持的态度大为迥异。普希金的诗光辉明亮，用字圆熟；莱蒙托夫的诗，精悍有力，但又骚动不安，间歇性的节奏，加上阳刚的韵律，比诸和谐统一更能表现出力量。这位年轻诗人所呈现的一切特质——先知式的忧伤，内在的矛盾，有时意志消沉，有时又充满理想的渴望，内心永远不安，但永远真挚，使得他的作品历数代而不衰；19世纪末叶的象征派作家都尊其为先驱。

　　莱蒙托夫的叙事诗一共有27首（但生前只发表三首），独树一帜，对俄国叙事诗有较大的推进，在俄国文学史上占有一席之地。莱蒙托夫叙事诗的艺术特色如下：第一，传奇为主的题材；第二，较为丰富的结构；第三，有所变化的视角；第四，性格突出的人物；第五，大量出色的风景描写。①其中，最出色的是《恶魔》（1838）和《童僧》（1840）。

　　《恶魔》讲述的是一个渴求认识真理的司智天使透过迷雾偷看了被上苍丢弃了的星辰的奥秘后，被驱逐出天国，成为孤独的游魂并变成恶魔的故事。他游荡人间，不断作恶，但又留恋美好的过去，厌倦作恶的现在。他爱上了人间美女塔玛拉，被美复活了善的情怀。为了塔玛拉，他愿意舍弃一切，甚至愿意同放逐他的天国重新和好。他还准备把塔玛拉带到星外的天国去，使她成为宇宙女皇。然而，当他狂热地亲吻塔玛拉时，他的吻却放出了致命的毒液，毒死了她。上帝派来天使，接纳了塔玛拉而拒绝恶魔进入天国。恶魔又孤零零地在宇宙间飘荡……这首叙事诗虽然篇幅不是太长，但却集中了莱蒙托夫诗歌的一切重要主题：自由与意志、行动与功勋、飘泊与放逐、善与恶、时间与永恒、爱与死，因而扑朔迷离，成为诗人"最费人猜详和自相矛盾"（马克西莫夫语）的作品，一百多年来引发了广泛的争论。别林斯基当时就称这是一个"行动的、永远革新的、永远复活的恶魔"。邦达连科指出："恶魔的形象——是诗人创作中最为丰富多彩的，这不是魔鬼，不是撒旦，但也不是某个小鬼，他无比强大而又满带神秘，奋起反抗

---

① 参见曾思艺：《莱蒙托夫叙事诗的艺术特色》，载《俄罗斯文艺》，2014(3)。

现存的世界秩序，但同时他为爱为真理而痛苦，对于上苍的缔造他予以非常人性化的理解。"

《童僧》赞扬叛逆精神，讲述了一个高加索乡村童僧为了逃脱牢狱般的寺院回到家乡去寻找自由生活，而在高加索的崇山峻岭中奔走了三天，并和狮子搏斗，最后虽然胜利，但因伤重而死的故事。诗歌歌颂了童僧的勇于反抗、敢于搏斗的精神，也描绘了瑰奇壮丽的高加索风光，情景交融地表达了主人公强烈的斗争精神。米尔斯基认为："《童僧》是一部十分有力的长诗，可视为俄语中最悠长的诗歌雄辩，但其长处不仅在此。长诗中描写自然的部分为莱蒙托夫的视觉内核，虽然很小却价值连城，莱蒙托夫是俄国诗人中望见英、德浪漫派之'远地'的唯一诗人。"

邦达连科指出，正是因为上述两首长诗尤其是《恶魔》，还在尼采之前的久远时间，莱蒙托夫已经在俄罗斯锻造出了为自己所独有的俄罗斯超人。莱蒙托夫的诗独具特色，对后世有较大影响。邦达连科更是指出，在19世纪俄罗斯诗歌中，就诗的创作与俄罗斯民族特征表现而言，并没有比莱蒙托夫更为俄罗斯化的诗人了。他同样是谢尔盖·叶赛宁鲜明的先驱。

莱蒙托夫一共创作了五部戏剧——《西班牙人》(1830)、《人·情·欲》(1830)、《怪人》(1831)、《假面舞会》(1835)、《两兄弟》(1836)，大多为诗剧，其中最出色的是《假面舞会》。《假面舞会》的主人公叶甫盖尼·阿尔别宁是个赌徒和浪荡公子，但心地善良，富有同情心，在上流社会找不到自己的位置。他认识到这个社会"到处是罪恶，无处不欺骗"的本质，对人的真诚丧失了信心。一开始他不相信妻子尼娜的手镯是因为偶然丢失才落到别的男人手上的，贸然毒死了妻子。后来才发现自己错了，深受刺激，精神失常，和妻子双双成为上流社会的牺牲品。假面舞会不仅是上流社会生活的写照，也是其中人际关系的写照。总体来看，莱蒙托夫的戏剧在俄国戏剧史上有其开拓性的意义。首先，他在俄国戏剧史上，较早地转向俄国日常生活的悲剧(其最早的戏剧《西班牙人》例外)，而此前俄国18世纪的戏剧家们甚至包括普希金，大都受法国古典主义和启蒙文学、浪漫主义文学的影响，往往更致力于重大历史事件或传奇剧(仅冯维辛和格里鲍耶陀夫例外，冯维辛的两部喜剧《旅长》《纨绔少年》较早偏离长时间统治俄国文坛的法国古典主义的法则，而转向真实地反映俄国现实问题，在某种程度上奠定了 19 世纪俄国戏剧乃至文学转向反映现实社会问题的基础；格里鲍耶陀夫的《智慧的痛苦》也反映俄国社会的现实问题，对此有所推进）。其次，莱蒙托夫的五部戏剧几乎都集中于写人们日常生活中的不幸，表现社会主题与个人主题，尤其是较早把握到现代人的孤独这个主题，善于形象、生动、深入地描写人的不被人理解以及人们之间的隔阂与冷漠，人们只一心一意生活在自己的观念和欲望中，而这是相当具有现代意义的。最后，莱蒙托夫在戏剧中较早进行心理分析。以上这三个方面，在果戈理、屠格涅夫、奥斯特洛夫斯基那里，得到进一步的发展，在契诃夫那里达到了高峰。

莱蒙托夫创作的小说主要有长篇小说《瓦季姆》（1832—1834，未写完）、《李戈甫斯科伊公爵夫人》（1836，未写完）、《当代英雄》（1838—1840），中篇小说《我想跟你们讲》《B伯爵家的音乐晚会》都只是片段，最后以"死者遗稿，两部已开始写作的小说片断"为总标题首次发表在文学刊物《昨天与今天》1845 年第 1 期上。莱蒙托夫小说的代表作是长篇小说《当代英雄》。

二、《当代英雄》：内蕴丰富、手法高超的杰作

《当代英雄》包括五个相对独立又互相联系的中篇，由于这个作品内蕴丰富、手法高超，所以，有必要首先了解一下小说的故事梗概。

正像邦达连科指出的那样，如果《当代英雄》中的几个中篇小说按照时间循序渐进地展开，那么这些作品大概应该这么布局：重要主人公毕巧林（一译皮巧林）可能是因为决斗从彼得堡被流放到高加索，在去新的供职地的途中耽搁在了塔曼，在那里发生了与走私者们的意外冲突（《塔曼》）。一场军事考察过后，他被允许饮用皮亚蒂戈尔斯克的泉水，而后因为与格鲁什尼茨基（一译格鲁希尼茨基）的决斗（《梅丽公爵小姐》），他被派到马克西姆·马克西梅奇所辖城堡听命。在离开城堡的两个星期，他去了哥萨克集镇，经历了乌里奇（一译符里奇）的故事（《宿命论者》），而回到城堡后，则发生了贝拉被抢的事情（《贝拉》）。毕巧林被从城堡调到格鲁吉亚，而后回到彼得堡，五年后又出现在高加索。在去波斯的路上，毕巧林和马克西姆·马克西梅奇及军官——旅途笔记的作者相遇（《马克西姆·马克西梅奇》），最终，在从波斯回返的途中死去（《毕巧林日记》之序）。但莱蒙托夫却采取了如下独特的结构方式。

《贝拉》。我在高加索旅行的途中偶然结识了马克西姆·马克西梅奇上尉。我们在驿站过夜的时候，他给我讲述了一个五年前发生在其所驻扎的高加索山区 N 要塞中的毕巧林的故事。25 岁左右的贵族青年军官毕巧林英俊潇洒，出手阔绰，但总让人捉摸不透。他被当地一位王爷的小女儿贝拉那野性的美深深打动，贝拉也对一表人才的毕巧林颇有好感，不料当地的商人卡兹比奇也看上了贝拉。毕巧林得知自己的朋友、贝拉的弟弟阿扎马特深爱卡兹比奇所骑宝马，便千方百计帮他搞到了那匹罕见的宝马，阿扎马特则把贝拉捆送他后便骑着宝马远走高飞。卡兹比奇失去宝马，伺机刺杀了王爷作为报复。毕巧林费尽心机赢得了贝拉的爱情，但四个月后便感到厌倦。贝拉倍感伤心、烦闷、寂寞，独自外出散步，却被卡兹比奇劫走。毕巧林闻讯后奋力追赶，卡兹比奇恶毒地把贝拉刺成重伤后逃跑了。两天后，贝拉因伤势过重，痛苦地死去。毕巧林为此大病一场。后来，他被调到格鲁吉亚服役。

《马克西姆·马克西梅奇》。不久，我和马克西梅奇上尉在一座小城又重逢了。在这里，我们遇到了正打算去波斯旅行的毕巧林。上尉激动于老朋友的久别重逢，扑过去打算拥抱他，但毕巧林却只冷漠地向他伸出一只手，寒暄几句后马上离去。上尉在愤激之中，把毕巧林以前落下的日记送给我。当我得知毕巧林在从波斯归国途中去世以后，抱着有益于世的愿望，挑选了他的一部分日记发表了。下面就是他的日记。

《塔曼》。我（毕巧林）因公出差途经小城塔曼，无意中发现房东的女儿水妖在从事走私活动。我为水妖那美丽而野性的风姿而着迷，便用夜里所见到的走私事情对她进行威胁和引诱。晚上，她引诱我到海边的船上，想暗算我，把我推进大海，但我力气大，反而把她抛进海里。她上岸后与同伙匆匆从海路逃走了。我对此感到十分内疚，不知自己为何要打破他们的生活。

《梅丽公爵小姐》（一译《梅莉公爵小姐》）。5 月 10 日，我（毕巧林）到达高加索的五峰城休假疗养。第二天一早，我在伊丽莎白温泉遇见了老相识格鲁什尼茨基，他是一个士官生，二十出头，自私自利，总喜欢装腔作势和高谈阔论。我得知格鲁什尼茨基正在热烈追求梅丽小姐，出于嫉妒心，我决定勾引梅丽小姐。我成功地成了交际圈的中心，但故意冷淡梅丽小姐，使她既恨我又对我有很深的印象。正好此时我的旧情人维拉来到此地，她为了儿子嫁给了一个瘸腿老头，但仍然爱我。为了遮人耳目，我决定以追求梅丽小姐为幌子来转移人们的视线。在一次舞会上，我邀请梅丽小姐跳舞，并在舞后让她免遭一个醉醺醺家伙的纠缠，从而赢得了她的芳心。从此，我巧妙地采用欲擒故纵的方法，成功地离间了梅丽小姐和晋升为军官的格鲁什尼茨基的感情。深受刺激的格鲁什尼茨基决心报复我，但我巧妙逃脱了他们的抓捕，并与当众散布我谣言的格鲁什尼茨基决斗，打死了他……不久，我接到调我去 N 要塞的命令，便到梅丽家里辞行，我十分冷漠地对早已被爱情折磨得瘦骨嶙峋的梅丽小姐说，我们的感情只是一段不会有任何结果的感情。

《宿命论者》。在哥萨克集镇，军官们在打牌时谈论到命运和"定数"问题。这时极其好赌的乌里奇中尉站出来，问是否有谁敢拿自己的生命来赌博。从不相信宿命的我（毕巧林）便开玩笑说愿陪他赌 20 个金币："您今天死定了！"乌里奇拿起别人的枪冲着脑门就扣动扳机，结果没有打响，可他抬手朝挂在窗子上的军帽开枪，帽子却被子弹打穿！他赌赢了，得意扬扬地拿走了我的 20 个金币。早上四点钟，我在自己的房间里被敲门声惊醒：乌里奇半夜里被一个喝醉的哥萨克砍死了！我无意中竟预言了此人的命运。杀人凶手酒醒后躲在一间空房里，人们都不敢前去捕捉他。我想去试试命运，便爬进杀人凶手房里。他开枪并未击中我，我不到三分钟便把他逮住了。从此，我开始相信命运的安排，成了一个宿命论者。

别林斯基称《当代英雄》是一部"任何时候都不会过时的书"。"说它不会过时，是因为它在诞生之时就被喷洒过诗的活命水！这本老书永远将是一本新书……重读《当代英雄》，你会情不自禁地惊讶，书中言说的一切都是那么的简单容易，而且很平常，同时却浸透着人生与思想，如此的宏阔、深刻、崇高……"

要理解这部"如此宏阔、深刻、崇高"的小说，首先得理解小说的主人公毕巧林。而关于这一人物，学术界有不同看法。很多学者都认为，毕巧林是"多余人"的代表。例如，伏罗宁斯基认为，毕巧林是一个性格坚毅、意志顽强、渴望行动的人，然而他虽然有非凡的才能和丰富的精神力量，却往往在做出正确的决定时，又是一个"道德上有缺陷的人"。他的性格与他的全部行为是极端矛盾的。首先，表现在对待生活的态度上。一方面，毕巧林是一个怀疑论者，一个失望的人，他一直活着只是出于好奇心罢了；另一方面，他对生活怀有巨大的热望。其次，理性和感情的欲求在他心中斗争着，智力和心灵在斗争着。毕巧林说："我早就不是凭心灵而是靠头脑过日子了。我衡量、检查自己的感情和行动，纯粹出于好奇心，却没有一点同情心。"毕巧林感到，"灵魂里有无限的力量"，而他的行为又是卑鄙的、可耻的；他想"爱整个世界"，而他给人们带来的唯一东西就是灾难和不幸；他有崇高的志向，而支配他的灵魂的感情却是卑鄙的；他渴望充实的生活，而他却充满着绝望和毁灭的意识，这就是毕巧林的最可怕的矛盾。毕巧林变成了"聪明的废物""多余的人"，这究竟是谁的罪过呢？毕巧林自己这样回答这个问题："我的灵魂被尘世所毁，也就是被他置身于而又无法摆脱的上流社会所毁。""我的暗淡无光的青春，就是在跟自己和跟社会斗争中逝去的；因为害怕嘲笑，我把自己最好的感情埋葬在心底里，它们也就在那里死掉。"

也有学者对这一形象及其成因有不同的看法。该小说的译者周启超谈道："毕巧林这个姓氏犹如奥涅金一样，源于俄罗斯北方两条河的名称。赫尔岑曾称毕巧林是奥涅金的兄弟；别林斯基曾断言毕巧林'这是当代的奥涅金，当代的英雄，他们之间的差异要比奥涅金和毕巧林之间的距离小得多'；卢纳察尔斯基则认为，莱蒙托夫在其《当代英雄》和其他作品中比叶甫盖尼·奥涅金的贵族庸俗气度前进了无穷之远。艾亨鲍乌姆更明确指出，毕巧林并不是作为与普希金的奥涅金相吻合的形象而构思的，而是与奥涅金相争论的；毕巧林并不是作为上流社会的一个代表而塑造出来的，也不是这个社会的牺牲品，而是作为对它的某种抗议；奥涅金心灰意冷，毕巧林满腔怨恨，这正像奥涅加河与毕巧拉河是两条气质不同的河流一样，它们并行不悖，一条是平静地徐缓地注入大海，另一条则是源自深山峻岭而曲折迂回汹涌澎湃。艾亨鲍乌姆作为苏联时期最有权威的莱蒙托夫专家，断然认为，问题不在于两者的距离，而在于莱蒙托夫与普希金所开拓的两条艺术之河拥有分明不同的个性。"

正因为如此，《当代英雄》从诞生至今已经180多年了，但关于小说的主人公毕巧林，仍见仁见智。"这是一个貌似高尚的实则卑鄙的利己主义者，还是一个意志坚强、性情勇敢但好招风惹事的人？这是一个精力旺盛但无所事事、终日以拈花惹草追逐女性折磨情人为乐的花花公子，还是19世纪30年代进步的俄罗斯青年人形象？这是一个智慧超群、最刚毅最聪明但无用武之地因而玩世不恭愤世嫉俗的叛逆者，还是一个'不因为善而期待报答，也不因为恶而期待诅咒'，一个'永远地惋惜着却没有憧憬，知道一切、感觉一切、看见一切、憎恨一切、蔑视一切'的'恶魔'？这是一个'思想上的巨人，行动上的矮子'，有批判激情，有忧患意识，但惰于实践，止于行动的'多余人'，还是一个高扬个性的自主自决，崇尚意志的绝对权利的'超人'？质言之，毕巧林是他那个时代的'当代英雄'，抑或只是其牺牲品？是'唐璜'家族的一员，是奥涅金的兄弟，还是'尼采'的先驱？"

周启超进而认为，在《当代英雄》中，莱蒙托夫让其主人公毕巧林多方位地展现其"冷冰冰地观察着的头脑，悲戚戚地感受着的心灵"。在毕巧林的笔记中，我们看到他真诚地"把自身的弱点与毛病都无情地抖搂出来"：

> 我在自己身上就感受着这种不知餍足的贪欲，这种要把我的人生旅途中所遇见的一切都吞噬下去的欲望；我观察他人的痛苦与欢乐时仅仅遵守着一个视角：把它们看成是支撑我的精神力量的养料……我首选的一件快乐——让我周围的一切屈从我的意志；去激发起他人对自己的感受、忠诚与敬畏——这难道不是权力的首要标志与最大胜利？去成为他人痛苦与欢乐的起因，而对此又并不具有任何名正言顺的权利——这难道不是那使我们的自豪得以维系的最甘甜的养料？幸福又是什么呢？也就是得到了充分满足的自豪。要是我能认定自己比世上所有的人都出色，更强大，我就是幸福的；要是人人都爱我，我就会在自身找到永不枯竭的爱的源泉。恶滋生着恶……
>
> 从生活的风暴中，我这人所承受所接纳的仅仅是某些思想——而不是任何情感。我这人早就不是靠心灵而是凭头脑在活着了。我斟酌着、检视着我自身的激情与行为，均出自纯粹的好奇，而不掺进丝毫的同情。在我身上存在着两个人：一个是在生存这个词的完全本真的意义上活着，另一个则思考着审视着他。

可见，莱蒙托夫笔下的毕巧林已是一个拥有高度自觉的自我意识的现代个体，一个冷静地怀疑着、分析着、求索着的具有多面性的现代个体。

王宗琥在这方面的解读很有新意，也很有当代意识。他指出，《当代英雄》是莱蒙托夫文学创作的集大成者，在某种程度上可以被视为作家人生和艺术旅途的精神自传。这部作品开创了俄罗斯社会心理小说的先河，是一部艺术结构精巧、思想内涵深刻的划时代之作。小说通过主人公毕巧林的经历勾勒出一个时代精英阶层的群画像，反映出作家对"个体存在"这一哲学命题最贴近当下同时又最朝向永恒的思考。

"当代英雄"的"当代性"是显而易见的。19 世纪 30 年代是尼古拉一世暴政下万马齐喑的白色恐怖时代，知识精英们渴望变革的行动被暴力压制。他们想要有所作为却没有方向和目标，于是变得玩世不恭，将被压抑的生命意志盲目挥洒，不断地伤及他人和自己，制造出一起又一起悲剧。可是，"当代英雄"的"英雄性"却历来众说纷纭。很多论者认为这个"英雄"具有反讽意味。在讨论这个问题之前，需要说明的是，被翻译成"英雄"的俄文词"герой"有三个意思，第一个意思是"英雄"，第二个意思是某个时代某个阶层的"典型人物""代表人物"，第三个意思是文学影视作品的"主人公"。作者的真实用意也许是三个意思兼而有之，但是在翻译成汉语的时候只能选择其一。当然，如果仅从"典型人物"的角度来理解书名，那么估计就不会有太多争议，但从"英雄"的角度来理解无疑更有艺术的张力，更有阐释的空间。我们可以从道德的角度出发，认为毕巧林实际上是一个自私自利、道德败坏的反英雄，那么这个"英雄"就具有了讽刺的意味；我们也可以从社会历史环境的角度出发，看到一代精英在尼古拉一世的暴政下像堂吉诃德一样毫无目的地与风车作战，那么这个"英雄"就具有了悲剧的意味；当然，我们还可以从个体存在的视角，看到一个高于时代的强大个体在愚昧麻木的人群中"荷戟独彷徨"的求索，那么这个"英雄"就具有其本真的意味。别林斯基从个体的历史发展角度充分肯定了毕巧林这一形象，认为"当前人的个性高于历史，高于社会，高于人类，这是时代的思想和心声"，所以作为一个在"老爷和奴才的国度"里率先发展成"人"的个体，毕巧林虽然看起来行为乖张，缺陷多多，"但在这些缺点里隐含着某种伟大"。所以毕巧林确实是当代"英雄"。不过我的重点不在"当代"，也不在"英雄"，而在"永远的当代英雄"。自 1840 年《当代英雄》在彼得堡出版，至今已 180 余年。近年来俄罗斯每年都会出 4～5 个版本的《当代英雄》。这本书艺术上的永恒价值无须辞费，我想说的是，以毕巧林为代表的当代英雄不仅是那个时代知识精英的典型，也是俄罗斯民族的一种典型代表。

作为具有作家自传性质的主人公，毕巧林有着莱蒙托夫身上许多前文论及的俄罗斯式特征。他生性忧郁，"笑的时候，眼睛却不笑"；他不喜欢平静安定的生活，渴望狂风暴雨般的生活。"为什么我不愿意走上天为我铺好的道路？走这条路我会收获平静的快乐和稳稳的幸福……不，我不喜欢这样的命运安排！我像一个生长在海盗船上的水手，他的内心已经习惯了风浪和战斗，却被突然抛到岸上。尽管浓密的白桦林诱惑着他，尽管和煦的阳光抚慰着他，他却兴味索然，郁郁寡欢。他整日在岸边的沙滩上徘徊，倾听单调的浪涛声，凝神注视着雾蒙蒙的远方，希望在那海天相接的地方突然冒出他朝思暮想的白帆……"所以他前往高加索，希望在枪林弹雨中驱散往日生活的舒适麻木，希望在与野性姑娘的恋爱中赶走上流社会的虚伪浮夸，甚至希望在直面死亡的决斗中感受存在的温度。他始终像一个斗士那样寻求不平常的生活，哪怕这种不平常的代价是自己和他人的痛苦，正如其在诗中所写的那样："我想要生活，偏不要幸福和爱情，就要痛苦……是时候驱散安宁的迷雾，诗人的生活中怎能缺少磨难，正如大海怎能没有风暴？"在毕巧林身上，我们看到的正是一个战斗民族不喜安稳、无畏苦难，甚至渴求苦难的精神特质。

王宗琥进而指出，毕巧林个人成长的经历不仅是俄罗斯人的心灵史，而且具有全人类的普遍意义。虽然他是特定社会历史条件的产物，但是他超强的思考分析能力和自我反省能力让他超越了自己的时代和民族属性，成为个体精神探索的典型。

《当代英雄》虽然仍有从外部叙述人物事迹的传统叙事体情节小说的特点，但它主要以日记的形式，展示了一个俄国青年军官内心的秘密，同时又采用了一系列新颖的艺术手法，形成了独特的艺术特色。顾蕴璞认为，《当代英雄》用诗的审美方式的内驱力独辟出世界散文叙事的新蹊径。具体表现为以下几个方面。

第一，丰富的思想内涵。《当代英雄》虽然不足二十万字，但是却包含了相当丰富的思想内涵。对此，国内学者有诸多论述。此前，认为小说通过毕巧林这位当代英雄无用武之地而成为"多余人"，揭露了俄国社会的黑暗。现今，对于这部作品，更多从哲理层面进行解读，上述周启超、王宗琥的观点颇具代表性。此外，还有各具特点而又有一定深度的看法。

俞世芬认为，小说的哲理内涵在于表现了毕巧林身上的自由与奴性、浪游与停滞的矛盾——他不断浪游、不断寻求，却又不断失败，总是痛苦，最终停止下来，消极等待，从而体现了一种依赖的奴性，而这是人们常有的普遍矛盾。

张建华认为，整体而言，除了对俄国社会现实的深刻洞察之外，小说震撼人心的魅力还在于对毕巧林这个人物的灵魂异变历程的揭示，即对主人公的机智、犀利与狡黠、刁钻，自觉与不自觉的害人与害己行为心灵成因的展现以及哲学思考。这种展现与思考不仅对认识社会现实的真实面貌具有启迪意义，更对认识人与人性具有重要价值。主人公的内心世界始终处于善良与邪恶、宽容与狭隘、宁静平和与骚动不安的搏斗中。他有着孩提般的笑容，曾全身心地爱过贝拉。在贝拉遭到抢掠被杀之后，他沉痛良久，大病一场，心力交瘁。但他亦曾醉心于情欲的诱惑，在情感的熔炉中变得像铁一般冰凉与冷酷。他是一个"会将自己的生命连同声名一连20次地抛掷，但绝不会出卖我的自由"的高尚者。他的心灵中充满了无穷无尽的力量，他肩负着崇高的使命，但在现实生活中却始终扮演着命运之神手中伤人斧子的角色。有人说他是一个好男子，也有人说他是一个恶棍。在具有浪漫主义渊源的毕巧林的形象中始终存在着对立统一的两个自我；一个在纷繁复杂的现实社会中"作恶"的自我；一个对生活中"作恶"的自我进行反省审视的"除恶"的自我。两个自我都是真实的，显形的可感可触，隐形的亦不因其潜在性而失去行动和思想的意义，相反，它作为一种"伴侣"不断左右甚至主宰着主人公的思维逻辑与行动走向。对主人公灵魂两重性的揭示，使这部作品比一般的写"多余人"的小说更为纯粹、深刻，也更有冲击力和震撼力。作品中主人公的心理与行为有时甚至可能会给读者带来一种鉴赏的困难。但这种困难通过主人公强烈的充满反省、思索的理性力量而得以解决。这种对两个自我的描述，无疑富有哲学意味地体现了人的复杂的内心世界。毕巧林人性的两重性使我们深刻地认识到他内心世界的矛盾，他人格力量的被扭曲，但这不但不是他人性恶的强大，反而是其人性中的真诚的显现。那个隐形自我的寸步不离，是他人性善的体现，是一种潜在的抑制恶的理性的意识活动。我们可以清楚地看到，毕巧林虽然被环境所扭曲，却始终未被环境所同化。这在很大程度上，靠的就是这种体现为高度自省精神的人性的真诚。毕巧林并不是一个十恶不赦的玩弄女性的浪荡公子：他为了梅丽小姐的幸福，以巨大的意志力拒绝了她爱的奉献；为了能向"世上最最珍贵的，比生命，比荣誉还要珍贵的"维拉赎却情感之罪，他飞马急驰数十里，最后竟将马活活累死，而自己在草原上像孩子似的失声痛哭；他反省自己对贝拉的变心是一种昔日"忧郁苦闷症"的驱使。他也绝非一个冷酷无情的杀手，在与格鲁什尼茨基决斗的过程中，他背对深渊站在了山突起的一角，而将有利的位置让给了对手，试图燃烧起他心头宽宏的火花。连他自己也说不清楚，他的性格是教育的使然还是上苍的造就，他究竟"是个傻瓜还是个恶棍"。

作家在鞭笞主人公人性"恶习"的同时，不断地揭示着主人公内心深处追求人生价值的真诚与痛苦。这种人性的两重性还使我们认识到毕巧林的悲哀里的一种壮美。毕巧林看透了社会与世俗，也看穿了自己，他是一个孤独悲凉的先觉者，是英雄。他每每想通过对外部的征服来证实自己的力量和价值，然而却无法征服自己的内心。他想对世界进行报复，然而受到报复的最终却是自己。他的每次害人，终以他的灵魂的被伤害而告终。真诚、壮美与悲凉正是英雄美的本质特征。毕巧林未能超越对社会的拒斥，未能超越"多余"，他缺乏一种幡然觉醒的彻悟和积极进取的行动，而这正是时代局限所造成的人格缺陷。

《当代英雄》对于具有深刻思辨性而又处在独特时代的俄罗斯民族是一种无情的解剖，与此同时，对于作为局外人的读者，又何尝不是一大警策。因此，人生哲理的融入是小说获得丰富色彩与幽深内涵的重要原因。对读者来说，毕巧林这个形象与其说是时代优秀贵族青年的代表，不如说是作家笔下的杰出的虚构形象，因为主人公本身就包容了作者对人生的众多领悟。莱蒙托夫有意识地围绕着毕巧林的人生历程写出了他对爱与恨、理与情、善与恶、生与死、幸福与苦难等问题的思索，从而使作品具有丰厚的俄罗斯民族文化的理性精神。这种理性精神的深入就是对人生存在一系列重大问题彻底的反思与怀疑，追寻事物的终极真理。

淡修安认为，小说预先表现了存在主义的哲学内容。从存在主义哲学的"此在入世"理论来看（"此在"在海德格尔那里被定义为能够追问并领会存在意义的特殊存在者，即人本身，也就是作为"我"的这个人本身），毕巧林这个"此在"也是被现实日常生活"抛入"了一系列毫无意义的"生存活动"之中：他追逐异性，渴望爱情能填补他空虚的心灵，但爱情除了能以短暂的欣慰麻痹他的心智外，留下的是更为深沉长久的失落和痛苦；他"行为怪异"且几近孤傲，不仅对待朋友态度"冷漠"，而且强烈地"憎恨"着他的敌人。然而，因疏远朋友和消灭敌人所确立的"独立"却并没有使他获得心灵的解脱。作为不断追寻存在意义的存在者，毕巧林式的"此在"领会的存在意义在于要"到生气勃勃的事业中去"。他在日记中这样问自己："我活着为了什么？我生下来有什么目的？……目的一定是有的，我一定也负有崇高的使命，因为我感觉到我的灵魂里充满无限力量。"这也就是说，毕巧林想在日常生存状态中有所作为，想要领会到作为自身的存在价值和意义。从这个意义上说，他的行为选择与海德格尔对"此在"所做出的一种规定相符合，"这个在其存在中对自己的存在有所作为的存在者把自己的存在作为它最本己的可能性来对之有所作为"。然而，"此在"既不是一个可以自明的存在者，也不是一个不"在世之中"的存在者，因此，"此在"无论通过何种"对自己的存在有所作为的"方式来"作为自己"和"生存于世"，他都不可能不受所在"世界"的影响，他也就必然会沉沦于世，甚至可能"丧失自我"，从而演变或异化为"常人"。"智慧超群、意志坚强"的毕巧林正是在这样一种必然的逻辑机制下沦变为"常人"的：他被当时昏暗的、几乎令人窒息的社会现实所困扰，憎恨他所属的那个社会，但是却无力摆脱，反而要受其支配。他的自由的天性和聪颖的智慧被扭曲和抹杀，他"永远丧失了高尚志向的火焰"，因此有了绝望的心情，甚至认为自己"在精神上残废了"，"一半的灵魂不再存在，它枯萎，涸竭，死掉"了。于是，他开始"迷恋于空虚而无聊的情欲"，"变得像铁一样又硬又冷"。至此，毕巧林真真切切地沦变成了一个"常人"，但这个"常人"却是"时代的英雄"，只不过这个"英雄"是由"整整一代人身上充分发展了的缺点构成的"：玩世不恭、到处找寻刺激、无事生非、玩弄女性等。

显然，由于毕巧林的"此在"对存在意义和价值的追问及领会与现实"日常生活"的"生存"状况有着巨大的差距，"此在"绝望了，从而任由"常人"在世间存在和作为，但是这个"此在"本质上是憎恨那个"常人"的，并且不断地反省自己和批评这个"常人"："他沉痛地谴责自己的迷误……他窥探着自己心灵的每一个活动，考察着自己的每一个思想……不但坦率地承认自己真正的缺点，并且还要虚构一些实际并不存在的缺点。""常人"的一切与"他人"发生的关系和对待"他人"的态度最终使毕巧林的"此在"产生了更为彻底的绝望，在几乎感受不到任何存在意义和价值的情况下，这一"此在"勇敢地选择了经验和体悟死亡，希望能通过"死"这种"此在最大的可能性存在和终结存在"来最终实现并结束他对存在价值和意义的追问。这也反映了作家莱蒙托夫对当时俄国青年一代"生存的目的及意义""个体存在与社会现实之关系"的思索和拷问。

马克·斯洛宁指出，在《当代英雄》中，莱蒙托夫决心以临床检验的态度来处理浪漫的角色，把他们视为社会的一种典型、一种道德与心理的问题来分析。毕巧林是个狂傲的人，他拒绝接受既存的一切行为法典，坚称自己有权利随心所欲，而其表现出来的部分意识形态，可以说是陀思妥耶夫斯基笔下的那些叛逆者从拉斯科尔尼科夫到伊万·卡拉玛佐夫的先驱。他进而谈到，一般而言，莱蒙托夫的作品一直以道德问题为其中心。人为什么会被恶引诱？驱策着我们行动的那看不见的力量又是什么？何以有些人拒绝遵循万有既成的秩序，而想要超越人的限制？诸如此类的问题不停地困扰着莱蒙托夫，反复地在他的作品里出现。

第二，巧妙的文体嫁接。在《当代英雄》中，莱蒙托夫把多种传统的小说文体嫁接了起来。

其一是西欧传统的叙事体小说与感伤主义作家常用的日记体、自由体小说的嫁接。传统的叙事体小说讲故事，叙述人物的事迹，注重故事情节；日记体小说抒写内心；自由体小说跳动组接。作家独出心裁地安排了一个主要人物毕巧林，把作品中前后两个部分中五个相对独立的中篇小说统领起来，形成一部完整的长篇小说。

其二是俄国多种流行文体的嫁接。对此，张建华有较为具体的论述。他指出，长篇小说《当代英雄》是莱蒙托夫集抒情诗、叙事长诗、戏剧与小说创作经验之大成者。这部他在高加索之行印象基础上写成的作品是一部由相对独立的五部中篇小说构成的长篇小说。事实上，作家在1838年开始创作时，并无将其写成一部相互衔接的有机整体的构思，是后来才把它们合成一体的。这种合成的目的正如作者所述，是写"一个人心灵的历史"。长篇小说中的每一部中篇都有着一种时代文学传统的依托。《贝拉》是普希金的《阿尔兹鲁姆游记》体和文明之人与大自然之女浪漫故事的美妙结合，《梅丽公爵小姐》是"上流社会小说"的延续，《塔曼》是富有神秘色彩的情节淡化了的抒情小说的变体，《宿命论者》是19世纪30年代幻想小说中的神奇故事的再现。

其三是社会小说、心理小说和哲理小说的嫁接。毕巧林的形象揭露了许多社会问题，如专制的高压与黑暗使得聪明、有才华的年轻人无所作为，成为所谓"多余人"，揭露了19世纪俄国社会政治生活的黑暗是摧残时代"英雄"的根本原因，这是社会小说；对毕巧林的矛盾复杂心理的全面、细致的描绘，则是心理小说；上面我们介绍过的多种哲理层面的观点，则是哲理小说的内容。

邦达连科认为，莱蒙托夫在小说中运用了诸如旅行随笔、途中逸闻、世俗故事、高加索小说等体裁，同时还增加了心理描写，还有神秘色彩……这部小说迄今仍不失为一部革新之作。作家大胆地将自己的所有调和品连接成一部统一的长篇小说，这已经是一个真正的"新生物种"。

第三，崭新的叙事方式。作为诗人和戏剧家，莱蒙托夫把诗歌的抒情手法引入叙事小说，并和戏剧的内心独白手法结合起来（当然有可能借鉴了拜伦的抒情议论手法、司汤达的内心独白手法等），采用多种叙事视角，变换叙事视点，使结构独特而巧妙。对此，朱淑兰有较详细的论析。

在叙事视角方面，小说采用了三个叙述者，分别是"我"（从第比利斯往北旅行沿途写旅行笔记者）、马克西姆·马克西梅奇和毕巧林。《贝拉》的故事由马克西姆·马克西梅奇讲述，其中穿插着"我"对讲故事的人的看法；《马克西姆·马克西梅奇》的故事由旅行者"我"讲述，既讲马克西姆·马克西梅奇，也讲毕巧林；《塔曼》《梅丽公爵小姐》《宿命论者》则由毕巧林的日记组成。小说的篇章结构按照故事发生的时间顺序应该这样组合：《塔曼》《梅丽公爵小姐》《宿命论者》《贝拉》《马克西姆·马克西梅奇》，作者特意变换叙事顺序，使故事变得扑朔迷离，摇曳生姿，而且小说别出心裁地设置了三位叙述者，巧妙地利用多重视角转换，叙述者与主人公身份的层层位移，成功地将故事引向深入。

现代叙事理论认为，叙述者即文本中的"陈述行为主体""声音或讲话者"。根据叙述者相对于故事的位置以及叙述者是否参与故事，可以将之划分为故事外叙述者(非人物叙述者)与故事内叙述者(人物叙述者)。《当代英雄》中的叙述者"我"尽管参与了故事，但对故事的介入十分有限，对事件的发展并无直接影响。"我"所涉及的只是叙述行为本身，所以"我"是一个故事外叙述者。马克西姆·马克西梅奇和毕巧林不仅参与了故事，而且影响了情节的发展，所以为故事内叙述者。热奈特将故事起始的层次称为超故事层或故事外层。超故事层或故事外层实际上是作品的"第一叙事"，而其他层次依次为"第二叙事""第三叙事"。《当代英雄》中"我"的叙述构成作品的第一叙述，马克西姆·马克西梅奇和毕巧林的叙述构成了作品的第二叙事和第三叙事。这三个叙述者在文本中互相配合，互相补充，使整个作品在起承转合间扣人心弦。从出场顺序看，无名叙述者"我"为第一叙述者，马克西姆·马克西梅奇为第二叙述者，毕巧林是第三叙述者。马克西姆·马克西梅奇所讲述的故事嵌入"我"的叙述中，而毕巧林的自序在马克西姆·马克西梅奇的叙述之后。这是一个"故事中的故事中的故事"，三个叙述者的讲述形成了一个故事中套故事又套故事的嵌入式结构。其中第一叙述者"我"提供了故事框架，真正的故事内容是由马克西姆·马克西梅奇和毕巧林提供的。

小说中"我"的叙述引出了小说的主人公兼叙述者马克西姆·马克西梅奇和毕巧林。"我"的叙述不仅为马克西姆·马克西梅奇的叙述做了坚实的铺垫，而且把读者的注意力、叙述的着眼点引到了毕巧林身上，从而奠定了下一层叙述的必要。小说中"我"只是功能性的人物，有关毕巧林的故事才是故事的主叙述。马克西姆·马克西梅奇讲述的毕巧林和贝拉的爱情故事以及毕巧林在日记中的自叙揭示了主人公毕巧林的性格和心理，构成了文本的主体。不言而喻，毕巧林的叙述是小说最重要的部分，作用巨大——毕巧林作为故事的主人公的自叙构成了小说最激动人心的部分，它不仅拉近叙述者和读者之间的距离，增强了故事的真实感和可信度，而且容易引起读者的共鸣。

除了毕巧林，小说中叙述者"我"和马克西姆·马克西梅奇的作用也很重要。首先，无论是总序言中的"我"，还是和马克西姆·马克西梅奇聊天的"我"，都没有作为故事中的人物参与到故事情节中去，所以"我"起到的是见证人或者目击者的作用。"我"证实了故事的真实性，引起了读者对毕巧林的注意。作为故事的旁观者和见证人，材料的收集者和整理人，"我"不仅代替毕巧林叙述了种种他无法言说的事实，揭示了主人公的结局——"不久前，我得知毕巧林在从波斯归国途中去世了"；而且用超然于人物和事件之外的全局的角度去进行叙述，和马克西姆·马克西梅奇及毕巧林的有限视角互相补充，使波澜起伏的故事以多角度向读者散射，从而刻画出毕巧林性格的不同侧面。其次，"我"在文本中起到干预作用。叙述者干预一般通过叙述者对人物事件，甚至文本本身进行评论的方式进行。"我"在总序言中对毕巧林进行了概括性的介绍，其中隐含了作者对毕巧林的同情。毕巧林日记序言则体现了作者的哲理态度。最后，"我"的功能是和马克西姆·马克西梅奇及毕巧林相互交流，组成不同的时空，推动故事层层展开。

总之，《当代英雄》中的三位叙述者为小说构架了三层叙述框架，采用了故事之中套故事再套故事的形式。三位叙述者从三个角度刻画了主人公的不同侧面，突出了主人公的立体形象：故事的叙述者"我"从外围粗线条陈述了主人公的性格特征；马克西姆·马克西梅奇更近距离地描述毕巧林；毕巧林更是通过日记把他那复杂多变、幽微曲折的内心世界展露无遗。随着叙述的深入，虚构的世界被真实化了，这就加强了作品的戏剧性效果，读者也逐渐融入故事中，与主人公心灵相通。在这种开放式结构中，作者、叙述者和主人公跨越了叙事框架，进行着广泛的交流和对话。《当代英雄》独特的叙事技巧在当时独树一帜，其精湛的叙事技巧可与以康拉德为代表的现代艺术家相媲美，而它的艺术魅力必将长久地为世人称道。

第四，出色的心理描写。莱蒙托夫在《毕巧林日记》序中写道："一颗心灵——哪怕是一颗最卑微的心灵——的历史，其令人好奇于人有益的程度，不见得就一定比整个民族的历史要差些。"正因为如此，他在小说中对毕巧林的心理进行了相当出色的描写，他利用日记这种原始心理资料和毕巧林的行动、语言，辩证、深入地揭示了其情感、性格的矛盾性和复杂性，可以说是在按具有复杂思维活动的人的本来面目描写人。

　　这种细致出色的心理描写在爱情问题上，特别是在毕巧林与四位女性人物的复杂关系中表现得尤为突出。在这四个女人中，毕巧林真正爱过的是贝拉和维拉，他对水妖和梅丽只是玩弄而已，也许还夹杂着一些别的动机（如对水妖是出于好奇，对梅丽略施小计为的是便于与维拉接近）。同样是真爱，他对贝拉只是钟情一时，几个月后就厌倦了；对维拉虽是真爱，但又不愿牺牲自由而与她结合，实际上是并不真正珍惜和尊重维拉对他的爱。总体来看，他亲平民而远贵族，之所以亲近平民女子维拉和上了平民女子水妖的当，而疏远公爵的女儿梅丽和难于理解王爷的女儿贝拉，是与他总的叛逆上层社会的精神气质相符合的。毕巧林在与梅丽的谈话中揭示了自己矛盾复杂的情感与性格形成的原因："没错，还从童年起，我的命运就是这样的！大家在我脸上识读出一些恶劣品性的标记，那些恶劣品性并不存在；可是，一旦有人把它们设想出来——它们也就生成了。我本来很谦逊，——人们却指责我滑头，于是我就变得城府很深。我深深地体验着善与恶；谁也不曾爱抚我，大家全都欺负我，于是我就变得容易记仇了；我小时郁郁寡欢——别的孩子性情快乐而夸夸其谈；我觉得自个儿比他们高明，——人们却把我看得比他们低劣。这样我便变成一个易于嫉妒的人。我本来是准备要热爱整个世界的，——可是谁也不理解我，于是我就学会了憎恨。我的没有光彩的青春岁月就在与自个儿与社交圈的搏斗中逝去了。由于害怕嘲笑，我便把美好的情感都埋藏在内心深处，那些情感也就在心底枯死了。我诉说真情，——人们不相信我，于是我就开始撒谎行骗；在好好地了解社交内情，下功夫熟悉上流社会的内幕之后，我便深谙人生的学问，于是，我看到别人不凭本事也能活得很幸福，不费心血也能享受到我正在孜孜以求的那些好处。于是，我胸中就萌生了一种绝望——不是人们常用手枪枪口去医治的那种绝望，而是一种冷冰冰、软绵绵的绝望，是以那种客客气气温厚和善的微笑掩饰着的绝望。"顾蕴璞称这种对心灵两极矛盾冲突的描写是一种"二律背反"的心理描写。

　　邦达连科指出，《当代英雄》是一部伟大的小说，是第一部客观描写人物心理的俄罗斯长篇小说，是早于普鲁斯特和乔伊斯很多年运用意识流，将一个情节覆盖到另一个情节上，并渗透人物心理的作品。但同时它还是一部完整的、隐蔽的他的心灵、欲望和性格的传记，它还是一幅作家本人的密码肖像，在这部小说写成之后无论他想什么，毕巧林的所有隐秘念头，都是莱蒙托夫的念头和思想。"在弗洛伊德和罗赞诺夫之前很久，莱蒙托夫就独自描绘出了自身的心理特征，而且为了使作品引人入胜，他苦心营造了许多相当奇异的情节。"

此外，小说的语言也相当出色。别林斯基赞赏道，整部小说渗透了诗意，充满了浓厚的情趣。每一个词都是那样意义深远，连奇谈怪论都是那样富有教益，每一个情景都是那样饶有兴味。小说里的话有时像闪电，有时像一把利剑，有时像撒在天鹅绒上的珍珠。果戈理认为，我们无论谁也写不出这样真实、这样美妙、散发着这样馥郁芳香的散文。车尔尼雪夫斯基强调，在文笔方面，应把莱蒙托夫摆在普希金、果戈理前面。契诃夫宣称，我不知道有比莱蒙托夫的语言更好的语言。列夫·托尔斯泰感叹，如果莱蒙托夫活着，那我和陀思妥耶夫斯基就谁也不必存在了。阿·托尔斯泰指出，这部作品是一个奇迹，这是一百年后的现在我们还应当竭力追求和学习的东西……屠格涅夫也罢，冈察洛夫也罢，陀思妥耶夫斯基也罢，列夫·托尔斯泰也罢，契诃夫也罢——他们的创作都源于这种散文。俄国小说这条长江大河，它的源头就是这种产生于高加索雪峰之上的散文。其中，《塔曼》一章尤为精彩，曾被许多文学大师推举为美妙绝伦的散文名篇。别林斯基认为这篇故事是不容摘录的，要摘录就得逐字逐句全部抄录下来。列夫·托尔斯泰曾毫不犹豫地认定《塔曼》为俄罗斯散文作品中最完美的一篇。屠格涅夫曾赞叹道：《塔曼》多么迷人！契诃夫认为，《塔曼》和普希金的《上尉的女儿》同样证明了生动形象的诗和优雅的散文间的近亲关系，并且说，"我不知道有比莱蒙托夫的语言更好的语言。我曾那样做过：拿来他的故事（即《塔曼》——引者）进行分析，像中学里学生们分析的那样——分析各个句子，分析句子的各个成分……我再照样学着写"。俄国著名散文家普里什文就曾以《塔曼》为例，说莱蒙托夫"散文的奥秘就是诗"。总之，这部小说是一部"永远不老的书，因为在它刚刚诞生的时候，它就洒上了诗的灵水！"。

这样，莱蒙托夫就以自己大胆的创新和多方面突出的艺术成就，为俄国心理现实主义小说开辟了新的领域，并且对后世产生了深远的影响。

参考资料

〔俄〕弗拉季米尔·邦达连科：《天才的陨落——莱蒙托夫传》，王立业译，北京，新星出版社，2016。

淡修安：《"英雄"与"常人"——析莱蒙托夫〈当代英雄〉中的存在主义哲学内涵》，载《四川外语学院学报》，2005(6)。

〔苏联〕伏罗宁斯基等：《俄罗斯古典文学论》，蓝泰凯译，北京，北京时代弄潮文化发展公司，2011。

顾蕴璞：《莱蒙托夫》，北京，华夏出版社，2002。

顾蕴璞：《莱蒙托夫研究》，北京，北京大学出版社，2014。

〔俄〕莱蒙托夫：《当代英雄》，王宗琥译，北京，生活·读书·新知三联书店，2019。

〔俄〕尤·米·莱蒙托夫：《当代英雄》，周启超译，北京，解放军文艺出版社，2005。

《莱蒙托夫全集》，顾蕴璞等译，石家庄，河北教育出版社，1996。

〔日〕米川正夫：《俄国文学思潮》，任钧译，重庆，正中书局，1941。

〔俄〕德·斯·米尔斯基：《俄国文学史》，刘文飞译，北京，人民文学出版社，2013。

俞世芬：《生命悖论中的挣扎——毕巧林形象的现代性意味》，载《西安电子科技大学学报(社会科学版)》，2005(3)。

张建华：《洞察社会、凝视灵魂、解读人生的艺术杰作——开启莱蒙托夫〈当代英雄〉新的审美空间》，载《外国文学》，2003(2)。

曾思艺：《俄罗斯诗歌研究》，北京，北京大学出版社，2018。

朱淑兰：《从叙述者看〈当代英雄〉的叙事艺术》，载《教育探索》，2006(5)。

第五章　丘特切夫：诗人哲学家

　　丘特切夫是当今俄国公认的五大诗人之一(在当代,按照俄国著名文学评论家邦达连科的说法,在俄国中小学和高校教学大纲的诗人名单上,丘特切夫的位置甚至还高于莱蒙托夫[①]),也是西方公认的俄国三大古典诗人之一(另两位是普希金、莱蒙托夫)[②],由于其深邃而超前的思想,被称为诗人哲学家,并在1993年被联合国教科文组织追认为"世界文化名人"。法国哲学家狄德罗说过,多少作家只是在他故去很久才获得他们应得的声誉。这几乎是所有天才的命运,他们不为他们的时代所理解。这段话是对丘特切夫本人及其诗歌命运的最好写照。

一、探索的一生

　　丘特切夫(1803—1873)是俄国19世纪杰出的天才诗人,他的诗歌在普希金之外,另辟蹊径,把深邃的哲理、独特的形象(自然)、瞬间的境界、丰富的情感完美地融为一体,达到了相当的纯度和艺术水平,形成了独特的"哲理抒情诗",对俄国诗歌的发展产生了颇大的影响,在俄国诗歌史乃至俄国文学史上,占有一席之地。

　　丘特切夫诗歌的第一位中文译者瞿秋白指出:尽管丘特切夫诗才高超

---

　　① 参见[俄]弗拉季米尔·邦达连科:《天才的陨落——莱蒙托夫传》,王立业译,13页,北京,新星出版社,2016。

　　② 这一说法最早大约是俄国文学史家米尔斯基(1890—1939)在1927年出版的《俄国文学史》中提出的:"如今,他被毫无争议地视为俄国三位最伟大的诗人之一,或许,多数诗歌读者还将他列在莱蒙托夫之上,认为其位置仅次于普希金……我根据个人经验得知,英语诗歌读者在发现这位诗人之后,几乎注定会认为他胜过所有俄国诗人。"

绝伦，但"一生行事，没什么奇迹"。1803 年 12 月 5 日丘特切夫诞生于俄国奥尔洛夫省勃良斯基县奥甫斯图格村一个古老的贵族家庭。8 岁开始跟从当时著名的诗人和翻译家拉伊奇(1792—1855)学习古希腊罗马哲学与文学以及德国哲学与文学，翻译了一些古希腊罗马诗人的文学作品。1816 年，他得到诗人梅尔兹利亚科夫(1778—1830)的赞赏和指导。1819 年秋，进入莫斯科大学语文系学习。1821 年冬，他从大学毕业，获得文学副博士学位。1822 年 2 月，他进入俄国外交部工作。同年 6 月，他作为俄国驻巴伐利亚慕尼黑外交使团的人员出国工作，开始在国外生活，并有两次婚姻，妻子均是德国贵族女子：第一位妻子艾列昂诺拉(1800—1838)，1838 年从俄国探亲返回慕尼黑时，轮船失火，因深入火海抢救儿童而死；第二位妻子是爱尔涅斯蒂娜(1810—1894)。1843 年，丘特切夫返回俄国，担任外国书刊审查委员会主席等职(最后官至二等文官)。1850 年，丘特切夫与 24 岁的俄国美女杰尼西耶娃(1826—1864)恋爱，并在与爱尔涅斯蒂娜保持婚姻关系的情况下与杰尼西耶娃同居，直到 1864 年杰尼西耶娃因病去世。① 丘特切夫创作了世界爱情诗的瑰宝——著名的"杰尼西耶娃组诗"。1873 年 7 月 15 日，丘特切夫在皇村因病去世。

丘特切夫的一生堪称探索的一生。早在少年时代，他就关心人的生死问题，成年后直到去世，他都在探索人生的意义和价值、人在宇宙中的位置、生死问题、爱情与心灵以及自然的奥秘。正因为如此，他在 19 世纪具有突出的超前性，就像俄国当代文艺学家所说的那样："作为当今最受欢迎的诗人之一，丘特切夫暂时还是十九世纪最费解的诗人……其诗作费解的主要原因之一在于这位天才诗人绝对独特的创作手法。他的思想是那样明显地超越了自己的时代，以致他的作品已经与二十世纪的诗篇产生共鸣，并积极参与了当今时代对世界和人的认识。"丘特切夫一生创作了 400 来首诗歌，大体可以分为自然诗、爱情诗、社会政治诗、应酬诗和译诗五种。他在俄国文学史上，面对普希金的突出成就而另辟蹊径，开创了哲理抒情

---

① 丘特切夫一生共有 9 个子女，与艾列昂诺拉生了三个女儿：安娜(1829—1889)、达丽雅(1834—1903)、叶卡捷琳娜(1835—1882)；与爱尔涅斯蒂娜生了一女二子：玛利亚(1840—1872)、德米特里(1841—1870)、伊万(1846—1909)；与杰尼西耶娃生了一女二子：叶莲娜(1850—1865)、费多尔(1860—1916)、尼古拉(1864—1865)。

诗流派，涅克拉索夫、费特、尼基京等 19 世纪诗人受其影响，俄国象征主义、阿克梅主义等现代派诗人也把他奉为祖师，20 世纪五六十年代苏联著名的"悄声细语派"（"静派"）更是深受其影响。

二、哲理抒情诗：深邃的哲理、独特的艺术

丘特切夫是一位具有相当思想深度的诗人，他的诗歌探索人与自然的关系、心灵和生命的奥秘、人在宇宙中的位置、个体（含个性）在社会中的命运等本质性的问题，达到了哲学终极关怀的高度。因此，他在国外被称为诗人哲学家、哲学诗人或思想诗人、思想家诗人，他的诗歌被称为哲学抒情诗（философская лирика，我国一般译为哲理抒情诗）。无论是其自然诗、爱情诗，还是其他类型的诗，都表现出深刻的哲学内蕴。（这正应了奥地利著名诗人特拉克尔（1887—1914）那句话："领会诗歌，就是追溯存在的思想。"）马克·斯洛宁指出："他的作品哲学气氛颇重，有些与格言很类似，都以沉思最原始的'大混沌'——万物之起源——为主题。"因此，其诗歌在内容方面的显著特点就是深邃的哲理。

丘特切夫或者通过对自然景物的描写，来表现一定的哲理，如《山中的清晨》：

> 一夜雷雨清洗过的天空，/轻漾一片蓝盈盈的笑意，/山谷蜿蜒着，露水盈盈，/像一条晶带光华熠熠。//云雾弥漫的重重山岭，/半山腰间雾环云系，/仿如那由魔法建成/空中宫殿残留的遗迹。（曾思艺译）

诗歌表现了青年诗人对雨后自然美景的喜悦之情，当然，在某种程度上也表达了诗人一贯的哲理思想——一切都在运动、变化，新的东西每天都在诞生：雷雨后的天空和山谷与昨天已迥然不同，就是那所谓由魔法建成的"宫殿"也在变化着——原来的宫殿变成了废墟，而从废墟中又将矗立起新的宫殿。又如，《好像海洋围抱着陆地……》：

> 好像海洋围抱着陆地，/尘世的生命被梦笼罩；/黑夜降临——自然的伟力/击打着海岸，以轰鸣的波涛。//它在逼迫我们，乞求我

们……/魔魅的小舟已从码头扬帆；/潮水飞涨，迅疾地把我们/带到黑浪滚滚的无垠深渊。//星星的荣光灼灼燃烧的苍穹/从深邃的远方神秘地向下凝眸，——/我们漂游着，深渊烈火熊熊，/从四面八方包围着小舟。（曾思艺译）

则通过对海上夜景以及星空的描写，表现了在当时却极富前瞻性的普遍哲理问题——生命与非理性的梦寐的关系。正如海德格尔所说的那样："诗唤出了与可见的喧嚷的现实相对立的非现实的梦境的世界，在这世界里我们确信自己到了家。"值得一提的是，诗歌的结尾一段，充分显示了诗人超凡绝伦的想象力。它与我国唐代诗人李贺《梦天》一诗中的"遥望齐州九点烟，一泓海水杯中泻"一样，简直就像坐在宇宙飞船中遥望地球。

丘特切夫往往通过生动形象的语言，直接表现哲理，如《沉默吧！》：

沉默吧，隐匿并深藏/自己的情感和梦想——/一任它们在灵魂的深空/仿若夜空中的星星，/默默升起，又悄悄降落，——/欣赏它们吧，——只是请沉默！//你如何表述自己的心声？/别人又怎能理解你的心灵？/他怎能知道你深心的企盼？/说出来的思想已经是谎言。/掘开泉水，它已经变浑浊，——/尽情地喝吧，——只是请沉默！//要学会只生活在自己的内心里——/那里隐秘又魔幻的思绪/组成一个完整的大千世界，/外界的喧嚣只会把它震裂，/白昼的光只会使它散若飞沫，/细听它的歌吧，——只是请沉默！（曾思艺译）

这首诗表现了两方面的哲理内涵。第一，人无法认识这个世界，更无法准确表达自己对这个世界的真切认识，因为"说出来的思想已经是谎言"，这是丘特切夫极其深刻的哲学名句，含义相当丰富——首先，越是深刻的思想，与语言的距离就越大。《易·系辞上》就有"言不尽意"之言；老子也说过"道可道，非常道"，庄子说得更加明确："意之所随者，不可以言传也"，"可以言论者，物之粗也"。其次，语言在流传的过程中被严重污染了。现代人已充分认识到了这一点，如美国学者杰姆逊指出："我们不可能用语言来表达任何属于我们自己的感情，我们只不过被一堆语言垃圾所充斥。我们自以为在思维，在表达，其实只不过是模仿那些早已被我们接受了的思想和语言。"第二，人与人之间无法沟通。飞白指出："在哲学上，他（丘特切夫——引者）觉得社会的人际关系对人来说已成了异己的力量，人已无法与人沟通和实现感情交流。他终于发出了'沉默吧'的沉痛的呼吁：满腔感情已不能再托付给别人了，因为你的热情将被看作伪善，你的忠诚将被讥为愚蠢，你的信赖将会受人欺骗，你的爱心将会换来冷酷。那么，把炽热而闪光的感情与梦想都深深地隐匿起来吧，让它们自生自灭吧。再没有别人来观赏它们了，只有你自己爱抚地观赏它们像美丽的星座一般冉冉升起，只有你自己默默地目送它们在西方徐徐沉没。"的确，丘特切夫深感在外部世界已无法找到精神的慰藉，因为人与人之间已无法沟通——不仅一个人的心事别人不愿也难以理解，而且更重要的是语言难以表达真正的认识。

丘特切夫更善于把经过长期的思考和生活体验后倏然间得到的哲理感悟，以极其简洁、高度概括的警句形式表达出来（马克·斯洛宁称其"与格言很类似"），如至今在俄罗斯广为传颂、广为引用的名诗《凭理智无法理解俄罗斯……》：

> 凭理智无法理解俄罗斯，/她不能用普通尺度衡量：/她具有独特的气质——/对俄罗斯只能信仰。（曾思艺译）

俄国学者利哈乔夫指出，"穿越其千年的历史的俄罗斯文化最本质的特点，是其宇宙性和包罗万象性"，这本已使俄罗斯比较难以让人理解了，而俄罗斯又是一个兼有东方与西方双重特点且一直在东方与西方之间"摇摆"的国家，东正教更赋予她浓厚的神秘主义色彩，这样，俄罗斯的确是很难被理解的国家，俄罗斯民族、俄罗斯文化更加难以用理智去理解。丘特切夫作为一个在西方生活了二十多年的俄罗斯人，较一般人更能理解俄罗斯——既能入乎其内把握其实质，又能超乎其外以一种类似于他者的眼光来审视俄罗斯，这样，他便把这许许多多人的共同感受用这样短短的一首诗，极具哲理性地高度概括出来，从而成为近两百年来在对俄罗斯感兴趣的人们中流行不衰、广为引用的格言警句。朱宪生指出："这首著名的诗……成为人们试图解开'俄罗斯之谜'的一把钥匙。而由这首诗引申出的一个新的命题——'想象俄罗斯'，已经成为西方学术界的热门话题。"

丘特切夫有时还把自己的哲理感受以预言式的宣告表达出来，如《最后的剧变》：

> 当世界末日的钟声当当响起，/地上的万物都将散若云烟，/洪水将吞没可见的一切东西，/而上帝的面影将在水中浮现！（曾思艺译）

丘特切夫的母亲虔信宗教，他早年受母亲的影响，有较强的宗教意识，青年时代受谢林哲学尤其是科学思想的影响，形成了泛神论乃至近似无神论的观念。他在《我喜爱新教徒的礼拜仪式……》《灵柩早已放进墓穴……》等诗中对宗教进行了讽刺，但他毕竟无法彻底摆脱宗教的影响，《最后的剧变》一诗就是一个例子。进行终极思考的诗人，思考到世界和人的极限以及人存在的意义问题，而这是科学和其他哲学无法解答的，于是，诗人又回到唯一能解答这一问题的宗教上来——在世界末日到来之时，唯有上帝及其审判才是人生存的价值与意义。正因为如此，马克·斯洛宁认为，他在诗中表现出俄国人宗教心灵的渴望，预示象征主义派的来临。

为了表现自己深邃的哲理和超前的思想，丘特切夫大胆创新，使用了一些独特的艺术手法，这些艺术手法不少在当时是非常前卫从而在某种程度上与潮流不合的，这也是他在 19 世纪长时间不为读者所理解的原因之一。恰如格罗塞所说："差不多每一种伟大艺术的创作，都不是要投合而是要反抗流行的好尚。差不多每一个伟大的艺术家都不被公众所推选而反被他们摈弃。"也正因为如此，丘特切夫直到 19 世纪末 20 世纪初才找到知音，被俄国象征派奉为祖师，被阿克梅派大加推崇。

丘特切夫的诗歌在艺术方面多有创新，其中最重要的就是多层次结构。

象征派注重暗示、联想、对比、烘托等艺术手法，主张寻找"对应"（波德莱尔）、"对应物"（庞德）或"客观的关联物"（艾略特），认为人的精神、五官与世界万物息息相通，可见的事物与不可见的精神互相契合。而丘特切夫的诗歌创作深受德国古典哲学家谢林"同一哲学"的影响。谢林认为，自然是可见的精神，精神是不可见的自然，自然与人的智性和意识是一回事。

深受谢林哲学影响同时也对丘特切夫有所影响的德国浪漫主义诗人诺瓦利斯(1772—1801)也指出:"心灵的宝座是建立在内在世界与外在世界相遇之处,它在这两个世界重叠的每一点上。"这样,丘特切夫在创作中就能把自然与精神融为一体,从而在无意中与象征派的诗歌理论暗合。

既然自然是可见的精神,精神是不可见的自然,自然与人心息息相通,人的每一脉情思都可以在自然界中找到对应物,那么,丘特切夫就可以让自然景物与人的情思并列出现,形成俄国乃至世界诗歌史上的"对喻"。现代人思想复杂、混乱,心灵的活动极其复杂,具有多种层次,揭示它的方式也多种多样,既可以采取通篇象征,也可以把思想隐藏于风景背后。丘特切夫的诗歌跟象征派诗歌一样,出现了客观对应物,出现了象征,形成了多层次结构,并产生了多义性,从而形成了其诗歌特有的多层结构与多义之美。

丘特切夫诗歌创作中的多层次结构大体以三种方式体现出来。

其一,对喻结构。让自然景物作为思想与情绪的客观对应物,平行地、对称地出现,从而使内心世界与外部世界呼应,可见的事物与不可见的精神相互契合,在诗歌结构中形成两条平行的脉络,出现两组对称的形象。两组平行脉络的相互交错,丰富了诗歌的情感层次;两组对称形象的交相叠映,深化了诗歌的思想内涵。这种类似于音乐中的二重对位、电影中的平行蒙太奇的艺术手法,我们称之为"对喻",它是丘特切夫在俄国诗歌史上,所开创的一种独特新颖、别有韵味、有较强艺术感染力的对喻结构。

丘诗中的对喻又表现为以下三种情况。

第一种情况,前面整整一段写自然景物,后面整整一段写思想情感,二者各自构成一幅画面,相互并列又交相叠映,互相沟通且相互深化,既描绘了特定的艺术画面,又抒发了浓厚的思想情感,并使情与思达到水乳交融的境界,如《河流凝滞,变得暗淡……》:

河流凝滞,变得暗淡,/隐藏进坚硬的冰层,/困锁在坚硬的冰层下面,/色彩消失,声音也已冰凝——/唯有泉流不死的生命,/万能的严寒却无法禁锢,/它仍在流——汩汩的水声,/时时惊扰着这死寂的静穆。//孤寂的心灵也恰似这样,/被生活的严寒折磨得抑郁不堪,/

欢乐的青春不再跳荡飞扬，/欢快的岁月也不再金光闪闪，/然而在寒冰的表层下面，/生命犹在，还在喃喃发声——/生命之泉隐秘的细语轻言，/有时还能清楚地传入耳中。（曾思艺译）

第一节写河面上结了一层薄冰，但凛冽的严寒不能凝固全部的河水，水仍在冰层下面流动；第二节则写生活的严寒同样没法扼杀人内心的生命活力及求生的欲望。全诗以鲜明生动的画面，使自然中的严寒与生活中的严寒对举，深邃地表达了生命及生活的活力与欢乐是任何力量都无法扼杀的哲理。又如《喷泉》：

看啊，这明亮的喷泉，/像灵幻的云雾，不断升腾，/它那湿润的团团水烟，/在阳光下闪闪烁烁，缓缓消散。/它像一道光芒，飞奔向蓝天，/一旦达到朝思暮想的高度，/就注定四散陨落地面，/好似点点火尘，灿烂耀眼。//哦，宿命的思想喷泉，哦，永不枯竭的喷泉！/是什么样不可思议的法则/使你激射和飞旋？/你多么渴望喷上蓝天！/然而一只无形的命运巨掌，/却凌空打断你倔强的光芒，/把你变成纷纷洒落的水星点点。（曾思艺译）

第一节写自然的喷泉，第二节写思想的喷泉，两相对喻，更深刻地体现了人类的思想既强大又受到限制这一哲理：一方面是无穷无尽、永不枯竭、充满活力的人类思想（人的主动性与个性的化身），它激射着，飞旋着，奔向朝夕思慕的高空——蓝天；另一方面，一只无形的命运巨掌早已设定了它的进度与高度，会凌空打断其倔强的光芒，使之化为纷纷洒落的水星点点。

这种对喻手法的运用，较之单有一幅自然景物的描绘，或仅有一段思想感情的流露，显然结构更匀称，层次更复杂，感情更丰沛，哲理更深邃，艺术性更高，审美感染力也更强。

第二种情况，前面整整一段写思想感情，后面整整一段写自然景物。它又包含以下两种情况。

一是以情喻景，情景相生。既然自然是可见的精神，精神是不可见的自然，丘特切夫也就能够不仅以景写情，而且可以以情喻景。这在当时乃至今天都无疑是大胆而独特的，如《在戕人的忧思中……》：

> 在戕人的忧思中，一切惹人生厌，/生活重压着我们像一堆堆巨石，/突然，天知道是从哪里，/一丝欢欣飘进我们的心田，/它以往事将我们吹拂和爱抚，/暂时消除了心灵那可怕的重负。//有时正是这样，在秋天，/当树枝光秃秃，田野空荡荡，/天空一片灰白，山谷更加荒凉，/突然袭来一阵风，润爽而温暖，/把落叶吹得东飞西扬，/使心灵仿佛浸泡于融融春光。（曾思艺译）

前面一段描写生活的重压与突如其来的一丝欢欣所引起的人心情感的激荡，后面一段写大自然中有时秋天突如其来的一阵"润爽而温暖"的风所引起的恍如置身融融春光之中的瞬息感觉，以前面的情喻后面的景，但又不仅仅如此。丘特切夫诗歌的妙处与深度也正体现在这里。如前所述，丘诗往往是前后两段对举出现而形成对喻。对喻不同于一般的比喻，它的前后项并不仅仅构成简单的本体与喻体关系，更多的是互相对比，互相衬托，前者烘托后者，后者深化前者，二者的关系如红花与绿叶，互相扶持，交相辉映，共同构成一个立体的画面。《在戕人的忧思中……》一诗就是如此，前面的情衬托了后面的景，后面的景又使前面的情生动感人。

二是以景写情，突出所要表达的思想感情，如《你看他在广阔的世界里……》：

> 你看他在广阔的世界里，/忽而任性快乐，忽而神情阴郁，/心不在焉，怪异，神秘，/诗人就是这样——而你竟对他鄙视！//看看月亮吧：整个白天/它在空中瘦弱不堪，奄奄一息，/黑夜降临——这辉煌的上帝，/在昏昏欲睡的树林上空银辉灿灿！（曾思艺译）

这首诗写诗人在社会中的遭遇。诗人是人，在日常生活中他一如常人，甚或比常人痴拙。诗人是天才，当灵感泉涌，他那天才的力量使平凡的一切都放射出纯美、神圣、诗意的光辉。痴拙于常人和超常的敏感、惊人的洞察力的奇异结合，使诗人性格怪异，行为举止也异于常人，成为世俗眼中十足的怪人。这样，在世俗的社会中，诗人便受到极不公平的待遇。法国象征主义诗人波德莱尔的《信天翁》极其生动而深刻地写出了诗人的这种悲剧性境遇：

> 时常地，为了戏耍，船上的人员/捕捉信天翁，那种海上的巨禽——/这些无挂碍的旅伴，追随海船，/跟着它在苦涩的漩涡上航行。//当他们把它们一放到船板上，/这些青天的王者，羞耻而笨拙，/就可怜地垂倒在他们的身旁，/它们洁白的巨翼，像一双桨棹。//这插翅的旅客，多么呆拙委颓！/往时那么美丽，而今丑陋滑稽！/这个人用烟斗戏弄它的尖嘴，/那个人学这飞翔的残废者拐躄！//诗人恰似天云之间的王君，/它出入风波间又笑傲弓弩手；/一旦堕落在尘世，笑骂尽由人，/它巨人般的翼翅妨碍它行走。（戴望舒译）

波德莱尔的这首诗写于 1859 年，丘特切夫的《你看他在广阔的世界里……》写于 19 世纪 20 年代末 30 年代初，比波德莱尔的早二三十年。当然，它所描写的诗人受世俗轻蔑的程度远不如《信天翁》一诗，它只是向世人指出，尽管诗人喜怒不定，怪异、神秘，但也不能轻视他，更不能鄙视他——诗歌的第二节在第一节点出世人鄙视诗人之后，以月亮白天瘦弱不堪、毫无生气而到了夜晚则成为辉煌的上帝，让整个昏昏欲睡的世界银辉灿灿，十分生动有力地表达了作者对诗人的肯定，及其希望世人理解诗人的心绪。第二节表面上写的是景——月亮在白天和黑夜的悬殊景象，实际上是围绕第一节不能轻视更不能鄙视诗人的思绪来写的，是以后面的写景进一步形象地说明和深化前面的情，同时又使全诗以写景收束，大大增强了诗歌的艺术魅力。

有时，丘特切夫把上述两种方法混合起来使用，使诗歌更富于韵味，如《大地仍旧满目凄凉……》：

> 大地仍旧满目凄凉，/可空气中已透出春的气息，/田野上的枯草

轻摇细枝，/云杉的枝条在微微晃荡。/大自然还没有完全睡醒，/但随着梦的渐渐退出，/她听到了春天的脚步，/情不自禁地绽放了笑容……//心啊，心啊，你也没有睡醒……/但突然是什么使你如此激动，/它爱抚、亲吻着你的美梦，/并且还为你的幻想镀金？/一堆堆雪在闪亮、消融，/蓝天更明丽，热血在鼎沸……/也许这是感到了春天的柔媚？/也许这是赢得了女人的爱情？……（曾思艺译）

第一节写冬春之交大地满目凄凉中浮现的"春的气息"，第二节则写在麻木中苏醒的人心中所萌发的幻想，二者交相辉映，又互相深化，最后诗人笔锋一转，既写大自然，又写人心，使二者融合为一，分不清界限，似乎自然现象已转化为人的心灵状态了——这，又具有了下面即将论述的对喻的第三种情况了。

第三种情况，思想感情与自然景物在全诗中平行而又交错地出现，巧妙自然地过渡，使人分不出是情是景，辨不清是自然现象还是心灵状态，如《世人的眼泪，哦，世人的眼泪……》：

世人的眼泪，哦，世人的眼泪，/你总是早也流啊，晚也流……/你流得无声无息，没人理会，/你流得绵绵不断，无尽无休，/你流啊流啊，就像幽夜的雨水，/淅沥淅沥在凄凉的深秋。（曾思艺译）

在这首诗里，雨和泪构成二重对位，同时又融合为一。是雨？是泪？二者简直不可区分。这弥天漫地、遍布人间的雨和泪，正是下层民众深重苦难的象征。这首诗是诗人在 1849 年秋天的一个雨夜，回家途中经过彼得堡郊区时看到下层民众的苦难的有感之作。诗人的女婿、第一本丘特切夫传记撰写者、俄国作家阿克萨科夫曾经谈到丘特切夫《世人的眼泪，哦，世人的眼泪……》一诗的创作经过："有一次，他在秋天的一个雨夜乘着雇来的轻便马车回家，淋得几乎全身都湿透了，他对前来接他的女儿用法语说：'我想好了一些诗句。'还没有脱下湿透了的衣服，他就口授着这首美妙的诗歌，让女儿记录下来。"俄国学者别尔科夫斯基指出，诗的过程本身——是雨的运动，眼泪的运动。这里还有民间文学创作的远远反照，它以特殊的方式使我们注意到，诗里写的是谁的眼泪——这是那些在城里受鄙视的、被驱逐到街上或挡在城郊的人们的眼泪。后来创作的《这些穷困的乡村……》(1855)在主题和内在特性方面与《世人的眼泪，哦，世人的眼泪……》有着内在的联系。《在窒闷沉寂的空气中……》一诗也是如此：

> 　　在窒闷沉寂的空气中，/仿佛雷雨将临的表征，/玫瑰的香气越来越浓，/蜻蜓的嗡嗡越发分明……//听！那白蒙蒙的云雾后面，/滚动着一长串沉闷的雷声，/飞驰而过的一道道闪电，/纵横穿绕着整个天空……//仿佛有某种过剩的生命力，/在这热腾腾的空气中盈溢，/仿佛那众神畅饮的甘醴，/在血管里燃烧，此乐何极！//姑娘啊，姑娘，是什么/激动了你年轻胸脯的云雾？/你双眸里湿润的泪光为何/一片朦胧，愁闷痛苦？//你红喷喷的少女脸颊/为何突然呆住变得苍白？/为什么你的心胸如此窒压，/而你的嘴唇却在炙热起来？……//透过丝绸般柔软的睫毛，/突然噗噗掉下泪珠两粒……/莫非早已酝酿好，雷雨送来了最初的雨滴？……(曾思艺译)

诗歌的第一、第二、第三节似乎写的是自然界突如其来的雷雨，第四、第五节似乎写的是少女的激动，最后一节巧妙地把二者绾合起来，而且让初恋少女激动的眼泪与酝酿已久而下的雨滴融为一体，使我们搞不清落下来的究竟是眼泪还是雨滴，从而使前面的写景变为写人，后面的写人又与前面的写景相互映衬，两者相得益彰，大大增强了诗歌的艺术表现力与感染力。

其二，采用通体象征造成诗歌的多层次结构，形成诗歌内涵的多义性。

丘特切夫诗中的通体象征一般构成双重结构，如《雪山》：

> 　　已经是正午时分，/太阳洒下垂直的光线，/山上雾气氤氲，/树林昏黑幽暗。//山下，就像一面铜镜，/湖面闪着幽幽蓝光，/溪水从烈日下闪光的山石中，/飞快奔向这深谷的故乡。//此时我们这山谷的世界/昏昏欲睡，疲惫不堪，/浸透芬芳的愉悦，/在正午的幽暗里安眠，//山顶，仿若一群亲爱的天神，/俯瞰着奄奄一息的大地，/而冰

封雪凝的峰顶，/正和炽热的蓝天玩着游戏。（曾思艺译）

这首诗具有表层与深层双重结构。表层结构写的是正午时分的雪山风景：山谷的世界疲弱无力，睡意蒙眬，充满了芬芳的倦慵，而山巅的世界，那冰雪的峰顶，超然于垂死的大地，像一群天神，正在和火热的蓝天嬉戏。其深层结构是：正午象征着无情的时间力量，山谷象征着短暂无力而充满欲望的人世，山顶则象征着纯洁、和谐而永恒的美，因此，诗歌表现的是诗人对人世与永恒的一种哲理思索，表现了诗人希望超脱充满欲望的、短暂的人世，而飞升至永恒、纯净、和谐的精神天国的一贯追求。又如《天鹅》：

就让苍鹰冲破云层/迎着闪电展翅疾飞，/并且抬起坚定的眼睛，/去畅饮太阳的光辉。//但你的命运更值得羡慕，/哦，洁白的天鹅——/神灵正用像你一样纯洁的元素，/把你周身包裹。//在双重深渊之间，这元素/抚慰着你无边的梦想——/一片繁星点点的天宇，/围绕在你的四面八方。（曾思艺译）

这首诗的表层结构写的是天鹅比苍鹰的命运更可羡慕——它得到了神灵的爱护。深层结构则是诗人的人生观——酷爱和平与宁静（天鹅），厌恶狂暴与斗争（苍鹰），情愿终身老死在纯净的美之王国中。在欧洲古典诗歌中，鹰与天鹅是经常出现的一对形象，取得胜利的每每是鹰，丘特切夫在这里却反其意而用之，让天鹅比苍鹰更可羡慕。再如《杨柳啊，是什么使你……》：

杨柳啊，是什么使你/对奔流的溪水频频低头？/为什么你那簌簌颤抖的叶子，/好像贪婪的嘴唇，急欲/亲吻那瞬息飞逝的清流？//尽管你的每一枝叶在水流上/痛苦不堪，战栗飘摇，/但溪水只顾奔跑，哗哗歌唱，/在太阳下舒适地闪闪发光，/还无情地将你嘲笑……（曾思艺译）

这首诗不仅具有双重结构，而且具有多义性。其表层结构是极力铺写杨柳，深层结构则具有多义性。首先，可以认为这是一幕落花有意、流水无情的单相思痴恋场面，进而隐喻人与人之间的某种关系。其次，更进一步考察，这里隐喻着个性的悲剧、人生的悲剧：一股溪流从身旁经过，杨柳俯身也不能触及它，可悲的是，并非杨柳想要俯身，而是某种外在的力量迫使它俯身，又使它够不到水流；人生的悲剧不也如此？生活迫使你去渴望，迫使你去追求，而往往又注定令你徒劳无功。同时，这也是当时"一切办公室和营房都围着鞭子和官僚运转"、一切都"堕入铁一般沉重的梦里"的俄国以及当时工业文明飞跃发展、人已变成"整体中一个孤零零的断片"的欧洲社会里人被异化的必然归宿。

由于象征运用得巧妙，丘特切夫的诗往往构成三重结构，如《海驹》：

> 哦，骏马啊，哦，海驹，/你身披浅绿色的鬃毛，/时而柔顺、温和、驯服，/时而狂怒地飞蹦乱跳！/在神灵辽阔的原野上，/是狂烈的风暴抚育你成长，/它教会你如何嬉戏、跳荡，/自由自在地飞驰向远方。//我多么喜欢你飞速奔跑，/展示你的高傲，你的神勇，/飞扬起浓密的鬃毛，/大汗淋淋，热气腾腾，/暴风雨般扑向岸边，/发出一阵阵欢快的嘶鸣，/蹄子一碰到响亮的海岸，/就变成水花，四散飞迸！……（曾思艺译）

初看，本诗描绘的是一匹真正的马，写了马的形体（"身披浅绿色的鬃毛"），马的性格（"时而柔顺、温和、驯服，时而狂怒地飞蹦乱跳"），马的动作（"暴风雨般扑向岸边，发出一阵阵欢快的嘶鸣"），这是第一层；可诗歌的结尾两句却使我们惊醒，并点明这是海浪（"蹄子一碰到响亮的海岸，就变成水花，四散飞迸"），从而由第一层写实的语言转入带象征意味的诗意的第二层，使写实与象征两种境界既相互并存，又互相转化。但诗人的一大特点是把自然现象与人的心灵融为一体。因此，这首诗表现的是诗人的心灵与人的个性，这是第三层。这第三层又具有多义性：这是一个满腔热情、执着追求的人，朝着理想勇往直前，最终达到了理想的境界；这也是一个宁折不弯、一往无前的人，结果理想却被现实的礁岩撞击成一堆水花。这一切，都是借助象征的魔力来实现的。

其三，通过把哲理思想完美地融合于美妙的自然景物之中来形成诗歌的双重结构。这类诗，往往表面上但见一片纯美的风景，风景的背后却蕴含着颇为深刻的生命哲学，如《在那夏末静谧的晚上……》：

> 在那夏末静谧的晚上，/夜空中的星星淡红微吐，/田野身披幽幽的星光，/一边安睡，一边悄悄成熟……/它那无边的金黄麦浪/在夜色中渐渐平静，/那如梦的柔波也寂无声响，/被月光染得洁白晶莹……（曾思艺译）

乍看，这仅仅是自然风景的朴实描绘（表层结构），然而在这短短的八行诗中，却蕴含着深邃的哲理、丰富的思想（深层结构）：这是一片普普通通的田野，在幽幽的星光下，已不见白日的劳作与匆忙，更不见阳光的热力与明媚；然而，这人类生命的源泉——粮食的诞生地，并未停止生命的进程，它一边安睡，一边悄悄成熟。人们辛勤劳动所培育的生命，已成为大自然的一部分，它随时间的进展而时刻成长着。虽然从表面上看不到生命的顶点，也看不到它的运动，但自然和历史却一刻不停地向前运动。这不仅是对人的劳动、自然那平凡而伟大的日程的赞颂，而且是对世界、自然、历史、生命的某种深刻的哲理把握！这类诗在丘特切夫的诗集中俯拾即是，最著名的有《在爬满葡萄的山岗上空……》《宁静》《山中的清晨》等。

综上所述，多层次结构的确是丘特切夫大胆独创的艺术手法，为俄国诗歌开拓了新的路子，对后来的俄国象征派诗歌也有较大的影响。

此外，丘特切夫还较早使用意象叠加，即以一系列表面上全然无关的意象并置在一块，而取消动词，让它们的并置产生新的艺术效果与魅力，诗歌的结构也因之成为带跳跃性的两相并置式的结构。这类诗，人们最熟悉也最津津乐道的是美国意象派领袖庞德 20 世纪初创作的《地铁车站》："人群中这张张幽灵般的脸庞；/湿漉漉黑树干上的朵朵花瓣。"（曾思艺译）殊不知，丘特切夫早在 1851 年就创作了名诗《海浪和思想》：

> 绵绵紧随的思想，滚滚追逐的波浪，/——同一自然元素的两种不

同花样：/一个，小小的心田，一个，浩浩的海面，/一个，狭窄的天地，一个，无垠的空间，/同样永恒反复的潮汐声声，/同样使人忧虑的空洞的幻影。（曾思艺译）

全诗无一动词，主要以名词性词组构成意象，跳跃性地组合成两相并置式的结构，让"绵绵紧随的思想，滚滚追逐的海浪"两个主导意象动荡变幻——时而翻滚在小小的心田里，时而奔腾在浩瀚的海面上，时而是涨潮、落潮，时而又变为空洞的幻象。丘特切夫的诗，往往使人感到，他仿佛消除了事物之间的界限。他常常极潇洒自由地从一个意象或对象跳转到另一个意象或对象，似乎它们之间已全无区别。在本诗中，由于完全取消动词（俄文原诗未出现一个动词），而让"思想"和"海浪"两个意象既并列出现，平行对照，又相互交错，自由过渡，更突出了这一特点。这种无动词诗在当时的俄国诗坛是一种大胆的创新，仅唯美派诗人费特写过几首。他们的创新对此后的俄国诗歌产生了积极影响，不少诗人有意仿效。[①]

与普希金的诗相比，丘特切夫诗的这种创新更加明显。在普希金的诗歌中，写某一意象或某一事物仅仅就是这一意象或事物，当他写出"海浪"这个意象时，他指的只是自然间的海水。但在丘特切夫笔下，"海浪"这一意象就不仅是自然现象，同时也是人的心灵，人的思想和感情——这与谢林的"同一哲学"关系极大。谢林的"同一哲学"认为，自然是可见的精神，精神是不可见的自然，自然与人的心灵是一回事。丘特切夫在本诗中让自然与心灵既对立又结合——"海浪"与"思想"这两个意象的二重对立，造成诗歌形式上的双重结构，二者的结合则使"海浪"与"思想"仿佛都被解剖，被还原，成为彼此互相沟通的物质，从而含蓄地表达了诗人对人的思想既强大又受到限制的哲学反思：像海浪一样，人的思想绵绵紧随，滚滚追逐，潮起潮落，变幻多端，表面上似乎自由无羁，声势浩大，威力无比，实际上不过是令人忧虑的空洞的幻影。为了与意象组合的跳跃相适应，这首短短的小诗竟然三次换韵——每两句一韵，跳跃起伏。第一重开门见山，写

---

① 参见曾思艺：《俄罗斯诗歌研究》，98～108页，北京，北京大学出版社，2018。

出"海浪"与"思想"两者的对立与沟通；第二重则分写其不同；第三重缩合前两重，指出其共通之处，从而使这首小诗极尽变换腾挪之能事，生动而深刻。

诗人晚年还达到了一种"从心所欲"的境界，能极其自如地穿越于各种事物之间，甚至能把一些根本不可能联系在一起的事物，以诗意的方式组合在一起，从而以超逻辑的方式更灵活地体现诗意的逻辑性，如《这样一种结合我真不敢想象……》：

> 这样一种结合我真不敢想象，/——虽然我迷迷糊糊地听见，/雪橇，在雪地上吱吱作响，/春天的燕子，在软语呢喃。（曾思艺译）

在这首短诗中，诗人出人意料地让冬天的雪橇与春天的燕子并列出现，并因此宣称"这样一种结合我真不敢想象"，反而更进一步衬托了这种结合的神奇。这首诗使人联想到唐代王维的《袁安卧雪图》。关于《袁安卧雪图》及其艺术性，我国古人多有论述。宋代沈括在《梦溪笔谈》中谈道："书画之妙，当以神会，难可以形器求也。世之观画者，多能指摘其间形象、位置、彩色瑕疵而已，至于奥理冥造者，罕见其人。如彦远《画评》言，王维画物，多不问四时，如画花，往往以桃、杏、芙蓉、莲花同画一景。予家所藏摩诘画《袁安卧雪图》，有雪中芭蕉，此乃得心应手，意到便成，故造理入神，迥得天意，此难可与俗人论也。"惠洪在《冷斋夜话》中使之与诗歌创作的艺术性联系起来："诗者，妙观逸想之所寓也，岂可限以绳墨哉！如王维作画雪中芭蕉，法眼观之，知其神情寄寓于物，俗论则讥以为不知寒暑。"丘特切夫这首诗也完全可以被称为"妙观逸想之所寓也"。诗人超脱了物与物之间的界限，自由地神行于事物之间。对此，别尔科夫斯基做出了高度的评价："丘特切夫直到诗歌道路的终点都保持着原始、完整的感觉——一种统一体，一切都由其中产生，以及现象、概念、语言之间界限的相对感。丘特切夫的比喻可以在任何方面扩展力量，无须担心力量对比喻的反抗。丘特切夫的对比是冲破了一切思想障碍产生的。在1871年年初丘特切夫写了一首在自己诗学的独创性方面非同寻常的四行诗（诗详上引——引者）……这些晚期诗极大程度表现出了丘特切夫风格的原则——否定那把物与物分离开的绝对力量。丘特切夫消除了四季的区别，在这里他根本不重视时间秩序。在这首诗里没有比喻，没有比拟，用最简单的形式观察并一个接一个地称呼这些现象，而大自然中这些现象是不可能一同出现的。透亮的远景通过整个世界，一切都是透明的，是可渗透的，整个世界从头到尾都清晰可见。"

由于丘特切夫有着颇为复杂的哲学观、美学观和创作个性——既植根大地，奔向崇高甚至悲壮，向往阔大、丰盈的人生境界，又极力追求艺术与美，渴望心灵的宁静与和谐。因此，其诗歌的艺术风格比较复杂，多种因素并存，具体表现为自然中融合新奇、凝练里蕴含深邃、优美内渗透沉郁三个方面。下面分别加以阐析。

第一，自然中融合新奇。丘特切夫十分热爱大自然，描写大自然的美成为其诗歌的一大特点。热爱自然也使他追求极富自然之美的美的类型——一种清水芙蓉般的美，真诚、圣洁、清新、自然，这对他的诗歌风格有较大的影响。因此，丘特切夫诗歌的一大特点，就是自然。极有洞察力的瞿秋白早在 20 世纪 20 年代就已指出，丘特切夫"东方式得厉害"，"他崇拜自然，一切人造都无价值而有奴性"。东方的人生观和文学观都极重自然。丘特切夫崇拜自然，反对人造，甚至因此认为文明是不真实的，这与东方的自然观极其相似。他甚至像中国古人一样追求天人合一的境界，如《生活中会有那么一些瞬间——》：

> 生活中会有那么一些瞬间——/难以用语言描绘，/它们让你物我两忘，/暂享上天的恩惠。/一片高耸的绵绵绿荫，/在我头顶哗哗喧响，/只有鸟儿在和我谈心，/说着一些天外奇谈。/庸俗的、虚伪的一切，/全都远远离开我身边，/难以想象的可爱的一切，/轻盈地——飞到我面前。/我爱意融融，我甜透心底，/整个世界在我心中，/我在美梦中沉迷——/时光啊，请停一停！（曾思艺译）

人与自然融合为一的境界十分美妙，但往往极其短暂，只有如梦似幻并且难以言传的那么一个瞬间。晋代的陶渊明在"采菊东篱下，悠然见南山"的瞬间，与自然和谐一体，但旋即深感"此中有真意，欲辩已忘言"（《饮酒·其五》）；宋代词人张孝祥在乾道二年（1166年）将近中秋时经过洞庭湖，面对着"玉鉴琼田三万顷"的浩渺景色，霎时间觉得"素月分辉，明河共影，表里俱澄澈"，甚至"不知今夕何夕"，但也深感"悠然心会，妙处难与君说"（《念奴娇·过洞庭》）。和陶渊明、张孝祥一样，丘特切夫这首诗也十分生动地写出了天人合一的瞬间：一切庸俗、虚伪的东西，远远离开了；一切神圣、可爱的东西，则显得更加亲切；此时此刻，诗人深感"世界就在我心中"，觉得欢愉、甜蜜，甚至忘乎所以，醺醺欲醉，并发出了类似浮士德那样的高喊：你真美啊，请停一停！但他也指出，这美妙的瞬间，难以言传，只能意会，这既令人满足又让人感到无比遗憾。

这种对自然的推崇，不只是表现在他让大自然作为独立的对象，在诗歌中占据重要的地位，更重要的是指他在诗歌的艺术风格上所表现出来的自然。丘特切夫从不为文而文，从不面壁虚构，总是有感而发，有感才发（不过，这种迸发的底蕴是长期的艺术追求与对世界的哲理性思考）：或是情动于衷，喷发为诗；或是触景生情，妙笔成文。一切，都是如此自然地涌现。因此，他的诗歌大多像是即兴诗。这种自然赋予丘特切夫的诗歌一种朴实、纯真的独特魅力，一种清水出芙蓉式的美。然而，丘特切夫诗歌的风格又不只是自然，他还在自然中融入了新奇，这就使他的诗更具一种神采飞动的新奇力量。丘诗中的新奇表现在以下几个方面。

一是思想内涵的新奇。这是指诗人在思想内涵方面前所未有地探索了存在的根本问题。这虽然使他的诗因为过于深刻过于超前不为当时大量的读者所理解，但这深刻的新奇也使他的诗极具现代意识。例如，他在俄国文学中率先从异化的高度，深刻、全面地探讨了个性与社会的矛盾，并最早对人类命运之谜进行了颇为现代的哲学探索。在此之前，普希金在其《高加索的俘虏》《茨冈》《叶甫盖尼·奥涅金》等叙事诗中对个性的问题进行了较深刻的探索[①]，莱蒙托夫则在《当代英雄》中触及这一问题。丘特切夫却是从异化的高度来表现个性与社会的矛盾，而且既看到社会对个性的压抑、限制、异化甚至扼杀，又看到脱离群众的个人主义的自由、个性的极端解放乃是虚幻的自由，从而既富有哲学的深度，又颇具现代色彩。别尔科夫斯

---

① 参见曾思艺：《俄罗斯诗歌研究》，214～252页，北京，北京大学出版社，2018。

基指出，在这方面，他比托尔斯泰和陀思妥耶夫斯基早了四分之一世纪。又如，他热衷于探索人类命运之谜、死亡问题。斯太尔夫人说："人类命运之谜对大多数人来说不足介意；但诗人却始终将它置于想象之中。死的观念会使庸夫俗子失魂落魄，却能使天才格外大胆无畏。"此前，普希金、莱蒙托夫较注重现实，对这一问题关心不多；杰尔查文虽有所表现，但只是偶感而发；茹科夫斯基在诗歌中对彼岸、永生有更多的描绘，但或过于感伤，或仅限于宿命观，且茹诗大多为模仿之作或他人之作的变体，真正属于自己的东西很少；丘特切夫则毕生对人类的命运之谜、对人在宇宙中的位置、对死亡问题兴趣浓厚，进行了深入、系统的探索，而且达到了现代哲学的高度。

二是题材的新奇。这主要是指丘特切夫在俄国诗歌史上，同时也在俄国文学史上，最早使自然作为独特的形象在文学中占据主要的地位，并使之与哲学结合起来。在此之前，俄国文学中还没有谁如此亲近自然，理解自然，让自然蕴含着深刻的思想和丰富的感情。杰尔查文、卡拉姆津还只是发现俄罗斯自然的美，开始在诗歌中较多地描写自然景物。普希金还主要把自然当作纯风景来欣赏，其《冬天的早晨》《风景》《雪崩》《高加索》《冬晚》等描写自然的名诗莫不如此。茹科夫斯基虽在自然中做朦胧的幻想与哲理思考，但往往只是触景生情，未能让自然与哲学结合起来。莱蒙托夫的自然与普希金、茹科夫斯基的近似。只有在丘特切夫这里，自然才拥有自己独特的地位。"他的生命和大自然浑然一体：/他懂得小溪的淙淙声响，/他明白树叶的绵绵细语，/并感知到小草的拔节生长；/天空中的星星之书他一目了然，/大海的波涛也和他倾心交谈。"（巴拉丁斯基语）他细致生动地描绘了千姿百态的大自然，并使之与谢林哲学等融为一体。所以，俄国学者皮加列夫指出："丘特切夫首先是作为自然的歌手为读者所认识的。这种看法说明，他是让自然形象在创作中占有独特地位的第一个俄国诗人，从某种意义上说，也是唯一的俄国诗人。"

三是手法的新奇。这首先表现为最早在俄罗斯抒情诗中进行心理分析。众所周知，俄罗斯民族有一种刻画心理、表现心理、分析心理的传统，起始于普希金，莱蒙托夫、屠格涅夫、托尔斯泰、陀思妥耶夫斯基等继续深化之，苏联学者弗赫特把这种文学现象称为"心理现实主义"。但在抒情诗乃至诗歌中真正进行心理分析的是丘特切夫，而且他的心理分析达到了辩证分析和较为现代的高度。由于谢林哲学等的影响，其自然诗展示自然的过程即剖析心灵的过程，这不能不说是他的一大贡献。在"杰尼西耶娃组诗"中，他更是辩证、深刻地揭示了人的爱情心理中复杂的深层心理，并发现了两性相爱中的原始性敌对（《最后的爱情》宣称：相爱的两人"既是命定的同心同德，也是……命定的生死对决"），对爱情心理层次有了更深、更新、更现代的开拓。而这，已完全为现代生理学及心理学所证明，冯德·魏尔德指出："只有非常肤浅的研究者，才会忽视两性之间的原始排斥和原始对抗——它们比两性之间的吸引更加真实和持久。两性之间的吸引可能一度占优势，然而两性之间的反感却始终存在，而且其表现要广泛得多，常常还相当有力。在爱情之下，永远存在着潜在的仇恨。当然，这正是人间悲剧最深刻的根源之一！"这亦是丘特切夫的独特贡献，他的诗歌突破了当时一般诗歌关于爱情的心理表现。其他诗歌表现爱情时往往只写其美好、幸福的一面或简单的失恋或分手的痛苦，如柯勒律治："人有两次生命。/第一次，日光照耀初生婴儿时；/第二次，两个心灵相结合，/这是我们生命的重新开始。"（《婚姻》）普希金的诗歌更具代表性，相爱时心满意足——"等待你的只是欢快"（《窗口》），分手时痛苦不堪——产生"不幸的爱情的悲哀"，勾起"种种疯狂的幻想"（《心愿》）。丘特切夫则在爱情中挖掘到某种独特的、深层的、较为现代的感情——从爱情的快乐、幸福中看到不幸、痛苦，从两颗心灵的亲近中看到彼此的敌对，半个世纪后，英国的劳伦斯才深入这一领域，做出了类似于诗人的探索（主要体现于其著名长篇小说《彩虹》《恋爱中的妇女》等作品中）。其次表现为修辞手法的新颖运用。例如，拟人手法在俄国文学乃至整个世界文学中，都是一种常用的手法，但丘特切夫的新颖之处在于，他不是偶尔用之，而是大量地甚至可以说是系统地运用这种手法，把大自然本身、自然的万事万物描绘得像人一样有生命、情感乃至思想、语言。他笔下的大自然总是在运动着，是一个生气勃勃的生命有机体。这就大大超越了当时的俄国诗人，而且对此后的诗人、小说家乃至画家均产生了较大的影响。① 丘特切夫还善于把一些人们习以为常的自然现象拟人化，写得新颖而动人。例如，他写道："звук уснул"（声音沉睡了）。俄国象征派诗人、理论家勃留索夫指出：不管怎样分析"声音"这一概念，从中是发现不到"沉睡"的；必须给"声音"外加上什么东西，把它和"声音"联系、综合在一起，才能得出"声音沉睡了"这一组合，他认为这是因为诗人使用了综合判断，但实际上，这是因为诗人巧妙地运用了拟人手法，把人们已经熟视无睹的声音静寂的现象拟人化，说它像人一样沉睡了。这是一种化熟悉为陌生的手法，使极其平常的自然现象获得了新奇的艺术魅力。他把闪电的反光比作聋哑的恶魔，同样起到了化熟悉为陌生的艺术功效。而他大量使用通感手法，如前所述，也是对人们已经运用得过分熟悉甚至使人麻木的语言的一种创新。

第二，凝练里蕴含深邃。丘特切夫的诗歌一向以凝练著称。这主要表现在两个方面。其一，他的诗大多写得简短。如前所述，屠格涅夫早已指出，丘特切夫的诗歌写得凝练简短，我们也做过统计，在丘特切夫所创作的近 400 首诗中，24 行以上的只有 70 首，其他都在 24 行以下，他的绝大多数好诗、名诗为 8～16 行，可见他的诗确实简短。其二，其诗歌的语言极其精练，没有任何多余的东西。如前所述，格里戈利耶娃已经指出："在关于诗人丘特切夫的语言的意见中，常常看到指出其诗的下列特性：朴实，没有多余的修饰，诗的结构与内容紧紧联结在一起，诗歌语言的准确性，诗的修饰语的恰当性。"要把诗歌写得简短凝练其实相当困难，需要很深的功力和过人的才气。由此可见，丘特切夫确实具有突出的诗歌才能或云写作才能。但丘特切夫更进一步，他还在凝练中蕴含深沉。

这种深沉首先是指他的诗歌蕴含着深邃的哲理。丘特切夫力求以诗歌来表现自己对人、自然、生命、心灵之谜等的本质问题执着、系统、终生

---

① 丘特切夫影响了诗人费特、涅克拉索夫、尼基京等，参见曾思艺：《丘特切夫诗歌研究》，302～330 页，北京，人民出版社，2012；影响了小说家屠格涅夫、列夫·托尔斯泰，分别参见曾思艺：《在诗意的自然中探索人生之谜——丘特切夫对屠格涅夫的影响》，载《外国文学研究》，1994(4)，曾思艺：《丘特切夫与托尔斯泰》，载《俄罗斯文艺》，2004(1)；影响了画家列维坦，参见曾思艺《风景与哲理的结晶——诗人丘特切夫对画家列维坦的影响》，载《天津师范大学学报(社会科学版)》，1994(2)。

的思考，因此，其诗歌在简短凝练的形式里包含了深邃的哲理内涵：自然的强大与人生的脆弱；生与死的矛盾；个性与社会的矛盾及人的异化；拒绝扰攘的现实，向往永恒纯净的天界；等等。其次表现为他的不少诗写得颇为沉郁，如《在这里，生活曾那样轰轰烈烈……》：

　　在这里，生活曾那样轰轰烈烈，/鲜血曾像河水在这里滚滚奔涌，/可到如今又还有什么没有磨灭？/只能见到两三座高巍巍的古冢。//还有两三棵橡树在古冢上挺立，/枝繁叶茂，四处伸展，亭亭如盖，/华美动人，哗哗喧响，一任根须/翻掘起谁人的记忆谁人的骨骸。//大自然对过去一点儿也不知晓，/对我们幻影般的岁月漠不关心，/在她面前，我们模糊地意识到/我们自己——不过是自然的梦。//不管人建立了怎样徒劳的勋业，/大自然对她的孩子一视同仁：/依次地，她以自己那吞没一切/和使人安息的深渊迎接我们。（曾思艺译）

　　这一份深远的历史感，这一种对人生、自然真相的洞悉，被表达得如此深刻，如此沉郁，而又如此生动感人，与我国古代的一些诗词佳作异曲同工。如唐代诗人刘禹锡的《西塞山怀古》："王濬楼船下益州，金陵王气黯然收。千寻铁锁沉江底，一片降幡出石头。人世几回伤往事，山形依旧枕寒流。今逢四海为家日，故垒萧萧芦荻秋。"又如清代词人纳兰性德的《南乡子》："何处淬吴钩，一片城荒枕碧流。曾是当年龙战地，飕飕。塞草霜风满地秋。　　霸业等闲休，跃马横戈总白头。莫把韶华轻换了，封侯。多少英雄只废丘。"

　　丘特切夫的诗歌达到了相当的艺术高度：既简短凝练，又内蕴深刻。其艺术功效有点类似于英国诗人勃莱克（通译布莱克，1757—1828）的《天真底预示》："一颗沙里看出一个世界，/一朵野花里一座天堂，/把无限放在你的手掌上，/永恒在一刹那里收藏。"（梁宗岱译）正因为如此，他的诗歌虽然只有薄薄的一本，却在俄国乃至世界诗歌史上占有比较重要的地位。费特是慧眼独具的诗人，早在1883年12月就为丘特切夫的诗集专门写过一首诗——《题丘特切夫诗》：

　　这一份步入美之殿堂的通行证，/是诗人把它交付给我们，/这里强大的精神在把一切统领，/这里盈溢着高雅生活之花的芳馨。//在乌拉尔一带高原看不到赫利孔山，/冻僵的月桂枝不会五彩缤纷，/阿那克瑞翁不会在楚科奇人中出现，/丘特切夫决不会成为兹梁人。//但维护真理的缪斯/却发现——这本小小的诗册/比卷帙浩繁的文集/分量还沉重许多。（曾思艺译）

　　诗歌第一节首先赞美了丘特切夫诗歌所具有的美、强大的精神力量和高雅的追求。第二节笔锋一转，接连写了四件不可能的事情：在俄国的乌拉尔高原一带无法看到希腊神话中的赫利孔山，冻僵的月桂枝头自然不可能鲜花盛开，古希腊著名诗人阿那克瑞翁当然不会出现在俄国的楚科奇人之中，而作为沙俄帝国三等文官的丘特切夫更是不会成为俄国的兹梁人。第三节在第二节的基础上再来一个转折：然而，维护真理的缪斯发现，尽管丘特切夫的诗集又小又薄，但其分量竟比那些卷帙浩繁的文集还沉重许多！此诗还体现了费特作为艺术大师惊人的超前预见性。当时，丘特切夫只在上层文学圈里有一定的影响，并未赢得广大的读者，时至今日，事实证明了费特的预见：丘特切夫以400来首小诗，成为与普希金、莱蒙托夫齐名的古典诗人，并且于1993年获得了联合国教科文组织授予的"世界文化名人"的称号。

　　第三，优美内渗透沉郁。如前所述，丘特切夫是一个极其热爱美、终生追求美的诗人，甚至希望用美和艺术来改善人性。他的诗歌十分重视艺术性，在艺术上有着不懈的追求和大胆的创新。列夫·托尔斯泰指出其诗的一个显著特点是"美"（красив），费特认为他是一个伟大的纯美诗人。但也正如前面说过的那样，丘特切夫不只是一个爱美的诗人，他在竭力追求美的同时，更致力于思考人的本质性的问题，奔向崇高甚至悲壮。这样，其诗歌在风格上便主要体现为优美内渗透沉郁。马克·斯洛宁称他"风格优美，笔触精深，诗味统一"。

　　优美，首先表现为对自然中各种美的对象的热爱。有时，这是一种纯净、新鲜、富有生命活力的诗意般的美，如《新叶》：

新叶正鹅黄嫩绿。/看，白桦亭亭玉立，/轻笼一片茸茸新绿，/这稀疏的、淡淡的绿，/半透明的，好似薄雾……//它们早就梦想着春天，/梦想着金灿灿的盛夏，——/而这些活生生的梦想，/在天空的第一次蔚蓝下，/沐浴着阳光，就突然显现……//啊，美丽的新叶！/沐浴着亮丽的阳光，/投下新生的绿荫处处，/从它们的沙沙响声中我们听出，/虽然这叶片成千上万，/但你绝对找不到一片枯叶。（曾思艺译）

在蔚蓝的天空下，在灿烂的阳光中，白桦树林整个儿披上了新绿，使空气中仿佛弥漫着一片半透明的烟雾似的澄碧。热爱生命、热爱新生事物的诗人从中发现了一种富有青春朝气和生命力的美，这是一种欢跃的美！因为，在这树丛中，你绝对找不到一片枯叶！

有时，这是一种富于变化的美，如《你，我的大海的波浪……》：

你，我的大海的波浪，/任性的波浪，你多么恣肆，/不论是在安息还是在奔忙，/你都充满神奇的活力！//有时在阳光下粲然而笑，/倒映着那广袤的天空，/有时骚动不安，翻卷怒潮，/搅乱这野性深渊的安宁，——//你喃喃的低语是多么甜蜜，/既柔情脉脉，又爱意盈盈；/我理解你狂暴的怨言怒语，/那是你预言般的阵阵呻吟。//尽管在狂暴、野性的大自然中，/你时而满脸阴云，时而光辉灿烂，/但面对这蓝莹莹的夜景，/你要把到手的东西珍藏。//那不是定情的戒指，/我把它投进你的波浪，/也不是五色斑斓的宝石，/我把它深埋进你的胸膛。//不，在这命中注定的时分，/你神秘的美让我心醉神迷，/我把鲜活的心，鲜活的心，/埋葬在你那深深的海底。（曾思艺译）

大海是大自然和整个宇宙最生动的形象和象征。这神秘深沉的大海，安静时风平浪静，温和秀丽，近处浅绿，远处碧蓝，以富于变化和层次感的种种颜色使人领悟大自然的神奇；愤怒时汹涌咆哮，白浪滔天，惊涛拍岸，卷起千堆雪，以宏大的气势、雄伟的力量让人在强烈的震撼中拓展心灵。因此，诗人称它"任性"，认为它既有"柔情脉脉""爱意盈盈"的甜蜜的呢喃，又有"狂暴的怨言怒语"和"预言般的阵阵呻吟"——而它们，都能使热爱大海的人在精神上有所收获。诗歌充分写出了大海那富于变化的美，但诗人更喜爱、更陶醉的是在这些明媚的美与沉郁的美之外，在蔚蓝的夜晚它所呈现的一种神秘的美。在那宁静的蓝色夜晚，大海一碧万顷，晶莹纯净，宁静茫茫，神秘漫漫，那纯净与神秘的美在袅袅升腾，如薄雾般弥漫，使诗人那颗极其爱美的心情不自禁地沉入了深深的海底。这就极其生动形象地写出了大海的美对自己精神的提升，以非常巧妙的方式为大海的美唱了一首颂歌。

有时，这是一种明丽的永恒之美，如《灿灿积雪在山谷闪亮——》：

> 灿灿积雪在山谷闪亮——/但积雪终会融化，消失；/萋萋春草在山谷闪光——/春草也终会枯萎，死去。//然而，那白雪皑皑的高峰，/却能永远闪耀着灿灿银辉？/而此刻朝霞正从茫茫碧空/朝那里播下红艳艳的玫瑰！……（曾思艺译）

诗歌以丘特切夫惯用的衬托手法展开：山谷的积雪具有明丽的美，但它太过短暂，很快就会融化不见；萋萋春草绿茵茵的，富于青春美，但它闪耀不久也就枯萎凋残；只有那高山顶峰的积雪永远光灿而不衰萎，并且有朝霞为其增艳，至今仍闪耀着鲜艳的美！山谷积雪、春草的衬托，很好地突出了山顶积雪之明丽且永恒。

其次表现为对女性美的热爱。女性的美一向偏于阴柔，是典型的优美。在那些献给妻子和情人的诗里，丘特切夫竭力歌颂对方的美，有时甚至把自然之美与女性之美融合起来，营造出优美动人的意境，达到相当的艺术高度，如《我记得那金灿灿的时分……》：

> 我记得那金灿灿的时分，/我记得那心心相印的地方：/日已黄昏；只有我们两人；/多瑙河在暮色中哗哗喧响。//山岗上有一座古堡的废墟，/闪着白光，面朝着远方；/你亭亭玉立，年轻的仙女，/倚在苔藓茸茸的花岗岩上。//你用一只纤秀的脚掌，/触碰着古老的巨石墙

体；/太阳正慢慢慢慢沉降，/告别山岗、古堡和你。//温和的清风轻轻吹过，/柔情地抚弄着你的衣裳，/还把野苹果树上的花朵，/一朵朵吹送到你年轻的肩上。//你纯真无虑地凝望着远方……/阳光渐暗，烟雾弥漫天边；/白昼熄灭；小河的歌声更加响亮，/热闹了夜色苍茫的两岸。//你满怀无比轻快的欢欣，/度过了幸福快乐的一天时光；/而那白驹过隙的生命之影，/正甜蜜蜜地掠过我们的头上。（曾思艺译）

丘特切夫在1823年与阿玛莉雅相识，不久即相恋，但由于阿玛莉雅的父母的反对，阿玛莉雅和丘特切夫的同事克留杰涅尔男爵结了婚，而诗人也和艾列昂诺拉·彼得逊喜结连理。这首诗大约创作于1834年，离当年热恋的时候已有十余年光景，显然是诗人的回忆。第一句"我记得那金灿灿的时分"，即以明显的回忆语调定下了全诗的基调。因此，全诗不同于一般诗人也不同于诗人自己此前爱情诗的直接感情抒发，而是把人与自然结合起来，通过回忆的、抒情的调子，以第一人称的方式，自然亲切地向我们展示了一幅美丽的如画一般的恋爱情景：在暮色降临的美妙的黄昏时分，在宁静宜人的多瑙河边，远方，有古堡在山顶闪着白光，眼前，有心上人倚着生满青苔的花岗岩。她脚踩塌毁的古老石墙，沐浴着夕阳的红辉，潇洒地眺望远方，一任黄昏的轻风悄悄地顽皮地舞弄衣襟，把野生苹果的花朵一一朝肩头吹送。在回忆的调子中，在情景交融中，全诗通过生活细节让柔情蜜意盈盈溢出，并弥漫着一种幸福、和美、快乐的气氛。涅克拉索夫对这首满蕴诗情画意的诗非常赞赏，认为它属于丘特切夫本人甚至全俄罗斯最优秀的诗歌之列。

美丽动人的女性常常能以其魅力激发诗人的灵感，使他们情不自禁地为之写诗。1833年，丘特切夫写下了《致》一诗：

你唇角漾着的亲切微笑，/你少女面颊上的两朵红晕，/你明亮的双眸，星光闪耀——/把一切往极乐诱引……/啊！这目光让激情熊熊燃炽，/让爱情轻轻展翅飞翔，/它以一种神奇的威力，/把心灵诱入美妙的牢房。（曾思艺译）

少女的青春的美，唤起了敏感的诗人强烈的美感，也使多情的诗人沉入美妙的幻想，认为这是爱情展翅飞翔，以多情的目光送来了使人失去自由又让人甜蜜美好的爱情（"美妙的牢房"这种矛盾的形容，生动深刻地表达了诗人的这种心境）。1863 年，60 岁的诗人更是为临时造访的少女娜杰日达创作了 36 行的诗歌《仿若在那夏日，有时候……》，写这位来客给自己留下了"久久久久难以忘记"的"出乎意料的美好印象"。1872 年，年近古稀的诗人，激情不减当年地在焕发着青春美的 Я. К. 济比娜（1845—1923）的诗歌练习册上题诗，表现了对女性青春美的赞颂：

> 在这里，整个世界生气勃勃，缤纷陆离，/到处是迷人的声音和神奇的梦境，/哦，这个世界如此年轻，如此美丽，/整整一千个世界才能与它相等。（曾思艺译）

诗人不只是歌颂女性青春的美、形体的美，他也十分看重女性的精神美，尤其是那种纯真、温柔、圣洁的美。1824 年，他写下《致 H》一诗：

> 你那充满纯真激情的盈盈秋水，/是你无邪感情的金色黎明，/唉，但它不能净化他人的心灵，/对于他人，它只是无言的责备。//他人的心灵全无真情真意，/他人躲避你天真无邪目光的爱情，/朋友啊，就像躲避判决的执行，/他人害怕它，就像害怕童年的记忆。//但这秋波对于我不啻神赐；/你的目光仿如生命的清泉/永远、永远滋润着我的心田；/我需要它，就像需要蓝天和呼吸。//这神圣的光芒使人精神崇高，/它只在天穹闪亮，无比清纯，/在罪孽的夜间，在深渊的底层，/它像纯净的地狱之火灼灼燃烧。（曾思艺译）

诗歌以对比的手法充分赞颂了这位女性纯真、温柔、圣洁的美：对于缺乏真诚情意的心灵来说，这是"无言的责备"；对于"我"来说，却是神赐的厚礼，是一种使人"精神崇高"的清纯光芒。《邂逅》一诗，也是写女性的精神美给自己带来的灵性的升华：

　　无论你是谁，无论你的心/纯洁无瑕抑或爬满罪孽，/一旦与她相遇，你会面目一新，/倏然升腾到一个美妙的灵性境界。（曾思艺译）

　　这是一首非常有灵气的小诗，写的是皇后玛丽亚·亚历山德罗芙娜（1824—1880）。诗人为她的美、她的高洁的气质所倾倒，每次遇到她，心里总有新的激情产生，并伴随着精神的升华。因此，诗人对人生情，写下了这首诗。但诗歌的写作又很有艺术性：诗人把自己个人对皇后的美好感觉普遍化了，非常巧妙地采用了第二人称的抒情角度，让这个"你"既是诗中抒写的主人公，又像是我们每一个读者，从而使这种感情变成一种人所共有的对美好女性的感情，写出了我们每一个人在生活中都可能遇到的一种感觉。这种感觉歌德在《浮士德》中以名句"永恒之女性，引领我们飞升"进行了精彩的概括。

　　再次表现为通过对大自然景物的描绘，塑造优美、和谐、宁静的境界，并在诗歌中较多描写与优美有关的自然现象，爱用也常用喷泉、彩虹、新叶、雷雨、白云、落日、明月、溪水等优美意象。

　　最后表现为采用富于美感的古典格律诗。丘特切夫的诗歌韵律考究，格律严谨，而且绝大多数短小精悍，诗歌形式十分优美。

　　沉郁，则主要通过如前所述内容方面的悲剧性及悲剧美体现出来。具体表现为：

　　其一，大多数诗歌都是以优美简短的诗歌形式表现十分深刻而又富于悲剧美的哲理思想，并且达到了相当的艺术高度。

　　其二，善于通过优美动人的自然意象、景物甚至女性美，来表现悲凉、悲哀乃至悲壮的心境或主题。如《秋日黄昏》：

　　秋日黄昏的明丽中，/有一种温柔而神秘的美，/那不祥的光辉，斑斓的树丛，/深红树叶的沙沙慵懒而轻微，/薄雾轻笼的静幽幽碧空，/紧罩着冷清清的愁闷大地；/有时会突然吹来阵阵冷风，/仿佛是暴风雨临近的预示，/一切都在衰败都在凋萎，/那温柔的笑容也在凋零，/若在万物之灵身上，我们称之为/神灵的隐秘的苦痛。（曾思艺译）

这首诗不同于普希金《秋》的豪放、乐观，而有点类似于我国古代的悲秋诗。在秋天黄昏明丽、神秘、美妙、动人的景色里，诗人产生的是一种悲凉的情绪，感到的是一种女性般的温柔但却在凋零的笑容，难怪涅克拉索夫评价说，读这首诗使人产生一种坐在所爱的女人病榻旁的心情。《被污染的空气》更是表现了诗人面对美而产生的悲哀情绪：

> 我爱这上帝的愤怒！我爱这神秘的恶，/它充盈在万物之中，却又无影无形——在鲜花中烂漫，在清澄的泉水中晶莹，/在彩虹中斑斓，并且就在罗马的天空闪烁。/天上依旧是一碧无云的长空茫茫，/你的心胸依旧呼吸得甜蜜而轻松，/温煦的和风依旧让树枝轻轻晃动，/玫瑰依旧芬芳，只是这一切——都是死亡！//也许，如所周知，大自然的种种香味，/百样色彩，千类声响和万般音调，/对于我们都只是最后时刻的预兆，/只是对我们临终痛苦的些许安慰。/命运之神的索命使者，当你/把大地的子孙唤离人寰，/就用这轻盈的面纱遮掩自己的形象，/以便隐藏起你那恐怖的一击！（曾思艺译）

丘特切夫是一个有着强烈死亡意识的诗人，从少年开始，就比一般人更强烈地感到死亡的威胁。因此，即使在美好、灿烂的大自然中，诗人也并不全然是欢欣、陶醉，而是更细腻、更深入地想到，大自然之所以充沛着如此美好令人陶醉的光、影、声、色，只不过是为了掩饰自己对人恐怖的最后一击！在全然令人陶醉的美景中产生强烈的死亡意识，这就是丘特切夫区别于一般人也深刻于一般人的独特的悲剧感。

其三，往往把优美的东西与崇高或悲哀的东西融合在一首诗里。如《躺在蓝色夜晚静谧的怀抱……》：

> 躺在蓝色夜晚静谧的怀抱，/绿幽幽的花园睡得多么香甜！/透过苹果林白漫漫的花潮，/一轮金色的月亮甜蜜地露面！……//神秘得就像创世的第一天，/群星在深邃无底的天空燃烧，/远方礼赞的音乐阵阵飘传，/近处泉水的潺潺更富韵调。//白昼的世界被沉沉帷幕遮

牢，/运动疲惫不堪，劳作也已停息……/在酣睡的城市上空，恰似在林梢，/一种每夜都有的奇异轰鸣定时响起……//这不可思议的轰鸣何处来耶？……/莫不是被梦释放的僵死思想，/那能听却不能见的无形世界，/此刻在夜的混沌中群集喧嚷？……（曾思艺译）

诗歌的第一节描绘了一个十分优美的意境：蓝色的夜晚，绿幽幽的花园，苹果树的白花，金色的月轮，醉人的恬静。后面三节则转入崇高：深邃天穹里星群的燃烧，神秘得像创世的第一天，安睡的城和林顶上飘着夜夜都定时响起的奇异的轰鸣，它似乎是诗人在梦中自由奔放的具有巨大力量的本能，又像是伴随着夜之混沌而俱来的无形的世界。又如《啊，这南国！哦，这尼斯！……》：

啊，这南国！哦，这尼斯！/这灿烂的光辉使我触目惊心！/生命像一只中弹受伤的鸟儿，/想要高飞天空——却又不能……/既不能一跃而起，也不能振翅腾飞；/只能整个身子紧贴在尘土里，/一双被折断的翅膀在地面拖垂，/由于痛苦和无能而不停战栗……（曾思艺译）

尼斯这法国南部明媚灿烂的自然风光与抒情主人公那生命无法飞升、只能依附在尘土上的无能和痛楚，共同构成这首小诗，从而以对照的方式鲜明、强烈地写出了生命的无能与悲哀。这类诗在丘特切夫的诗歌中为数甚多，也很有特色，如《从林中草地腾起一只大鸢……》《凋零殆尽的森林满怀郁悒……》《北风停了……日内瓦湖上……》《嬉戏吧，趁你的头顶……》《多么出乎意料，多么明媚灿丽……》等诗，莫不如此。

由于丘特切夫深邃的思想、多方面的艺术成就，马克·斯洛宁认为，"他的重要性已经超逾了各诗派的限域"，是一位兼融各诗派之长并自成一家的大诗人。

参考资料

《戴望舒译诗集》，长沙，湖南人民出版社，1983。

《俄罗斯抒情诗选》，张草纫译，上海，上海译文出版社，1992。

飞白主编：《世界名诗鉴赏辞典》，桂林，漓江出版社，1989。

［美］杰姆逊讲演：《后现代主义与文化理论——弗·杰姆逊教授讲演录》，唐小兵译，北京，北京大学出版社，1997。

［俄］德·谢·利哈乔夫：《解读俄罗斯》，吴晓都等译，北京，北京大学出版社，2003。

《梁宗岱译诗集》，长沙，湖南人民出版社，1983。

《丘特切夫诗选》，查良铮译，北京，外国文学出版社，1985。

《瞿秋白文集》，北京，人民文学出版社，1954。

［法］德·斯太尔夫人：《德国的文学与艺术》，丁世中译，北京，人民文学出版社，1981。

［苏联］维戈茨基：《艺术心理学》，周新译，上海，上海文艺出版社，1985。

［俄］丘特切夫：《我心注视着整个银河——丘特切夫诗选》，曾思艺译，长沙，湖南文艺出版社，2018。

杨文生编著：《王维诗集笺注》，成都，四川人民出版社，2003。

曾思艺：《丘特切夫诗歌美学》，北京，人民出版社，2009。

曾思艺：《丘特切夫诗歌研究》，北京，人民出版社，2012。

朱宪生：《放眼世界的"地球诗人"——纪念"世界文化名人"丘特切夫诞辰200周年"》，载《湘潭大学社会科学学报》，2003(6)。

第六章　果戈理：怪诞的现实主义者

　　果戈理发展了普希金、莱蒙托夫的现实主义倾向，开创了俄国文学史上著名的现实主义流派——"自然派"，对此后的俄国现实主义文学发展影响深远。正因为如此，别林斯基指出：从出现了果戈理起，我们的文学就专门面向俄国生活和俄国现实了。也许因为这个缘故，它变得更加片面，甚至更加单调，可是在另一方面，也就变得更加独创、独特，从而更加纯真。(《关于俄国文学的感想和意见》)车尔尼雪夫斯基宣称，把讽刺的，或者公正地叫作批判的方向牢固地引进俄国文学中来，这应该绝对地归功于果戈理。(《俄国文学的果戈理时期概观》)马克·斯洛宁认为，俄罗斯的散文到了果戈理才真正表现了它的独创力。纳博科夫甚至称果戈理为俄罗斯有史以来最伟大的艺术家。

一、超越死亡、追求永恒的一生

　　王尔德说过："大作家们的生活是特别地没有趣味，他们完全蒸发在自己底书本子里，一点什么都不留给生活。小作家们在这方面就有趣味多了。"果戈理的一生就是如此，他把自己的全部精力都投入写作中去了，因而他的生活平淡无奇，不过，却显得有点怪诞。果戈理是个怪诞的现实主义者。纳博科夫认为，果戈理是一个怪人，是俄国所孕育的最奇特的散文诗人。

　　果戈理(1809—1852)出生于乌克兰波尔塔瓦省米尔哥罗德县索罗奇镇一个地主家庭，从小体弱多病。祖先是乌克兰的小贵族，具有波兰血统。父亲瓦西里·阿法纳西耶维奇·果戈理-亚诺夫斯基做过八品文官，后辞去公职，在乡下当地主，爱好文学，跟作家们有些来往，藏书丰富，订有杂志，喜欢戏剧，用俄文写过诗，用乌克兰文写过剧本。这给幼年的果戈理留下了深刻的印象，激发了他对戏剧乃至文学的爱好。母亲玛丽娅·伊凡诺芙娜·果戈理-亚诺夫斯卡娅，是一名虔诚的东正教徒。斯捷潘诺夫指出，宗教在果戈理家里占有重要地位。母亲经常讲述的"末日审判"加深了他对死亡的恐惧，而10岁时弟弟伊凡的猝死，以及几年后父亲的逝世，进一步加深了他对死亡的恐惧，也使他更加热爱上帝。他的一生，几乎就是恐惧死亡并且与死亡相抗争的一生。特罗亚谈到，果戈理认为，报效祖国，并且扬名于世，就是为上帝服务，只有这样，才能接近永恒，才能超越死亡："他想飞翔，不断高升，震惊世界，总之要赢得上帝的微笑……报效国家就是为上帝效劳，为上帝效劳是为了防备不可预测的风险。'无声无息'地死亡，犹如一根锋利的铁针掉落在干草堆中：对尼古拉·果戈理来说，这是最大的威胁。"体弱多病和对死亡的恐惧，再加上后来生活道路的坎坷，造成了果戈理的忧郁气质。为了超脱恐惧和忧郁，他不仅学会了细致的观察，形成了善于发现别人突出的特征尤其是可笑的特征的本领，并且往往沉醉于想象之中，形成了非同一般的想象力，能把无意中听到的笑话、故事加工成艺术精品，可谓怪才。贝灵认为，果戈理的气质是浪漫的，他是个大梦想家，喜欢写神奇的故事和超人间的事迹，但正像我们在别的俄国诗人中找出浪漫主义与写实主义的奇特混合，以及想象与常识的混合一样，果戈理也是如此，他一面是天赋极丰富的想象家，一面又是根基于精微的观察的写实主义者，他还富有幽默，并且他的幽默是多方面的。

1821—1828年果戈理就读于波尔塔瓦省涅仁高级科学中学。中学毕业后，果戈理满怀激情和理想，选择到彼得堡当法官，这也是出人意料的怪诞想法（一个基本不熟悉法律的中学毕业生居然想当法官，而且是到人才济济的首都去当法官）。严酷的现实粉碎了他这不切实际的怪诞幻想。小公务员卑贱而贫寒的生活更是使他对严酷平庸的生活和社会特别是官场的弊端有了比较深刻的认识，于是他转向了创作，并且逐渐成为职业作家。

1831年，果戈理结识普希金，普希金对他关爱有加，《钦差大臣》《死魂灵》的题材都是普希金提供给他的。1834—1835年，在普希金等人的帮助下，他在彼得堡大学教世界史。1836年，喜剧《钦差大臣》上演，引起了包括沙皇在内的官僚政府的猛烈攻击，果戈理被迫出国，长期居住罗马，此后开始创作《死魂灵》。果戈理晚年多病，长期居住国外，深深浸入宗教中。1848 年，回到祖国。1852 年 2 月 11 日，在病中烧毁了已大体写完的《死魂灵》第二部，这既是对创作的认真，也是一种怪诞行为，2 月 21 日，在莫斯科逝世。

从 1829 年自费出版长诗《汉斯·古谢加顿》到 1852 年去世，果戈理出版了三部中短篇小说集、一部长篇小说、两部戏剧、一部书信体散文集，此外还有一些论文和大量书信。具体来看，果戈理的重要作品如下：

小说创作：数量不是太多，主要有中短篇小说集《狄康卡近乡夜话》(1831—1832)，包括《索罗奇集市》《伊万·库巴尔日的前夕》《五月之夜》《不翼而飞的信》《圣诞节前夜》《可怕的报复》《伊万·费多洛维奇·什蓬卡和他的姨妈》《中了邪的地方》八个短篇小说；《米尔戈罗德》(一译《密尔格拉德》，1835)，包括《旧式地主》《塔拉斯·布利巴》《维》《伊万·伊万诺维奇与伊万·尼基福罗维奇吵架的故事》四个中短篇小说；《彼得堡故事集》(1835—1842)，包括《涅瓦大街》《肖像》《狂人日记》《鼻子》《外套》五个中篇小说；以及长篇小说《死魂灵》(1842)。

戏剧创作：两部完整的戏剧，即《钦差大臣》(1836)、《婚事》(1842)。

散文创作：大量的书信和评论，代表作是书信体散文《与友人书简选》(1847)。

果戈理试图用自己的作品来揭露陋习，鞭挞丑恶，启发、教育人们报效国家，为上帝效劳，进而超越死亡，追求永恒。他的创作与其为国服务的观念密切相关，是其为上帝服务思想的体现："服务的思想从未离开我。只有我感到在写作生涯上也能为国家服务，那时我才安心于自己的写作。"因为写作可以改造社会生活与人性，促进人的道德完善，既是为国服务，也是为上帝服务。早期创作中，满怀的理想与青春的朝气以及民间文学的影响，使果戈理更关注民族传统中美好的东西；中期创作中，则全力揭露社会弊端；晚期创作中，宗教思想十分浓郁，布道说教，试图塑造正面人物。这在其晚期的重要作品《与友人书简选》中表现得尤为突出。这部作品包括 32 篇书简，内容颇为丰富。综其要者，大约包括两个方面。一方面，指出俄国社会普遍存在的社会问题和道德危机；另一方面，现身说法，解剖自身，教导他人，匡正时弊，疗救社会，并且提出了自己的吏治思想和宗教观念。[①] 以往因某些书简表现出明显的保守思想而被彻底否定，别林斯基致果戈理的著名书简更是给了它致命一击。但现在看来，这部书简选并非作家思想的蜕变，而是作家为上帝服务、为国家服务一贯思想的表现，而且也揭露了社会普遍存在的一些问题，在解决社会问题方面，从吏治、宗教方面，也确实提出了不少有益的思考与见解，应该重新深入研究。此外，在晚年创作的《死魂灵》的第二部中，果戈理试图塑造俄国社会的正面人物——性格深沉、内心丰富、蕴蓄着内在力量的俄国人，塑造足以显示贵族门第的高尚气度的某些最好特征的地主形象，虽然因为不成功而被焚毁，但同样充分表现了作家一贯的思想：为祖国服务，为上帝服务。

二、怪诞现实主义

果戈理的创作道路大致可分为三个时期。

早期创作（1829—1834）：主要以家乡传说和乡村人民的生活为素材，创作浪漫主义作品，如成名作中短篇小说集《狄康卡近乡夜话》。作者以欢快幽默的笔调，把生动有趣的民间故事、优美的自然景色、神奇的幻想与乡村人民质朴的生活有机地联结在一起，描绘了乌克兰美丽的大自然和纯朴豪放的民风，塑造了勇敢机智的农民、工匠和哥萨克群众形象，热情地歌颂了人民热爱劳动、追求自由的品质，无情地鞭笞乡村封建势力的保守、残忍、贪婪和愚蠢，具有浓郁的浪漫主义气息。普希金宣称："我刚才读了《狄康卡近乡夜话》，它使我惊讶。这才是真正的欢乐，由衷的、开朗的、没有矫饰、没有矜持的欢乐。有些地方多么诗意！多么动人！这一切在我们今天的文学中如此不平凡，使我陶醉至今。"别林斯基认为："这是小俄罗斯之诗的素描，充满着生命和诱惑的素描。大自然所能有的一切美好的东西，平民乡村生活所能有的一切诱人的东西，民族所能有的一切独创的典型的东西，都以彩虹一样，闪耀在果戈理君初期的诗情幻想里面。这是年轻的、新鲜的、芬芳的、豪华的、令人陶醉的诗，像爱情之吻一样。"

---

① 关于果戈理的吏治思想和宗教观念，详见金亚娜主编：《俄语语言文学研究·文学卷》第一辑，392～420页，北京，人民文学出版社，2002。

中期创作(1835—1841)：从浪漫主义转向现实主义，写现实生活，主要作品有《米尔戈罗德》、以 1835 年《小品集》为基础出版的《彼得堡故事集》、讽刺喜剧《钦差大臣》《死魂灵》。《米尔戈罗德》标志着果戈理正式从浪漫主义转向现实主义。其中，中篇小说《塔拉斯·布利巴》描写了扎波洛什人及其古老的习俗、民主制度，以及他们的掠夺和他们的爱国主义，还带有一定的浪漫主义色彩。哥萨克老队长塔拉斯·布利巴是一位热爱祖国、热爱自由、刚毅勇敢、性格豪放的民族英雄。他亲手处死了叛国投敌的小儿子安得莱，只身来到敌后，鼓励被俘的长子奥斯塔普要坚强不屈地斗争，无所畏惧地就义。身经百战的塔拉斯·布利巴被俘后被敌人吊在树上，脚下的熊熊烈火烧到胸膛，他毫无惧色，只盼伙伴们快快脱险。他看到自己的队伍安全渡河后，欣慰地喊道："明年春暖花开时，再来这里吧，玩个尽情。"小说塑造了哥萨克英雄塔拉斯·布利巴形象，歌颂了民族解放斗争和人民爱国主义精神。《旧式地主》《伊万·伊万诺维奇与伊万·尼基福罗维奇吵架的故事》则完全是现实主义的写法了。

晚期创作(1842—1852)：主要作品有戏剧《婚事》、书信体散文《与友人书简选》以及长篇小说《死魂灵》第二部(1842—1852)。

果戈理是俄国"自然派"的领袖，而"自然派"在文学史上就是俄国现实主义的别称，因此果戈理一向被文学史家称为俄国现实主义的真正确立者（车尔尼雪夫斯基很早就指出："果戈理应当算是俄国散文文学之父，正像普希金是俄罗斯诗歌之父一样"），是俄国现实主义的杰出代表。

众所周知，现实主义具有以下几个方面的特征：第一，真实地描绘现实，努力反映生活的本来面目——现实主义作家不再像浪漫主义作家那样醉心于描写非凡的人物和离奇的事件，而是强调冷静地观察和客观地描写现实生活，揭露社会的种种弊端，探索社会罪恶的根源；第二，塑造典型环境中的典型人物——现实主义作家主张深入细致地观察生活，分析生活，力求选择最能揭示事物本质特征的环境、事件和细节加以典型化，使之代表一定时代某种特定的社会关系及其发展趋势，强调人是社会环境的产物，主张通过真实的细节，从人与环境的联系中塑造典型人物；第三，对社会罪恶的强烈批判精神——现实主义作家对现实生活中人们的心理状态十分关注，往往全神贯注地详细分析人类行为相互冲突的心理趋势，揭示心理矛盾产生的社会原因，同时，又以人道主义和民主主义为理想，关注各种社会问题，对社会上的各种弊端进行无情的揭露和深刻的批判。

果戈理确实在某种程度上具有现实主义的一些本质特点。首先，他的作品具有坚实的现实生活根基，往往立足于现实，力求拯救世界。由于宗教神秘主义思想的影响，果戈理坚信，他可以充当上帝启示的解释者和上帝意志的代言人，建立足以流芳百世的功勋。他宣称："我生来决不是为了在文学领域里创立一个时代……我所做的事情是心灵的事业！"果戈理立志为上帝为国家效劳，因此希望疗救社会，净化人心。

其次，果戈理极力反映现实问题，塑造典型人物，对社会上的各种弊端和人性的缺陷、人的荒诞生存，进行无情的揭露、辛辣的讽刺和深刻的批判。

他的第一部小说集《狄康卡近乡夜话》已包含一定的现实主义的成分，苏联学者赫拉普钦科早已指出："在《夜话》里，民间传说和风俗习惯，现实和理想，历史和现实是以独一无二的方式结合在一起的。果戈理以富有诗意的传说为小说的基础，使幻想同现实生活的鲜明形象交替出现。在描写日常生活的场面和画面的时候，果戈理把大量民间故事穿插在叙述之中，作为其不可分割的部分和主人公性格描写的重要方面。"此外，更有两部作品表现出颇为明显的现实主义特色。

《索罗奇集市》一方面写了鬼寻找自己的财宝的浪漫传说；另一方面通过对索罗奇集市的商贸活动以及青年哥萨克冲破继母的阻拦获得爱情的描写，体现出现实主义色彩："装扮得很年轻的、肥胖的赫芙拉，她的愚蠢的丈夫索洛比雅·契列维克，爱吃甜饺子和馒头、拼命勾搭赫芙拉的、措辞矫饰的胆怯的神父儿子——所有这些都是赋有充分现实的、生活的特征的形象。关于市集，它的喧嚷、人声、装面粉和小麦的货车、五色缤纷挂着布匹和饰品的货摊等等的描写，也说明现实主义描写的技巧已臻成熟，这种技巧后来非常有力地表现在果戈理的作品中。"

《伊万·费多洛维奇·什蓬卡和他的姨妈》虽然是一个未完成的小说，但它在果戈理的创作中具有重大的转折性的意义。小说一反《狄康卡近乡夜话》绝大多数作品中乌克兰乡间生活浓厚的浪漫气息或神异色彩，而把笔墨完全转向平庸的日常生活：主人公伊万·费多洛维奇·什蓬卡在军队服役

15 年后，回到自己的家乡，见到了帮他经管家产和田庄的瓦西丽莎姨妈。在姨妈的策划下，为了收回被邻居地主戈里高利·戈里高利耶维奇霸占的一块地，他两次去邻居家里：第一次，大吃大喝一顿回来，一事无成；第二次，去向地主的妹妹求婚，然而，当他和那位黄发小姐独处时，两人却无话可说。最终男主人公仅仅用半是颤抖的声音说了句："夏天苍蝇太多了。"女方则回答："多得不得了！哥哥利用妈妈的旧布鞋，特意做了一个苍蝇拍子。可还是很多很多。"两人便再也无话。回到家里，男主人公得知姨妈准备让他娶那位黄发小姐，不胜惊恐，晚上噩梦连连，梦见房子里有许多妻子，吓得赶忙逃到屋外，然而，当"他摘下帽子，一看帽子里坐着一个妻子。脸上往外冒汗了，伸手掏手帕，口袋里有个妻子。从耳朵里取出棉团来，那里面也藏着妻子……"这就是没有故事的故事，也是真实的生活！真是可怕、沉闷的生活，一切竟然如此猥琐、窒闷，就连恋爱也是那样的畏畏缩缩、无聊至极！小说非常真实而生动地写出了男主人公的空虚、胆怯、俗不可耐，也写出了整个日常生活的猥琐、无聊、沉闷无趣。

这个作品是果戈理创作的一个重大转折，也是俄国文学史上的一个重大转折。因为在此前的 19 世纪俄国文学中，作家们都致力于讲述传奇故事。卡拉姆津的感伤主义小说、马尔林斯基的浪漫主义小说本身就浪漫主义色彩浓厚，讲述传奇故事，这不难理解。普希金和莱蒙托夫则是从浪漫主义转向现实主义的作家，他们的现实主义作品尽管也开始转向普通人，反映俄国时代发展的一些问题，但还是颇为注重作品故事的传奇性，带有较浓的浪漫色彩。例如，普希金著名的现实主义作品《青铜骑士》就以彼得堡大洪水为题材，并以代表历史发展的彼得大帝与只有基本生活要求的普通人叶甫盖尼形成强烈对比。普希金的《叶甫盖尼·奥涅金》虽然反映了俄国都市和乡村的生活，然而情节也是充满传奇性的：好友决斗；男女主人公反向行进，形成强烈对照。其他如《上尉的女儿》《黑桃皇后》《杜布罗夫斯基》莫不具有突出的传奇色彩。莱蒙托夫的《当代英雄》传奇色彩更浓：高加索的奇异风光，决斗，杀死强盗，抢走贝拉……而果戈理则对此进行了极大的推进：没有任何传奇性的东西，连一点吸引人的故事都没有，只有客观、真实得令人窒息的平庸人物和平庸生活。果戈理此后的小说和戏剧，包括长篇小说《死魂灵》，继续着对庸俗生活和庸俗人物的揭露和嘲讽，并进一步深化。值得一提的是，这个未写完的短篇小说，通过男主人公的梦，还初步体现了果戈理现实主义的显著特点——怪诞，尽管是梦，但这个梦是怪诞的梦：帽子里、口袋里甚至耳朵里都藏着妻子！

《狄康卡近乡夜话》作为果戈理的成名作，基本上形成了作家主要的创作风格：一方面富于幻想，善于用怪诞的情节来表达思想和情绪；另一方面又特别注重现实生活的细节，甚至用一种细致得近乎夸张的细节来塑造人物，表现主题。这一点对以后的俄国文学也有较大的影响，马克·斯洛宁指出："索洛古勃之写《小恶魔》（即《卑劣的小鬼》）是想恢复果戈理的现实细节与幻想凝和构成的传统"。此后，果戈理相继推出中篇小说集《米尔戈罗德》《彼得堡故事》，长篇小说《死魂灵》，戏剧《钦差大臣》《婚事》等，其现实主义风格进一步发展，并且逐步定型。

《旧式地主》首次比较完整地描写了平庸生活所造成的人的精神的平庸和猥琐。小说写的是俄国一对旧式地主夫妻阿法纳西·伊万诺维奇·托夫斯托古布和他的妻子普利赫里娅·伊万诺夫娜·托夫斯托古比哈的生活，而他们生活的内容就是保持旧式地主的传统习惯——吃喝和睡觉，除此以外，"没有一种欲望能够越过地主小小庭院的栅栏"。他们的精神因此变得非常猥琐，最后在这种自然状态的生活中死去，他们的财产也被一个远房亲戚挥霍一空。斯坦凯维奇（1813—1840）读了这个作品后，在给友人的信中说它展示了"美好的人类感情是如何在空虚的、卑微的生活中被吞噬殆尽"。不仅如此，这个作品还具有颇为复杂的内涵。别林斯基指出："果戈理君的诗在外表的朴素和琐屑中是多么有力和深刻啊！拿他的《旧式地主》来看吧：里面有些什么？两个不像人样的人，接连几十年喝了吃，吃了喝，然后像自古已然那样地死掉。可是，这迷人的力量是从哪里来的呢？你看到这动物性的、丑恶的、谑画的生活的全部庸俗和卑污，但你又是这样关心着小说里的人物，你嘲笑他们，但是不怀恶意，接着你跟腓利门一起痛哭他的巴甫基达，分担他的深刻的非人间的哀伤，对那把两个蠢物的财产挥霍殆尽的无赖承继人感到无限愤恨！"这位批评家独具慧眼，看到了作品所体现的复杂内涵，但没有进行深入的探讨。

从今天的眼光来看，这篇小说体现了作家颇为复杂的矛盾心态：一方面，作为一个胸有大志的人，他崇尚并宣扬人要实现自己崇高天职，为国服务，以超越那种卑贱的动物般的自满自足和无所作为，所以在小说中他揭示了旧式地主夫妇几十年动物式生活的空虚、卑贱；另一方面，作为一个在旧式地主生活中长大的人（斯捷潘诺夫指出，果戈理的父母在领地瓦西里耶夫卡村"过着果戈理在其中篇小说《旧式地主》里怀着钟爱的心情所描绘的那种不免有点可笑的生活"），果戈理对这种明朗、和谐、宁静、惬意的旧式地主生活又充满温情，满怀眷恋，充分写出了这种生活的诗意，尤其写出了这一生活中旧式地主的单纯、朴质、充满温情：夫妻俩淳朴厚道，特别热情，招待客人不遗余力，并且和谐恩爱，相敬如宾。其实，这也是文明人尤其是现当代文明人一种典型的矛盾心态：一方面由于竞争激烈，因此渴望回归自然，尤其羡慕那种和谐宁静的近乎自然的生活以及单纯和谐的人间温情；另一方面又渴望建功立业，扬名于世，超越别人，战胜死亡，因此又否定这种真正无为、顺应自然的生活。由于这一颇为复杂的矛盾心态，这个作品也初步形成了果戈理后来的典型风格——"含泪的笑"：一方面富有人道情怀，对人充满同情与怜悯；另一方面又对庸俗、丑恶的现实深深不满甚至愤怒，因而大力揭露和讽刺，往往把崇高的和卑劣的、抒情的与滑稽的、欢喜的和悲哀的东西结合起来，从而形成了既有幽默、喜剧效果，又具悲哀色彩、忧郁成分、怜悯情怀的"含泪的笑"。[①]

于明清认为，这部小说表现了"上帝之城的黄金时代"。从作家温情脉脉的叙述，对宗法制乡村生活的心驰神往，对往昔逝去的感伤，对取代旧式地主的资产者的憎恶，以及他与两个地主的生活原型——祖父母的亲密关系来看，他对旧世界和两个老人褒多于贬，爱多于憎。在地主的庄园里，彩虹的七彩辉映在天际，鸟儿在林间啼鸣，青草和野花芳香扑鼻，人与自然和谐共处。两个老人身上体现着果戈理至死都在苦苦追寻的"光明的宽容精神和天使一样的幼稚童真"以及"美妙的博爱精神的芬芳"。

《伊万·伊万诺维奇与伊万·尼基福罗维奇吵架的故事》的两位主人公都是米尔戈罗德非常出色的人，尽管性格迥异——前者有非常出色的口才，后者少言寡语，却是尽人皆知、形影不离的好朋友。结果，因为一支猎枪，

---

① 参见曾思艺：《现代文明人矛盾心态的形象显现——试论果戈理〈旧式地主〉的双重意蕴》，载《邵阳学院学报》，2010(5)。

两人发生口角，后者随口骂前者为"公鹅"，从而导致两人绝交，并引发了一场旷日持久的官司，即使市长出面调解也无法解决问题，哪怕倾家荡产，官司也得继续进行。这个作品，再也没有现实主义地描写一对旧式地主夫妇宁静的乡村生活和单调地满足于吃喝般地过日子的《旧式地主》的那种温情，作家以日常生活中最平凡最微小的细节，着力表现了极其庸俗的环境中两个庸俗人物的猥琐、痞俗乃至疯癫，入木三分地刻画了庸俗生活对人性的扭曲乃至扼杀。米尔斯基认为，这是果戈理伟大的杰作之一，其喜剧天赋(永远接近不可思议的漫画和不可思议的闹剧)在这里体现得淋漓尽致。

小说发表后，当即在俄国文坛引发争论。保守的批评家们一致对它进行围攻，《读书文库》1835年第9期撰文称这个作品"肮脏不堪入目"，《北方蜜蜂》同年第115期则认为："尽管写得多么巧妙，可究竟为什么要向我们展示这些破衣烂服，这些脏兮兮的褴褛？为什么要描绘人类和生活的后院之令人不快的画面而毫无任何明显目的?"别林斯基挺身而出，为之辩护，并指出了这部作品乃至果戈理创作的显著特点是"含泪的笑"："一篇引起读者注意的中篇小说，内容越是平淡无奇，就越显出作者才能过人……的确，使我们热烈地关心着伊万·伊万诺维奇和伊万·尼基福罗维奇的吵架，使我们对这两个人类活讽刺的愚蠢、卑琐和痴傻笑得流泪——这是很惊人的；可是，后来又使我们可怜这一对白痴，真心真意地可怜他们，使我们带着深深的惆怅和他们分手，和作者一同喊道：'诸位，活在这世上真是沉闷啊!'——这才是足堪成为创作的、神化的艺术；这才是一个艺术天才，在他看来，有生活，也就有诗歌！你把果戈理君的几乎全部的中篇小说拿来看：它们的显著特点是什么？差不多每一篇都是些什么东西？都是以愚蠢开始，接着是愚蠢，最后以眼泪收场，可以称之为生活的可笑的喜剧。他的全部中篇小说都是这样：开始可笑，后来悲叹！我们的生活也是这样：开始可笑，后来悲叹！这里有着多少诗，多少哲理，多少真实!"后期的戏剧《婚事》继续了这一主题。

《涅瓦大街》通过两个朋友的不同结局，以对照的方法，深刻地讽刺俄国庸人社会的可怕：青年画家皮斯卡廖夫很有才华，沉醉于美的理想之中，然而他只能在梦中实现自己的理想，现实生活中的美神只是毫无羞耻、浅薄庸俗的妓女，坚守理想的他只能自杀；军官皮戈罗夫现实庸俗，逢场作戏，生活得自由自在，关键在于他特别健忘，容易满足，即使追求鞋匠的妻子遭到痛打，恨恨不平，然而吃了几个小点心以后，他就火气大消，再在涅瓦大街溜达一会，很快就心旷神怡了。值得一提的是，《涅瓦大街》在文学史上的独特贡献是：把帝俄第一街进而也把整个帝俄京都彼得堡置于文学主人公的地位，升格为叙事文学的主题，后来的俄国作家中有不少人继承了这一开拓，其中最出色的是陀思妥耶夫斯基（1821—1881）和别雷（1880—1934）。纳博科夫指出："以涅瓦大街为标题的小说生动而难忘地强调了它的陌生性，以至于勃洛克的诗篇和别雷的长篇小说《彼得堡》——属于 20 世纪初叶——似乎是果戈理城镇的发展，而非创造了新的神秘形象。"这部作品，基本上是现实主义的。

《狂人日记》以一个疯子"我"的眼光来看世界，入木三分地刻画了主人公波普里辛的疯子心理。作为沙俄政府机关的小职员，生活于贫困之中的波普里辛由于饱受官员们的欺凌、压抑，没有人格尊严，爱情也是镜花水月，虚幻缥缈，因此他疯了，并且产生了最疯狂的念头——自己就是西班牙国王斐迪南八世。在半清醒状态中，他喊出了："妈妈，救救你可怜的孩子吧！"通过对疯子的遭遇及其发疯原因的深刻描写，小说揭露了俄国社会的突出病症——以官衔权势为中心的社会中小人物饱受摧残的极其悲惨的命运，又体现了鲜明的现实主义特色。

《外套》描写了小公务员阿卡基·阿卡基耶维奇（又译亚卡基·亚卡基耶维奇）卑微的一生：薪水极低，生活于穷困之中，即使想置办一件体面点的外套，也得节衣缩食、忍饥挨饿好几个月；更可怕的是，这种等级森严的艰难生存环境使他完全丧失了人的精神，而变成一个安分守己、逆来顺受甚至兢兢业业的"螺丝钉"，每天就满足于抄写公文。他穿上新外套的那一天成为他"一生中最激动的一天"，"这一整天就像一个最盛大的节日"，"由于内心的喜悦，有好几次他甚至笑出了声"。然而，当天晚上，他的外套就被抢走了。他失魂落魄，去找当官的大人物。这位大人物"派头和风度庄重而又威严，但单调乏味。他的章法的主要基础是严厉"。他非常严厉地对五十开外的阿卡基·阿卡基耶维奇高声训斥，吓得他回家一病不起，最终一命呜呼。"一个任何人都不予以保护，任何人都不珍视、任何人都不感兴趣的，甚至于连普通苍蝇都不放过、要把它安到大头针上、置于显微镜下仔细观察的自然科学研究者都不屑一顾的生物消失了，无声无息地消逝了……"马克·斯洛宁认为，果戈理对失败者的怜悯，对小人物的关注，对整个社会甚或全宇宙因承受了"屈辱与错误"的命运而引起的不公平现象的感慨，以及他同情弱者的那份基督情操——这些都是俄罗斯文学最根本的主题，全都表现在他这篇动人的古怪作品里了。的确，《外套》继承了普希金《驿站长》描写小人物的传统，但又加以发展：以震撼人心的真实性，深刻有力地写出了小人物内心的痛苦以及新外套带来的微小的幸福，表现了深厚的人道主义精神。陀思妥耶夫斯基宣称："我们全都来自《外套》。"米尔斯基认为："《外套》于是派生出整整一支以穷职员为描写对象的仁慈故事文学，其中最具影响者当属陀思妥耶夫斯基的《穷人》。"与此同时，小说也很现实主义地揭露了俄国社会小公务员生活的贫寒、官场等级的森严以及"大人物"对下属的严厉和高压。

纳博科夫对《外套》却有完全不同的看法。他认为，这是果戈理最伟大的作品之一，但并非现实主义的，而是描写荒诞梦魇的一部杰作："伟大的文学盘桓在非理性的周围。《哈姆莱特》是一个神经质的学者狂野的梦。果戈理的《外套》是一个怪诞、森严的梦魇，它在迷蒙的生活花样上留下了一些黑洞。肤浅的读者只是从故事中看到一个十分滑稽的人在不断地嬉闹；一本正经的读者会理所当然地认为，果戈理的主要意图是谴责俄国官僚制度的恐怖。但无论是想捧腹大笑的人，还是渴望书籍'令人思考'的人都理解不了《外套》的真正内容。""普希金沉着冷静，托尔斯泰实事求是，契诃夫婉约节制，不过他们都有非理性地透视的时候，那时他们的句子就会变得朦胧，透露出隐秘的意义，值得突然变焦。但对果戈理来说，这样的变焦恰恰是他艺术的基础……当他在不朽的《外套》中真正随心所欲，在他个人深渊的边缘惬意地信马由缰时，他就成了俄国所能产生的最伟大的艺术家。""在这超尘绝俗的艺术层面，文学当然不关心同情弱者或谴责强者之类的事，它诉诸人类灵魂的隐秘深处，彼岸世界的影子仿佛无名又无声的航船的影子一样从那里驶过。""荒诞是果戈理喜爱的缪斯……所谓'荒诞'……如果是指哀怜，指人的处境，如果是指在不太古怪的世界里所有那些跟最崇高的志向、最彻骨的遭遇、最强烈的情感相连的东西——那么通过间接比较，当然就会存在必然的裂口，而某个迷失在果戈理噩梦般的、不负责任的世界中间的可怜人就是'荒诞'的。""亚卡基·亚卡基耶维奇,《外套》的主人公,之所以荒诞,因为他可怜,因为他是人,因为他恰恰是由那些似乎与他对立的力量生成的。""果戈理文体组织上的豁口与黑洞暗示了生活组织本身的裂缝。某些东西出了大错,所有人都有点疯狂,他们蝇营狗苟,却以为性命攸关,荒谬的逻辑力量迫使他们继续徒劳地挣扎下去——这就是这个故事的真正'信息'。在这个徒然谦卑、徒然统治、一切都是徒然的世界,热情、欲望、创造性冲动所能得到的最高地位就是一件新的大氅,裁缝与顾客则都屈膝以求……这就是果戈理的世界,因此迥然不同于托尔斯泰的世界、普希金的世界、契诃夫的世界或我本人的世界。可是,在阅读了果戈理之后,我们的眼睛会果戈理化,容易在最意想不到的地方看到他世界的一鳞半爪。我去过许多国家,我碰巧认识的这个或那个熟人其热情的梦想就是某种类似于亚卡基·亚卡基耶维奇的外套的东西,而他从未听说过果戈理"。刘佳林进而指出,纳博科夫对《外套》的解读突破了传统的思维模式,某种意义上说,他更能确立作品的不朽。他认为《外套》是伟大的,它的伟大建立在这种基础上:亚卡基只是偶然以俄国九等文官的面具出现而已,他故事的深层意义超越了19世纪三四十年代的俄国生活。确实,我们每一个人都在苦苦追求着自己的那件"外套",但是生活却常常让我们或者与它失之交臂,或者只是拥有片刻,果戈理对亚卡基的怜悯实际上是对我们每一个人的怜悯。

再来看《钦差大臣》果戈理宣称:"在《钦差大臣》中,我决心要把我当时所知道的俄国的一切恶习、发生在最需要公正的地方和场合的一切不公正行为全部汇集起来,概括地加以嘲笑。"这部戏剧的故事发生在俄国一个偏僻的小城里,官僚们得悉钦差大臣要来微服私访的消息后,惊慌失措,把一个偶然路过此地的彼得堡小官员赫列斯达可夫误认作钦差大臣,争先恐后地巴结他,向他行贿,市长甚至把女儿许配给他。赫列斯达可夫起初莫名其妙,后来就乐得以假作真,捞了一大笔钱财,扬长而去。官员们知道真相后,懊悔不已,正在这时,传来真钦差大臣到达的消息。戏剧以现实主义的方法,充分揭露了俄国官场的腐朽与黑暗:官吏们沆瀣一气,狼狈为奸,对人民漠不关心,而只满足于用专横和暴力欺压人民,恬不知耻地搜刮人民,贪赃枉法,盗窃国库,作威作福,为所欲为。市长安东老奸巨猾，自夸骗过了三个省长。他贪污成性，从不放过所能捞到的一切。他认为官吏贪污理所当然，但贪污的多少应该以官阶的高低为标准。他对市民横加凌辱，并巧立名目，强取豪夺，一年 365 天他有一半的日子过生日，修一座桥花 100 卢布呈文却写 20000 卢布。对上级他阿谀奉承，一心想到彼得堡当将军。喜剧还塑造了一系列小城官场的丑类，如阴险残忍的慈善医院院长，玩忽职守、收贿受贿的法官，胆小、愚昧的督学，偷看别人信件的邮政局长，等等。赫列斯达可夫是作者重点刻画的对象。他是彼得堡的一个花花公子，轻浮浅薄，喜欢夸夸其谈，以寻欢作乐为生活目的，撒谎和吹牛成了他的天性，他的生活的全部内容。他被当作钦差大臣，一方面缘于小城官吏的惊慌失措，另一方面也缘于他的气质具有彼得堡官僚的特征。

一般认为，果戈理的《钦差大臣》深刻、集中地嘲笑了俄国官僚社会，成为"最完备的俄国官吏病理解剖学"。赫尔岑指出，"果戈理在离开他的小俄罗斯人和哥萨克走向俄罗斯人的时候，就不再描写老百姓，而集中注意他们的两个最可诅咒的敌人：官僚和地主。在他之前，从来没有一个人把俄国官僚的病理解剖过程写得这样完整。他一面嘲笑，一面穿透这种卑鄙、可恶的灵魂的最隐秘的角落"戏剧演出后，震动了俄国尤其是沙皇宫廷，作家被迫出国休养。其实作家的本意只是希望充分发挥"笑"的威力，通过讽刺的力量使俄国的官僚们改恶从善。米尔斯基认为："此剧无疑是最伟大的俄语剧作。其超群之处不仅在于角色刻画和对话，这是为数不多的俄语剧作之一，它自始至终结构精准……（此剧的）对话，则无与伦比。"

米川正夫有更全面、更深刻也更具普遍意义的看法。关于主人公赫列斯达可夫的性格，米川正夫认为，他和那些常在低级俗剧里面看到的类似的坏蛋完全不同，他不过是个受皮相的西欧文明的影响所产生的轻薄的浪子，却享受着一种异常的自然之恩惠。这就是他那非凡的作伪的本能，而且那作伪的特点，正存在诗人式的感动性当中。当他撒谎的时候，现实的利益和企图等，全不摆在心上，他只是陶醉在自己的虚伪里面，张开空想的翅膀，无限制地飞翔于梦幻的世界。在那里，正潜藏着他的作伪的本领和魔力。赫列斯达可夫的另一主要特性，就是那种毫不忌惮地去接触一切问题和一切思想，而把它弄得平凡和浅薄的伎俩。古今大哲学者的悠远的思想之结晶，以及天才的优秀的艺术，一旦被翻成他的话语，都会立刻失去它的深邃和雄厚，而变成褪了色的、平板的、轻易的东西。实际上，赫列斯达可夫不仅是某种人物的典型，而且还是现代生活的空虚和浮薄的一种象征。

米川正夫进而指出，果戈理在《钦差大臣》里想要告诉读者的，绝非限于暴露某一国家在某一时代的不健全的行政、政治状态的丑恶，或是讥笑空虚而无意识的现代社会的缺陷，而是进一步要和横亘在这一切当中的祸根，即恶魔做斗争。他在一切的人们身上——尤其是在自己身上，最为强烈地——感到卑劣、庸俗的存在，打算和它战斗，直到流干最后一滴血为止。米川正夫抓住了果戈理创作的本质。俄国文学有一种描写庸俗与卑劣对人性腐蚀的传统，果戈理是奠定这一传统者之一，其后契诃夫、索洛古勃、高尔基、左琴科等都发展了这一宝贵的传统。

对于这个作品，纳博科夫也有不同看法：头脑简单的人难免会在这个剧本中看到社会讽刺，那是对乡村式的俄国腐朽的官僚制度的猛烈抨击；因为果戈理的戏剧被关心公民利益的人误解为社会抗议，从而在19世纪五六十年代出现大批谴责腐败和其他社会问题的文学，还有连篇累牍的文学批评，以致如果作家不用自己的小说去控诉警察和鞭打地主，他就不能算作家。然而《钦差大臣》是一部梦幻剧，一部"钦差幽魂"剧，完全出于果戈理自由灵动的非理性的幻想或梦幻："果戈理的戏剧是行动的诗，我所谓诗，是指通过理性字句感觉到的非理性的神秘。"他进而指出，赫列斯达可夫这个名字本身就是天才的手笔，他是一个温和的家伙，沉浸在自己的梦幻中，身上有某种假魅力，花花公子的派头，跟粗鲁的小城名流那种乡巴佬的样子截然不同，因此给女人带来了文雅的快乐。他庸俗得彻底而有趣，那些女人庸俗，那些名流也庸俗——事实上，整个剧本创作就是以特殊方式将不同形式的庸俗混在一起（某种程度上像《包法利夫人》），以至于最终结果的强大艺术价值不在于说什么，而在于怎么说（所有杰作都如此）——在于对单调乏味的部分进行令人眼花缭乱的组合。

梅列日科夫斯基更具体地谈到，赫列斯达可夫有着最寻常的头脑，最寻常、人轻易就皆而有之的"世俗社会的良心"，他身上有着流行的、结果沦为庸俗的一切。他"打扮时髦"，说话、思考、感觉也都很入时，但他没有能力将自己的任何一种思想、任何一种情感集中起来，并进行到底。所有三维的事物，都让他归为两维或一维——归为完全的平面、平庸。这也正是时下流行的，因此一切都被庸俗化了。他把各种思想都压缩到简单的极致，简化到轻浮的极致，抛弃它的首与尾，只留下一个无限小的、最最中间的一个点——结果，原是延绵的山峰，现在变成了一粒尘埃，被风吹到了大路上。经过这种赫列斯达可夫式的压缩、简化，没有什么高尚的情感、深刻的思想能不变成平庸的尘埃的。他是所有始与终的否定的化身，道德和智力的中间值，平庸的化身。不过，他的谎言与艺术家创造性的幻想有某种共同之处。他以幻想让自己陶醉得忘乎所以，最少考虑现实的目的和好处。这是一种无私的谎言，为谎言而谎言，为艺术而艺术。他如此天真而没有心机地撒谎，并且自己第一个相信，自己欺骗自己——其迷惑力的秘密就在于此。难怪果戈理说："任何人都至少做过一分钟（如果不是数分钟的话）的赫列斯达可夫。"

《婚事》一方面揭露了俄国社会以婚姻谋财产，尤其是穷男子希望娶一个富有的女性而获得财产的庸俗社会现实和人生丑态。"它对商人生活习俗广阔而又独特的揭示，对奥斯特洛夫斯基产生了重大影响。"（米尔斯基）另一方面通过描绘主人公波德科列辛渴望结婚又害怕失去自由的心态，写尽了天下男子临婚前的矛盾与困惑。当然，他的跳窗逃跑，也写出了这类男子的男子汉气概尽失，很有现代意义，仿佛很早就为卡夫卡塑像了，从而使这一作品不仅富有社会意义，而且富有人类意义。果戈理戏剧的这种现实主义的生活化、平庸化，开启了通向屠格涅夫、奥斯特洛夫斯基和契诃夫戏剧的大门。

然而，仅仅说果戈理是现实主义的代表和领袖人物，这在某种程度上忽视甚至抹杀了其独特的个性或者说艺术风格的独创性，因为他的作品还具有浓郁的荒诞色彩、突出的神秘氛围和变形的漫画人物，而这正是其创作的独特性，并且和前述现实主义特点共同形成了其创作总体独特的艺术风格——怪诞现实主义。

第一，浓郁的荒诞色彩。果戈理并不致力于反映生活的本来面目，而是力求运用离奇反常的人和事乃至夸张的细节构成怪诞的情节形成荒诞的色彩，以浪漫主义的夸张方式，更深刻地反映生活的本质、人性的本质。

《狄康卡近乡夜话》中的大多数作品以怪诞的情节和离奇的故事表现了相当浓厚的浪漫主义色彩甚至神秘主义色彩，水妖、鬼魂、魔鬼、巫师、幽灵反复出现，参与各种情节，或帮助人，或戏弄人，甚至残害人，如《伊万·库巴尔日的前夕》讲述了彼得贪图钱财，被魔鬼引诱，杀死了心上人的弟弟，虽然娶到了心上人，但却永远丧失了记忆的故事；《五月之夜》讲述了投水女的鬼魂运用锦囊妙计，迫使恶棍听命，帮助一对相爱的青年美梦成真的故事；《不翼而飞的信》讲述了某教堂执事的爷爷凭着勇敢与魔鬼斗法，索回了丢失的帽子和信件的故事；《圣诞节前夜》讲述了铁匠瓦库拉凭借勇敢、忠贞、善良、真诚，战胜了偷摘月亮的小鬼，并在小鬼的帮助下去到都城，得到了女皇的皮靴，赢得了心上人奥克莎娜的爱的故事；《可怕的报复》讲述了乌克兰民间英雄达尼洛·布卢巴什的岳父叛变投敌，变成巫师，带领波兰人侵入祖国的领土，残酷地杀害了达尼洛及其妻子，达尼洛变成鬼魂，骑马持戟，到处搜寻叛徒，复仇到底的故事；《中了邪的地方》讲述了某教堂执事的爷爷贪图宝物，被魔鬼耍弄的故事。

《米尔戈罗德》中的《维》讲述的是：哲学生霍马·布鲁特偶遇女巫，最初凭着毫无畏惧的心理战胜并且重伤了她。后来，这位百夫长的女儿——面貌绝美而实际上作恶多端的女巫为了报复，临死前让不明内情的父亲一定要找到霍马，并让他给自己做三夜死亡祈祷。前两夜，死尸和魔鬼一起作怪，霍马充满信心，凭着咒语和经文，战胜了它们。但第三天晚上，霍马因害怕而死于魔怪之手。于明清指出，这部小说表现了"传教者在与魔鬼的斗争中死去，信仰被淡忘，上帝被亵渎……面对魔鬼，人们不再向上帝祈求庇护，而是选择逃离。"女巫、鬼怪，这些当然是浪漫主义甚至神秘主义的。米尔斯基指出，这篇小说是浪漫主义奇闻与现实主义家常幽默的绝妙结合，其自身的结构，尤其是恐怖和幽默这两个矛盾元素的完美融合使得它成了果戈理最充盈、最丰富的小说之一。

《彼得堡故事集》中的《肖像》描写了梦中的金币变为现实以及肖像神奇的魔力，具有浪漫主义色彩；《鼻子》则最能体现果戈理的怪诞现实主义特色。《鼻子》中的八等文官科瓦廖夫少校，一早醒来，突然发现鼻子丢了，急得就像热锅上的蚂蚁。因为没有鼻子很不体面，于是他四处奔波，到处寻找，见识了各种人物，受到了各种冷遇。而他的鼻子则身穿五等文官制服、坐着马车，在到处拜访什么人。幸亏，后来鼻子又自动回到他脸上。鼻子竟然会丢失，而且能衣冠楚楚，坐着马车，到处去拜访达官贵人，这自然是十分怪诞甚至是荒诞的，但通过这个故事，作家不仅辛辣地讽刺了升官发财思想、趋炎附势之徒和自满自足的小人，嘲讽了俄国社会荒诞不经的官本位现象（于明清指出，官本位是俄国社会根深蒂固的现象。果戈理用他构建的神奇的现实，给官本位树立了荒诞的形象。小说中的虚拟世界是失衡的，一切既有的认识观念被打乱。鼻子居然随意离开主人的身体，穿上官服，开始社交，还能将身份低于自己的主人任意耍弄。但是在虚拟世界中有一个与现实世界相通的永恒真理，官职的高低决定一切。鼻子离开的荒诞直接等价于官本位的荒唐离奇。如果你不相信鼻子会离开脸出走，那么你也必然无法接受同样离奇的现象，就是一个人的社会地位居然大于人本身的价值。如果人所取得的虚衔居然能本末倒置地超越人本身的价值，鼻子离开脸又有什么奇怪的呢？），也在某种程度上写出了人类的虚荣心乃至人类生存的荒诞性，以及人类面临灾祸时的复杂心态。此外，《外套》结尾主人公的鬼魂报仇的情节也是怪诞的。

于明清指出，果戈理运用怪诞的写作手法，突破真实与虚幻的界限，营造怪诞的现实，使现实世界带有神奇性。他还在作品中让活人、死人、神灵、妖魔、动物一起活动，甚至相互交谈，完全打破了其间的界限，这使他的作品更加怪诞。孙宜学更具体地谈到，果戈理作品中的怪诞分为三个阶段，早期《狄康卡近乡夜话》中的怪诞主要是源自民间传奇和鬼怪故事中的幻想性怪诞，以其离奇古怪吸引着读者，又以其滑稽可笑使读者发出会心的笑声。这时的怪诞主要用于戏谑逗乐，审美主体得到的是一种愉悦。中期《米尔戈罗德》中的怪诞致力于为读者营造一个陌生的世界，使其能更清醒地审视生活的真实，就像卡夫卡所说："感到额头被猛击一掌"，或是直接制造一种震惊效果，使读者更深刻地思考，以达到讽刺社会的目的。这样的怪诞是攻击性与异化的怪诞。《狂人日记》《外套》《死魂灵》等后期作品中，不仅有构思怪诞和情境怪诞，而且有性格怪诞。果戈理用怪诞手法把整个人类及现实生活呈现给读者，让他们看个透彻。

果戈理一生创作了两部完整的戏剧：《钦差大臣》和《婚事》。夏忠宪认为："揭示荒诞的世界，表现人物的恐惧、空虚等，是果戈理的戏剧创作中经常出现的主题。如恐惧——罪恶感的标志，它预示不可避免的判决即将来临。《钦差大臣》自始至终笼罩着一种宗教'末日审判'的气氛……在《婚事》里，主人公对婚事的恐惧，更接近20世纪荒诞剧中表现的现代人的感受和体验，那是面对未知事物的恐惧。这种难以名状的恐惧甚至妨碍了结婚。男主人公在对幸福的希冀和对婚事的恐惧中犹豫，最终跳窗逃跑。他的行为是荒诞的，但表现出他灵魂的猥琐怯弱，精神的贫乏浅薄。果戈理的作品的令人惊异之处不在于那些展示出来供人评说的俄罗斯的丑陋和病症，而在于对'生存的无目的性和无意义性——庸俗的描写'。作家凭借善于表现'庸人的庸俗'的本领，将一个个庸庸碌碌、浑浑噩噩的'死魂灵'有力地勾勒出来。许多人'不论他属于哪个阶级和具有什么身份，而且不论他身负多大的罪恶，或者他不过是个平庸的普通人，具有各种各样算不上缺点的性格、秉性和人类的相貌，都可以列入"死魂灵"的名单'。"

就连一向被称作现实主义典型代表作品的《死魂灵》，也有学者指出其具有浓厚的怪诞甚至荒诞色彩。

例如，孙宜学认为，从内容来看，乞乞科夫到全国各地收购死魂灵，既不合理又不典型，它是对尼古拉一世时俄国发生的真实欺诈的病态而过分的滑稽模仿，而不是令人信服的现实中发生的事例。但是逼真不是果戈理的强音，他反映的是现实中可能有的事情。形象怪诞在这里由相貌怪诞转变成性格怪诞。这个小说里的人物都是一个个单纯的性格、癖性，或者说是普遍性的人格弱点，而且是被推到了彻底的刻板或荒谬的弱点，如呆头呆脑的索巴凯维奇、毫无生气的玛尼洛夫、迟钝狭隘的克罗博契卡、厚颜无耻的恶棍和吹牛者诺兹德廖夫、衣衫褴褛的贪婪的殉道者普留希金，他们都在某一方面被极度地夸张了，变成了"灵魂的机械人"，变成了木偶，而绝非成熟的人类。他们是一个怪诞的性格群。《死魂灵》中还有情境怪诞。当乞乞科夫买卖死魂灵的事情被诺兹德廖夫捅出去后，接连发生了许多事情，先是克罗博契卡坐着西瓜似的马车在黎明时进城，接着是两位太太的交谈、城里有关死农奴的传闻、对乞乞科夫身份的猜测、拐走省长女儿的谣言、新总督即将到来的消息、警察局长家的集会、会上讲的戈贝金大尉的故事、长年隐居在家的人也出动了，等等，"好像制造混乱和愚蠢的恶魔亲自飞翔在全市的上空，把人们搅作一团"。这里已不是在写单个傻瓜，也不是写一件孤立的蠢事，而是通过一个城市表现出一个荒谬的世界。最后，事情的发展结局是：检察长被惊吓而死，以其葬礼结束了这个慌乱场面。事情绝不仅仅是可笑的，在其滑稽性后面隐藏着令人恐惧的现实：荒谬的世界，堕落的灵魂。

又如，孙亦平认为，《死魂灵》具有明显的怪诞倾向，具体表现在三个方面。一是主题的抽象化——为了表现俄罗斯"生活的主人"的丑恶嘴脸及农奴制的腐朽，作者有意识地将性质对立的"死奴"和"活人"放在一起，产生一种强烈的反差，给人一种不可名状的怪诞感，进而像《神曲》一样，表达了改变扭曲的人性以走向至善境界的思想，而这种以滑稽的方式来表达严肃、深刻的主题，是《死魂灵》的风格特点，而这也符合怪诞的另一个显著特征即"滑稽与恐怖的冲突的未消除"。二是人物的非人化——《死魂灵》中的人物个个栩栩如生，不过他们都有一个共同的特点就是怪异。玛尼洛夫有一种甜腻腻的怪；诺兹德廖夫嗜赌如命、肆无忌惮也够怪的；那么像老鼠的克罗博契卡，像熊的索巴凯维奇则更怪；而最怪的就是普留希金，怪得像机器、怪得全无人性。这就是作品人物怪诞倾向的具体表现——非人化的特点。三是情境的陌生化——在果戈理笔下，那些舞会都酷似阴间的狂欢，群魔乱舞，充满了恐怖的扭曲的活动，那一座座庄园如同阴森恐怖的冥府，充满了梦魇似的、疯狂的气氛，具有鲜明的怪诞特征，而且，作品中情境的陌生化，还表现在怪诞场景的细节描写上，如玛尼洛夫家的"烛台是瘸腿的，歪歪斜斜，积满油垢，简直像一个铜制的残废人"；普留希金家的洞窟龇牙咧嘴；诺兹德廖夫的"棋子大有朝着城里偷袭过来之势……"

第二，突出的神秘氛围。由于母亲笃信宗教，加上当时乌克兰民间信仰和传说的神秘色彩等的影响，果戈理从小就浸泡在某种宗教神秘主义的氛围中；体弱多病，以及弟弟的早夭和父亲的死亡，更是促进了他对宗教神秘主义的兴趣。这影响到其创作，便是形成了其作品中突出的神秘主义氛围。对此，国内外学者多有论述，如马克·斯洛宁指出，《彼得堡故事集》的每一篇都将日常生活与一些神奇鬼怪或超自然现象巧妙结合，颇与他所崇拜的霍夫曼的风格相近。

于明清指出，果戈理的神秘主义是极端迷信的神秘主义，其中既有对上帝直接干预个人生活的信仰，也有对妖魔鬼怪暗中窥伺人并且想方设法控制人灵魂的深深恐惧。后者使作家的许多作品中都令人毛骨悚然地再现出黑暗的、凶恶的魔法力量，我们把这种令人迷惑的、恐怖的东西称为魔法感。据别尔嘉耶夫分析，果戈理的魔法感可能源自波兰天主教。果戈理自幼生活在乌克兰的乡村，生活在一块往昔屡易其主，因而血统混杂、语言混杂、信仰也混杂的土地上，那里有乌克兰哥萨克的传统观念，有俄罗斯的文化影响，有波兰人、瑞典人甚至立陶宛人的意识投射，有东正教的信仰，有茨冈人的魔法，有民间世代相传的种种迷信故事，也有纯朴而色彩绚丽的草原大自然和乡村日常生活。这一切启迪了果戈理丰富而独特的想象，使他早期的作品笼罩着一种近似于魔幻现实主义的迷离瑰玮的色彩，充满着神奇的魔法力量。

金亚娜更深入地谈道："果戈理在这些作品中写的是'可信而不可能'的事情，即一种无法理解的超现实的朦朦胧胧的神秘'真实'，借助这种特殊的写作方式，把读者引入混沌的超验世界，把他对世界的神秘主义认识与同时代人精神困境的观照结合起来，发出了动人心魄的人道主义呼喊，以唤醒人的灵魂和良知，这使果戈理的作品格外耐人寻味。这位伟大的作家把俄罗斯的现实神秘化，令人相信似乎生活中的一种不可诠释、无法操纵的力量在冥冥之中左右着人的命运，使人只能就范而无法逃脱。这其中隐匿着的不可读解的神秘主义事实正是作品内在诗魂的载体，体现出果戈理对存在的一种态度，即把玄妙难解的俄罗斯的有机现实整体肢解成一些能为人们理解的现实存在和不可理解的神秘主义层面，从中揭示出一些对俄国和俄国人特别重要的东西，某些精神病和痼疾。也许有人会提出这样的看法：果戈理这样写不过是一些浪漫主义的笔法。诚然，果戈理确实接受了德国浪漫主义作家霍夫曼的许多影响，但相比之下，他所创造的光怪陆离的世界和艺术形象，更主要是来自他某种内在的精神体验，是他的内在神秘主义精神生活的一种外化。所以，果戈理的那些怪诞的世界只有用神秘主义的敏锐感觉才能感知。"

第三，变形的漫画人物。果戈理笔下的人物往往是夸张变形的漫画式人物，其行为和心理都是扭曲的、变形的，而非现实主义那样是通过细致观察，创作出来的血肉丰满的人物。对此，我国学者已有精辟论述。

　　钟露鑫谈道："果戈理在典型塑造中，注重从人物的独特之处加以集中性的夸张描绘。他不追求面面俱到，而是强化一点，入木三分。"

　　张敏更具体地指出："传统的评价认为，'果戈理是俄国批判现实主义——"自然派"的奠基人，他以极度忠于生活的现实主义精神，无情地揭露沙皇专制的丑恶和黑暗。'事实上，果戈理并不是真正意义上的现实主义作家，就塑造人物的手法来说，他采取的是漫画式夸张手法，来描写他想象中的已经扭曲、变形的人物形象，这些人物不是现实生活中的实形，果氏所采取的创作方法是浪漫主义的……果戈理也采取夸张的手法来突出该人物的某种行为和心理特征，使这种行为和心理特征同其他方面的行为和心理特征不成比例。可以说，果氏笔下的人物不是适中的、平常的人，而是具有极端性格与无限化行为的人，他描写的人物是一幅幅怪诞的讽刺漫画，而不是一幅幅精致的风俗素描。"张敏进而指出，果戈理作品中的人物所呈现的共同障碍人格特点是：对某一方面心理和行为呈现出特殊的偏执与癖好，这种偏执与癖好使他们成为独特的"这一群"。例如，赫列斯达科夫对说谎的特殊偏执与癖好更多地呈现出戏剧化型人格障碍缺陷，普留希金对于"物欲"的超常偏执与癖好已经到了一种变态的程度，而《肖像》中恰尔特科夫对别人才华的超常的嫉妒，两个地主对吵架和诉讼几十年不减的热情，《钦差大臣》中以安东·安东诺维奇为代表的诸多官吏的贪婪，《死魂灵》中玛尼洛夫的甜腻、克罗博契卡的愚钝、诺兹德廖夫的纵狂、索巴凯维奇的贪吃以及《外套》中巴施马奇金的懦弱与无能……所有这些形象的人格特征皆是有缺陷的、病态的。因此，"果戈理塑造他笔下的所有人物都采用漫画夸张手法，即将人物性格、心理、行为的某一方面特点夸张到极限，有如将一滴水扩充为海洋"。

　　纳博科夫甚至认为，果戈理作品中的世界是一个非理性逻辑的世界，人物之间没有生活上的联系。他们漂浮在梦一般的世界中，以读者意料不到的形态出现，又无足轻重地消失得无影无踪。因此果戈理绝不是什么忠实地描摹自然的现实主义作家，他不反映现实生活，作为一个作家，他住在自己的镜子世界中，他的世界是他想象的产物，那种强调果戈理与时代环境联系的人是在把"世界文学上一个最伟大的非现实主义作家变成俄国现实主义的部门主管"。

实际上，果戈理怪诞的现实主义是浪漫主义、现实主义与他独有的幽默的有机结合。对此，贝灵有颇为全面的论述：果戈理的气质是浪漫的。他是个大梦想家，高兴抒写神奇的故事和超人间的事迹，他的微妙的幻想有时使你联想到霍夫曼，有时又像斯蒂文森，而他后期的作品里，宗教气味超过了其他的成分。但是，正像我们在别的俄国诗人中找出浪漫主义与写实主义奇特的混合，以及想象与常识的混合一样，果戈理也是如此，他一边是天赋极强的想象家，一边又是根基于精微的观察的写实主义者。还有，他又富有幽默。他的幽默是多方面的，使你在诙谐中感到精巧的半沉郁的情调，最后给你以快意的反诮。

此外，果戈理的作品中还有着某种类似于法国自然主义的对人类丑恶的表现。米川正夫指出，果戈理和那在一切意义上都很整齐、圆满和完备的普希金不同，乃是一个具有极端失去了均衡的骄激性格之人，尤其是对于丑恶的、滑稽的、卑贱的事物，他简直有着十倍于常人的、类似病态的强烈感觉。因此，他会在普通人毫不注意的地方，感到人类生活的矛盾和冲突，用好像是故意把它加以夸张和强调的形式，巧妙地使之活跃于纸上。

由上可知，仅仅把果戈理称为现实主义的代表人物，的确抹杀了他的风格特征。虽然他对俄国现实主义影响深远，但我们必须要注意到，他的现实主义不同于一般的现实主义，如屠格涅夫、契诃夫、托尔斯泰、谢德林等人的现实主义，他的现实主义，只能称之为怪诞的现实主义。其实，对于这一点在 20 世纪初已有学者加以论述。

勃留索夫指出，在罗赞罗夫和梅列日科夫斯基的批评著作之后，不可能再把果戈理视为一位完全彻底的现实主义作家，认为其作品十分准确到位地反映了作者当代的俄罗斯现实。相反，尽管果戈理力求成为一名忠实描写其周围日常生活的勤恳的写作者，而在实际创作中，他却始终是一位富于想象、创作幻想题材的作家，并且实质上他总是仅仅呈现出自己想象中的世界。无论是果戈理的幻想题材小说，还是他的现实题材史诗，同样都是这位孤绝于自己的想象中的幻想家的作品，他用自己的幻想建起了一道阻隔此世的难以逾越的墙。而且，其创作有一个特别突出的总体特征，那就是对夸大、夸张的追求。其世界中没有什么是适中的、平常的，他只知道无限度的、无止境的东西。如果他描绘自然景色，那么必定会让人觉得眼前的景色是罕见的、绝妙的；如果写美人，那么她必定是非凡的、空前绝后的；如果表现英雄气概，则必是前所未闻的、超越一切先例的；如果是丑八怪，则必是人所能想象的丑陋的极限；如果是平庸和鄙俗，则一定是极端的、极度的、绝无仅有的。在果戈理笔下，19世纪30年代灰色的俄罗斯社会生活所呈现的鄙俗的盛大场景，是世界历史的任何一个时代都无法企及的。

别尔嘉耶夫也谈到，果戈理是俄罗斯作家中最为神秘的一位，甚至比陀思妥耶夫斯基更为神秘，他是唯一一位身上具有"妖魔感"的俄罗斯作家，艺术地表达了恶的、黑暗的妖魔力量的作用。《可怕的复仇》充满了这种妖魔气息，而这种妖魔气息在《死魂灵》和《钦差大臣》中则以一种更为隐蔽的形式弥散着。果戈理通常被认为是俄罗斯文学现实主义流派的奠基人，其创作的奇异性被解释为他是独特的讽刺家和不合理的农奴制度的揭露者。果戈理不同寻常的艺术手法被忽略了。果戈理的艺术手法完全不是所谓现实主义的，而是一种独特的、分解和打开有机的现实整体的实验。这些艺术手法揭示了某种对于俄罗斯和俄罗斯人来说非常本质的东西，某种精神疾病，而这些疾病是任何表面的社会改革和革命都无法治愈的。艺术家果戈理最先践行了艺术中的一种新的解析思潮，他预告了别雷和毕加索的艺术，他已经具有了对现实的那样一种领悟，这种领悟产生了立体主义，在他的艺术中已经是立体地解析生动的日常生活了。果戈理已经使人的有机的整体形象被立体地解析了，在他那里已经没有了人的形象，而只有动物的嘴脸，且只有怪物，类似于匀称的立体派画的怪物。但他又进行了欺骗，用笑掩盖了自己魔鬼般的洞见。

值得一提的是，果戈理这种怪诞的现实主义在20世纪对布尔加科夫（1891—1941）等产生了巨大影响。

果戈理的功绩，主要是确立了现实主义在俄国文学史上的地位。从上面的分析情况来看，此话不假，他的独特贡献在于：他从此前俄国文学创作的书写传奇故事走向描绘平庸的现实生活，进而辛辣而深刻地揭露社会弊端，奠定了俄国现实主义如实反映现实、深刻揭露社会问题的优良传统。贝灵认为，果戈理推进了普希金对俄国文学的创新，他不再像以往的俄国文学那样致力于爱情的描写，而专门通过描写平凡的生活来写小说，完成了俄国文学的一种革命。米川正夫指出，果戈理对于同时代的俄国文学的影响，是极其深刻而复杂的。由于果戈理的出现，将灰色的日常生活如实地、琐细地加以描绘的手法，甚至变成了文坛上的一种风气。马克·斯洛宁认为，俄罗斯的散文到了果戈理才真正表现了它的独创力。虽然普希金的短篇故事与莱蒙托夫的长篇小说都有其伟大的价值，但果戈理却是第一个写下具有不朽价值的作品，使整个欧洲文学增添不少光彩的伟大作家。这位浪漫者的种种矛盾使他成为世界文学里一位非凡的巨人。他开写实派的先河，将"看得见的笑声与看不见的泪水"凝结在一起，想为他的艺术寻找一个合乎宗教的理由。他也是一位发觉生命的本质竟是如此令人厌倦与无意义的说故事者。他的写作技巧、对文字的驭用皆达到修辞学的最高峰。他的语言华丽多变而且气象汹涌，正与卡拉姆津的温雅与条理井然的传统相对立。后来的乡土派、象征主义与"新写实派"作家都尊果戈理为他们的导师。

值得一提的是，由于为上帝服务的思想贯穿创作始终，且有独特的思考与观念（如博爱的兄弟情谊、地上千年王国的寻求、弥赛亚主义），正如别尔嘉耶夫所说的那样："果戈理不仅属于文学史，而且属于俄国宗教史和宗教—社会探索史。"

三、《死魂灵》：揭露丑陋和庸俗的杰作

长篇小说《死魂灵》是果戈理的代表作，写的是主人公乞乞科夫收购死魂灵（死去但尚未注销户口仍需纳税的农奴）以牟取暴利的冒险经历。自称六品文官的乞乞科夫来到省城，广泛结交各种头面人物，从税吏、民政局局长、警察局局长直至省长本人，每天忙于参加午宴，出席晚会。一周后他到乡下去收购死魂灵，先后见到了五位地主。首先见到的是玛尼洛夫，他是一位高雅可爱的绅士，终日在恬静舒适和懒惰的生活中消磨时光，对自己的土地从不照管，而是交给别人管理。乞乞科夫说明来意，向他购买死去的农奴，他答应奉送，说死去的魂灵是微不足道的。目的已达到，乞乞科夫随即告辞。夜里，乞乞科夫主仆迷了路，误到克罗博契卡的庄园。克罗博契卡是个小地主，每天省吃俭用，连一块旧布也舍不得丢掉，对麻类、蜂蜜、荤油等，她全都经营。乞乞科夫直接向她提出，愿意收购她家

的死魂灵，并说明这样可以使她免交人头税。她盘算一番，认为这件事又新鲜又离奇，生怕自己吃了亏。最后，乞乞科夫以十五个卢布买下了她的十八个死魂灵。乞乞科夫遇到的第三个地主是诺兹德廖夫，他是狂热的赌徒，爱吹牛撒谎，他邀请乞乞科夫一同去他的庄园。他不正面回答乞乞科夫收购死魂灵的价钱，却热衷于用赌博的方式进行交易。他还强迫乞乞科夫买他的种马、母马、小狗，而把死魂灵当作添头，或者下盘棋，把死魂灵和一百卢布作为赌注。乞乞科夫买卖没做成，反被纠缠，好不容易才找了个借口偷偷溜走。他坐着马车来到索巴凯维奇的庄园。索巴凯维奇是一个迟钝、结实、像一只中等大小的熊似的地主。他贪得无厌，甚至把死魂灵也当作赚钱的商品，竟向乞乞科夫介绍他的死魂灵都是些手艺人和有力气的种田人，经过讨价还价，最后以两个半卢布一个的价格把死魂灵卖给乞乞科夫。乞乞科夫一路打听，找到了他要访的第五个地主普留希金。普留希金的外号是"打补丁的"，穿得简直像乞丐，但却是一个拥有上千农奴的大地主。他不管什么东西都捡，一块旧鞋底、一片破布——谁丢了什么，总可以在他家的废物堆上发现。乞乞科夫声言要向他收购一百二十个死魂灵，而且不要他付合同费。他对乞乞科夫用尽了一切祝福词，还破天荒地第一次让仆人把发霉的饼子拿来招待他。交易做成后，乞乞科夫很满意地返回到住地。他通过这次遍访，收购了足足四百个死魂灵。乞乞科夫在父亲的教导下，从小就知道有了钱，什么都能办到。从学校毕业后，他钻进官场。为了升迁，他可以喊科长为爸爸，但目的一达到，马上就翻脸不认人。一次，他了解到在新的人口调查前，未注销的死农奴可以被当作活农奴到救济局去抵押，每个死魂灵值两百卢布。他决定买进一千个死魂灵，总共可赚二十万卢布。然而，由于克罗博契卡对所卖死魂灵价格不放心，到省城来打听，诺兹德廖夫更是在省城到处宣扬这件事情，乞乞科夫收购死魂灵的消息因而传遍省城，一位可怜的检察长居然被活活吓死。在满城风雨中，乞乞科夫只好离开……

小说通过乞乞科夫的这段冒险经历，反映了俄国农村和城市存在的普遍的社会问题。城市的官吏庸俗无聊，愚昧无知，滥用职权，贪赃枉法，游手好闲。乡村的五个地主或沉溺于甜腻腻的幻想而毫不务实，或冥顽不灵只知积攒钱财，或吹牛撒谎、冲动好斗、粗鄙无耻，或贪婪吝啬又贪吃，或毫无人性……小说形象地指出，这些人才是俄国真正的死魂灵。在揭露、讽刺俄国社会黑暗面尤其是丑陋的同时，作家也在某种程度上肯定了人的务实与实干精神，并且对俄罗斯的美好未来表达了向往之情（这主要表现在第二部中）。小说出版后引起了强烈的反响，既有猛烈的批评，也有高度的赞美。保守文人指责它浅薄、污秽、在美学上低劣。赫尔岑则认为："这是一本令人震惊的书，这是对当代俄国一种痛苦的、但却不是绝望的责备。只要他的眼光能够透过污秽发臭的瘴气，他就能够看到民族的果敢而充沛的力量。"别林斯基更是称之为民族的史诗，处处体现了俄罗斯精神，是思想上深刻的、社会的、历史的作品，并且认为，果戈理比普希金对于俄国社会有着更重大的意义：因为果戈理更加是一个社会的诗人，从而更加是一个合乎时代精神的诗人。

马克·斯洛宁较好地揭示了小说的艺术特点和主要内蕴：从现实的层面来看，《死魂灵》可以说是俄罗斯的众生相，或更精确地说，是对于那些愚昧与惰怠所导致的一种生活绝境的揭露。果戈理的"画廊"展出了各式各样的肖像；所有人物的造型，他们的用语，他们的怪癖，他们的变态行为，被扭曲了的脸孔，显示出一种明显的讽世特质。这些人物涵盖了各阶层不同的人物——从乞乞科夫的车夫和佣仆，到富裕的乡绅以及检察官。这是俄罗斯第一次出现这样一部社会面这等广阔，而艺术成就又如此宏伟的作品。各种情节、人物刻画、细密无缝的技巧，汇聚成一股有如泰山压顶的汹涌气势，令人按捺不住地心生思索：这就是俄罗斯？这一连串的骗子与歹徒会是现实社会的写照，可能吗？而事实上，成千上万的读者不得不承认，《死魂灵》的各个角色都是他们所熟悉的、活生生的现实人物。尽管如此，写实的描述在这部构想繁复的作品中只占一小部分。其实每个人物，不管大小，只要探索到深处，就不难发觉他们所意味的深沉的象征意义。他们每一个人，包括乞乞科夫，都是死去的灵魂，或者说是没有灵魂的，一个个所呼吸的都是恶魔身上所散发出来的腐朽气味。果戈理的讽刺的利刃揭开了当时俄罗斯普遍存在的精神上的空虚。

纳博科夫认为《死魂灵》是揭露庸俗的杰作，这"庸俗"是指文化、社会、政治等现象中普遍存在的低级趣味，它不受时空、阶层、职业等限制而存在。庸俗不仅是明显的低劣，还是假重要、假漂亮、假聪明、假迷人。《死魂灵》为细心的读者提供了一群臃肿的死魂灵，他们都是庸俗之徒，果戈理饶有兴致、纤毫毕现地对他们做了描绘，使得整部作品被提升到了了不起的史诗的高度。这位庞大的球样的俗物，这位喝牛奶润嗓子、进而将杯底的无花果吃掉的巴维尔·乞乞科夫，这位穿着衬衫式长睡衣在房间中跳舞、蹦跶间震落了搁板上的东西的乞乞科夫（以他得意忘形地用粉红色的光脚跟打着自己肥胖的屁股——他真正的脸——收场，从而把自己推到真正的死魂灵的天堂中），在乏味的外省环境或小官吏的小罪孽中间依稀可辨的那些庸俗行为中显得很抢眼。如果将传奇式的庸俗之徒乞乞科夫照其所当然的样子看待，即作为在果戈理的特殊烦恼中活动的特殊货色看待，这种抵押农奴的生意中的欺诈其抽象意义就获得了奇怪的血肉，进而具有比我们从一百年前俄国独特的社会环境去看待它有更多的意义。他所购买的死魂灵不仅是一张纸上的名字，它们还是弥漫在果戈理世界中的死魂灵，是坚韧的振翼，是玛尼洛夫、克罗博契卡、NN 市的家庭主妇或在书中稍纵即逝的无数其他小人物的笨拙的玩偶。乞乞科夫本人不过是魔鬼低薪雇佣的代表，是来自地狱的旅行推销员，撒旦公司可想而知会将它们这位随和、貌似健康，但内心颤抖、腐败的代理称作"我们的乞乞科夫先生"，乞乞科夫所代表的庸俗是魔鬼的主要特征之一，是普遍的庸俗的愚蠢本质。果戈理通过《钦差大臣》尤其是《死魂灵》揭露了日常生活中无所不在的庸俗，因此他是这样一位作家：他敢于把每天在我们眼前发生的一切，把冷漠的眼睛所看不到的一切，把可怕的、惊心动魄的、湮埋着我们生活的琐事的泥淖，把遍布在我们土地上，遍布在有时是辛酸而又乏味的人生道路上的冰冷的、平庸的性格的全部深度统统揭示出来，并且用一把毫不留情的刻刀的锐利刀锋着力把它们鲜明突出地刻画出来，让它们呈现在大众眼前。

其实，纳博科夫的观点是早有渊源的。

其一，源自果戈理《与友人书简选》第 18 章第 3 节的观点："关于我，人们已经谈论了许多，评论我的某些侧面，但我最主要的实质并没有搞清楚。只有普希金一人感觉到了它，他总是对我说，还没有一个作家有这样的天赋，能够将生活中的鄙俗如此清晰地展示出来，能够如此有力地刻画出庸俗人的鄙俗，以至所有滑落在人们视线之外的微小的细节，都特写般地呈现在所有人眼前。这就是我主要的特征，只属于我一人的、其他作家根本没有的东西。"

其二，梅列日科夫斯基较早从宗教哲学的角度评论果戈理作品中的鄙俗："上帝是无限的，是存在的始与终；魔鬼是上帝的否定，因而也是无限的否定，一切始与终的否定。魔鬼是有始的和未完成的，冒充无始和无终；魔鬼是存在本体的中间地带，是所有深度与高度的否定，是永恒的平面，永恒的鄙俗。果戈理创作的唯一主题正是这一意义上的魔鬼，也就是作为现象的、在所有时间与地点和环境中——历史的、民族的、国家的、社会的——都可以观察到的'人的永恒的鄙俗'，无条件的、永恒的和全世界的恶的现象，永恒状态的鄙俗。"他认为，果戈理的两个主要人物——赫列斯达可夫和乞乞科夫——是现代俄罗斯的两种面孔的本质，是永恒的、全世界的恶——"人的永恒的鄙俗"的两种位格。乞乞科夫和赫列斯达可夫一样，也是平庸的化身：赫列斯达可夫的力量在于诗意的激情，狂妄的陶醉；乞乞科夫的力量在于理智的平静，明智的清醒；赫列斯达可夫——袖手旁观者，乞乞科夫——积极的活动家；赫列斯达可夫——理想主义者，乞乞科夫——现实主义者；赫列斯达可夫是当代俄罗斯现实的"诗意"，乞乞科夫是当代俄罗斯现实的"真相"。但尽管有这样明显的对立性，他们的隐秘实质却是同一个。他们是同一种力量的两极，是孪生兄弟。他们是俄罗斯中间阶层的子嗣，是19世纪俄罗斯的子嗣，是各个时代中间的、资产阶级的子嗣，两者的实质均是彻底的庸俗。赫列斯达可夫相信不存在的东西，乞乞科夫相信存在的东西。赫列斯达可夫作打算，乞乞科夫去行动。富于幻想的赫列斯达可夫是最现实的俄罗斯事件的肇事者，一如现实的乞乞科夫是俄罗斯最富幻想的"死魂灵"的肇事者。只不过乞乞科夫站在坚实的现实基础上，思考问题更积极，牢牢把握现实的东西。金钱的力量对于乞乞科夫来说不是一种粗鲁的、外在的力量，而是内在的精神、思想、意志的力量。在他身上，卑贱和高尚混合为一种"文雅的举止""高贵的体面"。因此，尽管内在厚颜无耻，但乞乞科夫和整个他的修养保持着外表"惊人的得体"。

在艺术上，《死魂灵》具有如下几个现实主义的显著特点。

第一，通过精心安排的情节，构织巧妙的结构。《死魂灵》的故事相当简单：乞乞科夫为收购死魂灵，访问了城里的官吏尤其是乡村的五个地主，最后事情败露，只得悄然离去。小说在这过程中所写的也是日常生活中的凡人琐事，平淡无奇，但是果戈理却通过精心安排的情节，把这样一个琐碎而平淡的故事写得跌宕起伏，引人入胜，并且构织出小说巧妙的结构。

首先，巧设悬念，最后揭底。小说写乞乞科夫突然出现在 NN 市，和城里的官吏尤其是乡下的地主周旋，悄悄地收购死魂灵，而对他的来历、身世、性格和人生追求，以及为什么收购死魂灵，读者一无所知。这就造成悬念，让读者像小说中的人物一样，好奇地想探知乞乞科夫究竟是什么样的人物，他为何要收购死魂灵。直到第一卷的最后一章，小说才较为详细地交代了他的来历：此前几起几落的身世；他父亲从小对他的教育——"要是你能够博得上级的欢心，那么，即使在学问上面你没有什么成就，即使上帝不曾赐给你什么才华，你还是能够走运，能够出人头地的"，"不管你遭到什么厄运，钱不会出卖你。在这世上，有钱能使鬼推磨，有了钱什么事你都能够办得到，什么路你都能够打得通"；唯利是图、营私舞弊、一心想发财的人生追求；虚伪狡诈、投机钻营又精明能干、屡败屡战、百折不挠的性格；以及偶然听一位书记员的顺口溜想出惊人的办法——在新的纳税农奴花名册发下之前，把死掉的农奴买进来，抵押到赈济局，每个可抵押二百卢布，只要买进一千个，就可以得到二十万卢布。这种安排，既能在情节结构上制造悬念，引起读者急切地想了解乞乞科夫其人的欲望，又十分符合人们从现象到本质的认识规律，从而使读者更深刻、更清楚地了解乞乞科夫乃至当时的俄国社会。

其次，整个作品大体上按总—分—总来结构。《死魂灵》第一卷共十一章，第一章先总括地介绍当时社会生活的一般情况，包括城里的官吏和乡村的地主而又以城里的官吏为主；第二章至第六章分别写玛尼洛夫、克罗博契卡、诺兹德廖夫、索巴凯维奇、普留希金；第七章至第十章又总写城里的官吏；第十一章回到贯穿城乡的主人公乞乞科夫，专门写其身世、经历、性格以及人生追求，并表达了对俄罗斯未来的满怀希望。这样，小说的时空虽然不断在城里和乡村转换，但以主人公乞乞科夫收购死魂灵的活动贯穿起来，叙事流畅，线索清晰。

最后，安排乞乞科夫访问五个地主，匠心独运。乞乞科夫先是非常愉快地访问了玛尼洛夫；离开他家后，路上遇雨，深夜迷路，误走误闯，来到女地主克罗博契卡的家里；比较顺利地从她家出来后本想去访问索巴凯维奇，却在路上巧遇早在城里认识的诺兹德廖夫，被纠缠得十分难受；好不容易乘隙脱身，来到索巴凯维奇家，几经讨价还价做成买卖后打听到普留希金家死了很多农奴，赶忙前去，没想到居然受到"热烈"欢迎。这种安排既避免了依次挨家挨户访问的单调和呆板，又符合人物性格和生活实际：克罗博契卡胆小精明，普留希金吝啬成性，他们不会出席省长家的晚会，很难与乞乞科夫认识。就是对这两个人，作家的安排也各有不同：前者是主人公误走误闯而凑巧遇上，后者则是主人公特意登门拜访。

第二，出色的讽刺艺术。果戈理采用多种多样的讽刺手法，从而形成了出色的讽刺艺术。一是通过鲜明的对照，构成强烈的讽刺。这主要通过人物外表与内里或言与行的强烈反差表现出来。城里的官吏们看似冠冕堂皇，内心却卑鄙肮脏；乞乞科夫外表文雅，自称有良心的诚实人，却到处招摇撞骗，唯利是图；玛尼洛夫外表体面，很有教养，实际上不学无术，内心空虚。

二是用强烈的夸张，构成讽刺。小说主要通过夸张得近乎怪诞的现实生活细节来塑造五个地主的形象。

玛尼洛夫，一个奢侈虚浮的地主，一个典型的愚蠢的梦想家，披着高雅绅士的外衣，实际上是个十足的懒汉和废物。他终日在恬静舒适、懒惰无聊的生活中消磨时光，从不过问田产家事，书房里永远放着一本看了两年才翻到第十四页的书。他整天沉溺在多愁善感的幻想里，严重脱离了实际生活，甚至以冥想代替了客观实际。他为自己建立了一个幻想世界，计划层出不穷，但并没有实现这些计划的愿望和能力。他只会清谈和玄想，爱用甜言蜜语讨人欢心，丧失了任何行动的可能性。他对周围的一切都感到满意，不仅满意自己的妻子和两个流着鼻涕的孩子，而且满意城里所有的官吏，满意乞乞科夫的光临。他和乞乞科夫见了面，站在门口好几分钟，互相谦让着请对方先走，"最后，两个朋友侧着身子，相互稍微挤了一下，同时走进了门去"。他声称他们的相会"就像一个新的佳节"，甚至梦想他们的伟大友谊终于被沙皇得知，而赐给他一个将军头衔。

克罗博契卡，一个没有任何温情、文雅的外衣，只知道赤裸裸地追求金钱的灵魂丑恶、智力缺乏的女地主，她自称"可怜的不懂世故的寡妇"。极端闭塞的生活，造成了她的愚蠢、粗鄙、迷信和保守，然而，她却善于经营田庄，严格监督农奴劳动，积极兜售各种物品，一心积聚财产。在积财方面，她又非常狡猾、尖刻和机警。一方面她永远为没有收成、受损失而悲叹颓唐；另一方面她又像一个小钱柜，悄悄地把钱一个一个地积攒起来。她生性多疑，对一切事情都精打细算，从处理家庭琐事、买油脂和鸡毛直到卖死魂灵，都一再考虑如何不使自己吃亏。在这一形象里，狡猾和愚蠢，贪婪与吝啬，封建的顽固、孤僻和闭塞同商人的机警、善打小算盘、斤斤计较，巧妙地结合在一起，反映了外省小地主的共同性格特征和心理状态。

诺兹德廖夫，这是一个花天酒地、挥霍无度、粗暴放荡、蛮横无耻的恶棍。吹牛撒谎，养狗玩马，吃喝嫖赌，打架斗殴是其主要嗜好。书房里没有书和纸，墙上只挂着一把宝剑和两支枪，收集了很多的烟斗，有木制的、陶制的、海泡石的，熏得发黄的和没有熏黄的，还养着各种毛色的稀奇古怪的狗。烟斗、狗和书房杂乱无章的物体构成主人公的生活环境，衬托出这个放荡地主恶少的爱好和习性。他习惯于不着边际地吹牛撒谎，不讲信义和毫无道德的蛮动。他有非凡的"活动"能力，但是他的精力不服从于任何目的；他可以采取任何计划，可是又会突然把它们遗忘；他可以不假思索地做任何事情，但这一切又都会毫无意义。任何人都可以成为他的朋友，但是一转眼就可以打起架来。他的愿望是生活过得痛快，享乐要尽情。他只承认主观愿望，不承认事物的客观界限。"不受拘束"就是他的生活原则。赌钱就得输个倾家荡产，饮酒就要喝得酩酊大醉，打架就要打得鼻青脸肿。这是俄国农奴制社会产生的充满兽性本能的地主恶少、流氓无赖的典型形象。

索巴凯维奇，这是一个又笨拙又狡猾、又贪婪又吝啬、极端残忍和顽固反动的守财奴、饕餮鬼，是一个"牢固、稳定"的实际主义者。粗野的索巴凯维奇，外形像一头中等大小的熊，穿的燕尾服也是熊皮式的，身体笨拙，动作莽撞。就连他的庄园里，所有房屋、家具、陈设也都貌似主人，笨重而顽固，好像都在说"我也是一个索巴凯维奇"。他讲究实际，不喜欢幻想和空谈，他的生活目的就是占有生活中的一切物质财富。他把文化、教育都看成无用的甚至有害的。他没有任何精神追求，吃和喝是他生活中唯一的需要和乐趣，他能将全鹅、全猪"连骨头也嚼一通"地大吃特吃，直到"饱透了"，只是哼。他认为人生的目的和意义在于积蓄钱财，为达到目的，可以不择手段。贪婪掠夺的本性和顽固残暴的心理使他对一切事物，都抱有怀疑甚至仇恨的态度。

普留希金，是集地主丑恶之大成的形象，是不折不扣的守财奴，既贪得无厌又吝啬得惊人、浪费得惊人。他看上去像个乞丐：衣服的底子已无法辨认，袖管和衣襟都乌黑发光，简直像是做靴筒的上等鞣皮，脖子上围的是袜子还是肚兜也无从判断，以致乞乞科夫初见他时根据这不伦不类的穿戴和身上挂的一串钥匙，判定他是女管家，但又觉得女管家应该没有胡子而这位是刮了胡子的。农奴制寄生生活改变人的一切，使这个大地主成为一个既贪婪又吝啬的守财奴，成为一个丧失了人的面貌的废物。他拥有上千农奴，财物堆积如山，却过着乞丐般的生活，吃着两口稀饭加一碗菜汤的粗劣饮食，穿着破烂不堪、前后挂片的女用长衫……拼命地搜刮财富是他一生中唯一的信条。这个吝啬鬼不仅残酷榨取农奴的血汗，而且"凡是落进他眼里的东西：一只旧鞋跟，一片娘儿们用过的脏布，一枚铁钉，一块碎陶瓷片，他都捡回自己的家"，以致"他走过之后街巷已经不用再打扫了"；在家里他更是吝啬，不管家里有多少仆人，只给他们准备一双靴子，贫寒的女儿带外孙回来看他，他收下了礼物，可是没有一丝一毫送给女儿，只是和外孙亲热了一番，把放在桌子上的一颗纽扣给外孙玩了一会儿。他从不拜访别人，也拒绝别人来访，惊人的吝啬使他割断了与周围生活的一切联系。只是由于乞乞科夫买他的死魂灵，让他免交人头税而又给他钱，他才破天荒地拿出发霉的饼干招待乞乞科夫。永不满足的贪欲，极度的吝啬，使他丧失了辨别物品真正价值的能力，他变成了贪婪的奴隶、财富的毁坏者。在他那堆积如山的仓库里，面粉已硬得像石头，要用斧头才能劈下来，布匹一碰便化成灰。他敲骨吸髓地搜刮，又任意地糟蹋；他无限制地积累，又毫无意义地毁灭。他是一个冷酷的利己主义者和病态的守财奴，一个埋在"灰堆"中腐烂发臭的老废物，也是私有财产所固有的天性——毁灭力的象征，他与莎士比亚笔下的夏洛克、莫里哀笔下的阿巴贡、巴尔扎克笔下的葛朗台老头并称西方文学四大吝啬鬼。

三是用比喻构成讽刺。如普留希金："一双小眼睛还没有失去光泽，在翘得高高的眉毛底下骨溜溜地转动着，像是两只小老鼠从暗洞里探出它们尖尖的嘴脸，竖起耳朵，掀动着胡髭，在察看有没有猫儿或者淘气的孩子守候在什么地方，并且疑虑重重地往空中嗅着鼻子。"又如克罗博契卡家的狗叫："在这两条狗的吠叫中间夹着大概是一条狗崽子的一串童音，像挂在邮政车车轭上的小铃铛在叮当鸣响，最后，盖过所有这一切的是一个低音，这也许是一条老狗，要不然就是一条结实健壮的雄狗，因为它加进一阵阵粗哑的吠叫，好像唱诗班里的一个男低音歌手，当乐曲进入高潮，男高音歌手踮起了脚，拼命想迸出一个高音来，所有的合唱队员也全都昂头伸脖子，要把声音往高里拔，这时候他一个人却把没有提过的下巴颏儿缩到了领结里，蹲下了身子，屁股几乎着了地，从丹田里发出他那浓重的低音，使窗玻璃都震动得叮叮作响。"

　　第三，叙事、抒情、议论相结合。小说既有乞乞科夫冒险经历的叙事，又有作者的议论。例如，"就这样，我们主人公已经亮了相，他便是这样一个人！可是，也许会有人要求一个爽快的定论：就道德品质而言，他究竟是怎么样的一个人呢？他不是一个完人，一个体现美德懿行的英雄，这一点已经很明白了。那么，他究竟是怎么样一个人呢？该是一个卑鄙无耻之徒吧？为什么是卑鄙无耻之徒呢，为什么对别人这样苛求呢？现在，我们已经没有卑鄙无耻之徒啦，有的仅是正直规矩、亲切可爱的人，要是还能够找得出不知人间羞耻、涎皮赖脸、讨人唾骂的那种人来，那也只不过有两三个罢了，就连这寥寥的几个人，现在也在大谈美德懿行啦。最公正的办法是把乞乞科夫称为：掌柜的，一心想发财的人。利欲——这是所有一切罪恶的根源；正是利欲生出了上流人士所说的不干不净的事儿来"。还有不少抒情插笔，其中最著名的又数小说结尾的一段："俄罗斯，你不也就在飞驰，像一辆大胆的、谁也追赶不上的三驾马车一样？在你的脚下大路扬起尘烟，桥梁隆隆地轰响，所有的一切都被你超过，落在你的身后。旁观者被这上天创造的奇景骇呆了，停下了脚步：这可别是从天而降的一道闪电吧？这样触目惊心的步伐意味着什么呢？是什么样的魔力潜藏在这人间未曾见过的马儿身上？哦，马儿，马儿，多么神奇的马儿呀！你们的鬃毛里是不是裹着一股旋风？你们的每条血管里是不是都竖着一只灵敏的耳朵？你们一听见来自天上的熟悉的歌声，就立刻同时挺起青铜般的胸脯，蹄子几乎不着地，身子拉成乘风飞扬的长线，整个儿受着神明的鼓舞不住地往前奔驰！……俄罗斯，你究竟飞到哪里去？给一个答复吧。没有答复。只有车铃在发出美妙迷人的叮当声，只有被撕成碎片的空气在呼啸，汇成一阵狂风；大地上所有的一切都在旁边闪过，其他的民族和国家都侧目而视，退避一边，给她让开道路。"这种叙事、议论、抒情三结合的方法，最早源自普希金的诗体长篇小说《叶甫盖尼·奥涅金》，果戈理首次把它引入俄国散文体长篇小说中（这也可能是作家把这部长篇小说称为"长诗"的原因之一），并且对后来的作家影响深远。托尔斯泰的《战争与和平》《复活》，帕斯捷尔纳克的《日瓦戈医生》都相当出色地运用了这种方法。

贝灵认为，在艺术上，这部小说在俄罗斯文学史上也确实是一种革命。它完全不涉及恋爱，而专门描写平凡的日常生活，把所见所闻丝毫不夸张不虚饰地描写下来，但却有练达的技术、经济的手段与大艺术家都具有的选择的意念，从而让人们认识到，不描写恋爱也可以写成小说或戏剧。果戈理这部小说无疑为后世树立了散文小说的永久典范。

参考资料

［英］贝灵：《俄罗斯文学》，梁镇译，上海，商务印书馆，1933。

［俄］尼·别尔嘉耶夫：《俄罗斯思想》（修订译本），雷永生、邱守娟译，北京，生活·读书·新知三联书店，2004。

《别林斯基选集》第一卷，满涛译，上海，上海译文出版社，1979。

《别林斯基选集》第三卷，满涛译，上海，上海译文出版社，1982。

《车尔尼雪夫斯基文学论文选》，辛未艾译，上海，上海译文出版社，1998。

［俄］果戈理：《彼得堡故事及其他》，刘开华译，合肥，安徽文艺出版社，1999。

［俄］果戈理：《米尔戈罗德》，陈建华译，合肥，安徽文艺出版社，1999。

［俄］果戈理：《与友人书简选》，任光宣译，合肥，安徽文艺出版社，1999。

［俄］果戈理：《死魂灵》，满涛、许道庆译，北京，人民文学出版

社，1995。

［俄］米·赫拉普钦科：《尼古拉·果戈理》，刘逢祺、张捷译，上海，上海译文出版社，2001。

《赫尔岑论文学》，辛未艾译，上海，上海文艺出版社，1962。

［苏］季莫费耶夫主编：《俄罗斯古典作家论》，北京，人民文学出版社，1958。

金亚娜：《俄罗斯神秘主义认识论及其对文学的影响——俄罗斯文学背景文化研究之一》，载《外语学刊》，2001(3)。

刘佳林：《果戈理的另一幅肖像——纳博科夫〈尼古拉·果戈理〉述评》，载《扬州大学学报(人文社会科学版)》，2002(3)。

［俄］梅列日科夫斯基：《果戈理与鬼》，耿海英译，北京，华夏出版社，2013。

［日］米川正夫：《俄国文学思潮》，任钧译，重庆，正中书局，1941。

［俄］德·斯·米尔斯基：《俄国文学史》，刘文飞译，北京，人民文学出版社，2013。

［美］符拉基米尔·纳博科夫：《尼古拉·果戈理》，刘佳林译，桂林，广西师范大学出版社，2010。

［苏］尼·斯捷潘诺夫：《果戈理传》，张达三、刘健鸣译，哈尔滨，黑龙江人民出版社，1984。

［美］马克·斯洛宁：《现代俄国文学史》，汤新楣译，北京，人民文学出版社，2001。

孙宜学：《论果戈理创作中的怪诞因素》，载《同济大学学报(社会科学版)》，2002(3)。

孙亦平：《论〈死魂灵〉的怪诞倾向》，载《江西教育学院学报》，1999(5)。

［法］亨利·特罗亚：《幽默大师果戈理》，赵惠民译，北京，世界知识出版社，2002。

夏忠宪：《悖谬、彻悟、救赎——果戈理的戏剧创作与荒诞》，载《俄罗斯文艺》，2003(1)。

［苏］娜·谢·谢尔：《名家之路》，智河、任光宣译，呼和浩特，内蒙古人民出版社，1989。

于明清：《果戈理神秘的浪漫与现实》，北京，东方出版社，2017。

张敏：《漫画偏执人格障碍——果戈理作品人物新论》，载《求是学刊》，1999(3)。

钟露鑫：《典型塑造上的卓越才能——〈死魂灵〉地主群丑性格特征探说》，载《内蒙古民族师院学报(哲学社会科学版)》，1998(2)。

第七章　阿克萨科夫：
古朴农村和大自然出色的歌手

    阿克萨科夫是俄国 19 世纪前期一位出色的文学家，对社会生活（主要表现为古朴农村生活）尤其是大自然有相当细致敏锐的观察，并有生动深刻的描写。马克·斯洛宁称他为"视觉写实派"作家。

一、热爱自然的敏锐、细致观察者

    谢尔盖·季莫菲耶维奇·阿克萨科夫（1791—1859），出生于俄国东部乌法的一个贵族家庭，父亲是大地主之子，担任当地高等法院检察官，性格温和，热爱自然。母亲是高官之女，美丽聪慧，情感细腻，学问不错，很有见识。母亲培养了阿克萨科夫敏锐的感觉和细致的观察能力。他在知识和感情方面，都颇为早熟，这可以从其自传性的作品中看出来。童年时代，阿克萨科夫经常随父母去祖父的田庄生活，这培养了他对大自然的热爱和对钓鱼、打猎的兴趣，也让他从小就对大自然有细致的观察。学生时代阿克萨科夫在喀山中学和喀山大学度过，并崭露文艺天赋。1807 年，他中止大学学习，去到彼得堡，在法律起草委员会任翻译，但更多的时间花在同文艺界人士交往上，观赏并亲自参与话剧演出活动。1816 年与奥·谢·扎普拉金娜（1793—1878，其父是叶卡捷琳娜二世时代的将军）结婚。1822 年遵父命回家乡从事农业，但心思都放在打猎和钓鱼上，发现自己不善于经营农业，于是于 1826 年带着一家人到莫斯科，在书报检察机关工作，并结识了许多作家、剧作家和演员，其中包括普希金、巴拉丁斯基、果戈理、屠格涅夫等，尤其是和果戈理有着终生不渝的友谊。1834—1838年，在康斯坦丁测绘学院先后任学监和院长。1843 年，因父亲去世而继承遗产。此时他的视力急剧下降，于是辞退官职回家，买了几处大庄园，尤其是在莫斯科附近购置了亚勃拉姆切夫庄园，在那里定居，并有意息交绝游，天天坐在有着浓密树丛的幽静河畔钓鱼，欣赏大自然的美景，同时开始进行回忆性的文学创作。

阿克萨科夫早年受古典主义的影响，从事诗歌和剧本创作，但感觉写得不好，认为自己在这两方面没有任何前途。1834 年，他发表了一篇题为"暴风雪"的随笔，文采斐然。有人认为此文堪与普希金的散文媲美，甚至普希金本人也受到这个作品的影响，在《上尉的女儿》中特意添加了一个类似的暴风雪场景。但阿克萨科夫并未因此受到鼓励，而把时间和精力全部花在测绘学院的行政事务和 11 个子女[①]的教育培养上。后来他在 40 年代读了果戈理的作品，才发现文学作品原来可以以日常生活为题材，写平凡的人和身边的事以及活生生的大自然，从此觉悟到自己的天才，创作了一系列好作品。1847 年，他出版了《钓鱼笔记》，其初衷只是打算向热爱钓鱼的同行奉献"一个热情的渔人所写的朴实无华的笔记"。然而出乎作者的意料，这本书赢得了热烈的赞誉和众多的读者。他受到鼓舞，接连出版了《奥伦堡省的猎人笔记》（一译《奥伦堡省一个猎人的枪猎笔记》，1852）、《猎人的故事及回忆录》（一译《猎人的狩猎故事和回忆》，1855）[②]，均受到欢迎和赞美。作家赢得了"俄罗斯大自然的诗人"的称号，更得到屠格涅夫、果戈理的高度评价。果戈理甚至写信给他说："您的鸟儿和鱼儿比我的男人和女人还要生动。"受此鼓舞，再加上果戈理曾不止一次地奉劝他写"对往昔生活的回忆"，认为"这不是无足挂齿的小事，而是了不起的功绩"，于是，他从对大自然的描写转向对人世生活的描绘，接连推出两部长篇小说《家庭纪事》（1856）、《学生时代》（1856），受到更热烈的欢迎。批评家杜勃罗留波夫据此宣称他是现存最伟大的俄国作家。他深受鼓舞，更加努力地创作。在生

---

① 阿克萨科夫一共有 11 个子女，分别是康斯坦丁（1817—1860）、薇拉（1819—1864）、格里高利（1820—1891）、奥丽佳（1821—1861）、伊万（1823—1886）、米哈伊尔（1824—1840）、纳杰日塔（1829—1869）、柳波芙（1830—1867）、安娜（1831—?）、玛利亚（1831—1906）、索菲娅（1835—1885）。

② 《钓鱼笔记》、《奥伦堡省的猎人笔记》和《猎人的故事及回忆录》均被收入百花文艺出版社 2002 年版《渔猎笔记》，不过该译本实际上是选译本，而非完整的三部曲。

命中的最后三年里，尽管双目几乎失明，他还是创作了《孙子巴格罗夫的童年》(1858)，这部小说与《家庭纪事》(1856)、《学生时代》(1856)构成其自传性长篇小说三部曲①；还有中篇小说《娜塔莎》和几个短篇小说，以及散文名篇《冬日漫笔》，显示出巨大的艺术才能。此外，他还创作了《忆亚历山大·谢苗诺维奇·希什科夫》《文学和戏剧回忆录》《我与果戈理结识的经过》等回忆作品，其中到 1890 年作家去世后多年才出版的《我与果戈理结识的经过》是一部颇有价值的回忆录，不仅真切地记述了两人的交往和友谊，而且也为了解果戈理的创作思想和 19 世纪 20 年代至 40 年代的俄国文坛提供了一份难得的史料。1859 年 4 月 30 日阿克萨科夫去世，去世时他正在挥笔疾书。

值得一提的是，阿克萨科夫不仅自己创作出色，而且在家庭教育方面也相当成功：长子康·谢·阿克萨科夫(1817—1860)是俄国文学批评家、政论家、历史学家、语言学家，斯拉夫派的创立者之一，被称为"斯拉夫派之父"，主张保持专制政权，废除农奴制。第三子伊·谢·阿克萨科夫(1823—1886)是俄国政论家、文学批评家、作家和社会活动家，斯拉夫派思想家和代表人物之一，诗人丘特切夫的女婿，曾编辑《莫斯科报》《俄罗斯座谈》《俄罗斯报》等报刊，19 世纪 40 年代至 50 年代主张废除农奴制。女儿薇拉·阿克萨科娃(1819—1864)也是回忆录作家，次子格·阿克萨科夫(1820—1891)则当过乌法和萨马拉两省的省长。

纵观阿克萨科夫的小说和散文创作，大体有如下三个突出特点。

第一，大多采用回忆的形式，客观真实地描写日常生活。阿克萨科夫的作品几乎都是采用回忆的方式书写的，以致俄国学者比亚雷在《阿克萨科夫》一文中宣称，带给阿克萨科夫巨大知名度并在文学领域留下重要足迹的所有作品都是回忆。不过，作家虽然采用回忆的方式，但几乎所有作品都是客观真实地描写日常生活，其渔猎三部曲尤其是《家庭纪事》三部曲是典型例证。渔猎三部曲前两部对各种鱼类、飞禽和走兽的描写都出于回忆，第三部更是命名《猎人的故事及回忆录》，以指明其回忆性。《家庭纪事》三

---

①　按主人公的成长时间，《孙子巴格罗夫的童年》排在中间；按写作和发表时间，它是最后完成的，排在最后。上海译文出版社 1981 年版的《家庭纪事》完整地收入了老翻译家汤真译、50 年代出过单行本的整个三部曲。

部曲也是由许多回忆片段构成，不过内容颇为连贯，能够构成一个整体：在回忆青少年时代和叙述亲族朋友故事的基础上，客观真实地描述了18世纪末叶伏尔加河畔的地主庄园生活，内容前后连贯，是一个地主家庭近75年间的一幅完整而生动的历史画卷。因此，米尔斯基认为："阿克萨科夫创作的主要特征即其客观性，其艺术纯粹是开放性的。即便在他自省时，如《童年》(《孙子巴格罗夫的童年》)的大部篇章，其自省亦为客观的自省。他不因任何积极愿望所激动，除了'追忆似水年华'。普鲁斯特的话用在这里很贴切，因为阿克萨科夫的情感与那位法国小说家的情感奇特而又惊人地相似。"他进而认为："阿克萨科夫之客观与公正，足以使他在19世纪中期的俄国小说家中出类拔萃。"

第二，对大自然观察细致，善于表现大自然的美。这在《家庭纪事》三部曲中有一定的表现，但更突出地表现在散文名著渔猎三部曲中。

渔猎三部曲描写的鱼和鸟故事，表面看来似乎只有专业人士才感兴趣，可是实际上由于作者对大自然观察细致，充满热爱，详细描绘了各种鱼类鸟兽的外形特点和生活习性，同时又写得细腻生动，富有感染力，因此赢得了广泛的欢迎。米尔斯基认为，它们"充满对大自然和动物生活清晰自然、无比生动的描写，引起巨大反响"。汤真指出："这三本书不是普通的回忆录。它们的角色不是人，而是鱼鸟野兽。不过，其中有一个主角，那就是他本人，性格热情、容易入迷的猎人兼渔人。乍看之下，这些禽兽故事的细节，似乎只有专家们感兴趣，可是它们却是写得那么富有感染力，读上几页后，就不得不使人分担猎人与渔人的期望、胜利与失败。艺术家的感觉，精细的观察和惊人的记忆力，使阿克萨科夫创造了一个庞大的鱼鸟野兽的'肖像陈列馆'，不但介绍它们的声音笑貌，还描绘了它们的'习俗'特征。这不仅使果戈理大为赞赏，连《猎人笔记》的作者屠格涅夫也在一篇评论文中说道：'假如山鸡能够讲述自己的故事的话，我相信，它对于阿克萨科夫先生所写的话，要增添一句也不可能。'照屠格涅夫看来，阿克萨科夫的作品的可贵，在于以现实主义的真挚笔法描写了自然界，完全摆脱了当时俄国浪漫主义诗文中那种华而不实的手法。"的确，这些作品描写大自然十分出色，在当时和后世都得到了高度的评价，并且对屠格涅夫乃至后世作家都有启发意义。阿克萨科夫确实是大自然出色的歌手。

《奥伦堡省的猎人笔记》问世后，屠格涅夫宣称："如果你还没读过谢·季·阿克萨科夫先生的新作，那你就无法想象它是何等的引人入胜，它的每一页又盈溢着何等迷人的清新。任何人，只要他热爱千姿百态、美不胜收、欣欣向荣的大自然；任何人，只要他珍视普遍的生命现象——人自身在其中是一个生机勃勃的高级环节，但与其他的环节紧密相连，——那他就会对阿克萨科夫先生的书爱不释手；它将成为他手头必备的书籍，他将兴致勃勃地阅读它，并且反反复复地品味它；自然科学家也会为它而欣喜若狂。"米川正夫也认为，《钓鱼笔记》和《奥伦堡省的猎人笔记》，"这两部作品，是以与社会问题和人生批评完全无关的态度写下的，对于俄国自然现象的深邃而温柔的爱情，和关于生活的无限的知识"。王忠亮指出："作家对大自然的关心同他本人作为艺术家、诗人和自然科学家的感受融成了一体，使其对自然风景描写的艺术表现手法具有曲径通幽的奇效：他并不倾向于对风景做全景式的环形描绘，而是将它放在易于容纳的个人视野所及的范围内；他用令人信服的细腻笔触勾画枝枝叶叶，同时又不损伤整体大树的主干和底根。""阿克萨科夫的渔猎散文在俄罗斯文学中的重要意义还在于：它对大自然的描写具有真正的现实意义，完全不同于19世纪30年代浪漫主义诗歌和散文在描绘大自然时所特有的那种哗众取宠、咬文嚼字的倾向。"

第三，语言朴实清晰、准确简洁而又生动优美、灵活精巧，是地地道道的俄语。杜勃罗留波夫一再强调："所有关于巴格罗夫童年时代的记事都显出这一种朴实而亲切的特点"，"他的故事却常常以其记事底朴实无华的、天真的真诚使我们震惊"。汪倜然指出，阿克萨科夫的最大的优点就是他不觉得他的作品什么地方好，他只把他所知道的事情纯朴地写出来，他写得明了易懂，使人爱读，他的风格是清爽沉静，恰恰和果戈理的风格相反。针对渔猎三部曲，汪倜然具体谈道：叙述的真切与文笔的老练简洁，使这三部书受到欢迎和赞美。郑体武指出："阿克萨科夫对乡村生活的描写真实温馨，语言朴素真挚……阿克萨科夫的作品以客观公允的叙述风格在文坛赢得了一席之地。"贝灵认为，阿克萨科夫的书"除了是俄国一本极有价值历史范本和一本无比的传记集本以外，又是俄国散文中的珍藏。书中观察极为精确，词语之生动，平稳，完美，尤称上品"，"他的散文是完美精确的。

在散文中，现在存在着的没有比这更再好的了"。屠格涅夫谈得更为全面："这是纯粹的俄罗斯语言，亲切而又率直，灵活而又精巧。没有任何矫揉造作，没有任何冗杂多余，没有任何牵强附会，没有任何晦涩乏味——用词的流畅和词义的准确均相当出色。"综上所述，阿克萨科夫作品的语言的特点是语言朴实清晰、准确简洁而又生动优美、灵活精巧，是地地道道的俄语。

阿克萨科夫在俄国文学史上占有重要地位，一度与屠格涅夫、托尔斯泰等相提并论，我国 20 世纪二三十年代出版的一些俄国文学史，如汪倜然在《西洋文学讲座》的《俄国文学》中还像对待屠格涅夫、托尔斯泰等一样，列专章介绍他，认为"他的作品很有影响，所以亦是一个重要作家"。郑振铎更是认为："这三部著作(指渔猎三部曲——引者)已足以使他成一个第一流的作家了。一八五六年，他又出版了一部大著作《家史》(《家庭纪事》——引者)，隔了一年，他的第二部大著作《巴格洛夫的幼年》(《孙子巴格罗夫的童年》——引者)又继之而出。这时，他的文名已经确定了。当时的一般斯拉夫党且尊之为俄国的莎士比亚或荷马。他的成功，不仅在反映全时代在他的回忆录里，且进而创造出那时代的人的真范。以后的作家在此处受他的感化不少。他的描写风景及动物也极可赞美，无人能够及之。"

但现今，这位作家不太为人所知，主要原因如下。

最早造成其地位和影响下降的是杜勃罗留波夫。杜勃罗留波夫于 1858 年在《现代人》杂志上发表文章《旧时代地主的乡村生活》，由于只重视对社会生活的揭露和批判而完全忽略《孙子巴格罗夫的童年》的艺术价值，一反此前对阿克萨科夫的高度评价，认为新出的《孙子巴格罗夫的童年》只是"真实而亲切"地表现了旧时代地主的乡村生活，并称之为"旧时代地主乡村生活的备忘录"。这样，在文章的开头，杜勃罗留波夫就开宗明义地宣布："决定谈谈亚克萨柯夫君(阿克萨科夫——引者)的新书时，我们首先要避免对这本书的艺术价值做任何批评。我们认为要对这种艺术价值作烦絮的叙述，根据许多原因来看，总是多余的，其中最重要的原因就在于，第一，这是极其沉闷的，第二，我们对亚克萨柯夫君的回忆录的事实的真实，实在太尊重了，要在其中找寻艺术的真实，这是很费劲的。"也就是说，由于没有对黑暗现实的深刻揭露和猛烈批判，阿克萨科夫遭到杜勃罗留波夫的贬抑。牧阿珍指出，杜氏的观点在后世对阿克萨科夫及其作品的接受方面有着致命的影响：将近一个多世纪里，研究中心始终围绕阿克萨科夫文本的思想内容。确切地说，是从现实主义角度批判他"落后保守的政治思想"，几乎完全忽视其作品的诗学和文体特征。苏联学者、阿克萨科夫研究专家马兴斯基在 1961 年出版的专著《谢尔盖·阿克萨科夫：生平与创作》中详细地探究了阿克萨科夫研究长期以来乏人问津的深层原因。用他的话说，这看似是由阿克萨科夫过于"安静"的小说氛围与流行的涅克拉索夫的社会诗和别林斯基、车尔尼雪夫斯基的革命思想格格不入，不符合当时破解社会难题，寻找"真理"的社会氛围，以及对阿克萨科夫的研究无传统可遵循造成的，但更深层次的原因在于阿克萨科夫在作品中对地主善良、智慧等精神美德的赞扬使其遭到反农奴制研究者的反对，进而被贴上"地主农奴制的歌手""野蛮地主阶级的维护者""极其恶劣的反动分子""当局的走狗"等不实标签，其作品也被认为是表现"农奴体制思想意识"的落后文学。马兴斯基的研究动摇了过去一系列关于阿克萨科夫创作的根深蒂固的观点，解开了缠绕在作家身上多年的诸多误解，使得阿克萨科夫得以从"政治冷宫"返回俄罗斯经典作家行列。20 世纪 70 年代起，阿克萨科夫的文学遗产开始走进苏联的中学和大学课堂，文学史类书籍中对他的评价也有所改变。例如，《19 世纪 40—60 年代俄罗斯文学史》列专章介绍阿克萨科夫及其子女，不仅承认他的文学才华，还强调其作品"符合艺术性的最高准则，是最适合对青少年进行道德、爱国和审美教育的作品"，而在新编的同名文学史（2003 年版）中，俄国当代学者米涅拉洛夫将阿克萨科夫作为"第一流的民族作家"列入"崇高经典"作家榜单。21 世纪更是以谢尔盖·阿克萨科夫父子三人为主，逐渐形成了专门的"阿克萨科夫学"。中国在 20 世纪 60 年代以前，受苏联影响，对阿克萨科夫关注很少。改革开放后，又更多地接受西方文学尤其是现代派文学，也不会过多关注一个纯朴、宁静的俄国古典作家。不过也有少数人开始认识到阿克萨科夫的价值，如王忠亮宣称："真实地反映生活，热爱祖国大自然并艺术地再现它的本色，具有凸雕式的语言塑造能力、丰富的词汇蕴藏和生动感人的表现手法以及对宗法制度下俄国地主阶级生活的不无批判的描述，使得阿克萨科夫不愧为 19 世纪俄罗斯著名现实主义作家的一员，同时也在世界文学史册上留下自己不可磨灭的名字。"

二、《家庭纪事》三部曲：对古朴农村生活的出色描绘

《家庭纪事》三部曲的创作与果戈理关系密切，阿克萨科夫的同时代人对此多有记载。萨马林回忆，果戈理经常听阿克萨科夫讲述自己的家庭故事，听后非常享受和激动，第一个称呼他为"伟大的作家"。"我记得，果戈理是带着怎样激动的神情，整晚地聆听谢尔盖·季莫费耶维奇讲述伏尔加河沿岸的风景和当地的生活。他沉浸其中，脸上露出极大的享受，连他自己都难以用语言形容。果戈理缠着谢尔盖·季莫费耶维奇，要求他动笔将自己的回忆写下来。起初谢尔盖·季莫费耶维奇并不愿意，甚至有些生气，后来果戈理渐渐说服了他。"正是在果戈理的一再要求之下，阿克萨科夫才答应将这些故事写下来。巴纳耶夫更是宣称："没有果戈理，阿克萨科夫可能不会写下'巴格罗夫家族'。"1840 年阿克萨科夫开始动笔，写完了该书的开头和中间部分，剩下最后 20 来页未完成，因为他的主要经历耗费在家中众多孩子的生活、教育以及社交活动上。直到 60 岁他得了重病，视力受损，才通过口授的方式让女儿薇拉记录了余下部分。正因为如此，科日诺夫认为："从时间上说，《家庭纪事》是 19 世纪俄国第一部伟大的小说，本质上要比《当代英雄》、《死魂灵》和《上尉的女儿》要早。"

如前所述，《家庭纪事》三部曲包括《家庭纪事》《孙子巴格罗夫的童年》《学生时代》。

《家庭纪事》由五个片段构成，主要讲述阿克萨科夫的祖父斯捷潘·米哈依洛维奇·巴格罗夫创造新家园的历史和父母恋爱的故事。

第一个片段"斯捷潘·米哈伊洛维奇·巴格罗夫"，包括四个小部分："迁居""奥伦堡省""新地方""斯捷潘·米哈伊洛维奇美好的一天"。四个小部分围绕祖父"建立巴格罗沃（一译巴格罗伏）田园世界"展开叙述。祖父无法忍受与亲戚在土地问题上的纠缠，为寻求平静的生活，甘愿放弃祖辈留下的西姆比尔斯克省的地产，到遥远的奥伦堡省巴什基尔人的土地上寻找新的家园。他用诚实无欺的方式买了一块土地，迁徙农民、开垦新地、搬入新居、安置家业，最终建起了磨坊，把巴格罗沃建造成为富庶的大村庄，并让这个美丽、辽阔、物产丰富的原生态世界巴格罗沃成为巴格罗夫家族的新住地。祖父虽然性子暴躁，但他为人正直、慷慨大方、精明能干、坚

守信约，而且疾恶如仇、刚正不阿，对有求于他的人也极其体贴，赢得了全区远远近近的人的爱戴，成了这一地区人们的主心骨或者说权威人士。

第二个片段"米哈伊尔·马克西莫维奇·库罗列索夫"，讲述库罗列索夫与祖父的堂妹巴拉莎·普拉斯科维娅的故事。将近30岁的库罗列索夫为了占有孤女普拉斯科维娅的庞大家产，采用各种手段讨好她及其亲戚，但遭到洞烛其奸的祖父的坚决反对。为了保护15岁的堂妹，祖父把她接到家里。库罗列索夫却利用祖父出远门办事的机会，骗出女孩改大年龄成功与其结婚。婚后的几年，库罗列索夫显示了自己的精明能干，把妻子的产业管理得秩序井然，而且收益相当可观。他举止谦逊、温和，对妻子宠爱有加，尽力揣测并满足她的一切愿望，因而夫妻感情十分和谐，妻子对他也完全信任、依赖和爱戴。婚后第四年，由于所生女儿、儿子相继夭折，巴拉莎十分悲伤，终日以泪洗面，并且谢绝所有来客，他们的婚姻生活急转直下。库罗列索夫开始成天在外花天酒地，一喝醉就寻衅斗殴，胡作非为，还买通警察局长和法官，逍遥法外。巴拉莎发现真相之后去制止他，却被他软禁殴打，并被逼迫将家产"过户"给他。祖父得知堂妹的情况后，马上带人前往，奋力把她救出。库罗列索夫则因继续残害家奴，被家奴毒死。

第三个片段"小巴格罗夫的亲事"，讲述的是父亲阿列克谢和母亲索菲娅·尼古拉耶夫娜恋爱与结婚的故事。祖父把希望寄托在独子阿列克谢身上，先是送儿子到军队服役，一心希望儿子在部队里能有出息，但儿子却无故遭到德国军官的毒打，祖父只得让儿子退役，并在乌法高等法院为他谋了一份差事。阿列克谢在乌法认识了"乌法第一美人"——索菲娅·尼古拉耶夫娜。她是乌法副总督的长女，聪明美丽，勤劳能干，深得父母宠爱。然而，母亲死后，父亲娶了年轻貌美的后妻。索菲娅受到继母的虐待，她必须像仆人一样穿破衣烂衫，住在下房，干各种脏活累活，还经常无故惨遭毒打。后来继母因难产去世，临死前，她向索菲娅忏悔。善良的索菲娅不仅原谅了她，而且答应在她死后照顾她的孩子。继母死后，索菲娅成为家中的女主人，但家境困难：父亲病重，还有五个弟妹要照顾，家里经济也不太宽裕。索菲娅勇挑重担，一方面尽力照顾好病重的父亲和年幼的弟妹，另一方面还帮父亲处理公务，因而显得成熟而聪慧，受到全城人的敬佩。阿列克谢对索菲娅一见钟情而且情深似海，准备向索菲娅求婚，但在回乡征求父母意见时，遭到父母的坚决反对。深受刺激的阿列克谢大病一场，在家里疗养数月后才慢慢恢复健康，重回乌法城。但当他再次见到索菲娅时，爱情之火燃烧得更加炽烈，于是写信再次请求父母成全他们的婚事，并且表明，自己将索菲娅看得高于生命，没有她就无法活下去，不料再次遭到拒绝。十分绝望的阿列克谢给父母寄去一封准备自杀的绝笔信。祖父祖母无奈之下，只好同意他们的亲事。狂喜的阿列克谢向索菲娅求婚，但她深感"他的确具有天赋的良好智力，有一颗非常善良的心，为人诚实正直，廉洁奉公，但在其他方面，她发觉他目光短浅，兴趣偏狭，缺乏自尊和独立精神"，而且两人性格不同，阿列克谢又没受过多少教育，过于单纯甚至有点愚蠢，因此颇为踌躇。经过一番痛苦的内心斗争，理性的算计占了上风，她答应了婚事，并成功地说服自己的父亲接受了阿列克谢。最后，他们在乌法城举行了婚礼。

第四个片段"新婚夫妇在巴格罗沃"，主要描写阿列克谢和索菲娅这对新婚夫妇在巴格罗沃的一段家庭生活。新婚夫妇回到丈夫农村的家中，索菲娅这位城里人与家里的父母姐妹见面，并且共同生活了一段时间。作家借此描写了当时俄国农村的人情风俗，也在此过程中写出了家庭的一些矛盾。首先是祖父作为公公，对城里儿媳的试探和接纳。索菲娅十分聪明，而且积极主动找机会与公公沟通，获得了作为一家之主的公公的认同。其次是阿列克谢的姐妹们对索菲娅的嫉妒，甚至挑拨、中伤。再次是新婚夫妇的矛盾开始显现，除了性格不同外，还有对大自然的不同态度。索菲娅作为城里人，"无论房子，花园，还是桦树林，小岛，她全不喜欢，全都讨厌。她看惯了高耸的白河河岸和乌法近郊的壮丽景色，因而，这山谷里的小村，这经过风吹雨淋、变得黑糊糊的木头房子，这被沼泽团团围住的池塘，再加上没完没了的舂米声，——这一切叫她讨厌透了。这里的人也一样，从家里人到农民的孩子，没有一个称她的心，合她的意"。而阿列克谢最心爱的地方是小桦树林，长满刚刚开花的椴树的小岛，环绕小岛的清澈河水。有一天午饭过后，他不顾天气炎热，领着妻子去小桦树林散步，迫不及待地向她展示他最珍爱的"美丽世界"，希望她也能和他一起欣赏这美景。然而索菲娅既没有赞美桦树林，也没有赞美小岛，甚至很少注意它们，这使他特别失望。两人甚至为此发生了冲突。后来，索菲娅无法理解："一个热烈地爱着她的人，怎么能同时又爱潮湿的巴格罗沃，它那坑坑洼洼的树林，遍地是粪的堤坝和臭水；怎么能对枯燥乏味的草原和草原上蠢笨的鹅鸟看得那么入神；怎么能一连几个小时不看妻子一眼，拿着讨厌的鱼竿，去钓那些散发出难闻的潮湿气味的鳊鱼？"

第五个片段"在乌法的生活"，主要描写阿列克谢和索菲亚夫妇在乌法的家庭生活。在索菲亚出嫁后，她的父亲老祖宾被狡猾的仆人卡尔梅克掌控，导致父女之间产生了矛盾甚至冲突。老祖宾最后留下卡尔梅克，而让女儿搬出家门。索菲亚和阿列克谢夫妇只好另买新居，独立生活。索菲亚怀孕了，并且生下一个女儿，可惜的是不久女儿就夭折了。索菲亚本就产后虚弱，再加上伤心过度，得了重病，于是丈夫陪她去到风景美丽的乡下疗养，而后恢复了健康。他们回到乌法，不久老祖宾因病去世。索菲亚再次怀孕，生下了儿子谢廖沙。祖父十分高兴，把准备多时的"家谱"取出，郑重地填上孙子的姓名。

《家庭纪事》围绕上述几个主要人物的活动，生动逼真地描写了俄国近乎原生态的美丽自然风光和古朴淳厚的农村人物及其生活风习，也写出了一个地主家庭发生的种种事情，如婆媳姑嫂的明争暗斗，夫妻父女间的阳奉阴违，刻画了骇人听闻的典型的地主的横暴行为，描绘了感人的农民的善良本性。

《家庭纪事》的文字饶有趣味，相当生动，结构也严谨完整，是三部曲中最完美的一部。《家庭纪事》刚一出版，屠格涅夫就写信给阿克萨科夫称赞道："这才是真正的笔调和风格，这才是俄罗斯生活，这才是未来俄国小说的胚芽。"安年科夫宣称："如果所有文学最后且最高的目的是为了将促进社会自我反省，开启那些曾经在社会中有效并还能够产生效力的精神力量，那么谢·季·阿克萨科夫的书属于该类能促进文学这一伟大职责的令人快慰的现象。它的出现正是出于审视自己和自己人的需要。"科日诺夫认为："谢尔盖·阿克萨科夫的《家庭纪事》某种程度上可以视为俄罗斯经典散文的源头……是祖国文学中的核心现象，其蓬勃的创作激情贯穿整个俄罗斯文学。"米川正夫指出，在这部半具小说半具回忆录性质的作品中，作家用那风雅的单纯之笔，活生生地描写出丰沃的旷野地方的自然、人类和风习；各种有兴味的事件的叙述，都充满着唯有在古代的叙事诗中才能够看到的静穆，并蕴藏着不能不把读者同化于作品的世界里面的魔力。由于作家的描写态度过于客观，且深具艺术的中庸性，所以有的批评家就将其中描写的地主生活解释为古旧社会形象之揭发和暴露；而有的批评家则认为其是在为地主生活做辩护。实际上，作家对于自己祖先的态度，自然是充满着温暖的好感和怀念，在那里是找不到憎恶和侮蔑的；但是，他也决不会对古旧的地主制度加以廉价的理想化和赞美。汤真更是认为："《家庭纪事》结构严谨，无懈可击：既没有多余的细枝末节，也没有浮肿的累辞赘句。作者所根据的材料，主要是从父母亲和一些亲戚、仆人那里听来的，可是要把这些口头传说写得如此惟妙惟肖，把人物刻画得如此栩栩如生，光靠记忆力是不够的。这里需要艺术家的才能。阿克萨科夫则表现了艺术家的想象力，而又毫不违反历史的真实。"

《孙子巴格罗夫的童年》叙述了作者自己八岁前的经历。小说从"我"童年得病开始讲述。"我"得了重病，父母十分着急，寻医找药。最后由于母亲夜以继日的不倦照顾，尤其是在鸟语花香、空气清新的大自然中，"我"得以康复。病愈后，"我"变成了一个温文沉静、多愁善感的胆小鬼，不过特别喜欢读书。"我"的病好后，母亲却又累病了，准备到乡下去治病。我父母带上"我"和"我"的妹妹出发了。我们途经草原、河流和许多村镇，还去了姑婆的村庄，最后来到祖父的巴格罗沃庄园。在这旅途中，"我"充分见识了种种人和事，尤其是充分欣赏了大自然的美，还跟父亲学会了钓鱼。父亲陪母亲到奥伦堡去治病，"我"和妹妹留在祖父身边。祖父很喜欢妹妹，不太喜欢胆小爱哭的"我"。母亲治好病后，我们全家又回到乌法。"我"开始了学习生活。父亲在外地买了一块地，并且建设起来，叫塞尔盖耶夫卡。我们全家夏天去到那里，过起了半游牧生活，采摘浆果，撒网捕鱼，特别是几乎每天都在大池塘里钓鱼。正是塞尔盖耶夫卡培养了"我"对大自然更强烈的爱。母亲的身体康复后，我们全家又回到了乌法。可是，不久接到祖父病重的消息，我们全家冒着大风雪回到巴格罗沃。祖父去世了，父母成了大家庭的主人，祖母和姑母们都把他们看作家中的权威，对"我"和妹妹也十分亲热。祖母恳请"我"父亲尽快辞职，回来管理田庄。父亲答应了。回到乌法，"我"更喜欢读书了。母亲又生了一个小弟弟。两个舅舅也从军队里退役了。经过多次争论，再加上姑婆来信劝说，父母终于下定决心，全家回到巴格罗沃。父亲接手管理田庄上的一切，而母亲不管别人如何请求，坚决拒绝行使女主人的权力。"我"越来越喜欢钓鱼，并去看费力普和马仁放老鹰捕鹌鹑，还跟父亲去看农民在田野里如何干各种农活。一有时间，"我"就读书，尤其喜欢读《天方夜谭》，还把故事讲给妹妹和亲戚们听。我们全家还去了一趟祖居地老巴格罗沃，并去楚拉苏伏庄园看望了姑婆。姑婆只想过平静的生活，把家交给家仆米哈伊鲁斯卡管理，而这是一个坏蛋，他一方面搜刮农民的钱财中饱私囊，日渐富裕；另一方面惯纵家里的仆人，以致他们变得难以想象的懒惰、骄横和胡作非为。姑婆有一个相当好的藏书室，两个多月里，"我"在这里读了不少新书。我们全家回到巴格罗沃度过冬天。因为读书，因为思考，"我"明白了自由的真正价值，也更懂事了。我们在乡下度过了很有意思的复活节。春天来了，大自然的美令"我"陶醉。夏天的时候，"我"不仅经常钓鱼，还跟父亲去看各种不同的田里劳作，到雨后的树林里去采蘑菇。后来，应特别喜欢"我"母亲的姑婆的邀请，我们去楚拉苏伏做客，父亲还帮姑婆打了官司。秋天时，祖母病危，我们全家火速赶往巴格罗沃。由于天气恶劣，父亲没能赶上给祖母送终。"我"也得了热病，昏迷了三天三夜。母亲焦急痛苦，时时刻刻守着"我"。这次病启发了"我"，发展了"我"的智力，也使"我"对母亲的爱变得更有意识。"我"跟仆人艾弗谢依奇学会了用诱饵在雪地上捕鸟。在姑婆的竭力劝说下，我们全家又来到楚拉苏伏过冬。就在这里，父母决定送"我"到喀山去读书，人生中一个非常重要的阶段，正在前面等待着"我"……

通过以上生活琐事，作者叙述了自己八岁前的经历，和他通过儿童的眼睛乃至耳朵，对周围生活中的种种善恶美丑的所见所闻，包括俄罗斯南方一年四季的大自然景色和乡村的生活风习，更描写了他的天真纯朴与虚伪不公的冲突。汤真指出，阿克萨科夫以惊人的记忆力，在小说中重温了自己的童年时代，"表现了一个小孩的心理特征，透过淳朴的儿童的人生观这个三棱镜来看生活，以儿童尚未遭受污染的本性与周围的不公道发生的冲突，揭露了农奴制度下人与人的不合理关系，对成年人发出了痛苦的控诉"。小说的心理分析相当细致、精彩，观察也相当敏锐，被认为是俄国文学中描写童年最出色的艺术作品之一。米尔斯基高度评价这一作品："阿克萨科夫作品中最典型的阿克萨科夫之作，即《孙子巴格罗夫的童年》。在此书中，他的普鲁斯特特征体现得最为清晰，他的世界之平坦更是尤为醒目。《童年》中没有任何突发事件。这是一部平静安宁的童年故事，其非同寻常之处仅在于，一个受到非同寻常的善良教化的孩子所心怀的非同寻常情感。书中最令人难忘的片段或许即写景，如那段描写春到草原的美妙文字。许多偏爱突发事件而非日常生活、热衷例外而非寻常的读者，会觉得《童年》枯燥乏味。但如若说未遭意外事件侵扰的正常生活即为生活之合法题材，那么，阿克萨科夫的《童年》便是一部现实主义叙事之杰作。较之任何一位俄国作家，甚至写作《战争与和平》的托尔斯泰，阿克萨科夫均更接近关于人类生活之循序渐进、持续不断的现代呈现，这一方式与先前小说家们固有的戏剧化、事件化表现方式大相径庭。"威利·哈德森也认为这部小说是"经典童年作品"，并指出："阿克萨科夫身上保留了一颗孩童的心，使他能够在多年之后想象地再现过去并且用真实、清新、独创的色彩描绘它。"马兴斯基同样对其给予了很高的评价：作者用儿童的视角看世界，书中充满"儿童纯洁的单纯"，"不矫揉造作"，"坦率直白"，"从这个角度而言，阿克萨科夫创作了一本即便在世界文学史有关儿童或者写给儿童的作品中也不曾有过的范本"。这部小说也是俄国较早专写童年的作品之一，为后来俄国文学中描写童年生活的一系列作品提供了范本。

《学生时代》包括四章，讲述的是作者中学和大学时代的故事。

第一章"中学。第一段时期"。1799 年冬天父母带"我"到喀山旅行。在他们的老朋友克尼雅席维奇家做客时，克尼雅席维奇建议送"我"到喀山的中学读书。父亲完全赞同，而母亲则认为"我"年纪太小，身体不好，为时尚早。尽管克尼雅席维奇和父亲一再劝说，母亲还是没有让步。我们一家经过长途旅行，来到新阿克萨柯伏。"我"在那里读书、捕鸟、钓鱼，一直到第二年的秋天。母亲最终下定决心送"我"去喀山读书，"我"尽管万般不愿意因为读书而离开母亲，也没有法子，只好开始准备入学考试的功课。母亲对"我"的爱与期望，以及母亲的细心劝说使"我"有勇气离开她去离家四百里的喀山上学。十二月时，父母带"我"来到喀山，"我"顺利通过了公费生的考试和体检，母亲高兴地对"我"说："你使我感到幸福，感到骄傲。"中学的宿舍学监乌巴狄谢夫斯基带"我"进入中学，艾弗谢依奇留下来在学校做杂工陪伴"我"。"我"因为离开母亲而忧郁难过，母亲也舍不得离开

"我"，这使"我"在学校显得怪异而孤独，并受到同学们的嘲弄，只有乌巴狄谢夫斯基仁慈地照管着"我"。"我"发奋学习，一个月后"我"的每一门成绩都很出色，成为学校的优秀生，这更引起了同学们的嫉妒。但就在这时，冷酷无情的教务长卡马谢夫回到了学校，他认为"我"是一个娇生惯养的孩子，训诫了"我"，并经常找"我"的错，查看"我"写给父母的每一封信件。六个星期后，"我"变得越发忧郁终至悲哀成病，并经常歇斯底里地发作，甚至晕倒。乌巴狄谢夫斯基无微不至地照顾"我"，可卡马谢夫却命令送"我"去医院。母亲知道后，冒着融雪路上的危险赶到喀山，斥责了阻拦她看望儿子的卡马谢夫。经过母亲的努力，学校终于同意"我"休学回到乡下家里治病。

第二章"在乡下的一年"。回到乡下，"我"自由自在，观鸟钓鱼，到大自然中去玩，开开心心，慢慢恢复了健康。母亲则让"我"每天留出两三个小时温习功课、读书练字。但学校的影响还是让"我"又病倒了。父母寻医访药，甚至利用民间偏方来为"我"治病。"我"不仅钓鱼，而且跟随父亲去打猎，成为打猎的热烈爱好者。冬天的时候，"我"跟父亲他们去雪地上捉野兔。等到第二年七月底，我们又回到喀山。

第三章"中学。第二段时期"。"我"以私费生的身份再次进入喀山中学读书。乌巴狄谢夫斯基精心安排"我"在刚从莫斯科大学毕业来这里教高级班的老师扎波尔斯基和卡尔泰谢夫斯基那栋很漂亮的石房子里做寄宿生，父母还请性情很好且认真负责的扎波尔斯基当"我"的私人教师。几个月后，"我"完全适应了学校的生活，学习勤奋，成绩优秀，在同学中有了几个真正的朋友。开头几个月，扎波尔斯基对"我"和其他几个学生相当注意，后来因为追求一个门第很好且很有钱的女郎遭到女方父母的反对，他就没心思再管我们。"我"通过考试，以优异的成绩进入中级班，还获得了"勤勉好学"的奖品。放假期间，"我"回到乡下，生活在父母身边，经常钓鱼、游泳、放鹰。开学了，我们又回到学校，扎波尔斯基则成功地追到了那位女郎，结婚度蜜月去了。卡尔泰谢夫斯基当了我们的私人教师，认真而周到地照顾和教育我们。"我"在学校成绩很好，教斯拉夫语文法、俄国文学、数学的老师依勒拉希莫夫很欣赏"我"，他的教学方法对"我"后来文学方面的发展有很大的影响。扎波尔斯基度完蜜月回来了，他们另找了房子，我们作为寄宿生又住到他家里。有次因为食物中有虫，"我"没有吃，遭到他不公正的对待。从此，"我"不再勤奋学习，成绩一落千丈，没考上高级班，不得不在原来的班级再耽误一年。过完暑假回到学校后，"我"又开始发奋学习，除了数学，所有成绩都很好。喀山城里流行传染性很强的热病，"我"也感染了。母亲知道后，在生下第三个弟弟不久，便急忙赶来。暑假时她听"我"说过情况后就已对扎波尔斯基不满，这次干脆把"我"交给了卡尔泰谢夫斯基。和卡尔泰谢夫斯基生活的两年半时间，是"我"少年时期最幸福的回忆之一。他关心"我"的学习，给"我"开列了一大张书单，主要是文学方面的书籍，并且给"我"讲解文学作品，诗歌讲解得尤其好。同时，他还教"我"学外语，尤其是法语。"我"顺利地考入高级班。暑假时，卡尔泰谢夫斯基跟"我"一起到阿克萨柯伏。我们回到家里，正赶上姑母泰嘉娜的婚礼。父亲给"我"买了一把漂亮的猎枪，"我"发狂般地迷上了打猎。但母亲让卡尔泰谢夫斯基为"我"制订了学习计划，"我"像小孩子一样又哭又闹不成功后，终于清醒，开始学习。开学了，我们又回到喀山。舅舅亚历山大来喀山办事，带"我"到戏院去看了两次戏。这燃起了"我"对戏剧的热爱，以致完全无心读书了。卡尔泰谢夫斯基找"我"谈话，甚至责骂了"我"。等"我"恢复正常后，他给"我"介绍舞台、演技和戏剧，使"我"对戏剧有了真正的概念。1804年，"我"和同样热爱文学的亚历山大·巴纳耶夫成了好朋友，并且偷偷开始文学试笔，写作诗歌、散文乃至剧本。1805年，喀山大学成立，只有六个教员：杨柯夫宁、捷彼林两个教授，卡尔泰谢夫斯基、扎波尔斯基、莱维茨基、爱里赫四个助教。"我"被保送进大学学习。暑假时，在大学开学前，"我"又回到乡下，并两次去楚拉苏伏看望姑婆。

第四章"大学生活"。暑假结束，"我"平安地回到喀山，穿上了大学生制服，开始了大学生活。巴纳耶夫大"我"三岁，也是大学生，对文学和舞台的共同爱好使我们成为密友。名演员普拉维尔施奇柯夫到喀山来演出，给"我"在戏剧艺术方面展示了一个新的世界，并促使"我"和巴纳耶夫开始写作剧本，谋求在大学里创办剧院。几经努力，我们得到校长的准许，在学校的一个大厅里造了一个有舞台布景和脚灯的戏院。"我"和巴纳耶夫不仅创作剧本，而且亲自饰演戏中的角色。中学生和大学生，官员、教师及其家属，都来看我们的演出。校长特许为官费生建造一个剧场，作为对我们的奖赏。"我"的演出十分成功，获得了很大的名声，大家推选"我"担任剧团的经理。但在演出第二个剧本时，因为力争让演技不佳的巴纳耶夫出演不成，"我"愤而辞去主演，结果另一同学——很有才能的德米特里耶夫演得十分成功。"我"被迫脱离了舞台，只得把兴趣转向文学和博物学。多次不和再加上有人挑拨离间，"我"和卡尔泰谢夫斯基改变了先前的亲密关系。"我"和巴纳耶夫继续从事文学和收集蝴蝶的工作。我们组建了一个文学团体，创作和翻译文学作品。后来，卡尔泰谢夫斯基辞去教职，到彼得堡立法委员会工作去了。1806 年，姑婆去世，我们继承了很大一笔遗产；母亲则生了第三个女儿。1807 年，"我"准备参加行政工作，向喀山大学提出退学申请。不久，"我"获得了退学证书，告别了同学和朋友，同时也告别了年轻人的喧闹和学习时期……

《学生时代》生动地描写了"我"少年和青年时代的学习生活，以及从家庭到学校、从乡村到城市的生活变迁，反映了当时的新旧文学斗争和知识分子的生活面貌。小说的上半部紧接《孙子巴格罗夫的童年》，下半部却由心理描写而转到文学生涯的叙述，反映时代生活，但观察力和表现力不亚于前两部。

总的来看，《家庭纪事》三部曲出色地描绘了古朴的农村生活，具体体现在三个方面。

一是对俄罗斯古朴的农村自然风光的描写。这种古朴的农村自然风光近乎原生态，小说写道："那时节这片荒芜的、未开垦的、富饶的大自然多美啊"，"奇妙的乡土啊，依然是俊美的"。乡村的自然不仅有一种荒芜的美，而且十分富足和慷慨："只要用简陋的铁犁或笨拙的木犁随便在什么地方漫不经心地翻开你的沃土，这慵懒和外行的劳作就会获得丰盛的酬赏！你那品种繁多的阔叶林是那样青翠、浓郁和美，一窝窝野蜂吵吵嚷嚷地住在天然的树穴里，往那儿填满了香甜的椴树花蜜。最受人器重的乌法貂还没有迁往乌法河和白河上游的密林地带。"正因为如此，牧阿珍指出，阿克萨科夫的"乡村自然"既没有普希金浪漫主义自然的"异域风情"，也不如屠格涅夫的"贵族花园"精致和芬芳，它极其平凡，甚至贫瘠，但却被作家视若珍宝。对乡村自然的强烈依恋并未冲昏作家的头脑，他始终保持客观、公正的态度，以近乎白描的手法展现俄罗斯乡村的自然图景，既不极力夸大它的美，也不遮掩它的贫乏，这在其《家庭纪事》小说文本中体现得最为明显：一方面，他笔下的"乡村自然"是那一马平川的草原、高低不平的山川、清澈蜿蜒的河流、茂密葱郁的森林、漫山遍野的野花，那里牛羊成群，百鸟啼鸣，鱼游如云，是片还未被人类文明完全践踏的"乐土"；另一方面，那简陋、潮湿的乡村小屋，坑坑洼洼的泥泞道路，散发着牲畜粪便气味的宅院，尤其是冬季来临时，河流结冰，道路不畅，树木稀拉，花草凋零，鱼鸟不出，"乐土"便变成单调的"冬眠之地"。这两幅截然不同的"乡村自然"画面构成了阿克萨科夫笔下完整的俄罗斯乡村自然风光图，也是俄罗斯乡村自然的真实写照。我们对此还可补充一句，这才是作家笔下真实的俄罗斯古朴的乡村自然景象。

二是对俄罗斯古朴的农村生活的描写。《家庭纪事》三部曲既描写了俄罗斯农村一年四季的风俗民情，又描写了古朴农村生活中的地主和农民，更塑造了祖父这样的立体人物形象；既写出了古朴乡村生活的诗意，更写出了这种生活中的家庭成员之间的矛盾、地主与农民的冲突，以及某些人性的丑恶。牧阿珍还指出，尽管阿克萨科夫强调人与自然的联系，赞美巴什基尔人的善良和单纯，但他并不主张回到"自然人"的生存状态，而是更加向往"乡村人"的生活方式。一方面，与游牧的巴什基尔人不同，巴格罗沃村民除畜牧以外，还从事农耕、家禽饲养、捕鱼、狩猎、野蜂饲养等生产。多元化的生产方式极大地降低了他们对自然的完全依赖，使他们获得了对抗自然灾害的能力。冬季对于他们已不再是严峻的生死考验。换言之，"乡村人"懂得最大限度地利用周围的自然资源。阿克萨科夫认为，巴什基尔人所代表的"自然人"在精神上没有受到现代文明的玷污，要比"乡村人"和"城市人"更加纯净、简单。作家虽然向往巴什基尔人与大自然的紧密联系，但也清醒地看到，返回原始的过去并非理智的行为。事实上，作家对巴什基尔人的态度呈现出矛盾的一面：既欣赏巴什基尔人身上纯粹、豪放的自然天性，但又无法接受他们原始、粗犷的生存和生活方式。李建军在对比果戈理、冈察洛夫、阿克萨科夫和谢德林的叙事特点时谈道："阿克萨柯夫的《家庭纪事》，则平静而舒缓，用充满暖意和人情味的笔触，写出了家庭内部的细小而微妙的冲突，常常带给读者会心一笑的亲切感。"俄国学者康斯坦丁·邓可克萨科夫更是指出，阿克萨科夫的作品"在当时疯狂揭露的合唱大潮中，如一曲和缓的大调，似乎在提醒大家，在过去的生活中并非一切都应该被否定，想要革命的愿望是合法的，与此同时，俄国生活的枯老大树在某些地方依旧透出了健康的幼芽，这些健康幼芽的存在也是合理的"。

三是塑造了具有立体感的人物形象，也就是郑振铎所说的"创造出那时代的人的真范"，以祖父和母亲最为突出。

小说十分成功地塑造了祖父的艺术形象，这是作家所创造的所有形象中颇为生动也最令人难忘的一个。一方面他为人正直、待人真诚、意志坚强、精明干练、坚守信约，而且心地善良、慷慨大方、乐善好施，尤其是疾恶如仇、刚正不阿，还能主持公道，善于排忧解难，待人处事心明眼亮，在饥荒年头尽力帮助农民，认为农民富裕了他自身也就富裕了，是那种不仅做事一贯光明磊落，而且讲话也从不掺假的人；另一方面他性子暴躁、视野狭窄、不学无术，还是一个典型的封建家长，习惯于统治别人，使自己的意志成为周围的人的"法律"，对自己的妻子、儿女，对农民乃至地产，都表现出无限的权威：在外面，农民对他毕恭毕敬，见到他就不寒而栗；在家里，他暴怒时会一把揪住妻子的头发，把她往地板上拖，或者干脆拔掉她的头发。这两方面的结合，就塑造出一个相当真实而且具有立体感的人物形象，让人过目难忘。

牧阿珍更具体地谈到，祖父形象是阿克萨科夫塑造的一个生动、鲜活的"人"的形象。他不是很多作家笔下只有单一性格的扁平人物，而是集聚着"人性"和"兽性"两面的综合体。作为巴格罗夫家族的大家长，祖父是家族权力的象征，是主宰家庭的"君王"，所有人都要按照他的习惯生活，揣测他的心意说话，看他的脸色行事。他将"诚实无欺"立为家庭成员的行事法则，若有违背，即要受到严厉的惩罚，而惩罚的方式则是令人惊恐的暴力。但他并不是一台冰冷的权力机器，同时也是关爱家庭成员充满亲情味的大家长。当他不发怒的时候，他是和善、温情的：他会给女儿讲解磨坊的运行法则，会亲切地叫老伴的小名，会像爱护自己的眼珠子一样呵护堂妹，会给儿媳写温情的信叮嘱她注意身体，会拿仆人逗趣、取乐，和家人在饭桌上喝酒聊天。若家庭成员受到外来袭击，他会尽全力保护家人。当儿子被德国军官无故毒打时，他会愤怒地提出控告，并火速将儿子调离任职的军队，让他远离危险境地。当堂妹被丈夫殴打囚禁时，他不畏险情，果敢前往将其救出。他虽不赞同儿子与索菲娅的婚事，但在收到儿子的绝笔信之后，即使内心无比愤怒，但更多的是对儿子生命的担忧，这促使他最终做出让步，同意儿子的婚事。祖父对家庭的关爱集中体现为心系家族的延续，具体表现为重视门第，竭力延续家族血脉。他"人性"中柔和的部分是家庭生活的润滑剂，滋润着整个家庭，使其发散着"幸福家庭"的芬芳。但无论是对家庭的关爱抑或是暴力，其根源都是出自对父系制家庭的维护，是专制大家长权威的显现。

正因为如此，俄国学者马兴斯基指出："阿克萨科夫在《家庭纪事》中最大的成功无疑是斯捷潘·米哈伊洛维奇·巴格罗夫形象的塑造。就其性格的深度、心理处理的细腻程度，以及其广泛性而言，他有权被称为俄罗斯文学的经典形象之一。"

《家庭纪事》的译者王步丞谈到，这本书最大的成功在于成功塑造了祖父斯捷潘·巴格罗夫和母亲索菲娅·尼古拉耶夫娜的生动形象，他们"完全可以跻身于十九世纪俄国文学典型形象的艺术画廊"。母亲，这位边区要员的女儿，聪明美丽，博学多才。她是全乌法城贵族青年崇拜和追求的对象，就连到乌法访问的名流学者也争相同她结识。然而，出乎全城人的意料，这位高不可攀的美女却把自己的命运同性格懦弱、平庸无能的小巴格罗夫联结在一起。这是怎么回事呢？阿克萨科夫像一位高明的心理学家，善于深入人物的内心世界，捕捉人物的隐秘动机，赋予人物以丰富的内涵。他在赞美索菲娅·尼古拉耶夫娜的品德的同时，也详尽无遗地揭示了她灵魂深处的阴暗面：对于权势的喜好。她经过长时间激烈的思想斗争，终于选择了各方面都不如自己的小巴格罗夫，一个重要原因就是婚后可以控制他，支配他。作者写道："对于权势的喜好正是她做出决定的潜因。"母亲索菲娅的形象真实、生动、出色，具有立体感。一方面她天资聪颖，意志坚强，通情达理，爱好优美和高贵的事物；另一方面她又好施权威，自私自利，有很强的等级观念。

《家庭纪事》的出现被视为俄国文学史上的大事件。据杜勃罗留波夫回忆，阿克萨科夫《家庭纪事》三部曲的出版"获得自《死魂灵》之后还未曾有过的欢迎"，并"受到来自各方毫无例外的一致坚定好评"。车尔尼雪夫斯基、杜勃罗留波夫、赫尔岑、谢德林、托尔斯泰、屠格涅夫、安年科夫、霍米亚科夫、舍维寥夫、波戈金，这些作家和评论家尽管处于各式各样的思想文化斗争旗帜之下，但一致同意阿克萨科夫的作品是俄国文学中的杰出现象。也就是说，《家庭纪事》三部曲的艺术成就在当时就获得了文艺批评界各种不同阵营的好评，大家一致认为阿克萨科夫从此在俄国文学家队伍中占据了一个无可置疑的卓越地位。不过，批评家们的具体评价却有不同的着眼点。以安年科夫为代表的自由主义或唯美主义批评家，赞扬的主要是作品的艺术价值，称作家为"完美的典型和性格的创造者"；以车尔尼雪夫斯基和杜勃罗留波夫为代表的革命民主主义者，强调的却是作品的传记意义和真实性，是它们"朴实地描写出事实真相"，提供了揭露农奴制生活方式的丰富资料。例如，杜勃罗留波夫认为，这三部曲写得朴实、真挚，比当时许多揭露性的小说都要"高出一等"，"真实地描写了农奴制关系的主要特点"。汪倜然也指出："他多取乡村间的简朴的生活做题材；小百姓们底平凡生活只能成为俄国文学的流行的题材，他是很有功劳的。""不论怎样，阿克沙珂夫每行文字所给人们的印象总是完全的'真实'。"

在艺术形式方面，金兹伯格指出："《家庭纪事》可能是一部大型家庭小说的开篇。这是（在现实材料基础上）对内在感受进行描绘，带有虚构对话等的文学叙事。第二部作品《孙子巴格罗夫的童年》则完全用阿克萨科夫替代巴格罗夫，出现了自传的'我'，这部分根据其叙事笔调而言更加靠近回忆录。最后，在第三部《学生时代》中，巴格罗夫完全让位于阿克萨科夫，相应地，描写性格的小说家，其笔风、对话、场景都完全被纪事—回忆录型叙事所替代。"牧阿珍更具体地谈到，阿克萨科夫的家庭纪事小说虽是按照时间线性叙事讲述文本故事，但作者的叙事手法并不单调。在某种程度上，作者之所以能将故事讲述得如此精彩、动人，与他采用多种叙事手法相融合的创作方式大有关联，具体有神话叙事、童话叙事和旅行叙事。这三种叙事的运用丰富了整个文本，使得叙述变得更为精彩。他借用神话叙事，塑造老巴格罗夫"文化英雄"的人物形象，为其"创世"情节添加神话色彩；采用民间童话叙事手法讲述索菲娅遭受继母虐待和阿列克谢娶亲的故事，为女主角索菲娅的人物形象披上"可怜继女"和"美丽新娘"的神秘童话面纱，增添了上民间文化的色彩；旅行叙事的运用则将谢廖沙凌乱的成长经历梳理成清晰的叙事线路，不仅成为小说构建情节的重要手段，还使得整个叙述具有"纪事"的纪实特点。多种叙事手法并用形成了阿克萨科夫《家庭纪事》三部曲独特的叙事风格。《家庭纪事》和《孙子巴格罗夫的童年》都以第一人称进行回溯性叙事，孙子谢廖沙作为故事的回忆者和叙述者，在其叙述中涉及两个自我：一个是叙述自我——成年谢廖沙，另一个是经验自我——儿童谢廖沙。这两种自我对应两种不同的叙事视角，前者为"成人视角"，后者为"儿童视角"。上述两部小说对这两种视角的运用有所不同：《家庭纪事》中的叙述者以成年谢廖沙为主，以文化老者第一人称外视角的成人视角讲述祖辈、父辈的故事，客观中带有主观情感和理性思考，经验自我与叙述自我在此重合；《孙子巴格罗夫的童年》则将第一人称外视角与内视角结合，其中，天真的儿童谢廖沙为主要叙事人，借助"儿童视角"展现奇妙的儿童世界，讲述有趣的童年成长经历，成人叙事者在此承担辅助叙事，发挥回溯性叙述、解释和必要评论的作用。这种将儿童视角与成人视角相结合的方法很有创新意义：相对自足的"儿童视角"使得儿童的经历和体验保留了更多的原初性和神秘性，儿童叙述者谢廖沙天真无邪的目光所展示的儿童情趣和儿童心理已经超越了文化和意识形态的限制，是对生命原初的体验，具有普遍的人生价值。由此形成阿克萨科夫《家庭纪事》三部曲独具一格的叙事风格。牧阿珍进而指出，在整个俄国文学史上，阿克萨科夫可谓将"儿童视角"演绎到极致的作家。小说中，作家将叙述的主力棒交到儿童叙述者——谢廖沙的手上，完全按照儿童的兴趣、心理、审美、思维讲述儿童故事，塑造人物形象。在这个意义上，《孙子巴格罗夫的童年》可被视为"儿童视角"的代表文本。她还认为，阿克萨科夫的《家庭纪事》三部曲开创了俄国"家庭纪事小说"体裁的先河，继阿克萨科夫之后，家庭纪事小说体裁在俄国文学史上大放异彩，列斯托夫的《在普拉托马索沃村的过去岁月》和《贫穷的出生》、谢德林的《戈洛夫廖夫老爷们》和《波谢洪尼耶遗风》、蒲宁的《苏霍多尔》、阿·托尔斯泰的《四个世纪》、高尔基的《阿尔塔莫诺夫家的事业》等都是对这一体裁的继续和发展。

三、渔猎三部曲：对大自然的细致观察与精彩描写

阿克萨科夫热爱大自然，沉醉于大自然，一生中的许多时间都是在大

自然中钓鱼、打猎，同时他又能细致、准确、生动、优美地描写大自然，是名副其实的大自然的出色歌手。

　　既然这位作家的主要成就在对大自然的描写方面，而且正如牧阿珍所言，毕竟最初为作家迎来文学声誉的正是他描写自然的渔猎三部曲，而他对自然诗意与科学的描绘在整个俄罗斯文学上都是独树一帜的，至今无法超越。她进而指出，如果说真实和客观是阿克萨科夫乡村自然描写的法则，那么科学性和文学性则是其渔猎自然描写的特点，这在他的渔猎散文中表现得最为突出。在《奥伦堡省的猎人笔记》中，阿克萨科夫以一个自然主义者的眼光详细记录了不同野禽的外形、生活习性、活动区域、受惊后的反应等，真实地还原了沼泽、水域、森林、草原等自然环境的特性。在《钓鱼笔记》中，作者将有关钓鱼的一切都解释得极其详尽，大到不同鱼的种类特性，钓鱼地点的选择，鱼竿的安装制作，小到鱼饵和辅食的种类，钓钩、钓丝、浮子的挑选，甚至钓丝上铅坠的材质和重量，可谓细致入微。作家不仅以自然主义者精确的笔触记录自然，还以艺术家诗意的眼光观察自然，融入浓浓的自然情怀，其作品中处处都能使读者感受到作者对自然的爱意。"他熟悉森林与草原，小溪与河流，知道动物的所有特性，以及田间地头的农活细节。他对这一切的描绘带有独特的精确性，了解它们，并充满爱意。他小说中出现的伏尔加河边区原生态的处女地和水域，未被开垦的草场和风平浪静的河流，使得读者感受到那里沁人心脾的新鲜空气，并且萌生出想要亲眼看看这些美妙之地的强烈愿望。"那么，我们下面就主要通过其被誉为俄国"渔猎文学"顶峰的《渔猎笔记》中一些具体的例子，来看看这位大自然的出色歌手是如何描写俄罗斯千姿百态的大自然的。

　　对于大自然的细致观察与精彩描写，在《家庭纪事》三部曲中也有。例如："这时，白桦树都在发芽，芳香的野樱树正在开花，——这时，蜷缩的嫩叶展开了，在黑黝黝的醋栗丛上铺上了一层白的柔毛的薄纱，——这时，云雀在院子上空整日飞翔，尽情地唱着不变的歌曲，直到歌声渐渐在云霄中消失；这种歌声使得我心醉神迷，感动得流出眼泪，——这时，满山满坡都铺上了一片紫的蓝的，白的黄的番红花，漏斗状的草叶和紧闭着的花蕾在地上到处偷偷地钻了出来，——这时，各种各样的瓢虫和甲虫，都飞到了温暖的阳光底下，白色的和黄色的蝴蝶翩翩飞舞，蜜蜂和黄蜂嗡嗡作响，——这时，水在动，地在响，空气也在震颤；——这时，阳光穿射过充满了生命的元素的潮湿的空气，显得摇摇晃晃。"不过，这时候作家才只有几岁，因此，正如作家在小说中所写的那样："大自然从沉睡中苏醒过来，万物欣欣向荣；这是一个生机勃勃、鸟语花香的季节。我当时年纪太小，还不能了解和好好地欣赏它；但是我觉得自己有了一股新的活力，我好像变成了大自然的一部分。当然，这一切使人沉醉的魅力和诗情画意的美景，一直到我长大成人和细细回想起来时，我才能有意识地鉴赏。"到了青少年时期，作家对自然的美有了诗意的欣赏："这是一个欢快的、瑰丽的五月的早晨，处处洋溢着浓烈的迷人的春意，空气那样清新，那样温煦，万物生机勃勃，仿佛大合唱似的发出欢乐的音响；一丝丝凉意和一股股潮气还隐藏在清晨那长长的阴影下，躲避着咄咄逼人的阳光。"正因为如此，托尔斯泰甚至认为，《孙子巴格罗夫的童年》的最大优点是书中弥漫的对大自然的深厚爱意和自然的诗意。不过，总体来看，《家庭纪事》三部曲对自然的描写远不如渔猎三部曲多而出色。

因此，真正大量地对大自然进行细致观察与精彩描写的是渔猎三部曲。《钓鱼笔记》专门描写钓鱼的事情，详细描写了各种鱼类的特点和习性。《奥伦堡省的猎人笔记》和《猎人的故事及回忆录》则详细描绘了各种鸟类的特点和习性。王步丞认为，在这三本似乎只有专门家才感兴趣的书里，作者以他的生花之笔，勾勒出一幅幅鱼、鸟、兽的"肖像画"，描绘了它们各不相同的习性和神态。只要读上几页，就会跟随作者一起投入生机盎然的大自然的怀抱，进入一个奇异的动物世界，去分享一个渔夫或猎人在与大自然融为一体时所感受到的喜悦与懊恼、期待与失望、成功与失败。下面我们具体欣赏一些对大自然(包括鱼和鸟)观察仔细、描绘出色的精彩段落。

　　有时河水穿过渺无人烟的丛丛密林流向广阔的平原，显得冷僻至极，野性十足，同时又声势浩大，庄重威严。河的两岸没有因为任何践踏而变得皱皱巴巴；个别猎人即使偶然进入这里，但是他留下的痕迹也不会太久；由于水分相当富足，植物生长繁茂，被踩扁的野草杂花很快就挺立起来。河两岸自由自在地、如火如荼地长满了阔叶和细叶的苔草、菖蒲，幼树树林和枝粗干大的勿忘草；而在所有幽僻的地方，异常肥大的绿沉沉的球形牛蒡随着河水的哗哗流动，形单影只地划动自己长换换的枝茎，周而复始地向前漂浮着。水禽似乎害怕孤寂，当河流太远地奔入密林深处时，野鸭就不再在河上生活和栖息。鱼和水陆两栖动物依旧是河流的主人。自由奔放、浩浩荡荡的水流在荒无人烟的寂静和黑暗中滚滚向前，只有百年老树那弯入水中或低垂到水中的树枝，抗拒着水流，发出无休无止而又轻微低沉的絮语声。肥大的狗鱼哗啦击浪，水獭悠悠横渡到对岸，俄罗斯麝鼹在水里扎着猛子——就这样各显其能；然而就连这微弱的响声也很快就被普遍的寂静所吞噬。只有各种各样的阔叶树倒映在水里：椴树、山杨、白桦和橡树，它们随着太阳的位移，忽而朝右，忽而往左，把自己或直或斜的影子投射到河面上。

这是作家关于林间小河的一段描写，观察相当准确而细致（如这里人迹罕至，连被踩扁的野花杂草都会很快就挺立起来，水禽似乎害怕孤寂，不敢在密林深处的河流中生活），描写细腻又生动，突出了这里的荒凉、寂静。

　　起初烧焦的草原和田野，一眼望去，是一片铺天盖地的大火后悲伤凄凉的景象；但是很快，绿茸茸的嫩叶尖就像小刷子一样，冲破黑沉沉的覆盖物，长了出来，很快它们就长出了各式各样的叶子和形状各异的花瓣，只过了一个星期，一切就都蒙上一层嫩汪汪的绿茵了；再过一个星期，乍看一眼，你已经无法认出这里曾经是火烧过的地方了。草原上的灌木丛，很少被火烧到，因为它们周围的土壤一般比较潮湿；樱桃树、矮扁桃树（野桃树）和金鸡树（野合欢树）繁花正艳，散发出一股浓烈而好闻的香气；矮扁桃树更是花团锦簇，香气扑鼻：它往往密密麻麻地长在平缓的小山坡上，它那粉红色的花朵绵延成一片花海，其中偶尔能看到盛开的野合欢那金灿灿的长长花带或圆圆花环。在另一些更为平缓的山坡上，更广阔的地方灿烂成一片花海，这些花白生生的，但不耀眼，而是像那淡白色的薄纱：这是繁花似锦的野樱桃花。曾经被大火吓跑的所有鸟类，重又飞回，各占地盘，在这绿草、春花和茂密灌木的海洋中安营扎寨；四面八方到处传来：小鹞那无法言传的吱吱叫声，杓鹬那忽高忽低、清晰响亮的颤声啼啭，鹌鹑那随处可闻的狂热而短促的鸣叫声，矛隼那咔咔的叫声。旭日东升，夜雾化成甘露洒落地面，鲜花和植物的各种各样的气味更加浓烈，更加芳香，——春天清晨的草原无比美丽，难以形容，令人迷醉……一切都充满生机，焕然一新，灿烂夺目，朝气蓬勃，快快乐乐！奥伦堡省五月的草原就是这样的……

秋天，长满针茅草的草原彻底改变了模样，呈现出另一幅与众不同、独具一格、无可比拟、妙不可言的风貌：珠灰色的针茅草纤维，已经长得够长并完全散开了，微风轻轻拂过，便随风摇摆，泛起一层细袅袅、银闪闪的薄薄涟漪。然而，大风却绝对控制着草原，吹得细弱、柔韧的针茅丛弯腰俯身，露出发黄的根茎，并嘶嘶撕扯、啪啪拍打着针茅丛，使它们齐刷刷地倒向右边，又齐刷刷地倒向左边，扑打着干枯的土地，而当针茅丛被风吹向某一边时，一眼便可看到，无边无际的空间里，滚滚波浪、滔滔急流全都朝着一个方向奔涌。从未见过这种场面的人，起初会觉得很是新鲜，甚至感到惊讶；任何水流都没有它那么动人心魂，不过，很快它便会以自己的单调疲劳视力，甚至让人头昏脑晕，油然产生某种愁戚戚的心绪。草原上没有针茅草的地方，晚秋时节外貌更加单调乏味，死气沉沉，惨不忍睹。那些割过草的草地是个例外，那里在被雨水浸泡得发黑的圆乎乎的干草垛四周，长出了一棵棵嫩汪汪、绿茸茸的再生草；成群的巨嘴鸟和小鹞喜欢在这里游荡，啄食嫩草；甚至成群结队的大雁在从一个水域迁徙到另一个水域的途中，也常常会在这里歇脚，以便津津有味地吃一顿新鲜的嫩草。

这两段描写的是春天和秋天的草原，观察细致，描写准确、生动而又优美，如春天草原最初是一片荒凉，接着在荒凉中露出小刷子一样的嫩草尖，然后变成绿茵茵的一片，再变成一片五彩缤纷的花海，尤其是"小鹞那无法言传的吱吱叫声，杓鹬那忽高忽低、清晰响亮的颤声啼啭，鹌鹑那随处可闻的狂热而短促的鸣叫声，矛隼那咔咔的叫声"相当细致、准确；对于秋天风中的草原颜色的各种变化，作家观察、描写得更是细致入微。

鲈鱼是仅次于斜齿鳊，数量最多的鱼种了。在河流、湖泊、流动或不流动的池塘中，只要水流干净——它就会大量繁殖。鲈鱼的身体特别宽，上面有一层浅绿、略呈黄金色的鳞片；背上有一个梳状的东西，有许多锋利的刺，这些刺与尾巴之间是一条鱼鳍；尾鳍，特别是下面的鱼鳍是红色的，腹部呈淡白色，黄眼睛，黑眼球；身上横向长有五个条带，使整条鱼看上去五彩缤纷，美丽异常；两鳃上一边一个针状的刺，如果不小心碰到的话，刺人很疼；嘴也很大，喉咙很宽，这说明它能够吞下与自己的身体不相称的大块东西，这也表明它是凶猛的鱼种。鲈鱼体形很大，特别重，据可靠的说法，鲈鱼一般有两磅重，但我只见过八磅重的鲈鱼，那还是从乌拉尔运来的冻鱼。我自己曾钓到过三磅半重的鲈鱼，再比这重的活鲈鱼我可没亲眼见过。鲈鱼的身体不太长，我曾经拿一条八磅重的鲈鱼与三磅半重的鲈鱼进行比较，发现它们在长度上没有我料想的那么大的差别。但是宽度却是不一样的，有时鲈鱼的脊背可厚达两俄寸半。春天只要水一开始变得清澈，鲈鱼就开始咬钩了，这种情况一直持续到河面结冰为止，甚至冬天砸开冰窟窿也能钓到鲈鱼，不过我冬天从未去钓过鱼。4月底，鲈鱼腹内已积满鱼子，5月甩子，甩子后鲈鱼便开始贪婪地咬钩了。鲈鱼咬钩最频繁的时期是在8月和9月初，这时由于天气转凉，河水开始变得清澈透明，钓小鱼就不那么容易了。差不多所有的猎人都非常喜欢钓鲈鱼，他们一致认为钓鲈鱼比钓别的鱼有意思，因为：首先鲈鱼容易上钩。秋天，鲈鱼成群结队地在水里游，遇到鱼钩上的鱼饵时差不多全都上前争咬，只有少数游走；其次鲈鱼咬钩时表现得非常贪婪、固执，甚至一口能吞下大半个鱼饵；最后因为钓鲈鱼不需要太仔细和耐心。鲈鱼不仅不怕流水和声音，甚至如果你在岸上用树棍或钓竿的一头故意在水里搅和，还会吸引许多鲈鱼游来，因为搅水声很像小鱼在水里嬉戏，故而引得鲈鱼前来。中等大小的鲈鱼经常在水中间咬钩，而大鲈鱼，如果水清的话，则在水底咬钩……像其他性情温和的鱼一样，鲈鱼见到诱饵时从不会急匆匆奔过来咬住，撕扯食物。鲈鱼咬钩时总表现得很果断很认真，从不会耍滑头。我多次在清澈透明的水边观察鲈鱼：一条大鲈鱼见到猎物后径直朝猎物游来，起初游得很快，但是越接近猎物，它游得反而越慢了，只见它张大嘴巴，轻轻地碰了一下猎物，突然不动了，嘴巴也不动了，那姿势像是在往肚子里吸水——鱼钩连同鱼饵都不见了，而咬钩后的鲈鱼仍继续游水，像什么也没发生一样，它身后还拖着长长的渔线，浮子连鱼竿也拖上了。要是猎物是一条活鱼，那它的反应可是另外一种样子了：鲈鱼会快速扑向猎物，在快速游动中将猎物捕获。鲈鱼几乎从不会失手，连失误也很少。的确，有时一些有经验的渔夫也大感不解：好像有鱼上钩了，浮子不停地往下沉，可每次抖钓竿都见不到鱼。这样一次又一次地折腾，终于鱼钩上的软体虫不见了。起初猎人会以为这是雅罗鱼或拟鲤在捣乱，尽管从咬钩的迹象上看，绝对是鲈鱼在捣乱。与此同时，也偶尔会拖上来一些大鲈鱼。于是，猎人终于认定鲈鱼有时会很顽皮，会骗人，咬了钩还会松口。这个结论是不正确的，上述的那些勾当都是小鲈鱼干的。小鲈鱼的嘴巴太小，无论是长的软体虫，还是肥虾仁，它们都吞不下去，只有大鲈鱼游过来，才会一下子咬住诱饵不放，正因为如此，小鲈鱼都放跑了，而大鲈鱼却钓上来了。（冯华英译）

这段文字就相当细致、生动地描写了鲈鱼的形状、颜色、体型、外貌，以及习性。

狗鱼的主要特点是凶猛。它的躯体很长，略显方形；宽宽的尾鳍，游起来非常快；眼部下方有一张向前突出的嘴，看上去像一把织布的梭子，鱼嘴中上下交错排列着密实的、锐利的牙齿，任何猎物一旦落到它的嘴里，就休想逃脱；宽阔的喉咙可以吞噬比它本身还要肥大的鱼饵——所有这一切，使得它有权被排在淡水鱼凶猛的鱼类之首。

狗鱼的眼睛很大而且黑，视力敏锐，可以看见很远的猎物。它的鳞片上有许多墨绿的斑点。肚子呈白色，尾部和游动的鳍呈浅灰绿色，外罩一层黑色边圈。

狗鱼存活期很长，可以达到 100 年之久。据说，狗鱼大约能够长到 1.4 米长，40 千克重。它主要以小鱼和其他水生虫类为食。饿急时，它甚至会吞噬蛤蟆、大老鼠和野鸭子，因此，人们常常把狗鱼称做吞鸭大狗鱼。狗鱼喜欢在清澈的水中与鲤鱼和鲈鱼游来游去，要是水质由于某种原因而遭到破坏，则会和上面两种鱼类一起死去。狗鱼一般在 4 月初产卵，假如春天来得早，有时 3 月底就产卵了。哪里各类小鱼多，狗鱼就会在哪里生存并大量繁殖。

垂钓狗鱼的要领是，只要在鱼钩上装上小鱼，或是虾和蠕虫，狗鱼就会咬钩。钓绳要用金属或者一般的键弦制作。它咬钩非常快，一般情况之下，它只要咬住钓饵，鱼漂就会沉没。钓狗鱼的最好季节是秋天，因为首先这时水变得清澈见底，狗鱼老远就可以看见钓饵；其次，由于寒冷，水草凋零，狗鱼不便隐藏，捕捉小鱼已经不那么方便，因此它这时既饿又贪。渔夫们说出了狗鱼寻食的窍门：它游到潜水滩边，尾巴不断地在水底盘旋搅动，这样浮起的淤泥把它完全掩盖起来，使得附近游动的小鱼一点儿也看不见它。当此时有小鱼游过，它便像箭一样地向它们猛扑过去。

钓狗鱼是件很愉快的事情。因为当你一甩钓竿，只要附近有狗鱼，它就会毫不耽搁地游过来咬钩；而且你还常常会钓到大狗鱼。虽然它很敏捷，行动很快，但它们并不倔强，抛上岸上时很温顺：大概是因为它们那显得有点儿长方形的像个独木舟的身体吧。把约 1.5 千克重的狗鱼往岸上甩很容易，甚至不用捞网。而与它体重相近的鲈鱼则显得笨重得多。当然垂钓狗鱼的绳子要粗，拉线要结实。

判断四周水域是否存在狗鱼的方法很简单：鲤鱼和其他的小鱼不来咬钩，说明附近有狗鱼在潜伏着。更准确的判断办法是小鱼像雨点似的突然四散喷射出去，这是因为水下的狗鱼正在像箭一样地飞游过来。（冯华英译）

这一段文字颇为细致、生动地描绘了狗鱼的外貌、特点、习性，以及垂钓时对付它的方法。

在丛丛枝杈上，在绿盈盈的叶丛中，以及在整个森林里，栖息着五色缤纷、美丽多姿、百调千腔的千千万万种飞鸟：细嘴松鸡和普通黑琴鸡在求偶鸣叫，花尾榛鸡在尖声高叫，求偶飞行的雄丘鹬在哑声哑气地叫，各种各样的野鸽都在各具特色地咕咕叫，鸫鸟在啾啾地突然尖叫，黄莺在忧郁凄凉而又悦耳动听地彼此呼叫，长着花斑的布谷鸟呻吟般地叫，各色羽毛的啄木鸟在啄击树干，不时发出笃笃笃笃的啄击声，黑啄木鸟在呼号，松鸦在吱吱直叫；太平鸟、林百灵、蜡嘴雀和不计其数的长着翅膀的整个小小鸣禽家族用千鸣百啭绚丽了空间，让寂静的森林生气勃勃；鸟儿们在树枝上和树洞里筑巢、产卵和哺育孩子；正是为了同一目的，鸟类的天敌貂、松鼠，还有一窝窝嗡嗡叫的野蜜蜂，也定居在树洞里。在树木成林的森林里绿草和野花很少：总是遮天蔽日的浓荫，不利于这些离不开阳光和温暖的植物生长；最常见的是另一些植物，齿状蕨类，叶子密簇簇、绿油油的铃兰，花已开残的茎细杆长的林中紫罗兰，还有一丛丛熟透了的红艳艳的悬钩子；空气中弥漫着蘑菇那湿乎乎的香气，然而，最浓烈、我觉得特别好闻的，还是卷边乳菇的香气，因为它们总是整个家庭一起诞生，扎堆儿挤着安家（一如民间说的）在小蕨类植物中，从腐烂的去年落叶下探出头来。

阿克萨科夫不只是善于描述大自然的景物和鱼类的特点、习性等，他最出色的还是对飞禽类的观察与描写。上面这段描写的就是树林"内部"的生活，特别能彰显作家对自然观察的细致——各种鸟类的不同叫声、森林里长不出绿草野花，而只能生长蕨类植物；以及描写的生动优美，如"太平鸟、林百灵、蜡嘴雀和不计其数的长着翅膀的整个小小鸣禽家族用千鸣百啭绚丽了空间，让寂静的森林生气勃勃"。

最后，雁雏长大了，发育成熟了，能独立飞行了，成为自由的小雁了；老雁则换完了羽毛，体质增强了，把长大的一窝又一窝小雁统合为集体，组编成雁群，于是开始了夜间的，或者更确切地说，清晨和傍晚的洗劫庄稼地的冒险活动。在这些庄稼地里，不仅黑麦成熟了，而且春播作物也成熟了。日落前一个小时，成群的小雁在老雁的引领下，从水面腾空而起，朝庄稼地飞去。它们先在广阔的大地上空盘旋一阵，察看哪里更适合它们降落，哪里离车来车往的大路或地里干活的人们都较远而且庄稼也更能吃饱，最后终于纷纷降落到某一块地方。大雁喜欢吃无芒的庄稼，如荞麦、燕麦和豌豆；不过，如果别无选择的话，那它们也会吃任何东西。它们这场费时很长的晚餐往往几乎要持续到黑夜沉沉；可是只要一听到老雁响亮的咯咯召唤，贪婪吞食遍地庄稼的小雁马上就会从田垄各处匆匆忙忙地聚集到一块。它们摇摇晃晃地走着，相互招呼着，由于嗉囊里食物塞得过多而身子沉甸甸地前倾着，接着整个雁群发出刺耳的叫声，拖着沉重的身躯慢慢飞起来。它们无声无息地低低飞着，总是朝着一个方向，飞向它们通常夜宿的湖泊或河岸，或者僻静的池塘上空。飞达目的地后，雁群便闹闹嚷嚷地降落到水面上。它们铺开双翅，舒展胸脯，贪婪地喝着水，然后马上便到宿营地过夜了。宿营地往往选在平坦坦的河岸，既无灌木，也无芦苇，以避免偷袭的危险。由于雁群接连几夜的重压，河岸上的青草被挤成一堆，而且被雁群滚热的粪便烫得发红并枯萎了。雁儿都是把头藏在翅膀里趴着睡觉的，或者更确切地说，肚子撑地，于是睡着了。不过，老雁组成夜间警卫队，轮流值班，或者非常警醒地打着瞌睡，但任何响声都无法逃过它们警惕的听觉。稍有响声，值夜的老雁便警觉地咯咯大叫起来，接着所有的雁都发出回音，站起身来，舒展双翅，伸直脖子，准备起飞；然而，当喧闹声停息后，值夜的老雁又会发出另一种完全不同的咯咯声，轻柔平和，从容镇静，于是整个雁群也用同样的声音加以回应，然后再次趴着入睡了。一夜之间，特别是在九月份的漫漫长夜里，这种情况会反复出现。如果不是虚惊一场，如果真的有人或野兽接近雁群，那么老雁在发出警报后，会迅速飞起，小雁则紧随其后急速腾空而起。群雁边飞边发出如此尖利刺耳的高叫声，这叫声震撼着朦朦胧胧的河岸、在雾气中沉睡的河水以及附近的整个地区，一俄里外甚至更远的地方都能听到……而且，整个这桩惊慌有时是由艾鼬甚至白鼬引发的，它们常常厚颜无耻地偷袭睡着的大雁……当一夜终于平平安安地度过后，值夜的老雁一见东方刚刚开始发白，就用洪亮的叫声唤醒整个雁群，于是雁群又紧随老雁飞向早已熟悉的庄稼地，一如既往地开始享用早餐，而这是昨天晚餐前就已看好了的。空瘪瘪的嗉囊重又装满食物后，雁群便又响应老雁的呼唤，在早已冉冉升空的太阳明灿灿的光照中，汇聚成一大群，然后转换方向，飞向另一个湖泊、另一条河流或另一个塘湾，在那里度过白天……

三月底，阳光开始变得暖意更足了，雄黑琴鸡冷降的血液沸腾起来，求偶交配的本能欲望苏醒了，于是便开始求偶鸣叫，也就是说：蹲在树上，发出某种低沉的叫声。这叫声有时像大雁的嘘嘘声，而更多的时候像鸽子的咕咕声或喃喃声，在朝霞满天的宁静里，老远老远就能听到。也许很多人，更不用说猎人了，都听到过这种叫声。"远处传来黑琴鸡低沉的求偶鸣叫"，于是每个人大约都会油然产生一种朦朦胧胧的愉快感。这叫声本身没有什么悦耳动听之处，但是从中却能自然而然地感知并理解整个自然界生活的普遍和谐……总之，雄黑琴鸡发出了求偶鸣叫声：起初，叫的时间不长，声音很轻，有气无力，就像在低声自言自语，即便是饱饱吃了一顿早餐，嗉囊里塞满了树上刚刚冒出的嫩芽后，也是如此。后来，随着气温的升高，它一天比一天叫得越发响亮，越发长久，也越发热烈，最后终于达到了发狂的程度：它的脖子鼓得很粗；身上的羽毛像马鬃一样直竖着；藏在眼窝里平时被一层细茸茸、皱巴巴的表皮遮盖住的眉毛也鼓了出来，向外伸展，并且宽得吓人，就连颜色也变得红艳艳的。黑琴鸡总是在清晨太阳出山前，急急匆匆地吃一点食物（看来，就连鸟儿们在沉迷于爱情的时候，也顾不上吃东西了），然后纷纷飞集到事先选好、很是适合燕尔新婚的地方。这个地方一般来说，或者是干净的林中空地，或者是大树下的绿草地。这些大树生长在林边，有时也挺立在开阔的田野间，更多的是矗立于小山丘上。这个经常光顾的地方，始终是同一场所，人们称之为发情处或求偶地。人们要持之以恒地费时费力，才能迫使黑琴鸡放弃这个地方，另选一个地点。甚至一连几年，黑琴鸡都在同一个地点发情求偶。黑琴鸡落在树枝的顶梢，像鞠躬一样不断地向下点头，不时蹲下不时又挺起身子，紧张地伸长鼓得很粗的脖子，发出嘶嘶的声音，嘟嘟囔囔着，开始求偶鸣叫，每当动作激烈时，就轻轻扑扇几下翅膀以保持平衡。它们渐渐地进入发情高潮：动作更快，声音汇合成某种咕噜咕噜，黑琴鸡进入发狂状态，白星星的唾沫从它们那一直张大的嘴里喷溅出来……由此产生了一个古老的传说，不过早已没有人相信了，似乎是说雌黑琴鸡满地奔跑，接住并吞下在树上求偶鸣叫的雄鸟嘴里流下的唾液，于是就受孕了。不过，雄黑琴鸡那响彻四周、热情似火的孤零零的求偶呼唤并非徒劳无益的：雌黑琴鸡早已在凝神细听它们的叫声，终于按捺不住，开始纷纷飞到求偶地来；起初它们落在稍远一点的树上，然后挪到近一点的地方，但是从来不会与雄鸟并排站立，而是落在它们的对面。①

　　上面两段，分别描写大雁是怎样飞往觅食处的，以及黑琴鸡是怎样求偶鸣叫的，其观察、描写相当细腻、生动、传神，的确像果戈理说的那样，甚至比一般作家描写的人物还生动、鲜活：阿克萨科夫把雁群的善于观察、富有纪律性、吃饱后沉甸甸地前倾的身姿、夜间出色的警卫写得栩栩如生，动人心弦；而对雄黑琴鸡求偶过程的描写更是有声有色、细致传神，使人仿佛身临其境。

　　由上还可看出，阿克萨科夫描写大自然不仅观察细致、准确，描写生动、传神甚至优美，而且往往能写出一个地方一种景色一个动物的特点甚至个性，的确是名不虚传的大自然出色的歌手。他这种对大自然的细致观察和精彩描写，在俄国文学中有颇大的影响。冯华英指出："如果说自然风物文学形成了俄罗斯文学的一道亮丽的风景线的话，那么阿克萨科夫堪称自然风物风景线的文学家之父。俄罗斯著名的文学家屠格涅夫对阿克萨科夫的散文评价非常高，声称'这样的书在我们这里是前所未有的'，'我们都应该向他学习'。我们确实看到，向阿克萨科夫的文风学习的不仅有屠格涅夫，还有蒲宁、普里什文和帕乌斯托夫斯基等文学大家；屠格涅夫的《猎人笔记》、蒲宁的早期散文、普里什文的《鸟儿不惊的地方》和《林中水滴》、帕乌斯托夫斯基的《森林的故事》《野蔷薇》《烟雨霏霏的黎明》等散文都是继往

---

　　①　以上所引《渔猎笔记》中未注明译者的文字，均由曾思艺译自《阿克萨科夫作品集》第四卷，莫斯科，1966。

开来，自觉传承了阿克萨科夫对大自然的浓厚情感和妙笔生花的艺术表现传统。"

俄国学者丘尔金认为："阿克萨科夫是19世纪俄罗斯作家中第一批在自己作品中触及'自然与人'问题的作家之一。"牧阿珍进而指出："阿克萨科夫对自然的描绘并不仅仅局限于渔猎散文，其家庭纪事小说也是他描写自然的重要阵地。文中他不仅客观、真实地描绘了俄国的乡村自然，还侧重展现生活在自然中的人，并从生存和精神生态角度对'人与自然'的关系做了深入思考：从自然与人的生存角度而言，他认为，大自然是人的养育者，人应该热爱自然、保护自然，与自然和谐共处，并合理利用自然为人类服务。同时，作者反对杀鸡取卵式的开发方式，他对奥伦堡省被破坏的生态环境极为痛心并强烈指责一切破坏自然生态的人与行为。从自然与人的精神关系角度来说，自然充当着人类精神生态的药剂：它不仅是人精神快乐的源泉，还具有治愈身心的功效。相比之下，生活在自然中的'乡村人'比与自然疏远的'城市人'在精神生态上更为健康。因此，自然不仅是阿克萨科夫物理家园的重要组成部分，也是其精神家园的核心模块之一。"她还谈道："阿克萨科夫早在19世纪上半叶就提出的生态问题如今已经演变成全球性的危机，人类对环境的破坏以及远离自然所带来的一系列心理问题、精神问题和道德问题越来越受到现代社会的关注。在这一点上，阿克萨科夫是生态主义的先驱，是时代的先知。此外，阿克萨科夫将自然纳入其美好家园的物理和精神版图之中，他对人与自然关系的思考背后是其对乡土世界和传统文明的回望。"由此可见，阿克萨科夫的作品还有着自然生态和精神生态方面的当代意义。

参考资料

〔俄〕阿克萨科夫：《暴风雪》，王忠亮译，沈阳，辽宁教育出版社，1997。

〔俄〕阿克萨科夫：《家庭纪事》三部曲，汤真译，上海，上海译文出版社，1981。

〔俄〕阿克萨科夫：《家庭纪事》，王步丞译，北京，外国文学出版社，1986。

［俄］阿克萨科夫：《渔猎笔记》，冯华英译，兰州，敦煌文艺出版社，2014。

［英］贝灵：《俄罗斯文学》，梁镇译，上海，商务印书馆，1933。

［俄］杜勃罗留波夫：《旧时代地主的乡村生活》，见《杜勃罗留波夫选集》第二卷，辛未艾译，上海，上海译文出版社，1983。

［俄］德·斯·米尔斯基：《俄国文学史》，刘文飞译，北京，人民文学出版社，2013。

牧阿珍：《谢尔盖·阿克萨科夫家庭纪事小说研究》，博士学位论文，上海外国语大学，2018。

［俄］屠格涅夫：《谈谈谢·季·阿克萨科夫的〈一个枪猎猎人的笔记〉》，见《屠格涅夫散文精选》，曾思艺译，武汉，长江文艺出版社，2013。

汪倜然：《俄国文学》，见方璧等：《西洋文学讲座》，上海，上海书店，1990。

郑体武：《俄罗斯文学简史》，上海，上海外语教育出版社，2006。

郑振铎：《俄国文学史略》，见《郑振铎全集》第十五卷，石家庄，花山文艺出版社，1998。

大家文学课

曾思艺 / 编著

19世纪俄罗斯文学史（下册）

北京师范大学出版集团
BEIJING NORMAL UNIVERSITY PUBLISHING GROUP
北京师范大学出版社

下册目录

第八章　柯尔卓夫：农民诗人

在 19 世纪俄国文学史上，尽管有影响深远的"小人物"形象系列，也有大量反映农村和农民生活的作品，但大多是知识分子作家的艺术创作。这些知识分子作家有些是贵族（如普希金、屠格涅夫），有些虽有农村生活经历，也一度参加农业劳动，但由于生活富裕，很难真正表达下层贫苦农民的心声（如托尔斯泰）。柯尔卓夫出身下层，终日为生计奔忙，饱尝生活的艰辛，创作出了真正的农民之歌，是纯粹的农民诗人。

一、自学成才的诗人

柯尔卓夫（1809—1842），生于沃罗涅日省一个牲畜商人家庭，仅在县立学校学习一年多，便被自私暴虐、凶狠贪财的父亲（柯尔卓夫在给鲍特金的一封信中写道："我的父亲……当过商店伙计，弄到一些钱，于是做了老板，他以七万卢布资本赚了三倍钱，随后又靠这些钱来营生；最后，他把钱全部开销出去，却留下了许多事业……是个没有良心的吹牛家。他不喜欢像人所应有的那样同别人生活在家庭里，而是喜欢大家都怕他，看见他就战战兢兢，敬重他，做他的奴隶。"）叫回，帮他料理生意（把牲口赶到草原上去，低价买进，高价卖出；耕种和管理自己的田园，出售粮食。他在1836 年的一封信中还谈道："伐金卡要在莫斯科留两个月，去卖母牛。家中只有我一个人，事情很多。我得买进猪，用酿酒厂的酒糟喂猪，每天要去林子里砍柴。到了秋天还要耕种。现在我得赶紧去趟村子里，家里还有很多杂事需要我整日价忙活"），一直到逝世。柯尔卓夫为人干练，是一名颇为出色的商人。但与此同时，他热爱文学，尤其是诗歌。他是靠着自己对知识和诗歌的热爱，在艰辛的环境中，在每天为生存而奋斗的间隙里，挤时间刻苦钻研，努力学习，而自学成才的。

李琦琦认为，柯尔卓夫后来能够成长为杰出的农民诗人，除了独特的生长环境和自身对知识的渴求外，离不开友人的指导和帮助。随着不断的成长，柯尔卓夫对书籍的渴望也越来越强烈，且很快就不满足于手头的书籍。他把父亲给他的零花钱都用来买书。沃罗涅日当时还没有图书馆，对于平民来说要获取书不是一件容易的事情。德米特里·安东诺维奇·卡什金的书铺是当时沃罗涅日唯一的一家，柯尔卓夫几乎每天都跑去看书。卡什金看到柯尔卓夫如此热爱读书，就允许柯尔卓夫免费阅读他书铺里的书籍。在柯尔卓夫大约15岁的时候，卡什金为柯尔卓夫推荐了伊凡·伊万诺维奇·德米特里耶夫的诗。对于年少的柯尔卓夫来说，他第一次惊讶于诗歌语言的存在——简洁漂亮、铿锵有力。柯尔卓夫在花园中读德米特里耶夫的诗时，发现这跟他曾经听到的民歌有些相似，于是就得出结论：诗不需要念，而是需要唱，因此他就开始唱这些诗。此后柯尔卓夫一生都是在用唱的方式读诗。书商卡什金给了柯尔卓夫"扫盲式"的帮助，他的书铺是柯尔卓夫获取知识的殿堂，为他打开了阅读诗歌的窗口。卡什金还指点了柯尔卓夫掌握基本的俄国诗歌格律。亦师亦友的谢列布良斯基则给他讲解哲学、修改诗歌。斯坦凯维奇早在1831年就看到柯尔卓夫异于常人的天才，比其他人都早承认柯尔卓夫诗人的地位，他于1835年免费为柯尔卓夫出版诗集，并把柯尔卓夫引入文学小组，促成了其与普希金的会面。自此，柯尔卓夫正式在文学界亮相。也是1831年，柯尔卓夫与别林斯基在莫斯科相识，不久之后别林斯基就成了他亲密的朋友和导师。柯尔卓夫对别林斯基无比尊敬和信赖，他经常写信给别林斯基谈论他对俄罗斯民歌的见解以及自己的生活。得益于卡什金、谢列布良斯基、斯坦凯维奇和别林斯基的指导和引荐，柯尔卓夫描写俄罗斯农民生活的诗歌在当时净是"阳春白雪"的文学界引起了广泛关注，柯尔卓夫也被很多人称为"牲口贩子诗人"。

也正因为长年辛勤劳动和刻苦自学损害了健康，柯尔卓夫英年早逝。柯尔卓夫的一生都在与环境做斗争，生活的重担过早地压垮了他的身体，父亲视他的创作天赋为上帝的惩罚。柯尔卓夫既得不到家人的理解，又没有足够的财力迁居莫斯科或彼得堡。1841年，柯尔卓夫被迫从莫斯科回到家里，他的病情也急剧恶化。他写信到彼得堡说："我不想走，我真不想走。已经到了这样的时候：不论家里，不论亲人们，到底都使我觉得讨厌了，如果有什么可能住在彼得堡，我就立刻上路，一辈子都住在那里。然而没有钱这是办不到的，我只好回家了……我得承认，开始我是真想到彼得堡去的，可是一旦饥饿把我抓住，我只好作罢了。"他一生中最大的梦想就是摆脱琐碎的买卖，在空闲的时间埋头学习。柯尔卓夫的身体每况愈下，1842 年 10 月 19 日下午三点，他在疾病、贫穷以及生活的重压下倒下。就这样，伟大的农民诗人柯尔卓夫度过了短暂而又悲剧的一生。别林斯基满怀感情地写道："他是骑在马上把牲口从这个地方赶到那个地方的牲口贩子；是常去……屠宰场，整个腿肚都沾满了血的人；是小市上站在装着油脂的大车旁边的小贩。但他也向往爱情和友谊，幻想富有诗意的内心活动，想大自然，想人的命运，想生与死的秘密，他被破碎的心的悲痛和富有才气的怀疑所苦恼，而同时……这个有思想又有胆量的俄罗斯商人也在卖出这样，买进那样，和那些天知道是些什么人吵骂，相好；他为了一两个毛钱讨价还价，并且使用着小商人的各种手腕，而内心又很厌恶，认为这是卑鄙的行为。这是一个什么场面，什么命运，什么样的人啊！"

　　柯尔卓夫很早就开始写诗了，其诗作引起了一个唯心主义哲学团体的领袖斯坦凯维奇的注意，是斯坦凯维奇将他介绍给了别林斯基。别林斯基对柯尔卓夫十分欣赏，两人于是有了长期的友谊。茹科夫斯基也对他颇为爱护，并有所指导。1835 年，他的第一部民歌集出版，受到普遍的热烈欢迎。别林斯基随即发表发表了《阿·柯尔卓夫诗集》一文加以评价："他拥有的才能不多，但却是真诚的，他的创作禀赋不深厚，不强大，但却是货真价实的，不是矫揉造作的，这一点，你们应该承认，不是完全常见，而是可遇而不可求的。我们赶紧要怀着深切的关注、敬仰和珍爱之情来接待这位新诗人。"并且预言："这位才能卓越的诗人，初露锋芒就已经取得这样显著的成就，前途充满着这样无限的希望，他的才能一定会得到充分的发展。"可惜的是，由于与父亲的冲突越来越激烈，加上多年的劳累，柯尔卓夫的身体越来越差，1840 年他便几乎放弃了诗歌创作。1846 年，别林斯基发表《论柯尔卓夫的生活与创作》，颇为详细地评析了柯尔卓夫的生平和创作。他在文章中称柯尔卓夫为具有天才成分的有才能的人，而在柯尔卓夫之前，被他称为天才的只有三个人：普希金、果戈理和莱蒙托夫。别林斯基充分肯定了柯尔卓夫作品的独创性和其中蕴含的自由精神——人民性。

米尔斯基认为，柯尔卓夫一生创作的100多首诗歌可分为界限清晰的三类：其一，大都作于1835年前、以普希金流派和前普希金流派之规范文学风格写成的诗作；其二，"俄国民歌"（描写农民生活的诗歌，他也因此被称为"俄国的彭斯"）；其三，后期的哲理诗。在这三类诗中，第二类诗使柯尔卓夫赢得经典诗人的地位。

长年的经商活动使柯尔卓夫经常出入俄罗斯的大自然（尤其是草原）、农村，和俄罗斯农民生活在一起，十分了解他们的日常生活、风俗习惯、精神面貌乃至喜怒哀乐，也十分熟悉民间的歌谣曲调，而他天生又具有诗人的素质，因此，一旦这种生活的激情迫使他不吐不快，他就自然而然地运用民间歌谣形式，唱出了一系列朴实鲜活的俄罗斯农民生活之歌，而这也成为其诗歌创作中最具特色、最有独创性、艺术成就也最高的一类作品。俄国学者通科夫指出："与人民的真实联系，对民间口头创作的熟知，对故乡大自然的亲近，给了柯尔卓夫的精神生活极为积极有益的影响，增强了他的精神力量，帮助他发展了敏锐、透彻的观察力方面的才能，催发了其诗歌天赋的喷发。"地方志学家维谢洛夫斯基更是宣称："柯尔卓夫对农民们的生产生活非常了解，他懂得渔业、林业知识，也熟悉沃罗涅日的很多村庄。"

在柯尔卓夫以前，也有一些诗人运用民间歌谣的形式创作过诗歌，如梅尔兹利亚科夫（1778—1830）、杰尔维格（1798—1831）等。但他们的这类诗歌所表达的不是真正的农民的感情，而是他们想象的，甚至有点矫揉造作的农民的感情，因为他们没有真正深入农民的生活，根本不了解农民的心理和情感。杜勃罗留波夫认为："在他们的歌谣中所表现的感情，不是属于那些生活得比较接近自然，谈吐朴实无华的平常人，而是属于那些故意拼命远离开自然的人们。"只有柯尔卓夫，由于自己独特的生活经历，唱出了反映俄罗斯农民思想感情乃至精神面貌的生活之歌。这就像我国古代白居易、苏东坡等人创作的拟陶诗不是真正的农民生活的反映，而陶渊明《归园田居》其二的"时复墟曲中，披草共来往。相见无杂言，但道桑麻长。桑麻日已长，我土日已广。常恐霜霰至，零落同草莽"，其三的"种豆南山下，草盛豆苗稀。晨兴理荒秽，戴月荷锄归。道狭草木长，夕露沾我衣。衣沾不足惜，但使愿无违"以及其他许多诗歌，才反映了真真实实的农民生活和感情。柯尔卓夫的农民诗歌运用并加工提升了俄罗斯民间歌谣的形式，广泛真实地反映了俄国农民的生活风习、思想情感尤其是精神面貌，具有很高的艺术成就，以致乌斯宾斯基在《俄国文学史》中宣称："俄罗斯文学中有一类作家，除了称他们为农事劳动诗人外，不可能再有别的称谓，这就是柯尔卓夫。"在柯尔卓夫之后，俄国诗坛又出现了多位农民诗人，如伊·萨·尼基京（1824—1861）、伊·扎·苏里科夫（1841—1880）、斯·德·德罗仁（1848—1930）。他们和柯尔卓夫一起，建构了 19 世纪俄国的农民诗歌。

二、诗歌创作：朴实鲜活的农民之歌

农民首要的任务是生存，因此，他们的一切，包括喜怒哀乐、爱情，甚至对世界的思考都与生计有关。只有通过辛勤的劳动，才能拥有生存所需的食物和金钱。因此，柯尔卓夫往往通过劳动来表现农民的喜怒哀乐。

《庄稼汉之歌》既写了农民愉快的劳动，又写出了农民祈求丰收的心态，并明确指出"粮食就是我的财富"：

> 喂！拉呀，灰黄马！/拉过待耕地一块块，/让这铁犁的犁铧，/被潮润的泥土磨白。//朝霞美人儿/在天空燃起火焰，/从密稠稠的树林后面，/升起一轮红太阳。//在耕地上多么快活啊，/喂！拉呀，灰黄马！/我和你就是朋友，/一个仆人，一个东家。//我开开心心，/扶着犁，掌着耙，/我备好大车，/把谷粒播撒。//我开开心心，/望着打谷场，草垛架，/我打麦，我簸谷，/喂！拉呀，灰黄马！//我和我的灰黄马，/一大早就忙着耕田，/我们为小小谷粒，/编织神圣的摇篮。//潮乎乎的大地母亲，/吃呀喝呀全给它；/田野里长出禾苗青青——/喂！拉呀，灰黄马！//田野里长出禾苗青青——/谷穗也会慢慢成长，/等它成熟了，它一定/穿上金灿灿的衣裳。//我们的镰刀在这里闪闪发光，/我们的镰刀在这里刷刷直响；/多甜美啊，休息时/躺在沉甸甸的禾捆上！//喂！拉呀，灰黄马！/我会把你喂饱，/用清亮亮的

甘泉，/作为你的饮料。//我耕耘，我播种，/心里暗暗祈福。/上帝啊，为我长出粮食吧，/粮食就是我的财富！（曾思艺译）

《收获》既写了农民祈祷的两个心愿：

> 头一个念头是：/从仓库搬出存粮，/装进一个个麻袋，/再把大车收拾停当。//第二个念头，/他们这样想：/把马儿套上车辕，/按时驶出村庄。

也写了他们辛勤的劳作：

> 黎明刚刚来临，/人们各自走出家门，——/一个跟着一个，/在田里漫步行进。//有的抓起谷粒，/一把把撒在田间；/有的掌着犁头，把土地耕翻。//弯弯的木犁，/翻耕着土地，/木耙的齿钉，/把大地的头发梳理。

更写了农民们收获庄稼的场景：

> 人们一户又一户，/开始收割庄稼，/把高高的黑麦，/连根儿割倒在地下。//麦秸一捆又一捆，/堆成高耸的草垛；/从黄昏到黎明，/大车奏着音乐。//场上堆着草垛，/一个个好似亲王，/昂起高傲的头，/威风凛凛地坐在地上。

还写到农民的宗教习俗：

> 乡里人/把蜡烛点燃，/恭恭敬敬，/放到圣母像前。

劳动给人带来富足的生活，而懒惰则使人一无所有，忍饥挨饿。在《庄稼人，你为什么还睡……》中，诗人满怀深情地以辉煌的过去与穷困的现状、街坊的富足与庄稼人的贫寒相对照，一再劝告，试图唤醒懒惰的庄稼人：

　　庄稼人，你为什么还睡？/春天已经来到门庭，/你的邻里街坊，/活儿都干了许多时辰。//醒来啊，快起来，/看看自己从前怎样？/如今成了什么样子？/你身边还有什么东西？//场上没有一捆草，/仓里没有一粒粮，/院子里空空荡荡，/庄稼地什么也没长。//家神拿着笤帚，/在储藏室打扫尘埃；/马儿牵到了邻人家，/抵偿你高筑的债台。//箱子翻了个儿，/躺在条凳旁，/木房子弯腰驼背，/好似伛偻的老人。//想象你自己的时光：/像一条金色的河，/流过田野，/流过草场！//流出院子和打谷场，/流在宽阔的大路上，/流过村庄与城镇，/流过买卖人的身旁！//无论什么地方，/大门都为他敞开；/荣誉席上，/有你一处地方！//如今你同贫穷一起，/守在窗户旁，/整天睡着闷觉，/躺在炕头上。//田里庄稼没人收割，/像孤儿没爹没娘。/风儿吹刮谷粒！/鸟儿啄食食粮！//庄稼人，你为什么还睡？/夏日已经过去，/秋天穿过篱笆，/又来到门庭。//跟在秋天背后，走来了/穿着暖和皮衣的隆冬老人，/道路铺盖着白雪，/在雪橇下响着吱溜的声音。//街坊驾着雪橇，/把粮食运去出售，/他们换来金钱，/喝着瓦罐里芳香的酒。

农民的爱情也往往与劳动有关，如《年轻的收割女》：

　　高高的天上，/悬着太阳，/骄阳似火，/烤着大地母亲。//田间有位姑娘，/她愁闷，她忧伤。/黑麦结着穗儿，/也没心思割它。//火热的田野/把她浑身灼烧，/白净的脸庞/闪着红红火光。//她垂着头，/低垂在胸前，/割来的麦穗儿，/从手里掉到地上……//姑娘的心事谜一样，/说她收割可又不像，/呆呆地站在那里，/失神地望着一旁。//唉，多么痛苦啊，/她那可怜的心，/她心里钻进了/不曾有过的事情！//昨天一整日，/她什么事都没做，/独自走进林子，/采撷山莓果。//迎面向她走来/一位翩翩少年，/他不是头一回/同姑娘会面。//少年对她躲躲闪闪，/这不像他的心愿，/他站立在那里，/愁苦地看着姑娘的脸。//他一声长叹，/唱起一支忧伤的歌，/歌声在林里荡漾，/向远方飘扬。//歌儿在姑娘心底，/深深发出回响，/荡漾回旋，/永远留在她心上……//姑娘在火热的田里，/又愁闷，又忧伤，/黑麦结着穗儿，/也没心思割它……

年轻的收割女无心劳动，因为她的恋人昨天已经被迫和她分手了（也许是为生活所迫，要远走他方；也许是听从父母之命，另找一个富有的女子做恋人）。

农民的爱情、婚姻往往与劳动尤其是劳动所得关系密切，《黑麦，你不要喧闹……》就写到小伙子本不爱财，他攒积财富，积聚家产，只是为了与自己所爱的美丽姑娘结婚，让她过上好的生活。可造化弄人，心上人不幸去世，小伙子痛苦不堪：

> 黑麦，你不要喧闹，/别用你成熟的穗儿喧闹！/割草人啊，你也不要/歌唱那草原的无边广袤！//我攒积财富，/是别有原因，/我另有缘故，/想马上做个富人！//年轻的小伙子，/积聚家产，/不是自己的本意——/而是为了心上姑娘！//看见她那双眼睛，/我心里就无比甜蜜。/她的那双眼睛，/满溢着浓浓爱意！//可那双亮汪汪的眼睛，/早已黯淡无光，/她已长眠在墓中，/我那美丽的姑娘！//比大山还沉重，/比半夜还黑暗，/那黑沉沉的悲情，/重压在我心上！（曾思艺译）

如果劳动所得甚少，家境贫寒，那么在严酷的现实生活中，一个人就很难和心爱的人结合，甚至只能因此而流浪天涯，如《楼房》：

> 那地方有座楼房，/我常常爱去闲逛，/在美丽而芬芳的五月，/在寂静和明亮的晚上！//这楼房有什么可爱？/为什么令我如此神往？/它不是新的富丽宅第，/只是橡木建成的木房！//唉，这简朴的楼房内，/有一间整洁的小房，/那彩漆的窗户里，/住着我心爱的姑娘！//有一次我和她相见，/目光没离开她的容颜；/可是美丽的姑娘不知道，/为谁激荡啊，我的心泉。//裂开吧，我的胸膛！/新郎不是我，

那是富家的青年：/我没有栖身的茅屋，/整个世界是我的家园！//先
知的心对我说：/孩子，你要好好儿生活，/不是同年轻的妻子，/而是
同天涯海角……

《村灾》写了一位青年爱上了一个姑娘，但"村长不顾我心上人的死
活，/为儿子说媒定了亲；/他有数不清的金钱，/什么都会听他命令"。青
年一怒之下，在心上人举行婚宴那天，放了一把火，把村长富丽的房屋变
成了"一堆焦黑的断垣残壁"，并从此同贫困携了手，在异地他乡颠沛流离。

尽管不少流行的小说、戏剧描写美丽的姑娘敢于冲破世俗之见，嫁给
贫寒的小伙子，但那更多的是浪漫主义的虚构和幻想。现实生活是实在而
严酷的，人们为了生存，也为了活得更好、更幸福，需要更好的物质条件。
如果拥有一定的物质条件，婚姻可能就会比较顺利，如《巴威尔的婚礼》这
样写道：

巴威尔爱上一位姑娘，/送给姑娘许多礼品：/两张美丽的条纹花
布，/一双高跟鞋，一条头巾，//还有一段中国棉布，/一顶金灿灿的
花冠；/姑娘成了艳装的美女，/像是富商家的名媛。//她出门去外面
跳舞，/跳得人人说不出的高兴；/她高声唱着歌儿，/像美酒一样醉
人。//年轻人站在一旁，/他们说着这样的话：/"我们都在追求你，/
你将做谁人的妻？"//随你们说吧。可巴威尔/只顾套着两匹骏马，/他
承运了一批货物，/要去外地度过冬天。//辛勤汗水换来金钱，/春天
他回到家里；/邀亲朋来做客，/请姑妈当媒人……//巨额彩礼交给姑
娘父亲，/年轻小伙得到了宝贝。/欢欢喜喜举行婚礼，/筵席连摆了两
个星期。

《割草人》中的小伙子，肩膀比爷爷还宽，身强力壮，十分能干。他爱
上了村长的女儿，请人去说媒，可家财万贯的村长固执己见，就是不答应，
尽管女儿也非常爱这个小伙子，为他"哭得多么悲伤"。于是，小伙子买了
一把崭新的镰刀，把它磨得极其锋利，来到顿河旁辽阔的草原，拼命割草，
拼命劳动，从哥萨克那里得到了"大把钱币"，然后回到村里，径直去找村

长，因为他已经领悟到："从前我的贫穷/没有引起他的怜悯，/如今我用宝贵的钱财/去打动他的心！"

当然，生活不总是这样简单和美满，诗人也清醒地看到，有时父母贪图钱财，把女儿嫁给她不爱的年老的男人，导致她后半生的悲剧：孤零零一个人过隆重的节日，虽然随身带来丈夫的礼品，但却脸上忧愁，心头苦闷。（见《俄罗斯的歌》）另一首《俄罗斯的歌》则写到一对恋人被贫困所逼，万分痛苦，不得不理智地考虑分手的事情。尽管心底里万分不愿意，然而，"在异乡我俩怎样生活，/怎样用劳动换取钱财？"既然在异乡无法用劳动换取钱财，而他们又不愿"让贫穷毁坏美"，那么，两人的相爱和共同生活就没有可能，因此心情沉重，愁绪满怀。

柯尔卓夫还写到农民的其他生活以及农民们的精神追求，如《农家宴》：

> 大木门儿/完全敞开，/骑着马儿，乘着雪橇，/客人们陆续到来；/主人和他妻子/恭迎客人，在大门旁，/领着他们穿过院子，/走进亮堂堂的正房。/在基督圣像前，/客人做了祷告，/围着橡木餐桌/——上面摆满了菜肴，/在松木长凳上，/大家一一坐好。/烧鸡烤鹅，/全摆在桌上，/馅饼火腿，/堆满了碗盘。/年轻的主妇，/打扮得漂漂亮亮，/两条乌黑的眉毛，/带流苏的薄纱披在身上，/同女友一一亲吻，/绕桌子转了一圈，/把幸福的酒杯，/分别送到客人手上；/男主人紧跟她身后，/手拿雕花的酒罐，/把醉人的家酿啤酒，/向亲朋一一敬上；/而主人的女儿，/也把香甜的蜜酒，/分送给满桌的客人，/满怀少女的温柔。/客人们喝着，吃着，/打开了话匣子：/说庄稼，谈割草，/话古时，讲旧事；/上帝和老天/会不会让粮食堆满仓？/原野里的干草种子，/会不会翠绿一片？/客人们喝着，吃着，/开开心心，/从晚霞初现，/到半夜三更。/村里的公鸡/已开始你叫我啼；/交谈和喧闹/已在黑漆漆的客堂沉寂；/大门外拐弯的地方，/白雪银光熠熠。（曾思艺译）

诗歌描写的是农村日常生活的冬天摆酒请客的风俗。这种风俗画式的细致客观的描写往往是小说的内容，是以往的诗人几乎未曾涉及的，柯尔卓夫却把它写得生动迷人。李琦琦指出，这首歌谣描绘了一场规规矩矩、体体面面的农村盛宴，柯尔卓夫尤其细致地描写了农村宴请的礼节，主人怎样迎接客人，怎样开始宴席，客人们又怎样喝酒聊天，农村宴会的情形通过他的诗歌生动地浮现出来。首先是开门迎接客人，仿佛从客人一进门开始，就响起了欢快的音乐。主人熟谙待客之道，迎接起客人来毕恭毕敬，一丝不苟。接下来是宴请，宴席开始后，年轻的主妇、男主人和主人的女儿——出场，他们各自的招待方式也不尽相同，先是给客人们端上家酿的啤酒，接着是献上甜甜的蜜酒，整个宴席礼节繁复，异常隆重。吃饱喝足，酒意正酣，宾客们开始聊天，这已经是宴会的最后部分了，而农民们的交谈也始终离不开庄稼和丰收。柯尔卓夫仿佛是这场农村宴会的观察者和见证者，所有的礼节和细节都被他一丝不苟地描写出来。正如农家宴中规整的礼节一样，整首诗的结构也井然有序地分为三个部分：迎接客人，宴会开始，喝酒聊天。

柯尔卓夫的作品展现了丰富的农民生活，有力地反驳了上流社会认为农民生活单调无味的偏见，如《勇敢的人》：

> 一个勇敢的人，/一个英俊少年，/难道能在火炉旁/度过寒冷的冬天？//我去割草？/我去种田？/我打燕麦？/把烘房烧暖？//田地不是我的朋友，/镰刀是我的后娘，/善心的人啊，/不是我的街坊。//英俊少年，/但愿有个漆黑的夜晚，/有一座阴暗的森林，/有匹骏马，有把长剑！/我给马儿备上马鞍，/我磨利我的长剑，/披上哥萨克大氅，/打马奔到森林里面！//我在森林里生活，/像一只自由的鸟，/做一个勇敢的人儿，/让威名远近传扬。//我走在大路上，/如果有谁同我相见，/都会摘帽打躬，/向英俊的少年！//我抢商人的货物，/我杀老爷的头颅，/为了几个毛钱，/害了愚蠢的庄稼汉！//但是，为了财物，/把人家的性命伤害，/上帝会不会怪罪，/向我问罪，对我降灾？//牧师伊凡/在教堂里对人谈，/恶人的鲜血/要用灵魂偿还……//最好是做一名兵士，/为皇上的江山，/为基督的子民，/把头颅抛在疆场上面！……

英俊勇敢的农家少年，不甘平庸，希望出人头地，浮想联翩，渴望到森林里当绿林好汉，抢劫商人，杀死为非作歹的老爷，但又想到上帝的惩罚，于是最终决定去当一名士兵，到战场上去奋战，马革裹尸，为国捐躯。这是非常真实的一些农家子弟的想法，诗人以生花妙笔将之形诸笔墨。《乡曲》更是写出了俄罗斯青年独特的漫游大地的精神：

> 健壮结实，年纪轻轻，/没有快乐也快活，/不呼唤幸福，/自有幸福走来。/风吹雨打，漫天阴霾，/把帽儿往头上一戴，/牧师，老爷，走你们的，/我们不动你们一根毫发！//只是我的脑瓜上，/有些心事，有些想法：/我要遍游大千世界，/无忧无虑过生涯；/我要走进人间社会，/试试自己的勇敢和力气，/免得回首青年时代，/脸面无光，感到羞耻。

《老人之歌》写了一位老人渴望回到骑马奔驰的青年时代，赢得漂亮姑娘的爱情，可惜时光不再的情景：

> 我要把鞍鞯套上马背，/我的马儿快捷如风，/我策马疾驰，迅飞，/比那雄鹰还要轻盈！//驰过田野，跨过海洋，/直奔那遥远的地方——/拼命紧追猛赶，/要找回那青春时光！//我要精心打扮，重新/变成一个翩翩少年！/再一次获取少女欢心，/成为美丽姑娘的情郎！//可是，唉，时光/逝去，再不复返！/太阳，永永远远/不会升起在西方！（曾思艺译）

《行乐时刻》表现了俄罗斯人对现实生活的热爱和享受：

> 请给我们大酒杯，/快把美酒斟上！/欢乐转瞬即飞。/喝吧，把这杯喝光！/朋友们，快放声歌唱！/唱出声震云霄的歌声！/让天边的霞光，/看着尽兴的我们！/现在我们快乐畅饮——青春只是一瞬——/眼下我们快乐欢欣，/这欢乐属于我们！/明天将会怎样，/我哪里知道，朋友们？/让天边的霞光，/看着尽兴的我们！/纵酒狂歌吧，各位

朋友！/让歌声响若春雷！/快把更多的美酒，/倒进大酒杯！/来吧，把满觞/美酒，一口喝尽！/让天边的霞光，/看着尽兴的我们！（曾思艺译）

以下两首《鬈发少年之歌》表现了俄罗斯无忧无虑的"碰运气"的精神：

欢乐时日，快活生涯，/头发鬈曲像酒花，/不管什么忧虑，/不掉一根头发。//鬈发不是木梳梳，/黄金命运梳鬈发，/年轻人儿勇敢豪迈，/头发鬈曲像指环。//不愿生来家财万贯，/但愿生来满头鬈发：/你只须念一声咒语，/一切现现成成，摆在面前。//心里想要什么，/会从地里出现，/各种各样好东西，/四面爬来，堆在身边。//心里想开个玩笑，/寻乐开心一样灵验；/抖一抖你的鬈发，/大功告成只是瞬间。//漂亮头发赢不来胜利，/鬈曲头发有无穷威力；/遇见什么倒霉事，眨个眼，/像流水一样很快消失！//年轻儿郎生着鬈发，/长着乌黑的眉毛，/高高兴兴生在人间，/欢欢乐乐活在世上。//青春年华好时光，/滔滔话语甜如蜜糖；/从早晨到夜晚，/歌声处处飘扬。//说的话儿，唱的歌曲，/姑娘们心里全知道；/她们为鬈发少年算命，/寒天冬夜没有睡觉。//光荣啊，鬈发少年！/愿他们头发弯弯打卷，/愿他们在世界上/万事顺利，都如心愿！//生着鬈发的头上，/不会有灾难降临！/飘扬吧，歌声！/鬈发小伙子啊，大胆行进！

黄金时日，/头发鬈曲像酒花，/愁苦生涯，/褐色鬈发磨平啦。//唉，鬈发磨平啦！/忧愁喜欢它，/不是木梳梳鬈发，/忧愁爱上了它。//不愿穿幸运衣衫降生人间，/不愿生来幸福美满——/但愿生来就有耐性，/不管什么都能承担。//过活一辈子——/不是耕地掌犁头；/忧愁好似乌云，/风没把它吹走。//不是风暴，是无情的苦难/在摇动峻岭高山；/像隐身的妖魔/不分皂白把你摧残。//踩着滑雪板飞跑，/也逃不脱它的魔爪；/它在静静的旷野搜索，/它在黑暗的森林寻找。//只要心头想一想：/它立刻来到，坐在身旁，/拉着你的手儿，/和你一同前往……//心儿发愁，心儿苦痛，/样样事情全失败，/没一件办得成功。//冰雹收割了庄稼，/火灾又来焚烧……/干干净净，一无所有，/再也不会有谁需要……//去村民大会面见父老，/是迫不得已，出于无奈；/没有包脚的布，/只穿着破旧的草鞋；//褴褛的长衫/紧绷在身上；/大胡子乱蓬蓬，/帽子压着眉梢……//静悄悄不言不语，/站立在别人背后……/但愿人们别瞧见/失去的幸福。

《同生活算账——献给维·格·别林斯基》写出了俄罗斯人敢于同命运抗争的斗志：

生活啊！/你为什么迷惑我？/我没有爱上谁，/就要把一生度过。//心灵中不止一次/燃烧起情欲的火焰，/它在徒然的忧伤中熄灭，/它已经烧尽燃完。//在茫茫的浓雾里，/我的青春好似盛开的花朵，/但我瞧不见浓雾里/是什么在等待我。//只有狠心的命运巫婆，/拿我寻乐开心；/只有无情的斗争，/消耗我的精力；//只有严冬的寒冷/刺着我的全身；/只有白色的头发/把我的鬈发搓平。//悲伤早已烧尽/我脸上的红晕，/又用眼泪的毒液/划出一条条皱纹。//生活啊！/你为什么迷惑我？/如果上帝给我力量，/我要把你打得粉碎！……

对以上这些，别林斯基和杜勃罗留波夫都有精彩的论述。别林斯基指出："柯尔卓夫了解而且喜爱实际存在状态的农民生活习俗，不加以装饰，也不把它诗化。他从这种习俗本身中找到诗意……他的许多歌谣的基调时而是需求和贫乏，时而是为戈比而奋斗，时而是经历过的幸福，时而是怨诉后娘般的命运。"杜勃罗留波夫则进而谈道："柯尔卓夫的确能够体会一切跟他厮熟的东西。他不但十分了解俄罗斯生活，还了解俄罗斯人民的性格，善于在歌谣中把他们表现出来。例如，在他的歌谣里，俄罗斯人奔放的任性，就得到了出色的表现，这是一种敢于奔赴一切，对一切都满不在乎的泼辣……除了泼辣之外，在柯尔卓夫的诗歌里，还十分忠实地表现了一种无忧无虑的精神，这是一种真诚的'碰运气'的愿望，俄罗斯人就抱着这种精神去迎接悲哀和欢乐。"

除此之外，柯尔卓夫还创作了一些与劳动、财富没有关系的爱情诗和哲理诗，这些诗也非常朴实地表现了农民的所思所想。

　　爱情诗在柯尔卓夫的诗歌创作中占据了相当重要的地位，其数量甚至超过了劳动诗，以致高尔基说："柯尔卓夫的主题是劳动和爱情。"爱情诗除了上述涉及劳动、财富方面的内容外，还相当真挚、朴实地写到恋爱的多种情形。

　　《眼睛》写了单相思者的矛盾复杂的心理——既害怕心上人乌黑眼睛对自己的灼伤，又渴望沉醉在其眼波里：

　　　　你那乌黑的眼睛，/把我伤害，把我折磨，/比太阳还炽热，/里面燃着神火！//眼睛啊，你暗淡吧，/对我冷漠！/眼睛啊，你的欢乐/不属于我，不属于我！……//不要这样看我！/啊，别再把我折磨！/你闪射着爱的火花，/比风暴雷雨还可怕！//不，看我吧，眼睛啊，/燃烧吧，眼睛啊，/燃起你的神火，/烧我的心窝！//让爱的饥渴折磨我吧，/我燃烧着，可是在烈火里，/我永远希望/复活过来，然后死去。//乌黑的眼睛啊，/我要怀着爱和你相见，/一次又一次受苦，/一次又一次受难。

　　《俄罗斯的歌》写了一对年轻恋人希望过自由幸福的生活：

　　　　心儿快要冲出/年轻的胸膛！/它希望自由，/它要求另一种生活！//多好啊，如果咱俩/一块儿荡舟河上，/眺望葱绿的草原，/观赏美丽的花！//多好啊，如果咱俩/一同欢度冬日的夜晚，/用火热的手/把朋友紧搂在胸前。//清晨，红霞满天，/拥抱送别，/黄昏，去到门旁/再把他等候！

　　另一首《俄罗斯的歌》则写了年轻人对结婚的渴望和对幸福美满家庭生活的憧憬：

　　　　茂密潮湿的松林啊，/请你向夏日的旷野，/冬天的大风雪，/说声再见，道声永别！//孤零零的我和你，/过活实在烦闷，/独自徘徊在

路旁，/直到黎明时分。//我起身/走进自己的茅屋，/我要过/家庭的
生活。//在那里我要娶一个/年轻的妻子，/我同她一起生活，/日子美
满又幸福……

《俄罗斯歌曲》写了一对幸福的情侣，更写出了热恋中的姑娘的心理：

我曾那么爱他，/炽热胜过火和白天，/别人爱他，/永远不会这
样。//在这世上我只想/同他一个共度年华，/我把心向他献上，/我把
生命全都给他。//多好的夜晚，多美的月光，/我等待着我的朋友！/
我脸色苍白，发冷发凉，/我心脏紧缩，浑身颤抖！//瞧他来了，唱不
离口：/"你在哪儿，我的美人？"/他一把拉住我的手，/他立马吻住我
的唇！//"亲爱的朋友，你的吻/都快闷得让我送命！/在你身边，就是
不接吻/我全身的热血也在沸腾；//在你身边，就是不接吻，/我脸上
也燃起红霞，/我胸膛里热潮滚滚，/翻起激情的浪花！//我的眼睛闪
闪发亮，/就像那灿烂的星星！"/我只为他活在世上——/我爱他刻骨铭
心！（曾思艺译）

《歌》写了远在异乡的小伙子对家乡情人的深情思念：

夜莺啊，你不要/在我的窗前歌唱，/快飞到树林丛中，/快飞向我
的故乡！//你可要热爱/我心上姑娘的窗户……/柔情地向她诉说/我思
念的痛苦；//你告诉她，没有她，/我憔悴，我枯焦，/就像那入秋时/
草原上的青草。//没有她，月亮/在夜里也显得黯淡；/白天的太阳/没
有了温暖。//没有她，谁能/给我柔情的爱抚？/休息时，我的头/又伏
在谁的胸脯？//没有她，谁的话语/能让我欢乐无穷？/谁的歌声，谁
的问候，/能安慰我的心灵？//夜莺啊，你为什么歌唱/在我的窗前？/
飞去吧，快飞向/我心上的姑娘！（曾思艺译）

在柯尔卓夫笔下，夜莺不仅是爱情的追寻者、见证者，也是传递者，
更是柯尔卓夫悲剧性命运的哀悼者。柯尔卓夫就像那只夜莺一样，被迫接

受命运的安排，毫无反抗的余地。柯尔卓夫展现了农民丰富的情感，农民也有爱情，也有对美好生活的追求。《最后一吻》则写小伙子即将离开姑娘，回到家乡去见父母，约定半年后再来举行婚礼，恳求恋人拥抱自己，热烈地吻自己。《离别》写了一对恋人离别前的痛苦。

《未婚妻变了心》写了未婚妻变心给小伙子带来的巨大的打击和极度的痛苦：

> 夏日的晴空赤日似火烧，/我，年轻的小伙感不到温暖；/未婚妻变了心，我心儿全僵冷，/就像生活在严寒的冬天。//忧愁和思念千斤重，/沉甸甸压在我悲伤的人儿肩上；/致命的痛苦撕裂着我的心，/心儿要冲出我的胸膛。//我祈求人们给我帮助，/人们含着讥笑转身躲开；/我去到父母坟前呼喊，/他们没有应声站起来。//世界在我眼里开始昏暗，/我倒在草丛失去了知觉……/暗哑夜间一场狂风暴雨，/又在坟上搀扶起了我……/我在夜间的风暴中套好马，/出发走上不见道路的旅途；/颠沛流离，同凶狠的命运算账，/让生活给我慰藉，给我欢乐……

《八行诗》则写了爱情冷却后，希望情人不要再纠缠自己：

> 我求求你，请离开我；/我对你的爱早已冷淡。/心里已无往日的情火；/我求求你，请离开我。/没认识你，我自在快乐；/认识了你，我愁眉不展。/我求求你，请离开我，/我对你的爱早已冷淡。（曾思艺译）

《两次分手》更是写了常见的爱情悲剧——他爱我，而我不爱他，我爱另一人，而另一人不爱我：

> "我的美人儿，/你就这样/一下子失去/两个青年。/那你告诉我，/你同第一个/怎样告别/在分手时刻?"//"同他分手，/我很开心；/与他告别时——/我喜笑盈盈……/可是他/那小可怜啊，/却把小

脑袋瓜/紧贴在我胸膛；/久久地伏着，/一句话也不说；/热泪直流，/把头巾都湿透……//'唔，愿上帝保佑你！'/他对我说道，/他牵过马儿，/打马飞跑，/在他乡异地，/把余生苦熬。"//"你竟会/把他嘲弄？/他的泪水/你不相信？/那你现在讲讲，/奇怪的人，/你又是怎样，/和另一个离分？"//"另一个可不那样……/他没有哭泣，/可就是现在/我还在哭泣。唉，他给过我的拥抱，/是那样冷冷冰冰；/他对我说的话语，/是那样干巴少情：/'你瞧，我要走啦，/只离开很短时间；/以后咱俩/还会相见。那个时候/咱可以哭个尽兴。'/这样的问候/你听了会舒心？/他没弯腰点头，/只挥一挥手，/一眼都不看/我的脸蛋，/就策马离去，/他就那个样。"//"美人儿，/在你心里，/哪一个/最难忘记？"//"当然，第一个，/我觉得可怜，/但我深爱着/第二个青年。"（曾思艺译）

柯尔卓夫的哲理诗也从多个方面表现了农民对生活道路以及生命的思索。《乡下人的沉思》写了青年农民的孤独的感受以及对如何度过这种孤寂、穷苦生活的朦胧思索：

坐在桌旁，/我心里思量，/一个人孤零零，/怎么活在世上？//年轻小伙子，/没有年轻的妻，/年轻小伙子，/没有忠实的友人，//没有金银钱财，/没有温暖的住房，/没有犁，没有耙，/也没有耕田的马；//除了贫穷困苦，/只有浑身的力气，/这是父母对我/唯一的恩赐。//可是穷苦的生涯，/却把我身上的力气，/为一个个陌生人，/消耗得一干二净。//坐在桌旁，/我心里思量，/一个人孤零零，怎么活在世上？

《路》则是一个富有的农民在即将步入老年时对自己的人生进行的总结：没有坚强意志去到异地他乡见识广大的人间，但面临灾祸能够保卫自己，还能笑对不幸，并且打算像夜莺一样唱着歌走向死亡。《苦难》进而思考这深重的苦难何以来到这世间，它种在哪里，长在何方，为何要让人们颠沛流离，把毒药投进欢宴的酒杯，做一个谁也不愿见的客人。《问题》则表现了对生存的意义和价值的迷惘：

> 你能不能/向太阳高声喊：/听着，太阳！/站住，不许动！/不要在天空/行走，/不要把大地/照亮！//站到海岸上，/望着大海，/你能不能/使海水冻僵，/把它变成/坚硬的石头？/要多大/英雄壮士的力量，/才能停住/这宇宙的圆球，/不让它旋转？/不让它行走？/如果只有运动，/而没有希望，/我如何生存/在这个世界上？/我怎样处置/大胆的意愿，/炽热的欲望，/罪恶的思想？//上天的神力，/把生命投进/这硕大无朋的/坚硬土块，/它生活在这里，/像一位女皇！/从摇篮，/到坟墓，/精灵和大地/一直在争斗；/大地不愿/做它的奴隶，/可是没有力量/卸下肩上的重荷；/天上的精灵/也不可能/同这坚硬的土块，/结为姻亲……//多少时光/已经飞逝？/多少时光/还在前头！/这场争斗，/什么时候完结？/谁争得这个地盘？/知道的只有上天！/这个神话的旨意，/隐藏得严严实实，/要预知神的事业，/我的解释毫无意义……//坟墓里面/话语没有音响，/远方穿着/永恒的黑暗衣裳……/我将生活在/无底的大海？/我将生活在/遥远的天上？/我记不记得：/从前我在哪里？/我心目中的人/是什么样？……//或者在棺木里/一切我都遗忘，/我丧失了/技艺和思想？……/创世的主，/自然的王啊，/到了那时/我会怎样？……

《坟》面对坟墓，展开想象，在永恒静谧的自然中表现对死亡的感受与思索：

> 这是谁的坟墓，/这样孤寂，这样宁静？/原野寂静无人，/周围没一条路径？/谁的生命结束了，/谁走完人生的旅程？/是野蛮的鞑靼人，/深夜漆黑，/在这里行凶杀人，/把鲜红的热血/浇洒上/俄罗斯的土地？/是村子里/年轻的收割妇，/手里抱着/天使般的孩子，/为他的死亡/伤心哭泣？/明朗的天穹下，/广阔无边的原野里，/矢车菊花丛中，/埋葬着孩子。//风在坟头上吹，/狂暴的风啊，/穿过坟墓，/翻滚过了田畴，/卷起枯草，/带走"满地滚"。/自由的风儿在喊叫，/喊叫，可是叫不醒/不毛的荒野，/坟墓中安宁的梦！……/一幕幕幻景/

出现在孤独的心灵！……

除此之外，哲理诗还从另一方面对人的斗志进行了歌颂。《人》既写出了人自身的矛盾，更赞美了人本身强大的力量和人的美：

> 大千世界一切造物/是这样美，这样好！/可是大地上没有东西/比人更美丽！//他一会儿憎恶自己，/一会儿珍贵自身，/他一会儿爱，一会儿不爱，/为瞬间的生命战栗终生……//如果给希望以自由——/鲜血会浇灌土地；/如果让雄心随意施展——/大海会在他脚下翻腾。//但是意向改变了，/智慧显露出光芒——/他以自己的美，/叫世上万物黯然无光。……

《最后的斗争》则写出了人在信仰和爱情的双重激励下所具有的坚强的斗志：

> 风暴在头上怒号，/雷电在天空轰鸣，/命运吓唬无力的智慧，/寒冷刺透了心。//我没有在苦难中倒下，/昂首挺胸迎受着锤打，/我把希望保存在心灵里，/心儿存着热，躯体存着力量！//是毁灭！是得救！/都随它去吧，反正一样！/上帝的神圣旨意，/是我长久以来的信仰！//这信仰我没有怀疑，/它是我整个的生命！/它有无穷无尽的憧憬！……它有静谧，它有安宁……//命运啊，不要以灾难威胁，/不用呼唤我战斗，/我决心同你拼搏，/你别想制服我！//我心房里有热血，/我心灵中有力量，/十字架下是我的坟墓，/十字架上是我的爱情！①

李琦琦认为，作为自学苦修的农民诗人，柯尔卓夫始终代表广大人民，他的诗情完完全全来源于生活。柯尔卓夫创作的主题主要有如下两个方面。

---

① 以上引用的柯尔卓夫诗歌，未标明译者的，均出自［俄］柯尔卓夫：《两度别离》，张孟恢译，上海，上海译文出版社，1991。

　　一方面是描写农民的劳作和农村的风俗民情。柯尔卓夫作品中最精彩的都是跟劳动有关的歌谣。柯尔卓夫的创作始终离不开土地和农民。在描写农民的生活时，柯尔卓夫着重突出两个方面，一是劳动以及劳动时所见到的俄罗斯大自然的景象，二是农村的风俗民情。乌斯宾斯基称柯尔卓夫为农事劳动诗人。柯尔卓夫笔下的主人公都以劳动为生，田野、草原和大地是他们赖以生存的根基。农民对土地和庄稼饱含深情：大地是母亲，太阳是神，镰刀是武器，禾苗是嗷嗷待哺的孩子，驽马是忠实的朋友。为了获取粮食和财富，农民们整天在大自然间劳作，付出汗水与辛劳，收获粮食和财富，日复一日地津津有味地过着热气腾腾的生活。柯尔卓夫本人也过着这样简单而富有生机的生活。在诗人看来，农民的劳动是快乐的，充满活力的。农民是忙碌的，但也有偷懒的时候。柯尔卓夫不会去刻意美化农民，只是真实地反映他们的内心世界。他笔下的农民充满了务实精神，他们劳动是为了获得丰收，为了粮食和财富，为了心爱的姑娘，他们始终是忠于生活的。柯尔卓夫关于农民生活的描写还涉及风俗民情，尤其是俄罗斯农民的宴会和狂欢。俄罗斯是喜欢狂欢的民族，他们在值得庆祝的日子里举办宴会，喝酒唱歌，"筵席连摆两个星期"。

　　另一方面是描写农民的内心世界，包括农民的喜怒哀乐、爱情观，甚至对世界的思考等。柯尔卓夫笔下的农民身上没有农奴制的枷锁，他们是有血有肉的独特的灵魂，他们视大自然为养育者，充满俄罗斯民族特有的"碰运气"的精神，哀叹不幸命运的同时又接受命运的安排，他们充满反抗精神，追求自由，执着地追求爱情和幸福。在这类作品中他着重描写了农民的爱情和农民的价值观，以及他们对自由的追求和强烈的反抗精神。这类作品中体现了人民性的萌芽，得到了俄罗斯文学批评界的认可。爱情是柯尔卓夫创作的重要主题之一，他有一系列关于爱情的作品，如《初恋》《夜晚》《黑麦，你不要喧闹……》《戒指》《巴威尔的婚礼》《村灾》《歌》《俄罗斯的歌》《假如遇见你》等。诗人结合自身的不幸经历，抒发了对美好爱情的追求。柯尔卓夫终身未娶，这缘于他年轻时那段悲惨的爱情经历。他爱上了家中的女仆——16岁的美丽农奴姑娘杜妮亚莎，姑娘也爱着他。父亲却不同意这一不对等的婚姻，他趁着柯尔卓夫外出办事，把杜妮亚莎卖给了顿河的一个地主。杜妮亚莎在那里被迫嫁给他人，不久之后就死了。柯尔卓夫回家后便骑马疾驰去追寻杜妮亚莎,但是他找遍了整个顿河流域都没有找到,自此他的诗歌中不再是吟诵别人的情感,而是抒写内心的情伤。爱情赋予柯尔卓夫诗歌以忧伤,杜妮亚莎则化为他诗歌中的夜莺,唱着凄婉的爱情之歌。柯尔卓夫的一生都在寻找杜妮亚莎,借着夜莺的翅膀和歌声,把思念带去天涯海角。

柯尔卓夫笔下的农民生活是丰富多彩的,农民的内心也是充满情感的,柯尔卓夫的主人公们大都没有名字,他描写的是广大的俄罗斯农民,反映的也是广大俄罗斯农民的心理和性格。在柯尔卓夫的歌谣中,俄罗斯人民的精神特质也被朴实地表达了出来,如奔放与狂欢,泼辣与抗争。在对待命运时,俄罗斯人又显得非常顺从和坦然,两首《鬈发少年之歌》可以说是柯尔卓夫一生的真实写照,他的生命中既有幸福的时刻,也有不幸的阴霾。这两首歌相辅相成,相互联系,表达了人命运的两个方面——幸与不幸。人不可能总是好运相伴,也不可能一直霉运当头。俄罗斯人相信命运,甚至愿意把生活中的好与不好都归结于命运,鬈发少年的性格特点和俄罗斯人的性格是相符的。他无忧无虑,乐观勇敢,充满"碰运气"的随机思想,接受命运的安排,哪怕是对忧愁和不幸也全盘接受。这两首《鬈发少年之歌》是柯尔卓夫最优秀的作品,也是对俄罗斯农民的性格和内心世界的精彩刻画。

柯尔卓夫诗歌中有几个常用意象:草原、鹰、老人。这些意象是农民生活中常遇到的,草原是辽阔而自由的象征,鹰代表了反抗精神,老人则是柯尔卓夫笔下十分负面的形象。老人的生活充满悲哀,也经常是年轻人婚姻的阻拦者。在柯尔卓夫诗歌的画卷中,自然景物都不是单独存在的,而是作为整体性的布景,相互联系,和谐共存。这恰恰体现了柯尔卓夫和谐的宇宙观。自然万物都富有情感、性格和表情。清晨,朝霞美人总是在天上燃烧着;收获的时日,场上堆着的草垛,一个个好似亲王,昂起高傲的头,威风凛凛坐在地上;太阳像是农民心中的神,它出来观望,露着冷冷的脸,漫步走向秋凉;大地是母亲的形象,农民在劳作时,弯弯的木犁翻耕着土地,木耙的齿钉,把大地的头发梳理;乌云经常是忧愁的少年,它愁闷地皱着眉头,在那里沉思默想,仿佛在回忆自己的家乡……柯尔卓夫无时无刻不在与自然交流,无时无刻不在用敏感的心感受万物的存在,在他的意识中，人与万物都是在自然中相互联系，相互依存的。这是一种包罗万象的整体的宇宙观，在柯尔卓夫的很多歌谣里都体现出来。柯尔卓夫诗歌的语言也是农民化的语言，朴实、简洁、拟人化。诗歌中通常没有过多的修饰，而是白描式的简洁与直白，孩童式的天真与纯粹，民歌式的韵律与修辞。柯尔卓夫在诗歌创作中使用了大量的民间谚语和俗语，并将其具体化。

　　柯尔卓夫的农民诗歌具有极大的独创性和很高的艺术成就，受到了充分的肯定。柯尔卓夫创作的一个重要意义，用赫尔岑的话说，是使"闭塞的俄罗斯，贫穷的、庄稼人的俄罗斯"喊出了"自己的声音"。杜勃罗留波夫对其做出了高度评价："在他的诗歌里，我们第一次看到了怀着俄罗斯灵魂、怀着俄罗斯感情、跟民众的生活风尚有亲切认识的纯粹的俄罗斯人，看到了亲身体验着人民的生活，对这生活怀着充分同情的人。他的歌谣，就其精神来说，是有许多东西和民间歌谣相像的，不过他的歌谣却更有诗意，因为在他的歌谣中有着更多的思想，这些思想是用更巨大的艺术手腕、力量以及复杂多样性表现出来的，因为他的感情比较更加深厚，更加富于自觉，而且愿望本身也显得更加高尚而肯定。"别林斯基评价更高："柯尔卓夫的才能在俄罗斯歌谣中表现了他的全部丰满性和力量"，"柯尔卓夫是为他所创造的诗歌而生的。他是人民这个词的充分意义上的人民之子"，"柯尔卓夫是在草原和庄稼人之间成长的。他不是为了寻章摘句，不是为了美丽辞藻，不是以想象、以梦幻，而是以灵魂、以内心、以热血爱着俄国的自然以及在俄国农民天性中作为萌芽和可能性而存在的一切美好的东西。他不是在言论上，而是在实际上同普通人民共忧伤同欢乐和享受。他了解他们的生活风习、他们的需求、悲苦和欢愉，他们生活中的散文和诗情。他不是通过道听途说，不是从书本上，不是经过研究，而是由于他凭天性和处境都是一个十足的俄罗斯人。他身上包孕着俄罗斯灵魂的一切因素，特别是在痛苦和欢乐中的一种可怕的力量，一种发狂地投身到悲戚和欢乐中的本领"。他还谈道，柯尔卓夫熟悉而且热爱农民的本来面目的日常生活，他不粉饰它，也不诗化它。他就是在这种生活中找到了这种生活的诗，而不是在遣词造句里面，不是在梦想或幻想里面，因为这种幻想所能提供给他的，只不过是内容的真实性早已提供给他的表现方式。因此，草鞋、褴楼的长衫、蓬乱的大胡子、破旧的包脚布,都大胆地出现在他的歌曲里。爱情在他的歌曲中也起着极大的,但绝不是唯一的作用,不,他的歌曲中可能还有其他更普遍的俄罗斯普通人民日常生活的因素。屠格涅夫则宣称:"柯尔卓夫是地地道道的人民诗人,——是当代真正的诗人……柯尔卓夫有二十来首小诗,它们将与俄语一起流传千古。"苏联学者皮科沙诺夫也谈道:"在俄罗斯诗歌的发展中,柯尔卓夫占据着一个平凡但是独特的位置。他杰出的歌人才华,不仅在他同时代人中间,而且也在后代的诗人们当中,引起了许许多多摹仿者和继承者。"他进而更具体地指出,柯尔卓夫是苏里科夫、德罗仁等人的导师。在尼基京及涅克拉索夫那里,我们可以听到柯尔卓夫的诗歌的回声。值得重视的是,柯尔卓夫的抒情曲调,他的诗学好像余音似的,回荡在苏联诗人伊萨柯夫斯基、特瓦尔朵夫斯基、苏尔科夫、普罗科菲耶夫、托尔玛多夫斯基等人的创作里。

参考资料

《别林斯基选集》第六卷,辛未艾译,上海,上海译文出版社,2006。

《杜勃罗留波夫选集》第一卷,辛未艾译,上海,上海译文出版社,1983。

[苏联] 高尔基:《俄国文学史》,缪灵珠译,上海,上海译文出版社,1979。

[俄] 柯尔卓夫:《两度别离》,张孟恢译,上海,上海译文出版社,1991。

[苏联] 季莫菲耶夫主编:《俄罗斯古典作家论》上册,北京,人民文学出版社,1958。

[俄] 德·斯·米尔斯基:《俄国文学史》,刘文飞译,北京,人民文学出版社,2013。

李琦琦:《柯尔卓夫与 19 世纪俄罗斯农民诗歌》,硕士学位论文,上海外国语大学,2017。

《屠格涅夫选集》第十一卷,莫斯科,国家文学出版社,1956。

第九章　屠格涅夫：小说家中的小说家

　　屠格涅夫的作品具有简洁、朴素、细腻、清新、抒情味浓的艺术风格，对俄国乃至世界文学都产生了较大影响。屠格涅夫以其独特的艺术成就，推进了俄国现实主义的发展，不仅在俄国地位崇高，而且在西方享有盛誉。贝灵指出："假如普希金是俄国文学中的莫扎特，屠格涅夫便要算是舒曼；虽则他不是最伟大的一个，但他不失为一个具有充分的抒情的灵感与情绪的诗人；他是伟大不朽的艺术家，俄罗斯文学史上散文的维吉尔。"莫泊桑称他为"我们这个世纪里最卓越的作家之一"。勃兰兑斯认为他是俄国"最伟大的文学家"。丹纳宣称："艺术家屠格涅夫是古希腊之后最完美的作者之一。"亨利·詹姆斯更是称赞他为"小说家中的小说家"。

一、深知悲剧况味的西欧派作家

　　屠格涅夫（1818—1883），俄国现实主义小说家、诗人和剧作家，出生于俄国奥廖尔省一个富有的贵族家庭。父亲谢尔盖·尼古拉耶维奇·屠格涅夫是个濒临破产的骠骑兵军官，英俊潇洒，敏感多情；母亲瓦尔瓦拉·彼得罗芙娜·屠格涅娃比丈夫年长六岁，性格专横，但人很聪明，读过不少书，受过良好教育，懂几门外语，而且文章写得很漂亮，有良田千顷、农奴数千。不过，他们的结合可以说是一种不幸，用屠格涅夫自己的话说："我父亲，一个还很年轻英俊的男子，出于私利而娶了我母亲。"在这个家庭里，母亲不仅是一家之主，而且担负着庄园的全部工作。屠格涅夫继承了父亲的外貌和性格，从小就对母亲的粗暴和专横怀有敌意。虽然父母的婚姻不幸，但屠格涅夫在斯巴斯科耶度过的童年生活是美好的。那里的风土人情、自然美景，是他后半生一种深挚而怅惘的美的象征。然而，母亲对农奴和家仆的残酷刑罚，使他从小就发过"汉尼拔誓言"①，决心倾其全力与农奴制斗争到底，绝不妥协。

1827 年，屠格涅夫全家迁居莫斯科。1833 年，屠格涅夫考入莫斯科大学语文系。莫斯科大学是当时俄国教育的中心和自由理想的温床，俄国许多卓越的人物，如赫尔岑、别林斯基、丘特切夫、冈察洛夫都是从这所大学毕业的。1834 年，由于再一次全家迁居，屠格涅夫转入彼得堡大学哲学系语文班，果戈理当过他的老师。1837 年从彼得堡大学语言文学系毕业后，由于对哲学兴趣浓厚，屠格涅夫于 1838 年到德国柏林大学学习哲学，直到 1841 年学成回国。这段经历一方面强化了屠格涅夫原来贵族教育中的西欧成分，使他形成了"西欧派"思想，并成为"西欧派"作家中一个突出的代表；另一方面也使他形成了独特的哲学眼光，并且在此后的创作中深刻形象地体现出来。1838 年，《现代人》杂志上发表了他的抒情诗《傍晚》，这是他的处女作。

有突出成就的人的一生中，总有那么一段决定其命运的关键时期。对于屠格涅夫来说，1843 年就是如此。这一年，有两个人改变了他的命运或者说生活历程。就在这一年，他出版了长诗《巴拉莎》，然而，据特罗亚考证，大多数文章"对屠格涅夫的评价很勉强，甚至有些轻视"，以致在德国柏林大学研究哲学并获得哲学硕士学位的屠格涅夫一度打算放弃文学创作，而努力成为莫斯科大学的哲学教师。恰在此时，大名鼎鼎的批评家别林斯基在刊物上发表长篇评论文章，从思想、风格、立意、取材等方面热情洋溢地评价了这首长诗，并认为其作者"具有敏锐的观察力，从俄罗斯生活的细微处提取深邃的思想，优雅而细腻的讽刺隐含着强烈的同情心"。从此两人交往甚密，建立了深厚的友谊，屠格涅夫也坚定了文学创作的信心，把想当哲学家还有教育家的计划全都抛到一边，全心全意地投身于俄国文学。这一年的 11 月 1 日，屠格涅夫认识了到彼得堡巡回演出的法国歌唱家波丽娜·维亚尔多，并且对她一见钟情，但她已有丈夫和孩子，而且夫妻感情

---

① 参见[俄]瓦·卢金娜：《赫尔岑与屠格涅夫的"汉尼拔誓言"：神话与现实》，刘雅仪译，载《俄罗斯文艺》，2018(2)。

甚笃，家庭生活幸福。屠格涅夫为她长期侨居国外直至病死，为的是守在她的身边，每天见到她，哪怕在"别人的安乐窝旁"凄凉寂寞甚至痛苦，他也不改初衷。这份情感经历使屠格涅夫几乎终生深知悲剧况味。这份感情经历也决定了其小说中女性形象的理想、纯洁、迷人，又使得几乎所有作品中的爱情都以悲剧收场。

从 1847 年开始，屠格涅夫经常住在国外。1850 年 11 月，母亲去世后屠格涅夫立刻在自己的庄园中进行解放农奴的改革，"用一切办法来促进全面解放的成功"。1852 年果戈理逝世后，他因发表悼念文章触犯了沙皇尼古拉一世的禁令而被捕，关押一个月后被判处遣送原籍流放一年半。在流放期间，他开始创作长篇小说。从 19 世纪 60 年代起，尤其是从 70 年代直到逝世，屠格涅夫追随维亚尔多夫人一家长住巴黎，并和福楼拜、左拉、龚古尔兄弟、都德、莫泊桑等成为好友，同时主动充当俄罗斯文学与欧洲文学沟通交流的桥梁，把许多优秀的法国文学介绍给俄国，又把俄国最优秀的作品介绍给法国。例如，托尔斯泰的《战争与和平》出版后，他当即向福楼拜等人大加介绍。1878 年在巴黎国际文学大会上，他被选为大会副主席（主席为维克多·雨果）。1883 年 8 月 22 日，屠格涅夫因病在法国去世。9月，他的遗体被运回俄国，按照他的遗嘱，安葬在彼得堡伏尔科沃墓地他的导师和朋友别林斯基的墓旁。

早在国内读大学期间，屠格涅夫就开始了文学创作。最初，他创作的是一些抒情诗，后来慢慢转向其他体裁的文学创作。在几十年的创作生涯中，他在诗歌、戏剧、散文和小说创作方面都取得了突出的成就。诗歌方面，他创作了 42 首抒情诗、4 首叙事长诗、83 首散文诗。戏剧方面，他创作了 10 部戏剧。散文方面，他创作了《猎人笔记》、《文学和生活回忆录》和《哈姆莱特与堂吉诃德》等。小说方面，他创作了 27 个中短篇小说和 6 部长篇小说。其创作按其思想和艺术的发展，大体上可以分为三个时期。

早期(1834—1846)。这一时期为学习、探索时期。作品带有明显模仿痕迹，在诗歌、短篇小说、戏剧、评论、翻译等多个方面都进行了广泛的尝试，主要模仿拜伦、普希金、莱蒙托夫、果戈理等人，接受了浪漫主义、现实主义两种思潮的影响，作品内容涉及诗意盎然的俄罗斯大自然、迷人而伤感的爱情、外省贵族的腐朽生活、贵族知识分子"多余人"形象、贵族知识分子与平民知识分子的矛盾等，基本上涵盖了日后所有作品的主题。

此时的抒情诗主要是自然诗和爱情诗，大多模仿痕迹较重，缺乏个性。不过，也有部分诗歌远离浪漫的幻想、夸张，而转向对大自然和人的仔细观察和准确描写，走向了现实主义，体现了其创作的主要特点：观察细致、富于诗意、简洁洗练。代表作品有《秋日黄昏》《春日黄昏》《小花》等。组诗《乡村》更是与散文特写集《猎人笔记》有着共通之处——对大自然的细致观察和精确描绘，其中的《夏日打猎》《雷雨》《秋》《打猎之前》，在某种程度上已经是后来问世的《猎人笔记》某些篇章的草图。

《巴拉莎》（一译《帕拉莎》，1843）、《交谈》（1845）、《地主》（1846）、《安德烈》（1846）4 首叙事长诗初步展示了屠格涅夫作为作家的才华。在这些作品中，作家从抒情诗的主观抒情转向叙说故事、塑造人物、描绘现实，并且开始表现当代青年的思想特征。《巴拉莎》是此时期的代表作，描写了地主女儿巴拉莎与青年地主维克多结识、恋爱和结婚的过程，表现了俄国乡村的生活与风俗，受到别林斯基的好评。长诗成功地塑造了既温顺又刚强的少女巴拉莎的动人形象。巴拉莎是文学史上著名的"屠格涅夫家的姑娘"中的第一位，以后的一系列形象在此基础上发展与深化。《交谈》通过老人与青年的对话，表现了两代人思想观念的"代沟"，也敏锐地反映了当代青年的特点，是长篇小说《父与子》的雏形。《地主》受到了果戈理的影响，以讽刺性的笔调描写俄国当代地主及其庸俗的乡村生活，是一部真正的现实主义作品，也是屠格涅夫在现实主义道路上迈出的真正的第一步。这个作品奠定了作家此后创作的一个基本特点：温和的讽刺（从描绘的场景中自然地流露出讽刺）。别林斯基称赞屠格涅夫的天才在《地主》中找到了"真正的归宿"。

中期（1847—1862）。这一时期为创作成熟和繁荣期。从对普希金、莱蒙托夫、果戈理的模仿到独创，屠格涅夫逐步形成独特的风格，并走向创作的繁荣，这一时期的主要作品有散文特写集《猎人笔记》（1847—1852）；长篇小说《罗亭》（1856）、《贵族之家》（1859）、《前夜》（1860）、《父与子》（1862）；中篇小说《木木》（1852）、《阿霞》（1858）、《浮士德》（1859）、《初恋》（1860）等，思想深刻，画面广阔，笔法精致。

《猎人笔记》包括 25 篇作品，从 1847 年开始陆续发表，1852 年出版单行本。它以猎人"我"的见闻、经历为线索，将25篇作品串联为主题一致、色调和谐的艺术整体。这部作品在当时有很大的创新。几乎与此同时，谢·季·阿克萨科夫创作了渔猎笔记三部曲，专门描写钓鱼和打猎等比较专业的知识，也描写了大自然的景致。屠格涅夫则在打猎之外，还深入地描写了三方面的内容。

一是描写了黑暗的俄罗斯农村现实，揭露、讽刺了各种类型的地主。例如，《独院地主奥夫谢尼科夫》中专横残暴的奥夫谢尼科夫，《两地主》中贪婪残忍的斯捷古诺夫，《总管》中外表文质彬彬实际上凶残冷酷的宾诺奇金等。

二是写出了当时被人无视的下等人——农民的喜怒哀乐，写出了他们美好的心灵、纯洁的精神、善良的灵魂，以及他们出众的才干、卓越的才华(米川正夫指出，当俄国文坛还很少注意到农民，即使写到也只是被怜悯的对象，屠格涅夫却首先"把俄国农民作为具有优秀的才智、纤细的情感和纯洁的灵魂的人物，而在读者之前描绘出来")，为他们唱赞歌和挽歌，表现出深刻而突出的人道主义精神。例如，《霍尔与卡里内奇》《美丽的美恰河畔的卡西扬》《歌手》《别任草地》均表现了这一内容。

三是准确细腻、诗意昂扬、激情满怀地描绘了俄国中部的大自然。那千姿百态的森林、辽阔富饶的草原、繁星闪烁的静夜、露珠晶莹的清晨、各种各样的飞禽走兽以及悠闲自在的蓝天白云……大自然的一切，在作家笔下都得到了生动优美的描绘，作家从而成为描绘大自然的圣手。例如，《树林和草原》通过美妙的写景(在一年四季中，作家精心挑选了最富于诗意的时段，用细腻、优美的笔调进行描写：春天，是黎明前后；夏天，是早晨和黄昏；秋天和冬天，则是白天)、饱含深情的优美生动的语言、跳跃的结构(一方面按照标题的树林和草原两部分顺序展开描写，另一方面又以四季作为内在结构，从而形成一个"春—夏—秋—冬—春"的回环式跳跃结构)，使整篇文章既严谨又灵活，既写景又抒情，成为一篇诗意浓厚的美文，充分体现了作家作为风景画大师的艺术魅力。①

---

① 详见曾思艺：《略有瑕疵的诗意散文——屠格涅夫〈树林和草原〉赏析》，载《名作欣赏》，2010(8)。

以上几方面的结合，使作品获得了空前的成功，也使作家展示了真正的文学大师的风采。列夫·托尔斯泰读完《猎人笔记》后甚至说，在屠格涅夫之后，他觉得自己很难再写作了。约瑟夫·弗兰克指出，《猎人笔记》与托尔斯泰的《塞瓦斯托波尔故事》、陀思妥耶夫斯基的《死屋手记》有不少共同之处。三位作家用了同样的关键主题——受过教育的上层阶级成员遇到了俄国平民，但处理方法各自不同。屠格涅夫强调了俄国农民生活在精神上的美和富有，以及他们的迷信和习惯的诗意，使得奴役农民的恶行变得更加不可饶恕。托尔斯泰在被包围的塞瓦斯托波尔要塞发现了俄国农民，对他们朴实的英雄主义所流露出的平静安宁感到吃惊——这与那些梦想着勋章和提拔的上层军官的虚荣截然不同，这种理解让托尔斯泰产生了"对俄国人民力量的喜悦信念"。陀思妥耶夫斯基描绘了反抗被奴役状态的俄国人民，他们不容和解地仇恨压迫自己的贵族，准备好当虐待变得无法忍受时用自己的刀斧展开反击。而在俄国式典型的速写中，一个"典型的创作手法"是使用"抒情风景作为框架"。这种手法在《猎人笔记》中"特别为屠格涅夫所推崇"，在托尔斯泰的《塞瓦斯托波尔故事》中也被使用。在两位作家那里，对自然的抒情描写提供了摆脱主要情节压抑限制的可能。自然让人们有机会躲进一个和平与安宁的纯真世界，与农奴在塞瓦斯托波尔遭到的日常粗暴对待或不断的杀戮形成了反差。

《木木》中的女地主是以作家的母亲为原型写成的。格拉西姆是一个又聋又哑的农奴，他爱上了女奴达吉亚娜，可女地主却专横乖张，凭一时的怪念头就把达吉亚娜送给酒鬼卡皮通为妻，断送了达吉亚娜和格拉西姆的幸福；可怜的格拉西姆把全部爱心倾注在小狗木木身上，不料有次小狗吠叫惊动了午睡的女地主，于是她命令杀死小狗木木，剥夺了格拉西姆最后一点安慰。作家细腻、传神地写出格拉西姆丰富的内心世界，赞颂了他美好的感情与品质，控诉了农奴制的惨无人道和女地主的专横霸道。

他这一时期创作的长篇小说关心社会重大问题，集中深入地描写了知识分子，揭示了他们的历史使命、精神状态、性格矛盾和悲剧命运。

此时期的戏剧创作主要有《哪里薄，哪里破》(1848)、《食客》(1848)、《单身汉》(1849)、《首席贵族的早餐》(1849)、《村居一月》(1850)、《外省女人》(1850)、《大路上的闲话》(1850)、《索伦托的傍晚》(1852)。这些作品承续了果戈理《钦差大臣》《婚事》的传统，主要表现日常生活中的琐碎小事和平凡的爱情，揭露和讽刺贵族地主的愚蠢、空虚、猥琐、唯利是图；也对小人物的不幸表示了同情，并写出了他们的美好心灵。这些作品中，最为出色的是《哪里薄，哪里破》和《村居一月》。前者写戈尔斯基把爱着自己的少女维拉介绍给朋友斯塔尼增，而当他们即将成为恋人时，他又后悔起来，试图破坏他们的感情；但维拉已经看穿他是一个毫无责任心的优柔寡断者，毅然接受了斯塔尼增。后者写贵族夫人娜塔莉娅爱上了大学生别利亚耶夫，因而十分嫉妒深爱大学生的养女韦拉；两人展开一场心理较量，最后母亲获胜，但村居一月的大学生也离开了庄园。这些戏剧表现了平淡的日常生活中人物的心理较量，开创了俄罗斯戏剧史上的抒情心理剧，为契诃夫戏剧的出现奠定了基础。

晚期（1863—1883）。这一时期为悲观、沉郁时期。屠格涅夫进入暮年，身体有病，爱情无望，心情抑郁，思想日趋保守和悲观，在创作上强化了命运的主题和愤世嫉俗的嘲讽，在艺术上则走向了结构松散和风格沉郁，唯美倾向、幻想色彩、哲理意味加重。主要作品有长篇小说《烟》（1867）、《处女地》（1877）；中短篇小说《幻影》（1864）、《够了》（1865）、《死》（1883）、《草原上的李尔王》（1869）、《春潮》（1872）、《蒲宁与巴布林》（1874）、《爱的凯歌》（1881）；散文诗83首（1878—1883）。

二、人：宿命的悲剧性存在

对俄罗斯大自然诗意而神秘的感受、父母婚姻的不幸、母亲对农奴的残酷、自己对维亚尔多夫人没有结果的痴情、19世纪中后期欧洲动荡的社会局势、德国文化尤其是哲学的影响等，一方面使屠格涅夫形成了敏感、细腻的性格，对人充满同情与关爱；另一方面使他形成了独特的思想观念——人总是处于大自然力量的控制之下，大自然是人的上帝，人的命运的主宰，人只是一种宿命的悲剧性存在。

屠格涅夫以独特的个性气质把上述思想观念与西欧文学、果戈理、普希金的影响融合起来，形成了自己独特的艺术风格：一方面善于把握时代的脉搏，敏锐地发现新的重大的社会问题，把注意力主要集中在贵族知识分子和平民知识分子的生活和命运上，尤其擅长塑造女性形象（贝灵宣称：

"他书中的女人的性格写得如水晶般的透明，既单纯可爱，又亲切感人"；米川正夫指出："屠格涅夫所描写的女性，其纯真无垢的灵魂，敏感的心灵，美丽的自我牺牲的精神，以及不为障碍所阻挠的毅然的意志力量，都胜于男性……屠格涅夫的女性描写，实在可以说是作者的优美而纯洁的充满了调和的诗的世界观之形象化"；米尔斯基认为，他的女主人公举世闻名，为俄国女性的良好名声贡献甚多。这些人物全都可以溯源至普希金的塔吉亚娜，但这丝毫无损于屠格涅夫之建树，诸如《僻静的角落》中的玛莎、《罗亭》中的娜塔莉娅、《阿霞》中的阿霞、《贵族之家》中的丽莎等形象，不仅是俄国小说的最高成就，也是一切小说之最伟大荣光。道德力量和勇敢，是屠格涅夫笔下女主人公们的主要基调，即某种愿为激情而牺牲世间一切的力量，如娜塔莉娅，或甘为责任而放弃一切幸福的力量，如丽莎。但是，这些女性让普通读者感动的与其说是她们高度的道德美，莫如说是由她们的创造者用精致完美的艺术在她们周身营造出的异乎寻常的诗意美）；另一方面探索人在冷漠的大自然和命运的支配下的悲剧性生存，具有颇为深广的哲学意蕴和浓厚的悲剧色彩。其小说主题鲜明，内蕴深邃，结构严谨，情节紧凑，语言简洁优美，人物形象生动。屠格涅夫既擅长细腻的心理描写，又长于抒情，尤其善于雕琢女性艺术形象，刻画自然景物的瞬息万变，并赋以浓郁的诗意和深沉的哲理。他的语言尤有特色，马克·斯洛宁指出："他的文笔自然无饰，笔锋锐利敏确，抒情婉约，饶有人情味，描绘风景颇为细致，宛若诗品……屠格涅夫的文字没有果戈理那般古怪夸张，而以优雅与精简见长。他娓娓叙述，有如水彩画的柔和舒美……卡拉姆津以后的半个世纪里，这位《猎人笔记》的作者，一直以他特有的舒逸优雅的笔调创造出诗一样的散文，表现其独到的韵律美。"此外，其创作还有一个突出的特点，那就是不追随某种社会思潮，而致力于描绘和塑造俄罗斯民族特有的人情风俗、民族的伦理观念及具有鲜明的民族性格的俄罗斯民族风骨。总而言之，屠格涅夫以其对现实问题的敏感与迅速反映、独特的心理描写、浓厚的诗意、深刻的哲理和洗练简洁的艺术特色，推进了俄国现实主义的发展。具体来看，其作品尤其是小说主要有三个特点，这也是他对俄国现实主义文学发展的三个贡献。

一是客观性与抒情性交织。客观性主要表现为真实地描写社会和自然生活。屠格涅夫以细致的观察、准确的细节，生动地将社会和自然生活再现出来（米川正夫指出，屠格涅夫在俄国文豪当中是个罕见的真正的艺术家，避免露骨的自我暴露，以及赤裸裸的分析和解说，采取那种把所有的思想和情感都包容于艺术形象的外表，概括并暗示一切于其中的态度）。抒情性主要表现为浓郁的诗意，具体表现为作家善于描写富于诗意的自然画面，构织富于诗意的故事情节，尤其是因为其哲理观念，更是使得他的绝大多数作品都有一种忧郁乃至悲观的基调，从而构成其抒情性的底色（拉依辛指出："屠格涅夫是世界文学中最杰出的风景画家之一。他在自己的短篇、中篇和长篇小说中，把俄罗斯的大自然图景描绘得淋漓尽致。他的风景画具有朴实的美感和生活气息的特色，他那惊人的诗人聪慧和观察力令人感到惊异"，他进而指出："抒情因素在屠格涅夫的小说中起着极其重要的作用。他的小说《罗亭》《贵族之家》《父与子》的结尾，都充满着浓厚的抒情性"）。法国著名传记作家莫洛亚因此称屠格涅夫是"一位富有诗意的现实主义作家"。米尔斯基则认为，屠格涅夫身上永远流淌着诗意或浪漫的血液，这与其主要作品中的现实主义氛围形成对峙。他对大自然的态度始终是抒情的，亦始终怀有一种隐秘的愿望，即跨越现实主义教条为俄国小说家设置的藩篱。在屠格涅夫这里，抒情因素俯拾即是。即便他那些最为现实主义、最具公民色彩的长篇小说，其结构和氛围也主要是抒情性的。

二是时代性与哲理性融合。时代性指作家敏锐把握时代先兆（新动向、新人物），迅速反映社会重大问题；哲理性则指渗透其绝大多数作品的爱情的神秘性、不可抗拒性，命运无常和人的悲剧性生存等哲理观念。对于其成因，米川正夫有颇为全面、透彻的论述：屠格涅夫是一个具有高深教养的思想家，也是一个敏感的艺术家，对于支配着一般社会的时代潮流，不能够漠不关心，因此，他常常采取政治、社会的主题；但屠格涅夫的性格，却大部分还是属于诗人和艺术家，所以，表现在他作品当中的社会政治问题，也就缺乏那种好像在燃烧着似的热情，而带着冷静的客观的批评和解剖的性质，并且，因为整个作品的重心，都寄托在生活现象的艺术表现和各个人物的心理描写上，那狭义的社会问题也就作为悠久的人生现象之一而融入于伟大的全体之中。

屠格涅夫的作品对人的存在有着独特的表现，显示出颇为深刻的哲学内涵。概要地说，这一哲学内涵，可以概括为——人：宿命的悲剧性存在。在屠格涅夫看来，人总是处于大自然力量的控制之下，大自然是人的上帝，人的命运的主宰，人只是一种宿命的悲剧性存在。1849 年 7 月，他在致维亚尔多夫人的一封信中指出："谁说人命中注定应该是自由的呢？历史向我们证明了相反的东西。歌德当然不是出于想当个宫廷的阿谀者而写下自己著名诗句：'人不是生而自由的。'他是作为一个准确的自然的观察者而道出了这一简单的事实和真理的。"莫洛亚指出，在屠格涅夫看来，大自然就是命运，而命运不仅是盲目的，而且不分善恶，任性乖戾，为所欲为："他觉得，宇宙好像是受一些无穷而又无形的力量主宰的，这股势力对我们凡夫俗子所注重的善恶、正义、幸福根本不屑一顾。"即使为人们所赞美的爱情，也不是一种情感，而是一种自然本性和自然力，甚至是一种疾病，往往神秘莫测、出人意料地降临，具有不可抗拒的左右人的力量。人处在这种状况下，只能是一种宿命的悲剧性存在。在《哈姆莱特与堂吉诃德》中，屠格涅夫既鼓励人们为人类的幸福忘我斗争，又悲观地指出："而结局——掌握在命运的手里。只有命运能给我们指明，我们是同幻影作战，还是同真正的敌人作战，我们头上遮护着什么武装……而我们的事业就是武装起来，并且斗争到底。"但最终，"一切都会过去，一切都会消逝，显赫的地位，无比的权力，无所不知的天才，一切都会灰飞烟灭"。这样，在一系列小说和戏剧中，他描写了命运对人的捉弄，生动地表现了人是宿命的悲剧性的存在这一哲学主题。

一般认为，小说尤其是长篇小说创作最能代表屠格涅夫的文学成就，且相当鲜明地体现了屠格涅夫创作的特色。

屠格涅夫的中短篇小说主要思考永恒普遍的人性，通过人生的际遇尤其是具有神秘力量的爱情，探索人生不幸和痛苦的根源。其初期创作还主要是模仿果戈理的创作，或揭露和讽刺生活的庸俗导致人的平庸，或表现对底层"小人物"的人道主义同情，但也开始带有作家自己的特点：人生的奇异与命运无常的哲理性主题，细腻独到的观察，简洁优美的文笔。例如，《三次相遇》写出人生的奇异以及生活本身的平庸，《两个朋友》最为丰厚也最成熟（尽管还有果戈理的影响痕迹）：生活的平庸，爱情婚姻的复杂（在不同的情况下存在着不同的般配，有时找到了最好的伴侣，却又不经意地失去），平凡的人的温情，命运的无常（结尾男主人公之一维亚佐夫宁在巴黎一场极其意外的决斗中死去）。后来，屠格涅夫形成了自己独特的风格：描写神秘而悲剧性的爱情，体现人生无常、命运无定的哲理性主题，基调忧郁，背景模糊，是一种展示一段心灵与情感经历的诗化小说，带有浓厚的自传色彩，其中最有代表性的是《阿霞》《初恋》《春潮》。

《阿霞》写"我"（H 先生）年轻时在德国莱茵河畔的一座小城偶遇美丽、活泼、任性的少女阿霞。阿霞对"我"一见钟情，但由于是私生女，她一向颇感自卑，不敢向我表白，只是自我折磨并折磨哥哥加京，甚至试图离开这个小城，但又无法抗拒爱情的魔力，给"我"写了字条，定下约会的时间和地点。"我"本来也很喜欢她，甚至爱上了她，但一想到将要跟这位 17 岁的少女结婚，承担家庭重任，"我"又犹豫起来，结果在约会时冷酷地伤害了阿霞，后来"我"深感后悔，准备和她结婚，但阿霞他们已经离开。许多年后，"我"甚至认为没有和阿霞结合是命运的安排。

《初恋》的主人公"我"是一个 16 岁的少年，对邻居——季娜伊达公爵小姐一见钟情，并深深地爱上了她，还得了相思病，然而季娜伊达一点也不爱"我"，总是像猫捉老鼠一样玩弄"我"，拿"我"寻开心。越是这样，"我"对她迷恋越深，最后"我"发现这位小姐居然爱的是"我"的父亲。爱情真奇妙，命运真是捉弄人！半年后，父亲由于一封信激动不已而中风去世。在中风前的那天早上，他给"我"写了封信，提醒"我"："应当惧怕女人的爱情，惧怕这样的幸福，这样的有毒的东西……"

《春潮》更是充分写出了爱情的神秘性及其巨大的左右人的力量：主人公萨宁因等车偶遇已有未婚夫的意大利女孩杰玛，两人神秘地相爱了。为了和杰玛结婚，萨宁去找同学波洛索夫的妻子——美丽妖艳而放荡不羁的玛丽娅借钱，却被玛丽娅深深诱惑，不能自己，于是便抛弃了杰玛，酿成终身的悲剧。小说由于突出的艺术成就，被俄国学者娜·谢·谢尔称为俄罗斯散文中的明珠、惊心动魄的中篇小说。

总之，屠格涅夫在《僻静的角落》《浮士德》《阿霞》《幻影》《够了》《春潮》等小说中，一而再再而三地表现了爱情对人的主宰，甚至玩弄、奴役。晚年的《梦》《爱的凯歌》《死》等小说，不仅把爱情视为一种悲剧性的宿命力量，而且更为它涂上一层浓厚的神秘主义色彩。屠格涅夫晚年有一种宿命论、悲观论,对人生神秘而悲剧的一面感受真切且深刻。他的《幽灵》《狗》《草原上的李尔王》《笃……笃……笃》等作品很好地表现了这些内容。

此外,《村居一月》《单身汉》《索伦托的傍晚》等戏剧也表现了爱情突然降临的神秘力量和不可抗拒性,体现了屠格涅夫的哲理观念,他晚年的散文诗更是如此。

散文诗是屠格涅夫晚年文学创作的重要成就。作家积几十年人生经验之大全,积几十年创作之功力,首次在俄国文学中创作了 83 首炉火纯青的散文诗。这些散文诗哲理深邃,内容丰富,对人生的诸多方面(祖国和人民、自然与人、自然与艺术、生与死、爱与恨、痛苦与孤独……)有很深的感悟和思考,而且写得言简意赅,既朴实生动又优美形象,既明白晓畅又含蓄深沉。《乡村》《对话》《麻雀》《玫瑰》《门槛》《仇敌和朋友》《俄罗斯语言》等都是脍炙人口的杰作。例如,《乡村》首先从时间和空间两个方面描绘了一幅美丽动人的乡村风景画:时间,凝聚在"六月的最后一天",这是俄罗斯刚刚辞别春天的初夏时节,自然风光正是十分美丽的时候;空间,从远到近,从漫漫一千俄里之内的俄罗斯大地,到一个美丽的小乡村。在此清新动人、美丽多姿的自然风光的背景中,诗人扣住乡村的生活方式、风俗习惯和乡村的人,着力描绘了一幅俄罗斯乡村的风情画。这优美清新的自然风景画和淳朴宁静的乡村风情画完美地结合在一起,构成了一幅和谐宁静的俄罗斯乡村风景风情画,不仅表现了诗人心中汹涌的对祖国的热爱之情,而且体现了诗人对俄罗斯大自然和俄罗斯人民细致入微的了解,更显示了诗人把深厚的爱国之情形诸文字的出色的艺术才华。[1]

由于晚年多病且孤零零地住在法国,作家思想比较消沉,对死亡思考较多,对人生的消极面注意较多,写梦幻较多,显得比较沉重,尤其是通过大量的对比(主要是大自然永恒、冷漠与人生的短暂、热情的对比),相当凝重、深刻地写出了人是宿命的悲剧性存在。这类作品为数甚多,《对话》《老太婆》《世界的末日》《昆虫》《大自然》是其代表。例如,《对话》通过两座山峰——少女峰和黑鹰峰的对话,简洁、含蓄地表达了作家颇具超前意识的反人类中心主义思想。首先,极力渲染大自然的宁静、纯净、庞大和

---

① 参见曾思艺:《俄罗斯诗歌研究》,65~68 页,北京,北京大学出版社,2018。

冷漠，并通过时间的无始无终，表现了大自然的永恒。其次，通过两座山峰的对话，写出了人的渺小、人生的短暂，以及人类对大自然的破坏。作家以此明确宣布：自然才是这个世界的真正主宰，而人不过是匆匆过客。这是一种相当鲜明的反人类中心主义思想，在当时具有较强的超前意识。①

在"Necessitas，Vis，Libertas"中，作家简练而形象地表达了人是宿命的悲剧性存在这一主题："一个高条条、瘦棱棱的老太婆，面色僵硬如泥塑木雕，目光迟钝呆滞，正大步如飞地往前走，并且，伸出一只像棍子一样干剥剥的手，推着自己前面的另一个女人。这个女人身材魁梧，腰圆体胖，孔武有力，肌肉像赫拉克勒斯那样发达，细尖尖的脑袋，长在公牛一般圆粗粗的脖子上——而且双目失明——她也推着一个瘦精精的女孩子。只有这个小姑娘有一双亮晶晶的眼睛；她顽强抵抗，一再转过身来，高举起一双纤细美丽的小手；她那生气勃勃的脸上，露出怒火中烧、无所畏惧的神色……她不愿俯仰由人，不想去她们推她去的地方……然而，她仍然得身不由己地听命于人，并且一步步走向前。Necessitas，Vis，Libertas. 谁愿意翻译——就让他把这三个词翻译出来吧。"（曾思艺译）小姑娘就是人类的象征，尽管她生气勃勃、顽强抵抗，但仍然不得不受着神秘的命运力量的摆布，走向自己不愿去的地方……

值得一提的是，屠格涅夫从法国引进的散文诗这种新体裁对后来的俄国作家有很大的影响，柯罗连科、高尔基、布宁、普里什文、索洛乌欣这些大家都创作过出色的散文诗。

屠格涅夫的长篇小说与中短篇小说有所不同。他在 1880 年版长篇小说集的序言中宣称，这六部小说使尽了自己最大的力量和本领，把莎士比亚称为"形象本身和时代印记"的东西，"把作为我的主要观察对象的俄国知识阶层的人物迅速变化着的面貌认真地和公正地描绘出来，并将其体现在适当的形象之中"。的确，这六部小说都敏捷捕捉生活的细微变化，迅速反映当时社会的一系列迫切问题，并且在这方面享有盛名，同时它们更具有深刻的哲学内涵，体现了作家一贯的人是宿命的悲剧性存在的主题。

《罗亭》和《贵族之家》塑造了带有时代新特点的"多余人"形象，也表现

---

① 参见曾思艺：《俄罗斯诗歌研究》，61～64 页，北京，北京大学出版社，2018。

了具有普遍意义的社会问题。

《罗亭》的主人公罗亭是一个聪明、热情而又善辩的人，是 19 世纪 40 年代俄国优秀贵族知识分子的代表。他出身于破落贵族家庭，受过良好的教育，具有高度的哲学修养、敏捷的才思和出众的口才，富于追求理想的热情和醉心于公益事业的探索精神。他在三等文官夫人拉松斯卡娅家以雄辩的口才拨动了人们的心弦，唤醒了他们崇高的感情，引起了他们对行动和斗争的渴望。他在拉松斯卡娅 17 岁的女儿娜塔莎身上点燃了追求真理的火焰，也点燃了沉睡在她心中的爱情之火。娜塔莎不顾母亲的反对，决心抛弃家庭跟他出走，然而罗亭竟拒绝了她，并让她"服从命运"，回到母亲的身边去。罗亭具有脱离实际、崇尚空谈、沉溺于抽象思辨和空洞幻想的致命弱点，是言语的巨人，行动的矮子，因而一事无成。他既不能改变周围现实，也不能获取个人幸福，只能一生孤独漂泊，成为又一个"聪明而不中用的人"或"多余人"。

《罗亭》是屠格涅夫第一部长篇小说，敏锐地捕捉并成功地塑造了当时社会的一种新形象——长于宣传而短于行动的"多余人"，并且不仅使之成为那个时代的典型，而且成为每一时代都可能有的一种典型：有崇高的抱负，沉迷于理论、思想，喜欢谈论哲理，探讨人生，总是充满热情与幻想，总是不断寻求新的东西，但缺乏真正的行动能力，也难以固定在某一个地方，因而在现实生活中成为彻底的失败者。作品所提出的主要问题是：时代需要热情的宣传家，但语言和行动应该统一起来，否则只会给自己和他人带来悲剧。可以说，在某种程度上，罗亭是一个精神上的"浮士德"，正因为过度的精神追求和理论色彩，使他在现实世界中反而失去了行动的力量，同时也使他总是无法老老实实、安安稳稳地待在某一个地方，也无法接受任何女孩子的爱情，因为一旦接受，就有了束缚，有了家庭，就无法再无休无止地进行幻想了。作家后来增加的尾声，尤其是写罗亭战死在1848 年巴黎革命的街头，削弱了这一形象的普遍意义。当然，这既与社会的影响有关，在某种程度上，也是作家的人是宿命的悲剧性存在这一哲学观念的体现。

《贵族之家》中贵族拉夫列茨基的妻子瓦尔瓦拉侨居国外多年，被讹传已去世；后来拉夫列茨基爱上了远房外甥女丽莎·卡里金娜，一个严肃而善良的姑娘。然而，不久后他妻子突然归来，他和丽莎接受社会道德伦理观念的约束，决然分手。丽莎凄然遁入修道院。这部小说是屠格涅夫最成功的小说之一，发表后受到广泛欢迎，以致作家自己不无自得地说道："自从这部小说问世之时起，我开始被认为是一个值得引起公众重视的作家。"小说一方面顺应时代潮流，继续塑造了拉夫列茨基这个缺少积极行动的"多余人"形象，思考了俄国贵族之家如何在时代发展中生存的问题；另一方面比较超前地提出了当时俄国具有普遍意义的婚姻问题：旧的婚姻观念乃至宗教观念扼杀正常的人情人性，导致人生的悲剧。同时，瓦尔瓦拉的突然逝世和突然归来，在某种程度上也体现了作家那在命运无常、一切无定的生存中，人只能是一种悲剧性的存在的哲理观念。

《前夜》和《父与子》在平民知识分子即将登上历史舞台的前夕，把"新人"形象引进俄国文学之中，预示了即将来临的心理与社会变化。

《前夜》写俄国贵族小姐叶琳娜爱上了在莫斯科留学的保加利亚爱国志士英沙洛夫（一译英沙罗夫）。她冲破家庭和社会的阻挠，毅然随同他回保加利亚参加解放祖国的斗争。途中英沙洛夫因积劳成疾不幸病逝，叶琳娜矢志不移，带着爱人的遗体坚持到保加利亚起义军中服务，以继承爱人未竟的事业。小说塑造了优秀的平民青年——性格坚强、目标坚定、富有行动力量和牺牲精神的保加利亚留学生英沙洛夫形象和追随丈夫走向革命的坚强、热情、精神高尚、一往情深的贵族女子叶琳娜形象，塑造了俄国文学史上的"新人"形象和俄罗斯新型妇女的形象，把民族解放这一紧迫的社会问题引入小说之中。小说问世后，引起巨大反响和激烈争论。杜勃罗留波夫同年在《现代人》上发表评论文章《真正的白天什么时候到来?》，指出："屠格涅夫君在他的小说中，只要已经接触到了什么问题，只要他描绘了社会关系的什么新的方面，——这就证明，这个问题已经在有教养人们的意识中真正出现，或者快要出现了，这个生活的新的一面已经开始露脸，很快就会深刻而鲜明地呈现在大家眼前了。"作品中叶琳娜对英沙洛夫的爱情，表现了爱情的突然性；英沙洛夫的英年早逝，体现了作家生命无定的悲剧性哲学观念。

《父与子》中，年轻的贵族阿尔卡狄·基尔沙诺夫大学毕业后，回到自己的田庄，同时带来了平民出身的同学巴扎罗夫。巴扎罗夫的到来搅乱了一向平静的基尔沙诺夫庄园。他冷漠的性格、粗鲁的举动和蔑视一切的思想几乎使庄园的每一个老贵族都无法忍受。阿尔卡狄的大伯巴威尔挑起了与巴扎罗夫的决斗，结果自己却受了伤。后来在一次舞会上，巴扎罗夫认识并热烈地爱上了贵族遗孀阿金左娃，但遭到对方拒绝。最后，巴扎罗夫在解剖死于伤寒病的尸体时割破了手指，感染病菌而死。小说描写了子辈平民知识分子、医科大学生巴扎罗夫对父辈巴威尔兄弟等贵族的胜利，他对阿金左娃的爱情，以及他后来意外的死亡，情节结构虽然简明清晰，但主旨却颇为模糊或者说复杂。

一方面，作家明确表示，小说的主题是"表现平民知识分子对贵族的胜利"，并且在后来出版的小说单行本上增加了卷首题词："纪念维萨利昂·格里戈里耶维奇·别林斯基"，特别表明其主旨是颂扬别林斯基所期望的一代新人；另一方面，他把巴扎罗夫塑造成虚无主义者，否定一切，并且写他出尔反尔——一面把爱情贬得一文不值，一面又情不自禁地爱上并追求阿金左娃（约瑟夫·弗兰克指出，《父与子》开创了 19 世纪 60 年代俄国小说的主导主题：这种冲突的一边是新一代人所拥护的狭隘的理性主义和唯物主义，另一边是他们拒绝承认的所有"非理性"情感和价值的现实），最后让他英年早逝。因此，小说出版后引发了相当激烈的争论。激进派评论家认为，作品恶毒地攻击了子辈，且毫无道理地赞扬了父辈，是对民主主义阵营的背叛。保守派评论家则认为，作者讥笑了在俄国进步运动中发挥了巨大历史作用的父辈，而又盲目赞扬了默默无闻、毫无建树的子辈。实际上，这种矛盾在某种程度上也是作家社会思想与哲学观念之矛盾的深层体现。一方面作为现实主义作家，屠格涅夫的确力图准确有力地再现真实和社会生活，因此他相当敏锐地抓住时代的先兆，用剪影的方式创作出来，让巴扎罗夫概括了车尔尼雪夫斯基、杜勃罗留波夫尤其是皮萨列夫这类人物的特点；另一方面他的爱情神秘、命运无常、人是宿命的悲剧性存在的哲理观念，又使他让巴扎罗夫突然爱上阿金左娃并且意外去世。其实，正如米川正夫指出的："自从《猎人笔记》问世之后，屠格涅夫之代表的巨作所遭遇到的共同命运，都是极端相反的赞成和反对的评价。在他的长篇小说当中，从批评家方面加以一致的没有例外的赞辞的，只有《贵族之家》一篇；其他一切，简直没有一篇没有变成激烈的争辩、讨论之对象的。"《父与子》则是其中争论得最为激烈的一部作品。约瑟夫·弗兰克指出，《父与子》"成为社会—文化争议独一无二的风暴中心；围绕着巴扎罗夫这个人物——他代表了 19 世纪 40 年代的贵族自由派知识分子和 19 世纪 60 年代的激进派平民知识分子的分歧——展开的辩论引发了激进派阵营内部两派间新的裂痕。这些辩论确定了那个十年的剩余时间里主导俄国社会—文化和文学生活的基调"。

马克·斯洛宁认为，巴扎罗夫是一个注重实际、脚踏实地的人，他知道自己需要什么，而且努力去获取。他行事合情合理，绝不为幻想和偏见所蒙蔽。他是一个理性主义者，代表着 19 世纪 60 年代讲求实际的风气，肆力抨击那些崇尚空谈、不务实际、唯美的理想主义者。他不承认自然的美丽，认为自然不是神殿，而是造福社会的工厂。他所追求的是实用、行动、效率、技能。他是社会的一名新的知识分子，经常与贵族的理想主义者发生冲突。他同时也象征着一种新的心理状态，他的粗鲁坦率，憎恨传统与虚伪，致力于"行动胜于空谈"的新理念，显现他自己跟那些"高贵而无用的敌手"都是同样的俄罗斯人。

马克·斯洛宁指出："《父与子》可以说是他最负盛名的小说，无论是情节结构、人物的刻画，以及戏剧性的统一等等，都胜于他的其他作品，读来令人难抑心中的激动。"米尔斯基认为："屠格涅夫之最佳长篇小说为《父与子》，这最终亦为屠格涅夫创作中的最重要作品，整个 19 世纪最伟大的长篇小说之一。屠格涅夫在此成功解决他试图解决的两大任务：塑造一位不以内省为基础的活生生的男性形象；克服文学想象和社会主题之间的矛盾。《父与子》是屠格涅夫长篇小说中社会问题与艺术完美融合的唯一一部，这里没有任何僵硬的新闻体痕迹。在这里，屠格涅夫那精致、诗意的叙事艺术炉火纯青，巴扎罗夫亦成为屠格涅夫笔下能与其女性形象比肩而立的唯一男性。"贝灵也认为，《父与子》美妙的结构，很像索福克勒斯的戏剧，全篇恰恰得到悲剧的收场，从头到尾没有一点陈腐的气息，没有一点多余的话。人物描绘如老年的父亲和母亲，青年基尔沙诺夫以及其余的二等人物在艺术上都是完美的，而在这一群人之中巴扎罗夫俨然是最强的一个。

《烟》较早地描写了俄国侨民的生活，为俄国文学引进了新题材。作品否定性地描写了两类人物：一类是出国游山玩水的俄国官僚、将军，另一类是流亡的"虚无主义者"，他们全都一天到晚沉溺于空谈之中，无所事事，把时光和生命消磨在无聊的琐事中。小说的主要情节线索是李维特诺夫与伊琳娜的两次恋爱悲剧——青年时代因伊琳娜贪图富贵，二人恋爱失败；在巴登见面后二人旧情复燃，虽然李维特诺夫毅然放弃与未婚妻塔妮娅的婚约，但在关键时候伊琳娜却再次难舍富贵而逃出了爱情。李维特诺夫遭此打击，再加上目睹俄国社会和俄国在国外的形形色色各类人等的丑态，深感一切如烟，昏蒙蒙来又轻飘飘去，才聚即散，毫无意义。《烟》对人生的感觉如此深切、真诚，写得又如此厚重、朴实，是一部富于悲剧色彩和人生哲理的作品。小说特别生动、深刻地写出了爱情的神秘性和不可抗拒性，也写出了人生如烟如梦的悲剧性存在感。可惜的是，囿于传统，小说本可以在李维特诺夫深感人生如烟的时候结束，但作家却写了他三年后从颓丧中振作起来，并且再去找塔妮娅，而她也再次敞开怀抱迎接他，从而落入俗套，大大削弱了小说的悲剧性震撼力。

《处女地》较早描写俄国"革命者"形象。贵族私生子、大学生涅日达诺夫（一译涅兹丹诺夫）由于青春和理想，向往革命并参加了革命，后来又和同样向往革命的贵族之女玛丽安娜相爱，在私奔之中试图参与革命工作并尽可能平民化，然而他们发现，自己不仅无法平民化，而且连革命的短期目标都无法真正实现，人民群众不理解也并不需要他们。男主人公最终在绝望中自杀。小说还塑造了索洛明这样稳重、冷静的革命者，以及马凯洛夫这样莽撞而忠贞的革命者。作品的意义主要在于从另一个角度描写了一些接近革命试图革命的自发革命人士。对职业革命者作家根本就没打算去写，因此不存在否定者们所说的不了解革命者和歪曲革命者的问题。我们认为，作家相当深刻地写出了知识分子渴望革命然而又无法融入革命的困境。20 世纪，阿·托尔斯泰在其长篇小说《苦难的历程》（1919—1941）中比较圆满地解决了这个问题：知识分子经过迷惑乃至错误，经过锻炼和考验，成为真正的革命者。

在艺术上，《处女地》在悲剧中带有一定的喜剧色彩，比较独特。应该承认，这部作品人物描写的成就（马克·斯洛宁尽管认为这是作家所有作品里最不成功的一部，但也认为它有"若干卓越的人物描写"），应该还在《前夜》之上，以往否定它，只是因为它不赞成革命，没有像车尔尼雪夫斯基的

《怎么办》那样去塑造坚定的和职业的革命者。然而，小说通过涅日丹诺夫的自杀，体现了作家人是宿命的悲剧性存在这一哲学观念。对此，王智量有过论述："我觉得，也是这个'冷漠的'大自然给了罗亭和拉夫列茨基以蹉跎凄凉的遭遇，给了英沙罗夫一个'壮志未酬'的遗憾，给了涅兹丹诺夫一株苹果树的树荫和一粒子弹让他去收拾自己一生的残局。至于纳塔莉亚、丽莎、叶琳娜、薏林娜以及屠格涅夫笔下那许多美丽的少女，在她们的命运中，我们又何尝不能发现这个'冷漠的'大自然的支配力，只不过有的显著些，有的隐晦些罢了。"马克·斯洛宁指出："他大部分的小说都是描写挫败与意外，徒劳无功与愚蠢的错误；结局若非完全的绝望便是令人激动的死亡。他的故事里很少表现出愿望的实现或满足，唯有在描述肉体与灵魂的期待，或是对爱情的渴望，以及欲望初初跃动的时候，才露出一点希望，然而即使这点希望到了后来也都成了无法实现的梦想。"他进而指出：屠格涅夫认为，这尘世上没有什么真正的快乐，生命最后总要消逝，整个宇宙是由毁灭性的恶的律法所统治着，人的一切努力都是荒谬的。因此，表面上我们所看到的是他对青春、春天和爱情的颂扬，仿佛在肯定生命的美丽价值，其实隐藏在后面的却是绝望、毁灭、空无与时间的消逝。

　　三是心理性与简洁性并存。屠格涅夫是心理描写大师，他的小说和戏剧有着独特的心理描写。他不像司汤达那样通过心理分析、内心独白揭示人物心理，也不像列夫·托尔斯泰那样通过"心灵辩证法"展示心理发展的全过程以及此过程中的矛盾冲突，更不像陀思妥耶夫斯基那样通过善恶交战描写二重人格，并通过梦幻、梦境、梦呓等潜意识解释人的深层心理，而是善于通过心理活动在一定阶段外化出来的行为或行动，即心理活动的结果来表现人物的心理，而且往往与自然风景有机地结合起来，情景交融，诗意盎然。19 世纪俄国文学形成了独特的"心理现实主义"，屠格涅夫的作品是重要的转折点。屠格涅夫在果戈理转向外部转向平庸的现实生活的基础上，既适当关注外部，又着意刻画心理。简洁性具体表现为情节结构紧凑、凝练，即使是长篇小说，在结构和规模上也颇接近中篇小说；性格刻画简洁、经济，往往在动态中描写人物，人物心理也往往通过动作表现出来；语言也极为简洁、准确、生动。贝灵认为："他继续进行普希金的工作，普希金曾致力于俄国的诗歌，他却致力于俄国的散文；在散文的风格上，他创造了不朽的样本。他的文章和普希金一般清澈无瑕，一样的丝毫不苟。"值得一提的是，屠格涅夫的简洁性主要源于普希金，从童年起，他就最喜欢普希金的作品，而且，"对普希金的热爱贯穿着他的整个一生"（纳乌莫娃语）。

马克·斯洛宁认为，屠格涅夫在他的许多中短篇小说以及最重要的六部长篇小说里，不仅完美地表现出他的艺术手法的澄亮之美，也显示出其遣词用字之精微细致。他懂得如何把故事说得引人入胜，以及赋予笔下人物真实的生命。他的作品简洁有力，完全属于大家之风。与其说他长于剧情的架构，还不如说他更擅于人物的刻画与发挥。

正因为屠格涅夫多方面的功绩，马克·斯洛宁宣称："他是写实主义的推动者，新文学潮流的创始人，同时也是在欧洲传播俄罗斯文化的一个非官方使节。"米川正夫更是认为："屠格涅夫乃是最高超的诗人，对于人生各种现象的纤细而锐利的观察者、理解者，他还具有可以说是天衣无缝的完整的表现才能，而变成了世界文学上的第一流天才之一。"而作为"完整的最高的艺术家"，他"几乎没有什么失败之作或是平庸之作。他的作品，几乎全都是可以比诸宝玉的名工之名品"。

参考资料

［英］贝灵：《俄罗斯文学》，梁镇译，上海，商务印书馆，1933。

《杜勃罗留波夫选集》第二卷，辛未艾译，上海，上海译文出版社，1983。

［日］米川正夫：《俄国文学思潮》，任钧译，重庆，正中书局，1941。

［苏联］伏罗宁斯基等：《俄罗斯古典文学论》，蓝泰凯译，北京，北京时代弄潮文化发展公司，2011。

［俄］德·斯·米尔斯基：《俄国文学史》，刘文飞译，北京，人民文学出版社，2013。

［俄］鲍里斯·尼古拉耶维奇·米罗诺夫：《俄国社会史》上卷，张广翔等译，济南，山东大学出版社，2006。

［法］安德烈·莫洛亚：《屠格涅夫传》，谭立德、郑其行译，太原，山

西人民出版社，1983。

　　［苏联］涅·纳·纳乌莫娃：《屠格涅夫传》，刘石丘、史宪忠译，天津，天津人民出版社，1982。

　　［法］亨利·特罗亚：《世界文豪屠格涅夫》，张文英译，北京，世界知识出版社，2001。

　　［俄］屠格涅夫：《罗亭　贵族之家》，陆蠡、丽尼译，北京，人民文学出版社，2006。

　　［俄］屠格涅夫：《前夜　父与子》，丽尼、巴金译，北京，人民文学出版社，1979。

　　《屠格涅夫全集》第 11 册，张捷译，石家庄，河北教育出版社，1994。

　　《屠格涅夫散文精选》，曾思艺译，武汉，长江文艺出版社，2013。

　　《屠格涅夫中短篇小说选》，沈念驹译，桂林，漓江出版社，2012。

　　王智量：《论普希金、屠格涅夫、托尔斯泰》，北京，光明日报出版社，1985。

第十章　费特：最纯粹的唯美主义诗人

费特是俄国 19 世纪一位著名的天才诗人，是"纯艺术派"（又称"唯美派"）的代表人物。由于突出的艺术成就，他成为与茹科夫斯基、普希金、莱蒙托夫、丘特切夫并驾齐驱的诗人。

一、生活上精明务实，创作上唯美空灵

阿·阿·宪欣—费特（1820—1892）出生于俄罗斯中部"诗人之乡"奥尔洛夫省（一译奥廖尔省）①的一个贵族家庭，1844 年毕业于莫斯科大学文学系，1845 年自愿进入军队。

1857 年，费特退役后与大富商的女儿玛利亚·彼得罗芙娜·鲍特金娜（1828—1894，俄国著名文学批评家、唯美主义理论家三驾马车之一鲍特金的妹妹）结婚。女方长相一般，曾经有过一段失败的婚姻，似乎对诗歌并无特殊爱好。因此以前的俄国学者几乎异口同声地认为，鲍特金娜和费特没有多少共同语言，费特只是为了改变经济状况而与她结婚，他们的婚姻并不幸福，并且拿出了证据——费特在给好友鲍里索夫的信中所写的话："我的理想世界早就已经崩溃。我要找的只不过是个家庭主妇，我跟她过日子，不需要相互理解。我永远也不会抱怨这种彼此隔膜的状态，无论什么人都不会听到我诉苦或者发牢骚，这样一来我就能确信，我尽到了责任，仅此而已……"但近些年，俄国学者嘉丽娜·阿斯纳诺娃根据新发现的费特写给

---

① 奥尔洛夫省之所以被称为"诗人之乡"，是因为这一带是俄国出文人的地方，光是 19 世纪，就有屠格涅夫、丘特切夫、亚库什金、列斯科夫、皮萨列夫、阿普赫京、安德烈耶夫、蒲宁、费特等，20 世纪又有普里什文等人。

妻子的信件和鲍特金娜写给诗人和哥哥的信件，以及费特写给她的诗歌（在订婚期间，费特对未婚妻有过诗情画意的幻想，在她出国旅行期间，每天都写一封甚至两封厚厚的信紧追在国外的未婚妻倾诉衷情，并为她写过一些情意绵绵的诗歌，婚后也有一些能证明两人感情的信件和诗歌），证明妻子深爱自己的丈夫，而且在文学事业上尽最大努力帮他，他们的婚姻还是颇为幸福的。

1862 年，费特在家乡购置了两百俄亩①土地，专门经营农业。由于费特在世俗生活中颇为精明，家业越来越兴旺，70 年代后期他在库尔斯克省购置了一个大庄园，晚年就生活于此，从事农业、翻译及诗歌创作等活动。1873 年他终于得到沙皇的恩准，获得了贵族身份，并得到了宫廷近侍封号。

费特的一生经历颇为平凡，文学事业也颇为顺利。不过有两件事使他耿耿于怀。

费特的父亲是德国人费特（1789—1825），达姆施塔特市的法官，母亲是德国人夏洛蒂—伊丽莎白·贝克尔（1798—1844）。他们于 1818 年 5 月结婚。1820 年，22 岁的夏洛蒂在怀孕 7 个月时，狂热地爱上了到德国来旅行的 45 岁的俄国贵族阿法纳西·宪欣（1775—1855），并和他私奔到俄国。1820 年 10 月 29 日（一说 11 月 29 日）②费特出生时，其父母尚未举行婚礼。因此，到费特 14 岁时，奥尔洛夫省宗教事务所出来干涉，不允许他用继父的姓宪欣（也有研究者认为费特就是宪欣的亲生儿子③），而须改用母亲前夫的姓费特，并且不能成为世袭贵族宪欣的合法继承人。这件事使少年费特由俄国贵族变成德国平民。这不仅剥夺了他的财产（宪欣另有四个孩子是其

———————

① 1 俄亩≈10900 平方米。

② 俄国学者对费特的出生日子有不同说法。布赫施塔布、迈明认为是 10 月 29 日，而奥泽罗夫、尤里耶娃认为是 11 月 29 日。详见［俄］布赫施塔布：《费特生平与创作概述》，6 页，列宁格勒，1974；［俄］迈明：《阿法纳西·阿法纳西耶维奇·费特》，4 页，莫斯科，1989；［俄］奥泽罗夫：《费特》，3 页，莫斯科，1970；［俄］尤里耶娃：《俄国 19 世纪文学——屠格涅夫、列斯科夫、冈察洛夫、费特、列夫·托尔斯泰》，102 页，伊尔库茨克，2010。

③ 如普拉什克维奇就认为他的父亲是贵族地主宪欣，他的母亲是夏洛蒂—伊丽莎白·费特，详见《在星空之间——费特诗选》，谷羽译，252 页，桂林，广西师范大学出版社，2014；马克·斯洛宁也认为，费特母亲是德国人，父亲是俄国贵族，他们在德国依照新教仪式结婚，可是俄国法律却不承认，因此费特须同时用母姓，作为私生子论，详见［美］马克·斯洛宁：《现代俄国文学史》，汤新楣译，52 页，北京，人民文学出版社，2001。

财产的法定继承人），而且把他的"非法"身份公之于众，因此，在某种程度上费特这个姓成了他不幸的一个象征（他后来曾这样写过："如果有人问我，该怎样称呼我生命中的痛苦和悲伤，那我将回答：它就是那个姓——费特"）。这也使诗人大为恼火，发誓要夺回失去的一切，并且几乎终生都在为此奋斗："无论如何要讨回丧失的贵族身份，这成了费特生活中最强烈的愿望"。直到晚年，诗人名声大噪，才获得沙皇的恩准得以复姓宪欣，而众所周知的费特则作为笔名被继续使用。

　　1848 年，费特在赫尔松省军队服务时，与玛丽娅·库兹明尼齐娜·拉兹契（1824—1850，费特在《回忆录》中隐去其真姓名而称之为叶莲娜·拉丽娜）倾心相爱，他们的恋情持续了将近两年。拉兹契出生于退役将军家庭，但家道中落，家境贫寒，然而她"举止端庄，拘谨矜持"，"聪敏伶俐，博览群书"，受过良好的教育，具有出众的音乐才华和文学天赋，能出色地演奏乐器，其钢琴演奏曾得到匈牙利音乐大师李斯特的高度评价和指点，还有着"深刻而细致的诗意情感天赋，懂得诗歌并能很好地鉴赏诗歌"。她早在少年时代就"读过费特的许多诗，并且能很好地理解它们"，而且"热爱这些诗"。这时见到心仪已久的诗人后，她更是不顾一切地爱上了他。费特也狂热地爱上了这位理解他并高度评价其诗歌的女性，他在一封致友人的信中不无自豪地宣称："我在等待一位能够理解我的女性，并且等到了她。"他们经常一起欣赏音乐，谈论文学。但由于"她和我都一无所有"，诗人表示无法与她结婚——他在给友人的信中说："我不能娶拉兹契——她也知道这一点"。费特说服拉兹契，他们应当分手，拉兹契同意这一点，但又无法挣脱情网，因此对费特说，她绝不会影响他的自由，她和他交往，只是"喜欢和您交谈。"费特也对她难分难舍，因此，他们继续相会。1850 年，在费特因为公务外出期间，正当青春年华的拉兹契死于一场火灾（一说系自焚）。[①] 拉兹契死前留下最后两句话，一句是："救救那些信！"另一句是："他无罪，有罪的是我。"诗人得知后认定是自己一时糊涂酿成了拉兹契的悲剧（尤其那句"他无罪，有罪的是我"，确实会让人觉得她是殉情），因此悔恨交加，念

　　① 拉兹契晚上在卧室里躺着看书，并且吸着烟，把烟蒂扔在地毯上，引发火灾，烧成重伤，几天后去世。详见[俄]苏霍京：《费特与叶莲娜·拉兹契》，22～23 页，别尔格拉德，1933；[俄]迈明：《阿法纳西·阿法纳西耶维奇·费特》，37 页，莫斯科，1989。

念不忘拉兹契的爱，一再写诗表白自己对拉兹契的爱。

费特在19世纪40年代初即开始发表诗作，留下了颇为丰富的文学遗产：抒情诗八百余首，十余首叙事长诗，三卷回忆录《我的回忆》和几十篇评论文章，还有大量的翻译，如叔本华的哲学名著《作为意志和表象的世界》，古罗马诗人贺拉斯、卡图卢斯等的诗歌，歌德的《浮士德》，还有我国宋代诗人苏轼的七绝《花影》[①]。因为突出的诗歌成就，费特于1884年获得俄国科学院颁发的普希金奖，于1886年当选俄国科学院通讯院士。

费特的诗在他生前就已得到一批文学家、批评家的高度评价。别林斯基早在1843年就指出："在莫斯科所有的诗人中，费特先生是最有才华的。"车尔尼雪夫斯基认为费特"有很多短诗，写得很可爱。谁若是不喜欢他，谁就没有诗歌的感觉"。在对1856年俄罗斯文学的评论中车尔尼雪夫斯基再次提到"对费特君才能的高度认识，这种认识是一切具有优雅趣味的人所共有的"，并认为"给费特君带来荣誉的作品应当是出色的"。杜勃罗留波夫则认为费特是"有才能的"，他"善于捕捉寂静的大自然的瞬息间的变化，善于真实地表现大自然给人的朦胧的、微妙的印象"。谢德林指出："费特的大多数诗歌真正的新颖别致，而浪漫曲几乎盛行全俄。"涅克拉索夫更是把费特与普希金相提并论，并且宣称："我们可以大胆地说，普希金之后的俄罗斯诗人之中，还没有哪一位像费特先生这样给人以如此之多的诗意的享受。"列夫·托尔斯泰是费特的至交及其诗歌的爱好者，他们保持了长达约四分之一世纪的友谊。托尔斯泰盛赞费特才智过人，精力充沛，感谢费特为自己提供了精神食粮。屠格涅夫、陀思妥耶夫斯基、丘特切夫等对费特诗歌的评价也很高。

与此同时，也不时飞来一些斥责乃至诋毁之声。皮萨列夫声称："随着时间流逝，他的诗集会论普特出售，连做裱糊房间的壁纸都不配，只能做壁纸下边的衬纸，再就是做包装纸，用来包蜡烛，包干酪，包熏鱼。费特先生就以这种方式沦落到卑贱的地步，他也第一次用自己的诗歌作品给人们带来了实际的用途。"这一是由于费特那不讨人喜欢的个性，二是由于他那唯美的艺术观及某些政治见解，三是由于他的创作题材较为狭窄。

---

①　重重叠叠上瑶台，几度呼童扫不开。刚被太阳收拾去，又叫明月送将来。

象征派兴起后，将费特和丘特切夫奉为先驱，认为费特"着笔神妙，有一种飘逸的特质，而且指出他的作品具有哲理，称他是'神秘的唯美主义者'"（马克·斯洛宁）。20世纪中期，尽管人们对费特的评价毁誉参半，但费特的影响不容忽视，著名的"静派"诗歌更是深受费特的影响。时至今日，人们公认："俄罗斯诗歌有过黄金时代，它是由普希金、丘特切夫、莱蒙托夫、巴拉丁斯基、费特等诗人的名字来标志的。有过白银时代——这就是勃洛克、安年斯基、叶赛宁、古米廖夫、别雷、勃留索夫等诗人的时代。"俄国著名评论家科日诺夫更具体地指出："诗人的荣誉是件非常复杂的东西。比方说，普希金在其创作的前半期里是受到异常广泛的推崇的，那时他跟十二月党人有所交往。但一旦普希金上升到世界诗坛的高峰时，他却失却了'普及性'。至于巴拉丁斯基、丘特切夫和费特等一些卓越诗人，他们是在去世之后过了许多年才真正被人承认为伟大诗人的，与普希金并立而无愧。"

二、唯美的诗歌，艺术的创新

费特是俄国诗坛"纯艺术派"的代表人物，他在论文学的一些文章中明确提出了自己的唯美观点。在他看来，艺术家要懂得美与和谐是自然及整个宇宙最原始而不可或缺的特征。因此，"那些关于在其他人类活动中的诗歌公民权问题，其精神意义及在当今时代的现代性等问题，被费特认为是很久一直要摆脱的噩梦。"他宣称："关于诗歌的公认问题，关于它的道德意义，关于它在某一时代的现实性等等，这一切问题我认为糟糕透顶，我早已脱离了这一切并将永远脱离。"他认为，诗歌的宗旨就是追求和表现美，把人们从"充斥无限欲望的痛苦的世界引向一个没有欲望的纯粹观照的世界"，因为"艺术家们已使美的时刻流芳百世，把那一瞬间化为顽石一般"。普拉什克维奇指出："费特认为，生活中处于主宰地位的是苦难，而且永远是苦难，因此艺术的根本宗旨就是摆脱凡人的'头脑'里的庸俗想法，写作必须有充分的独立性。费特在给康斯坦丁公爵的信中写道：'艺术和美使我们摆脱无穷欲望的痛苦世界，帮助我们进入纯粹直觉的境界：人们观赏西斯廷圣母像，聆听贝多芬的乐曲，阅读莎士比亚的作品并非为了得到什么职位，或者得到什么利益。'"

费特的艺术是唯美的艺术。从早期的诗歌一直到晚年的创作，都表现出诗人是一个对美的执着的崇拜者。而"大地的美，人的精神与心灵的美，艺术的美，是费特信仰的象征"（苏霍娃）。追求美、发现美、再现美，是费特世界观和艺术观的总体特征。不过，费特认为，"没有不带思想内容的诗"，真正美的作品必深寓思想。他还认为，诗和科学是一对"孪生兄弟"，追求着"同一目的——探求真理"。因此，诗歌既追求美，也探求真理，其中蕴含着深邃的思想。

费特认为"对艺术家来说事物只有一个方面，即它们的美"，并声称："我无论如何也不能理解，艺术能对美以外的什么事物感兴趣"，甚至强调："艺术不可能有其他的目的，具有某种说教倾向的作品纯属垃圾。"在《每当面对你浅笑盈盈……》一诗中他更是提出：

> 每当面对你浅笑盈盈，/每当触到你目光如醉，/我就把爱情的歌儿唱颂，/不是为你，而是为你迷人的美。//据说每当日暮，夜的歌唱家，/就用一往情深的歌唱，/把芬芳花圃里的玫瑰花，/不知疲倦地颂扬。//这年轻的花园女王纯洁又娇媚，/却总是保持沉默：/只有歌才需要美，/而美却无须歌。

费特真是唯美得厉害，即便在爱情中，面对美丽可爱的恋人，他也敢于直说自己唱颂爱情不是为对方，而是为对方迷人的美，进而宣称："只有歌才需要美，/而美却无须歌"。金刚石，他也从超功利的唯美角度来加以赞赏：

> 不做女皇头上的点缀，/不去切割坚硬的玻璃，/那七彩虹霓的光辉，/在你周身亮丽地熠熠。//不！在短暂生命的更替中，/在光怪陆离的现象里，/你总是那么璀璨晶莹，/你这永恒之纯美的忠诚卫士！

金刚石不做女皇头上的点缀，不去切割坚硬的玻璃，超脱于世俗之上，总是那么永恒，总是那么璀璨晶莹，因此，诗人称它是"永恒之纯美的忠诚卫士"。

诗人陶醉于春天的大自然那多彩多姿的瞬间美，往往希望自己能紧紧偎依这些转瞬即逝的美之幻象，如《沿着春草萋萋的河湾……》：

> 沿着春草萋萋的河湾，/我骑着马儿慢慢前行，/春天的云彩倒影于河面，/映射出一片火红的云影。//从那解冻的片片田野，/清爽的薄雾袅袅升起，/朝霞，幸福，幻觉——/使我的心甜蜜盈溢！//面对这片金灿灿的影子，/我柔情满怀，心潮激荡！/我的心多么希望紧紧偎依/这些转瞬即逝的美之幻象！

张耳指出："费特作为诗人对大自然的美有着特殊的感情，他也善于捕捉人的心灵之美。美的问题是他关注的中心问题，美始终是他的诗歌颂赞的对象。他一贯认为，美是人的周围世界的现实存在的成分，正如布拉果依所评论的那样，'这种美不是来自某个别的世界，也不是主观的粉饰，不是对现实的审美理想化——这种美是现实本身所固有的。'"

综观费特诗集，费特所追求的美不是别的，是来自生活又高于生活的一份灵气和诗意，它与人性、心灵、自然、爱情、艺术、人生等紧密相连，具有较为深厚的情感内容和比较高尚的道德内涵，纯洁健康，能给人以诗意的美的享受，能净化人的心灵，陶冶人的情操。费特诗歌中美的内容主要包括四个方面：自然、爱情、人生、艺术。这些，都是人类永恒的主题，能够体现永恒的人性。费特曾宣称："人，虽然生死有期，/人性，却亘古不变！"（《整个大千世界……》）正是基于这种认识，他在诗中一再歌颂自然、爱情、人生、艺术，反映并探索亘古不变的人性，使其诗也大体可以此分为自然诗、爱情诗、人生诗（哲理诗）、艺术诗四大类。

自然诗是费特诗中比重最大的一类诗，也是其成就最高的一类诗。著名诗人马尔夏克对费特的自然诗十分倾倒，他认为费特笔下的自然景物，就像刚刚被发现那样新颖别致。他指出，"费特能够聪颖、直接、敏锐地领悟自然界的奥妙"，并称"费特的抒情诗已进入了俄国的大自然，成为它不可分割的一部分"。马克·斯洛宁则认为："费特不肯只欣赏自然，他的抒情诗虽然大都是写森林、草原、黎明、日落、月下花园、春光初至和夏季之艳盛，可是这种印象主义派的闪烁永远是指向宇宙之一统。他有时候存有神主义意念，觉得灵魂之恍惚与百草之微芳是有关系的，他认为灵魂与草木都是神之谜与宇宙之美的相同表现。他说人生是个梦，只有艺术家处处发现美的痕迹。"纵观费特的自然诗，大约有如下特点。

一是组诗化。费特对大自然的描写非常广泛，作品也非常多，而且他这些描写大自然的诗，往往按照所描写的对象，被划分成大型组诗，如《春》《夏》《秋》《雪》《海》《黄昏和黑夜》等。每一组诗中均为同一题材的不同变奏（不同时候不同特征的表现），从而形成其自然诗鲜明突出的组诗化特征，而这也是此前或此后一般诗人创作中极其罕见的。此处仅以内容颇为接近的关于秋天一些诗为例，看看诗人是如何对同一题材从不同角度进行描写的。如《秋天——阴雨绵绵的日子……》：

> 秋天——阴雨绵绵的日子，/抽烟吧——却似乎总不过瘾，/读书吧——才过一会儿，/就无精打采，浑身乏劲。//灰色的日子懒洋洋地爬行，/墙上的挂钟/以不知疲倦的舌头/在没完没了地唠叨不停。//在热烘烘的壁炉旁，/心儿仍渐渐冷似冰，/稀奇古怪的思想，/在病痛的头脑里翻腾。//慢慢冷却的茶杯上，/依然热气蒙蒙，/感谢上帝，仿佛黑夜降临，/我已渐渐入梦……

全诗写的是秋天的阴雨绵绵影响了人的情绪。抽烟总感觉不够过瘾，读书没一会就无精打采，浑身乏劲，总觉得一天太长且过得太慢。人就像患了病一样，病痛的大脑里翻腾着各种稀奇古怪的思想。又如《秋天》：

> 燕子飞走啦，/昨天清早，/飞来一群白嘴鸦，/网眼般密密麻麻/在山顶上空飞绕。//黄昏后一切都已入睡，/院子里一片黑漆漆。/枯叶纷纷飘坠，/夜里寒风大发淫威，/对着窗户嘭嘭敲击。//倒不如雪暴风横，/反使我心胸舒畅！/仿佛是惊魂未定，/鹤群在长空唳唳悲鸣，/飞向南方。//你情不自禁地向外拔脚，/心情沉重，潸潸泪流！/看，那风滚草/扑腾着在田野滚飘，/好似一团团绒球。

此诗写的是枯寂的深秋。此时，燕子飞往温暖的南方，白嘴鸦成群地飞了过来，悲戚的"哇哇"声使得天空和人心更加寒冷。到了夜里，寒风大作，枯叶飘坠，肃杀冷寂，透骨寒心，使人深感反不如雪暴风横来得酣畅痛快。抒情主人公不禁心情沉重地跑向野外，去欣赏那在田野上随风扑腾、滚飘的风滚草。又如另一首《秋天》：

> 当闪闪发亮的蛛网／散布明亮白昼的丝线，／祈祷前的钟声从遥远的教堂，／飘送到农舍的窗前。／／我们没有忧伤，只是惊惶，／为那冬日临近的嫩寒，／而逝去的夏日的音响，／我们领会得更加周全。

这首诗写的是秋末，冬日即将临近，因为诗中有"冬日临近的嫩寒"。秋天的日子，只要晴朗，就会十分透明亮丽，诗歌巧妙地把太阳晶莹亮丽的光线比作"闪闪发亮的蛛网"在天空散布，这么透明亮丽的秋天即将逝去，使人感到惊惶，因为那冬日的嫩寒正在临近。由此，人们也更思念那失去的可爱的夏日时光。再如另一首《秋天》：

> 寂静而寒冷的秋天，／阴晦的日子多么凄清！／它们带着郁闷的慵倦，／请求进入我们的心灵！／／但有些日子也这样：／秋天在金叶盛装的血里，／寻觅着灼灼燃烧的目光，／和炽热的爱的游戏。／／羞怯的哀伤一声不响，／挑衅的声音充耳可闻，／如此华丽地萧飒凄凉，／秋天对什么都不怜悯。

这首诗写的也是秋天，但内容颇为丰厚。一方面，写了寂静而寒冷的日子，像《秋天——阴雨绵绵的日子……》一样，使人深感凄清、郁闷（诗人不直接这样说，而是非常高妙地倒过来说，秋天带着郁闷的倦慵请求进入我们的心灵）；另一方面，写了阳光灿烂、红叶似火的秋日时光，燃起人们心中的激情和爱意（诗人也不直说，也是很有技巧地反过来说，秋天在金叶盛装的血里，寻觅灼灼燃烧的目光和炽热的爱的游戏）。

由上可见，费特确实是一个观察细致入微、感受细腻独特，而且具有高超的艺术表现力的诗人。他就像一个极其高明的音乐家，能够把同一题材变成多彩多姿的变奏曲。

二是运动化。在费特的笔下，大自然的一切，如花草虫鱼，烟石云霞，春夏秋冬，白天黑夜，无不获得生动的生命。这主要源于如下两个方面。

其一，费特经常以拟人的手法描写大自然，使大自然的一切获得生命，如《第一朵铃兰》：

> 啊，第一朵铃兰！白雪蔽野，/你就已祈求灿烂的阳光；/什么样童贞的欣悦，/在你馥郁的纯洁里深藏！//初春的第一缕阳光多么鲜丽！/什么样的美梦将随之降临！/你是多么令人心醉神迷，/你，燃起遐思的春之礼品！//仿佛少女平生的第一次叹息，——/为了她自己也说不清的事情，——/羞怯的叹息芳香四溢：/抒发青春那过剩的生命。

全诗把铃兰拟人化，让她拥有"童贞的欣悦"，并"祈求灿烂的阳光"。这种把自然物拟人化是受泛神论影响的结果。

其二，费特喜欢也善于捕捉并描绘大自然的运动。他善于把握自然在黎明、黄昏等时候的细微变化，如《黎明》：

> 从黑夜的前额，/柔软的烟雾轻盈地降落；/一条阴影从茫茫田原/蜷缩到附近的房舍下面；/燃烧起一片亮丽的渴望，/朝霞却羞羞答答不肯亮相；/冰凉，明亮，银白，/鸟儿把双翅抖开；/太阳虽不曾升起，/心里却早已幸福盈溢。

全诗相当细致地描写了黎明的来临过程并伴随着诗人感情的变化。

费特也善于描写季节交替时自然万物的特征，如《春天那芬芳撩人的愉悦……》：

> 春天那芬芳撩人的愉悦，/还没有降临到人间大地。/山谷里仍铺满皑皑白雪，/一辆大马车，碾过冰屑，/车声辚辚，沐浴着晨曦。//直到中午才感觉到艳阳送暖，/菩提树梢头一片胭红，/白桦林点点嫩黄轻染，/夜莺，还只敢/在醋栗丛中轻唱低鸣。//翩翩飞回的鹤群，双翅/捎来了春天复归的喜讯，/草原美人儿亭亭玉立，/目送渐渐远去

的鹤翼，/脸颊挂着泛紫的红晕。

全诗描写了冬天向春天转化但春天还没有真正到来时的大自然景象，尤其是"直到中午才感觉到艳阳送暖"，"夜莺，还只敢在醋栗丛中轻唱低鸣"，相当细致而突出地把握了季节交替时自然景象的特点，令人赞不绝口。

三是意境化。费特是罕见的富有东方尤其是中国诗歌神韵的俄国诗人，其诗极富意境美。可以说，费特使笔下的大自然完全意境化了。意境化的方式主要有：情景交融、化景为情，意象并置、画面组接；捕捉大自然中为人所习见而未被注意的美和诗意，并以轻柔、优美的笔调描绘出来。例如，《夏日的黄昏明丽而宁静……》：

> 夏日的黄昏明丽而宁静，/看，杨柳是怎样睡意沉沉；/西边的天空白里透红，/河湾的碧流波光粼粼。//微风沿着树梢轻快滑移，/滑过一个又一个树顶，/你可听见峡谷里声声长嘶？/那是马群在振蹄奔腾。

整首诗抓住夏日傍晚几个具有突出特征的自然景物——睡意沉沉的杨柳、白里透红的西方天空、波光粼粼的河湾碧流、沿着树梢在树林中滑移的微风、声声长嘶的马群，有声有色地写出了夏日傍晚的"明丽而宁静"。拉祖尔斯基在1894年7月2日的日记中写道："列夫·尼古拉耶维奇（托尔斯泰）停止割草。他把臂肘撑在镰刀上，望着天际，背诵起费特描写夜幕降临的一首诗来（即本诗——引者）。他说：'这首诗写得真好，这里的每一行诗都是一幅画。'"费特更善于描绘大自然的各种色彩和不同声音，并以这些声光色影构成美妙的画面，展示优美和谐的意境。因此，俄国学者科罗文称："在他的抒情诗中，诗人善于把现实中的各种颜色、各种声音再现出来。例如，《傍晚》：

> 明亮的河面上水流淙淙，/幽暗的草地上车铃叮当，/寂静的树林上雷声隆隆，/对面的河岸闪出了亮光。//遥远的地方朦胧一片，/河

流弯弯地向西天奔驰，/晚霞燃烧成金色的花边，/又像轻烟一样四散飘去。//小丘上时而潮湿，时而闷热，/白昼的叹息已融入夜的呼吸，——/但仿若蓝幽幽、绿莹莹的灯火，/远处的电光清晰地闪烁在天际。

这里有颜色，碧（水）、青（草）、红（霞）、金（边）、蓝（光）、绿（闪），可谓色彩纷呈；这里有声音，（水流）淙淙、（车铃）叮当、（雷声）隆隆，还有（白昼的）叹息和（夜的）呼吸，称得上众声齐发。这一切，构成傍晚美妙的画面，展示了静谧的境界。其中"白昼的叹息已融入夜的呼吸"一句尤为精彩，它以拟人的手法简洁而生动地描绘出了昼夜交替时的情景，堪称大师手笔。正因为如此，苏霍娃指出："费特抒情诗中的世界充满了运动，沙沙，声音，就连鲜花的芳香中也有清晰的语言。"

费特尤其喜欢描写夜，并且往往采用以动写静的方法，营造夜的柔美宁静的意境，如《湖已沉睡……》：

> 湖已沉睡；青黛的森林一片寂静；/一条雪白的美人鱼飘然悠悠出游；/好像一只小天鹅，月儿滑过天穹；/向着自己那水中的倒影不时凝眸。//渔人们酣睡在昏昏欲睡的灯火旁；/淡白的船帆未曾漾起一丝皱褶；/芦苇边时有肥大的鲤鱼哗啦击浪，/荡起大圈的涟漪在水面层层远播。//多么静谧……我听得清每一种声响；/但它们并未打破夜的沉寂，——/让夜莺的啼转热烈而嘹亮，/美人鱼把水草轻摇成一段韵律。

美人鱼的出游、摇动水草，鲤鱼的哗啦击浪，夜莺的啼转，更显出无风的夜的沉寂，其艺术效果近似我国古典诗歌中的名句"蝉噪林逾静，鸟鸣山更幽"（王籍《入若耶溪》）。

爱情诗也非常能体现诗人的个性及创作特色。费特认为爱情"永远是诗歌构思的种子和中心"，因此，他一生都未曾中断爱情诗的创作。其爱情诗大约有如下特色。

其一，抽象性。费特创作爱情诗，往往去掉爱情的个性特点，这使其爱情诗极具抽象性，却也因此富有普遍性。费特继承了普希金《致凯恩》等爱情诗的优良传统，往往只写爱情本身，而少对所爱对象的形貌做具体描绘；并且像丘特切夫早期写自然诗一样，大多省略爱情产生的具体时间和特定地点，也不注意抒情主人公"我"的个性特点和心理活动。这样，他的爱情诗便能集中笔墨只写抽取出来的爱情本身。如《多么幸福：又是深夜，又是我俩……》：

> 多么幸福：又是深夜，又是我俩！/河流似镜，辉映着璀璨群星；/而那儿……你抬头看看吧，/天空多么深湛，又多么纯净！//啊，叫我疯子吧！随你叫什么都行，/此时此刻，我的理智已如此脆弱，/爱情的洪流在我心中澎湃汹涌，/我无法沉默，不能也不愿沉默！//我痛苦，我痴迷：爱之深苦之极，/哦，听我说，理解我，我已无法掩藏激情，/我要向你表白：我爱你，——/我只爱也终生只爱你一人。

这里只有较为抽象的爱情本身，而我们能从其中感受到自己青春时的爱情——深深爱一个人，而一直难以表白，经过长久的痛苦折磨，终于不顾一切地向对方表白。类似的诗还有《浪漫曲》等。

其二，完整地展示了人生的爱情之旅。费特的爱情诗从青年一直写到晚年，既有他 1848 年认识拉兹契以前的恋情诗，也有写给妻子的爱情诗，更有大量写给拉兹契的情诗。

1848 年以前创作的爱情诗都是写给早年恋爱对象的。在跟鲍特金娜订婚后，他也写过一些给鲍特金娜的爱情诗。嘉丽娜·阿斯纳诺娃指出，鲍特金娜受过颇好的教育，有良好的教养，在文学、音乐方面素养不错，能理解并欣赏诗歌，与诗人有共同话语。她也很爱丈夫，甚至在丈夫死后还天天去他的墓地陪伴他。鲍特金娜关心并且尽力帮助丈夫的文学事业：丈夫在世时帮助丈夫出版译著和创作（包括诗歌、散文等），丈夫去世后细心操持丈夫各类作品的出版，临死前还满怀深情地编定《费特抒情诗选》。婚后不仅费特在给妻子的书信中承认自己对妻子营造的家庭生活难舍难离，充满爱意；而且鲍特金娜也一再在信中表示自己的家庭生活相当幸福。1857 年 10 月 21 日她在婚后的一封信中宣称："我十分健康，幸福得不能再幸福了。只有一点使我苦恼，那就是我总是觉得，我使费特幸福得不够。"
结婚半年后，她又在信中不无自豪地说："我如此习惯自己平静、温和的生
活，我们的日子过得有条不紊，我能在很多方面帮助费特。"1866年，结婚
九年后她在给兄弟的信中写道："现在我对自己的生活是如此满足这样幸
福，我不知道，该怎样感谢命运。"他们一起生活了三十多年，几乎不曾分
离，偶有分别，也互相写信，相互关心。费特为她写了一些情诗，如《题纪
念册》《又一个五月之夜》《贝多芬对爱人的召唤》《鲜花》《莫斯科奇妙的五月
日子……》《多么美好的夜！空气多么清新……》《致友人》《如果你爱我像我
那样情深似海》《姐妹》等，其中《致友人》很能说明他们两人的感情。除以上
这些诗外，至少还有两首诗是写给鲍特金娜的——《我们分别了，你到远方
去旅行……》《我又一次来到你家花园……》。

　　费特对拉兹契也念念不忘，临死前不久还为她写诗，构成了俄国诗歌
史乃至世界诗歌史上独特的"拉兹契组诗"。最早提出"拉兹契组诗"这一名
称的，似乎是俄国学者苏霍京。他在20世纪30年代出版的《费特与叶莲
娜·拉兹契》一书中认为这组诗共22首，它们是：1.《注视着你的脚步，祈
祷着并且一往情深》，2.《在午夜数不胜数的繁星中》，3.《泪珠一颗颗在火热
的脸颊潸潸……》，4.《美丽的姑娘，我枉自混进人群里……》，5.《我的上帝，
我愿奉献那许许多多的日子……》，6.《我知道——哪里是北方！……》，
7.《你这出人意料的天才，多么挺拔秀丽……》，8.《枉然！……》，9.《轻轻
飞来一阵歌声……》，10.《在这美好的日子，心灵渴盼……》，11.《还有一
棵金合欢……》，12.《一扎旧信》，13.《神秘夜晚的寂静和黑暗中……》（本
书中的《无题》之二），14.《第二自我》，15.《你已脱离了苦海……》，16.《肖
邦》，17.《我既未注意你永恒的美的心灵……》，18.《又一次翻到了这亲切
的几页……》，19.《炽热的阳光从椴树高枝盈盈洒下……》，20.《不，我并
没变心……》，21.《白昼令我们欢欣，血液如火腾炽……》，22.《梦中》。不
过，《我的上帝，我愿奉献那许许多多的日子……》并不属于"拉兹契组诗"，
因为这首诗创作于1842年，而费特于1848年才和拉兹契相识相爱，不可能
在根本没认识拉兹契的情况下为她写情诗。而且，"拉兹契组诗"绝不止22
首，布拉果依认为，名诗《呢喃的细语，羞怯的呼吸……》是为拉兹契而写
的。在俄国还流传着另一份"拉兹契组诗"诗单，包括14首：1.《呢喃的细

语，羞怯的呼吸……》，2.《漫漫长夜，总无法合眼入梦……》，3.《轻轻飞
来一阵歌声……》，4.《在这美好的日子，心灵渴盼……》，5.《一扎旧信》，
6.《让人们尽情指责……》，7.《你已脱离了苦海……》，8.《第二自我》，9.
《又一次翻到了这亲切的几页……》，10.《炽热的阳光从椴树高枝盈盈洒
下……》，11.《我老是梦见你号啕痛哭……》，12.《不，我并没变心……》，
13.《当你读到这愁肠寸断的诗句……》，14.《我躺在安乐椅上……》。可见，
除了《轻轻飞来一阵歌声……》《在这美好的日子，心灵渴盼……》《一扎旧
信》《第二自我》《你已脱离了苦海……》《又一次翻到了这亲切的几页……》
《炽热的阳光从椴树高枝盈盈洒下……》《不，我并没变心……》八首相同外，
还有六首是比较可靠的"拉兹契组诗"。另外，还有人认为存在五首新的"拉
兹契组诗"，它们是《我的朋友，不要说……》《令人倾倒的形象》《在被岁月
折磨得痛苦不堪的心底……》《致消逝的星星》《落叶在我们脚下瑟瑟战
栗……》。这样，能确定的"拉兹契组诗"已经有 32 首。其实，综观费特的
诗歌，1849 年以后尤其是晚年创作的带有回忆、忧伤、懊悔或忏悔性质的
爱情诗，大都与拉兹契有关，诗中出现"火"的意象和梦境的爱情诗更是大
都与拉兹契相关。

正因为上述原因，费特的爱情诗，既有难忘的初恋，也有最后的爱情；
既有热恋的欢欣与柔情，也有深深的悔恨与苦闷，比较完整地展示了人生
的爱情之旅。几乎每一个年龄层次的读者，都能在其中体会到自己所曾经
历的情感。

这里，有尚处于进入初恋前心灵微妙阶段的《柳树》：

> 让我们坐在这柳树下憩息，/看，树洞四周的树皮，/弯曲成多么
> 奇妙的图案！/而在柳树的清荫里，/一股金色水流如颤动的玻璃，/闪
> 烁成美妙绝伦的奇观！//柔嫩多汁的柳树枝条，/在水面弯曲成弧线道
> 道，/仿如绿莹莹的一泓飞瀑，/细细树叶就像尖尖针脚，/争先恐后，
> 活泼轻俏，/在水面上划出道道纹路。//我以嫉妒的眼睛，/凝视这柳
> 树下的明镜，/捕捉到心中那亲爱的容颜……/你那高傲的眼神柔和如
> 梦……/我浑身战栗，但又欢乐融融，/我看见你也在水里发颤。

一对青年男女，正处在关系微妙的阶段。女方可能一直比较高傲、严肃甚至有点严厉，使男方感到不敢亲近。他们在美丽的小河边的柳荫下休息，优美的景色使双方都深深陶醉了。男方更感到惊喜，因为他发现平时像女王一样高傲的女子，居然"眼神柔和如梦"，而且似乎也激动得浑身颤抖（"我看见你也在水里发颤"）。

这里，有初恋时的爱情游戏，如《花语》：

> 我这束鲜花露珠熠熠，/我的哈里发仿若宝石一样；/我早已想和你一起/谈谈这齿颊留香的诗行。//每一朵鲜花都是一个暗语，——/我的表白请你用心领悟；/或许，这一整束花儿/将为我们开辟一条幽会的通途。

抒情主人公送给恋人一束像宝石一样美丽的鲜花，并称它为"齿颊留香的诗行"，而且还是一首包含丰富寓意的谜语般的诗，因为每一朵鲜花都是一个暗语，它将为恋人的幽会开辟一条通途。这真是诗人式的恋爱游戏。

这里，有初恋中朦胧而纯洁的欲求，如《人们已入睡……》：

> 人们已入睡；我的朋友，让我们一起走到绿树荫浓的花园。/人们已入睡；只有星星在把我们窥探。/不过它们看不见躲在繁枝密叶中的我们，/它们也听不见我们——能听见的只有夜莺……/甚至夜莺也听不见我们——它正声若玉石，/也许能听见我们的只有心灵和手儿：/心灵听见，大地是多么心满意足，/我们给这儿带来了何等的幸福；/手儿听见，并告诉心灵，/那人的手发热发抖在自己掌中，/自己这手也因此而发抖发烫，/一个肩膀情不自禁地紧贴向另一肩膀……

全诗用层递的手法表现了一对恋人深夜在繁枝密叶的花园里会面的情形，写出了他们青春朦胧的欲求，更写出了他们那纯洁的恋情：满足于紧握对方的手，满足于肩膀紧贴着肩膀，满足于双方手儿紧握出现的发抖发烫，满足于双方肩膀紧贴之处所产生的热流。

这里，有初涉爱河的陶醉，如《我带着祝福来把你探望……》：

我带着祝福来把你探望，/告诉你旭日已经升起，/它那暖洋洋的金光，/在一片片绿叶上嬉戏。//告诉你森林已经苏醒，/浑身焕发着初醒的活力，/百柯齐颤，万鸟争鸣，/一切都洋溢着盎然的春意。//告诉你，我又来到这里，/满怀昨天一样的深情，/心魂依旧在幸福里沉迷，/随时准备向你奉献至诚。//告诉你，无论我在什么处所，/欢乐总从四方向我飘然吹拂，/我还不知道应歌唱什么——/可歌儿早已从心底里飞出。

全诗把真情与自然美景尤其是充满活力的春天美景结合起来，情景交融地表达了自己沉醉的爱恋之情。高尔基在《列夫·托尔斯泰》中写道，托尔斯泰说："真正的诗是朴素的。"当费特写出"我还不知道应歌唱什么——/可歌儿早已从心底里飞出"的时候，他已经表示出了一般人对于诗的真正的感觉。

这里，有恋爱中的甜蜜等待，如《我等待着……》：

我等待着……从波光粼粼的河上，/夜莺的歌声阵阵回荡，随风散播，/月色溶溶，青草似钻石闪着幽光，/和兰芹丛中燃起了点点萤火。//我等待着……深蓝的天空中，/繁星灿烂，/我听见自己心跳怦怦，/也听见手和脚在哆哆嗦嗦。//我等待着……南方微风轻吹，/无论走或停，我都深感暖意融融，/一颗亮星，在渐渐西坠，/再见，再见，啊，金星！

恋人约会，总要等待，因此描写等待成为描写恋爱的重要手段之一。我国《诗经》中的《静女》就已写到恋爱中的等待："静女其姝，俟我于城隅。爱而不见，搔首踟蹰。"费特这首诗的等待却甜蜜激动得多。也许这是姑娘第一次答应抒情主人公晚上出来约会吧，抒情主人公非常有耐心、十分幸福、心潮澎湃地等待着，心跳怦怦，手和脚都在哆嗦，尽管都已金星西坠快要天亮寒意颇重了，他依旧幸福无比，而且深感暖意融融。美丽的自然景致更增强了抒情主人公的幸福感：河面波光粼粼，夜莺的歌声阵阵回荡，月色溶溶，花草都镀着银光，点点萤火在和兰芹丛中燃起，深蓝的天空中大大小小的繁星灿若银河。

这里，有进入热恋期唯恐失去爱情，转而要求恋人在感情上与自己更心心相印的《请不要离开我……》：

> 请不要离开我，/我的朋友，和我在一起！/请不要离开我，/和你在一起，我快乐无比！//我们应更加心心相印，——/我们总不能两心如一，/我俩的相爱相亲，/总不能更纯真，更动人，更深挚！//哪怕你在我面前静立，/头儿低垂，愁眉深锁，/和你在一起，我仍然快乐无比，/请不要离开我！

这首诗写得情真意挚，而且富有音乐美，因此当时就由俄国作曲家瓦尔拉莫夫（1801—1848）谱成抒情曲，并风行全俄，后来又被柴可夫斯基（1840—1893）谱成抒情曲。

这里，有热恋中的纯真举动："我们手儿紧握，眼里光彩熠熠，时而声声叹息，时而喜笑盈盈，/嘴里尽是些无关紧要的傻言傻语，/但我们四周响彻了激情的回声"（《当我幻想回到往昔的良辰……》）。

还写到恋爱中的两人驾船夜游，如《湖上的天鹅把脖颈伸入苇丛……》：

> 湖上的天鹅把脖颈伸入苇丛，/森林仰倒在粼粼碧水，/它把起伏的峰梢沉入霞层，/在两重天空之间弯腰弓背。//疲惫的心胸快乐地吸吐/清新的空气。暮霭纷纷，/到处弥漫。——我夜间的道路/在远处的树木间一片红晕。//而我们——两人一起在船上落座，/我大胆地使劲划动船桨，/你默默地掌握听话的船舵。/船儿轻摇，我们就像在摇篮一样。//你孩子般的小手驾驶着船儿，/让它驶向鳞波闪闪的地方，/沿着昏昏欲睡的湖面，像金色的蛇儿，/一条小溪，飞速流淌。//繁星已开始在天空闪烁……/我不记得，为何放下了船桨，/也不记得，彩旗在低语些什么，/而流水把我们漂送到了何方！

这对恋人在天鹅安睡、宁静美丽的傍晚，驾驶着小船在昏昏欲睡的湖面上漂游,陶醉于夜晚宁静的美景中,陶醉在双方悄悄的情话和炽热的恋情中……

由于与拉兹契的爱情悲剧,费特也写了不少关于爱情不幸的诗。他写过一厢情愿的无望的爱,如《无须躲避我……》:

> 无须躲避我,我不会用滚滚泪珠,/也不会用隐藏着痛苦的心哀求你,/我只想听凭满腔忧愁的摆布,/我只想再一次对你说:"我爱你!"//我只想迅飞疾驰来到你身边,/就像在浩瀚海面奔驰的波浪,/去亲吻那冷冰冰的花岗岩,/吻一吻——然后就死亡。

抒情主人公爱着对方,但她并不爱他,因此,他痴情地宣布:不会死乞白赖地纠缠,只愿像海面飞驰的波浪奔向礁岩那样一闪即回地再一次说声"我爱你"。

也写过爱情产生裂痕的时刻,如《在树林中……》:

> 在树林中,在荒野里,/午夜的暴风雪吵吵嚷嚷,/我和她坐着,相互偎依,/枯枝在火焰里吱吱作响。//我们两人的巨大身影,/躺卧在红红的地板,/我们的心中迸不出一星激情,/没有什么能驱散这一份黑暗!//屋外,白桦林在哗哗啦啦,/乌青的云杉枝啪啪爆响……/哦,我的朋友,你怎么啦?/我早已知道,我是何症状!

树林、荒野、午夜吵吵嚷嚷的暴风雪,凄冷而又嘈杂的环境象征着恋人的心境。也许,他们刚刚才吵过架,也许他们早已因为过多的吵架而再也没有一星激情。尽管他们还坐在一起,相互依偎,但已经没有什么能驱散这一份黑暗,爱情已产生了裂痕。

写得更多的是失去爱情的悔恨与痛苦,如《一扎旧信》:

> 久已遗忘的旧信,蒙上了一层细尘,/我眼前又浮现出那珍藏心底的笑靥,/在这心灵万分痛苦的时分,/倏然复活了久已失却的一切。//眼里燃烧着羞愧的火焰,又一次/面对这无尽的信任、希望和爱

情，/看着这些充满肺腑之言的褪色字迹，/我热血沸腾，双颊火红。//我心灵的阳春和严冬的见证人，/在无言的你们面前，我确有罪过。/你们依然如此亮丽、圣洁、青春，/一如我们分手的可怕时刻。//而我竟听信那背叛的声音，/似乎在爱情之外还有别的幸福！——/我粗暴地推开了写下你们的人，/我为自己判决了永久的离分，/冷酷无情地奔向遥远的道路。//为何还像当年那样动情地微笑着，/紧盯我的双眼，细细倾诉爱情？/宽恕一切的声音无法使灵魂复活，/滚滚热泪也不能把这些诗行洗净。

很多年后，诗人发现了拉兹契的旧信，尽管字迹都已褪色，但都是她的肺腑之言，充满着"无尽的信任、希望和爱情"，依旧显得那样"亮丽、圣洁、青春"。诗人不禁热泪滚滚，深感羞愧，并反省了当年的罪过——听信背叛的声音，为自己判决了永久的离分。

又如，《你已脱离了苦海……》：

你已脱离了苦海，我还得在其中沉溺，/命运早已注定我将在困惑中生存，/我的心战战兢兢，它竭力逃避/去把那无法理解的神秘追寻。//已经是黎明！我还在反复地回忆，/那绵绵情话，朵朵繁花，深夜幽光，/在你回眸秋波的动人闪烁里，/洞察一切的五月怎能不鲜花怒放！//秋波已永逝——我不再恐惧大限临头，/你从此沉寂无声，反倒让我羡慕，/我不再理会人世的愚昧和冤仇，/只想尽快委身于你那茫茫的虚无！

在这首诗里，诗人甚至羡慕拉兹契已脱离了苦海，而自己还得在回忆和忏悔中承受无尽的痛苦。想起那绵绵情话、朵朵繁花和动人秋波，他特别希望能尽快委身于茫茫虚无，早日与拉兹契相会。

再如，《又一次翻到了这亲切的几页……》：

又一次翻到了这亲切的几页，/我重又心潮澎湃，浑身震颤，/唯愿风儿或他人的手别碰跌/这只有我熟悉的枯萎的花瓣。//唉，这算得

什么！她牺牲生命以酬知己，/这激情盈溢的牺牲和圣洁的奇
功，——/在我孤苦伶仃的心中只有隐秘的哀思，/和这干枯的花瓣旁
苍白的幻影。//但这一切都珍藏在我的记忆深处；/没有它们，往昔的
一切不过是残酷的梦呓，/没有它们，只剩下良心的责备，心灵的痛
苦，/既没有宽恕，也没有慰藉！

其三，把爱情与自然结合起来写。费特往往把爱情放在自然的背景中
加以表现。爱情因美妙的自然而更加动人，自然因有这爱情而更加丰富。
他的这类诗也便既是自然诗，又是爱情诗，分外动人心魄。例如，《在皓月
的银辉下》：

让我们一同出去漫行，/身披这皓月的银辉！/那黑沉沉的寂静，/
使心灵久久地迷醉！//池塘似钢铁闪着幽光，/青草痛哭得满脸珠
泪，/磨坊，小河，还有远方，/全都沐浴着皓月的银辉。/我们能不伤
感，能不活着，/面对这迷人心魂的美？/让我们悄悄流连不舍，/身披
这皓月的银辉！

在宁静而美丽的夜晚，皓月朗朗，银辉遍洒，一切都镀上了一层诗意
的银白，池塘闪着幽光，青草上露珠闪烁，如此动人心魄的美，令人陶醉
得甚至有点伤感，再加上是一对情投意合的恋人，就更是流连忘返了。同
类的诗还有如前所述的《柳树》《我等待着……》，以及后面将要谈到的《呢喃
的细语，羞怯的呼吸……》等。

人生诗（哲理诗）。在《整个大千世界》一诗中，费特表示：

整个大千世界，从美，/从茫茫星空到细细沙粒，/你都要把起因
穷追，/那真是枉费心力。//什么是一天，或一个世纪，/相比而言，
什么是无限？/人，虽然生死有期，/人性，却亘古不变！

在他看来，大千世界丰富多彩，你不可能把一切起因追究，然而，
"人，虽然生死有期"，但"人性，却亘古不变"。因此，他试图从哲学的高

度来探索人性，创作了不少人生诗或曰哲理诗。马克·斯洛宁指出："费特的诗颇受 40 年代德国唯心主义哲学的影响，他极崇拜叔本华，曾把他的作品译成俄文，可是他并不完全同意叔本华的悲观论，他的泛神主义往往含有强烈的快乐主义气息，他不但接受而且欣赏'梦样的昙花一现'。"①张耳更具体地谈到，费特是一个天资聪慧、善于思考的人，是一个对宇宙、人生喜作哲理性探索的人。弗特在 19 世纪 60 年代末的一篇文章中写道："只有人，整个世界上唯有人感到有探问以下问题的需要：什么是人周围的自然界？整个这一切从何而来？人本身是什么？从何处来？向何处去？为什么？人越崇高、人的精神本性越强，那么这些问题就越会真诚地在他心中产生。"诗人年事越高，就越迫切地想弄清这些问题。终于，在德国哲学家叔本华那里晚年的诗人欣然找到颇合个人情趣的答案。1877 年以后他开始阅读并翻译叔本华的代表作《作为意志和表象世界》。1879 年 2 月他在给托尔斯泰的信中写道："我生活在我感到极大兴趣的哲学世界里已有一年多了，离开这种世界，几乎不可能理解我近期诗作的源泉。"

早年费特尚未很好地把诗歌与哲学融合起来，所以人生诗创作不多，也不够成熟，中年略有进步，但数量也较少。晚年，在翻译了叔本华的代表作之后，他把握了其哲学的精蕴，同时又以自己的人生体验使之与诗歌水乳交融，创作了不少成熟的人生诗。因此，费特的人生诗可分为两个时期。

费特早期人生诗主要试图探寻宇宙与生命的奥秘，思考生命与生命、生命与宇宙之间的关系。不过，这类诗极少，而且不够成熟、深沉，也未形成独特的哲学见解。稍好者，如《繁星》：

> 为什么天空中纷纭的繁星，/排列成行，静止如棋，/是因为它们相互尊敬，/而不是彼此倾轧、攻击？//有时一颗火星化作一溜白光，/向另一颗星疾飞猛冲，/你便马上知道它即将消亡：/它已变成陨

---

① 《现代俄国文学史》的译文略有不同："他崇拜叔本华可是对于叔本华的悲观论则不苟同，他的诗是阳刚调的，他的泛神主义智慧往往会有强烈的快乐主义观念，他不但接受而且欣赏人生是昙花一现的梦。"详见［美］马克·斯洛宁：《现代俄国文学史》，汤新楣译，53 页，北京，人民文学出版社，2001。

石——流星！

有的诗描写了人与宇宙的神秘联系，人对宇宙（星空）的关注赢得了宇宙的回应。

例如，《我静静地久久伫立……》：

> 我静静地久久伫立，/凝望着远空的星星，——/冥冥之中在我和星星之际，/某种联系悄悄萌生。//我沉思……但不知沉思什么，/我聆听着神秘的合唱歌声，/星星们轻轻轻轻地颤烁，/从那时起我就迷恋上星星……

人到中年的费特继续深化这种人与宇宙的神秘联系，诗作更加成熟、深沉，如1857年所写《南方的夜……》：

> 南方的夜，我躺在干草垛上，/仰头凝望着幽幽的苍天，/生动、和谐的宇宙大合唱，/弥漫四周，在闪烁，在震颤。//沉寂的大地，就像模糊的梦痕，/无声无息地匆匆泯灭，/我，仿佛天国的第一个居民，/孤独地面对着茫茫黑夜。//是我朝这午夜的深渊滑溜，/还是无数的星星在向我潮涌？/似乎有一只强有力的手，/把我倒悬在深渊的上空。//我惶惶不安，心慌意躁，/用目光测量着这个深渊，/我觉得自己每一分每一秒/都在一去不返地往下坠陷。

抒情主人公躺在干草垛上，不仅感受到了生动、和谐的宇宙大合唱，而且发觉了人在浩瀚宇宙中的渺小，甚至感到自己在被这无垠的深渊吞噬。俄国作曲家柴可夫斯基在书信中称这首诗是"天才的作品"，"可以与艺术中最崇高的作品并列"，还"打算什么时候把它谱成乐曲"。

到了晚年，费特对诗与哲学的结合产生了浓厚的兴趣，由于受德国哲学尤其是叔本华哲学的影响，诗人形成了对世界的悲观看法。他认为人生是悲惨的，现实生活使人痛苦，只有艺术是欢乐的。他不相信科学进步，不相信人的完善，但他又不甘完全任虚无摆布，试图进行抗拒。这样，他便创作了不少人生诗。不过，这种人生诗在观念上往往有明显的矛盾，展示了诗人悲观而又不愿屈服的复杂心理，风格凝重，在艺术上达到了炉火纯青的境地。最早的一首成熟的人生诗，大约是1876年的《在繁星中》：

> 飞驰吧，像我一样，屈服于瞬间，/奴隶啊，这是你们和我天生的命运，/只要朝这热情洋溢的天书看上一眼，/我就能在其中读到博大精深的学问。//你们头戴晶冠，钻石灿灿，一片华光，/就像穷困尘世那多余的哈里发一般，/又仿若紧抱着幻想的象形文字一样，/你们说："我们属于永恒，你们属于瞬间。//我们无数，而你们以极度的渴望，/徒然地追寻那思想的永恒的幻影，/我们在这天庭里闪闪发光，/以便你在漆黑中拥有永恒白昼的光明。//所以，当你深感举步维艰，/你就会从黑暗而贫瘠的大地，/兴冲冲地朝我们抬头观看，/凝视这华丽而明亮的天宇。"

该诗以繁星的永恒、璀璨、自由自在反衬人生的短暂和人世的黑暗、贫瘠，生动而深刻地写出了人的悲剧。列夫·托尔斯泰读后，于当年12月致信诗人："这首诗不仅无愧于是您写的，而且它写得特别好，那种哲理性的诗，我总算从您那里盼到了。最妙的是繁星在讲这些话。最后一节写得特别好。"

费特晚期的人生诗又可分为以下几类。

第一类，关于永恒、死亡。诗人深感人生短暂，自然永恒，且死亡又时时刻刻威胁着人，因此，他准备投降，甚至悲观地认为死才是永恒，如《死》：

> "我想活！"他勇敢无畏，声如洪钟，/"哪怕被欺骗！啊，就让我受欺诳！"/他没有想到，这是瞬刻即化的冰，/在它下面却是无底的海洋。//跑？跑往何处？哪里是真，哪里是假？/哪里是双手可以依靠的支撑？/不管鲜花烂漫，还是笑满双颊，/潜伏在它们之下的死总会大获全胜。//盲人寻路，却徒劳地凭依/瞎眼的领路人导向，/如果生是上帝喧哗的集市，那么唯有死才是他不朽的殿堂。

诗人深感，尽管人不想死而想活，但这只是一厢情愿而已，死神时刻在窥伺着人，并最终会大获全胜。因为生只不过是上帝喧哗的集市，喧嚣一时，十分短暂，死才是他不朽的殿堂。张耳认为，这是诗人抒发关于"意志"的思考的诗。抒情主人公认为，"死"是人"不朽的殿堂"。人这种个体就是显出"意志"的现象，而"意志"的唯一本质就是"欲求"，人的欲求是永远得不到最终满足的。人总是充满对生的渴望，大胆地喊道："我想活！哪怕被欺骗！"可是"他没有想到，这是瞬刻即化的冰，/在它下面却是无底的海洋"。这里令人联想到叔本华的一段议论："每一个体，每一张人脸和这张脸一辈子的经历也只是一个短短的梦了，是无尽的自然精神的短梦，常住的生命意志的短梦；只不过是一幅飘忽的画像，被意志以游戏的笔墨画在它那无尽的画幅上，画在空间和时间上，让画像短促地停留片刻，和时间相比只是近于零的片刻，然后又抹去以便为新的画像空出地位来。"两者所谈的都是人生的短暂、虚幻和无谓。叔本华认为，处在直接感觉支配下的个体，乃是意志的盲目欲求的表现。处于这样的感性世界里，个体会为生命而担忧。"我们所以怕死，事实上是怕个体的毁灭，死也毫无隐讳地把自己表现为这种毁灭。但个体既是在个别客体化中的生命意志自身，所以个体的全部存在都要起而抗拒死亡"。然而，理性把抒情主人公抬举到一个"较高的立场"上，在这里他的眼光所及"就不再是什么个别化而是总体的整个(问题)了"。这样一来，理性战胜了直感，领悟了事物的本质，即死只是个别时间现象上的时间终点罢了。人死了，他所秉有的意志却留了下来。所以诗的最后一段写道："盲人寻路，却徒劳地凭依/瞎眼的领路人导向，/如果生是上帝喧哗的集市，那么唯有死才是他不朽的殿堂。"

《微不足道的人》一诗写道：

> 我不认识你。我带着痛苦的哭喊/呱呱降生到你的世界。/人世生活的最初驿站，/对于我是那样痛苦又粗野。//希望透过婴儿的泪珠，/以骗人的微笑照耀我前额，/从此一生只是一个接一个的错误，/我不停地寻求善，找到的却只是恶。//岁月不过是劳碌和丧失的轮换交错，/(不全都一样吗：一天或许多时光)/为了忘掉你，我投身繁重

的工作，/眨眼间，你又带着自己的深渊赫然在望。//你究竟是谁？这是为什么？感觉和认识沉默无语。/有谁哪怕只是瞥一眼致命的底层？/你——毕竟只是我自己。你不过是/对我注定要感觉和了解的一切的否定。//我究竟知道什么？是该认清宇宙事物的背景，/无论面向何处，——都是问题，而非答案；/而我呼吸着，生活着，懂得在无知之中/只有悲哀，没有惊险。//然而，即便陷入巨大的慌乱之中，/失去控制，哪怕只拥有儿童的力量，/我都将带着尖喊投入你的国境，/从前我也曾同样尖喊着离岸远航。

诗人称自己是微不足道者，看透了人生的短暂、劳碌和痛苦（"岁月不过是劳碌和丧失的轮换交错"），知道即便投身于繁重的工作，死亡也丝毫不会放过自己，因此表示愿"带着尖喊"投入死亡。张耳认为，这首诗是费特一首重要的哲理抒情诗，诗的主题是生与死。生就是人来到这个具有时空形式的世界上。人一出生，便痛苦地呱呱哭喊，那是因为"人世生活的最初驿站，/对于我是那样痛苦又粗野"。不过，人会渐渐习惯于这个充满忧患和苦恼的平庸环境。尽管人生历程中错误不断，痛苦绵绵，可是人又总是紧抱希望，惧怕死亡之将至："我都将带着尖喊投入你的国境，/从前我也曾同样尖喊着离岸远航。"人何以怕死？无非是因为死会使他的个体消失，从单一转化为普遍。在生与死之间流动的人生是那么无谓、虚幻、短暂，如梦一般。人被"一个接一个的错误"跟踪着，热情地寻求"善"，却只找到"恶"，飞驰的岁月充满了"劳碌和丧失"。要忘记自己与那种原初本质的关系谈何容易，虽然这种本质是人的理性所难以悟识的。世上万物是按某些不变幻、非人所能认识的规律运行着的。对无穷的本质人是难能了解的，然而人感觉到自己与无穷的关系："你究竟是谁？这是为什么？感觉和认识沉默无语。/有谁哪怕只是瞥一眼致命的底层？/你——毕竟只是我自己。你不过是/对我注定要感觉和了解的一切的否定。"这个"你"就是对人的经验存在的否定。人被自身和外界的一些难以探究的秘密所包围，困惑莫解："我究竟知道什么？是该认清宇宙事物的背景，/无论面向何处，——都是问题，而非答案；/而我呼吸着，生活着，懂得在无知之中/只有悲哀，没有惊险。"诗人认为，人类世世代代都努力去悟识世界的精神，可都未能成功。每个时代都会提出一些问题，并尽力去解决，以求确立自己的理论，但也都失败了。所以诗人怀疑，人这种有限的存在到底能否建立关于无限的理论。

但费特又十分希望能融入永恒，获得不朽，如《五月之夜》：

> 掉队的最后一团烟云，/飞掠过我们上空。/它们那透明的薄雾，/在月牙旁柔和地消融。//头戴晶莹的繁星，/春天那神秘的力量统治着宇宙。——/啊，亲爱的！在这忙碌扰攘的人境，/是你允诺我幸福长久。//但幸福在哪里？它不在这贫困的尘世，/瞧，那就是它——恰似袅袅轻烟。/紧跟它！紧跟它！紧跟它凌空御虚——/直到与永恒溶和成一片！

列夫·托尔斯泰在 1870 年 5 月 11 日致诗人的信中畅谈了对此诗的感受："我激动得忍不住眼泪，这是一首罕见的诗篇，它不能增删或改动任何一个字。它是活生生的化身，十分迷人，它写得如此优美。"托尔斯泰还把这首诗背熟，时常回想它。据谢尔盖延科回忆，若干年之后，当托尔斯泰朗读这些诗句时，"声音常被眼泪打断"。然而，融入永恒只能是瞬间，这样费特便公开反抗死亡，如《致死亡》：

> 我曾在生活中昏迷不醒，因此了解这种感受，/那里结束了一切痛苦，只有甜蜜的慵倦醉意；/所以我毫不畏惧地把你等候，/漫漫难明的黑夜和永恒的床具！//哪怕你的魔爪已触及我的发尖，/哪怕你从生命簿上勾除我的姓名，/只要心在跳动，在我的审判面前，/我们旗鼓相当，可我将大获全胜。//你时时刻刻仍须服从我的意志，/你是无个性的幽灵，我脚下的影子，/只要我一息尚存——你不过是我的思绪，/和郁闷幻想的不可靠的小小玩具。

诗人宣称自己已看透了死亡，认为死亡不过是漫漫难明的黑夜和永恒的床具，因此挺身反抗，觉得自己会大获全胜。张耳指出，这首诗也是按照叔本华的观点对死的本质问题进行的思索。叔本华认为，死并不可悲，因为它所涉及的只是作为意志表现的个体，而非它的本质，个体的消失不会带走生命意志，自然界的整体不因为人的个体存在的消失而悲哀，因为人的种类是不变的。叔本华要求人们从哲学、从生命的理念来考察生与死的问题。他认为："诞生和死亡既属于意志显出的现象，当然也是属于生命的。生命，基本上就得在个体中表出，而这些个体是作为飘忽的，在时间形式中出现之物的现象而生而灭的。""意志既然是自在之物，是这世界内在的涵蕴和本质的东西；而生命，这可见的世界，现象，又都只是反映意志的镜子；那么现象就会不可分离地随伴意志，如影不离形；并且是哪儿有意志，哪儿就会有生命，有世界。所以就生命意志来说，它确是拿稳了生命的；只要我们充满了生命意志，就无须为我们的生存而担心，即令在看到死亡的时候，也应如此。"费特在这首诗中正是把死亡描写为梦。在这种梦里，只有"甜蜜的慵倦醉意"，而失去的则是"一切痛苦"。对于个体来说，"死"变成了"漫漫难明的黑夜和永恒的床具"。人作为个体只是显露于外的现象，它可以消失，而人的生命本质即"意志"本身，是不会消失的。抒情主人公面对死亡时，深感自己有不可战胜的自发生命力，他对生命信心十足："哪怕你的魔爪已触及我的发尖，/哪怕你从生命簿上勾除我的姓名，/只要心在跳动，在我的审判面前，/我们旗鼓相当，可我将大获全胜。"所以，死不过是一种"无个性的幽灵"，是主观表象罢了，没有什么实在性："你时时刻刻仍须服从我的意志，/你是无个性的幽灵，我脚下的影子，/只要我一息尚存——你不过是我的思绪，/和郁闷幻想的不可靠的小小玩具。"抒情主人公意识到"死"是虚幻的影子，而生命能领会意志而永驻于现在。一旦悟识到生命即意志的这一本质，人对死亡的恐惧感便可消除。抒情主人公领悟到个体作为现象是短暂的，而作为自在之物的生命意志是不受时间限制的，因而是永恒的。所以他战胜了对死的恐惧。在他眼里，"死"不过是"郁闷幻想的不可靠的小小玩具"而已。它只会吓唬一些弱者，但吓唬不了那些坚信生命意志的人。

第二类，关于生活的意义。由于人生短暂，自然永恒，而死亡又时时可能夺去人的生命，费特对生活颇为悲观。在《花炮》中，他认为人的一切努力像花炮飞腾到空中炸响一样，只是徒劳，人追随理想最终却落入死之黑暗，生活的意义是虚无：

　　我的心枉自熊熊燃烧，/却无法照亮漫漫黑夜，/我只在你面前腾冲云霄，/一路疾飞如箭，轰鸣不绝。//追随理想，却落入死之黑暗，/看来，我的命运便是紧抱幻想，/在高空，我浩然一声长叹，/化作点点火泪，洒向四方。

　　但他又深感如此悲观，生活便会毫无意义，因此，在《蝴蝶》一诗中他反对生活中的无目的、不努力，力求赋予生活积极的意义：

　　你说得对。我这样可爱，/就凭空中飞舞的姿态。/我全身的丝绒流光溢彩，/全靠双翅的节拍。//不要问我：来自何处？/又去向何方？/我轻轻地在这朵花上暂驻，/看，我在吸吮芳香。//既无目的，又不努力，/我这样活着，能否长久？/你看你看，身子一闪，张开双翅，/我又四处悠游。

　　在《我还在爱，还在苦恼……》一诗中，他更是宣称，"听命于太阳的金光，/树根扎进坟墓的深处，/在死亡那里寻求力量，/为的是加入春天的歌舞"，表现了积极的生活观。

　　第三类，关于自由。受西欧启蒙思想的影响，费特讴歌自由，赞美自由。在《诅咒我们吧……》一诗中，他宣称"自由是我们的无价奇珍"，在《致普希金纪念碑》一诗中他又借歌颂普希金表达了对自由的追求，称颂了自由的价值，但把希望寄托在沙皇身上：

　　自由诗篇的光荣作家，/我们听到了你的祈祷，人民的朋友：/沙皇一声令下，便会升起朝霞——自由，/红日东升，更将为你的青铜桂冠增添光华。

　　由于当时俄国社会黑暗、专制，自由遭到压制甚至扼杀，费特深感自由来之不易："你看——我们现在多自由，/但是，自由必须付出代价；/为了每一瞬间的放任自流，/我们付出了生命的代价。"（《自由和奴役》）进而，他甚至站在保守派的立场上嘲笑试图冲出牢笼、追求自由的人，如《鹌鹑》：

> 愚蠢的鹌鹑，你看，／一只山雀就在你身边，／它已完全习惯于铁笼，／安安静静，神态悠然。／／可你却总是把自由渴想，／用脑袋往铁笼上猛撞，／你不见，那铁柱上，／紧紧绷着一张网。／／小山雀早已歌声悠悠，／它丝毫不再为铁刺犯愁，／可你却仍然得不到自由，／只是跳撞出一个秃头。

诗中的鹌鹑就是试图冲出牢笼、追求自由者的象征，诗人以讥诮的笔调嘲弄他们只能像鹌鹑一样撞出秃头，而无法获得自由，倒不如像笼中的小山雀那样安于命运。

艺术诗。费特创作了不少题赠诗，其中许多涉及文学和艺术，我们权且把这些诗称为"艺术诗"。它们不仅在诗艺上技巧高明，而且也体现了诗人的审美感受、美学观点、艺术趣味乃至独特的见解。依其内容，大约可以分为三类。

首先，关于文学的诗歌。如《致列·尼·托尔斯泰伯爵——值长篇小说〈战争与和平〉出版之际》：

> 辽阔的大海啊，曾几何时，／你以自己那银灰色的法衣，／自己的游戏，使我心醉神夺；／无论波平浪静还是雨暴风横，／我都珍惜你那溶溶蔚蓝的美景，／珍惜你在沿岸礁岩上溅起的飞沫。／／但如今，大海啊，你那偶然的闪光，／就像一种神秘的力量，／并不总使我感到喜欢；／我为这倔强刚劲的美惊奇，／并面对这自然的伟力，／诚惶诚恐地浑身抖颤。

作为"纯艺术派"的领袖，费特虽然并不喜欢《战争与和平》的一切，尤其是其"倔强刚劲的美"与自己的柔美观念迥然不同，但他的艺术敏感告诉他，这是一部代表"自然的伟力"的杰作，因而，他较早地如实写出了对这一长篇巨著的感受——"诚惶诚恐地浑身抖颤"，充分表现了这一巨著丰厚复杂而又特别强大的艺术魅力。费特对文学不仅有独特的感受，而且有预见性，体现了一个艺术家敏锐的眼光，如《题丘特切夫诗集》：

> 这一份步入美之殿堂的通行证，/是诗人把它交付给我们，/这里强大的精神在把一切统领，/这里盈溢着高雅生活之花的芳馨。//在乌拉尔一带高原看不到赫利孔山，/冻僵的月桂枝不会五彩缤纷，/阿那克瑞翁不会在楚科奇人中出现，/丘特切夫决不会成为兹梁人。//但维护真理的缪斯/却发现——这本小小的诗册/比卷帙浩繁的文集/分量还沉重许多。

诗歌第二节先大量铺垫不可能的事情，然后笔锋一转，让这些铺垫作为反衬，从而相当有力地表现了丘特切夫诗集的艺术分量和重要价值。这首诗写于1883年12月，当时丘特切夫只在上层文学圈里有一定的影响，并未赢得广大的读者，时至今日，相隔100多年，公正的时间以事实证明了费特的预见。可见，费特的眼光是何等的敏锐与深邃。

其次，关于艺术的诗歌。这类诗主要写诗人对艺术和美的一种独特、细腻的感受，洋溢着诗人对艺术与美的热爱乃至崇拜之情，如《给一位女歌唱家》：

> 把我的心带到银铃般的悠远，/那里忧伤如林后的月亮高悬；/这歌声中恍惚有爱的微笑，/在你的盈盈热泪上柔光闪耀。//姑娘！在一片潜潜的涟漪之中，/把我交给你的歌声多么轻松——/沿着银色的路不停地向上浮游，/就像蹒跚的影子紧随在翅膀后。//你燃烧的声音在远处渐渐凝结，/如同晚霞在海外融入黑夜，——/却不知从哪里，我真不明白，/一片响亮的珍珠潮突然涌来。//把我的心带到银铃般的悠远，/那里忧伤温柔得好似微笑一般，/我沿着银色的路不停地飞驰，/仿佛那紧随翅膀的蹒跚的影子。

这首诗反复抒写了女歌唱家的歌唱带给自己的美的感受：它把诗人的心带到"银铃般的悠远"，使诗人"沿着银色的路不停地向上浮游"。其中，"你燃烧的声音在远处渐渐凝结，/如同晚霞在海外融入黑夜，——/却不知从哪里，我真不明白，/一片响亮的珍珠潮突然涌来"的艺术手法类似我国唐代诗人白居易《琵琶行》中的一段："大弦嘈嘈如急雨，小弦切切如私语。嘈嘈切切错杂弹，大珠小珠落玉盘。间关莺语花底滑，幽咽泉流冰下难。冰泉冷涩弦凝绝，凝绝不通声渐歇。别有幽愁暗恨生，此时无声胜有声。银瓶乍破水浆进，铁骑突出刀枪鸣。"此处不仅化听觉为视觉（融入黑夜的晚霞和珍珠潮），更有由"无声胜有声"的凝结和停歇到"响亮的珍珠潮"的高潮。又如《狄安娜》：

> 我透过树木，在碧澄澄的水面上，/看见了童贞女神的完整雕像，/她庄严而又华贵，全身赤裸，/她有高高隆起的宽阔的前额，/有一双长刷刷的浅色眼睛，/她屏息凝眸，一动不动，/这敏慧的女神雕像全神贯注，/倾听着少女们痛苦的祈祷语。/但晨风穿过树叶携着熠熠霞光——/女神那明丽的脸庞在水中晃漾；/我期望——她背着箭袋和弓箭快步奔出，/青枝绿叶间闪过她那白雪雪的胸脯，/凝望昏睡的罗马，古老的光荣之城，/浑浊的台伯河，大理石柱廊重重，/长而宽的广场……可这静穆的大理石雕，/只是在我面前让神秘的美银灿灿闪耀。

狄安娜是古罗马神话中的月亮和狩猎女神，也是贞洁处女之神，对应古希腊神话中的阿尔忒弥斯。这首诗细致生动地描写了狄安娜女神的雕塑之美。同时代的人很喜欢这首诗，对其评价很高。涅克索拉夫认为："这首诗令人赏心悦目，对它的任何评价都不过分。"屠格涅夫宣称："这首诗是杰作。"陀思妥耶夫斯基指出："这首诗的最后两句充满了强烈的生命力、苦痛和那种我们找不到任何比我们俄罗斯诗歌中更有力量、更有生命力的东西的想法。"

《米洛的维纳斯》写雕塑更是出色，而且使之具有普遍意义：

> 圣洁又无羁，/腰以上闪耀着裸体的光辉，/整个绝妙的躯体，/绽放一种永不凋谢的美。//精巧奇异的衣饰，/微波轻漾的发卷，/你那天仙般的脸儿，/洋溢着超凡绝俗的安恬。//全身沾满大海的浪花，/

遍体炽烈着爱的激情，/一切都拜伏在你的脚下，/你凝视着自己面前的永恒。

全诗描绘了举世闻名的雕塑《米洛的维纳斯》，表达了对美的无比崇拜之情。结尾尤妙，它不仅指出美是永恒的，而且"面前的永恒"又暗示这样的美把眼前的欣赏者也提升到了永恒的境界。费特在旅行随笔《国外》（1856—1857）中，讲述了他在卢浮宫面对维纳斯雕像时的惊叹："至于艺术家的想法，这里是没有的。艺术家不存在了，他已完全变成了一个女神。无论哪里也看不到蓄意的影子；您不经意间感受到的只有大理石在歌唱，女神在细语，而不是艺术家。只有那样的艺术才是纯粹而神圣的，其余的都是对艺术的亵渎。"艺术家在创作时，仿佛变成了女神。欣赏者在欣赏时同样被这惊人的美瞬间击中，从而进入美的永恒。费特这段话可以成为这首《米洛的维纳斯》的某种注释。

最后，关于语言的诗歌。在俄国诗歌中，茹科夫斯基较早认识到，语言难以传达独特真实的感受以及大自然那无可名状的美。在《难以表述的》一诗中他写道："在不可思议的大自然面前，我们尘世的语言能有何作为？"丘特切夫在《沉默》等诗中发展了茹科夫斯基对语言的思考，进一步从哲学的高度思考了语言的局限性问题，并指出"说出的思想已经是谎言"。费特也深感"语言苍白无力"（《我的朋友，语言苍白无力……》），"我们的语言多么贫乏！所思所想难以言传！"（《我们的语言多么贫乏……》）。但较茹科夫斯基、丘特切夫更进一步的是，费特找到了弥补语言表现不足的一些方法。

一是用音乐，如《请分享灵验的美梦……》：

请分享灵验的美梦，/对我的心细诉热忱，/如果用语言无法表明，/就用乐音对心灵低吟。

二是用诗或者说用诗人那富有弹性与象征意蕴的诗的语言，如《我们的语言多么贫乏……》：

我们的语言多么贫乏！所思所想难以言传！/对朋友的爱，对仇敌的恨，都有口难言，/一任它在胸中惊涛般雪浪卷云崖。/永恒的苦恼中心儿徒劳地困兽犹斗，/面对这命定的荒谬，/智者也只能把德高望重的头低低垂下。//诗人，唯有你，以长翅的语言/在飞翔中突然捕获并栩栩再现/心灵模糊的梦呓和花草含混的气味；/就像朱比特的神鹰为了追求无限，/离弃贫瘠的山谷，忠实的利爪间/携着一束转瞬即逝的闪电，向云霄奋飞。

此外，费特还运用象征的方式，来表达自己的艺术观点，如《山巅》：

高出云表，远离了山冈，/脚踏郁郁苍苍的森林，/你召唤凡夫俗子的目光，/追寻晶蓝天穹的碧韵。//你不愿用银白的雪袍/去遮蔽那朽壤凡尘，/你的命运是矗立天涯海角，/绝不俯就，而是提升世人。//衰弱的叹息，你无动于衷，/人世的愁苦，你处之漠然；/绵绵白云在你脚下漫漫飘萦，/好似香炉升起的袅袅香烟。

1876 年 5 月 3 日，费特在致列夫·托尔斯泰的信中宣称："为了要成为艺术家、哲学家，一句话，要站在高度上，就必须成为一个自由的人。"这首诗中的山巅就是永恒的美的象征，也是自由的艺术家的象征。他站在一定的高度上，远离凡俗红尘，对人世那些世俗的愁苦无动于衷，他的使命是提升世人，是召唤世人去追寻永恒的蓝天和美妙的天外世界。

又如《没完没了地空谈崇高和优美我深感乏味……》：

没完没了地空谈崇高和优美我深感乏味，/所有这些闲扯只会使得我呵欠连连……/我撇下这些书呆子，我的朋友，跑来与你聊上一会；/我知道，你这乌溜溜的聪慧眼睛里，/美好的东西多于千千万万部鸿篇巨制，/我知道，我能从你红嘟嘟的芳唇吸取生活的甘甜。/只有蜜蜂尝得到鲜花中深藏的甜蜜，/只有艺术家能从万有中感悟美的踪迹。

这首诗表达了两重意思：第一，讨厌空谈美，而强调亲身去感受美、欣赏美甚至创造美；第二，强调艺术家对美的敏感：只有他能在一切事物中感悟美的踪迹。费特在《论丘特切夫的诗》一文中的一些观点印证了这一点："艺术家所珍重的只是事物的一个方面：它们的美"，"艺术家在平常的眼睛看不出美的地方看到它，甩开对象的一切其他品质，在美上打上纯人类的印记，并求得普遍的理解"。

诗人在大自然中也随时发现和珍惜美，并把它转化为艺术之美，如《一棵忧郁的白桦……》：

> 一棵忧郁的白桦，/在我的窗前伫立，/严寒妙笔生花，/装扮她分外美丽。//仿佛葡萄嘟噜，/枝梢垂挂轻匀，/全身如雪丧服，/让人悦目欢心。//我爱看那霞光，/在她身上嬉戏，/真怕鸟儿飞降，/抖落这枝头俏丽。

白桦是俄罗斯广袤的国土上最常见的一种树，也是很美很可爱的一种树：既有杨柳的娇柔与婀娜多姿，也有青松的秀直与刚劲挺拔，阴柔美与阳刚美和谐完美地统一于它一身。它那秀劲挺拔的树干上，诗意般地围裹着一层厚厚的、白光闪闪的银色。就像中国人喜欢松竹梅、日本人热恋樱花、加拿大人钟情红枫，俄罗斯人酷爱白桦。他们在文学作品尤其是诗歌中从各个方面、不同角度一再地描绘白桦，歌咏白桦，赞美白桦，让白桦成为美的象征，成为俄罗斯的象征，成为具有多重人生意蕴的丰美形象。但对于白桦作为独立形象在俄罗斯诗歌中出现，费特功不可没，可以说正是本诗使白桦这一形象在俄罗斯诗歌中熠熠生辉。本来既婀娜多姿又秀劲挺拔的白桦经过严寒的装扮，再加上朝霞的锦上添花，更是美不胜收，以致诗人深恐鸟儿飞降，破坏了这一份难得的俏丽。全诗以自然清新的笔调表现了白桦的美，以及诗人的爱美深情。从此，白桦成为美的化身，频繁地出现于俄罗斯诗歌之中。[1] 值得一提的是，本诗对叶赛宁的名作《白桦》影响极大："在我的窗前，/有一棵白桦，/仿佛裹上银装，/披着一身雪花。//雪绣的花边，/缀满毛茸茸的枝杈，/一串串花穗，/如洁白的流苏垂

---

[1] 参见曾思艺：《俄罗斯诗歌研究》，526～531 页，北京，北京大学出版社，2018。

挂。//在朦胧的寂静中，/伫立着这棵白桦，/在灿灿的金辉里，/闪着晶亮的雪花。//徜徉在白桦四周的/是姗姗来迟的朝霞，/它向白雪皑皑的树枝，/又抹一层银色的光华。"（顾蕴璞译）当然，叶赛宁的白桦更加乐观，更具斗霜傲雪的俄罗斯性格。

费特有时还颇为大胆地描写当时人们还难以接受的一些生活中的美，如《女浴者》就颇为大胆地描写了女性的裸体美。

作为唯美派的代表人物，费特十分重视诗歌的艺术形式。他认为："诗歌和音乐不仅是亲属，而且还密不可分。"因此，他在这方面进行了多方面的探讨，如注意选择词的音响，注重音响的变化，利用语言和词的重复来增加诗歌的韵味，达到极佳的音乐效果，具有极强的音乐性和突出的音乐美。柴可夫斯基感叹道："费特在其最美好的时刻，常常超越了诗歌划定的界限，大胆地迈步跨进了我们的领域……这不是一个平平常常的诗人，而是一个诗人音乐家。"

费特也被称为"19 世纪俄国诗歌中最大胆的实验者"（苏霍娃）。由于长期对艺术形式的探索与追求，费特在诗歌创作中形成了独具的艺术特征，达到了较高的境界。

第一，情景交融，化景为情。大学时期费特醉心于谢林及黑格尔哲学。这种哲学是浪漫主义的哲学，它展开后是一种泛神论，再加上丘特切夫自然诗的影响，费特在其诗歌创作中便形成了一种情景交融的手法，表现为把自然视为一个有机体，把自然界人化，并且让自己每一缕情思都和自然界遥相呼应。例如，《第一朵铃兰》即把铃兰拟人化，让其祈求阳光，深藏欣悦，进而引发对春的遐思，最后一段，是写铃兰还是写少女，已浑然不可区分。又如，《蜜蜂》一诗写了大自然使诗人抛弃了忧郁和懒惰，情与景的交融更为明显：

> 忧郁和懒惰使我迷失了自己，/孤独的生活丝毫也不招人喜欢，/心儿疼痛不已，膝儿酸软无力，/芳香四溢的丁香树的每一细枝，/都有蜜蜂在嗡嗡歌唱，缓缓攀缘。//让我信步去到空旷的田野间，/或者彻底迷失在森林中……/在荒郊野外尽管处处举步维艰，/但胸中却似乎有一团熊熊火焰，/把整个心灵燃烧得炽热通红。//不，请等一等！

就在此时此地，/我与我的忧郁分手。稠李睡意酣畅，/啊，蜜蜂又成群地在它上方飞集，/我怎么也无法弄清这个谜：/它们究竟嗡嗡在花丛，还是在我耳旁？

全诗先写自己总是陷入孤独，在忧郁和懒惰中迷失了自己，然后写自己去到大自然中，看到辛勤劳作的蜜蜂，深受鼓舞，愿意抛开忧郁和孤独。德鲁日宁高度评价这首诗——"可以大胆地说，俄语中还没有这样表现春天的愉悦的作品"，并认为这首诗是费特诗歌中"最费特式的"一首。

在此基础上，诗人大胆推进一步，化景为情，让大自然的一切都化作自己的情感，成为描写自己感受的手段，从而达到类似于我国唐代诗人杜甫"感时花溅泪，恨别鸟惊心"的艺术境界。如《又一个五月之夜》：

多美的夜景！四周如此静谧又安逸！/谢谢你呀，午夜的故乡！/从寒冰的世界中，从暴风雪的王国里，/清新、纯洁的五月展翅飞翔！//多美的夜景！漫天的繁星，/又在温柔深情地窥探我的心灵，/伴随着夜莺的歌声，夜空中/到处飘漾着焦虑和爱情。//白桦等待着。它那半透明的叶儿/羞涩地撩逗、抚慰我的目光。/白桦颤抖着，仿佛新婚的少女，/对自己的盛装又是欣喜又觉异样。//夜啊，你那温柔又缥缈的容姿，/从来也不曾让我如此的着魔！/我不由得又一次唱起歌儿走向你，/这情不自禁的，也许是最后的歌。

在这里，天上的星星、地上的白桦都已具有人的灵性，充满诗人爱的柔情，景已化为情。列夫·托尔斯泰1857年7月9日在致鲍特金的信中评价本诗："费特的诗妙极了……如'伴随着夜莺的歌声，夜空中到处飘漾着焦虑和爱情'，真是妙极了！在这位好心肠的胖军官身上，哪儿来的这种令人不解的抒情的勇气和那种大诗人的特性呢？"

第二，意象并置，画面组接。中国古典诗歌中，有一种以意象并置和画面组接所构成的诗。所谓意象并置，是指纯以单个单词构成意象，并让一个个意象别出心裁地并列出现，而省略其间的动词或连接词，如"枇杷橘栗桃李梅"（汉武帝君臣《柏梁诗》），"鸦鸱雕鹰雉鹊鸥"（韩愈《陆浑山火和皇甫湜用其韵》），"朱张侯宛李黄刘"（柳亚子《赠姜长林老友》）。所谓画面组接，系借用电影术语，指以实体性的名词组成名词性词组构成画面，并让一个个画面巧妙地组接，产生新颖别致的艺术功效，如"妖童宝马铁连钱，娟妇盘龙金屈膝"（卢照邻《长安古意》），"云里帝城双凤阙，雨中春树万人家"（王维《奉和圣制从蓬莱向兴庆阁》），"浮云游子意，落日故人情"（李白《送友人》），"日月笼中鸟，乾坤水上萍"（杜甫《衡州送李大夫七丈勉赴广州》），"雨中黄叶树，灯下白头人"（司空曙《喜外弟卢纶见宿》），"凫雁野塘水，牛羊春草烟"（温庭筠《渚宫晚春寄秦地友人》），"楼船夜雪瓜洲渡，铁马秋风大散关"（陆游《书愤》），"烟柳画桥，风帘翠幕"（柳永《望海潮·东南形胜》），"杏花春雨江南"（虞集《风入松·寄柯敬仲》）。

这种手法的关键在于"语不接而意接"（方东树《昭昧詹言》），即在一系列表面上似乎全然无关的并置意象与组接画面间，以情意作为线索，一以贯之，使意象与意象、画面与画面之间似断而实连。如"鸡声茅店月，人迹板桥霜"（温庭筠《商山早行》），以代表 10 种景物的 10 个名词：鸡、声、茅、店、月、人、迹、板、桥、霜，构成 6 个实体性的名词组合：鸡声、茅店、月，人迹、板桥、霜，而以"道路辛苦，羁愁旅思"（欧阳修《六一诗话》）这种情意贯穿始终，使它既"不用一二闲字，止提缀出紧关物色字样，而音韵铿锵，意象俱足"（李东阳《怀麓堂诗话》），具有名词的具体感，意象的鲜明性，又简洁紧凑，密度很大，具有内涵的暗示性，审美的启发性——"状难写之景如在目前，含不尽之意见于言外"（《六一诗话》），引发读者强烈的美感与不尽的遐思。进而，诗人以意象并置与画面组接构成整首作品。不过，这在中国诗史上为数不多。较早的有王维的《田园乐七首》其五："山下孤烟远村，天边独树高原。一瓢颜回陋巷，五柳先生对门。"最著名的当推马致远的《天净沙·秋思》："枯藤老树昏鸦，小桥流水人家，古道西风瘦马。夕阳西下，断肠人在天涯。"他们主要采用两种组合方式。一种是异时空意象跳跃组合，构成大跳跃强对照，凸显主题与情意，如元好问《杂著》："昨日东周今日秦，咸阳烟火洛阳尘。百年蚁穴蜂衙里，笑煞昆仑顶上人。"一种是同时空意象并置，反复渲染，强化感情，如白朴《天净沙·春》："春山暖日和风，阑干楼阁帘栊，杨柳秋千院中。啼莺舞燕，小桥流水飞红。"这种手法在 20 世纪初期远渡重洋，对英美意象派产生了较大影响。他们对此大加运用，并称之为"意象叠加"，如庞德的《地铁车站》：

人群中这张张幽灵般的脸庞；/湿漉漉黑树干上的朵朵花瓣。①

这种方法超越了语言的演绎性和分析性，省略了有关的关联词语（如介词、连词之类），语言表现形态上往往打破常态的逻辑严密，有时甚至完全不合一般的语法规范，而仅以情意贯穿典型的意象与画面，充分体现了意象的鲜明性、暗示性与内涵的含蓄性，因而更符合诗歌的审美本质，但写作难度极大。由前可知，令人称道的名句佳作寥寥无几，而且以句为主，整首作品极少，甚至这极少的作品中还有些出现了动词，如马致远《天净沙·秋思》中有动词"下""在"，元好问《杂著》中则有"笑煞"。向以逻辑严密著称的西方语言要用此法难度更大。

英美意象派是在 20 世纪初受中国古典诗歌影响而采用此法的，而在俄国，19 世纪中后期的费特就在完全无所师法的情况下，根据表达的需要，立意创新，向语言规范与传统习惯大胆挑战，独具匠心地创作无动词诗，并且达到了颇为纯熟的境地。

费特的诗主要捕捉自己的瞬间印象，传达自己的朦胧感受。在普希金、莱蒙托夫、涅克拉索夫、丘特切夫等之后，费特另辟蹊径，力求表现非理性的内心感受，善于用细腻的笔触描写那难以言传的感觉，善于表现感情极其细微甚至不可捉摸的变化，因此，同时代诗人格里戈里耶夫称他为"模糊、朦胧感情的诗人"。的确，费特从来不想把一件东西、一个感受表现得过于清晰，而竭力追求一种瞬间的印象，一种朦胧的感受。因此，科罗文指出"力求借助瞬间的抒情迸发来表达'无法表述的'东西，让读者领会笼罩着诗人的情绪，这是费特诗歌的根本特性之一"，而要传神地表现这种瞬间印象、朦胧感受，必须有高超的艺术技巧和大胆的艺术创新。费特大胆地舍弃动词（苏霍娃指出："费特常常不只是避免行为的动词表达，直至进行了完全无动词的'实验'"），而以一个个跳动的意象或画面组接成一个完整

---

① 庞德这首名作，国内有多种译文，但大多出现动词，此处特根据英文原作，由曾思艺译出，以显示其"意象叠加"的神韵。

的大画面，让时间、空间高度浓缩，把思想、情绪隐藏在画面之中，以便读者自己去捉摸、去回味，然后甜至心上，拍案叫绝。这种大胆的艺术创新，从费特创作伊始的 19 世纪 40 年代初即已出现，并且保持终生。

1842 年，费特创作了两首这样的诗，其中一首是《这奇美的画面……》：

> 这奇美的画面，/对于我多么亲切：/白茫茫的平原，/圆溜溜的皓月，//高天莹莹的辉耀，/闪闪发光的积雪，/远处那一辆雪橇，/孤零零的奔跃。

这是一般俄国诗歌选均入选的名作。全诗由"白茫茫的平原，圆溜溜的皓月"，"高天莹莹的辉耀，闪闪发光的积雪"等趋于静态的意象组成优美的画面，然后再在这中间置入一个跳动的意象——远处奔跃的雪橇，从而让整个画面活了起来，收到了画龙点睛的艺术功效。这可能是费特最初的大胆探索，全诗基本上未出现动词，全由名词构成［"奔跃"俄文为"бег"，属动名词，兼有名词与动词双重功效，但以形容词"孤零零的"（одинокий）修饰，则完全名词化了］，但也出现了"对于我多么亲切"这样的句子。写于同年的另一首诗《夜空中的风暴……》则更成熟些：

> 夜空中的风暴，/愤怒大海的咆哮——/大海的喧嚣和思考，/绵绵无尽的忧思——/大海的喧嚣和思考，/一浪更比一浪高的思考——/层层紧随的乌云……/愤怒大海的咆哮。

这是为俄国形式主义理论家所津津乐道的一首名作。全诗以"风暴""大海""乌云"等意象组成一个跳动的画面，无一动词。诗人通过取消动词，而让人的思考与夜幕下暴风雨中大海的奔腾喧嚣并列出现又相互过渡，融为一体，突出了人的思考气势之盛、力量之大。

以上两首诗由于初步探索，显得稍有滞涩，不够圆熟。到 1850 年，这种艺术手法费特已得心应手，并臻于炉火纯青之境，如《呢喃的细语，羞怯的呼吸……》：

呢喃的细语，羞怯的呼吸，/夜莺的鸣唱，/朦胧如梦的小溪，/轻漾的银光。//夜的柔光，绵绵无尽的/夜的幽暗，魔法般变幻不定的/可爱的容颜。//弥漫的烟云，紫红的玫瑰，/琥珀的光华，/频频的亲吻，盈盈的热泪，/啊，朝霞，朝霞……

苏霍娃认为这首诗体现了这个时候诗歌创作的新特点：抒情情绪的强烈主观色彩、善于让词语充满鲜活的具体性同时捕捉新的泛音与意义上若隐若现的有细微差别的色彩或音调、敏锐地感受音乐的作用、情感发展的结构。我们认为，费特这首诗的突出的艺术特色是意象并置、画面组接。全诗俄文共有 36 个词，其中名词 23 个，形容词 7 个，前置词 2 个，连接词"和"重复了 4 次，最引人注目的是连一个动词也没有。有 15 个主语，却无一个谓语！一个短语构成一个画面，一个个跳动的画面构成全诗和谐优美的意境！列夫·托尔斯泰认为这是"大师之作"，"是技艺高超的诗作"，"诗中没有用一个动词（谓语）。每一个词语——都是一幅画"。俄国文学史家布拉果依写过一篇《诗歌的语法》来论述这首诗，认为这首诗是"俄国抒情诗的珍品之一"。全诗是一个大主格局，用一系列名词写出了内容丰富的画面：诗人未写月色，但用"轻漾的银光""夜的柔光"让读者体会到这是静谧的月夜。费特写爱情也像写月光一样，不特别点明，但读来自然明白。全诗洋溢着朦胧的意境，但一切又十分具体。小小一首诗，从时间角度看，仿佛只是瞬间，而实际上却从月明之夜一直写到晨曦的出现，包括整个夜晚到黎明，这正流露出恋人的心情：热恋的人不觉得时光的流逝。布拉果依论定费特的技巧高超在于他"什么也没有说，又一切都已说出，一切都能感觉到"。俄国著名评论家列夫·奥泽罗夫则认为费特此诗及此类诗的技巧"实际上向我们的文学提供了用文字表现的写生画的新方法"——赋予作品以更多动感的点彩法，并具体指出，费特对个别的现象一笔带过（呢喃的细语、羞怯的呼吸、夜莺的鸣唱），但这些现象却汇合在一个统一的画面中，并使诗句比费特以前其他大师作品中的诗句有更多的动感。他还指出："费特的语言使整个句子具有深刻的内涵，就像点彩画家的色点和色块一样……费特像画家一样工作。他绞尽脑汁，要让'每一个短语'都是'一幅图画'。诗人力求以最凝练的手法达到最为生动的表现。"这从另一角度——绘画的角度充分肯定了费特大胆、独特的艺术创新。

费特于 1881 年所写的《这清晨，这欣喜……》一诗更被誉为"印象主义最光辉的杰作"。它大胆创新，频繁跳跃，举重若轻，技巧圆熟，恰似庖丁解牛，游刃有余，郢匠斫垩，运斤成风，不愧为大师的扛鼎之作：

> 这清晨，这欣喜，/这白昼与光明的伟力，/这湛蓝的天穹，/这鸣声，这列阵，/这鸟群，这飞禽，/这流水的喧鸣，//这垂柳，这桦树，/这泪水般的露珠，/这并非嫩叶的绒毛，/这幽谷，这山峰，/这蚊蚋，这蜜蜂，/这嗡鸣，这尖叫，//这明丽的霞幂，/这夜村的呼吸，/这不眠的夜晚，/这幽暗，这床第的高温，/这笃笃啄木声，这呖呖莺啼声，/这一切——就是春天。①

在这里，各种意象纷至沓来，并置成一个个跳动的画面，时间、空间融为一体，无一动词，而读者的感觉却是如行山阴道中，目不暇接。那急管繁弦的节奏，一贯到底的气势，充分展示了春天丰繁多姿、新鲜活泼的种种印象对人的强烈刺激以及诗人在此刺激下所产生的类似"意识流"的鲜活感受。"这……"一气从头串联至尾，既形成大度的、频繁的跳跃，又使全诗的意象以排比的方式互相连成一体，既是内在旋律的自然表现，又是从外部对它的加强。本诗的押韵也极有特色（译诗韵脚悉依原作）：每一诗节变韵三次（第一、第二句，第三、第六句，第四、第五句各押一种韵），体现了全诗急促多变的节奏；第三、第六句的韵又把第四、第五两句环抱其中，在急促之中力破单调，相互衔接，使多变显得有序。全诗三节，每节如此押韵，就更是既适应了急管繁弦的节奏，又使诗歌音韵在整体上多变而有规律，形成和谐多变的整体动人韵律，并对应于充满生机与活力、似多变而和谐的大自然的天然韵律，使音韵、形式、内容有机地融合成完美的整体。这首诗充满了光明与欢乐，充分表现了自然万物在春天苏醒时欣欣向荣的生机与活力，格调高昂，意境绚丽，意象繁多而鲜活，画面跳跃又优美，韵律多变却和谐，是俄国乃至世界诗歌中的瑰宝。

---

① 本章中所引用的所有费特诗歌均为曾思艺译。

第三，词性活用，通感手法。当费特之时，普希金、莱蒙托夫、巴拉丁斯基、丘特切夫等几位大师已达俄国乃至世界诗歌的高峰，在抒情与哲理、自然与人生乃至诗歌技巧方面取得了令人瞩目的艺术成就。而在文学艺术的王国里，循规守旧者是毫无立足之地的。要想在文学史上留下一席之地，必须大胆创新。费特从创作伊始，即已有较为明确的创新意识。是他，把情景交融推进一步——化景为情，在自然界拟人化这一点上比丘特切夫更大胆；是他，独具匠心地运用意象并置、画面组接构成优美的意境，凝练而含蓄地传达自己的瞬间印象和朦胧感受以及难以捉摸的情思；也是他，在语言上勇于创新，大量运用词性活用，通感手法。

费特在诗中多处活用词性，或故意把词的本义和转义弄得模糊不清，让人猜测，以增加诗歌的韵味，如"那细柔的小手暖烘烘，那眼睛的星星也暖烘烘"（《是否很久了，我和她满大厅转动如风……》），"她的睡枕热烘烘，慵倦的梦也热烘烘"（《熠熠霞光中你不要把她惊醒……》），或大胆采用一些人所不敢用的词语修饰另一些词语（如形容词、名词、动词），从而达到出人意料的目的，如"童贞的欣悦""馥郁的纯洁""羞怯的哀伤""郁郁的倦意""响亮的花园""如此华丽地萧飒凄凉"。费特也常常采用通感手法，把外部世界与内心世界融为一体，把各种感觉糅合起来，如"温馨的语言"，化感觉为感觉；"消融的提琴"，化听觉为视觉；"脸颊红润的纯朴"，化无形为有形。费特还往往把词性活用与通感手法结合在一起，如《给一位女歌唱家》的第一段：

> 把我的心带到银铃般的悠远，/那里忧伤如林后的月亮高悬；/这歌声中恍惚有爱的微笑，/在你的盈盈热泪上柔光闪耀。

整个这一段通感手法与词性活用交错糅合，达到水乳不分的境地。"忧伤如林后的月亮高悬"，既是通感（化无形为有形，感觉变视觉），又是词性活用（"忧伤高悬"），而第一句中此手法应用得更是出神入化："银铃般的悠远"，既属词性活用（以"银铃般的"修饰"悠远"）与通感手法（把"悠远"化为"银铃般的"，变无形为有形），又非常生动地把主客体融为一体——歌唱家的歌声是如此优美动人，听者沉醉其中，只觉茫茫时空、人与宇宙均已融合为一种"悠远"（"悠远"既可指时间长，也可指空间广），当然这"悠远"因歌唱家歌声之圆润优美而是"银铃般的"。于是听者摆脱了滚滚红尘中千种烦恼、万般苦闷，进入了艺术与美的殿堂，进入了人与宇宙合一的境界。在那里，忧伤也美得好似月亮一般，忧伤与微笑、热泪与柔光和谐地统一在一处。又如，"但有些日子也这样：/秋天在金叶锦衣的血里，/寻觅炽热的爱的游戏，/寻觅灼灼燃烧的目光"（《秋天》）。在这里，诗人利用词性活用与通感手法，把秋天黄灿灿的叶子如锦衣般盛装打扮的树林——"金叶锦衣的林"说成"金叶锦衣的血"，把秋天还有的夏日余温说成秋天在"血"里寻觅"炽热的爱的游戏"，寻觅"灼灼燃烧的目光"，从而使主客观完全契合，并深入非理性的世界，直探进秋之生命的深处，也触动了人的灵魂深处。

综上所述，费特作为"纯艺术派"的代表人物，创造了不少反映人生、爱情、自然、艺术诸方面的杰作和美的艺术精品，为俄国乃至世界各国的读者提供了具有高尚情感、突出美感的精神食粮，并且在艺术形式方面多有创新，影响了俄国象征派、叶赛宁、普罗科菲耶夫以及"静派"诗人等。费特不愧为俄国乃至世界诗坛的一位诗歌大师，对他的译介和研究应更进一步深入。

参考资料

［俄］嘉丽娜·阿斯纳诺娃：《我的心迎面向你飞去——档案文件中的费特婚姻史》，载《新世界》，1997(5)。

［俄］奥泽罗夫：《诗和画的语言——评论阿·阿·费特的诗〈呢喃的细语，羞怯的呼吸〉》，周如心译，载《俄苏文学》，1990(2)。

［俄］布赫施塔布：《费特生平与创作概述》，列宁格勒，1974。

［苏联］布拉果依：《作为美的世界——关于费特的〈黄昏之火〉》，莫斯科，1975。

［俄］德鲁日宁：《费特的诗》，载《读者文库》，1856(5)。

［俄］科洛文：《19世纪俄国诗歌》，莫斯科，1997。

［俄］瓦·科日诺夫：《俄罗斯诗歌：昨天·今天·明天》，张耳节译，载《外国文学动态》，1994(5)。

［俄］罗森布吕姆：《费特与"纯艺术派"诗学》，载《文学问题》（莫斯科），2003(2)。

［俄］普拉什克维奇：《诗人音乐家——费特》，见［俄］阿方纳西·费特：《在星空之间——费特抒情诗选》，谷羽译，桂林，广西师范大学出版社，2014。

［俄］苏霍京：《费特与叶莲娜·拉兹契》，别尔格拉德，1933。

［俄］苏霍娃：《俄罗斯抒情诗大师》，莫斯科，1982。

［俄］苏霍娃：《生命的天赋》，莫斯科，1987。

《托尔斯泰文学书简》，章其译，长沙，湖南人民出版社，1984。

徐稚芳：《俄罗斯诗歌史》，北京，北京大学出版社，2002。

张耳：《费特的晚期哲理诗与叔本华的"意志论"》，见《外国文学研究集刊》第 16 辑，北京，中国社会科学出版社，1994。

曾思艺：《俄罗斯诗歌研究》，北京，北京大学出版社，2018。

［俄］费特：《自然·爱情·人生·艺术——费特抒情诗选》，曾思艺译，北京，中国友谊出版公司，2013。

第十一章　陀思妥耶夫斯基：
　　　　　探索人性与心理的大师

陀思妥耶夫斯基是一个写俄国城市下层平民和罪犯心理的高手，同时又是一个具有深刻的基督教思想的作家。高尔基曾指出："托尔斯泰和陀思妥耶夫斯基是两个伟大天才，他们以自己的天才的力量震撼了全世界，使整个欧洲惊愕地注视着俄罗斯，他们两人足以与莎士比亚、但丁、塞万提斯、卢梭和歌德这些伟大人物并列。"他是俄国文学史上最复杂、最矛盾的作家之一，有人说："托尔斯泰代表了俄罗斯文学的广度，陀思妥耶夫斯基则代表了俄罗斯文学的深度。"时至今日，在西方，作为对人性和心理有着极其深刻探索的文学大师，陀思妥耶夫斯基因其更具现代性与深刻性，其文学地位和影响甚至超过托尔斯泰。

一、曲折的经历，深刻的作品

费奥多尔·米哈伊洛维奇·陀思妥耶夫斯基（1821—1881），1821年11月11日出生于莫斯科一个医生家庭，在七个孩子中排名老二。其远祖是立陶宛的贵族，祖父是一位神职人员。父亲米哈依尔·安德烈耶维奇是莫斯科一家贫民医院的医生，1828年获得贵族称号，性格暴躁、多疑、忧郁。母亲玛丽娅·费多罗芙娜随和、善良、温柔，同时又十分干练、机敏，对宗教有一种狂热的虔诚。哥哥米哈依尔·米哈伊洛维奇，长他一岁，兄弟二人，志趣相同，曾一起学习、创作、办刊物。陀思妥耶夫斯基于1834年进入莫斯科契尔马克寄宿中学读书，1837年进入彼得堡高等军事工程学院学习。1843年毕业，获准尉军衔，被派往彼得堡工程兵团工程局绘图处任职。一年后，他主动辞职，专门从事文学创作。

　　陀思妥耶夫斯基从小就受到很好的家庭教育。在 12 岁以前,他就已读完《司各特全集》,这为他以后走上文学道路奠定了良好的基础。早在中学时代,陀思妥耶夫斯基阅读了大量的俄国和外国文学名著,普希金、莱蒙托夫、茹科夫斯基、克雷洛夫、巴尔扎克、雨果、乔治·桑、司各特、席勒等人的代表作品更是为他所爱不释手。在高等军事工程学院,他不仅继续大量阅读俄国和外国文学名著,对果戈理产生了浓厚的兴趣,而且开始了文学创作——写作了历史悲剧《玛丽亚·斯图亚特》和《鲍里斯·戈杜诺夫》。1846 年,他发表书信体小说《穷人》,受到诗人涅克拉索夫和批评家别林斯基的高度评价,一举成名,在文学界引起了注意。但从《双重人格》发表后,别林斯基对他转向心理探索强烈不满,彻底否定,痛加批评。只有著名诗人和画家迈科夫的弟弟——文学批评家瓦·迈科夫(1823—1847)理解他,并且撰文力挺他:“果戈理和陀思妥耶夫斯基描写当前存在的社会,但是果戈理是杰出的社会诗人,而陀思妥耶夫斯基是杰出的心理诗人。对前者而言,个体的意义在于代表一个特定的社会或特定的群体;对后者来说,社会本身的意义在于它对生活在其中的每一个个体的性格养成的影响……陀思妥耶夫斯基用惊人的艺术手段,描写了俄国社会,但这仅仅是背景,并完全被心理意义的趣味所吞噬。”他进而指出:“在《双重人格》中,他深深地穿透了人类的灵魂,他无畏无惧地进入了人类诡秘的情感、思想和行动。”

　　1849 年,因参加俄国最早的进步知识分子革命组织——彼特拉舍夫斯基(1821—1866)小组,陀思妥耶夫斯基被沙俄政府逮捕,并被判处死刑,临行前几分钟获得沙皇的赦免,改为流放:先是在鄂木斯克要塞监狱服苦役四年(1850—1854),接着被派到塞米巴拉金斯克的西伯利亚第七常备营当了五年列兵(1854—1859)。[①]

　　近十年的流放既摧残了他的肉体,使他本来就患有的癫痫病明显地加剧;又动摇了他的革命信念,使他的思想出现了根本性转变,逐渐形成一种“土壤派”(一译“根基派”)理论。“土壤派”是 19 世纪 50 年代在俄国形成的

---

　　① 著名作家茨威格的叙事诗《壮丽的瞬间》,专门写这件事对作家的影响,参见《茨威格文集》第 1 卷,611~620 页,西安,陕西人民出版社,1998。

一个文学批评流派，代表人物为陀思妥耶夫斯基、格里戈里耶夫、斯特拉霍夫(1828—1896)。对俄罗斯命运的关怀和对俄罗斯民族精神的信念将他们团结起来，他们以陀思妥耶夫斯基兄弟创办的大型文学政治杂志《当代》(1860—1863)和《时代》(1864—1865)为中心和阵地，既反对革命民主主义者的唯物主义美学，又反对"纯艺术派"的唯美主义理论，认为俄国社会的动荡不安和道德信念的沦丧在于俄国有教养的知识阶层长期脱离人民这一根基，出路在于知识分子必须与人民结合，吸取俄罗斯民族性格的根本因素——虔诚的基督教博爱精神和忠君思想，这样才能使俄国社会各阶层克服内部的矛盾冲突和信仰危机，重振俄国的经济文化，甚至为陷于道德精神危机的西欧社会指明新的出路。他们认为，真正的艺术永远能促进社会的道德进步和个人的道德完善，永远是人民的和民主的艺术，而普希金是俄罗斯精神和俄罗斯民族性格的最完美的体现者。简言之，这一理论认为有文化的上层已经脱离了人民，人民也不接受贵族革命家的理想，所以俄国不具有接受革命宣传的"土壤"，解决俄国问题的出路在于人民忍耐、顺从和笃信宗教，或者正如米尔斯基所说，俄国知识社会的救赎之路只能是重建与民众的联系，接受民众的宗教理想。

1859年12月，陀思妥耶夫斯基获准回到彼得堡，开始全身心地投入创办报刊和文学创作之中，创作出许多优秀的作品。但他过的却是十分辛劳的生活。1864年4月他的第一任妻子患肺病去世，接着又是哥哥因病辞世，《时代》杂志由于亏损严重也被迫停刊。一连串的不幸接踵而来，陀思妥耶夫斯基只能靠昼夜笔耕来还债。长期劳累影响了他本就不太好的身体，1881年1月28日陀思妥耶夫斯基与世长辞。

陀思妥耶夫斯基一生经历坎坷，直到34岁，还没有谈过恋爱，在四年苦役后，他认识了玛丽娅。她比他小4岁，是个神经质的女人，情绪变化无常，动辄伤感落泪。1857年他们结婚，但婚姻相当失败，1861年二人分居。1864年4月玛丽娅死于肺病，陀思妥耶夫斯基在她死后，全心全意地抚养她和前夫的儿子。1862年秋，女大学生阿波利纳里娅爱上了作家，她比陀思妥耶夫斯基小20岁，十分崇拜大作家的才气。她极其独立，聪明而高傲，自尊心很强，以自我为中心，且不受传统道德观念约束，她希望作家离婚，和她结合，但他声称妻子有病，不能这么做。在玛丽娅去世后，

阿波利纳里娅坚决地拒绝了作家的求婚，1866 年二人分手。后来阿波利纳
里娅嫁给了作家罗扎诺夫(一译洛扎诺夫)。以上情感经历，使作家饱受折
磨，备尝艰辛。1866 年 10 月，作家终于苦尽甘来，与速记员安娜·格里戈
里耶夫娜·斯尼特金娜(1846—1918)产生了爱情，并且在结婚后有了幸福
的家庭生活，尤其是不再需要为还债而匆忙写作。安娜比陀思妥耶夫斯基
小 25 岁，善良、温柔、贤惠，在帮助作家速记小说时与他相爱，婚后也很
有管家理财的才能。他们共同生活了 14 年，生下了一儿一女。作家死后，
35 岁的安娜把后半生全部用于整理、出版他的文稿和全集，动员他的朋友
为他写传记，并且自己也写作回忆录。1906 年，收集了有关陀思妥耶夫斯
基的五千多种书目后，安娜在莫斯科历史博物馆开辟了陀思妥耶夫斯基手
稿、遗物和肖像展室，还创建了陀思妥耶夫斯基中学。①

　　陀思妥耶夫斯基一生致力于文学创作，作品思想深刻，艺术成就很高，
其中长篇小说 7 部，包括《被欺凌与被侮辱的》(1861)、《死屋手记》(1861—
1862)、《罪与罚》(1866)、《白痴》(1868)、《群魔》(一译《鬼》，1871—1872)、
《少年》(1875)、《卡拉马佐夫兄弟》(一译《卡拉马卓夫兄弟》，1880)；中短
篇小说 20 多篇，包括《穷人》(1846)、《双重人格》(1846)、《普罗哈尔钦先
生》(1846)、《九封信的故事》(1847)、《女房东》(1847)、《波尔宗科夫》
(1848)、《脆弱的心》(1848)、《别人的妻子和床下的丈夫》(1848)、《诚实的
小偷》(1848)、《枞树晚会和婚礼》(1848)、《白夜》(1848)、《涅托奇卡·涅
兹万诺娃》(1849)、《小英雄》(1857)、《舅舅的梦》(1859)、《斯捷潘齐科沃
村的居民》(1859—1860)、《一件糟糕的事》(1862)、《冬天记的夏天印象》
(1863)、《地下室手记》(1864)、《鳄鱼》(1865)、《赌徒》(1866)、《永恒的丈
夫》(1869)、《豆粒》(1873)、《一个温顺的女人》(1876)、《一个荒唐人的梦》
(1877)等。

　　陀思妥耶夫斯基一生的创作，大体可分为以下三个阶段。

　　第一阶段，初入文坛(1844—1849)。这是从学习走向独创的时期，主
要学习普希金、果戈理和席勒，尤其是霍夫曼和爱伦·坡，主要有中短篇

---

① 关于陀思妥耶夫斯基的三次爱情，可参见[美]马克·斯洛尼姆：《灵与肉的炼狱——陀思
妥耶夫斯基的三次爱情》，吴兴勇译，长沙，湖南人民出版社，1988。

小说《穷人》《双重人格》《普罗哈尔钦先生》《九封信的故事》《女房东》《波尔宗科夫》《脆弱的心》《别人的妻子和床下的丈夫》《诚实的小偷》《枞树晚会和婚礼》《白夜》《涅托奇卡·涅兹万诺娃》。这是作家的创作初期，是学习、探索的阶段，也是其精力旺盛、才思泉涌的阶段，作家一生所创作的 20 多篇中短篇小说，有将近一半创作于此时期。

从创作伊始，作家就表现出两个鲜明的特点：一是关注"小人物"，二是注意探索复杂的人性。这在早期又主要表现为注重人物心理的描写，尤其重视不同条件下"小人物"的心理变化。这两个特点，他保持了终生并在后来的创作中有深入的发展。

"小人物"这一主题在俄国文学中有着悠久的传统。"小人物"最早通常是指那些地位低微、生活贫困的小官吏。19 世纪初，普希金在《驿站长》中首开"小人物"主题的纪录，果戈理、陀思妥耶夫斯基、契诃夫等继续发展了这一主题，使之成为俄罗斯文学中的一大特色，表现了俄罗斯作家的民主性。从总体上看，这些"小人物"形象具有某些共同的典型特征：外表平凡，年龄在 30 岁到 50 岁，资质平庸，家境贫寒；与他们敌对和发生冲突的对象，则是整个上流社会或者侮辱欺凌他们的强者；专制制度的统治和官僚的欺压、他们自身的性格原因等，往往是造成他们不幸的根源；他们生活理想破灭，命运多舛，常常遭受天灾人祸，结局悲惨。

普希金的《驿站长》以同情的态度描写了驿站长维林备受欺辱和悲惨死去的命运，拉开了俄国文学描写"小人物"命运的序幕，对后来的俄国作家影响很大。果戈理继续发展了这一主题。其《狂人日记》的主人公波普里辛作为沙俄政府机关的小职员，生活于贫困之中，饱受官员们的欺凌，他没有人格尊严，爱情也是镜花水月，最终他疯了。小说通过对主人公的遭遇及其发疯原因的深刻描写，揭露了以官衔权势为中心的社会中"小人物"饱受摧残的极其悲惨的命运。《外套》有更大的推进，围绕新外套的得到与失去，描写了小公务员阿卡基·阿卡基耶维奇卑微的一生。小说深刻有力地写出了"小人物"内心的希冀与痛苦，表现了深厚的人道主义精神，对此后俄国文学的发展有很大的影响。

陀思妥耶夫斯基则在普希金、果戈理的基础上继续推进和发展。

首先是"小人物"范围的扩大。如前所述，普希金、果戈理的"小人物"

都是小官吏，陀思妥耶夫斯基小说的"小人物"最初也大多是小官吏，如《穷人》中的杰武什金、《双重人格》中的高略德金，后来慢慢演变成平民知识分子，如《白夜》中的"我"，更明显的是《罪与罚》中的拉斯科尔尼科夫等人。

其次是"小人物"类型也更加丰富。具体来看，其笔下的"小人物"大体可分为六种类型。

第一类是脚踏实地、精神高尚的"小人物"。这类"小人物"脚踏实地而又有着丰富的精神世界，心地善良，富有同情心和人的尊严，以《穷人》中的杰武什金为代表。

《穷人》是书信体小说，以老公务员杰武什金和一个沦为妓女的年轻姑娘瓦尔瓦拉·陀勃罗谢洛娃往来的书信构成。瓦尔瓦拉原是一公爵领地总管的女儿，父母双亡后，在远亲安娜·费多罗芙娜的逼迫下，沦为妓女。杰武什金是彼得堡的一个小公务员，平民出身，没有受过良好的教育，思想保守，安于天命，忠于职守。他有自己的人格，有自己的精神生活，有平等的意识，心地善良，对下层贫困的人们有深厚的同情心。他对瓦尔瓦拉的遭遇极为同情，尽管自己也愁吃愁穿，仍倾其所有，以远亲关系为借口，想尽办法把她救了出来，并不断接济她。杰武什金在经济上勉强能自足，稍有不慎，就会坠入难堪的境地，但他为了拯救贫苦的姑娘瓦尔瓦拉，不惜省吃俭用，自己搬到贫民窟，甚至租住别人的厨房，为能照顾这个孤女而感到安慰。后来他更加贫困，受到官僚老爷们的揶揄和欺凌，瓦尔瓦拉走投无路，不得不嫁给了曾经毁灭她青春的地主贝科夫，离开了世界上唯一爱她的杰武什金。通过杰武什金这一形象，小说主要揭示了"小人物"丰富的精神世界及其作为人的尊严（米川正夫指出，《穷人》在当时的俄国文学中是一种启示，在杰武什金这不体面的"写字的机器"身上，表现出了他隐藏的丰富的人间情味，真实的爱情和伟大的自我牺牲精神）。小说写出了穷人虽然穷，但有自己的人格尊严，尤其是写出了穷人有着"无限善良的灵魂和温柔的心"，更写出了穷人的深层复杂心理（如自卑、滑稽、怯懦甚至爱慕虚荣），从而大大推进了普希金、果戈理对穷人的描写。

第二类是富于幻想、善良而又极其脆弱的"小人物"，代表是《脆弱的心》中的主人公瓦夏。十分贫穷且对爱情长期渴望的瓦夏，最后竟因得到所爱的人应允的爱情和婚姻而被过于强烈的幸福变成了疯子。

　　第三类是有野心但又过于懦弱的"小人物"。这类人地位较高，经济状况不错，有野心但又过于懦弱从而导致悲剧，代表是《双重人格》中的高略德金。《双重人格》（又译《化身》《同貌人》《孪生兄弟》）的主人公高略德金是一个小公务员，他看上了上司的女儿，而且自以为很有希望攀上这门婚事，不料最后成为乘龙快婿的竟是善于吹牛拍马的同事，绝望之余他陷入精神分裂。在上司女儿过生日时，高略德金设计暗算情敌，遭到失败。第二天，他的"同貌人"小高略德金坐到了他对面的办公室里，也是九品文官，两人从此展开了荒诞不稽的交锋，他无法做到的事情，小高略德金如鱼得水，结果大高略德金最终进了疯人院。小高略德金实际上是大高略德金内心世界阴暗面的化身。高略德金一心想爬入上流社会，但又没有能力做到，心里很矛盾，性格懦弱，在几次失败后就彻底崩溃了。约瑟夫·弗兰克指出，这部小说打破了《穷人》中杰武什金的贫穷与自尊的联系，转而强调后者。他的关切越发内在，关注高略德金对自己身份的认定，但又不可避免地将他置于现有的、固定的社会秩序之中。作家的主题越来越强调体制对个人内心的破坏作用。

　　第四类则是担心地位不稳固而一味吝啬的"小人物"，代表是《普罗哈尔钦先生》中的同名主人公。普罗哈尔钦由于担心地位不稳固，因此节衣缩食，遭人鄙视，死后却被发现在其床垫中竟然藏有二千四百九十七卢布五十戈比！

　　第五类是被生活压垮的"小人物"，代表是《波尔宗科夫》中的同名主人公、《诚实的小偷》中的主人公。波尔宗科夫还没有完全被生活压垮，尽管他靠扮演丑角在有钱人那里混一口饭而活着，但他偶尔还能瞅准机会给折磨他的人以反击。《诚实的小偷》的主人公被人藐视，失去职务以后，就完全失去了生活的勇气。

　　第六类是耽于幻想的"小人物"，代表是《女房东》中的奥尔登诺夫，尤其是《白夜》中的幻想知识分子人物"我"。

　　《白夜》写主人公"我"和一个少女娜斯晶卡在彼得堡夏至的白夜期间四个夜晚的交往。自幼父母双亡、与奶奶相依为命的天真无邪的少女娜斯晶卡爱上了年轻的房客，后来房客要去莫斯科，姑娘向他表达了爱慕之情，并且带好了替换的衣服，要跟他一起走。房客劝住了她，并答应她，一年后他一定会来，到时如果姑娘不改变，他就向她奶奶提亲。一年后，到了约定的时间，姑娘就在河岸边凭栏等候。但房客没有来，她和整天沉溺于幻想的"我"邂逅。"我"出于同情，给了她安慰和帮助，甚至和她一起等候，"我"也在这过程中感受到了自己的真正存在。接连等了四夜，也不见房客到来。当绝望的姑娘准备投身"我"的怀抱的时候，房客赶到了。于是姑娘立刻奔向房客。小说叙述了一个孤独纯真的幻想家与同样孤独纯真的少女娜斯晶卡之间一段短暂却充满诗意、优美迷人、浪漫感伤的爱情故事。其在陀思妥耶夫斯基的创作中独具韵致，是难得的佳作。约瑟夫·弗兰克称之为"迷人"的作品，并指出："'迷人'这个词，一般不用来评价陀思妥耶夫斯基的文学作品，但他的确是多才多艺的人，足以在个别时候把握这种难以捕捉的特质。《白夜》不同于他早期作品中的悲喜剧和讽刺作品，以其明亮的色彩、精致的语言和对春日少年情感氛围以及善意戏仿的典雅和机智，独立于世。"

总体来看，这类"小人物"心地善良，富于同情心，富于激情和艺术感，但一味脱离现实，沉迷于幻想之中。值得一提的是，陀思妥耶夫斯基早期一再探索幻想家（一译"梦想家"）的性格与心理，在《女房东》（首开纪录——约瑟夫·弗兰克指出："《女房东》中，陀思妥耶夫斯基第一次描写了梦想家形象"）中有主人公奥尔登诺夫，《脆弱的心》中有阿尔卡季，《白夜》中有"我"。这类形象后来发展成陀思妥耶夫斯基创作中著名的高尚的幻想家形象系列，主要有梅什金（《白痴》）、阿辽沙（《卡拉马佐夫兄弟》）等。这是作家塑造的正面美好人物，他们胸怀磊落、大公无私、没有贪欲，同情一切孤苦伶仃的人，以情感和心灵为生活的指南，摈弃物质享受，号召宽恕、顺从和忍耐。他们幻想拯救人类，然而又无能为力，救不了生活在黑暗中的任何人，并且自己的理想也在现实生活面前幻灭。他们共同的特征是具有博爱精神和堂吉诃德式的性格特征，勇于自我牺牲。他们贫穷而病态，有时甚至因理想破灭而精神分裂。

最后，按巴赫金的说法，陀思妥耶夫斯基描绘的是"小人物"的自我意识。"在果戈理视野中展示的构成主人公确定的社会面貌和性格面貌的全部客观特征，到了陀思妥耶夫斯基笔下便被纳入了主人公本人的视野，并在这里成为主人公痛苦的自我意识的对象，甚至连果戈理所描绘的'贫困官吏'的外貌，陀思妥耶夫斯基也让主人公在镜子里看到而自我欣赏……我们看到的不是他是谁，而是他是如何认识自己的。面对我们的艺术视觉，已经不是主人公的现实，而纯粹是他对这一现实认识所起的作用。这样，果戈理的主人公就变成了陀思妥耶夫斯基的主人公。""陀思妥耶夫斯基好像是实现了一场小规模的哥白尼式变革，把作者对主人公的确定的最终的评价，变成了主人公自我意识的一个内容。"

陀思妥耶夫斯基早期除了大量描写"小人物"外，还塑造"行善的恶棍"（伪善地充当弱者庇护人）形象，如《穷人》中的地主贝科夫、《枞树晚会和婚礼》中的尤利安、《涅托奇卡·涅兹万诺娃》中的彼得·亚历山大罗维奇，这类形象后来发展为《罪与罚》中的卢仁、《白痴》中的托茨基。同时，他同情并反映妇女尤其是儿童的苦难，思考艺术家的悲剧。例如，《涅托奇卡·涅兹万诺娃》中音乐家叶菲莫夫的悲剧：过高估计自己的天才，浮躁地对待艺术和生活，满足于轻易取得的成功，不再付出艰辛的劳动，最终不仅毁掉了自己的才华，而且毁灭了家人。

这个阶段探索复杂的人性更突出的表现是描写心理和性格复杂的、集自卑感与自尊心于一体的人，其典型表现是双重人格。

双重人格是多重人格的一种，具体指一个人具有两个或两个以上的、相对独特的并且相互分开的亚人格，是一种癔症性的分离性心理障碍。文学中的双重人格现象，又称"同貌人"现象，是 19 世纪西方文学中的一个重要主题。最早描写这一主题的应该是德国浪漫派，霍夫曼（1776—1822）是其突出代表。他的中篇小说《斯居戴里小姐》（1819—1821）写金银首饰匠卡迪亚克白天是文质彬彬、才气横溢的艺术家，晚上则是杀人越货的强盗；长篇小说《魔鬼的迷魂汤》（1815—1816）更是通篇描写了莱昂纳德修道士（"我"）在双重人格中的激烈挣扎。美国作家爱伦·坡（1809—1849）的《威廉·威尔逊》（1839）也通篇写了同貌人。陀思妥耶夫斯基对这两位作家都十分熟悉，他在《刊出〈爱伦·坡的三篇小说〉的前言》（1861）中，将霍夫曼与爱伦·坡进行了比较：霍夫曼富于幻想性，将自然力拟人，化为形象，在小说中写出了女巫、鬼魂，有时甚至到某种异常的世界去寻找自己的理想；爱伦·坡则不好称为幻想作家，倒不如叫作想入非非的作家，尽是奇怪的想法，他几乎总是选取特殊的现实，把自己的主人公摆到最特殊的外在环境或心理状态中，而讲起这人的内心活动是那么透彻、那么准确。

受霍夫曼、爱伦·坡的影响，陀思妥耶夫斯基较早把双重人格这一主题引入俄国，创作了被纳博科夫称为"陀思妥耶夫斯基最好的一部作品"的《双重人格》。小说描述了小公务员高略德金被一个长相跟他一样但性格比他卑劣的人小高略德金纠缠的故事，表现了作者对复杂人性（人格分裂）的认识，是作家此后一系列揭示双重人格作品的滥觞。约瑟夫·弗兰克指出，《双重人格》中的"思想"——自我形象同真理之间的内在分裂，即一个人希望他自己成为的形象和他本身的形象之间的内在分裂，构成了陀思妥耶夫斯基对人物形象的最初把握，成为他作为作家的标签。这也显示出作家描写双重人格和心灵两极斗争的创作特色，即从抽象的道德伦理原则看人，把人的心灵看作善与恶、上帝与魔鬼进行不间断斗争的场所。这种主题和写法对此后的俄国文学产生了较大影响，如波隆斯基于 1862 年写了《同貌人》一诗，屠格涅夫于 1879 年在散文诗《当我孤身独处的时候》中也写了同貌人问题。

在艺术形式上，陀思妥耶夫斯基早期的中短篇小说形式多样。《穷人》是书信体小说。继普希金的《驿站长》和果戈理的《外套》之后，小说以人道主义的怜悯心描写"小人物"，着力挖掘"小人物"的内心世界，强调他们具有"人的尊严感"，精神高尚，同时，小说也写出由于生活在贫困之中，饱受欺凌与侮辱，穷人往往是神经质的、病态的人，对生活悲观绝望。小说具有悲剧性的抒情风格，并充满令人窒息的阴郁情调，而女主人公对命运的妥协，可以说是作家后来宣扬的顺从、忍耐等观点的萌芽。尽管别林斯基认为这是"我们第一部社会小说的尝试"，但小说实际上颇具哲理性，并且具有对人的心理世界的深刻的分析。瓦·迈科夫在《略论 1846 年的俄国文学》一文中也认为小说具有"令人震惊的、深刻的心理分析"。《双重人格》《女房东》则借鉴了德国浪漫主义、果戈理的传奇情节与神秘故事，如《女房东》继承了果戈理《涅瓦大街》中美的毁灭的主题，但增加了"拯救被毁灭的个性"主题，增加了德国式的神秘主义，并且首次表现了女主人公的受虐狂心理——从自我折磨和自我惩罚中获得微妙和不健康的"乐趣"（约瑟夫·弗兰克也认为《女房东》对陀思妥耶夫斯基的创作有着重要意义：它是作家在艺术上成熟的关键转折点，是从社会心理向道德心理进化的暗示；卡捷琳娜的形象是作家对受虐狂心理的第一次关注，他开始探索由自虐而生的不健康的"享受"；穆林关于人类无力承受"自由"的傲慢观点，以及他作为暴君宗教的象征，清晰地预示了宗教大法官威严恐怖的形象）。《普罗哈尔钦先生》讲述逸闻趣事，表现吝啬、敛财的主题。《白夜》是笔记体、对话体小说，同时又是诗意盎然的爱情小说。《脆弱的心》写脆弱的心灵经不起幸福，最后发疯，滑稽与凄凉交织。《波尔宗科夫》《别人的妻子和床下的丈夫》《诚实的小偷》等则采用了喜剧手法，具有浓厚的喜剧色彩。

　　第二阶段，过渡时期（1850—1863）。这是作家创作的转折期，被枪毙的死亡威胁以及将近十年的流放生活改变了作家的思想，使其初步形成了"土壤派"理论。这个时期由于环境制约，陀思妥耶夫斯基创作相对较少，只有《小英雄》《舅舅的梦》《斯捷潘齐科沃村的居民》《一件糟糕的事》《冬天记的夏天印象》等寥寥几篇中短篇小说及长篇小说《被欺凌与被侮辱的》《死屋手记》等，而且严格来说，《冬天记的夏天印象》这类作品是文学速写、旅行见闻录，而非小说。不过，这一时期他的中短篇小说的视野更开阔，从"小人物"开始转向整个世界，转向更为复杂的人性。《冬天记的夏天印象》探讨的是俄国与西方的社会问题尤其是哲学大问题。《小英雄》写一个11岁的男孩心中初次萌发的爱恋之情，以及他为了捍卫这一最初的审美的爱而做出的"英雄行为"。《舅舅的梦》《斯捷潘齐科沃村的居民》则都花了较大的篇幅揭露伪善者。具体来看，这一阶段陀思妥耶夫斯基的中短篇小说创作有如下两个明显的特点。

　　一是作品的喜剧性大大增强，并且开始采用时间、空间高度集中的戏剧性的手法。例如，《舅舅的梦》写伪善的贵族夫人玛丽亚企图诱使昏聩的K公爵娶自己的女儿济娜为妻，以便在他死后霸占财产，最后事情败露，被迫离开。故事的空间是虚构的外省小城，时间也主要发生在K公爵来小城到去世的三天之内。又如，《斯捷潘齐科沃村的居民》更是以幽默滑稽的笔调写出了荒唐的现实——伪善的福马·福米奇历经曲折依旧控制着斯捷潘齐科沃村的居民，空间主要集中于斯捷潘齐科沃村，故事时间则是"我"（谢廖沙）来到该村的两天时间。

　　二是开始探索更为复杂的人性。例如，《一件糟糕的事》既写了思想和行为不一致的大官——文职将军普拉林斯基（自命为讲仁爱的人和新自由思想的拥护者，在行动上却无法做到），又写了对大人物持敌视态度的"小人物"普谢尔多尼莫夫，更塑造了善良而富有自我牺牲精神的女性形象——普谢尔多尼莫夫的母亲，她在某种程度上是《地下室手记》中丽莎、《罪与罚》中索尼娅等形象的先驱。又如，《舅舅的梦》中的玛丽亚，精明能干，机智果敢，口才出众，"能以随便一句话击溃、折磨和消灭她的女对手"，而且一向是高尚的楷模，使其家庭在全城赢得了"威望、光荣和庄重"，但实际上她是一个极其自私自利的人，善于以表面的高尚遮盖内心的卑鄙，以致其女儿济娜都说她："您甚至在卑鄙的事情上也忍不住要展示高尚的情感。"再如，《斯捷潘齐科沃村的居民》通过伪善的"暴君"福马·福米奇和逆来顺受的地主罗斯塔涅夫这对形象，不仅写出了福马·福米奇这个从前的被虐者得势后向"暴君"的转化，而且进一步写出了"暴君"和逆来顺受者互为关联：福马的越来越暴虐，正是罗斯塔涅夫等人一再逆来顺受的结果。马克·斯洛宁指出，在创作的第二阶段，陀思妥耶夫斯基将种种心理的、象征的与哲学的因素融合在一起，揭露了人类被矛盾力量所驱迫，受尽折磨。尤其是将人性中两种对立形态的冲突，尖锐地揭示出来：脆弱温驯者具有受虐狂的倾向，他们与那些残酷的"生活的胜利者"相对抗，或是被压榨，或是因此而牺牲；后者具有虐待的嗜好，拒绝道德的规束，超逾善恶的范畴。

在这个阶段，陀思妥耶夫斯基的"怪诞"小说风格初步显现，如《一件糟糕的事》把彼此矛盾、互相对立的抽象的逻辑与具有复杂的悲剧因素的生活并置。这种怪诞风格后来在《地下室手记》中得到了进一步发展。

这个阶段的一些作品还开始使用狂欢化手法使小说更富喜剧性。巴赫金指出，狂欢节的主导行动就是狂欢节国王丑角般的加冕和接踵而来的脱冕。"国王加冕和脱冕仪式的基础，是狂欢式的世界感受的核心所在，这个核心便是交替与变更的精神、死亡与新生的精神。狂欢节是毁坏一切和更新一切的时代才有的节日。"这种形式转化到文学作品中，就用来表现人物命运的急剧变化，使他们一夜间甚至一瞬间回旋于高低之间、升降之间，造成一种狂欢的气氛，从而表现事物的相对性和两重性，如沦为奴隶的帝王，高尚的强盗；一会儿是百万富翁，一会儿是穷光蛋；等等。《舅舅的梦》的中心是一场灾难性的闹剧，出现了两次脱冕，一次是莫斯卡列娃（玛丽亚），一次是公爵。公爵（狂欢之王或确切些说是狂欢节的未婚夫）被戏谑地脱了冕，让人把身体的各部分历数了取笑了一遍，表现得如同一场磨难，而女主人公莫斯卡列娃同样被写成被脱冕的狂欢节之王："客人们连叫带骂向四面八方飞驰而去。最后，只剩了玛丽亚·亚历山德罗夫娜一个人，落入昔日荣耀的废墟和瓦砾之中。好么！势力、荣华、意趣，这些一个晚上全烟消云散了！"《斯捷潘齐科沃村的居民》同样使用了狂欢化手法，并且"深刻得多也重要得多"。"斯捷潘齐科沃村的全部生活，集中在福马·福米奇·奥皮斯金的周围。他过去是个食客兼优伶，后来在罗斯塔涅夫上校的领地上成了一个权力无限的暴君。换言之，生活在狂欢节之王的周围"，因此，"所有的其余人物，这一生活的参与者，都染上了狂欢体的色彩"。在艺术上，"这部中篇的整个情节，就是一串接连不断的吵闹、古怪行径、欺骗、脱冕和加冕。作品充满了讽刺性的模拟手法和半模拟手法，其中包括模拟果戈理的《与友人书简选》。这些讽刺模拟的因素，同整个中篇的狂欢体气氛有机地结合了起来"。

《被欺凌与被侮辱的》是作家创作的第一部长篇小说，描写工厂主史密斯一家和管家伊赫缅涅夫一家被瓦尔科夫斯基公爵作弄、坑害的悲惨故事。作家满怀同情地描写了一群正直、善良却被凌辱的小人物，对上层社会的罪恶进行了揭露，对被欺凌与被侮辱者给予了同情，同时又宣扬忍耐、宽恕、温驯、顺从的宗教思想。约瑟夫·弗兰克指出，在艺术上，《被欺凌与被侮辱的》无疑是陀思妥耶夫斯基后西伯利亚六部长篇小说中最一般的，但它也有不少精彩的部分，并且在不少方面奠定了其后来小说创作的基础。如在小涅莉身上，作家把道德—心理冲突变成最大的焦点，包括其从情感受伤到自虐式的自我伤害再到施虐者的独特转变。作家对她的情绪变化以及她的精神逐渐被软化和驯服的描绘是该书最出色的部分。瓦尔科夫斯基预示了后来的斯维德里盖洛夫和斯塔夫罗金等人物，他还是陀思妥耶夫斯基在19世纪60年代激进意识形态的启发下第一次试图描绘"理性"无法掌控人类心理中包含的全部可能。在这部小说中，还可以一次次看到对确定无疑地预示着未来杰作的人物类型和动机的暗示。陀思妥耶夫斯基的人物经常在心理上带有家族的相似特点，可以不太夸张地指出，《被欺凌与被侮辱的》中衣衫褴褛的小涅莉同《白痴》中的美丽的娜斯塔西娅·菲利波芙娜存在联系。两者都沉湎于"痛苦的利己主义",还都展现出强烈的自尊、自虐式自我贬低的倾向,以及对她们的迫害者和压迫者无法消除的仇恨。阿廖沙·瓦尔科夫斯基是陀思妥耶夫斯基在描绘自身道德理想的最动人努力中的初稿,这种努力最终归结为梅什金公爵形象。小说还第一次使用了与陀思妥耶夫斯基的重要小说不可分割地联系在一起的情节主题。在谈到与父亲的关系时,娜塔莎说:"我们需要通过受苦获得未来的幸福,通过新的苦难来偿付它。一切都被痛苦净化。"对于恰当地理解陀思妥耶夫斯基,没有什么比准确地理解这番话更重要了。

长篇纪实小说《死屋手记》是作家对自身经历的艺术加工,真实地再现了俄国苦役犯监狱的野蛮、残暴、黑暗,从社会制度、人性、犯罪心理多方面对犯罪原因进行了探讨,并具体深入地挖掘了这些被社会遗弃的人身上的人性流露以及隐匿在某些"丑行"背后的人的合理要求,对人的终极救赎等问题进行了思考。整部作品由回忆、随笔、特写、故事等独立成篇的章节组成,结构巧妙,在艺术上颇为成功。屠格涅夫在给作家的信中评价道:"我特别喜欢您的《死屋手记》,关于澡堂情景的描写,在文风上很像但丁;您对于笔下的各种人物(例如彼得罗夫),都有很细腻而真实的心理描写。"赫尔岑则撰文向国外读者大力介绍《死屋手记》:"这个时代还给我们留下一部了不起的书,一部惊心动魄的伟大作品,这部作品将永远赫然屹立在尼古拉黑暗王国的出口处,就像但丁题在地狱入口处的著名诗句一样惹人注目,就连作者本人大概也未曾预料到他讲述的故事是如此使人震惊;作者用他那戴着镣铐的手描绘了自己狱友们的形象,他以西伯利亚监狱生活为背景,为我们绘制出一幅幅令人胆战心惊的鲜明图画。"列夫·托尔斯泰宣称:"我不知道在全部新文学中还有比《死屋手记》更好的书了,包括普希金在内。"他把该书称为最具原创色彩的俄语散文体作品之一,在《什么是艺术》中,他将其归入少数可以作为"受对上帝和邻人之爱启发的崇高宗教艺术"模板的世界文学作品行列。约瑟夫·弗兰克指出,《死屋手记》在俄国开创了监狱回忆录这一体裁,回应了公众对那些与国家反目的"不幸者",特别是那些被判政治罪的人的生存状况的巨大好奇心。虽然《死屋手记》没有明显意义上的情节,但无论如何,作品经过了精心的组织,它的整体特征反映了叙事者逐渐深入陌生和令人迷失方向的苦役营世界——随着慢慢克服偏见和成见，他对强大的人性有了新的了解，重新认识了那些起初只是让他鄙视和惊愕的人的道德特质。作品的编排遵循了这一发现过程，因此具有"动态"性质，复制了作家本人经历的道德—心理同化和重固活动。也许正是陀思妥耶夫斯基营造的这种更大的统一感让人们对《死屋手记》应该归于何种体裁众说纷纭。这是一系列速写，是个人回忆录，还是像维克多·什克洛夫斯基坚持的那样是"某种特殊类型的小说"，是关于某个集体而非单一个体或家庭的纪实小说呢？合理的结论是，它融合了上述三种类型的不同方面。从纯粹的艺术角度来看，《死屋手记》可能是陀思妥耶夫斯基最不寻常的作品。我们很难看出图圄回忆录和他纯粹的创造性作品出自同一人笔下。小说的强烈喜剧色彩在这里被平静的客观陈述所取代，很少有对内心思想状态的细致分析，但一些精彩的描述性段落充分显示了陀思妥耶夫斯基作为外部世界观察者的能力。

第三阶段，走向辉煌（1864—1881）。这是作家创作的晚期，也是其创作的高峰期，思想成熟而深刻，对复杂人性的探索更全面、更深入，艺术形式更新、更丰富并臻于炉火纯青之境，主要创作了《地下室手记》《鳄鱼》《赌徒》《永恒的丈夫》《豆粒》《一个温顺的女人》《一个荒唐人的梦》等中短篇小说，以及《罪与罚》《白痴》《群魔》《少年》《卡拉马佐夫兄弟》五部长篇小说。

这一时期创作的中短篇小说，大约可以分为以下五种类型。

一是社会哲理小说，以《地下室手记》为代表。小说的无名主人公是个退休的八品文官，头脑发达，善于思考。在 40 岁时得到了一小笔遗产后，他就退休了，从此在地下室生活了整整二十年。这是一部社会哲理小说，作家让主人公以第一人称的方式展开整个作品，主人公的内心充满了病态的自卑，但又常剖析自己。小说包括两个部分：第一部分是主人公的长篇独白，内容探讨了自由意志、人的非理性、历史的非理性等哲学问题；第二部分是主人公追溯自己的一段往事（与大学同学的聚餐与冲突），以及他与妓女丽莎相识和分别的经过。主人公对丽莎进行了诸多美好的说教，试图唤醒她，结果只是让本来浑浑噩噩过着肮脏生活的丽莎要在清醒的状态中去体味痛苦和耻辱。作家以此说明虚伪的"崇高理想"以及"崇高的行为"未必能改变现实悲惨的现状。作家给自己提出一个问题："是廉价的幸福，还是崇高的苦难——两者哪一个更好些？"实际上，小说包含了相当丰富而现代的思想内涵，在俄罗斯文学史上具有独创的意义。斯坦纳宣称："《地下室手记》是陀思妥耶夫斯基文学创作的知识大全。"

陀思妥耶夫斯基于 1875 年在为《少年》准备的序言中宣称："我引为骄傲的是，我第一次描写出占俄罗斯多数的真正的人，并且第一次揭示其丑陋和悲剧性方面。""只有我一个人写出了地下室的悲剧因素，这个悲剧因素就在于受苦难，自我惩罚，意识到更好的事物，而又没有可能达到它，而重要的是这些不幸的人们明确相信，大家也都如此，因此无需改好！有什么能够支持变好的人们？奖赏，信仰？奖赏——没人给予，信仰——没人可信仰！由此再往前一步，就是极端的堕落，犯罪（杀人）。"彭克巽指出："《地下室手记》的主人公具有在俄罗斯文学上的独创性意义，同时在作品中又独特地展开了对唯意志论、唯意愿论的精神现象的批判性研究，并同纯粹理性主义展开论争，从这个意义上说，《地下室手记》成了陀氏最著名的'五大小说'的序篇，受到陀思妥耶夫斯基研究者和现代批评界的重视。"巴赫金认为，"地下室人"是陀思妥耶夫斯基塑造的第一个思想者的形象。他是一个"以进行意识活动为主的人物，其全部生活内容集中于一种纯粹的功能——认识自己和认识世界"。弗兰克指出，《地下室手记》不仅是作家"对自身作为讽刺作家的天赋的最有力和最集中表达"，是一部在作家的创作中相当罕见的"那样神秘和充满影射的作品"，而且"很少有哪部现代文学作品拥有像陀思妥耶夫斯基的《地下室手记》那样广泛的读者，或者作为揭示了我们时代的情感隐蔽深处的关键文本被如此频繁地引用。'地下人'一词已经成为当代文化词汇的组成部分，和哈姆莱特、堂吉诃德、唐璜和浮士德一样，这个人物现在已经跻身伟大的原创文学形象行列。21 世纪最重要的文化发展——尼采主义、弗洛伊德主义、表现主义、超现实主义、危机神学和存在主义——都宣称地下人是自己的，或者通过热情的诠释者与他建立联系；当地下人没有被称作预言式的期待时，他曾被认为展现了可怕而令人反感的警告。就这样，地下人走进了现代文化的脉络，他的进入方式证明了陀思妥耶夫斯基后西伯利亚时代的第一部伟大创作的哲学暗示性和催眠力量"。斯坦纳也认为："在陀思妥耶夫斯基的作品中，没有哪一部像《地下室手记》这样，对 20 世纪的思想和文学创作技巧产生如此巨大的影响。"

　　米尔斯基更是认为，这部小说不应被视为一部纯粹的文学作品，在这部作品中，哲学大于文学，似乎应将它与陀思妥耶夫斯基的政论文字联系起来看。这部著作在陀思妥耶夫斯基的创作中占据核心位置。在这里，他深刻的悲剧直觉得到最纯粹、最残酷的表达。它超越艺术和文学，属于人类伟大的神秘发现。相信人类个性及其自由的至高价值，相信精神世界之非理性的、宗教的、悲剧性的基础，相信这一基础高于理智，高于善恶之区分（最终相信一切神秘宗教），这一信念以悖论的、出人意料的、完全自然的形式被表达出来。自文学角度看，这是陀思妥耶夫斯基最具独创性的小说，同时也是其最令人不快、最为"残酷"之作品。

　　斯坦纳则谈到，《地下室手记》提供了非常有益的方法，帮助我们解决文学形式之中的哲学内容这个问题。在启蒙运动的哲理故事或者歌德小说中，思辨部分是刻意外在于虚构作品的。《地下室手记》与之不同，它将抽象理念与经过戏剧化处理的材料结合起来，或者用亚里士多德的术语来说，将"思想"与"情节"结合起来。从体裁角度来看，无论是尼采的《查拉图斯特拉如是说》，还是克尔凯郭尔的神学寓言都不能令人取得同样结果的印象。陀思妥耶夫斯基与他一直视为楷模的席勒共同努力，为我们提供了在文学力量与哲学力量之间取得创造性平衡的罕见的例子。

　　考夫曼认为这部小说是存在主义的先声，他指出："我们所听到的是个性之歌中未被听到的一首：不是古典的，不是圣经式的，也绝不是浪漫的。不！这个个性没有经过修饰，没有经过理想化，也没有神圣化。它是可悲的和叛逆的，但无论它给人何等不幸，却仍然是最高的善"，"《地下室手记》是一个人的内在生活，是他的情志、焦虑和决心——这些都被带进了核心，一直到所有的景象被揭露无遗为止。这本在一八六四年出版的书，是世界文学中最富革命性和原创性的著作之一"。英国学者卡特里奥娜·凯利也称《地下室手记》是一部"出色的"，"并且无论是以俄国还是世界标准来评判都是革命性的"小说。

　　《地下室手记》中的无名主人公一生坎坷，屡遭欺凌，充满痛苦、屈辱和怨恨。他为自己的软弱而苦恼，但又深深意识到："人类所有的问题，似乎的确就在于，人无时无刻不在向自己证明，他是人，而非管风琴上的销钉！"因此，他力图确立自己的个性，却又找不到正确的途径，甚至连自己的身份都无法确定，因而整部小说贯穿着他对身份的焦虑以及身份无法被认同的苦恼。因此，从身份焦虑和身份认同角度入手研究这一作品，有助于揭示这部小说所蕴含的现代意义或当代意义。①

在艺术上，小说主要是地下室人的自白，但又不断地与各种思想对话（包括别人与自己）。巴赫金指出："谈到《地下室手记》的主人公，我们简直无话可说，他自己什么都清楚。例如，他懂得他对自己所处时代和自己社会圈子的典型意义，他给自己（内心状态）做出心理甚或精神病理的冷静判断，他了解自己意识的性格特征、他的滑稽可笑和他的悲剧性，他知道对他个人可能做出的种种道德品格上的评语，如此等等。""'地下室人'想得最多的是，别人怎么看他，他们可能怎么看；他竭力想赶在每一他人意识之前，赶在别人对他的每一个想法和观点之前。每当他自白时讲到重要的地方，他无一例外都要竭力去揣度别人会怎么说他、评价他，猜测别人评语的意思和口气，极其细心地估计他人这话会怎么说出来，于是他的话里就不断插进一些想象中的他人对语。"

二是幻想性讽刺小说，以《鳄鱼》为代表。正要出国旅行的伊凡·马特维伊奇应夫人叶莲娜的要求，陪她去参观游廊市场上卖票展出的鳄鱼，没想到却因逗弄鳄鱼而被鳄鱼吞入腹中。更奇怪的是，他在这"既暖和又软和"的地方不仅没死，反而觉得因祸得福，能一举成名，因此不愿急着出来："明天一定会门庭若市。因此可以断言，京城的专家学者、贵妇名媛、外国使节、法官律师等都会纷纷前来参观。此外，人们会从我们好奇的庞大帝国的各个省份涌向这里。结果呢——我会受到人们的注目，虽然谁也看不见我，我却能成为头号风云人物。我要开导开导这群游手好闲的家伙。我自己得了教训，准备现身说法，树立一个气度恢宏、乐天知命的榜样！可以说，我将成为开导人类的布道讲坛。我住在这头怪物的肚子里，能提供与它有关的各种博物学资料，仅就这些资料而言，就已经十分难能可贵。因而对于不久前发生的这次事件，我不仅没有怨言，而且满怀希望能由此博得一个无比辉煌的前程。"小说的构思和情节有一定的荒诞性，但在主题

---

① 参见曾思艺：《身份焦虑与身份认同——也谈〈地下室手记〉》，载《俄罗斯文艺》，2017(2)。

上却是严肃的，是对一味崇拜西方、自以为是者的辛辣讽刺。

　　三是写实类狂欢性小说，以《赌徒》为代表。侨居西欧的俄罗斯贵族阿列克谢·伊万诺维奇由于狂热的爱而走进赌场，从此变成狂热的赌徒。巴赫金认为这部作品典型地体现了作家的狂欢时空。轮盘赌像是狂欢节，生活中不同地位和等级的人聚到轮盘赌桌的周围，一切全凭运气和机会，因此就变得一律平等了。他们在赌场的举动也完全不同于普通生活中扮演的角色。"赌博的气氛，是命运急速剧变的气氛，是忽升忽降的气氛，亦即加冕脱冕的气氛。赌注好比是危机，因为人这时感到自己是站在门槛上。赌博的时间，也是一种特殊的时间，因为这里一分钟同样能等于好多年。"在浓厚的狂欢化了的气氛中，也揭示了小说主要人物的性格，即阿列克谢·伊万诺维奇和波林娜的性格：这是具有两重性的、处于危机中的、没有完成的、古怪荒诞的性格。约瑟夫·弗兰克指出，《赌徒》是陀思妥耶夫斯基唯一的"国际性"（在这个词通过亨利·詹姆斯等人的小说而为人熟知的意义上）作品。在这个故事中，人物的心理和冲突不仅源于他们的个人性情和品质，而且反映了不同的民族价值和生活方式的内在化。在俄国文学中，《奥勃洛摩夫》反映了德国人和俄国人的差异，《战争与和平》反映了法国人和俄国人的差异，《哥萨克》反映了高加索人和俄国人的差异。陀思妥耶夫斯基的《赌徒》也属于此类作品，充满热情但也不失批判性地思考了俄国人的民族性情在国外表现出的执拗。他还进而谈到，《赌徒》的风格和技巧都沿袭了陀思妥耶夫斯基的西伯利亚中篇小说中耳熟能详的社会讽刺喜剧。无论是阿列克谢与波林娜的关系，还是对赌博的暗藏危险的诱惑力的描绘，它们都比那些早前的作品更加深刻；不过，虽然阿列克谢的赌博可能是"对命运的挑战"，但这种挑战并没有像在他的重要小说中那样发展成道德宗教质问。归根结底，《赌徒》颇为有趣的一个方面是，它在陀思妥耶夫斯基的艺术发展中同时指向了过去和未来。阿列克谢对赢钱的执着有点类似于拉斯科尔尼科夫对他的犯罪理论的着迷，这两个人物都无法对情感保持彻底和理性的自制，而后者却是成功的先决条件。波林娜的形象则指向了未来，因为自己的最深刻情感被亵渎，发现自己成了买卖的对象，这位心灵纯洁的女性受到侮辱，并几乎被逼疯。在这里可以看到《白痴》中纳斯塔西娅·菲利波芙娜的雏形，这个女王般的人物出于同样的原因而对自己和他人怀有病态的怨恨。

四是写实类心理性小说，以《永恒的丈夫》和《一个温顺的女人》为代表。《永恒的丈夫》刻画了屠鲁索茨基这类"永恒的丈夫"（活在世上仅仅是为了成为丈夫，一旦结婚就变成妻子的附属品）的悲哀；对戴绿帽子的丈夫的心理进行了深刻的揭示，他心里阴暗，居然在妻子死后迫害女儿丽莎。《一个温顺的女人》则写一个丈夫在妻子自杀后的种种复杂的心理意识。小说在叙述形式上进行了新的探索，采取丈夫第一人称叙述的形式，表述他在刚刚自杀身亡的妻子跟前的、持续几小时的意识流。巴赫金认为："这里表现的体裁特点，是情节上尖锐的引发法，带有强烈的对比、不般配的俯就、道德考验；在形式上，这引发法表现为自我交谈。"

五是全然幻想性的小说，以《豆粒》和《一个荒唐人的梦》为代表。《豆粒》写一个人在墓地睡着了，居然听到坟墓中死人们的各种言论。这些人大多是官员，他们还是不忘生时的享乐，甚至还想进一步补足未能实现的某些享乐。巴赫金认为："如果我们说《豆粒》以其深刻和大胆，堪称整个世界文学中最伟大的梅尼普体作品之一，那么我们恐怕没有说错……这里具有代表性的，首先就是讲述人的形象和他讲述的语调。讲述者（'一个人'）处于疯狂的边沿（酒狂的边缘）。但即使除了这一点，他也不同于所有的人，也就是说他逃避公共的准则，脱离了生活的常轨，受到所有人的鄙视也鄙视所有的人。换言之，我们面对的是'地下室的人'另一种新的表现形式。他的语调是摇摆不定、模棱两可的，带有隐约可辨的两重性，带着小丑行为（如宗教神秘剧中的恶鬼）的一些因素。虽然这个讲述者表面上说些'零碎'的斩钉截铁的句子，他其实把自己最终的意思隐藏起来，避而不谈……他的语言具有内在的对话性，整个充满了争辩气氛。"他还指出，这篇小说在体裁方面是陀思妥耶夫斯基最重要的作品之一，并进而谈道："篇幅不大的《豆粒》，亦即陀思妥耶夫斯基最短小的情节小说之一，几乎是他整个创作的小宇宙。他的作品中非常多的，同时也非常重要的思想、主题和形象（包括此前的和此后的），都以极端尖锐而坦率的形式出现在这篇小说里。例如倘要没有上帝和心灵的不朽便'什么都可以干'的思想（这是他的作品中一个至为重要的思想形象）；例如与此相关的一个主题——没有悔恨的自白和'不顾廉耻的真相'这一主题（它从《地下室手记》起，一直贯穿在陀思妥耶夫斯基的整个创作中）；例如意识的最后时刻这一主题（它同其他作品中的死刑和自杀等主题是联系着的）；例如濒临疯狂的意识这一主题；例如侵入意识和思想深处的情欲这一主题；例如生活脱离了人民的根基和人民的信仰便到处'不适'和'不雅'这一主题。"而在艺术上，它依靠奇幻的情节，把狂欢式的逻辑纳入某种简化了的却又鲜明袒露的形式之中，因此《豆粒》好似聚光的焦点，陀思妥耶夫斯基此前和此后的作品如许多光束聚集到这里。

《一个荒唐人的梦》写主人公准备自杀，因而拒绝了八岁小女孩救她母亲的请求，但这事却使他反思，让他感到他还有痛苦，还是个人。主人公在睡梦中来到了另一个星球。这里就像传说中的天堂，人们之间友善而和睦，但他的到来毒化了这里，人们被感染而堕落：人人自以为是，荒淫、嫉妒、互相残杀。第二天主人公醒来后觉得自己感受到了生命的意义，从此要到处宣传这一意义：爱一切人。巴赫金对这一作品评价很高，认为："《一个荒唐人的梦》首先令我们吃惊的，是作品内容的极端广博而同时又极端的洗练，令人赞叹的艺术上哲理上的言简意赅"，它"实现了两个东西的充分而深刻的综合：一个是回答世界观最后问题的梅尼普体，及其包罗万象的特点；另一个是描绘人类命运（人间天堂、罪恶堕落、悔过赎罪）的中世纪宗教神秘剧，及其包罗万象的特点"。

巴赫金认为，陀思妥耶夫斯基作品中的狂欢化有一个发展过程。晚期的两篇"幻想小说"——《豆粒》和《一个荒唐人的梦》，清晰而充分地体现了古希腊罗马梅尼普体的典型特征，而他创作第二时期的两部作品《舅舅的梦》和《斯捷潘齐科沃村的居民》，也带有十分醒目的狂欢化的外在特征，在此后的作品中，特别是在几部成熟的中长篇小说中，狂欢化向深层发展，形式也更加复杂和深入了，而且采纳梅尼普体的地方都是这些小说中最重要、最关键的部分，因此可以说梅尼普体实质上是给陀思妥耶夫斯基全部创作定调子的。

这个时期最重要的还是作家创作的长篇小说。

《白痴》描写了孤女娜斯塔西娅被地主托茨基占有，后托茨基欲将其"转让"给将军的秘书笳纳，梅什金公爵试图拯救失败，娜斯塔西娅被富商之子罗果静得到并杀害的故事。小说主要塑造了两个中心形象：娜斯塔西娅和梅什金。女主人公的悲剧构成作品的主要内容。

娜斯塔西娅出身贵族,六七岁时,庄园失火,母亲被烧死,家产毁于一旦,后来父亲又病故。地主托茨基见她长得俊俏,便让她接受种种教育,当她长成鲜花一般的少女时,托茨基就让她做了自己的情妇。后来托茨基对她厌倦了,打算抛弃她,另娶一位门第相当的富家小姐。这激起了她的愤恨,此时的她已不是那个易于对付的小姑娘了,她姿态文雅,谈吐犀利,嬉笑怒骂,吓得托茨基不敢怠慢,不得不改变主意,暂时取消婚事。后来,托茨基又阴谋用七万五千卢布作陪嫁,把她嫁给叶潘辛将军的秘书笳纳,然后自己和将军的小姐结婚。这实际上是一桩肮脏的交易:托茨基和将军的小姐结婚,所获得的陪嫁绝不止七万五千卢布。至于将军,通过这种联姻,不仅可以得到一个有钱有势的女婿,而且有了常与娜斯塔西娅亲近的机会,因为笳纳是他的秘书,又是一个贪财如命的小人,所以他勾搭这位下属的妻子时,不仅不会受到阻挠,反而会使笳纳感到受宠若惊。娜斯塔西娅看穿了这个阴谋,断然拒绝了这桩婚事。在自己的生日晚会上,她导演了非常精彩的一幕:把罗果静竞买她的十万卢布扔进火炉,并对为了钱能够杀任何人的笳纳说,如果当众从火中取出来,这十万卢布就是他的了。全场人都惊呆了,笳纳看着看着,内心激烈地斗争着,最后竟然晕倒了……"白痴"梅什金公爵向娜斯塔西娅求婚,她拒绝了,还一气之下嫁给了罗果静,但不久却被罗果静杀害。

娜斯塔西娅的灵魂是矛盾的,一方面她意识到自己是纯洁的、高尚的,另一方面又认为自己是一个被摧残、被蹂躏的牺牲者;一方面渴望开始一种新的生活,另一方面又难以摆脱自卑心理,缺乏足够的勇气。这种矛盾心理就使她在梅什金公爵(道德纯洁的象征)和罗果静(道德堕落的象征)之间摇摆不定:她爱梅什金,但又怕自己玷污了他;嫁给罗果静,她认为是道德堕落,又不甘心。她对周围的一切充满了轻蔑憎恨的情感和复仇心理。

梅什金是作家塑造的理想人物。他是一个患癫痫病的青年,为了治病,长期住在瑞士阿尔卑斯山下的农村里,周围是瑰丽的自然景色、善良的村民和天真烂漫的孩子,因而没有沾染上流社会的恶习。他纯洁、善良、坦率、正直、温和,道德高尚,天真得近乎"白痴",且一直被别人骂为"白痴"。他是现实中的堂吉诃德,现代的基督,对一切不幸的人们充满同情,对社会上种种不平等现象极为不满,热烈向往着人们之间的友好和团结,宣扬博爱和宽恕的基督精神——"宽恕、自我克制、温良恭顺"。他行动的依据不是理智，而是感情和直觉；他承认贵族在社会生活中的领导作用，呼吁他们通过道德的自我完善、与人民团结的途径来实现社会和谐，来实现基督精神。他并不了解人间痛苦和不幸的真正原因，也不能解决任何矛盾，既无法帮娜斯塔西娅开始新的生活，也阻挡不了因为不能完全占有娜斯塔西娅就下毒手的罗果静，而且断送了阿格拉亚的纯洁爱情，最后连他自己也给毁了。他发了疯，变成了名副其实的"白痴"。作家本意是把"白痴"作为小说的道德核心，作为他人应该极力效仿的楷模，就像基督教中用纯洁善良来感化整个世界一样。米川正夫认为，这是作家用毫不逊色的完美技巧描绘出来的一个成功而出色的人物形象，是比拉斯科尔尼科夫更高超的艺术创造。作家试图创造出一个羔羊一般柔和而谦逊的"真正完美的人物"，有着单纯的小孩子般的睿智，并以其光明和友爱慰藉着所有与他接触的人。就这样，把藏着大量理想成分的新典型，作为一个活的人物而使读者受到感动，并且给予深刻的思想上的暗示，这对于艺术家，原是一个最大的难题，而陀思妥耶夫斯基却圆满地把它解决了。

斯坦纳认为，梅什金是一个包含多重意义的角色，我们在他身上能看到耶稣、堂吉诃德、匹克威克以及东正教传统中圣愚的影子。但是，梅什金与罗果静的关系是明确的。罗果静就是梅什金的原罪。梅什金公爵是人，因而摆脱不了《圣经》中所说的人的堕落。就此而言，这两个角色是不可分割的。他们一起进入小说，后来一起离开，走向共同的末途。罗果静谋杀梅什金的行为带有强烈的自杀性痛苦，他们之间具有无法言说的近似性。这是陀思妥耶夫斯基试图表述的一种寓言，暗示在知识之门中必然存在着邪恶。当罗果静离开他时，公爵再度陷入白痴状态。假如没有黑暗，我们如何理解光明的性质呢？他还指出，从结构上看，《白痴》是陀思妥耶夫斯基创作的最简单的小说。从序幕开始，这部作品以图解方式展开，情节脉络清晰，从梅什金对厄运的预言，一直推进到谋杀的实际发生。小说以典型的直接性，陈述了悲剧主角的古老难题。

《群魔》取材于19世纪轰动一时的涅恰耶夫案件。1869年，谢尔盖·涅恰耶夫去国外，在俄罗斯革命侨民中间以他在俄罗斯创立的秘密团体"人民特别法庭"代表的身份活动。起初，他得到巴枯宁和奥加辽夫的支持，但后来他们断绝了同他的关系。他回到俄国，冒充俄罗斯政治侨民和"工人国际合作社"的全权代表（总部设在伦敦），并在莫斯科的大学生中间建立了秘密政治小组，试图扮演独裁者，要求周围的青年无条件地服从他。当他的纲领《革命者手册》和他的革命方法遭到大学生伊万诺夫的反对时，他以莫须有的叛变罪名污蔑伊万诺夫，并指示小组成员杀害他，自己却潜逃国外。

陀思妥耶夫斯基在一封信中解释了为何给小说取名《群魔》："我们国家正在发生如出一辙的事，魔鬼离开俄国人的身体，附到了一群猪，即涅恰耶夫和谢尔诺-索洛维耶维奇之流的身上。他们已经或将被淹死，而摆脱了魔鬼后得救的人则坐在耶稣脚下……亲爱的朋友，请记住这点，失去了他的人民和民族之根的人也失去了对先辈和他的上帝的信仰。好吧，如果你真想知道，这基本上就是我的小说的主题。小说名为《群魔》，描绘了魔鬼们如何附身那群猪。"

《群魔》的题材是政治谋杀，背景是屠格涅夫式的"父"与"子"的冲突。"父"是身体虚胖的唯美主义者和理想主义者斯捷潘·维尔霍文斯基，他是彼得的父亲，是小说主要人物尼古拉·斯塔夫罗金的老师。"子"是无政府主义者彼得·维尔霍文斯基，他是"五人"革命小组的头目，也就是确有其人的"涅恰耶夫"。他杀死大学生沙托夫，据说是因为后者告密，但实际上是拿他来为自己的秘密勾当"祭旗"。跟老维尔霍文斯基一样，小说中的沙托夫是作家喜爱的一个人物，他身上与作家当年参加彼得拉舍夫斯基小组有许多共同之处。革命小组的理论家是西加廖夫，他企图在旧制度的废墟上建立绝对公平的社会主义社会。小说里还有一个人物，即年轻的工程师、顶替凶手自杀的基里洛夫。

代表"子"的核心人物斯塔夫罗金头脑清醒，聪明过人，外表潇洒，但却是一个冷酷、乖戾、淫乱而心狠手辣的阴谋家，但多多少少还有良心。他憎恨人的虚伪因而向整个世界发出挑战，但良心又时时使他感到不安。例如，他强暴了玛特廖沙后良心发现（这在"在吉洪家"一章中斯塔夫罗金的自白里表现出来，这一自白中包含了他的信条"我相信魔鬼"，1923 年才发表），犯了罪后又深感不安，娶了瘸腿的玛丽娅·列比亚特金娜作为补偿也无济于事，无论如何也摆脱不了精神空虚，于是便变本加厉地做坏事，最终因无法摆脱罪恶感而自杀身亡。这是作家笔下一个出色的具有双重人格的人物：无视善恶原则，却明确二者的界限；能够在干坏事和做好事时体验到同样的乐趣；能够在爱一个人的同时恨他。

斯坦纳指出，陀思妥耶夫斯基在创造斯塔夫罗金这个角色的过程中，揭示出某种更微妙、更根本、更令人难懂的东西。斯塔夫罗金这个人物处于陀思妥耶夫斯基世界的黑暗中心，所有的道路都通向他那里，其原因在于，两个因素以最紧密的方式统一起来：一个是作者的感性，另一个是"俄罗斯最伟大的形而上学家"提出的具有启示性的革命论点。在斯塔夫罗金身上，读者看到作家在小说技巧和神话创作两个方面进行的终极探索。约瑟夫·弗兰克认为，《群魔》可以被视作屠格涅夫的两个人物在他们后来的某个人生阶段中的样子，此时罗亭已经成了一个自我纵容的装腔作势者，富有奇特的魅力，而巴扎罗夫则成了无情的狂热分子。因此，《群魔》拥有极其重要的文学—文化维度，包括与屠格涅夫的小说和他本人的关系。此外，它还包括各种文学道德—哲学和文化现象，几乎是其所涵盖的那个时期的俄国文化的一部缩编版百科全书。它采用尖刻嘲讽和经常显得荒诞有趣的视角，在历史人物和事件的坚实基础上重塑了一个关于这种文化主要冲突的不寻常"神话"。这也许是陀思妥耶夫斯基最炫目的作品，这是一部前所未有的历史象征剧，旨在囊括19世纪俄国文化中到那时为止出现的全部力量。即便此类小说在20世纪层出不穷，《群魔》仍然无可超越，它以惊人的预见性描绘了道德困境和最高原则的自我背叛的可能性，这些问题继续困扰着从陀思妥耶夫斯基的时代一直到我们的时代（甚至更加突出）的革命理想。

《少年》由主人公阿尔卡季以第一人称方式展开叙述。阿尔卡季出生在一个偶合家庭，由于是私生子，更由于生父韦尔西洛夫对子女不承担父亲应尽教育职责的一贯做法（"他两个年幼的孩子通常不在他身边，而是寄养在亲戚家：他一辈子就是这样对待自己的孩子的，不管是婚生的还是私生的全一样"），他就像一个弃儿，几乎一出生就被安置在别人家里，然后被送进莫斯科的图沙尔寄宿学校。他在20岁以前几乎没有见过母亲，除了两三次匆匆的会面，父亲也只在10岁那年匆匆见过一次。这个缺少父母关爱的孩子又不善于交际，与别人难以相处，因而备感孤独，深深怨恨自己偶然来到这个世上。作为私生子，他只能跟名义上的平民父亲马卡尔姓多尔戈鲁基,这个姓却又是俄国一个著名的公爵世族的姓,因此在学校里他经常为此遭到同学的嘲弄和蔑视,更遭到老师图沙尔的欺辱。与此同时,这种屈辱使他既深感自己身份地位卑微,又认识到自己胆小怯懦、奴性十足,从而开始走向成熟。起初,他试图从学校逃走,后来一度发疯似的在莫斯科游荡。最终,他决定像乌龟躲进壳里一般沉醉于自己的思想,生活在充满幻想的离群索居的日子里。在阿尔卡季中学毕业后,韦尔西洛夫突然醒悟,想让他回到身边,教育他指点他,便让他从莫斯科来到彼得堡,并给他找了一份相当轻松的工作——陪伴索科利斯基老公爵。在彼得堡,阿尔卡季又陷入卡捷琳娜的密信事件,经历了对父亲形象的幻灭和重新认识,卷进了金钱关系和人际关系的旋涡中,染上了奢侈、堕落、赌博的恶习。他一度离家出走,并且在赌场里被人污蔑,相当恨世甚至差点自杀。后来在马卡尔和韦尔西洛夫以及母亲的共同影响下,走出困境,精神趋向成熟。小说刻意设置了第一人称的叙事自我和历事自我视点,并让它们交替出现:20 岁的叙事自我,冷静、从容、老练地讲述过去的经历;19 岁的历事自我,则置身现实的迷雾中,冲动、迷茫、幼稚,两相对照,更好地展现了少年的情感波澜和成长历程。与此同时,作家又以戏剧化手法,把社会小说、悬疑小说、心理小说融入教育小说之中。这是对传统的教育小说(成长小说)叙事方式的推进与创新,具有较为突出的现代特色。①

彭克巽指出,小说还颇为出色地描写了韦尔西洛夫的双重人格:他具有高度的教养,受过大学教育,在近卫军供过职,去过西欧,对当代政治、思想运动有所了解,但又居高自傲,无限自爱。他一方面是典型的想为全人类宵衣旰食的人,另一方面又过分看重自己,高高在上,失去了行动的能力。

《卡拉玛佐夫兄弟》是其晚年炉火纯青之作,原计划写两部,第二部因作家去世未能完成。小说写的是旧俄外省地主卡拉玛佐夫一家父子、兄弟因为金钱和情欲而引起的冲突直至发生仇杀的悲剧故事,通过卡拉玛佐夫这个"偶合家庭"(主要指在当时社会激烈变化时,世世代代形成的道德观念

---

① 参见曾思艺:《独具特色的成长小说——试论陀思妥耶夫斯基的〈少年〉》,载《俄罗斯文艺》,2011(3)。

遭到否定，因此家庭成员不再有一致的道德规范和行为准则）分崩离析的历史，不仅成为 19 世纪下半叶俄国社会在资本主义和金钱势力的冲击下发生悲剧的缩影，而且深刻地揭示了人性的冲突与悲剧。

老卡拉玛佐夫年轻时是寄食于富户的一个丑角，后来靠不正当的手段发家，晚年成了豪富。他道德败坏，亵渎神明，贪婪阴险，性情暴戾，专横冷酷，胡作非为，且极端好色。三个儿子都被他弃之不顾，甚至还要霸占他们应得的母亲的遗产，幸亏有一位老仆人加以抚养，孩子们才得以长大成人。孩子们回家以后，都憎恨这个吝啬、贪财、淫荡的父亲，并且为争夺财产而明争暗斗。老卡拉玛佐夫生活糜烂，到了晚年，还和长子为格鲁申卡争风吃醋，甚至动武。更有甚者，他还曾奸污了疯女人丽萨，所生私生子斯麦尔佳科夫长大后又在这个家里当厨师，他也极端憎恨这个家庭并总在伺机报复。

长子德米特里是退役军官，性情暴烈，生活放荡，挥霍无度，在上司老中校因挪用公款案情危急时逼其女儿卡捷琳娜就范，接受自己的求婚，后来两人订婚，但不久之后他又爱上了格鲁申卡。为争夺女人和家产，他一再扬言要杀死父亲。但小说也写出他卑劣的灵魂中善良的根苗，他性格豪爽，为人坦诚，富有同情心，而且信仰上帝。他后来慷慨帮助卡捷琳娜，真诚地爱格鲁申卡，被误认为是杀父凶手后，虽受冤枉，却自我反省，甘愿受刑，说"要通过苦难来洗尽自己"。

次子伊凡上过大学，聪明而高傲，性格内向，不苟言笑，爱好思考，也善于思考，能够评论人生，是个无神论者和唯物主义者，崇尚理性而不信永恒不死，否定上帝，不承认世界是上帝创造的。他正直而有社会正义感，抗议现存的社会秩序，同情人类的苦难，有人道主义思想，追求理想的生活。同时，他又是一个极端个人主义者，为了继承遗产而盼父早死。他也爱卡捷琳娜，所以希望哥哥和父亲争斗，最好是"一个混蛋把另一个恶棍吃掉"，这样他就可以独得卡捷琳娜。因此，他也具有典型的双重人格。他的理论（如宣扬人可以为所欲为的超人思想），不仅使自己误入歧途（成了心理上的弑父者），而且教坏了斯麦尔佳科夫，使他不再信神，下定决心，偷偷杀死了自己的父亲老卡拉玛佐夫。作家通过这些事情，意在说明伊凡从无神论出发，结果投入了魔鬼的怀抱，成为无视任何道德准则的极端个人主义者，不信上帝就不能在精神上复活，因此他的结局和哥哥恰恰相反，即陷于极端痛苦。

三子阿辽沙纯洁善良，谦恭温和，对人信任、友爱、宽容、忍让、顺从，往往凭直觉办事，表示"我要为全人类受苦"，是修道院卓西玛长老的得意弟子。他不参加家庭纠纷，并且周旋于家庭成员之间，试图调解他们的矛盾，起着抑恶扬善的作用，这是作家笔下理想的人物，但稍显苍白。

私生子斯麦尔佳科夫则是恶的化身，猥琐、卑劣、贪财、狠毒。他亲手杀死了父亲，并狡猾地嫁祸给一再扬言要杀死父亲的德米特里。最后也忏悔罪过，上吊自杀。

约瑟夫·弗兰克认为："《卡拉玛佐夫兄弟》是《李尔王》之后对家庭关系断裂的道德恐慌表现得最为优秀的小说。"

卡拉玛佐夫这个道德沦丧、人欲横流的"偶合家庭"，有一种共同的精神气质，文学史称之为"卡拉玛佐夫性格（或气质）"。高尔基认为其特点有三：好色，贪财，盲动。这是俄国社会和人性中卑鄙无耻、自私自利、野蛮残暴、放肆淫乱、腐化堕落的集中体现。

马克·斯洛宁指出，《卡拉玛佐夫兄弟》是陀思妥耶夫斯基最重要的作品，所蕴含的意义相当繁复，从任何一个层面、任何一个角度都可以加以诠释。心理的挖掘，人物的刻画，丰富智慧的表现，陀思妥耶夫斯基实已臻于至上。冯增义认为，陀思妥耶夫斯基在《卡拉马佐夫兄弟》中，着力刻画的是这个家庭成员各自的生活立场，他们对外部世界的态度和思考，并通过他们之间的思想碰撞，探讨各种思想立场对个人命运的影响，进而探讨俄国的命运和人类的前途。约瑟夫·弗兰克更是谈到，《卡拉玛佐夫兄弟》是一部经典之作，表达了作家从《地下室手记》便开始全神思索的伟大主题：理性与对基督的信仰之间的冲突。小说中处处都收放自如，这使人不觉将它与西方文学中最伟大的文学作品相对比，如《神曲》《失乐园》《李尔王》《浮士德》——当我们打算形容《卡拉玛佐夫兄弟》的艺术成就的时候，这些名字便会浮现于脑海之中，因为这些作品也抓住了那种从未停歇、也不会停歇的争论，而这些争论是由那些"被诅咒的问题"质问人类命运的时候带出的。通过扩大他诗剧中的主体性、戏剧性的冲突规模，陀思妥耶夫斯基用极有特色的个人风格，刻画着他的角色们。戏剧冲突的矛盾双方，可以和但丁的罪人与圣人间的矛盾、莎士比亚的高贵的主人公和恶人们之间的矛盾、弥尔顿的上帝与大天使之间的矛盾相比。陀思妥耶夫斯基所创造出的角色，有着如同米开朗琪罗的西斯廷大教堂中的人物那样超乎常人的庄严，让其他角色都相对黯然失色。《卡拉玛佐夫兄弟》的角色们并不只是当代的社会类型，他们和广阔的、古老的文化历史力量还有道德灵魂的冲突全部相关。例如，伊凡的内心冲突，是用中世纪欧洲的长诗、神秘剧，用西班牙宗教裁判所的信仰审判，用末世论基督重现的传说，用新约中基督受到撒旦诱惑的叙述方式表达出来的。德米特里则是被席勒的希腊文化所围绕，并且在希腊诸神与黑暗、兽性、杀人性的力量之间挣扎。卓西玛是千年以来东正教教会仪式与传统的直接传承者，还代表了最近复兴的正教会组织。阿辽沙被放在了同样的宗教环境当中，而且他自我怀疑的危机，像李尔王和哈姆莱特一样，质问着全宇宙的法则，而最后这怀疑只因为领悟到了链接着俗世与天堂之间还有其他世界的神秘的和谐，便消解掉了。费多尔·巴甫洛维奇提到了狄德罗和叶卡捷琳娜女皇的轶事，还引用了伏尔泰，这一切把他的粗鄙和多疑的性格染上了一层浓烈的18世纪味道。当他自豪地提到自己有"衰落时期古罗马贵族的正宗相貌"的时候，故事还与更早的年代发生了关系。陀思妥耶夫斯基一直将罗马帝国的衰落时期和穷奢极侈、道德败坏联系在一起，而且在1861年他写道，这段时期，为了拯救世界，"我们神圣的救世主降临了，而且你一定更清楚救世主这个词意味着什么"。人们也不应该忘记书中遍布的圣经故事、文学暗喻、旁征博引等。

　　陀思妥耶夫斯基在《卡拉马佐夫兄弟》中特别关注了俄罗斯家庭的解体，他从19世纪70年代起便开始注意这一点，并且在《少年》中已经仔细打磨过这个出发点。如果说《少年》给他以启示，那便是，他不能将这个主题局限在社会、心理的深度。对陀思妥耶夫斯基来说，家庭解体不过是另一个更深的疾病的表征：俄罗斯受教育阶级原本根深蒂固的道德价值丢失了，这是因为他们对基督和神失去了信仰。从这些价值中衍生出的道德又再次被接纳——但是它们与超自然的基督信仰之间的联系却未被接纳，而对陀思妥耶夫斯基来说只有后者才是真正稳固的依靠。因此在这部小说中，陀思妥耶夫斯基用大量篇幅描写修道院中的场景，描摹另一个世界中真正的信仰、爱和希望。

诚然，小说提出了政治、哲学、宗教、伦理道德方面的种种问题，内涵相当丰富，在艺术上也有出色的成就。对此，任光宣等学者有精辟概括："《卡拉玛佐夫兄弟》凝聚了陀思妥耶夫斯基多年思考以及当前现实的许多重大问题。首先是折磨他一生的'上帝存在的问题'；其次，小说还以全力写出他后期十分重视的'偶合家庭'问题；再次，作家还写了当时关心的儿童问题。小说中代表各种'声音'的人物聚会，'狂欢化'的场面，急转直下的突发情节，法庭论战的雄辩声音，伊凡矛盾思想的深刻的社会和理论基础，德米特里心中的所多玛城和圣母，阿辽沙神示般的直觉，许多人物受虐狂和虐待狂的表现，神经质、歇斯底里的作为，以及所描写出的梦魇和潜意识的广度，所涉及的社会道德、人生哲理的深度，这既是此前作家作品的总结，又是所有方面的升华。总而言之，这部书的哲理深度和艺术手法的多样性也是作家此前作品所未曾有的。它是作家的思想和艺术的总结性作品。"

值得一提的是，在伊凡创作的《宗教大法官》一章中，作家阐述了对自由的看法。基督出现在西班牙，且马上被关进监狱。大法官夜间去探访基督，指责他选择自由从而使人变得不幸。大法官想借助基督的力量建立人间天堂。基督沉默不语。他吻了一下大法官，大法官放走了他。大法官认为，福音书提出崇高的道德要求，可"人是软弱和低贱的"，人首先要的是面包，无法达到这些道德要求。为了"面包和娱乐"，人会拒绝基督给予的自由，会自愿成为奴隶。即使给予自由，人也不会合理接受，"自由"会使人不分善恶、互相残杀、陷于纷乱和痛苦之中，人甚至还会以"自由"去换取面包。因此，必须用"奇迹、神秘和权威"或者恺撒的利剑来加以统治，也就是说应该以权力代替基督那些无法实现的道德规训。这一章篇幅虽短，内涵却丰富，因而引起了人们的广泛兴趣。俄国现代哲学家、文学家罗赞诺夫写有《陀思妥耶夫斯基的"大法官"》，专门探讨这一章，可参看。①

陀思妥耶夫斯基宣称："人们称我是心理学家，不，我是最高意义上的

---

① 参见［俄］罗赞诺夫：《陀思妥耶夫斯基的"大法官"》，张百春译，北京，华夏出版社，2002。

现实主义者，也就是说，我描绘人的内心的全部奥秘"，或者说描写的是
"人的内心的全部深度"。他认为，按照现实的本来面目来表现现实"是不可
能的"，因为"这样的现实根本不存在"，人是"按照自然在他思想里的反映，
通过他的感情"来理解自然的。因此，他偏重从心理和感情上来反映现实，
往往还联系着人物肉体和精神上的某种病态，这决定了其创作的基本内容
和艺术手法。综合来看，陀思妥耶夫斯基的小说具有以下几个方面的总体
特点。

第一，是独特的"思想小说"。米尔斯基指出："在陀思妥耶夫斯基晚期
所有文学作品中（自《地下室手记》至《卡拉马佐夫兄弟》），思想观念和艺术
观念这两者无法区分。它们相互交织。这些小说均为思想小说，其中人物
尽管生机勃勃，富有个性，却毕竟仅为一些被思想电流所充电的原子。"这
是因为作家笔下的主人公往往体现着某种思想，是"思想的人"。这种思想
转化为人物的感情、意识、潜意识，从而支配着行动。陀思妥耶夫斯基认
为，时代和社会的本质特征就是由"思想"和"念头"构成的，因而在特定时
代和特定的社会中出现的特定的"思想的人"，能够充分反映时代和社会的
本质特征。这种心理现实主义的最高意义，就体现在对人类心灵的深刻剖
析和发掘中，体现为他的"思想的人"的典型性，以及"思想"或"心理"反映
现实的真实性。

第二，从人物心灵两极的较量中揭示无限的内心奥秘。早在《双重人
格》中，陀思妥耶夫斯基就已显示出描写双重人格和心灵两极斗争的创作特
色。他从抽象的道德伦理原则看人，把人的心灵看作善与恶、上帝与魔鬼
进行不间断斗争的场所。他时时展现人物心灵两极激烈冲突的波澜，使主
人公永远带着痛苦和不安，渴望着行动，并将这样的人物放置在尽可能短
暂的、高度浓缩的时间中，让他们在危机和激烈的行动中实践他们的意志。
他笔下人物命运富于戏剧性的变化由此而来。托马斯·曼指出，陀思妥耶
夫斯基的小说是规模宏大的戏剧，场景特征几乎见于整个结构之中；在他
的小说中，情节让人物的灵魂深处错位，常常集中于数天之内，以超现实
主义和狂热的对话形式表现出来。斯坦纳甚至认为，在莎士比亚逝世之后，
陀思妥耶夫斯基可能是建树最伟大、变化最丰富的戏剧家。他特别重视情
节的戏剧性，重视具有戏剧性活动的冲突，尤其是开始时总是展现短暂的

突变或者"狂风",日常事务在这里的变化中出现错位,形成所谓"紧要关头"。他的四部主要作品要么围绕谋杀展开,要么以谋杀作为情节高潮。他的想象力围绕着一种暴力行为发挥出来,这些行为在性质和风格潜力两个方面非常类似,借助于具有干预和探索性质的侦探语言,从犯罪到惩罚的主题运动以内在方式,包含了戏剧形式。他本能的做法是将缠结在一起的多维度行为集中起来,放在具有合理性的最短暂的时段之中。这种集中表现的做法有助于形成梦魇感、动作感和语言感,有助于去除所有起到软化和延迟作用的因素。他笔下的时间经过浓缩,带有幻觉特征。例如,《白痴》的大部分情节在 24 小时之内展开,《群魔》的情节集中出现在 48 小时之内,《卡拉玛佐夫兄弟》的情节——审判除外——被浓缩在 5 天之内。他还以戏剧方式处理对话,使对话变得具体可感。也正是在这样的过程中,他深入揭示了心灵两极的矛盾。

第三,心理描写的对话性构成小说的"复调"特征。复调小说是俄国著名理论家巴赫金在《陀思妥耶夫斯基诗学问题》中提出的一个概念,具有以下特点:第一,复调小说的主人公不只是作者描写的客体或对象,他并非作者思想观念的直接表现者,而是表现自我意识的主体;第二,复调小说中并不存在一个至高无上的作者的统一意识,小说不是按照这种统一意识展开情节,展开人物命运、形象、性格,更重要的是展现具有同等价值的各不相同的独立意识;第三,复调小说的作者不支配一切,作品的人物与作者都作为具有同等价值的一方参加对话;第四,复调小说由互不相容的各种独立意识、各具完整价值的多重声音构成一个统一体。

个性的分裂使陀思妥耶夫斯基小说中的主人公把揭示自我意识的内心独白变成了表达不同观念激烈斗争的内心对话。他往往采用对位法来设置人物,通过中心人物与与其相辅相成的其他人物之间的思想辩论来揭示主人公心理和观念上的矛盾,从而形成主人公之间所谓"外部表现为结构的对话"。他的主人公各有自己的立足点和天地,但又彼此处在对方的意识和视野中。他们一般具有对他人的意识先知先觉的本领(更多地表现为潜台词),使他人的声音经常介入自己的思维,并和自己构成对话,因而一出口便能击中他人的要害,使谈话变得极为紧张。作者也往往与主人公处于平等地位,与主人公构成对话关系。在这种对话关系中,主人公的思想、观念、心理、情感不受作者的控制，能得到完全独立的表现。

第四，属于"幻想现实主义"。在陀思妥耶夫斯基看来，一方面，资本主义社会的畸形状态使反映现实的幻想色彩具有本质的真实性，因而往往通过揭示人物的心理层次来表现社会的荒诞、人性的异化，带有非理性和宿命论的色彩；另一方面，幻想作为弱者对现实逃遁和对美好生活的希望，也是真实的社会心理。他的作品中有着大量关于幻想、梦想和梦想家的描写。人物的梦幻与现实之间往往没有明确的界限，梦幻就是人物清醒时不会表露的潜意识的继续，不论是梦想的人物还是人物的梦想都是陀思妥耶夫斯基的现实主义艺术形象，其目的就在于探索人心的奥秘，"运用充分的现实主义发现人身上的人"。陀思妥耶夫斯基采用具有逻辑真实性的悬念、直觉、预测等方法，通过人的意识、潜意识和梦幻，来揭示人的心理表现层次，真实地再现人的心理活动的全部过程，从而使心理分析和心理描写成为通过微观世界表现宏观世界的手段。

关于陀思妥耶夫斯基创作的现实主义特征，米尔斯基有颇为全面而又通达的见解。他认为，就其对现实生活问题的关注而言，就其对受难小人物的"仁慈"同情而言，首先就其对环境的选择、对具体的现实主义细节的把握，尤其是对人物语言的提炼而言，陀思妥耶夫斯基属于现实主义流派。但实质上，他较其他任何一位作家都更少对生活的忠实，他诉诸的是精神实质，是他自己无限丰富的精神体验之流露。他不过给这些精神体验和精神实质披上一件当代生活的现实主义外衣，将它们与俄国生活的当代事实联系在一起。而其小说的思想特征，也足以使他有别于俄国现实主义流派的其他作家。在他这里，哲理的素材和文学的素材完全融为一体，对话也从来不是不相干的因素。在他的直接影响下，象征主义流派小说家也写作这类小说，但只有别雷成功地赢得了独特性和创造性。使陀思妥耶夫斯基有别于其他现实主义作家的另一特征，即他对煽情手法和复杂阴谋的偏爱。在这一点上，他是巴尔扎克、法国感觉派作家和狄更斯的真正门徒。他的小说无论蕴含多少思想和哲理，实质上依然为充满秘密和悬念的小说。他完全掌握了此类小说的技巧，并借助一系列技巧营造一种几乎即将爆炸的紧张氛围，他的小说几乎都是思想因素和煽情因素巧妙、有机的结合。

斯坦纳也指出，陀思妥耶夫斯基接受了别林斯基的训谕：俄罗斯小说的重要责任是要反映现实，要真实地描绘俄罗斯人在生活中面对的社会困境和哲学困境。但是，陀思妥耶夫斯基坚持认为，他作品之中的现实主义自有特色，与冈察洛夫、屠格涅夫和托尔斯泰信奉的现实主义并不相同。在冈察洛夫和屠格涅夫的作品中，他看到的更多是对表面或者典型事物的描绘。在托尔斯泰的作品中，他看到的现实主义是陈旧的，与当时人们经历的极度痛苦毫不相关。陀思妥耶夫斯基的现实主义——用他本人在《白痴》草稿中写下的短语来说——具有"悲剧式幻想"特征。它将俄罗斯危机中的新生元素集中在戏剧瞬间和极端揭示之中，力图提供一幅全面、真实的图景。在很大程度上，陀思妥耶夫斯基实现这一集中表现的技巧来自相当古老的、以歇斯底里的方式表达情感的文学传统。但是，他又天才地利用了哥特传统和情节剧。在陀思妥耶夫斯基的小说中，"悲剧"和"幻想"无法分离开来。实际上，借助幻想，作家表现并且提升了悲剧仪式，使其高于当时的单调经验。

此外，陀思妥耶夫斯基的作品主要描写城市下层人们的生活，这也是其创作的特点之一。米川正夫指出，陀思妥耶夫斯基的创作是"都会的"，但并非繁华的官能享乐的都会情调，而是在那被深雾所掩蔽着的北方都会里，由那些过着苦恼而灰色的陋巷和屋顶间生活的下级官吏、商人，以及有知识的无产阶级所酝酿出来的情趣、情景。由于雾、雨和白夜等自然条件，而常常带着朦胧的梦幻性的彼得堡城市，对于那些为生存之不安和忙乱的生活之威胁所驱迫着的不幸的陋巷住民，绝不能够成为健全的精神避难所。

正因为如此，斯坦纳认为，陀思妥耶夫斯基对 19 世纪俄罗斯小说的兴起和发展，起到了不可或缺的作用。"在陀思妥耶夫斯基的小说中，生命的悲剧感以传统的方式在整体上得到更新。陀思妥耶夫斯基是伟大的悲剧诗人之一。"奥地利著名小说家茨威格声称："对我们这一时代的文学和文化能产生深远影响的有两个人，一个是存在主义的鼻祖克尔凯郭尔，另一个就是俄国的小说家陀思妥耶夫斯基。"

二、《罪与罚》：一部俄罗斯式的新长篇小说

《罪与罚》是陀思妥耶夫斯基的代表作之一，是作家完全走向独创性的

标志。基于欧洲长篇小说的发展历史对之进行考察，可以说，这是一部俄罗斯式的新长篇小说。

这部小说是作家多年酝酿、苦心经营的艺术结晶。早在 1859 年 10 月 9 日写给兄长米哈依尔的一封信中，陀思妥耶夫斯基就已宣称，打算创作一部关于一个罪犯的忏悔录，而且相当自信地认为："这部忏悔录将会确立我的名声。"1860 年年底，在阅读法国的刑事案件汇编时，19 世纪 30 年代轰动一时的皮埃尔·弗朗索瓦·拉塞内尔（1800—1836）诉讼案吸引了他的注意力，触发了他的灵感：一个准备从事法律研究的青年，为了抢钱，杀死了一个老太婆，被捕后他在狱中创作了一些诗歌，并写了回忆录，为自己进行辩解，宣称自己不是普通的罪犯，而是与社会的不公正做斗争的勇士，是"社会的牺牲者"。1861 年，陀思妥耶夫斯基在《当代》杂志上发表了这一案件的审判记录汇编，并且亲自写了按语："这件诉讼案涉及的是一个罕见的、神秘的、令人感到可怕而有趣的人的个性。卑劣的天性和对贫困的畏惧，使他变成一个罪犯，而他竟把自己说成是自己时代的牺牲品。"陀思妥耶夫斯基认为，这一审判记录汇编"比各种各样的长篇小说还要吸引人，因为这类诉讼案照出人的灵魂的黑暗面，艺术是不喜欢触及这些黑暗面的，而假如触及了，也只是用插曲的形式顺便一提……"。于是，他结合自己对俄国社会现实的观察以及对人的问题的思考，对这一材料进行了艺术加工和虚构，让这个故事发生在俄国的首都彼得堡，经过较长时间的构思与创作，在 1866 年完成了这部长篇小说。

欧洲近代长篇小说产生于 16 世纪，到 19 世纪 60 年代已经相当成熟和繁荣。纵观这几百年间欧洲长篇小说的发展历史，大致可以认为它经历了从情节小说到人物小说再到心理小说这样一个发展过程。

情节小说是 16—17 世纪欧洲长篇小说刚刚产生时期的一种形态。它受到古希腊罗马神话传说和中世纪骑士传奇等的影响，更注重描写离奇的情节和一系列变化多端的事件。在情节小说中，情节是压倒一切的，甚至主宰着人物的性格，而且叙述的是异乎寻常、介于真实与幻想之间的人和事，人物性格则往往是简单的、概念化的，一出场就已定型。代表作品是法国拉伯雷的《巨人传》、西班牙的骑士小说、塞万提斯的《堂吉诃德》。

17 世纪以后的小说逐渐转变为人物小说——法国小说家拉法耶特夫人

(1634—1639)的代表作《克莱芙王妃》(1678)首开纪录。18 世纪，这类小说趋于成熟。人物小说不再过多关注异乎寻常的带幻想色彩的人和事，而把普通的甚至是平庸的人物作为小说的主人公，并让主人公的活动与性格起主导作用，情节则成为人物逼真的活动背景和场所。在人物小说中，人物是独立的、有血有肉的，并且具有一定的完整性与稳定性，同时人物与情节开始融合起来。代表作品有法国勒萨日(1668—1747)的《吉尔·布拉斯》、英国笛福的《鲁滨孙漂流记》等。

心理小说虽然可追溯至拉法耶特夫人的《克莱芙王妃》，但到 18 世纪末感伤主义小说出现才产生颇大的影响，19 世纪后期才变得繁荣起来。心理小说在人物小说追求逼真的情节与环境的基础上，更注重在人与社会、伦理、道德的种种冲突中揭示人的内心世界。它适当地简化了人物小说对环境与事件过分详尽、逼真的描写，而把笔墨主要集中于揭示人物的内心世界，表现出一种从外化到内化的转折，直接通向了 20 世纪的现代小说尤其是现代主义小说。

作为一部俄罗斯式的新长篇小说，《罪与罚》在思想内容和艺术形式两个方面都明显地体现出这一特征。

从文艺复兴至陀思妥耶夫斯基创作《罪与罚》时的欧洲长篇小说，在思想内容上主要是弘扬人的个性，歌颂个人为维护各个方面的权利(追求个人发展、恋爱自由、婚姻自主、社会政治方面的平等和作为等)而进行的各种斗争，揭露或控诉不平等的社会对个性与才华的扼杀。

《罪与罚》在此基础上有较大的发展与创新，它既肯定了个人追求自由、捍卫个人权利的正当性，又深刻地揭穿了过分追求个性自由、个人权利从而发展为一切以自我为中心的西方个人主义的实质。这种个人主义不受管束地追求一己私利，特别相信纯粹的人类理性的力量至高无上，试图用它代替良知，并且用这种冷静而精心算计的理性来对付挡道的各种良知的道德命令。而这是对西方长篇小说在主题上的创新、推进与深化。小说的主人公拉斯科尔尼科夫受西方思潮及拿破仑等的影响，形成了类似于后来德国哲学家尼采"超人"哲学的一种理论。这种理论把芸芸众生人为地分为"非凡的人"和"平凡的人"两类："一类是低级的人(平凡的人)，也就是说，可以称之为仅仅是繁殖同类的材料；另一类是真正意义上的人，也就是具有天赋和才干，能在自己所处的社会里提出新见解的人。"后一类人不仅能提出新见解，而且为了实现自己的新见解，可以为所欲为，甚至杀人："为了实现自己的思想，如果需要他哪怕踩着尸体，踏过血泊，那么，在他的内心深处，在他的良心上，依我看，是可能会允许自己踏过血泊的。"为了实践这一理论，他挑选了一个放高利贷的穷凶极恶的老太婆作为实验对象，并且杀死了正好发现他杀人的老太婆的妹妹——极其善良的莉扎薇塔。杀人后，他的良心使他深感自己犯了罪，但他又一时难以放弃自己那"非凡的人"的理论，千方百计试图逃避法律的惩罚。小说细致生动地揭示了主人公的灵魂在善与恶、罪与罚两极之间的苦苦挣扎与激烈斗争。

较之西欧小说更为深刻的是，《罪与罚》把对社会现实问题的反映与对人的终极问题的思考有机地结合起来，从而使现实性、哲学性、宗教性融为有机的整体。正因为如此，约瑟夫·弗兰克指出："一边是非凡的社会敏锐感，一边是痛苦的宗教探索，正是两者的这种结合赋予了其作品特有的悲剧特色和在小说史上独一无二的地位。"

如前所述，这部小说的原型是法国的一桩刑事案件，但作家有意识地把它变成了一个俄国当代的犯罪故事，并以拉斯科尔尼科夫为中心，广泛反映了俄国社会的真实现状，思考了俄国农奴制改革后人的出路问题。拉斯科尔尼科夫本是学法律专业的大学生，由于家境贫寒，被迫辍学。妹妹杜涅奇卡为了支持哥哥读完大学，先是到地主斯维德里盖洛夫家担任家庭教师，饱受侮辱，继之被迫嫁给一个比自己年长一倍的极端自私自利者——颇为富裕且拟在彼得堡开办律师事务所的市侩卢仁。主人公结识的退职九等文官马尔梅拉多夫一家的遭遇更是惨不忍睹：由于没有收入，难以养家糊口，三个幼小的孩子啼饥号寒，大女儿索尼娅只能当妓女来养活弟妹。主人公在街上碰到的被欺骗玩弄的年轻少女，以及大学同学拉祖米欣，也无一不反映了当时俄国社会中的普遍贫穷。主人公正是深感人们普遍的不幸和贫困以及社会的不公正，才经过长时间的酝酿，形成了自己那把人按非凡与平凡两分的理论，并最终在多种现实环境力量的冲击下去实践自己的理论。

如果仅此而止，那么这部小说与西欧小说就没有什么区别了。这部小说的新颖与深刻之处在于，它不仅揭露了现实生活中人们的贫困与无奈，更以此为基点，从哲学与宗教的角度思考了人的出路与归宿问题。

从哲学的层面来说，小说思考了面对西方资本主义的现状及其文化冲击，在俄国个人该如何发展的问题。西欧自文艺复兴以来便高扬起个性自由的旗帜，启蒙运动更是为这一个性自由奠立了哲学与社会基础。然而到19 世纪中后期，西欧资本主义的发展却以活生生的事实证明，这种个人主义已发展为一种极其自私自利的个人主义，一切以自我为中心，为达目的不择手段，完全无视社会伦理道德规范，给他人和社会带来了极大的灾难，甚至成为整个社会不安定的根源之一。在西欧思想与文化的冲击下，俄国也开始出现类似于西欧的情况（小说中的卢仁、拉斯科尔尼科夫即为显例）。个人究竟该以何种方式与途径发展自己的个性呢？这就是这部小说的重要主题之一。俄国学者弗里德连杰尔指出："小说家通过对个别人的命运的分析把我们引导到有关过去与当代的全部文明的实质上来，而这种文明是建立在不平等和不公正基础之上的，是建立在一个人想靠肉体和道义上的暴行把自己的意志强加给别人的意愿上的。"作家通过拉斯科尔尼科夫的杀人抢钱、犯罪后心灵深处激烈的善恶交战、最终的投案自首，彻底否定了他这种建立在西欧个人主义理论基础上的"非凡的人"的哲学，从而指出个人的发展不可能建立在自私自利、无视道德规范的基础之上。

值得一提的是，正如马克·斯洛宁指出的那样，《罪与罚》的重要主题——自由与权势、既有的道德限制、群众与领导者之间的对立、人与超人——后来都被尼采所吸收，尼采也承认陀思妥耶夫斯基是他的精神导师之一。然而至今还有不少人声称，拉斯柯尔尼科夫是受了尼采哲学的影响才形成了把人分为非凡的人和平凡的人的思想的。[1]

进而，作家从宗教的角度为俄罗斯社会乃至整个人类开出了解决这一问题的处方。

---

[1]　这是一个硬伤。尼采（1844—1900），1864 年在波恩大学攻读神学和古典语言学，1865 年转入莱比锡大学，正为发现叔本华的《作为意志和表象的世界》而狂喜，尚未形成自己的哲学思想，1872 年才发表第一部哲学著作《悲剧的诞生》，1883—1885 年才完成代表作《查拉图斯特拉如是说》，首次提出"超人"学说，而此时陀思妥耶夫斯基（1821—1881）已经去世。更重要的是，陀思妥耶夫斯基的《罪与罚》从 1860 年便开始酝酿，1866 年就已正式出版。因此，创作《罪与罚》时的陀思妥耶夫斯基根本不可能知道尼采的"超人"哲学，尼采的"超人"哲学更不可能影响陀思妥耶夫斯基小说的主人公拉斯科尔尼科夫。

作家生动地写到，拉斯科尔尼科夫虽然有一种类似于"超人"哲学的理论，并且在社会现实多种因素的刺激下把它付之于行动，但他犯罪后良心不安，被他蔑视的道德规范暗暗地惩罚着他。他噩梦连连，疑神疑鬼，惶惶不可终日，几次打算到警察分局去投案自首。这样，这部小说所写的真正惩罚就是道德与良心的惩罚，它所描绘的是发生在主人公内心深处的道德和心理斗争。弗里德连杰尔精辟地指出："在陀思妥耶夫斯基的小说中，主人公所犯下的罪行不仅触犯了社会法律，而且首先是触犯了那条最高的法律。这条法律的体现者，在陀思妥耶夫斯基看来，就是人民群众。这条法律已由永恒的不可磨灭的符号写在主人公的心上。所以，拉斯科尔尼科夫在杀死放高利贷的老太婆的时候，正如我们已经知道的，犯下了双重罪行：不仅杀死了她，而且也杀死了'自我'，用'剪刀'剪断了自己与周围人们和全人类的联系。拉斯柯尔尼科夫犯下了双重罪行，所以也为之受双重的惩罚——刑事法律的惩罚和刻在他个人心上的道德法律的惩罚。拉斯柯尔尼科夫的起诉人不是侦查员波尔菲里·彼得罗维奇，而是拉斯柯尔尼科夫本人：主人公与包含在他自身的，即他良心上的道德法律的斗争决定了小说的情节和结构。"

个人的出路尤其是作为知识分子的个人的出路与归宿问题，一直是陀思妥耶夫斯基关注的问题。早在1860年9月，他就在《当代》杂志上发表过一篇声明，这篇声明后来被称为"土壤派"的宣言。在声明中，他认为俄罗斯民族是一个出类拔萃的民族，它的任务是建立一种本民族所固有的形式，这种形式源于自己的"土壤"——人民精神和人民大众。"我们未来活动的特点应该真正是全人类性的，俄罗斯思想也许会把欧洲各个民族以顽强意志和勇敢精神发展起来的各种思想融合起来，那些思想中一切敌对的因素也许会同俄罗斯民族性协调起来，并得到进一步发展。"而要真正做到这一点，首先必须让俄国知识分子与人民群众结合起来，因为俄国人民群众尤其是农民笃信宗教，温顺谦恭，逆来顺受，富有博爱精神，具有极强的自我牺牲精神，是道德的表率。可在俄国历史上，自彼得大帝改革以来，知识分子与人民群众只有过一次结合，那就是1812年的抗法卫国战争。当前，在西方思潮与文化的冲击下，俄国知识分子完全可以而且应该和人民群众结合起来，一起推行各阶级和睦相处的宗法制田园生活。在《罪与罚》中，作家通过拉斯科尔尼科夫等形象，把自己声明中的理论具体化、形象化了。

在小说中，主人公拉斯科尔尼科夫由于深受西方思想的影响，一度走上了犯罪的道路，然而在索尼娅的影响下，他终于克服了自己内心的矛盾，主动到警察局去投案自首，并在宗教中获得了新生。索尼娅是作家塑造的一个理想的女性形象，她实际上是俄国广大人民群众的美好代表：她虔信宗教，温顺柔和，逆来顺受，而且具有突出的自我牺牲精神，是博爱的化身。她的继母卡捷琳娜·伊万诺芙娜曾指出她有着非同一般的深广的爱和高度的自我牺牲精神："如果你们需要的话，她为了济人之难会脱下自己身上的最后一件衣服，光着脚去把它卖掉，再把钱送给你们。"正是在索尼娅这种极强的忍耐、高度忘我的自我牺牲精神，以及虔诚信仰的感召下，拉斯科尔尼科夫抛弃了西欧思想的影响，而回到俄国人民与宗教之中，并且与索尼娅相爱了。这就是作家为俄国探求出路的知识分子及其他人开出的药方——回到人民群众之中，信仰宗教，信奉人民的道德，温顺谦恭，胸怀深广的爱，具有高度忘我的自我牺牲精神。

《罪与罚》作为一部揭示人物心灵道德冲突、善恶交战的心理小说，其创新之处还直接与20世纪的文学尤其是现代主义的文学相通。在艺术上，这种创新具体从两个方面体现出来。

第一，淡化西欧小说的逼真的环境与人物描写，缩小描写的空间范围，以便集中笔墨深入细致地揭示主人公的心灵冲突。早在中学时代，陀思妥耶夫斯基就十分喜爱巴尔扎克、雨果的作品，其创作也受到他们较大的影响，但在艺术形式方面又大大地突破和超越了他们。

巴尔扎克、雨果的作品有一个显著的特点，那就是喜欢连篇累牍、细致入微地描写人物所生活的环境，对人物肖像的描写也是尽可能逼真入神，这在《高老头》《巴黎圣母院》中尤为突出。同时，他们还喜欢也善于描写广阔的生活画面。巴尔扎克自称要当法国历史的书记官；恩格斯认为他的《人间喜剧》"汇集了法国社会的全部历史"，并且说，"我在这里，甚至在经济细节方面（如革命以后动产与不动产的重新分配）所学到的东西，也要比当时所有职业的历史学家，经济学家和统计学家那里学到的全部东西还要多"。雨果的《悲惨世界》《巴黎圣母院》也都场景众多，反映的生活面极广。这些也是西欧19世纪小说一大特色。

　　在《罪与罚》中，陀思妥耶夫斯基大大地淡化了小说的环境与人物描写。这部小说的故事主要发生在彼得堡，但关于彼得堡的特点与民俗风情我们从小说中几乎可以说是一无所知，能看到的只是在当时俄国的任何一个城市里都能见到的一般性的简单描写："街上酷热难当，而且又闷又挤，到处是石灰浆、脚手架、砖头、灰尘，以及夏天特有的那种臭气……在城市的这一段区域，小酒馆特别多，从这些小酒馆里飘出一阵阵闻之欲呕的臭味，再加上虽然在上班时间也会不断碰到的那些醉鬼，给这幅画面添抹了最后一笔令人厌恶的阴郁色彩。"小说对一再提到的干草广场，描写得更是简单："当他经过干草广场时，刚好是九点钟左右。所有摆摊的、挑担的、开大小店铺的商贩们正纷纷在关门落锁、捡货收摊，像他们的买主一样，各自回家。在楼房底层开设的那些小吃铺附近，以及在干草广场上那些房子的臭烘烘、脏分分的院子里，特别是那些小酒馆旁边，拥挤着形形色色的、各行各业的手艺人和穿得破破烂烂的穷人。"

　　对于人物的描写也是如此，如对小说的主人公拉斯科尔尼科夫的外貌，作家根本就没打算浓墨重彩地加以细细描写，只是相当简明扼要地提了一下他有一张清秀的脸庞，同时"顺便说一下，他长得俊秀，有一双漂亮的黑眼睛，一头深褐色的头发，身材中等以上，修长而匀称"。小说的另一重要人物索尼娅的肖像描写同样简单：在这顶轻浮地歪戴着的圆草帽下面，露出一张瘦条条、白煞煞、惶惶不安的小脸，嘴巴大张着，两只眼睛因惊吓而直瞪瞪的。索尼娅身材纤小，大约十八岁，人虽瘦弱，却是一个长着一双美妙动人浅蓝色眼睛、相当好看的金发女郎。其他人物如拉祖米欣、卢仁、斯维德里盖洛夫等的肖像描写，也无一不是十分简略。关于杜涅奇卡的外貌描写在小说中可以说是最为细致的了，但与其他一些小说相比，却依然稍嫌简单："阿芙多季娅·罗曼诺芙娜丽质天成——身材高挑，体格十分匀称，健壮有力，而且相当自信，——这种自信在她一颦一笑、举手投足的每一姿态中都流露出来，不过这丝毫也不损害她举止的温柔和风姿的优美。她的脸庞很像哥哥，甚至堪称美人儿。她的头发是深褐色的，比她哥哥头发的颜色稍浅一些；眼睛近乎黑色，亮晶晶的，颇为高傲，同时又时常偶尔变得异常善良。她肤色白皙，但并非那种病态的苍白；她的脸蛋容光焕发，红润健康。她的嘴略微小了些，鲜灵灵、红嘟嘟的下嘴唇和下巴一道微微向前突出，——这是这张秀美的脸上唯一的不足之处，但它也赋予这张脸庞一种特别的个性，顺便说说，仿佛使这张脸庞具有了一种傲慢的神情。她脸上的表情往往严肃多于欢快，总是在冥思苦想；然而，这张脸是多么适宜于微笑啊，欢快、青春、无忧无虑的笑容对于她来说，是多么适宜啊！"

此外，陀思妥耶夫斯基还尽可能地把描写生活的面集中到一个比较小的空间。这部小说虽然也写到外省的人物，如斯维德里盖洛夫、杜涅奇卡等，但他们在外省的活动是通过书信和回忆交代出来的，后来作家干脆让他们来到彼得堡。因此，这部小说的空间和场面较之西欧小说狭小得多，主要集中于彼得堡的下层区域。小说的时间也高度集中在短短的几天里。

作家简化环境与人物描写，使时空高度集中是为了集中笔墨深入、细致地揭示人物的心灵（杀人只用一章来写，杀人后内心的善恶交战则写了五章）。在这方面作家做出了独特而深刻的贡献，并且对 20 世纪文学产生了巨大影响。此处仅拟从主人公的双重人格和潜意识方面简单地谈一谈。

如前所述，欧美文学中最早描写人的双重性格的是德国作家霍夫曼和美国作家爱伦·坡。陀思妥耶夫斯基对霍夫曼和爱伦·坡的作品非常熟悉，并写过介绍、评论他们的文章，他的小说继承了他们描写双重人格的传统，但又加以推进和发展。1846 年更是直接效仿他们，以"分身人"的方式创作了中篇小说《双重人格》。从《罪与罚》开始，作家以新的方式来描写双重人格，这就是全面深刻、细致入微地写出人身上"天使"与"魔鬼"共存的特性，展示人的灵魂深处善与恶的交战。

这部小说在这方面写得最精彩的是主人公拉斯科尔尼科夫。善与恶以奇特的方式统一在他身上。一方面，他心地善良，极富同情心，并且乐于助人。他在自己经济并不宽裕的情况下尽其所能地帮助患肺病的贫困同学，在同学死后又去照顾他那体弱多病的父亲，在老人生病时把他送进医院，在老人死后又为他办了丧事；还曾冒着生命危险，冲进烈火熊熊的房子救出两个年幼的孩子，以致自己被烧伤；在自己痛苦不堪、极其贫困的情况下，依旧慷慨解囊，把所有的钱都用于资助与自己仅一面之识的马尔梅拉多夫的遗孀。另一方面，他心中的恶也颇为活跃，他那"非凡的人"的理论本身就是对普通大众的蔑视，而认为"非凡的人"为了实现自己的主张可以杀人流血，更是极不人道的观念，这种理论最终导致他在行动上的杀人作恶。在小说中，作家还通过一些小事，从细处写了主人公细小隐秘的作恶心理，如他两次十分残酷地向索尼娅揭穿其可能遭到的最大的不幸，使她备受折磨，痛苦不堪，而他则从她的痛苦中得到一种恶意的快感。约瑟夫·弗兰克认为："在《麦克白》之后，陀思妥耶夫斯基对良心与自我搏斗之痛苦的描绘无人能及，就像拉斯科尔尼科夫奋力压抑自己的道德顾虑和坚定杀人决心时那样。"

小说对人物心灵的揭示还表现为对主人公潜意识的描写。这种潜意识主要是一种病态乃至变态的深层心理，包括幻觉、梦呓、梦境。按照弗洛伊德的理论，潜意识是人的深层心理，较人的意识更能体现人的灵魂的本质。小说的主人公拉斯科尔尼科夫身患热病，且时常发作，同时又饱受贫穷的折磨，深感社会的不公，心灵受到一定程度的扭曲，因此他的心理既是病态的也是变态的。小说生动细致地描写了他的这种心理。此处限于篇幅，拟通过主人公的三个梦境来简单分析一下小说是如何用潜意识来揭示人物的心理的。

第一个梦境出现在主人公杀人之前。此时，他内心的善恶交战已比较激烈。他既想实践自己的理论去杀死老太婆，又受到良心和道德的制约，试图放弃这一杀人的计划。他喝了点酒，非常疲乏地躺在一片灌木丛中的草地上睡着了，并且做了一个噩梦。他梦见了自己的童年时代，尤其是梦见了一群喝得醉醺醺的庄稼汉在强逼一匹瘦弱不堪的小母马拉动只有高头大马才能拉动的大马车和众多乘客。小母马竭尽全力也无法拉动马车，庄稼汉们拿起各种器械照准它狠狠抽打。可怜的小母马被打得倒在地上，但依旧试图站起来拉动马车，最终却被活活打死了。这个梦境内涵相当丰富，它揭示了拉斯科尔尼科夫颇为复杂的隐秘的内心情感。首先，这匹小母马是全体不堪重负、尽心尽力而又饱受欺凌与压迫的贫苦无助的俄国人民的象征，主人公在心灵深处同情他们，试图帮助他们。其次，这匹小母马也是主人公自身的象征。尽管他雄心勃勃，要成为拿破仑，要杀死老太婆以证明自己确实是"非凡的人"，但他毕竟从小深受东正教和传统道德观念的影响，因此，一方面，雄心和计划在拼命鞭策他不顾一切地向前；另一方面，他又的确不堪良心和道德观念的重负，随时可能在它们的鞭打下倒下。

最后，这个梦境还可以被理解为，拉斯科尔尼科夫要么像那匹瘦马一样任人驱赶，被折磨致死，要么成为鞭打者、压迫者、统治者，也就是说真正超越"平凡的人"，而成为"非凡的人"。

第二个梦境出现在杀人后。拉斯科尔尼科夫被下意识支配，又来到被杀的老太婆家，向在那里工作的两个工人打听老太婆被杀时的那摊血迹，结果一个他不熟悉的小市民猛然钻出来称他为杀人凶手，他那本已疑神疑鬼的心灵顿时如遭雷击。他以为自己真的被人发现了，在极度的惊慌不安中昏昏入睡，结果做了这一个梦。他梦见又遇到了那个小市民，于是一路跟踪，最后进入了一幢大楼，来到了老太婆的屋里。老太婆并没有死，她坐在角落里的一把椅子上，低垂着脑袋。拉斯科尔尼科夫拿起斧头就砍，但老太婆不仅没有死，反倒垂着头在偷偷地笑，卧室里也有窥视者的笑声和窃窃私语声。拉斯科尔尼科夫气得发了疯，使劲用斧头砍老太婆，谁知每砍一下，卧室里的笑声和私语声就越大，而老太婆甚至哈哈大笑起来。拉斯科尔尼科夫吓得拔腿就跑，结果发现到处都是人。大家都在观看他，也都在默默地等待着。这个梦境淋漓尽致地揭示了主人公隐秘的心态：原以为杀死了老太婆即实践了自己的理论，成了"非凡的人"，然而道德和良心却把这件事牢牢地刻在了他的心上，并使得他惶恐不安，随时担心被人发现。杀不死的老太婆和水泄不通的围观者，把他那因小市民而惊起的极度担忧被发现的隐秘心态，形象生动地揭示出来了。梦境一方面细腻、真实地重现了主人公杀人犯罪时的心理体验，另一方面又充分反映了主人公保存自我的潜意识再次诱惑他走向毁灭。但梦境的再现也使他备受精神的煎熬，在内心经历着与自己的理论、道德、良心的斗争，形成一种极其复杂、反复纠缠、变化无常、难以捉摸的心理冲突。

第三个梦境出现在主人公被流放西伯利亚之后。拉斯科尔尼科夫被流放到西伯利亚后十分痛苦，因为他不但肉体上受到惩罚，而且在精神上也感到自己是个罪人。他生病了，梦见全世界遭到瘟疫袭击，人一旦传染上就会发疯，痛苦不堪。于是，社会大乱，人们惶恐不安，互相争斗、残害，只有几个纯洁的特殊人物才能获救，只有他们才能担当繁衍新人种和创造新生活的使命。这个梦是幻想与受压抑的愿望产生的下意识活动。梦中"少数能获新生命之人"在某种程度上影射主人公自己。在和索尼娅到西伯利亚后，拉斯科尔尼科夫接受心灵的洗礼，开始悔过，以赎别人认为的罪，这表示他接受了惩罚，想以教徒的驯服来忍受一切，以换取精神上的获救。而这个梦是在复活节那个星期做的，这相当巧妙而含蓄地反映了主人公渴求复活和新生的愿望。

约瑟夫·弗兰克还谈道，斯维德里盖洛夫仿佛从拉斯科尔尼科夫的潜意识中走出，暗示了相比代表了后者思想的卢仁，他来自拉斯柯尔尼科夫个性的更深层次。斯维德里盖洛夫反映了那种利己主义的根本动力，这种力量集聚在拉斯科尔尼科夫的偏执狂热中，最终导致了谋杀。拉斯科尔尼科夫发现面前的人接受了彻底的利己主义不道德，就像他现在开始意识到的，他自己也在无意中试图成为这种不道德的化身。作为陀思妥耶夫斯基创作的最具奇异魅力的人物之一，斯维德里盖洛夫是某种夸西莫多式的怪物，向往获得救赎和成为正常人。他的拜伦式厌世显示了一定程度的精神深度，而他个性中的矛盾（在最黑暗的恶和最仁慈的善之间摇摆）最好也用拜伦的话来理解："对普通的自私过于高尚，他/有时会为别人牺牲自己的利益，/但并非出于怜悯，亦非应该，/而是因为某种奇特的反常想法/说服他怀着暗中的骄傲/去做很少有人会做的事；/因此在适当的时机，某种冲动/同样会诱使他犯罪。"

陀思妥耶夫斯基这种对人的潜意识的揭示，在当时是一种全新的开拓，对 20 世纪文学有着相当大的影响。弗里德连杰尔的《陀思妥耶夫斯基和世界文学》一书对此有一定的论述。

第二，为了更好地集中笔墨揭示人物的灵魂深处，陀思妥耶夫斯基在艺术上还独具匠心地采用了戏剧化的手法。

运用戏剧的方法于小说创作，在西欧并非没有先例。巴尔扎克早年曾钻研古典主义戏剧，并创作过戏剧，后来他的小说创作借用了戏剧的一些方法，结构严谨而富有戏剧性的《高老头》就是显例。小说有两条主要线索，一条是拉斯蒂涅的堕落，一条是高老头的悲剧。两者由拉斯蒂涅与高老头同住伏盖公寓连接起来，相互映带。由这两条线索，又引出鲍赛昂夫人的被弃和伏脱冷的被捕两条次要线索。四条线索主次分明，并以拉斯蒂涅的见闻与经历绾合起来，既独立发展，又相互交织，使全书线索虽多却脉络分明。在这严谨的结构中，小说又善于以戏剧性的方式来表现主题、组织矛盾冲突，如伏脱冷对拉斯蒂涅的开导、高老头临死前的长篇大论都像是戏剧中的独白，而伏脱冷的被捕、鲍赛昂夫人的告别舞会、高老头的惨死等又像是最精彩的戏剧场面。

陀思妥耶夫斯基的独到之处在于，他完全以戏剧的方法来结构小说，安排人物，展开情节，揭示心灵。季星星从紧张、对白、淡化、集中四个方面对此进行了全面深入的论述。[①] 此处，拟稍稍分析一下未曾被论述或被谈得不那么透彻的两个方面——锁闭式结构和叙事方法。

《罪与罚》在结构上采用了西欧戏剧中最典型的锁闭式结构方式。这种结构方式往往运用因果倒置的叙事手段，从故事接近高潮的前夕进入情境，然后直奔高潮，走向尾声，展示事件的结果，而把事件的起因用追叙或插叙的方法交代出来。这样既能造成悬念，吸引观众，在写法上也既经济又集中，很能增强戏剧效果。陀思妥耶夫斯基采用这种方法则是为了更集中深刻地揭示主人公的心灵。《罪与罚》正是从接近高潮的时候写起的。小说一开始就是拉斯科尔尼科夫去试探放高利贷的老太婆，并侦察她家里的情况。他打算干的究竟是怎样一件事呢？他为什么要去干呢？他又为什么要犹豫呢？一系列悬念吸引着读者读下去。在几经周折后，他终于杀死了老太婆。故事开始进入高潮。杀人后他内心的善恶交战较之杀人前更为激烈，同时也引起了警方的怀疑。他被迫与侦查科长波尔菲里进行了三次心灵上的较量。在这较量的过程中，小说通过言谈、争论，以回忆的方式介绍了拉斯科尔尼科夫杀人的原因及他的"非凡的人"的理论。最后在索尼娅的感召下，拉斯科尔尼科夫投案自首。尾声交代了他开始皈依宗教并与追随他到西伯利亚的索尼娅正式相爱的情况，也交代了其他一些人的结局。由上面的介绍可以知道，小说的情节相对简单，中心事件只有一个——杀人。因而，这种结构方式的确可以更集中深刻地表现主人公内心深处的善恶交战。值得一提的是，虽然小说采用了戏剧式的结构，但它毕竟不是舞台艺术，写作自由度远远大于戏剧，因此，小说在写拉斯科尔尼科夫的同时，又写了马尔梅拉多夫一家、拉祖米欣、卢仁与列别贾特尼科夫等几条线索，反映了较为广阔的社会生活。

---

① 参见季星星：《陀思妥耶夫斯基小说的戏剧化》，北京，首都师范大学出版社，1999。

　　约瑟夫·弗兰克指出，拉斯科尔尼科夫性格的道德心理特征代表了两种力量的冲突，一边是本能的善良、同情和怜悯，另一边是骄傲和理想化的利己主义（已经扭曲成对顺从的大众的鄙夷）。书中其他的重要人物同样被整合进了拉斯科尔尼科夫的摇摆，他们中的每一个都是"近似副本"，以更加鲜明的形象代表了拉斯科尔尼科夫性格和思想的对立冲突中的某一方。巴赫金贴切地表示，拉斯科尔尼科夫所遇到的每一个人物"对他来说马上成了他个人问题的活生生答案，不同于他自己找到的答案；因此，每个人物都触及了他身上的一个痛点，在他的内心独白中扮演了坚实的角色"。这些人物的内心独白或一系列遭遇向拉斯科尔尼科夫呈现了他本人的这个或那个方面，推动了对陀思妥耶夫斯基的艺术意图而言十分关键的自我理解过程。《罪与罚》专注于解决一个谜题：拉斯科尔尼科夫的动机之谜。拉斯科尔尼科夫发现，他并不理解自己为何要杀人；或者说，他意识到被认为促使他产生了杀人念头的道德意图无法真正解释他的行为。因此，陀思妥耶夫斯基将侦探故事情节中通常的追捕变得内在化和心理化，将其转移到人物本身；现在是拉斯科尔尼科夫在追寻他自己的动机。这种追寻营造了类似于传统上追寻罪犯的悬念，尽管前者在深刻性和道德复杂程度上无疑要大得多。事实上，书中也有一位名叫波尔菲里·彼得洛维奇的警探，他的任务是将拉斯科尔尼科夫绳之以法，但比起这一纯粹的法律功能，他驱使拉斯科尔尼科夫不断自我质疑和自我理解的角色更加重要。陀思妥耶夫斯基还精彩地改造了侦探故事的另一个特征。此类叙事总是包含着线索，有的指向真正的犯人，有的指向完全无辜的人物。由于核心谜团是拉斯科尔尼科夫的动机，作家便用此类"疏忽"埋入了这个谜团的线索，既对读者提供指导，也误导了他们。提供指导的线索从一开始就被小心地插入情节的背景中（但如此不露痕迹，以至于很容易被忽视，特别是在第一次读的时候），指向了拉斯科尔尼科夫最终发现他杀人并不是像他相信的那样出于利他—人道主义动机，而是完全出于想要测试自身力量的纯粹自私需要。

　　在叙事手法上，这部小说有两个特点特别值得一提。第一，在叙事系统方面，西欧小说主要以人物、情节、环境为主，《罪与罚》则已主要转到人物心理方面，具有不少现代小说的特点，这是它的一个创新。但要注意的是，它毕竟还是19世纪的作品，因此追求把对外部生活的叙述与对心理的揭示有机地结合起来。如前所述，小说不仅描写了拉斯科尔尼科夫杀人、"非凡的人"的理论形成的前因后果，而且描写了马尔梅拉多夫、卢仁等的生活与活动。第二，在叙事视点上，多角度、多声部地揭示人物的心理，表现人物与自己、人物与环境、人物与他人的冲突。在这方面，巴赫金在《陀思妥耶夫斯基诗学问题》中已有经典论述，此处不赘。

总括来看，在《罪与罚》中，陀思妥耶夫斯基在艺术方面颇具俄罗斯特色的创新有以下几点：第一，在心理描写方面，从此前的单一性走向多角度，在保留突出的内省性（主人公的自我分析、自我解剖）的同时展示人物心灵的自我斗争，最终发展为多声部的合奏；第二，在文体特征方面，从此前普希金、屠格涅夫、托尔斯泰的诗与散文的结合（人与自然的结合、抒情）走向戏剧化；第三，在叙事方法方面，表现为把对外部生活的叙述与心理的揭示有机地结合起来的叙事系统和由定点到多角度的叙事视点。正因为如此，斯坦纳认为："从纯粹技巧的角度来看，《罪与罚》是一部写得非常漂亮的小说，几乎没有多少作品可以与之媲美。"艾尔蒙特古典丛书则推介道："19 世纪是俄国文学珍品如林的伟大世纪，但这些珍品，没有几部比陀思妥耶夫斯基的《罪与罚》更光辉。没有几部作品得到它所得到的那样的赞美，也没有几部 20 世纪以前写成的作品还能引起本世纪读者那样大的共鸣。"

综上所述，《罪与罚》的确是一部俄罗斯式的全新的长篇小说，它完全实现了作家预期的目的，不仅在俄国文学史上，而且在世界文学史上，确立了他作为伟大作家的名声，奠定了他极其重要的文学地位。①

参考资料

［苏联］巴赫金：《陀思妥耶夫斯基诗学问题》，白春仁、顾亚玲译，北京，生活·读书·新知三联书店，1988。

胡日佳：《俄国文学与西方——审美叙事模式比较研究》，上海，学林出版社，1999。

---

① 详见曾思艺：《一部俄罗斯式的新长篇小说——论〈罪与罚〉》，载《邵阳学院学报》，2004(5)。

季星星：《陀思妥耶夫斯基小说的戏剧化》，北京，首都师范大学出版社，1999。

［英］卡特里奥娜·凯利：《俄罗斯文学》，马睿译，南京，译林出版社，2019。

［美］W. 考夫曼编著：《存在主义——从陀思妥也夫斯基到沙特》，陈鼓应、孟祥森、刘崎译，北京，商务印书馆，1987。

［美］约瑟夫·弗兰克：《陀思妥耶夫斯基：作家与他的时代》，王晨等译，北京，中国华侨出版社，2019。

［俄］格·弗里德连杰尔：《陀思妥耶夫斯基的现实主义》，陆人豪译，合肥，安徽文艺出版社，1994。

［俄］格·弗里德连杰尔：《陀思妥耶夫斯基与世界文学》，施元译，上海，上海译文出版社，1997。

［俄］罗赞诺夫：《陀思妥耶夫斯基的"大法官"》，张百春译，北京，华夏出版社，2002。

［日］米川正夫：《俄国文学思潮》，任钧译，重庆，正中书局，1941。

［俄］德·斯·米尔斯基：《俄国文学史》，刘文飞译，北京，人民文学出版社，2013。

［美］弗拉基米尔·纳博科夫：《俄罗斯文学讲稿》，丁骏、王建开译，上海，上海三联书店，2015。

彭克巽：《陀思妥耶夫斯基小说艺术研究》，北京，北京大学出版社，2006。

任光宣主编：《俄罗斯文学简史》，北京，北京大学出版社，2006。

任光宣：《基辅罗斯——十九世纪俄国文学：俄国文学与宗教》，北京，世界图书出版公司，1995。

［美］斯坦纳：《托尔斯泰或陀思妥耶夫斯基》，严忠志译，杭州，浙江大学出版社，2011。

［俄］陀思妥耶夫斯基：《白痴》，臧仲伦译，桂林，漓江出版社，2013。

［俄］陀思妥耶夫斯基：《卡拉马佐夫兄弟》，徐振亚、冯增义译，上海，上海三联书店，2015。

《费·陀思妥耶夫斯基全集》，陈燊主编，石家庄，河北教育出版社，2010。

〔俄〕陀思妥耶夫斯基：《群魔》，臧仲伦译，桂林，漓江出版社，2013。

〔俄〕陀思妥耶夫斯基：《罪与罚》，曾思艺译，杭州，浙江文艺出版社，2019。

〔俄〕叶夫多基莫夫：《俄罗斯思想中的基督》，杨德友译，上海，学林出版社，1999。

朱宪生：《在诗与散文之间：屠格涅夫的创作和文体》，西安，陕西人民教育出版社，1999。

第十二章　奥斯特洛夫斯基：俄国民族戏剧之父

奥斯特洛夫斯基以其丰富的戏剧创作和翻译作品，以及大量的社会活动，奠定了俄国民族戏剧的基础，因此，被称为"俄国民族戏剧之父"。

一、埋头写作的一生

俄国学者史坦因指出，奥斯特洛夫斯基的一生是在不断地埋头写作中度过的，他的传记上没有什么轰轰烈烈的事件。纵观戏剧家的一生，的确如此。

亚历山大·尼古拉耶维奇·奥斯特洛夫斯基(1823—1886)①，1823 年 4 月 12 日(俄历 3 月 31 日)出生于莫斯科河南区一个官吏家庭，父亲是法官，母亲是圣饼制作者的女儿。父亲后来弃官从事律师工作，在商人麇集的河南区有一定的威望，成为拥有一批房产和农奴的贵族地主。他喜好读书，家里藏书颇多，而且注重对儿子的教育。奥斯特洛夫斯基六岁起接受家庭教师的良好教育，学习了德文、法文等好几种外语，并阅读了大量俄罗斯古典文学名著。他的奶妈阿芙多季娅·伊万诺夫娜·库图佐娃给他讲述了数不清的寓言故事、俏皮话、笑话、谚语、成语以及各种民间语言，唱了各种民间歌曲，使他领略了民间语言和民间歌曲的优美与民间创作的诗意。1835—1840 年，他在莫斯科第一中学读书期间，酷爱戏剧，经常到小剧院观看著名演员莫恰洛夫、谢普金(亦译史迁普金)的演出，并开始写诗。

---

① 俄国有两位叫奥斯特洛夫斯基的作家，另一位是小说家尼古拉·阿列克谢耶维奇·奥斯特洛夫斯基(1904—1936)，他创作有长篇小说《钢铁是怎样炼成的》(1933)、《暴风雨所诞生的》(未完成，1934—1936)。

1840 年，遵从父亲的意愿考入莫斯科大学法律系，1843 年离开学校，到莫斯科良心法院当书记，两年后转入莫斯科商务法庭工作，一直到 1851 年。八年的法院服务工作，使他接触了形形色色的案件，了解了社会多方面的生活，尤其是唯利是图、相互倾轧的商人世界，为日后的戏剧创作积累了丰富的素材。在此期间，酷爱戏剧的奥斯特洛夫斯基开始尝试创作戏剧。

1847 年，他的书信体散文《莫斯科河南区一个居民的手记》、独幕喜剧《家庭幸福图》和《破产者》相继在杂志上公开发表。当时颇负盛名的作家奥多耶夫斯基(1803—1869)宣称："我原认为俄国有三大悲剧：《纨绔少年》、《智慧的痛苦》和《钦差大臣》。现在我要把《破产者》列为第四位。"

与此同时，奥斯特洛夫斯基开始参加普希金的好友波戈金主办的杂志《莫斯科人》的编辑工作，并且组建了"少壮编辑部"集团。史坦因指出："参加这个集团的有诗人阿波龙·格里戈里耶夫，作家皮谢姆斯基、演员普罗夫·萨多夫斯基，教师戴尔蒂·菲利波夫等等。这集团的领导人是奥斯特洛夫斯基，团员们都是斯拉夫主义信徒。他们宣称西欧生活乃是一种'虚伪的文明'，认为祖国的希望和将来在于保留家长制度的古俄罗斯的信仰及风习。团结在奥斯特洛夫斯基周围的青年们的兴趣主要是研究俄罗斯人民的生活、俄罗斯民族所特有的生活方式。俄罗斯的风俗、历史、歌谣与语文引起了奥斯特洛夫斯基及其青年朋友的深刻注意。"后来，戏剧家眼界更开阔了，对斯拉夫主义更客观了，既吸收了其关注俄罗斯人民生活和民族风俗尤其是民族精神的一面，也看到了它的不足，从而在描写正面人物、歌颂民族精神的美德的同时，发展、深化了此前对俄国社会庸俗、黑暗面的揭露和批判。这在他给涅克拉索夫的一封信中得到了很好的概括："只有我们两人是真正的人民诗人，只有我们两人了解人民，能够用整个的心去爱人民，懂得人民的需要，而没有庸俗的西欧主义和幼稚的斯拉夫主义。斯拉夫派制造了大批木头似的乡巴佬，并且以此自慰。人可以用木头做任何实验，反正它们不会问你讨东西吃的。"1850 年，基于《破产者》而修改完善的剧本《自己人，好算账》激怒大批商人，他们上告到宫廷，说剧作家侮辱他们，沙皇下令禁止该剧上演，剧作家本人也被列入警察机关的"危险人物"名单，并被迫离开商务法院，从此开始了专业作家生活。

1856—1857 年，奥斯特洛夫斯基参加了海军部组织的一次考察伏尔加河沿岸居民生活的旅行，考察了伏尔加河源头到下诺夫戈罗德一段，了解了更广泛的民众生活，看到了伏尔加河沿岸的美丽的大自然风光，听到了许多民间活生生的语言和新词，并进而发现了俄罗斯人具有伏尔加河一样开阔的性格——"这个民族高大、健美、聪明、坦率，知恩善报，热爱自由，心胸坦荡。"（洛巴诺夫语）伏尔加之行，给作家提供了丰富的养料，并促使他创作了一系列戏剧：《司令官》（又名《伏尔加河之梦》）、《僭王德米特里和瓦西里·隋斯基》、《欢乐场》、《大雷雨》，并发表随笔《从源头到下诺夫戈罗德的伏尔加河之行》。史坦因指出："这次旅行对于奥斯特洛夫斯基具有极大的意义。他欣赏了俄罗斯大河上的壮丽景色，认识了古代传说和响遍大河两岸的民歌，凭吊过名胜古迹。最后，当他沿伏尔加游历的时候，他还注意到了强悍的、爱自由的、令人想起斯坦加·拉辛和普加乔夫的事业的俄罗斯人。"

19 世纪 60 年代俄国盛行历史剧，奥斯特洛夫斯基也大量创作历史剧。从 1868 年开始，他又逐步转向描写现实生活，同时大量翻译外国戏剧。

在大量的创作和翻译之余，他还竭力关心和保护作家，发起各种组织，并为建立戏剧的俄罗斯学派而努力。1859 年，发起组织"清贫作家救济会"。1865 年，在他主持下成立了"莫斯科剧人小组"，培养演员，开展各种演剧活动，探讨俄国特色的戏剧创作和演剧艺术。1874 年，成立了俄国第一个剧作家统一组织"俄国剧作家协会"（后来改名为"俄国剧作家与作曲家协会"），并被选为协会的第一任主席。在他的多年努力下，1885 年，莫斯科各剧院摆脱了彼得堡的管辖，单独成立市剧院管理机构，并推选他为艺术部主任。他试图利用这个机会实现自己改革戏剧舞台的计划。特别值得一提的是，经过他的长期努力（他热切地希望创办一所私营的人民剧院，以清除戏剧舞台上的混乱现象，为此，草拟过多个筹办戏剧的文件，如《关于在莫斯科建立俄国民族剧院之我见》《莫斯科创办第一个人民剧院的入股章程草案》，并多方奔走，可惜因社会势力的阻碍未能成功），终于在他去世 12 年后，莫斯科创办了第一个人民剧院。

奥斯特洛夫斯基认为，他的一生中，14 日是其幸运日。的确如此。1847 年 2 月 14 日，奥斯特洛夫斯基在自己大学老师——谢维辽夫（一译谢维廖夫，1806—1864）教授家，当众朗读了自己的剧本《家庭幸福图》，获得极大的成功。谢维辽夫握住他的手，向在座的人宣布："先生们，我祝贺你们，在我国的文学界出现了一颗新星！"后来，他回忆道："从这一天起，我就开始认为自己是一个俄罗斯作家，而且毫不怀疑、毫不踌躇地相信本身的使命了。"1853 年 1 月 14 日，他的第一个剧本《各守本分》在剧院公开上演，获得巨大成功。洛巴诺夫指出："只是在奥斯特洛夫斯基出现之后，人们才发现原来俄国的剧院有着如此伟大的天才演员，才知道俄国天才的力量所在……俄国的生活找到了自己的诗人，而俄国的诗人又找到了俄国的艺术家、演员，这些人和他一样也是诗人。"他进而指出："这一天是俄国剧坛的节日，俄国剧坛终于等到了自己的民族剧目，并且通过它们和现实生活建立了联系。"奥斯特洛夫斯基自己后来则颇为谦虚地回忆道："在 1853 年 1 月 14 日……那一天，我第一次感受到一个作者的忐忑不安以及初次成功的心情。"除此之外，他在《自传》中还谈道，1847 年 3 月 14 日，他的第一个完整且完成的剧本《家庭幸福图》发表；1857 年 2 月 14 日，他和著名杂志《现代人》达成了专门撰稿的协议；1865 年 11 月 14 日，"莫斯科剧人小组"正式开学，它为莫斯科舞台培养了后来著名的演员萨多夫斯基、萨多夫斯卡雅、玛克谢耶夫等。

1886 年 6 月 2 日上午，奥斯特洛夫斯基因心绞痛急性发作而溘然长逝，当时正握笔工作。

奥斯特洛夫斯基强调："为了写出独创一格的戏剧作品，首要的是才华，其次就是勤奋地学习和研究外国文学作品。"他在外国文学方面下了很多功夫，不仅阅读了大量文学名著，而且翻译了 20 多部外国戏剧作品。他通晓拉丁语、法语、英语、意大利语、西班牙语、德语，翻译过莎士比亚、卡尔德隆、哥尔多尼、塞万提斯，以及古希腊罗马经典作家（如泰伦斯、普劳图斯）和近代一些西欧戏剧大师乃至印度剧作家的作品。

奥斯特洛夫斯基一生勤奋，创作了 47 部戏剧，晚年还帮助青年作家，和他们合写了几部戏剧——与索洛维约夫合写了《毕鲁庚的婚事》（1878）、《蛮女人》（1880）、《有光无热》（1881），与聂维仁合写了《妄想》（1881）。奥斯特洛夫斯基的戏剧创作大体可以分为三个时期。

第一时期（1847—1855）是试笔、探索时期。主要有喜剧《家庭幸福图》（1847）、《自己人，好算账》（1850）、《非己之长，勿充内行》（1852）、《穷新娘》(1852)、《各守本分》(1853)、《贫非罪》(1854)、《切勿随心所欲》(1855)。

《自己人，好算账》中，富商鲍尔肖夫试图用假破产的欺骗手段，拒付他所欠的债款，因此不惜利用女儿莉波奇卡作钓饵，拉拢被他抚养大的店员波德哈留辛，并在流氓律师利斯波洛任斯基的策划下，把店铺和房屋假意抵押给波德哈留辛，以造成法律上的合法。波德哈留辛却利用法律承认的抵押权，吞没了鲍尔肖夫的全部财产，并且坐视他被关进监狱。女儿为了自己享福也对鲍尔肖夫置之不理。

这个喜剧内容比较丰富，喜剧性颇强，较充分地体现了戏剧家的才华：一方面揭露了当时俄国社会生活中骗上加骗的现象；另一方面也写出了一个商人女儿的浅薄无情，受了一点点教育，什么都不懂，舞都跳不好，却一味地赶时髦，只知道埋怨父母，榨取父母，甚至仇视父母。

《穷新娘》中，寡妇安娜的女儿玛丽雅长得漂亮，人品很好，但是由于贫穷，没有陪嫁，一直找不到如意的郎君。后来玛丽雅被一个品行不端的花花公子梅里奇诱惑，深深爱上了他，试图与他结婚甚至私奔。但这个登徒子只想玩弄她，不愿承担任何责任，使她看清其真实面目而清醒过来。恰在此时，母亲打输了官司，连房子都没了。在母亲的哭求下，玛丽雅只好嫁给年纪较大、品行不好的官吏贝涅伏伦斯基，因为他不仅可能帮她们母女把官司反过来，而且颇为富有，能保证她和母亲的生活。她只有一个信念可以安慰自己："人家说他是个粗鲁的，没有教养的，一个受贿者；但是那或许是由于他身边没有一个诚实的人，没有女人的缘故。据说女人可以做许多事情，如果她有心眼的话。这就是我的本分。而且我觉得我有能力，我要使他博爱，荣誉，而且听从我。"戏剧深深写出了贫穷女性的痛苦与无奈，反映了一定的社会问题和道德问题。

《贫非罪》中，"一向总算有头脑的"外省商人戈尔杰伊·托尔佐夫到了快六十岁的老年，去了一趟大城市（包括莫斯科），突然学会了赶时髦，瞧不起小城市的人，拼命追求一种"欧洲化"的"高雅"生活，并学会了喝酒，还想把女儿嫁给自己崇拜的酒友——年老的莫斯科流氓商人柯尔舒诺夫，差点导致悲剧；而他的店员——能干的孤儿米佳与他的女儿柳波芙早已相爱，却被他瞧不起。后来，曾经被柯尔舒诺夫引诱变坏并被骗去钱财的戈尔杰伊的弟弟柳比姆，当众揭穿了柯尔舒诺夫，柯尔舒诺夫在恼羞成怒之下又说了一句让戈尔杰伊当众跪着求他娶自己女儿的侮辱话，戈尔杰伊醒悟过来，改变主意，把女儿嫁给了米佳。

这个剧本的内涵稍显单薄，对戈尔杰伊的转变铺垫得不够，远不如莫里哀的《伪君子》，因为他对柯尔舒诺夫迷恋很深，既是几乎天天见面的酒友，又甘愿把女儿嫁给他，而且他根本瞧不起自己的弟弟，更不相信他的话，怎么可能就凭着柯尔舒诺夫的一句侮辱性的话，就彻底改变态度了呢？

第二时期(1856—1867)是其创作成熟期，也是作家的开拓时期。他在创作喜剧的基础上，又尝试创作历史剧、悲剧，并且都取得了巨大的成功。这一时期的作品主要有历史剧《柯兹玛·查哈洛维奇·米宁—苏霍克》(1861)、《司令官》(1865)、《僭王德米特里和瓦西里·隋斯基》(1867)、《土辛诺》(1867)，喜剧《他人喝酒自己醉》(1856)、《肥缺》(1857)、《节日好梦，饭前应验》(1857)、《性格不合》(1858)、《一知己胜两新交》(1860)、《莫管闲事》(1861)、《巴尔扎明诺夫的婚事——莫斯科生活的几场戏》(一译《天下无难事，只怕有心人》，1862)、《艰苦的日子》(1863)、《小丑》(1864)、《在闹市中》(一译《欢乐场》，1865)，悲剧《养女》(1858)、《大雷雨》(1859)、《谁能无过，谁能免祸》(1863)。

《肥缺》中，已当上小公务员的华西里·尼古拉伊奇·查陀夫是个大学毕业生，正直、充满理想，尤其对贪污、行贿风气十分不满，希望自食其力，让社会更好、更公正。他爱上了八等文官的寡妇库库希金娜的小女儿、单纯朴实的保琳娜，她也很爱他。老谋深算的库库希金娜，因为查陀夫的舅舅维什涅夫斯基有权有势而成全了他们。婚后他们夫妻过着自食其力的贫穷生活，并且被查陀夫的上司尤索夫和舅舅蔑视。与此同时，保琳娜的姐姐尤琳卡嫁给了查陀夫的同事——没有学历、能力不强，但善于投机钻营的别洛古鲍夫，并在婚后过起了相当富足的日子。于是，姐姐、母亲轮番来劝说保琳娜，并教她以离开丈夫回娘家的绝招逼查陀夫就范。查陀夫起初还想斗争，最终因为爱情而去求自己一向看不起的贪官舅舅。就在此时，他的舅舅东窗事发，上司尤索夫也即将倒霉，他再次觉醒，保琳娜也受到教育，准备跟他一起过自食其力的日子。

这个喜剧内涵颇为丰富，情节生动曲折。一方面，的确像一些学者说的那样，作品通过一批大小官员的私生活尤其是家庭关系、不合理的婚姻关系，揭发了当时官场中的贪赃枉法、假公济私，说明了造成这种罪行的根本原因——家属的愚昧无知以及个人对物质利益的追求。另一方面，作品也写出了当时俄国社会普遍存在的两个问题。首先，妇女问题——她们除了嫁一个丈夫外，别无出路，只是待价而沽的"商品"；其次，青年大学生满怀理想，充满激情，但在黑暗、庸俗的社会里，道路曲折而坎坷，很有可能丧失理想和激情，从而认同社会的黑暗，查陀夫就是一个典型的例子。列夫·托尔斯泰认为："从深度、力度和忠实性来说，这是一部具有时代意义的伟大作品。"

《巴尔扎明诺夫的婚事——莫斯科生活的几场戏》是一个相当出色的短剧，是巴尔扎明诺夫三部曲之三（前两部是《节日好梦，饭前应验》和《莫管闲事》）。寡妇之子巴尔扎明诺夫想娶妻，尽管他是个公务员，但人又傻又没钱，总是不能成功，甚至还因此遭到羞辱。就在这时，媒婆克拉萨文娜又来做媒，给他介绍非常有钱但很懒散的寡妇别洛切洛娃，但他当时正迷恋因烦闷无聊而逗引他的邻居富商的女儿拉伊萨，结果被朋友利用，帮朋友和拉伊萨的姐姐安菲萨私奔，而自己一无所获，最后与别洛切洛娃结婚。媒婆说这是"天下无难事，只怕有心人"。

这部喜剧虽然短小，但情节曲折生动，妙趣横生，同时人物形象也较生动，既有出色的媒婆克拉萨文娜的形象，也有傻大哥巴尔扎明诺夫的形象，在揭露社会的庸俗的同时，还表现了傻人有傻福的民间主题。

《养女》中，近六十岁的寡居女地主乌兰别科娃是有名的好人，喜欢助人为乐，尤其喜欢收养穷人家的女儿作为养女，让她们在自己家里过养尊处优的日子。然而，家里的一切完全得按照她的意愿执行，不能违抗半分。尤其是养女，一旦有任何事情触怒了她，就会被她嫁给酒鬼或流氓无赖。美丽可爱的娜佳是她最喜欢的养女，然而她一时心血来潮，决定把她嫁给自己的干儿子涅格里根托夫——一个酒鬼兼无赖，原因是："你说他胡作非为；那么得赶快办喜事。她是个很有规矩的姑娘，她会管着他的，不然，他真会叫独身生活给毁了。"一向规规矩矩、胆小细致的娜佳，在请求无效后，深感在这里胆小、规矩做人也没用。尽管后来因为涅格里根托夫喝酒胡闹触怒了乌兰别科娃，乌兰别科娃取消了他们的婚事，但娜佳这时已决定，不再胆小，而且大胆接受了少爷里昂尼德的追求，和他在月夜幽会。

结果被一个变态的老处女瓦西莉莎告发了此事，乌兰别科娃认为这是伤风败俗的淫乱，勃然大怒，勒令娜佳嫁给涅格里根托夫。娜佳准备投池塘自杀……

这个戏剧虽比较短小，但内涵颇为丰富：其一，写出了俄国文学中自普希金以来一直出现的一个主题——养女的命运；其二，写出了乌兰别科娃这种家长制的仁慈以及令人窒息的爱；其三，写活了变态老处女瓦西莉莎，她看不得别人高兴、幸福，随时随地折磨别人，告发别人。

《谁能无过，谁能免祸》中，女主人公塔吉雅娜·丹妮洛芙娜是县城小官吏日米古林的女儿，从小受过较好的教育，并且经常和贵族巴巴耶夫一家往来，得到其母亲经济方面的关照，还和少爷巴巴耶夫产生了恋情。后来，巴巴耶夫的母亲和塔吉雅娜的父亲相继去世，而巴巴耶夫又去了彼得堡，很快就忘了塔吉雅娜。为了一块面包，塔吉雅娜嫁给了很爱她的小商人克拉斯诺夫。三年后，巴巴耶夫有事又来到县城，感到烦闷无聊，于是风流习性发作，希望有艳遇，正好想起了塔吉雅娜。塔吉雅娜本来因为丈夫十分爱她，且对她百依百顺，感到日子勉强能过得下去，现在旧情复燃，而丈夫又因见她对巴巴耶夫太好而吃醋，平生第一次对她凶。塔吉雅娜不顾丈夫的阻拦去见巴巴耶夫，结果被盛怒的丈夫掐死。

这个剧本一方面反映了俄国妇女的悲剧——被贵族公子哥儿玩弄，嫁了丈夫又受到粗鲁对待；另一方面也反映了一个问题——婚姻应该建立在双方相爱的基础上，否则随时可能产生悲剧。福楼拜的《包法利夫人》实际上也反映了这么一个问题。

第三时期(1868—1885)是戏剧家"创作的黄金时期"，作品不仅数量多，而且在艺术上已臻成熟。喜剧《智者千虑，必有一失》(1868)是这一时期开始的标志，此外，还有历史剧《华希丽莎·梅兰杰耶娃》(1868)、《十七世纪的丑角》(1872)，喜剧《炽热的心》(1869)、《来得容易去得快》(1870)、《森林》(1871)、《人无千日好》(1871)、《贫人暴富》(1872)、《迟暮的爱情》(1874)、《狼与羊》(1875)、《富新娘》(1876)、《最后的牺牲》(1878)、《人心不是石头》(1880)、《女奴》(1881)、《名伶与捧角》(一译《天才与崇拜者》，1882)、《美男子》(1883)、《世外事》(1885)，悲剧《没有陪嫁的女人》(1879)，正剧《无辜的罪人》(1884)，抒情童话诗剧《雪姑娘》(又译《雪女

《白雪公主》，1873）。

《智者千虑，必有一失》中，破落贵族青年叶高尔·德米特利奇·葛路莫夫，凭着自己的相貌和才干，想出人头地。他打算娶有 20 万卢布陪嫁的大贵族屠鲁茜娜的侄女玛宪卡，但苦于没有门路，因而先出钱收买人去巧妙地引诱嗜好教训人的富翁叔叔——远亲马玛叶夫与自己认识；然后通过他认识老克鲁季茨基这位要人，帮他写文稿，获得他的好感；同时又认识了青年要人高罗杜林，获得他的赏识；从而认识了屠鲁茜娜，获得她的极大好感。屠鲁茜娜准备把侄女嫁给他。与此同时，他又巧妙地造谣中伤甚至写匿名信陷害亲戚和好友——与玛宪卡深深相爱的骠骑兵库尔恰叶夫，使他失去叔父马玛叶夫的宠爱和遗产继承权，并不得不面对失去恋人的痛苦。就在葛路莫夫即将成功的时候，马玛叶夫的妻子马玛叶娃出于忌恨，偷走他记下自己一切思想和行为的日记（其中写到他对各位人物的不良观感，还写下了自己怎样收买各种算命的以及用人等，以换取屠鲁茜娜的好感），并将之公之于众，结果他被驱逐。但他自信地说："你们打破了我的一切：夺去了我的金钱，夺去了我的名誉，你们撵我走……不，诸位，你们会伤心的。"马玛叶夫、马玛叶娃、克鲁季茨基、高罗杜林等也认为："无论怎样，他究竟是一个能办事的人。惩罚他是应该的；但是……过些时候可以再亲近亲近他。"

这个戏剧情节生动曲折，人物形象较为复杂，尤其是葛路莫夫，一方面心术不正，为达目的不择手段；另一方面又确实颇有才干与智谋。

《来得容易去得快》中，外省商人、实业家瓦西里柯夫来到莫斯科，深深爱上了贵族美女莉佳。他周旋于堕落浪子吉里亚吉夫、道德败坏的格鲁莫夫、挥霍成性的破落贵族库奇莫夫之间，借助吉里亚吉夫的吹牛，赢得了出卖女儿的"上了年纪、态度傲慢"的母亲——贵族娜杰日达·安东诺芙娜·切波克萨罗娃的好感，最终娶莉佳为妻。然而，过于务实的商人习气和把金钱看得很重的做法，导致莉佳对婚后的生活十分失望。本来，莉佳有因"公私不分"而丢掉官职的父亲满足她的一切奢侈欲望，而现在父亲生意失败，不得不出卖家里最后一处田庄。她听说瓦西里柯夫有金矿，于是为了金钱而嫁给他。婚后，债台高筑的莉佳引起了丈夫的不满，丈夫让她搬到破旧的小房子居住，过俭朴的生活。她对丈夫十分失望，准备出卖自己的色相，不料被丈夫发现，结果她只得离开。但她又一次被所谓情人欺骗，不得不再去求丈夫，丈夫在提出让她先回乡下侍候母亲并学会料理日常家务的情况下，过几年再把她接到首都，利用她的美丽"布置一个就是招待部长也不寒碜的沙龙"以求财致富，她也被迫接受。

剧本一方面揭露了社会以金钱为转移的恋爱婚姻关系，另一方面也写出了贵族的破落甚至堕落，写出了真正务实的所谓实业家已经登上俄国历史的舞台。

《森林》中，贵族地主古美尔士卡雅是个寡妇，也是全省有名的善人。她住在乡村别墅里，家里养着贫寒的侄女阿克秀莎，以及寡居贫寒女友的儿子布拉诺夫，还准备撮合他们俩结婚，并准备立下遗嘱，把家产留给他们，同时向商人伏斯米布拉托夫出卖林产，作为他们结婚的费用。可阿克秀莎与商人伏斯米布拉托夫的儿子彼得深深相爱，便请求古美尔士卡雅解除婚约。起初，古美尔士卡雅霸道地绝不允许，后来自己却爱上了布拉诺夫这个善于奉承的小伙子。恰在这时，被她用所谓严厉的平民教育培养并送去参军从而离家 15 年的侄儿尼夏斯里夫采夫当了乡村演员，路过此地，前来看望一向敬爱的婶婶，发现妹妹阿克秀莎因为遭到不公正对待差点自杀，而婶婶突然宣布要嫁给布拉诺夫，并且这位一向以善人著称、成天把社会福利挂在嘴上的富婆，居然不愿用一千卢布成全侄女。于是他用自己帮婶婶挣回的一千卢布成全了妹妹的婚姻（因为彼得的父亲至少要一千卢布的陪嫁才允许他们结婚），自己则宣称，不应该回到这里，因为这里"老太婆们去嫁给中学生，年轻的姑娘们因为在自己亲戚家里受不了痛苦的日子而投河。"

这个戏剧的内涵相当丰厚：第一，写出了艺术家的贫寒、高尚与正直；第二，揭穿了社会上所谓的善人的真实面目；第三，写出了当时社会的生活状况：商人的奸诈、没有陪嫁的女性的悲哀、子女的无权以及在恋爱婚姻方面的无法自主。米尔斯基认为，《森林》堪与《大雷雨》并列为剧作家的代表作，其性格刻画非常丰富，主要角色是两个流浪演员，即悲剧演员"不幸的人"和喜剧演员"幸运的人"，亦即堂吉诃德和桑丘·潘沙。这两个人物性格之丰富的多样性和复杂性，近乎塞万提斯的伟大杰作。

《狼与羊》中，穆尔乍维茨卡雅是个破落地主，但在省里是个相当有名的善人，而且颇有势力。她一方面喜欢操控别人，另一方面又不忘随时随地剥削别人，把别人的钱财捞进自己的口袋。她看上了邻居阔寡妇库巴文娜的财产，便一方面串通诉讼代理人丘古诺夫伪造其亡夫欠钱的文件和假账，另一方面利用寄居家中的穷亲戚葛拉菲拉去监视库巴文娜，以便迫使库巴文娜嫁给自己的酒鬼侄儿穆尔乍维茨基，进而掠夺她的全部财产。当过法官的李尼亚耶夫看破了伪造文件，原想揭发整个案件，保护库巴文娜。然而他的朋友、贵族地主别尔库托夫，却以邻里之间应该团结、自己会妥善处理一切的名义，接过了整个案件。一方面他背地里找到当事人点明已知详情，却又公开从多方面为穆氏辩护，为丘古诺夫开脱，使得穆氏心甘情愿替他向库巴文娜说媒，丘古诺夫任其摆布；另一方面他又引诱库巴文娜，让她对自己死心塌地。穆氏为了保全自己，变得像羔羊一样，哀求别尔库托夫把欺诈行为粉刷干净，于是他便把库巴文娜的家产也轻易地全部控制在手心。而一向在家里被管得死死的葛拉菲拉，利用监视库巴文娜的机会，一反过去装出来的恭顺、圣洁，运用各种恶毒手段，使得一向以独身主义为傲的正直的李尼亚耶夫不得不跟她结婚、受其摆布。穆氏和丘古诺夫起初是"狼"，想要吃掉库巴文娜，结果他们却被一只更厉害的"狼"——别尔库托夫吃掉了。李尼亚耶夫一向把女人当作狼，怕跟女人接近，最后还是被葛拉菲拉这头"母狼"给吃掉了。喜剧写得生动有趣，一环紧扣一环，螳螂捕蝉黄雀在后，有很高的艺术性，同时也富有象征性。

《最后的牺牲》中，尤里娅·帕甫洛芙娜·屠金娜是个年轻的寡妇，生活比较富裕。她爱上了漂亮的杜立钦，他表面上很有钱，有马车、车夫，还有大批田产，并且对她山盟海誓。为了笼络他的心，她用自己的金钱满足他的一切欲望，而他每次都打借条，并拿出家里的田产图让她看，使她放心：即使不能还现钱，那也可以用田产还款。没想到，杜立钦是个无赖和赌棍，早已把父母遗留下来的一大笔家产输得干干净净，并且借了一大笔债来摆阔和"钓鱼"。终于，在债主追讨六千卢布欠款的情况下，他又来找尤里娅，并把拖了一年半的结婚日期，提前到下礼拜三，前提是给他六千卢布。尤里娅告诉他，自己的钱已经用得差不多了，只有一点点房屋了，他便让她去借；她告诉他，只有一个远亲——年约六十岁的大富商普利贝特科夫有钱，但她刚刚拒绝了他的挑逗，如果要借钱，势必要受委屈。但杜立钦不管这些，还说这是她为他所做的"最后的牺牲"。尤里娅被迫硬着头皮去向老富商借钱，但杜立钦拿到钱后，一方面马上忘记了她，而与老富商的侄孙女伊玲娜订婚，另一方面又忍不住再次赌博，把六千卢布输得精光。尤里娅得知这一切后，悲愤交加，晕死过去，醒来后因为已倾家荡产，不得不嫁给普利贝特科夫。杜立钦没有娶成伊玲娜，又去追尤里娅，遭到拒绝后，一度想自杀，但当别人提醒他，虽然欠债不少，但还可去追一个相当富有的寡妇，他又一跃而起……戏剧一方面带有浓郁的悲剧意味，写出真心爱人的女性一再被愚弄，另一方面也揭露了俄国社会较为常见的社会问题——赌博、欺骗，以及女性为了生存有时不得不嫁给不爱之人。

《名伶与捧角》中，外省剧院女演员亚历山德拉·尼古拉夫娜·涅金娜热爱舞台，热爱艺术，而且年轻美丽，才华出众，深受观众欢迎。她在未婚夫、大学生梅卢佐夫的教育下，力求"认认真真地演戏，清清白白地做人"。然而，由于她断然拒绝老公爵杜列博夫的追求，得罪了这位表面上是戏迷实际上是色鬼的权势人物。他操纵剧院老板米加耶夫，故意改变原定的福利演出安排，甚至以合同期满为借口解聘她，而让迎合自己的另一女演员斯梅利斯卡娅一再演出，而且搞得声势浩大，却把涅金娜安排在最后一场演出，并且连海报都不出。涅金娜和她的母亲一筹莫展。最后，非常富有的地主韦利卡托夫包下了整个剧院，并且大造声势，使涅金娜的演出大获成功。这使她开始反思自己原来的想法，决定为了艺术与未婚夫分手，而接受韦利卡托夫的求爱，跟随他去到其庄园，等待他安排自己在他的剧院里演出。但梅卢佐夫并不气馁，他依旧相信有教育好人的可能，并且将继续劳动、继续教育人，把自己的事业进行到底。

这个剧本是剧作家晚年的一部杰作，一方面写出了外省女演员对艺术的热爱、执着，以及她们生活的贫寒、拮据，以致不得不为了艺术最终牺牲自己的痛苦遭遇和悲惨命运；另一方面写出了两类捧角。一类是贵族、官僚、地主、资本家这些有权有势有钱者，他们表面上迷恋戏剧，实际上是附庸风雅，借此机会满足自己追求、占有漂亮女演员的色欲，一旦达不到目的，就不惜千方百计破坏演出，甚至毁灭天才，只要能使对方就范或满足自己的报复欲；另一类是穷人、大学生，他们不仅真正热爱艺术，而且懂得尊重人才、爱惜人才，但他们身无分文，无法在经济上为演员提供必要的帮助。

《没有陪嫁的女人》中，腊丽萨·德米特里叶芙娜聪明美丽，多才多艺，然而家境贫寒，是个没有陪嫁的女人。因此尽管有众多追慕者，但他们仅仅限于玩玩而已，不管是青梅竹马的朋友——年轻有为的大商行代表伏哲伐托夫，还是当代巨贾克努洛夫，都只是垂涎其美色，而不愿娶她；船业巨子巴拉托夫一度深深爱上她，她也深爱着他，然而到关键时刻，他却不告而别了。于是，她厌恶了这种无聊的生活，准备嫁给小官吏卡朗戴雪夫，到偏僻的乡村去，重新生活。在婚礼即将举行时，巴拉托夫突然回来，又挑逗腊丽萨，燃起了她的热望。腊丽萨为了他抛下自己不爱的未婚夫，跟他到伏尔加河对岸过狂欢之夜，并且准备跟他远走高飞，然而，他只是再次玩弄她——他已为了五十万卢布和一个金矿主的女儿订婚。绝望的腊丽萨最终开枪自杀了。

戏剧非常深刻地写出了俄国没有陪嫁的女性的悲剧，同时也写出了所谓上层社会尤其是富豪的无聊、庸俗、浅薄和背信弃义，写出了生活的平庸可怕。腊丽萨是一个颇为复杂、充满矛盾的人物：一方面她追求外表奢华的生活，另一方面又希望得到诚实、纯洁的爱情。她缺乏坚定明确的道德原则，缺乏生活目标，容易动摇，性格软弱，容易接受诱惑，最终导致了自己的悲剧。这是戏剧家晚年创作的高峰之一。

《有光无热》中，安娜·弗拉季米洛芙娜·列涅娃是个年近三十的单身贵族地主，刚从巴黎回到故乡出售田产。热闹惯了的她时时刻刻需要玩乐，于是想在这乡间寻找慰藉，消除寂寞，打发无聊。她首先找到过去的情人谢明，可他已结婚，日子过得相当滋润，而且大大发福。尽管他由于她的美艳而激情燃烧，但她对他已没有兴趣，根本不愿再续旧情。这时她认识了年轻漂亮的地主拉巴切夫，他正在跟列涅娃以前管家的女儿奥琏热恋。她知道后，更是下决心把拉巴切夫拉到自己怀里来，因为"我扰动别人，我心里才好受呢。我原来是个凶狠的女人，我看到人们的宁静就不能不愤怒，一旦有了机会，我总打算祸害别人的幸福"，尤其是"我厌恶起我个人的孤单，我也就憎恨这双情侣，我真想把别人的幸福粉碎了才心满意足！"拉巴切夫在她的一再诱惑下，抛弃了爱他的姑娘，使得心碎的姑娘投河自杀，他自己也在这强烈刺激下精神失常，跑去问马上就要远走高飞的列涅娃，追究谁是害死姑娘的凶手,可列涅娃对他说:"您如果是一个认真而又热爱自己未婚妻的人,那么为什么半小时就被另一个女人勾走了呢?"拉巴切夫觉得这话说中了自己的要害,于是也跳崖自杀了。这是一个很有深度、读后令人心里发冷的剧本。

《无辜的罪人》中,美丽善良的柳包芙·依万诺夫娜·欧特拉蒂娜被官吏穆洛夫玩弄四年,生下儿子聂兹那莫夫后被遗弃。穆洛夫另娶富有的寡妇舍拉雯娜,恰在这时,儿子得了重病,即将死去。柳包芙昏死过去,醒后得了严重的病,病好后跟随亲人离开家乡,去到外地。17 年后,她经过努力奋斗,成为著名演员,被邀请到家乡演出,发现愤世嫉俗、动辄生事的演员聂兹那莫夫正是自己的儿子(当年穆洛夫为了自己的幸福,居然不惜把自己的亲生儿子送人,还写信给柳包芙,骗她说儿子已经死了,是自己亲手埋葬的)。后来,柳包芙拒绝了现在已成鳏夫、前途看好的穆洛夫的求婚。戏剧一方面写出了演员们的生活和奋斗与成功,另一方面也写出了弃儿的不幸与心理扭曲。

奥斯特洛夫斯基在《论戏剧》一文中认为:"戏剧文学比一切其他的文学部门更接近人民;一本杂志的读者不过数千人,而一个戏剧的观众却有好几十万。任何其他作品都是专为有教养的人写的,而正剧与喜剧则是为全体人民而写的;剧作家应该记住这一点,他们应该清醒和坚强。这种跟人民的接近丝毫也不会贬低戏剧文学的价值,反而足以加强它的力量,使它不致流于庸俗和堕落。唯独那善于为全体人民写作的作家,历史才会称他为伟大的、天才的作家,唯独那真正为人民喜闻乐见的作品才能永垂不朽;这样的作品迟早总会被别的民族、最后并被全世界所理解、所赏识。"他还提出:"只有当我们熟悉了任何一个民族的文艺的时候,我们才能说,我们是认识了这个民族,而且每一个民族也都是通过了自己的艺术才认识自己的。当人民认识自己的时候,——生活才能对于每一个个人变得更清楚和更简单。艺术是每一个踏入生活的人照亮生活之路的火炬。"正因为如此,他特别强调要创造俄罗斯民族独有的戏剧,创造俄罗斯戏剧学派:"我们必须从头做起,必须创造自己的俄罗斯学派,而不应盲目跟从法国的形式,模仿他们的榜样写那些令人厌恶的闲情细节……为什么我们满足于那些供资产阶级消闷的庸俗的东西呢。"他的确在这方面进行了众多努力,创作了大量的俄罗斯式的戏剧。这种俄罗斯式的戏剧主要有以下三个特点。

其一，生活化。奥斯特洛夫斯基的戏剧反映了俄国三百年间的历史生活尤其是其当代的现实生活，塑造了七百余个人物，构成了一幅绚烂多彩的俄国社会画卷、激荡人心的俄国生活史诗。米尔斯基认为："奥斯特洛夫斯基观察俄国生活的广度、力度和多样性近乎无穷"，"他的任务即用现实的元素构建戏剧，戏剧亦如他所见之现实"，而且，"他是作家中最为客观、最为超然的一位"。米川正夫指出，在奥斯特洛夫斯基的戏剧中，普通的灰色的日常生活，都被用沉静的纯客观的笔致，如实地加以描述，几乎看不到特地留意的舞台效果和戏剧派头的做作的痕迹，然而，在这种平凡琐细的生活描写当中，场面却于不知不觉之间，自觉地展开下去，形成深厚的剧情，因此他的戏剧就有了复杂性。奥斯特洛夫斯基宣称："如果我们愿意为人民做点好事，那就不应当对他们的信仰和风俗习惯感到格格不入，否则我们就不能理解他们，他们也不会理解我们。"这样，他在作品中大量描写俄国生活的风习，表现俄罗斯人虔诚的宗教信仰，使作品具有突出的生活化特点和鲜明的人民性。

格里戈里耶夫在反驳杜勃罗留波夫关于戏剧家只是揭露社会的专横现象的观点时认为："艺术家怀着同情心深刻地描述了滞留在某时、某地的奇怪的生活关系。想要表达所描述的全部这些关系的意义，专横这一词汇是太窄了，而讽刺家、揭露者、消极作家的名字对于他，对于这位描述丰富多彩的各种民间生活的诗人来说也很不合适……这位作家，这位伟大（尽管有不足之处）的作家不是讽刺家，而是人民的诗人。能够说明他的创作活动的词不是'专横'，而是'人民性'。只有这个词才是理解他作品的关键。"洛巴诺夫指出："一个个字，一句句对话，一件件生活琐事，总之，就是生活本身在不断展示出来，展示出生活洪流中转瞬即逝、无法捉住的东西，这些东西一出现就像水似的渗入了时间的沙土。但是十分奇妙的是，从这些迅速消逝的东西中，从这些谈话和生活琐事中，从这些似乎是偶然的相会、事件以及人物之间的友情与敌意中产生了一种本质的、牢固的东西，它具有自己的逻辑，包含着人与人之间的关系的内在意义及其隐藏在这种关系中的但能体会到的潜在力量。一切偶然的和琐碎的东西都会消逝，而一切本质的、典型的东西就成了艺术的奇迹并将永世长存。"史坦因认为："他的优秀作品提供了一幅俄罗斯社会的巨型画图，照它的宽度和对各种社会关系的理解深度来说，这幅巨画较之巴尔扎克的《人间喜剧》亦无逊色。"

洛巴诺夫指出："认真的性格，完美的道德，健康的精神——奥斯特洛夫斯基认为艺术家首先应该对俄罗斯人的这些特点进行研究。"奥斯特洛夫斯基在 1853 年 9 月的一封信中宣称："最好让俄国人在舞台上看到自己时感到高兴，而不是感到忧郁。没有我们也会有改造者。为了有权改造人民而不使他们感到委屈，应该向他们表明，你也知道他们的优点。我现在做的就是这件事：把崇高的事物和可笑的东西结合起来。"他还谈道："反映生活的戏剧（如果它是艺术性的，即是说，如果它是真实的话）对于新的、富于感受力的公众是一件伟大事业：它指出什么是俄罗斯人身上的好的、善良的、应当保留和培养的，什么是她身上的野蛮的和粗鲁的、应当加以克服的。"正是在这种观念的指导下，他既揭露和批判社会的弊端和黑暗，又歌颂俄罗斯人的美好品德，塑造了大量好坏兼有、善恶兼备的人物。

其二，民族化。民族化主要表现在三个方面：一是描绘俄罗斯民族的广泛生活，或者像杜勃罗留波夫所说的，描绘了"俄罗斯生活完整的画卷"，描写了俄国社会的众生相，尤其是大量描写了商人、小官吏、贵族、下层人的日常生活，揭示了他们在家庭、财产、道德等方面的冲突；二是写出了俄罗斯人的内在精神和优美品质；三是广泛地运用俄国民间语言，创造了各个阶层的生动语言。

奥斯特洛夫斯基的戏剧广泛描写了俄国社会的众生相，几乎涉及俄国社会生活的方方面面。瓦尔凯奈认为，其戏剧按照它们所描写的社会阶级，可分成四类：第一类是描写商人生活的剧本，这是最多最重要的（马克·斯洛宁更具体地指出，奥氏以入木三分的笔触，在他的喜剧里生动地刻画着一个奇特的世界，那些专横霸道的商人无论在家里或店中，仿佛一个独裁的暴君，而他们的妻子则多半无知，儿女亦是非常驯从听话的——活生生地将俄罗斯生活中的一个充满暴虐、无知、愚蠢而粗鄙的世界，赤裸裸地呈现在读者面前）；第二类是描写人民生活的剧本，表现出从农民转变为小市民和小商人的那一个阶层（马克·斯洛宁认为，奥氏的世界是个商人、店员、小贩与小市民的世界，他写他们的迷信、无知、过着的中世纪式的生活）；第三类是描写小官员生活的剧本；第四类是描写所谓"社会"的代表人物的剧本。此外，还有一小类，是描写演员的特有生活的剧本。马克·斯洛宁进而论述道："事实上，奥斯特洛夫斯基比起果戈理来，更向前发展了对于俄国生活的描写手法，并用其他许多社会阶层的代表人物，来扩大了果戈理所创造的官吏典型人物的画廊。……奥斯特罗夫斯基主要的是位生活描写的作家，他到处都高立在生活之上，永远是它的主人。他对于人的心灵及心灵所具有的热情的那种优越的知识，就使得他能够明确而又深刻地描绘出各种不同的人物，和为社会的某些阶层作出完整的图画来。"而当时俄国社会生活最突出最有代表性的人物，便是商人和小官吏（洛巴诺夫指出："一种特殊形态的事业家进入了俄罗斯生活，他们傲慢地自称是'新人物'、'商人'。"奥斯特洛夫斯基甚至在生前就因此而有"商人的莎士比亚"的称号），林陵等人认为，这正是戏剧家写得最多的，当然也是他写得最精彩的：奥斯特洛夫斯基的独创的才能，只有当他写他熟悉的官员和小商人的世界时，方才明亮地爆燃起来。冈察洛夫认为他"不仅写了莫斯科城，还写了莫斯科的生活，也就是从汉萨同盟开始到彼得大帝，甚至到'十二个民族'入侵（即 1812 年拿破仑率十二国入侵——引者）的整个俄罗斯国家的生活。"

与此同时，他还写出了俄罗斯人的内在精神和优美品质，对此俄国学者列维亚京有精辟的概括："在这些肯定的形象中，他鲜明地发扬了俄罗斯人民内在的宝藏，俄罗斯人的优美品质，他的性格的宽广，他的意志，热烈的感情，纯朴的灵魂，崇高的性格和人道主义。在显示这些肯定的性格时，奥斯特罗夫斯基不但描写了这些人物对于专制制度的不满，而且描写了他们对自由的渴望。"

奥斯特洛夫斯基还大量运用俄罗斯民间语言，不过这是一种提纯了的俄罗斯民间语言，因为他认识到："为人民写的时候，不应该用他们所说的那种语言，而应该用它们所希望说的那种语言。平民化的下一个阶段就是奴仆的阶段和制造厂式的阶段。"因此，他花了大量的时间去搜集、研究人民的语言，其笔记簿上记满了各种单词、词汇、句子。

正如林陵等人指出的那样："奥斯特洛夫斯基利用对民间语言的深刻研究与知识，自己创造了自己剧本中的文学语言。"他也创造了俄罗斯各阶层的生动语言。史坦因说道："奥斯特洛夫斯基深刻地描绘了人物的个性与典型性，人物跟环境、跟错综复杂的人生关系之间的纠葛。唯有俄罗斯剧作家才能找到一种戏剧作法，得以深入地、艺术地揭明现代社会的这些人生关系。这种作法即是完善地复制登场人物的语言……在语言的帮助之下，奥斯特洛夫斯基光辉地发掘了各个阶层人物的心理状态，他们的人生观和性格……奥氏笔下的人物的语言之根源是人民的语言。跟俄罗斯人民语言的联系首先表现在他的利用民间文学和歌谣这件事情上。他的正派角色的抒情性的独白常常带着民歌的色彩……商人和小市民阶层出身的人物的对白中夹杂着谚语、俗话、格言和警句……奥斯特洛夫斯基的大多数人物还没有跟人民世界断绝关系，他们是质朴坦率的。他们的语言并不遵守一定的成规，他们每次都创造一些新的辞句和字汇来表达生活现象。由于感受的直接性与敏锐性以及表达方法的多样性，这种语言是非常明了和正确的。"因此，雅勃洛奇金娜感叹道："奥斯特洛夫斯基的语言是多么明丽、丰富而又真正是人民的！"洛巴诺夫也认为，人民——这就是语言，就是负有盛名的不朽语言的化身。在奥斯特洛夫斯基的剧本中，人民通过千百个主人公之口在讲话，在俄罗斯文学中运用民间口语的范围从来没有如此广泛，形式也从来没有如此多样。

其三，多样化。这种多样化首先表现为体裁多样，包括了正剧、悲剧、喜剧、历史剧、童话剧；其次表现为创造了一种独特的俄罗斯式的戏剧，其本身像生活一样，平平淡淡，不追求离奇古怪的故事和起伏跌宕的情节，但却像生活一样同中有异，各具特色，多彩多姿，并且在表面的平淡中蕴含着丰富的内涵。尤其值得一提的是，其戏剧还像生活一样，经常出现各种插曲。对此，杜勃罗留波夫有比较精辟的论述："奥斯特洛夫斯基剧本中有些人物跟剧情并无直接关系，但我们决不能认为他们是无用的、多余的。在我们看来，这些人物跟主角一样为剧本所必需：他们给我们指明了发生故事的那环境，描写了确定剧本主角的活动之意义的那情况。"

奥斯特洛夫斯基通过一生的奋斗，用大量的戏剧创作和舞台实践，实现了创建俄罗斯民族戏剧的理想，成为俄罗斯民族戏剧的真正奠基人。关于奥斯特洛夫斯基的戏剧成就，冈察洛夫有两段概括、精彩而颇为全面的论述："奥斯特洛夫斯基是历史作家，就是说，是描述风尚和生活的作家……奥斯特洛夫斯基对这种生活加以写生，绘出了一整卷的生活画，或者说是一幅无尽头的画卷……俄罗斯存在了千年，奥斯特洛夫斯基也就为俄罗斯建立了一座千年纪念碑。""您为文学贡献了数量可观的艺术作品，为舞台创造了一个特殊世界。由冯维辛、格里鲍耶陀夫和果戈理奠基的大厦，在您一人手中建成。只是从您开始，我们俄国人才能自豪地说：'我们有了自己俄罗斯民族的戏剧。'它可以无愧地称为'奥斯特洛夫斯基的戏剧'。"马克·斯洛宁也指出，奥斯特洛夫斯基在戏剧方面的贡献，犹如果戈理、冈察洛夫与屠格涅夫在小说方面的成就一样。当全俄罗斯的舞台上挤满了通俗剧与法国闹剧的时候，是他把写实剧介绍给俄罗斯人民。这些戏剧都带着浓郁的俄罗斯色彩，根植于俄罗斯人民的日常生活。奥氏的作品之所以能够流传这么久，因素固然很多，然而最主要的在于他是一位真正的民族作家——他戏剧中的对话保存了俗语的一切声调与响亮，他笔下的人物代表了俄罗斯横剖的一面。他的世界是专横与谦逊、富有与贫困、老人与青年、传统与革新相互对立的世界。他的剧作结构相当严谨扎实、情节单纯、动作一贯，即使偶然有些突兀的结局也不会让人觉得不自然。奥氏虽然标榜写实主义，但绝非照相式的复制或模仿，这位写实主义者是以一种戏剧感来组织他的素材，使他不但成为俄罗斯一个伟大的纪史者，也是一位伟大的剧作家。

二、《大雷雨》：新旧交替时期无法适应者的悲剧

这是一部五幕悲剧。富于诗意、性格刚烈、充满激情、富于浪漫幻想的美丽姑娘卡捷琳娜（又译卡杰林娜、卡杰琳娜）嫁给了一个相当传统、守旧的富商家庭中的儿子季洪·伊万内奇·卡巴诺夫。丈夫是一个软弱无能的男子，虽然爱妻子，但有点自私，也不知怎样表达自己的感情；而卡捷琳娜的婆婆、寡居的卡巴诺娃（一译卡巴尼哈）相当守旧，用自己的爱和传统把子女看得死死的，要求一切都必须循规蹈矩，并且对美丽的儿媳妇有一种难言的仇视。季洪的妹妹瓦尔瓦拉相当新潮，大胆地自己找情人，并且深更半夜与情人幽会，还很时髦、开通地鼓励甚至帮助嫂嫂与情人幽会。在这传统而封闭的家庭里，一向自由惯了的卡捷琳娜无法忍受，终于爱上了本城显要——商人季科伊的侄儿鲍里斯，并且在丈夫去莫斯科的十来天里，在瓦尔瓦拉的鼓励与帮助下，克服了心中强烈的负罪感，频繁与他幽

会。丈夫回来后，由于不能与情人见面，更由于宗教罪孽观念的影响，卡捷琳娜十分痛苦。在一次遇到大雷雨时，虔信宗教的卡捷琳娜认为这是上帝的惩罚来临了，于是当众向丈夫和婆婆忏悔了自己的罪过，并在和情人见了最后一面后投入美丽的伏尔加河……

该剧于 1860 年发表，获得了俄国科学院的乌瓦洛夫奖金。接着，早已对奥斯特洛夫斯基此前戏剧发表过评论文章《黑暗的王国》的杜勃罗留波夫，就《大雷雨》发表了著名的评论文章《黑暗王国里的一线光明》，并且在当时俄国的文坛引发了争论。在这两篇文章中，杜勃罗留波夫认为奥斯特洛夫斯基戏剧中的一切矛盾和灾难，都是两个集团——老一代和年青一代、富人和穷人、一意孤行的人和逆来顺受的人之间冲突的结果，这是俄国整个现实生活的真实反映。《大雷雨》揭露了俄国社会专横顽固的完整体系和在家庭和社会事务中普遍存在的尔虞我诈，以及家里人自发地暗中反抗一家之长和封建专制，看到了在专制统治下逆来顺受的无辜牺牲者的个性的毁灭。杜勃罗留波夫还指出，卡捷琳娜是黑暗王国里的一线光明，她用自杀表明了自己的反抗，她的死带来了新的生机。赫尔岑在 1864 年论及《大雷雨》的文章中赞同这一观点："在这个悲剧里，作家深入到了俄罗斯生活的最深奥的秘密之处，把骤然的一线光明投射到这个默默无声的俄罗斯妇女的秘密心灵里，她在宗法家庭残忍而愚昧的生活的压抑下窒息而死。"这一观点，至今还是中国所有俄国文学史和写到奥斯特洛夫斯基的外国文学史公认、通用的观点，如易漱泉等认为，在戏剧中，"专制统治思想与民主思潮的对抗性矛盾是人民要求改革现存制度而展开的斗争的反映……深刻地揭露了俄国黑暗现实，歌颂了人民的坚贞不屈的反抗力量"。曹靖华等强调，"剧作家在《大雷雨》中提出了当时最迫切的社会问题之一，即妇女如何摆脱封建家庭中的奴役地位获得解放。剧本的基本冲突是新风尚与旧传统、被压迫者要求自由生活的权利与压迫者维护宗教法制秩序之间的斗争"。

这一观点尽管有某种片面的合理性，但它遮盖了作品的普遍性和永恒性，用政治的解读垄断了其他解读。我们认为，作品的主题，不只是杜勃罗留波夫所说的黑暗王国里的一线光明，对此，与杜氏同时的两位文学批评家都几乎在当时就发表了不同的看法。

皮萨列夫在《俄国戏剧的主题》中反驳了杜氏的观点。他认为，卡捷琳娜并非黑暗王国里的一线光明，并非一个具有完美的、积极的、与"黑暗王国"对立的性格的人，而实际上属于"矮子和长不大的孩子"那一类人，属于空想家，属于愚昧无知的群众，他们"从未尝到过思考的乐趣"。

格里戈里耶夫认为，该剧的内容不能仅仅归结为对专横的揭露。他承认，杜氏在论述"黑暗的王国"的文章中，"正确地看到了奥斯特洛夫斯基的作品所反映的一个生活方面"，并具体谈道："《大雷雨》的问世，表明这一理论完全站不住脚。这个戏剧的某些方面似乎证实《黑暗的王国》作者的聪明思想是对的，但是，用以分析另一些方面时，文章提出的理论就根本不知所措了：用这种理论的狭窄的框框无法去套它们，它们所说明的完全不是这个理论所谈到的。"

到了 20 世纪，马克·斯洛宁更是认为，杜勃罗留波夫说《大雷雨》是"黑暗王国里的一线光明"，其实并没有那么乐观。戏剧的女主人公卡捷琳娜在绝望之余自杀了，她的情人也被遣送到西伯利亚。像这样的故事，这样的结局，实在很难称它是"一线光明"；像卡捷琳娜和她的爱人如此的下场，我们实在无法说出"专制暴力即将崩塌"这样的话。

细读原著后，我们可以认为，这个悲剧的主题应该是：一个富于诗意、富于浪漫情怀与美丽幻想的女性，一方面深受传统习俗的影响和宗教的熏陶，另一方面又由于激情的燃烧，新潮思想的支持与帮助，在新旧交替的过渡时期，在两者间无法找到平衡点，不知何去何从，最后走向毁灭。这是只要有人类，有新与旧的交替，就会有的一种悲剧（如列夫·托尔斯泰笔下的安娜·卡列尼娜，哈代笔下的苔丝），既有民族性，又有人类性。

第一幕一开场，就是新事物的初步展现。登台的人物纷纷表示对当地死守陈规的"无教养""无知"乃至"残忍"的风俗不满："我们这座城市里的风俗是残忍的……太残忍了！在小市民中间……除了蛮不讲理和赤裸裸的贫困以外，什么也看不见。"这里有试图发明永动机造福民众的库利金，有决意报复老板的办事员库德里亚什（"可惜他家的闺女都还是黄毛丫头，没有一个大姑娘……我可是追求大姑娘的好手"），尤其有根本不懂本地风俗、唯一不穿"俄式服装"、认为当地人太野蛮的鲍里斯，他们都透露了与当地唯利是图、一切只为个人打算、因循守旧不同的新思潮、新信息。新思潮的根本特点，就是追求独立自由，"用自己的头脑生活"（库利金的话），尤其是追求妇女解放、恋爱自由。"在《大雷雨》问世的时代,俄国出版物上大量地谈论'妇女问题'、'妇女解放'、'新的家庭生活方式'、'恋爱自由'等等。不仅写写而已。在出版物所讨论的这些思想的影响下,事实上妇女解放也在以独特的'家庭生活方式'实行着。六十年代及稍后的时期,这种妇女解放现象按照某种规律性不断出现,表现为不担负夫妇义务,甚至不担负母亲义务,妇女有完全的自由。"(洛巴诺夫)。

在剧中,新潮思想的典型代表是瓦尔瓦拉。一方面她大胆自由地追求自己的爱情,背着母亲不断与恋人幽会,最后甚至跟恋人库德里亚什私奔了;另一方面她背弃竭力维护自己家庭安全的传统,一再鼓励甚至帮助自己的嫂嫂背叛哥哥。她积极地把嫂嫂往外人怀里推,因为按新潮观念,她母亲压迫嫂嫂,而哥哥也不能给嫂嫂幸福,嫂嫂在此没有自由和幸福,而一个妇女最重要的就是有自己的自由和幸福,尤其是恋爱方面的自由和幸福,所以她要帮助嫂嫂。

可与此同时,整个社会又是死水一潭,循规蹈矩,一切按习俗办,照规矩做,驯顺地服从长辈的所有安排,以至于外来人都感到"你们城里还是王道乐土,安居乐业","办任何事都有条不紊,平稳妥当"。这个伏尔加河上的小城是整个俄国的象征。奥斯特洛夫斯基曾在散文中写道:"在莫斯科河南岸,人们很少自己思考,什么事都有一定的规矩和习俗,每个人都根据别人的行为来决定自己的行为。莫斯科河南区不信任智慧,只尊重传统……那里对科学也有自己的看法,认为科学只是为了某种实际目的而对某事物进行的研究。"莫斯科如此,伏尔加河上的小城也是如此,这个小城就是整个俄罗斯的象征,旧的规矩和习俗还有着相当大的影响。当然,新的思想已经出现,并产生一定的影响,但远不如旧的东西强大。卡捷琳娜就置身于这两种力量激烈冲突的环境之中。

对卡捷琳娜的形象,绝大多数学者是从正面充分肯定的。易漱泉等认为:"卡杰林娜是全剧的中心形象。《大雷雨》的成功与不朽,与这个形象的创造是分不开的。她显示出的不只是诚实而智慧、温柔而刚毅、美丽而善良等令人崇敬的品质,而更在于她具有那种坚韧、顽强的性格,向反动势力抗争的、宁死不屈的精神。"李兆林等认为:"她感情丰富、性格倔强,是俄国文学中最美好的妇女形象之一……她的反抗表现了俄罗斯人民的勇敢、刚毅的性格。"任光宣等人宣称："她在无忧无虑、自由自在的生活氛围中，在大自然的怀抱里长大，从小就很有个性，富于幻想，对生活充满美妙的憧憬。她感情真挚、热烈，散发着生命的活力。她笃信宗教，具有非常强烈的道德感。"其实，在此新旧交替的时期，卡捷琳娜的性格必然具有双重性。

一方面，卡捷琳娜是在旧的传统中成长起来的，因此有着根深蒂固的传统观念。这表现为她有相当虔诚的宗教信仰。早在童年时代，她就经常和母亲一起去教堂，而且家里经常住满了女香客和朝圣的女人。这样，宗教观念在她心中就扎下了根。另一方面，当时社会上追求女性自由的观念影响很大，这一观念的化身就是瓦尔瓦拉。瓦尔瓦拉一再鼓励她追求自由："你先别急，等哥哥明天一走，咱们再想想办法；也许你们能够见面的。""你这么单相思有什么用！哪怕你愁死了，难道会有人可怜你吗！别犯傻啦。何必自讨苦吃呢！""依我看，你就放手干吧，只要不露马脚就行。"瓦尔瓦拉还帮她住到花园里的亭子内，给她钥匙，叫来鲍里斯，让他们相会，以致卡捷琳娜都觉得惊恐："真是疯子！这会毁了我的！"卡捷琳娜正是处在这样一种新旧交替的特殊时期：旧的东西力量强大，但又开始不太让年轻人信服，新的东西摇动人心，但又没有为整个社会普遍接受，成为真正的指导思想，人们因此无所适从，不知何去何从。比如说，像卡捷琳娜这样与人私通，"过去是要把人弄死的"，其实这样，倒也让她高兴："如果干脆把我扔进伏尔加河，我该多么快活啊！"可是现在，人们好像有点进步，不把人弄死了，但反而更残酷："他们说'要是把你弄死，那么，你的罪孽就会解除，你得活下去，让你的罪孽折磨你。'"

卡捷琳娜性格的主导方面是充满幻想，富于诗意，过于天真、单纯、浪漫，对现实生活的严酷、生活风习的残忍缺乏深刻的认识与应有的准备。她生长于较为自然的单纯环境中，整个童年和少女时代在家庭的疼爱和美妙的幻想中过着无忧无虑的日子，每天不是浇花、织绣、听香客讲故事，就是到教堂去。她能够深深理解大自然的美，热爱俄罗斯歌曲，并善于为自己创造一个富于诗意的世界。她说："人为什么不会像鸟那样飞？你听我说，我有时候觉得，我像只小鸟。站在山上的时候，真想插翅高飞。就这么跑呀跑呀，举起胳膊，飞起来。"甚至在教堂里，她也富于浪漫幻想："在阳光明媚的日子里,从教堂的圆屋顶投下一道明亮的光柱,这光柱里烟雾缭绕,犹如云彩在飘拂,我看到,仿佛常常有天使在这道光柱里飞翔和唱歌。"而且睡着了她也尽做美梦:"我做过多么美的梦呀……不是金碧辉煌的神殿,就是异常美丽的花园,总有看不见身影的人在歌唱,松柏散发出清香,这里的山和草木都跟平常的不同,就像圣像上画的似的。要不然呀,我就好像在飞,在空中飞翔。"因此,吉尔卡尼诺夫指出:"卡捷琳娜所使用的语言,在当时的商人环境中,只有对诗感兴趣和有作诗才能的妇女才能运用。从卡捷琳娜关于童年和少女时代的叙述中可以看出,她所使用的具有美好细腻感情的民间语言,是在什么样的影响下形成的,这就是那些四方云游的人们——男女香客和叫花子的影响。这些人为谋求生存在俄罗斯的土地上到处漂流,无形之中就传播了民间口头创作的作品。卡捷琳娜从这些作品中吸取了许多生动的比喻(就像鸽子咕咕地叫着一样;烟雾像云彩似的;像蝴蝶似飞舞,等等),一些民间短语(极端爱惜),唱歌似的语言声音,以及民歌中的艺术形象。"然而,出嫁以后,森严的家规、严酷的现实使她失去了少女时代的自由和幸福,再加上在爱情方面也无所指望——丈夫是个唯命是从、软弱无能的人,一切都听从母亲的安排,不敢也不会表达自己的感情,因而,这自由的、浪漫的灵魂深感被残酷的习俗和平庸的生活拘禁了:"我待在家里觉得很闷,闷得我真想逃走。我常常这样想,要是由着我呀,这会儿我真想驾一叶扁舟,唱着歌,在伏尔加河上遨游,要不然呀,就彼此拥抱着,坐在一辆漂亮的三套马车上……"在某种程度上,她在心理上还是一个孩子,因此她特别喜欢小孩子,甚至说:"我最喜欢跟孩子们说话了——要知道,这都是些小天使啊。要是我小时候死了就好啦。那么我就可以从天上遥望人间,兴高采烈地欣赏一切。要不然,我就飞得无影无踪,爱上哪儿就上哪儿。我要飞到旷野,像蝴蝶似的乘风飞翔,从这棵矢车菊飞到那棵矢车菊。"即便是死,她也比哈姆莱特想得更有诗意,哈姆莱特害怕那死后不知有什么而且十分黑暗的王国,卡捷琳娜则说道:"还是在坟墓里好……一棵小树下面有座小坟……多好啊!阳光温暖着它,雨水滋润着它……春天,坟上会长出青草,那么细软细软的……鸟儿会飞到树上,它们将唱歌,生儿育女,鲜花盛开:有黄的、红的、蓝的……什么样的都有,什么样的都有……静悄悄的,太好啦!"

卡捷琳娜在娘家是掌上明珠，父母对她实在太好，这就形成了她这种浪漫、幻想、诗意的性格。她说："过去，我就像一只自由自在的小鸟，无忧无虑。妈妈疼得我什么似的，把我打扮得跟布娃娃一样。她从来不勉强我干活；我想干什么就干什么……我总是一早起来；如果是夏天，我就到泉边去洗脸，还顺便挑点水回来，把家里所有、所有的花儿都浇上一遍……然后我就跟妈妈一起到教堂去，大家都去，香客们也去，我们家老是住满了香客和朝圣的女人。我们从教堂回到家里，就坐下来干活，多半是用金线在天鹅绒上绣花儿，那些香客就开始讲她们到过什么地方，看到了什么，讲圣徒们的各种故事，或者唱赞美诗。就这样一直到吃午饭。接着那些老婆婆就去睡午觉，我就在花园里散步。然后我们又去做晚祷，晚上呢，我们又是讲故事，唱歌儿。"

结婚后，丈夫虽然爱她，但自身都被母亲管得毫无自由。甚至出门远行前，她去拥抱丈夫，也要受到母亲的指责："你搂搂抱抱的干什么，真没羞没臊！又不是跟妍头告别！他是你丈夫——一家之主！难道这点规矩都不懂啊？跪下磕头！"因此，季洪对她的感情不敢太外露，也不可能太热烈，甚至有点自私，比如说他到莫斯科去，妻子求他别去或者把自己也带去，他居然说："过着这种不自由的生活，哪怕你老婆再漂亮也会逃走的！……有两星期，我头上再没有人来打雷下雨，脚上也不戴镣铐，我哪管得了什么老婆不老婆。"而婆婆一切都管得很严，使她感到："这儿的一切好像都是被迫的。""她太让我伤心啦……因为她，我讨厌透了这个家；甚至瞧着这四堵墙都讨厌。"

卡捷琳娜性格又是相当刚烈、十分冲动的。她说过："我还在五六岁的时候，不会更大，就干了这样一桩事！家里人不知道为什么把我惹恼了，这事发生在傍晚，天已经黑了，我跑到伏尔加河上，坐上一只小船，就离了岸。第二天早上，家里人好容易才在十几俄里以外的地方找到我！"所以，面对各种拘禁、规矩、压迫，她必然无法驯服地听从，必然会反抗。她曾宣称："要是我在这里感到深恶痛绝的话，任何力量也拦不住我。我会跳窗，跳伏尔加河。我不想在这儿住下去，哪怕把我宰了，我也不干！"她最大的反抗，就是克服了心中沉重的负罪感，大胆地与鲍里斯幽会。但是，也可看出，她是一个富于激情的人，十分容易冲动。正是在无法克制的冲动中，她不加思考地当众忏悔，最后又毅然投河。

然而，宗教和传统又使她刚烈的性格中有着软弱的因素，这表现为强烈的罪孽感或者说负罪感。她认为自己的婚外恋是沉重的罪孽，甚至对鲍里斯说："这罪孽是十恶不赦的，永远也没法求得宽恕。要知道，它会像一块石头似的压在我心上。"丈夫回来后，她更是深感有罪："浑身哆嗦，像打摆子似的；脸色煞白，在屋里走来走去，像在寻找什么东西。两只眼睛像疯子一样！刚才，上午前她还哭过，简直是号啕大哭……她都不敢抬起眼睛瞧丈夫。"

同时，她又相当诚实，不会撒谎，不会伪装，不会过那种双重生活，有深刻的道德情感。在新潮人物把隐秘的幽会当作新道德的时候，她却在进行道德的自我审判。这些更强化了她的负罪感，进而导致她的坦白和自杀。然而，这一形象的独特意义，也正在这里。她的自我的道德审判，在某种程度上继承并发展了俄罗斯古典文学推崇妇女形象道德义务感的优良传统。因此，洛巴诺夫认为："卡捷琳娜的悲剧与其说是在于'破裂的爱情'，在于和不喜爱的丈夫及威严的婆婆一起过'令人厌恶的'生活，不如说在于当她发现不可能在'新道德'中找到自己的位置以及发现未来没有出路时内心感到的渺茫。"

卡巴诺娃的性格也具有双重性。但迄今为止，学者对其依旧是众口一词，彻底否定。易漱泉等认为："卡巴诺娃是旧制度、遗风故习的坚决维护者。她性格、意志的中心是维护专制势力。她要一切人遵守陈旧的传统，敌视任何独立性与新事物……但是卡巴诺娃与提郭意表面上有所不同，即在于她的伪善。她虔信宗教，宣讲古老的遗训、原则，施舍叫花子，大养香客，做礼拜不缺席……都是美化她的残暴的外衣……她在依照陈旧规则作恶时，反而认为自己是在'行善'。这样就把一切暴虐解释成美德了。"李兆林等也认为："卡巴诺娃是'黑暗王国'中宗法制生活秩序和一切旧传统的维护者。她不但专横、无知、守旧，而且狠毒、伪善。"曹靖华等更是强调："卡巴诺娃是'黑暗王国'的另一种代表。她不仅专横、无知、守旧，而且狠毒、伪善。"

实际上，就在剧中，人们对她早已有两种评价。一方面她对外人还是仁善的，对穷人、叫花子、过路香客，她总是"慷慨布施"；对野蛮成性、总是大骂家里人的季科伊，她也好心劝说："你一辈子老爱跟老娘们干仗，也不见得有多大光彩"，甚至说，"我对你真感到纳闷：你家里那么多人，难道就没有一个人能够让你满意吗？""你干吗让自己发这么大火呢？我说，大兄弟，这可不好"。她还当面指出他的缺点："你要是看到有人想来找你要钱什么的，你就存心对你家里的什么人破口大骂，大动肝火；因为你知道，你发起火来，也就没人敢接近你了。"另一方面，她对子女极端严厉，要求他们必须循规蹈矩。库德里亚什说她"装模作样摆出一副大慈大悲的模样"，库里金宣称："她是个假善人……对叫花子可以慷慨布施，可是对家里人却心狠手毒。"受惠于她的女香客费克卢莎则称她"品德高尚，为家门增光添彩"。

我们认为，卡巴诺娃并没有那么穷凶极恶。她是爱其子女的，像所有母亲一样爱，她说："要知道，做父母的有时也对你们严厉，是出于爱子之心，就是骂你们，也是出于爱，总想教你们学好。""谁让我是你妈呢？为了你们我心都操碎了。"就连瓦尔瓦拉在给季洪送行后谈到母亲时也说："她心中十分难受，因为哥哥现在没有人管了。"她对乞丐、香客也是尽力帮助的，这是她仁善的一面，她与敛财成性、成天骂人的季科伊是不同的，那完全是个异化了的东西，而她还是有好的一面的。

她的问题在于，她是一个典型的传统人物，一个封建家长，一切都要按规矩办，决不允许越雷池半步。她是旧传统和习俗的保护者，家里的一切都要随她这个家长的指挥棒而运转，这也使她不自觉地充当了用温情脉脉来杀人的角色。洛巴诺夫指出："卡巴诺娃坚信，她应该，她有责任教导青年人，她是为他们好。这是治家之道，千百年来都是如此，祖辈一直是这样生活的。"因此，她特别强调儿女们一切都得听母亲的，妻子必须服从丈夫甚至怕丈夫进而服从婆婆："连你都不怕，就不用提服我了。咱们这个家还有什么规矩？"甚至还想到季洪当着妹妹的面说只要妻子爱他就行，不必怕他这种话，会把妹妹也教坏，引起她未来丈夫的不满。即便季洪要出门两个星期，也要讲规矩，包括母子怎样告别（叮咛、嘱咐，还要儿子跪下磕头），兄妹怎样告别，临行前丈夫应该吩咐妻子注意些什么。她也会据此指责儿媳妇没有按老一套规矩办："你老是自吹自擂，说你非常爱丈夫；我现在算是看见你有多么爱他了。人家的媳妇送丈夫出门，躺在台阶上一哭就是个把钟头；可你呀，跟没事人似的。"她最注重的就是规矩，就是传统的东西，她一再感叹："年轻人就是不懂规矩！瞧着她们都觉得可笑！要不是自己的孩子，我不笑掉大牙才怪。什么都不知道，一点儿规矩都不懂。连个像模像样的告别都不会。幸亏家里还有长辈管着，他们在世的时候，这个家还有人支撑着。可是这帮糊涂蛋还想由着自己去胡作非为，真要这样，岂不乱了套，让人戳着脊梁骨笑话……自古以来的老规矩就这么给废啦……要是老人们死绝了，怎么办？这世道又该怎么样呢？"然而，"如今不喜欢这样。做儿女的逢人便说她妈唠叨个没完，说什么她妈跟他们过不去，恨不得把他们逼死才好。哎呀，上帝保佑，只要一句话没有讨得儿媳妇的喜欢，就会有人说长道短，说什么婆婆差点没把她给吃了"。正因为如此，她对子女看管得更紧了，以致子女们都有一种窒息的感觉，儿子巴不得快点外出，媳妇恨不得远走高飞，女儿最后离家出走。

当然，在卡巴诺娃的感情中，还有点寡母对儿媳妇的嫉妒："我早就看出来，你对老婆比对妈亲。自从你成亲以后，我就看出来你对我没有从前那么孝顺。""你没有成家的时候，兴许你是爱妈的。现在你哪里顾得上我呀：你有年轻的媳妇嘛。"当季洪辩白"这是两码事，互相并不妨碍。媳妇是一回事，孝顺母亲是另一回事"后，她甚至公开提出来："那你肯把媳妇换母亲吗？"

正是以上所有这些复杂因素，使得卡巴诺娃不自觉地成为温情脉脉的杀人凶手，一如《孔雀东南飞》中焦仲卿的母亲。

这部戏剧与伏尔加河流域科斯特罗马地方轰动一时的"克雷科娃案件"惊人地相似。有一天，伏尔加河里发现一具女尸，死者是女市民亚历山德拉·克雷科娃。后来查明，她是因为个人和家庭原因投河自杀的。她的婆婆是个严厉而且爱发号施令的人，她的丈夫是个不声不响的好人，没有主见，任何事情都唯母命是从。克雷科娃暗中爱上了当地邮局的一个职员，这样的感情也导致了她自杀。《大雷雨》的剧本是 1859 年 10 月 9 日完稿的，而克雷科娃的尸体是 11 月 10 日在伏尔加河中被找到的。由此，也可见奥斯特洛夫斯基戏剧的生活化。①

值得一提的是，至今仍有不少人认为，"大雷雨"是卡捷琳娜觉醒的象征、反抗的象征，细读原著，这不可靠。在戏剧中，女主人公一再宣称害怕大雷雨。"可怕的倒不是雷会把你打死，而是你冷不防突然死去，像现在这样，带着你的一切罪孽，带着一切大逆不道的想法。死，我倒不觉得可怕，可是我想，在这次谈话后，我突然出现在上帝面前，就像这儿我跟你在一起这样，那才可怕呢。"本来已有大雷雨的恐惧，心上人鲍里斯突然又走了出来，再加上贵妇人的惊吓，跪到墙边时又看到火焰地狱图，卡捷琳娜终于再也忍受不了，当众承认了自己的"罪过"："我的心已被撕得粉碎！我再也受不了啦！妈！季洪！我在上帝和你们面前都是有罪的！……在头一天夜里我就从家里跑出去啦……这十天夜里我都去玩儿了……跟鲍里斯·格里戈里耶维奇。"

史坦因指出："在剧本的结构当中，第一幕和第四幕的雷雨起着重要的作用。第一次雷雨是个警号，第二次则是那等待着卡捷琳娜的惩罚的征兆。"著名演员毕沙勒夫（1844—1906）也谈到这个戏剧的名称与象征意义："天国的大雷雨只在此地才和道德的大雷雨相共鸣起来，而显得更加可怕。婆——是大雷雨，斗争——是大雷雨，对于罪行的意识——是大雷雨。所有这一切，都非常骚乱地影响了卡捷琳娜，即使不是那样，她也已经是个够幻想和迷恋的人物了。而在这一切之上，又加上了天国的大雷雨。卡捷琳娜听到一个消息，说大雷雨并不是徒然来临的，于是她觉得大雷雨会把她打死，因为在她的心灵里重新出现了老贵妇人所指出的那种原本的罪：'你干吗躲藏起来？躲藏起来有什么用！看起来，你害怕，你不想死？你想活！怎么会不想活呢！带着你的美丽投到深渊里去吧！是的，赶快去，赶快去！'以及当画在墙壁上的恐怖的审判图投进卡捷琳娜的眼帘时，她更加忍受不了那个和天国的大雷雨及老贵妇人的可怕的迷信与险恶的话语相伴而来的内心的大雷雨，良心的大雷雨：她高声地承招出，说她和鲍里斯在一起整整地逛了十夜。她早年在书本中所受的那种狂喜的幻想的教育，当

①　曾思艺：《新旧冲突中无所适从者的悲剧——也谈〈大雷雨〉主题及卡捷琳娜、卡巴诺娃形象》，见刘亚丁主编：《外国文学：领悟与阐释》，北京，北京大学出版社，2013。

时她每分钟都在期待着：一旦雷响起来就会打死什么罪人，现在都正反映在她这种骚乱的情绪之中；在这种情绪之下，很明显地，她既看不见她周围的人，也听不见他们的话，假如她承招了自己的罪的话，那大概是她在狂乱的情况中承招出来的。"

屠格涅夫宣称，《大雷雨》是"俄罗斯的一位伟大天才的最优美、最杰出的作品"。冈察洛夫认为：《大雷雨》这部戏剧特点是"古典的美"，"人物性格完好"，"修饰文笔很优雅"，"语言以及讲这种语言的人在艺术上是真实的。它们取自现实生活"，"以无与伦比的艺术完整性和真实性描述了民族生活和风习的广阔画面。剧中每个人物都具有直接取自人民生活的典型性格，这种性格具有鲜明的诗的色彩，并经过了艺术加工"，它"所汲取的材料和加以精心描绘的是现代俄国人民的生活"，并且宣称："无论从方面说，剧本都可以作为范例，——无论是从作品的布局方面，还是紧张的生动的场面方面，以及人物的性格方面，剧本处处鲜明地显示出创作的魅力，观察的细致和润色的优美"，"我不怕人家责备我夸张，我可以凭良心说：类似这个剧本的作品在我们的文学中还不曾有过。以它那高度的古典美而论，它无可争辩地占着而且大概会长久地占着第一位。"史坦因认为，《大雷雨》的创作使奥斯特洛夫斯基置身于世界一流剧作家之列。可见，这部作品具有很高的艺术成就。具体来看，这部戏剧有如下几个艺术特点。

第一，对比手法运用出色。戏剧出色地运用对比手法来表现主题，塑造人物形象。其一，美丽如画的自然景色与封闭丑恶的社会形成鲜明对比。伏尔加河一带"风景如画"，美不胜收，"真叫人心旷神怡"，"简直跟住在天国里一样"；然而，这里的社会环境却相当封闭，甚至丑恶，人们大多因循守旧，蝇营狗苟，更有卡巴诺娃这样严厉的守旧者，以及季科伊这样野蛮成性、嗜钱如命的商人。其二，新旧观念的对比。以库利金、瓦尔瓦拉为代表的新思潮、新观念相信科学，主张独立、自由，恋爱婚姻自主，而以季科伊、卡巴诺娃为首的旧习俗认可循规蹈矩，强调一切无条件地服从家长。其三，人与人的对比。既有背地里恋爱的卡捷琳娜与瓦尔瓦拉的对比——前者诚实、不会撒谎、有强烈的负罪感，后者则为了自己的快乐与安全，一再骗人；也有卡捷琳娜与鲍里斯这对恋人的对比——前者勇敢、刚烈，后者则颇软弱；还有卡捷琳娜与季洪这对夫妻的对比——前者虽有软弱之处，但为了爱情，敢于大胆行动，后者唯命是听，懦弱无能，最终导致他人和自己的悲剧。

第二，前后照应，结构严谨。戏剧虽然是生活化的，但它并不松散，而是结构严谨，十分注意前后照应。

其一，疯癫的贵妇人首尾两次出现，尽管只在舞台匆匆一现，说几句话，却既推动情节发展，又使戏剧前后呼应，结构严谨。第一幕第八场写到疯癫的贵妇人说："怎么啦，美人儿？你们在这儿干什么？等情人，等漂亮的小伙子吗？你们快活吗？快活吗？你们的美貌让你们高兴吗？这美貌呀，正把你们带到那儿去。（指着伏尔加河）就那儿，就那儿，一直卷进深渊！……你们大家都要在永不熄灭的烈火里燃烧！你们大家都要在滚沸的油锅里挨炸！这美貌正把你们带到那儿去，那儿！"第四幕第六场，贵妇人又出现了，再次对惊呼着躲起来的卡捷琳娜说："你躲什么！用不着躲嘛！你大概害怕了吧，你不想死！想活！怎么不想活呢！你瞧，多漂亮的美人儿！哈哈哈！多美呀！你向上帝祈祷把你的美貌拿走吧！美貌是我们的祸根！毁了自己，诱惑了别人，到时候你就对自己的美貌感到得意吧！你把许许多多人引上罪恶之途！……最好带着你的美貌跳进深渊里去！"

其二，大雷雨在剧中出现了五次，既一步步加速女主人公的心理变化，导致高潮出现，又使作品前后照应细密，结构严谨。冉国选对此有精辟的分析："第一次是第一幕的第九场。此时卡捷琳娜已经产生了对鲍里斯的爱情，'心里存着犯罪的念头'，在'可怕的罪恶'面前，她一方面决意寻找自己的幸福，甚至于不惜逃走，'永世也不回来'；另一方面，她却又认为与别人相爱在上帝面前应当受到'良心'的惩罚。霎时间雷声响起，卡捷琳娜惊恐万状，跑回家中。第四幕有三次雷震。在这之前，卡捷琳娜幸福地与鲍里斯会面，她的性格有了新的发展，内心矛盾渐趋激烈。卡捷琳娜听到半疯贵妇的胡诌乱语：'你应该对上帝祷告，把你的美丽取走！美丽会使我们死亡！''你藏到哪儿去？你躲不了上帝！你们会在永劫的火焰里燃烧。'雷鸣随之大作，卡捷琳娜承受不住内心痛苦的压力，向婆婆和丈夫坦白了自己与鲍里斯的'罪恶'。"

列维亚金指出："奥斯特洛夫斯基剧本结构的特点是：严整和鲜明、每一个人物和每一段情节都有它的基调、所有的局部都严格地服从整体，即服从作品的主导思想，以及剧情发展的一直倾向紧张和悲剧与喜剧场景的巧妙结合。奥斯特洛夫斯基戏剧的剧情，即使是通过对白的形式把剧中人物的经历和社会生活风习的细节反映出来，也不会因而冲淡戏剧的兴味。"

第三，语言富有个性特色。《大雷雨》中人物的语言都是很个性化的，每个人物的语言都与其身份、性格、精神面貌十分吻合。季科伊的语言粗鲁、庸俗甚至下流，而且不太连贯；卡巴诺娃使用家训式的语言，在俚俗的语汇中蕴含训诫；卡捷琳娜的语言生动、流畅，富于诗意，带有民歌的抒情色彩；季洪的语言唯唯诺诺，体现了他唯命是从、懦弱无能的性格特点；库利金的语言充满科学的词汇和新的观念以及对未来的幻想；即便是出场不多的香客费克卢莎的语言，也充满对宗教的虔敬，以及对美与善的赞美。这一切，不仅很好地表现了人物的个性，而且也使整个剧本语言生动、活泼，丰富多彩。

此外，米尔斯基认为："这是一部纯粹的诗意之作，纯粹的氛围营造。一部关于爱与死、自由与奴役的伟大诗篇。"他的观点提供了理解这一作品的另一思路。

参考资料

《奥斯特洛夫斯基戏剧选》，臧仲伦等译，北京，人民文学出版社，1987。

《奥斯特洛夫斯基、契诃夫戏剧选》，陈冰夷、臧仲伦等译，北京，人民文学出版社，1998。

曹靖华主编：《俄国文学史》上卷，北京，北京大学出版社，2007。

《杜勃罗留波夫选集》第一卷，辛未艾译，上海，上海译文出版社，1983。

［苏联］伏罗宁斯基等著：《俄罗斯古典文学论》，蓝泰凯译，北京，北京时代弄潮文化发展公司，2011。

戈宝权、林陵合编：《奥斯特罗夫斯基研究》，北京，时代书报出版社，1949。

［俄］季莫菲耶夫主编：《俄罗斯古典作家论》下册，北京，人民文学出

版社，1958。

李兆林、徐玉琴编著：《简明俄国文学史》，北京，北京师范大学出版社，1993。

［苏联］米·洛巴诺夫：《亚·奥斯特洛夫斯基传》，朱铁声、章若男译，哈尔滨，黑龙江人民出版社，1986。

［日］米川正夫：《俄国文学思潮》，任钧译，重庆，正中书局，1941。

［俄］德·斯·米尔斯基：《俄国文学史》，刘文飞译，北京，人民文学出版社，2013。

冉国选：《俄国戏剧简史》，开封，河南大学出版社，1992。

任光宣主编：《俄罗斯文学简史》，北京，北京大学出版社，2006。

［俄］A. 史坦因：《奥斯特罗夫斯基评传》，蒋路译，上海，时代出版社，1954。

王爱民、任何：《俄国戏剧史概要》，北京，中国戏剧出版社，1984。

易漱泉、雷成德、王远泽等编：《俄国文学史》，长沙，湖南文艺出版社，1986。

第十三章　托尔斯泰：救世的圣人

列夫·托尔斯泰①是俄国最伟大的作家之一，在世时就有世界影响。马克·斯洛宁指出："他不仅是一位作家，同时也是一位传道者、哲学家、宗教创始者、社会批评家以及改革人类的斗士——他庞硕的心灵远超出小说之外。托尔斯泰成了19世纪末叶全世界精神领域里最引人注目的人。他是俄罗斯革命的先知，影响无所不及，他改变了俄国人的思想与生活，是全人类的道德导师，也是俄罗斯有史以来最伟大的人物。"英国小说家、小说理论家福斯特则宣称："没有哪一位英国小说家，可与托尔斯泰比肩，这就是说，像托尔斯泰那样，对人生进行如此全面的刻画，其中包括人的家庭生活和英雄行为。没有哪一位英国小说家像托尔斯泰那样，深入探索人的灵魂。"

一、从懒散的放荡者到救世的圣人

托尔斯泰(1828—1910)，1828年9月9日出生于图拉省克拉皮文县雅斯纳雅·波良纳的一个贵族家庭，父亲是伯爵，母亲是公爵的独生女，拥

---

① 俄国共有三个名作家托尔斯泰，除了本章中最著名的列夫·托尔斯泰外，另两位是：阿·康·托尔斯泰(1817—1875)，俄国19世纪诗人、小说家、剧作家，创作有历史长篇小说《谢列勃良内公爵》(1863)，历史剧三部曲《伊凡雷帝之死》(1866)、《沙皇费多尔·伊凡诺维奇》(1868)和《沙皇鲍里斯》(1870)，以及大量抒情诗和叙事诗；阿·托尔斯泰(1882—1945)，俄国现代诗人、小说家、剧作家，创作有诗歌《抒情集》(1907)、《蓝色河流后面》(1911)，短篇小说集《伏尔加河左岸》(1910)，中篇小说《尼基塔的童年》(1920—1922)，长篇小说《怪人》(1911)、《跛老爷》(1912)、《苦难的历程》(1922—1941)、《彼得大帝》(1929—1945，未完成)，戏剧《燕子》(1916)、《苦命的花》(1917)、《伊凡雷帝》(1942—1943)等。

有庄园、大量土地和农奴。托尔斯泰从外祖父那里继承了真正的贵族精神和蔑视权贵的正当的自尊心；从母亲那里继承了艺术才华、讲故事的本领和丰富的想象力，虚怀若谷、藐视平庸的性格，以及温文尔雅、高贵坦率的风度；从父亲那里继承了善良和独立不羁。托尔斯泰两岁丧母，九岁丧父，由三位姑母抚养成人。姑母们的温柔善良，弟兄间的亲密无间，同仆人、农民的融洽关系，培育了托尔斯泰诚恳、朴素、率直的性格和仁慈、宽厚、高尚的品格，也使他一生都重视家庭义务和亲情。

1844 年，托尔斯泰进入喀山大学东方系学习，后转法学系，接触到卢梭、孟德斯鸠的著作，开始对学校的教育不满。这个时期，对他影响最大的作品是《马太福音》中的《登山训众》和卢梭的《忏悔录》。1848 年 10 月他主动退学，回家经营田庄，进行农事改革，钻研各种科学。从此时到 1851 年春，在将近三年的时间里，他探索生活道路，有过许许多多的计划和设想，但都没能实现，反倒被上流社会的"欢乐"所吸引，经常去莫斯科玩乐、赌博，过着懒散而放荡的生活。与此同时，他又极其向往道德上的纯洁，十分悔恨自己的放荡生活，于是他不断地写日记，分析、批判自己（米川正夫谈到，他老早就养成了在日记里面留下自己的生活痕迹的习惯，常常用真挚而紧张的态度不断地做内省功夫：时而无情地鞭挞自己对于世俗的、肉体的诱惑之软弱，时而在日常行为上定下种种规则，一心一意在完成自我的道路上精进。米尔斯基则认为："我们如今所知的他的日记始于 1847 年。其日记是一种持续不断的练习，旨在掌握那门记录并剖析其内心体验的艺术……与司汤达一样，托尔斯泰尤其感兴趣的，即揭示自己行为之半意识的、遭到压抑的动机，并暴露那表面的、仿佛被认可的自我之不真诚"），而这奠定了他此后从放荡者变成救世的圣人的坚实基础。

1851 年，他追随服军役的长兄尼古拉到高加索参军，后来参加了克里米亚战争的塞瓦斯托波尔战役，曾在最危险的第四棱堡任炮兵连长。他在战争中目睹了平民士兵的英勇和贵族军官的怯懦，这激起他了对贵族的反感。也是从这个时候起，托尔斯泰开始了文学创作活动，并且慢慢变成一个探索人生、研究社会的作家。1855 年 11 月，他从塞瓦斯托波尔来到彼得堡，作为知名的新作家受到著名作家屠格涅夫和涅克拉索夫等人的欢迎，并先后结识了冈察洛夫、费特、奥斯特洛夫斯基、德鲁日宁、安年科夫、鲍特金等作家和批评家。

1856 年，托尔斯泰退役回家。1857 年和 1860—1861 年，怀着探求俄国社会问题答案的强烈愿望，他两次去西欧旅行，访问了法国、德国、英国、瑞士、意大利、比利时等国家。资本主义社会的冷酷无情和赤裸裸的金钱统治，终于使他失望而归。他创作了著名短篇小说《琉森》，讲述了一位出色的流浪歌手受到绅士们嘲弄的故事，赞扬了大自然的美丽，揭露了金钱统治的罪恶，表现了"现代资本主义社会中的'文明是善，野蛮是恶'的观念把人类天性的本能的原始的对善的需要消灭了"的思想，揭穿了资本主义社会文明的虚伪。

1859 年，托尔斯泰因思想与艺术观点与革命民主派有分歧，退出《现代人》杂志，离开彼得堡回到雅斯纳雅·波良纳，把主要精力放在农村教育工作上，力图通过教育来改造社会。1859—1862 年，托尔斯泰醉心于教育事业，几乎完全放下创作，在雅斯纳雅·波良纳和附近农村为农民子弟创办了 20 多所学校，并研究俄国和西欧的教育制度，撰写教育论文，创办了教育杂志《雅斯纳雅·波良纳》，把教育作为改善农民现状的极为重要的手段。

1862 年，托尔斯泰与沙皇御医的女儿索菲亚·安德列耶芙娜·别尔斯（1844—1919）结婚，有了安定幸福的家庭生活。索菲亚帮助丈夫管理庄园，料理家务，让家里的生活井井有条，这使得托尔斯泰可以尽情地埋头于文学创作；她还为丈夫誊清手稿、保存文稿，光是《战争与和平》的手稿，她就从头到尾誊写了七遍（因为托尔斯泰创作极其认真，每一部作品都要反复修改甚至修改很多次才会定稿）。

1868 年秋至 1869 年夏，托尔斯泰被叔本华哲学所吸引，一度受到其影响。1869 年 9 月，托尔斯泰因田产的事务去平扎省，中途在阿尔扎马斯①的旅馆中休息，深夜突然感到一种从未有过的忧愁和恐怖："我在阿尔扎马斯过夜，突然产生了异乎寻常的念头。夜里两点钟，我苦恼、害怕、恐惧起来，这是我从未有过的感受，出现了许多异乎寻常的思想……上帝从没有叫谁经受过。我坐了起来，吩咐套车。"他"感到一种可怕的东西"在追赶他、

———————————————

① 阿尔扎马斯，俄罗斯下诺夫哥罗德（苏联时代称为"高尔基市"）州南部城市，在奥卡河支流捷沙河畔。建于 1578 年，1779 年设市。

纠缠他，他无法摆脱，疑惧万分中他甚至听到了死神的声音："是我，我在这。"这就是所谓"阿尔扎马斯的恐怖"。这是一种对于死亡以及内心多重危机的恐惧，因为在此前后，他在致友人书信里谈到自己近来等待死亡的阴郁心情（1860 年他敬爱的长兄尼古拉突然逝世，对他的情绪产生了相当大的影响），而对像托尔斯泰这样的人生、社会的探索者来说，精神危机是多重的。正因为面临诸多对作家来说必须解决的问题而他又无法解决它们，这就使他对生命突然产生了极度的荒诞感和强烈的死亡感。"阿尔扎马斯的恐怖"，可以说是托尔斯泰思想激变的前兆。

19 世纪 70 年代初，民粹派的"到民间去"等社会运动轰轰烈烈地展开。这些运动震撼了托尔斯泰，使他产生了新的思想危机并进入新的探索时期。他为自己所处的贵族寄生生活而苦恼、不安，甚至怀疑生存的目的和意义。于是，他加紧对哲学、宗教、道德、伦理等问题的研究，研读各种哲学和宗教书籍，以寻找答案；他还不断拜访神父、主教、修道士和隐修士，并结识农民，以获取教益。80 年代初，他终于完成了 60 年代开始酝酿的世界观的根本性转变，完全转到宗法制农民的立场上，致力于"平民化"①：持斋吃素，从事体力劳动，翻土耕地，挑水浇菜，制鞋劈柴，为农民盖房子，并希望放弃私有财产和贵族特权，把全部田产和稿费分给农民，并且改变了文艺观，宣称自己过去的文学作品包括《战争与和平》等巨著是"老爷式的游戏"，从而把创作重点转移到论文和政论上，直接宣传自己的社会、哲学、宗教观点，揭露社会的各种罪恶。

这个时期，他形成了完整的"托尔斯泰主义"，即托尔斯泰世界观转变后在解决社会问题上形成的一整套理论，其主要内容是宣扬"勿以暴力抗恶"、个人"道德的自我完善"和普遍的爱，体现了托尔斯泰反对暴力革命，从宗教、伦理中寻求出路的意图。至此，托尔斯泰已完全变成一个救世的圣人，而且影响极大，声誉遍及国内外，成为伟大的精神导师而受到全世界的尊敬和仰慕。随后，他的住地雅斯纳雅·波良纳也成为"圣地"，世界各国的托尔斯泰信徒纷纷到这里来"朝圣"。

---

① 平民化：指托尔斯泰世界观转变前提出的调和地主与农民矛盾的方法，即地主参加劳动，过农民一样的生活，并在感情上与农民接近以达到思想的净化。它反映了托尔斯泰既肯定农民，又要为贵族地主寻找一个适当位置的意图。

与此同时，托尔斯泰还从事广泛的社会活动：1881 年他上书亚历山大三世，请求赦免行刺亚历山大二世的革命者；1882 年，他参加了莫斯科人口调查，深入贫民窟，了解城市下层民众的生活；1884 年由其信徒和友人弗·契尔特科夫等创办"媒介"出版社，以印行接近托尔斯泰学说的书籍；1891 年给《俄国新闻》和《新时代》编辑部写信，声明放弃 1881 年后自己所写作品的版权；1891—1893 年和 1898 年，组织赈济梁赞省和图拉省受灾农民的活动；1898 年决定将《复活》的全部稿费用于资助杜霍包尔教徒移居加拿大。他的这一系列活动，尤其是希望放弃私有财产和贵族特权的想法，受到家人阻挠，与夫人的冲突尤烈，家庭关系变得十分紧张。[1]

1910 年 10 月 28 日晚，托尔斯泰发现妻子总在翻他的遗嘱，于是写了给索菲亚的最后一封信："我在家中所处的地位已是忍无可忍……我不能再在这种奢华的环境中生活……我的出走，给你造成了一个新的环境。"82 岁的托尔斯泰在私人医生的陪同下秘密离家出走，途中患了肺炎，11 月 20 日在阿斯塔波沃火车站逝世。遵照他的遗言，遗体安葬在雅斯纳雅·波良纳的森林中，坟上没有立墓碑和十字架。

托尔斯泰创作长达半个世纪，留下了相当丰富的文学遗产，其创作道路大致可分为以下三个时期。

早期创作时期（1852—1863）。这是作家学习、探索、实验和成长的时期。1852 年，托尔斯泰开始发表小说。这一时期的作品主要有《袭击》（1852）、《童年》（1852）、《弹子房记分员笔记》（1853）、《少年》（1854）、《伐木》（1855）、《青年》（1856）、《1854 年 12 月的塞瓦斯托波尔》（1855）、《1855年 12 月的塞瓦斯托波尔》（1855）、《1855 年 8 月的塞瓦斯托波尔》（1856）、《暴风雪》（1856）、《两个骠骑兵》（1856）、《高加索回忆片段：一个被贬谪的军官》（1856）、《一个地主的早晨》（1856）、《三死》（1858）、《阿尔培特》（1858）、《家庭幸福》（1859）、《霍斯托密尔——一匹马的身世》（1863）、《波利库什卡》（1863）等中短篇小说以及长篇小说《哥萨克》（1863）。总体来说，这些作品都很有才气，对人有细致的观察，道德情感亦很纯洁，但还不够

① 关于托尔斯泰晚年与其妻子的爱恨交加，可参见［美］威廉·夏伊勒：《爱与恨：托尔斯泰夫妻生活中的恩恩怨怨》，赵文学、张玫玫、计琦译，长春，吉林人民出版社，1998；［俄］吉·博尔纳：《托尔斯泰及其妻子：一部爱情史》，北京，北京大学出版社，2020。

成熟，写景也很简单，不过好些作品对人的复杂性，尤其是心理的复杂性很感兴趣。比较好的作品有《家庭幸福》，写青年男女的爱情与家庭生活，写得颇为细腻，艺术上较为成熟；《霍斯托密尔——一匹马的身世》，以马儿自述的方式讲述了其一生坎坷的遭遇和悲惨的命运，从马的视角审视人类和世界，角度新颖独特；《波利库什卡》，写一个偷盗成习的下层人，因为别人的信任而付出生命代价的故事，情节非常独特，是一篇颇为成功的短篇小说。

自传体三部曲《童年》（一译《幼年》）、《少年》、《青年》，描写主人公尼古林卡从童年、少年一直到青年对家庭和社会的观察、种种内心感受，以及思想的发展、性格的形成、精神成长的过程。尼古林卡出生在贵族家庭，从小就喜欢观察别人和分析自己，对父母、哥哥、家庭教师、女管家以及来访客人的言谈举止都有自己的看法和内心反应。他生活在贵族庄园，童年充满了温暖与爱，不知道世界上有贫困和痛苦，天真地爱着周围的人。少年时期随着视野的扩大，他开始认识社会，看见了掩盖在幸福外衣之下的阶级对立和贵族生活中坏的一面，开始用挑剔的眼光看待周围的人。青年时期的尼古林卡产生了精神危机，他既欣赏自己的生活环境，又逐步发现家庭与社会中人们之间关系的虚伪，对于自己在这个环境影响中所沾染的恶习深感不满，开始了哲学和道德伦理的探索。

三部曲表现了作者对贵族生活的批判和对下层人民的同情，表现出民主思想。同时，他的"博爱"思想和"道德自我完善"思想以及心理分析才能，也已明显地体现在这最初的创作中。车尔尼雪夫斯基当时就已指出，托尔斯泰的作品有两个显著特点：一是"心灵辩证法"（非常注意观察人物心理过程和心理活动规律）；二是道德情感的纯洁（追求道德上的自我完善）。

在尼古林卡童年的精神世界里，占主导地位的是对善、对人与人之间的爱的向往和追求。随着年岁的增长和分析能力的加强，尼古林卡扩大了生活接触范围，加深了对周围现实的认识，发现人与人之间并非爱的关系，而更多的是恶与丑。与此同时，他在贵族生活方式的影响下逐渐产生等级偏见和种种恶习。贵族生活的空虚和伪善，对地位和金钱的渴望逐渐蒙蔽了他内心那种真诚的爱。他的精神世界失去了平衡，他感到孤独和苦闷。托尔斯泰认为，人的性格的形成和发展过程是人天生固有的爱和善与社会环境影响下后天的自私和恶的斗争过程。因此，在自传体三部曲中他一方面揭露了贵族生活方式对人的性格的恶劣影响；另一方面认为出路在于用伦理道德来解决人和社会的矛盾，主张通过个人的道德的自我完善来发扬天生的爱与善，克服外部环境的恶劣影响。尼古林卡在好友聂赫留朵夫的启示下了解到人生的意义，"相信人类的使命是力求道德的完善，而这种完善是容易的、可能的和永恒的"，决心做一个"体面的人"。托尔斯泰主要作品中的主人公在个性、生活道德和命运遭遇等方面千差万别，但他们都有一个共同之点：对周围的生活和自己的现状不满，竭力想使自己在道德上不断完善，为此而进行艰苦的思想探索。这些人物，一般被称为"探索主人公"。尼古林卡是作家"探索主人公"发展链条上的第一个环节，后来在一系列作品中得到进一步发展。

米尔斯基对《童年》评价很高："不依赖任何诗歌手法，不依赖语言（某些感伤、华丽的段落甚至破坏了这部作品），仅仅仰仗对意味深长的心理和现实细节的选取，它便成为一部关于现实的神奇诗篇。让整个世界震惊的是一个前无古人的创举，即善于唤起回忆和联想的天赋，每个人都会将这一切当成自己隐秘而又独特的回忆，因为这里选取的是每个人都终生难忘、却又尚未意识到其意义和价值的细节。"

托尔斯泰还根据自己的军队生活尤其是在塞瓦斯托波尔战役中的见闻和经历，创作了一些军事小说。其中，最重要的是《1854 年 12 月的塞瓦斯托波尔》、《1855 年 12 月的塞瓦斯托波尔》和《1855 年 8 月的塞瓦斯托波尔》，后来，这三部作品组成完整的《塞瓦斯托波尔故事》。《塞瓦斯托波尔故事》以现实主义笔触描写了战场的日日夜夜，既有英勇奋战、气壮山河的场面，也有流血牺牲等真实惨状的细节，热烈地歌颂了俄国军人朴素但却悲壮的爱国主义和英雄气概。小说还以对比手法描写了贵族军官平时追求享乐，极其虚荣，装腔作势，临阵却胆怯懦弱的现实。在当时托尔斯泰的这种学自司汤达《巴马修道院》且结合自身经历和体会的类似自然主义的写法，很能一新世人耳目，同时以塞瓦斯托波尔的自然美景加以对照，令人印象更深。这是以往俄国战争文学中虚假的浪漫主义战争描写所没有的，因而立即给文坛带来了新气息，受到了普遍的好评和欢迎。

1856 年发表的著名的中篇小说《一个地主的早晨》，描写了作家青年时代在自己的庄园进行农事改革的经历，首次提出地主与农民的关系问题，表现出明显的反农奴制的倾向。小说的主人公青年地主聂赫留朵夫从大学退学后回到庄园，一大早起来巡视，见到农奴的赤贫和困苦，极表同情，便试图着手改善他们的处境。但是农民们对此并不理解，一直猜疑"老爷"的善言背后掩藏着自私的目的和阴险的打算。青年地主对于农民在千百年来受压迫的生活中形成的这种对地主阶级的敌意无可奈何。小说的主旨是：只要农奴制存在，农奴和地主就不可能相互接近。小说体现了作家思想中的矛盾：一方面同情农民的赤贫和困苦，另一方面又为贵族在精神上找不到出路而苦闷。小说在俄国文学史上第一次以清醒的现实主义描写了农奴的生活和心理。主人公聂赫留朵夫是又一自传性人物、贵族精神探索者的形象。

1863 年，发表了写作将近十年的小说《哥萨克》。小说中，贵族青年奥列宁深感上流社会的空虚和虚伪，便离开首都，到高加索去寻找"纯朴无伪"的新生活，寻找自由和幸福。他看到这里雄伟的群山，美丽的大自然和"大自然的儿女"——纯朴的哥萨克，认识到幸福的真谛在于爱和自我牺牲，为别人而生活，于是开始否定自己以往的生活，不断谴责自己过去的"利己主义"，努力改恶从善。不久，他爱上了山村中的玛丽安娜，觉得自己"第一次感到了真正的爱情"，但是城市生活在他身上产生的影响始终是个障碍，恋情也终因旧性情荡涤未尽和理想的不切实际而失败了。奥列宁失去希望，不得不痛苦地离开了哥萨克山村，返回贵族社会。

人如何认识自己？认识自己的内心？人究竟需要的是什么？《哥萨克》源自普希金的《高加索的俘虏》《茨冈》，又比它们更深厚更曲折更有艺术性。奥列宁的形象艺术地体现了托尔斯泰返璞归真的理想、"道德自我完善"的学说，以及把宗法制社会基础理想化的倾向。小说表现了作家要脱离自己环境、走"平民化"道路的初步尝试。这个"出走"的主题后来不断出现在作家晚年的作品中。在艺术上，《哥萨克》既注意对心理的细致刻画，又开始客观地广泛地描写现实生活的史诗画面，尤其是在对壮丽的高加索自然风光、对当地居民生活习俗的真实再现方面，表现了作家杰出的现实主义才能，是作家早期最成熟也最丰满的小说。深刻地从人物心理状态和整个人生观转变的角度来描写自然风景，是托尔斯泰对文学的卓越贡献。以上这些，为创作《战争与和平》做了准备。

从托尔斯泰早期的创作来看，他进行着艰苦的思想探索。他敏锐地注意到俄国社会中上层与下层、地主与农民、富与贫之间存在着尖锐的对立，既不满俄国贵族社会，也厌恶资本主义。一方面他对地主与农民之间的对立深感不安，并对农奴制不满；另一方面他极力反对暴力革命的主张，希望通过"道德自我完善"的学说，为俄国探索一条理想之路。

由上可知，创作早期，托尔斯泰已经在探索中显示了自己作品的特点：歌颂人民、批判贵族的倾向，追求道德的自我完善，深刻的心理分析。

中期创作时期（1864—1880）。这是作家创作的成熟时期，艺术已臻炉火纯青之境，也是其思想激烈矛盾、世界观酝酿转变的时期。这一时期最主要的作品是《战争与和平》（1864—1869）和《安娜·卡列尼娜》（1873—1877）。

《战争与和平》是托尔斯泰用六年时间写成的史诗性巨著，小说的讲述是：1805年，在拿破仑率兵征服欧洲后，法国与俄国发生战争。青年公爵安德烈·包尔康斯基把怀孕的妻子交给隐居于领地秃山的父亲及妹妹玛莉亚后，就担任库图佐夫将军的副官，到前线去了。他期望这次战争能为自己带来辉煌与荣耀。安德烈的好友、刚留学回来的彼埃尔，是别竺豪夫伯爵的私生子，由于继承了伯爵的全部遗产，因此成为莫斯科数一数二的大富豪，并一跃而成为社交界的宠儿。居心叵测的监护人库拉金公爵处心积虑地将貌美如花但品行不端的女儿爱伦嫁给了他。同年十一月，安德烈所属的俄军参加了奥斯特里茨战役。安德烈高举军旗率众冲入敌阵，受了重伤。当他突然抬头看见那永恒的蓝天时，被那份庄严之美深深感动，觉得过去那些野心、名誉及心目中认为伟大的拿破仑，都变得微不足道了。新婚不久的彼埃尔因妻子爱伦与好友多勃赫夫之间有暧昧风声传出，为了保护自己的名誉，便与多勃赫夫决斗，一枪击倒对方后，旋即与妻子分居。从此以后，他陷于善恶、生死问题的困扰中，直至认识了互助会的领导人后，才进入新的信仰生活里。在一直被认为已战死沙场的安德烈突然回到秃山的那一晚，其妻莉莎在产下一名男婴后去世，这使安德烈觉得自己的人生已告结束，便下定决心终老于领地。

1807年6月，俄国与法国言和，和平生活开始了。1809年春天，安德烈因贵族会之事而去拜访罗斯托夫伯爵。在伯爵家，他被充满生命活力的年轻小姐娜塔莎迷住了。但由于秃山老公爵强烈反对，二人只好先订婚并约定一年后再结婚，随后，安德烈出国。年轻的娜塔莎无法忍受寂寞，且经不起爱伦的哥哥阿纳托尔的诱惑，决意私奔，后被发现而被挽回，但她与安德烈的婚约因此而宣告无效。1812 年，俄法两国再度交战，安德烈在鲍罗金诺战役中身受重伤，而俄军节节败退，莫斯科即将沦陷。罗斯托夫家将原本用来搬运家产的马车，改派去运送伤兵。娜塔莎在伤兵中发现将死的安德烈，向他谢罪并热诚地看护他，但安德烈因伤过重牺牲了。彼埃尔化装成农夫，试图伺机刺杀拿破仑，被法军逮捕。受到浸透宿命论思想的农民普拉东·卡拉塔耶夫的启示，彼埃尔形成了顺从天命、爱一切人的世界观。爱伦在战火中放荡如昔，最终因误服堕胎药而死去。几番奋战后，俄国终于赢得胜利，彼埃尔于莫斯科巧遇娜塔莎，两人结为夫妇。婚后，娜塔莎性格大为改变，忙于家务和教养子女。她抛弃了社会生活，失去了"她所有的魔力"，身体也"长胖了，长宽了"，变得"不修边幅"起来。安德烈的妹妹玛莉亚也与娜塔莎之兄尼古拉结婚，组成了一个幸福的家庭。

小说发表后，在国内外影响极大。屠格涅夫当即宣称："托尔斯泰伯爵的近作《战争与和平》，一部集叙事诗、历史小说和风俗描写之大成的，独树一帜的，多方面的作品发表以后，他在公众心目中就断然占据了首屈一指的地位。"屠格涅夫还积极向法国文坛推介这本书，促成该书在欧洲翻译出版。这部出色的作品最终为作者赢得了世界文豪的声誉。英国作家高尔斯华绥曾说："如果要举出一部符合'世界上最伟大的小说'这个定义的小说，我就要选择《战争与和平》。"阿拉贡也称赞它是"人们曾写过的小说中最伟大的小说"。

小说由历史事件、家庭纪事、哲学说教三部分组成（法国学者皮埃尔·帕斯卡认为："它首先是一部构筑在战争框架之内的家庭小说，其次是一部历史小说，最后是一首具有哲学倾向的诗歌。这部作品首先描绘了贵族生活，然后展现了一部民族史诗"），以库拉金、罗斯托夫、包尔康斯基和别竺豪夫四大贵族的家庭生活为情节主线，以 1812 年卫国战争为中心，在战争与和平的交替描写中，气势磅礴地再现了 1805—1820 年俄国社会生活的广阔画面，反映这一段时间里的重大历史事件，包括俄奥联军在奥斯特里茨的会战，法军入侵俄国，鲍罗金诺会战，莫斯科大火，法军溃退等。其中着重写了 1805—1807 年在俄国之外进行的申格拉本战役和奥斯特里茨战役，以及 1812 年在国内进行的卫国战争。作品肯定俄国卫国战争的正义性，谴责拿破仑的野蛮入侵，歌颂了俄国人民的爱国主义、英雄主义和乐观主义精神。小说堪称俄国生活的百科全书，内容十分丰富，因此也是众多主题的融汇：战争与和平、家庭与社会、友谊与爱情、时代与历史、生命与死亡。

小说的基本主题之一是探索俄国贵族的命运和前途。托尔斯泰把贯穿全书的主要贵族分为明显的两大类，并以他们对人民的态度如何、同人民是否亲近作为准绳而实行褒贬。

一类是理想化的宗法制领地贵族，主要是温情脉脉的庄园贵族罗斯托夫一家（这是作家美化的宗法制庄园贵族的典型，是作家笔下最动人、最富感染力和诗情画意的一个家族。他们并不富裕，但充满了欢乐和生气。这一家族接近人民，保持着淳朴、热情、真挚、好客等特点，具有温情脉脉的庄园贵族的品质。拿破仑入侵，他们为祖国的命运焦急不安，决心为保卫祖国贡献一切力量。尼古拉回到军队与敌人作战，娜塔莎自动为伤兵服务，15 岁的彼加放弃了准备进入大学的愿望决定参军，最后为祖国献出了年轻的生命）和忠贞为国的古老贵族包尔康斯基一家（这一家族具有正直、爱国、孤傲的特点，保持了忠贞为国的贵族"古风"。老公爵以严厉为名，退居庄园后，一直和朝廷疏远，对宫廷持批判态度。他曾在军队服务，很重视苏沃诺夫的军事艺术。当儿子安德烈和他告别从军时，他特别强调军人的荣誉和爱国的责任感。1812 年的战争震动了他，他毅然召集民兵与逼近的敌人进行斗争。在激昂紧张的爱国活动中，他中风了，临死前仍心系祖国的命运。他的儿子安德烈是爱国者，女儿玛莉亚同样是爱国传统的继承者）。

另一类是以库拉金家族为代表的宫廷贵族（父亲库拉金是官痞，儿子阿纳托尔是恶少，女儿爱伦则是荡妇）。他们是朝廷和上流社会贪婪、愚蠢、无耻的代表，对国家、民族没有半点责任感，阴险、狡猾、毫无节操和道德观念（吉尔卡尼诺夫认为，掠夺性、没有原则、目光短浅，更确切地说，是愚钝，构成了库拉金父子的性格特征）。他们远离人民，接近宫廷，谈吐优雅，雍容华贵，崇拜法国文化，漠视祖国命运，自私贪婪，虚伪堕落，道德败坏，利欲熏心，在国难当头的时刻仍争权夺利，醉生梦死，沉湎于荒淫无耻的寻欢作乐之中，生活奢靡堕落。

小说的基本主题之二是人民的主题。小说描写了俄国人民反抗侵略的战斗情景，赞扬人民的爱国精神和英雄气概，如奥斯特里茨战役中行伍出身的军官图欣指挥炮队英勇奋战，鲍罗金诺会战中士兵的高昂斗志，敌占区农民在游击战中的英雄行为等，都被刻画得细致而生动。这也使小说成为一部波澜壮阔的人民战争的英雄史诗。小说所热情歌颂的真正的爱国英雄是人民，是许多平民出身的士兵和军官，他们朴实英勇，藐视死亡，和贵族军官的哗众取宠适成对照。

人民被描写成决定俄国命运的伟大力量，对待人民的态度被看成评价作品各种人物道德面貌的标尺。俄国统帅库图佐夫的显著特征是：热爱祖国，热爱人民，接近普通士兵，跟人民保持密切的精神联系，善于理解人民，体现人民的意志，能鼓舞士兵的士气，并能顺应客观事物的发展，把握最佳的战机。他的活动顺应、体现了历史发展进程中人民的思想和愿望，所以作家称他为"民族战争的代表"和"真正伟大的人物"。拿破仑则恰恰相反，他是西方资本主义培养出来的唯我独尊的野心家，傲慢自负，敌视人民，矫揉造作，爱好虚荣。他为了实现个人的野心，不惜牺牲千百万人的生命发动了侵略战争，是挑起战争的罪魁祸首，渺小而微不足道。库图佐夫与拿破仑这两个形象所体现的，正是小说中的基本矛盾冲突。通过这一冲突，作家认为，包括库图佐夫在内的上层人物中的优秀人物只有与人民结合在一起，体现人民的意志，才能发挥作用；同时也否定了帝王将相的历史作用，一反欧洲历史学家把拿破仑称为赫赫一世的英雄的观点，将其贬为一个自高自大的野心家和可笑可鄙的小人物。

托尔斯泰认为，决定战争胜负的是人民群众的情绪，而不是帝王将相。不过，他所理解的群众情绪，更多的是一种顺从天意的、盲目的、"蜂群式"的力量。这一看法集中地表现在他所塑造的宗法制农民卡拉塔耶夫的形象上。卡拉塔耶夫逆来顺受，一切听天由命，宣称"人不是自己在生活，而是上帝在安排"。作者对这类农民的歌颂，预示了其后期极力宣扬的"勿以暴力抗恶"的思想。

米川正夫关于《战争与和平》的主题思想，有颇为通达的论析。他指出，如果为着方便起见，把这部作品所包含的思想分为历史的部分和哲学的部分的话，则前者大概可以用"剥夺英雄的价值"一语来加以概括。托尔斯泰在《战争与和平》当中所实行的偶像之破坏，简直是无可比拟地彻底，而这思想的根源却是老早就潜伏于托尔斯泰心中的宿命观。依照这种见解，一切历史事件都不是由一个皇帝、一个将军的命令和指示所掀动的，只是表现了跟那事件有关系的无数人类的意志之总和。而且，那种民众的意志之总和，是由一种宿命的过程所预先决定的。因此，皇帝和将军及其他历史上的英雄，都不过是些被黏贴在历史事件上的标记，是为伟大的不可抵抗的力量所操纵的傀儡而已。托尔斯泰眼中的真正的英雄，乃是以单纯而谦让的心地，接受生之苦痛和喜悦，而默默地尽着自己的义务的士兵和农民。他们并不幻想堂皇而勇敢的英雄行为，只是过着别人所不注意的灰色生活，而完成着民众一分子的任务。

小说的哲学意义则由两个重要的主人公，即安德烈和彼埃尔艺术地表现出来。这两个人，分别代表了托尔斯泰性格中相反的两个方面：作为先天的名誉欲、世俗欲很强的利己主义者的一面，在安德烈身上得到了艺术的表现；作为纯真的空想家和不屈不挠的真理探求者的一面，则在彼埃尔身上得到了艺术的表现。前者作为习惯于权势的名门贵族，具有无限的自尊心和冷静的理智，因此，为要使一切人们都俯伏于自己跟前，他就不惜付出任何牺牲。他曾把领地借给农民们，着农奴解放运动之先鞭，但那绝非出于伤感的人民崇拜，只是因为感到这是有教养的人物精神上的义务，以及不愿意以无可奈何的不公正和残忍的行为，致为无益的良心苛责所苦恼。最后，他才因为死亡而领悟到爱同胞的观念。彼埃尔从另一方面证明了这一观念。他是个富于感动性的、正直的、可爱的青年，同时也是个富于抽象的思索倾向的典型的俄国知识分子。他有异常强壮的肉体，最初只晓得埋头于那只是满足自己欲望的生活，但不久，敏感而正直的他就再也不能够不明了人生之目的和意义而生活下去了。他打算在神秘主义、博爱主义、激进主义等思想中去寻找救助，但偶然遭遇到的俘虏生活及与卡拉塔耶夫的邂逅，却在精神上使他"更生"，使他对新的不变的真理睁开了眼睛。那就是对于人类和人生的信仰。这种人生已不是建筑于否定自我的爱同胞的生活，也不是抹杀他人的利己主义的生活，而是利己的要素和利他的要素之有机的结合。《战争与和平》这部书，实在就是献给这种博大的人生哲学的光辉的祝福。在那里，眼泪、血和苦痛都融于洋洋的人生之流当中，而演奏着一种强而有力的神圣的交响乐。

马克·斯洛宁认为，托尔斯泰涵摄了一切生命，使得生命中每一瞬已逝的片刻得以重生，这便是他的小说最具魔力、最恢宏巍峨之处。《战争与和平》里没有精细设计的情节，然而使人觉得行动就像汩汩流淌的一条大河，就像时间本身。安德烈、皮埃尔与娜塔莎等人的生活，一一浮现在时间的大河中，汇成了一种无声的激动。托尔斯泰关心的不是情节的营造，而是生活过程的再现。各种战事以及各式各样命中注定的事不断浮现在他的笔下，这一切或许算得了"伟大"的事件，然而在他说来不过只是梦里的虚幻，骄傲的错误，虚空徒劳而已；个人的苦难、喜悦与奋斗才是真正最紧要的，人物的传记永远胜过历史的陈述，永远更令人兴奋与激动。他认为，人不是历史的"创造者"，而是"推助者"。为了使这些观点更明确，托尔斯泰甚至在他的史诗式的叙述中不惜以大量的篇幅来讨论自由、宿命论与历史。他的观点在小说里所表现出来的永远只有这么一个结论：人最根本的情感、生与死和爱情，就是永恒存在的真理，其余的只是游尘与空虚罢了。托尔斯泰经常喜欢借用过去的人和事来强调："没有纯朴、善与真，就不是真正的伟大。"

斯坦纳指出："在荷马和托尔斯泰创作的世界中，战争与死亡带来浩劫，然而不变的是这一核心意义：它们确认，生命本身是美丽的，人们的活动和岁月值得记录下来；没有什么灾难具有终极性，甚至焚毁特洛伊或者莫斯科的大火也无法毁灭一切。这是因为，在烧焦的高塔之外，在腥风血雨的战场之外，碧蓝的海水依然起伏不息；当著名的奥斯特里茨战役被人遗忘之后，丰收的季节——用蒲柏诗歌采用的意象来说——将会再次'给山坡涂上一抹金黄'……生命和星光天长日久，超越人世间的短暂混乱。"这种思想对肖洛霍夫的《静静的顿河》有很大的影响。

小说描绘了五百多个人物，上自皇帝、大臣、将帅、贵族，下至商人、士兵、农民，反映出各阶层的思想情绪，提出了许多社会、哲学、道德问题，取得了很高的艺术成就，具体表现如下。

第一，线索纷繁，结尾开放，但又结构宏伟，布局严整。小说突破了此前西欧小说的框子，特别突破了司各特的框架，安排了纷繁的线索，描写了罗斯托夫、包尔康斯基、库拉金、别竺豪夫四大家族，并把它们置于"战争"与"和平"之中，通过众多线索的情节，在多方面的复杂联系、发展中展示人类社会的广泛生活和人物的心灵与命运，开创了一种全新的俄国式的立体开放的线索结构。更重要的是，小说中的很多人物都有自己的命运，具有开放式的结局。这也使小说波澜壮阔，像生活那样无始无终。① 马克·斯洛宁进而谈道："里头的一切事件都是附属于时间之下；空间就是中心思想，扮演着相当重要的角色，一如福斯特说的：它们没有开始也没有结尾，无悬宕技巧，也无戏剧性的高潮。每一章节，每一插曲，都是自主独立，自求完美，叙述滔滔，势如黄河千里。"与此同时，小说又具有宏大的结构与严整的布局，极为成功地把大规模的战争场面与多方面的和平生活有机地组织在一起，具有突出的史诗特征。斯坦纳指出，托尔斯泰刻意让其作品显现史诗特征，使人将他与荷马联系起来。与乔伊斯的《尤利西斯》相比，《战争与和平》以更准确的方式体现了史诗方式的复活，将弥尔顿之后在西方诗学中日渐衰落的语言风格、叙事方式和表达形式重新引入了文学领域。

"战争"与"和平"是作品的两个中心，全部生活材料围绕这两个中心组成统一的整体，形成两条交织在一起的情节线索。一条以俄罗斯民族与拿破仑侵略者的矛盾为基础：从宫廷女官安娜·涉列尔的客厅里关于拿破仑扩张政策的议论起，经过 1805 年的国外远征，1812 年法军入侵俄国，到鲍罗金诺大会战形成发展高潮，随后是莫斯科大火，俄军反攻，到拿破仑被赶出俄国而结束。这条情节线索体现着作品的民族历史主题。另一条以社会进步力量与社会生活制度的矛盾，贵族先进人物的思想探索和精神发展为基础。主人公安德烈和彼埃尔从首次出现在安娜·涉列尔的客厅与上流社会发生冲突起，经过生活探索的种种矛盾，曲折和迷误，最后终于接近人民。鲍罗金诺大会战是他们的思想发展的总结，也构成这条情节线索的

① 参见[美]乔治·斯坦纳：《托尔斯泰或陀思妥耶夫斯基》，严忠志译，杭州，浙江大学出版社，2011。

高潮。尾声中十二月党人运动的兴起是保卫祖国的斗争在主人公身上产生的直接结果，预示他们未来的命运。这时安德烈虽已牺牲，但儿子继他而起。这条情节线索体现着作品的社会政治主题。爱国战争是贯穿作品的主线，社会政治主题从属于民族历史主题。主人公们的道德和思想探索为整个历史进程、人民群众在国家历史发展中显示出来的决定性力量所制约，他们在人民群众的爱国感情中找到了暂时的归宿。众多其他的线索在作家强有力的驾驭下服务于两条中心线索，从而使小说具有一种大海般恢宏开阔的美。正因为如此，斯坦纳指出，在《战争与和平》和《安娜·卡列尼娜》中，存在着许多叙事线索，它们常常平行发展，互相交织，形成一张密集的网，构成筛网结构。

可以说，在小说中，所有的生活素材都交织成宏伟、多彩的画面，丰富的材料和众多的人物都得到无比客观的处理和描绘，可能没有一部别的小说能如此通过对现实细节的准确把握和惊人的精细入微、形形色色的心理分析，成功地反映出完整的自然的生活的整体风貌，作家在战争与和平、心理与社会、历史与哲学、婚姻与宗教之间信笔挥洒，而又主次分明，匠心独具，把一幅波澜迭起又层次井然地向前推进着的历史画卷描绘得有声有色而又富于变化，构成了严谨、完整而又宏大的史诗格局。

第二，人物众多，性格鲜活丰满。小说共描绘了五百多个人物，其中作家对其性格做了比较具体刻画的约有七十人。小说中的人物可以分为历史人物和虚构人物两大类，其中历史人物占二百多个。上自皇帝、大臣、将帅、贵族，下至商人、士兵、农民，大多数人物形象各具特色，且个性鲜明。例如，老包尔康斯基公爵性情固执，独断专行，甚至有些怪癖，是一位严厉的老爷，同时他热爱故乡的土地，有一颗爱国之心；老罗斯托夫伯爵心肠很软，善良而又轻信，慷慨大方，同时又不善管理，用钱无度，是一个十足的老好人；瓦西里·库拉金则为人虚伪，假仁假义，见风使舵，毫无原则，反复无常，贪婪自私，为获取名利不择手段，是一个典型的政客。作品着重突出描写了三个中心人物——安德烈、彼埃尔、娜塔莎。

安德烈出身名门望族，坦率正直，性格坚强，博学多识，富有头脑，经常严肃地思考生活的意义并进行自我分析，努力探求人生的意义，研究社会问题，是一个有胆略有理想的贵族青年。他曾渴望荣誉，想靠自己的能力建功立业；他曾为改善农民生活实行农事改革，曾怀着满腔热情参加社会政治活动。卫国战争时他投身鲍罗金诺战役，在战场上感受到士兵的英勇和爱国精神，发现真正的英雄是坚守阵地、英勇战斗的普通士兵，懂得了战争的胜负取决于人民的道理，认识到生活的意义在于接近人民、同情人民，领悟到人生的意义在于爱。他最后在鲍罗金诺战役中负伤而死，博爱主义成为他探索的最后归宿。

彼埃尔是莫斯科一个显贵的私生子，大宗财产的继承人。他正直善良，喜欢思考，但感情冲动，意志薄弱，缺乏办事能力。妻子爱伦的堕落，上流社会的腐朽，使他悲观失望，于是他试图探索生活的道路，追寻一种道德的理想，寻求一种在精神上能得到满足的生活。他一度醉心于博爱主义的"共济会"，办过慈善事业，从事过农事改革，但又都厌倦了。卫国战争的火焰使他精神再生，与普通士兵的接触更是对他产生了重要的影响。莫斯科大火后，他企图行刺拿破仑。被俘期间，他接受了农民士兵卡拉塔耶夫的宿命论思想，认识到生活的意义是对别人的爱。最后，他虽然参加了十二月党人早期的秘密团体，但主张用道德来革新社会。

娜塔莎是小说中最动人的妇女形象。她天真活泼，充满青春的活力，有着真挚、热烈而丰富的情感，热爱生活，接近人民，亲近大自然，具有深厚的民族感情和爱国热忱。小说结尾，娜塔莎变成了理想化的贤妻良母。

此外，卡拉塔耶夫的形象在小说中具有重要意义。他听天由命，逆来顺受，对善恶一视同仁，因而获得了内心的和谐和人生最大的幸福。作家通过这一形象生动地宣扬了其"勿以暴力抗恶"的思想。

小说诚如斯特拉霍夫所说的那样："近千个人物，无数的场景，国家和私人生活的一切可能的领域，历史，战争，人间一切惨剧，各种情欲，人生各个阶段，从婴儿降临人间的啼声到气息奄奄的老人的感情的最后迸发，人所能感受到的一切欢乐和痛苦，各种可能的内心思绪，从窃取自己同伴的钱币的小偷的感觉，到英雄主义的最崇高的冲动和领悟透彻的沉思——在这幅画里都应有尽有。"马克·斯洛宁更是认为："托尔斯泰善于观察和了解别人，更有模拟并把他们呈现出来的本领。陀思妥耶夫斯基对人性的刻画是极其深邃的，但他的范围就没有托尔斯泰那么广泛，因为他的人物典型较有限(尤其是女人)。托尔斯泰笔下人物变化多端，视界宽阔，恐怕只有荷马与莎士比亚可以媲美，他描写男人、女人、小孩、动植物与其他许多事物，在文学中是独一无二……托尔斯泰把他的人物安置在各种不同的环境里，从每个角度去描写他们，使读者有一种亲近的感觉。更且，每个人物都是以他们的时代为活动空间。他们是每个个人，但也是家庭的一分子，社会的一个成员，民族与历史的一部分。不论是 19 世纪或是 20 世纪都没有一个作家，能把人类各层面的活动表现得如此完全，同时也把时代与环境的变迁一并交代。"

第三，鲜明的民族风格。这种民族风格具体表现在两个方面。一是人物塑造具有突出的民族风格。小说描写了俄国从宫廷到平民数百个人物，除了极小部分崇洋媚外者外，大多数是热爱祖国、热爱俄罗斯文化的俄罗斯人。他们具有俄罗斯式的思想、感情和行事方式，尤其是以库图佐夫、卡拉塔耶夫等人和包尔康斯基家族、罗斯托夫家族众人为俄罗斯民族的典型代表。更重要的是，小说在此基础上生动形象地反映了当时俄国社会的人情世态和社会心理，尤其是表现了国家危在旦夕时各个阶级思想的动向和情绪的变化。二是全方位地描写了当时的俄国生活，具有浓郁的俄罗斯民族色彩。小说对 19 世纪初叶俄国社会生活进行了全面的反映，揭露了宫廷和政界、军界各派错综复杂的关系和争权夺利，描写了上流社会的各种社交活动和领地贵族的日常生活，同时也表现了平民百姓的生活状况。尤为重要的是，小说具体而生动地描绘了大大小小的晚会、舞会、宴会，以及各种赌博、决斗、打猎的场面，并且详细描写了过节、占卜等俄罗斯民间习俗。通过以上两个方面，小说再现了俄罗斯历史的、民族的品格，显示了独特的俄罗斯地方色彩，再加上独特的俄罗斯式的结构和手法，尤其是大量关于战争、历史、哲学的议论，使这部小说具有相当鲜明的俄罗斯民族风格。

贝奇柯夫指出，广泛的、史诗式的历史事件描绘和细致入微的艺术细节刻画技巧，有力的心理分析和惊人突出的人物外形塑造，对大自然的非凡的感受力和对生活与人类行为基本准则的最深刻的理解——所有这一切托尔斯泰才华的特色，都在他这部不朽的史诗中鲜明地表现了出来。总之，《战争与和平》是史诗、历史小说、风俗描写和思想论辩的有机结合，浮雕似的人物外形塑造和洞察入微的心理分析，人物性格的多侧面、多层次流动变化，令人叹为观止的战争场面与景物描写，复杂繁多而又有条不紊的情节线索，看似重浊实则雄浑的表达风格，鲜明真实的民族特色，使得这部打破欧洲长篇小说传统形式而独树一帜的巨著成了"生活的海洋"、"心灵的宝库"和世界文学罕见的珍品。小说充分体现了托尔斯泰对生活进行综合描写的艺术才能，是现实主义艺术发展的高峰之一，也是俄国现实主义发展的里程碑，因此罗曼·罗兰称这部作品是"19 世纪的《伊利亚特》"，卢卡奇也因此称作家是"史诗形式的伟大创造者"。就其反映现实的广度和深度来说，就其完美的艺术形式来说，这部作品在世界文学史上都堪称第一流。米尔斯基指出，无论就篇幅还是就完美程度而言，《战争与和平》均为早期托尔斯泰之杰作，这也是整个俄国现实主义小说中最重要的一部作品，整个 19 世纪欧洲小说中即便有堪与其并列者，亦绝无能出其右者，作为一部与 19 世纪之前小说构成对峙的现代长篇小说，其创新特性比《包法利夫人》和《红与黑》更为醒目。这是一部超前的先锋之作，极大地拓展了小说的领域和疆界。

晚期创作时期(1881—1910)。这是托尔斯泰世界观转变后的创作时期。总体来看，作家贬低艺术与美的价值而注重宣教的实用性。总的倾向是：一方面揭露当代社会的各种罪恶现象，另一方面表达自己的新认识，宣传自己的宗教思想。不过，由于其底蕴深厚，创作又臻炉火纯青之境，因此，这一时期也创作了不少艺术成就颇高的作品，主要有戏剧《黑暗势力》(1886)、《活尸》(1891)、《教育的果实》(又译《文明果实》，1891)，中短篇小说《伊凡·伊里奇之死》(1886)、《克莱采奏鸣曲》(1891)、《哈泽·穆拉特》(1886—1904)、《魔鬼》(1911)、《谢尔盖神父》(1912)、《舞会以后》(1911)，散文《忏悔录》(1879—1882)，长篇小说《复活》(1889—1899)。

《黑暗势力》揭露了资本主义侵入俄国宗法制农村后农民生活被腐化的情况。作家在揭露金钱的罪恶的同时，进行了拯救灵魂的说教。斯坦纳指出，《黑暗势力》是一部巨著，托尔斯泰在这部作品中采用了尼采的方法，"着力进行哲理化"。它是作家拥有的大量具体化手法的典型例子，显示了作家通过积累准确观察的方式来感染观众的力道。该剧的真正主角是俄罗斯农民。"在俄罗斯，你这样的人成千上万，简直是鼠目寸光，一无所知。"该剧的五场层层推进，具有类似于起诉书的强力逻辑，其艺术性在于氛围的统一性；西方文学中很少有哪一部作品以如此具有权威的方式，对乡村生活进行再现。

《活尸》写一个觉醒的贵族因社会制度不合理而离家出走，揭露了贵族的自私冷酷，讥讽了被贵族资产阶级道德、宗教和法律保护的"合法婚姻"的虚伪，对沙俄的政治、法律和教会的罪恶进行了无情的鞭挞。

《教育的果实》以其辛辣而又犀利的笔锋无情地嘲讽了游手好闲、精神空虚、醉生梦死的地主贵族和资产阶级知识分子，表达农民因缺乏土地而产生的强烈愤慨。评论家洛姆诺夫宣称："在俄国，还从来没有过如此真实，如此有力地表现贵族地主与被他们掠夺的农民之间阶级利益的冲突的剧作。"斯坦纳更是认为，假如托尔斯泰仅仅创作戏剧，他也可以在文学史上占有一席之地。尽管其代表性戏剧《黑暗势力》《活尸》与自然主义运动有关，但是，托尔斯泰剧作的关注点大大超越了自然主义的论战，带有真正的实验性，与易卜生后期的作品相似。正如萧伯纳在 1921 年所说的，"在人们使用更好术语来加以描述之前"，我们不妨将托尔斯泰"视为悲喜剧作家"。

《伊凡·伊里奇之死》描写同名主人公正当年富力强之际却得了癌症，在临死前回顾自己虚伪、丑恶的一生，揭露了整个尔虞我诈、虚伪冷酷的官僚世界。它在艺术上最成功的是，相当真切细腻地写活了濒死癌症患者的心理，具有极大的艺术感染力，以致法国作家莫泊桑读了这个作品后宣称："我明白了我的全部事业都毫无意义，我整整十大卷的作品都一文不值。"斯坦纳认为，这部作品可与《地下室手记》媲美，它进入灵魂的黑暗角落，而不是带着令人苦闷的闲暇和准确性，进入躯体的黑暗角落。它是一首诗歌，是让人最受折磨的诗歌之一，涉及躁动不安的肉体，展现肉体如何忍受痛苦和堕落，渗透站不住脚的理性原则，并且将其一一分解。

《克莱采奏鸣曲》是托尔斯泰晚年最奇特的作品。小说讲述"我"在一个火车上听一个贵族讲他杀妻的前因后果。贵族主人公波兹德内谢夫本身是个放荡不羁的人，在发现妻子不贞的行为后，在畸形的自尊心的驱使下杀死了妻子。小说揭露了在贵族资产阶级社会中男女正常关系尤其是爱情婚姻的异化、道德的堕落所带来的人生悲剧。托尔斯泰在此又回到《安娜·卡列尼娜》尖锐地提出过的婚姻和家庭的主题上来，而且更进一步地通过主人公的婚姻和家庭生活，猛烈抨击了贵族资产阶级的道德沦丧和精神堕落，表明了自己在婚姻和家庭方面的观点：如果男女的结合不是建立在真诚的爱情基础上，而是建立在肉欲和买卖的基础上，那么这样的婚姻必定酿成悲剧。斯坦纳认为，从技巧方面看，《克莱采奏鸣曲》不太完美，因为明确表达的道德因素太多，到了叙事结构无法容纳的程度。

《复活》中，贵族青年聂赫留朵夫（一译聂赫留道夫）诱奸了农奴少女卡秋莎·玛丝洛娃，随后遗弃了她，使她备受凌辱，沦落为娼，最后被诬告犯杀人罪而下狱，并被判处流放西伯利亚。聂赫留朵夫作为陪审员在法庭上与她相遇。受到良心谴责，聂赫留朵夫决定赎罪，为玛丝洛娃奔走申冤。上诉失败后，他又陪她去流放。他的行为感动了玛丝洛娃，使她重新爱上了他。但为了不损害他的名誉和地位，玛丝洛娃和一同流放西伯利亚的"革命者"西蒙松结婚。聂赫留朵夫最终在福音书里找到了五条生活准则：对上帝要虔诚、不起誓、要忍辱、爱敌人、勿反抗。他认为人们如果遵循这五条法则，并不断悔过自新，便可以"获得最大的幸福，地上的天国也会建立起来"。他开始过一种全新的精神生活。他的灵魂得救了。

《复活》来源于 1887 年检察官柯尼给托尔斯泰所讲的一个真实故事。佃户的女儿洛扎利亚，自小被地主收养，后来就当了地主家的女仆。16 岁那年，地主的亲戚——一个彼得堡的贵族青年前来做客。这个花花公子诱骗了纯洁的洛扎利亚后轻松离去。洛扎利亚因怀孕被地主赶出家门，分娩后她把婴儿送给育婴堂，自己流落到彼得堡沦为娼妓。几年后，她因偷嫖客一百卢布被带上法庭。当年的诱骗者如今成了法庭陪审员中的一员，看到被告席上的洛扎利亚，他良心发现准备赎罪，对检察官柯尼说出了真相，并打算跟洛扎利亚结婚。检察官虽劝他不必如此，但他坚持自己的主张。然而婚礼前洛扎利亚却患斑疹伤寒病故了。托尔斯泰曾以此为素材创作了中篇小说《柯尼的故事》。后来，他多次参加法院庭审，访问监狱，了解平民革命家的情况，通过十多年的努力，终于写成了长篇小说《复活》。

巴赫金指出："《复活》这部小说是由三个因素组成的：(1)对所有现存社会关系的原则性批判，(2)对主人公'精神事件'的描写，即对聂赫留道夫和卡秋莎·玛丝洛娃道德上的重生的描写，以及(3)作者的社会道德观和宗教观的抽象发挥。"《复活》借用、加工、改造了陪审员的故事情节，并把作家晚年对俄国生活多方面的感受和思考注入其中，借聂赫留朵夫的经历和见闻，一方面表现了作家晚年代表性的主题——精神觉醒和离家出走；另一方面广泛展示了19世纪后期的俄国从城市到农村社会各个方面的阴暗面，对政府、法庭、监狱、教会、土地私有制和资本主义制度进行了深刻的揭露和批判。概括而言，《复活》在内容主旨上包括以下三点。

第一，揭露法律的虚伪和官僚机构的黑暗。小说揭露了法庭、监狱以及法律制度的虚伪和非正义性，揭露了政府官僚机构的黑暗，勾画了国家机构中各级官吏的丑恶嘴脸以及官吏的昏庸残暴。在堂皇的法庭上，一群执法者各有各的心事：一名法官因刚和妻子吵过架，愁容满面，担心审完案子回家后，妻子是否给他饭吃；另一名法官关心的只是自己的疾病；副检察官喝了一夜酒，根本还没有从酒宴中清醒过来，便开始宣读对玛丝洛娃的审判；法庭庭长为了要在六点钟之前赶去和一个红头发的瑞士姑娘约会，希望审判早点结束。于是，这伙人随随便便就将玛丝洛娃判了刑。玛丝洛娃百思莫解："我再也没有想到我会落到这样的下场，谁想得到呢！人家做事比我坏得多，他们却没有受处分，我呢，没犯什么罪，却得受苦。"接着，在主人公上诉的过程中，作者又进一步鞭挞了达官显贵：国务大臣是个吸血鬼，一生最大的愿望就是"从国库多捞取钱财和勋章"；枢密官是蹂躏波兰人的罪魁；要塞司令已屠杀了一千多个老百姓，在他管辖的监狱中"不到十年死了一半犯人"；副省长一面以犯人的恩人自居，一面以狠狠鞭打犯人取乐。而这批贪赃枉法、嗜血成性的家伙，杀人越多，职位就越高，勋章也捞得越多。托尔斯泰愤怒地控诉道："人吃人并不是从森林里开始的，而是从各部门、各种委员会、各政府衙门开始的。"他一针见血地指出法院的阶级实质："法院无非是一种行政工具，用来维护对我们阶级有利的现行制度罢了"。

第二，揭穿官方教会的虚伪和宗教仪式的荒谬。官方教会的一切都是虚伪的，就连其宗教仪式都是荒谬的：神甫们貌似正经，实际是为了多捞"一笔收入"；狱中做礼拜的场面则让人毛骨悚然，"饶恕我"的祈祷声竟和囚犯们的镣铐声合成交响曲。至于神甫把碎面包浸在酒里充当上帝的肉和血，叫犯人吃喝以"清洗罪恶"更是一种公开的欺骗。作家指出："所有这些用基督名义干出来的事正是对基督本人的嘲弄。"作家激愤地揭发专制政府残害人民的暴行是直接得到教会支持的，教会不过是沙皇统治的一种工具。因此，尽管作家同时也宣传"爱仇敌，帮助仇敌，为仇敌效劳"的教义，但他后来还是被开除教籍。

第三，探究人民不幸的根源，并提出解救方法。作家从经济制度上探究了人民痛苦不幸的根源，否定了土地私有制，并提出解救方法——要解决农民与地主的矛盾，就必须把土地归还农民。小说比托尔斯泰过去的任何作品都更为深刻地指明了农民贫穷的根源是地主土地占有制：农村满目凄凉，民不聊生，主要的原因是，唯一能够养活他们的土地却被地主从他们手中夺取了。因此，作家代表俄国农民发出沉痛的呼吁：土地不能成为任何人的财产，它跟水、空气、阳光一样，不能买卖，凡是土地给予人类的种种好处，所有的人都具有同等的享受权利。小说从下层到上层，从地方到京都，全面、彻底地揭露了地主、资产阶级的腐朽和罪恶以及他们给劳动人民带来的深重灾难，批判了俄国社会的黑暗，达到了"撕毁一切假面具的地步"。

小说的人物形象塑造十分成功，其中最突出的是玛丝洛娃和聂赫留朵夫。

玛丝洛娃是被侮辱、被损害的下层妇女的典型，也是作家笔下第一个平民出身的主人公。世界观转变后的作家以深厚的同情和关注，把她作为正面人物重点刻画。玛丝洛娃性格发展的轨迹是：纯洁的少女—堕落的妓女—获得新生的妇女。也就是说，女主人公经历了"纯洁—堕落—复活"（纯洁的卡秋莎—堕落的柳包芙—复活的玛丝洛娃）的性格发展和心理转变过程，即经历了精神复活的全过程。

少女时代的玛丝洛娃美丽、天真、纯洁，热爱她所生活的世界上的一切。她乐观、热情，憧憬美好的生活，"眼睛黑得像野李子一样，脸上快活得发光"，那旺盛的生命活力令人看上一眼就会"心神骀荡"。她的出现好像拨开乌云的太阳，但严酷的社会现实很快击碎了她的幻想。作为一个女农奴和一个吉卜赛人的私生女，玛丝洛娃从小就过着一半是奴婢、一半是养女的生活。在遭到花花公子聂赫留朵夫诱奸并怀孕后，她被养母（女主人）赶出家门，接着在警官、林务官家当使女，或被纠缠或被强奸，最后走投无路，沦落风尘，成为社会的牺牲品。

长期的妓院生活使玛丝洛娃变得轻佻麻木，产生了职业的病态而畸形的"自豪感"。在六年多的接客生涯中，她由天真无邪的少女沦为心灵麻木、卖弄风骚的妓女。从被聂赫留朵夫欺骗开始，玛丝洛娃认识到"人人都只为自己活着，为自己享乐活着，所有关于上帝和关于善的那些话，全是欺人之谈"，因此再不相信人世间有什么善良的事了。"长期的违背上帝和人类戒律的犯罪生活"，摧残了她的身心。"她脸上显出长期幽禁的人们脸上那种特别惨白的颜色，使人联想到地窖里马铃薯的嫩芽"。她不了解社会黑暗的原因，于是酗酒、抽烟，以解脱苦闷、麻醉自己。她的堕落实质上是对迫害她的贵族社会的血泪控诉。她的精神复活经历了开始苏醒、灵魂转变、精神新生三个阶段。

开始苏醒阶段。这发生在同聂赫留朵夫的第二次会面时。面对在她面前忏悔的聂赫留朵夫，她意识到这正是把她推进生活泥坑的敌人，她为自己八年来生活的屈辱感到伤心，于是，她表现出激烈的愤怒，并断然拒绝了他的求婚。她叫道："走开，你是公爵，我是犯人，这儿没你什么事。""你打算用我来解脱你自己，好让你能上天堂，我讨厌你！"但聂赫留朵夫离开后，她的灵魂又进行了痛苦的搏斗。结果她不再像原来那样浑浑噩噩过日子了，"不管装束也罢，发型也罢，她对人的态度也罢，再也没有先前卖弄风情的迹象了"。同时，聂赫留朵夫的真挚善良，他的真诚忏悔和深切关怀也使她感动，久已枯萎的爱情重新萌芽了。

灵魂转变阶段。玛丝洛娃那苏醒的爱情促进了她的灵魂复活，她听从聂赫留朵夫的安排，到医院去工作，并戒绝了烟酒。在与政治犯接触后，她重新认识了自己的生活，尤其是在西蒙松那里找到了真正的爱情。正是西蒙松的爱，使她恢复了早已失去了的自尊心和自信心，并从中获得了生活的力量和勇气。面对聂赫留朵夫的再次求婚，她仍然选择拒绝。不过，上一次拒绝是由于憎恶他，现在却首先是由于悔恨自己的堕落，其次更重要的是因为她重新爱上了他，而且爱得那么深，然而她不能接受所爱的人为她做出牺牲，因此断然拒绝了他。

精神新生阶段。玛丝洛娃所接触的革命者大多具有"道德的自我完善"的特点，如女革命者谢契宁娜替别人承认对宪兵开枪因而被捕流放，她是个利他主义者，其道德原则是："永远不拒绝别人请求自己做的事情"。西蒙松尤为突出，他是个素食主义者，"反对战争，死刑，不仅反对杀害人类，还反对杀害动物"。玛丝洛娃受到革命者尤其是西蒙松的熏陶，在爱的教育中找到了归宿，重新对生活充满信心，走上了道德自新复活之路，并把自己的命运与西蒙松的结合在一起，完成了与聂赫留朵夫殊途同归的精神和道德层面的复活。

玛丝洛娃这一形象的典型意义在于集中概括了当时社会中千百万劳动妇女的悲惨命运："她的身世是个平平常常的故事。"正是通过这个平平常常的故事，我们看到了当时广大人民的痛苦生活和悲惨命运，这也使这一形象具有了典型的意义。

聂赫留朵夫是忏悔的贵族的典型形象，是19世纪末期俄国一部分进步贵族分子的典型形象，也是一个丰满而复杂的形象。这是一个理想的贵族知识分子，带有作家本人思想发展历程的烙印。他不仅以社会罪恶的揭发者、抗议者和见证人的身份出现，还对人民的苦难和不幸负有一定责任。聂赫留朵夫的性格发展可分为"纯洁—堕落—复活"三个阶段（纯洁善良的贵族青年—花花公子—忏悔的贵族、托尔斯泰主义者）。

纯洁阶段。大学时代，聂赫留达夫思想纯洁，追求真挚的爱情。他"浑身焕发着朝气，充满了青春的活力"，诚实而有道德责任感，并富有自我牺牲精神，是"一个正直的、不自私的、愿意为任何美好的目标牺牲自己的人"。暑假时在姑母家消夏，他认识到土地私有制的不合理，决心要把土地分给农民，并且对卡秋莎真诚友爱，没有任何等级偏见，也没有任何邪念。

堕落阶段。在三年彼得堡禁卫军的生活中，聂赫留朵夫被上流社会的腐败风气腐蚀了，泯灭了正直和纯洁，道德堕落了，变成一个花花公子，一个极端的利己主义者。当再去姑母家做客时，他诱奸了卡秋莎，在塞给她一百卢布后便到部队去了。此后，他连一封信都没捎给她。为了自己一时的欢娱，他一手造成了卡秋莎的悲剧，还认为有身份的人都在这样做。后来，他过着更加放荡奢侈的生活，在腐朽的生活方式中愈陷愈深。不过，由于青年时代受过民主主义思想和人道主义思想的影响，他身上的善良品性尚未完全泯灭。

复活阶段。仔细分析，聂赫留朵夫的精神复活包括两个层面。

首先，人性复苏与精神复活。十年以后，他与被他侮辱、损害的卡秋莎在法庭上相见，他受到极大的震动。面对这个被自己推向火坑的妇女，他的人性开始复苏，意识到："我就是那个坏蛋"，"那个流氓"，并由企图开脱到良知逐步发现，认识到自己罪孽深重，从而对自己十年堕落生活进行了彻底的否定。后来，他极力营救卡秋莎，以求赎罪，但同时也带着施恩于人的自傲。他开始厌倦庸俗的上流社会，但又不能与其断绝往来；他打算把土地低价租给农民，但又担心自己将来的生活来源。他矛盾重重，迟疑不决。为了营救卡秋莎，他到处奔走，从城市到乡村，从莫斯科的法庭、监狱到西伯利亚的流放所，亲眼看到了政府用国家暴力机器迫害人民的种种罪行，进一步认识到犯罪不只是自己，而是整个剥削阶级，受害的不只是卡秋莎一个人，而是被压迫的人民大众。他同情人民，想改变这个罪恶的世界，不仅精神复活，而且精神境界提高了一步——由本来只认为个人有罪要为自己赎罪，到否定整个贵族阶级的生活方式、价值标准和整个社会生活。他愤怒地揭露法庭、监狱和政府机构的黑暗，成了贵族地主阶级罪恶的揭露者和批判者。

其次，最终成为托尔斯泰主义者。听说卡秋莎要和同去服役的政治犯西蒙松结婚，他感觉卡秋莎的事情已经结束，自己的新生活开始了。通过反复探索，最后他在宗教中找到改造社会战胜恶势力的办法，找到精神探索和社会探索的答案，他决心做基督的忠实仆人，做一个殉道者，像救世主那样用宗教去拯救人类社会。这样，他找到了救世药方和自己生活的意义，得到精神的真正复活，开始过一种"全新的生活"，成为一个托尔斯泰主义者。

托尔斯泰以聂赫留朵夫这一形象，概括了19世纪末期俄国一部分进步贵族人士的思想特征，也包含他自己世界观转变后的精神特点，如否定贵族阶级的生活方式、道德观念和封建特权，否定俄国的政治制度和经济制度等。这一形象与作家其他自传性人物一样，习惯于精神探索，但他的探索突破了贵族思想的局限，达到谴责贵族阶级、否定贵族传统观念、放弃贵族特权的地步，而且最终与贵族阶级决裂了。这标志着托尔斯泰的精神探索达到了一个崭新的阶段。因此，聂赫留朵夫的形象比托尔斯泰以前塑造的任何一个形象，都具有更为深刻强大的讽刺意义和批判力量。如果说，玛丝洛娃从历尽屈辱、一度沉沦到走向新生是对统治阶级和社会罪恶的有力控诉，曲折地表现了人民摆脱压迫的强烈愿望，那么，聂赫留朵夫的意义更在于他对自己和本阶级罪过的认识和力图与本阶级决裂的举动，是向行将衰亡的阶级的反戈一击，开出的是致命的一枪，从而成为忏悔的贵族的典范。

忏悔的贵族是托尔斯泰在作品中塑造的一系列优秀贵族知识分子的典型形象。他们学识渊博，有教养，同情下层百姓，不满奢侈浮华的上流社会生活，努力探求民族未来的出路。托尔斯泰19世纪50年代的自传体三部曲《童年》《少年》《青年》中的尼古林卡，60年代《哥萨克》中的奥列宁，《战争与和平》中的彼埃尔，70年代《安娜·卡列尼娜》中的列文，以及《复活》中的聂赫留朵夫均为忏悔的贵族的典型。通过忏悔贵族聂赫留朵夫等形象，托尔斯泰表达了自己的殷切希望：俄罗斯有罪的贵族都应该自觉地忏悔赎罪，自觉地放弃专制与暴力，放弃财产，放弃富裕的寄生生活，深入民间，爱人、怜悯人，以建成人人相爱的幸福美满的人间天国。在此，托尔斯泰把俄罗斯民族的前途与命运寄托在忏悔贵族的改过自新与人民融为一体上，这也是这位思想家和作家为俄国社会开出的一个独特的治世之方。

特别值得一提的是，托尔斯泰把他对人性的认识加进了聂赫留朵夫这一形象之中，把人物转变的原因归结为"人性"和"兽性"的冲突。在托尔斯泰看来，人由两种因素控制，即人性与兽性。当一个人充满人性时，他的灵魂是向着天堂的；而当一个人的身上充满兽性时，他则是一副地狱相。通过聂赫留朵夫的形象，作家形象地说明了这两种因素在人身上的此消彼长及其原因，生动地展示了人人身上皆有"精神的人"和"兽性的人"，即"人性"和"兽性"二者的对抗，并以此来解释主人公的向善、堕落、忏悔和精神复活等问题，从而使这一扎根于俄国现实，全方位地揭露俄国社会现实问题的小说更具人性深度和普遍性。正因为如此，巴赫金认为："《复活》的构造与托尔斯泰先前的小说截然不同，我们应把最后这部小说归于一种特殊的体裁类型。《战争与和平》是家庭历史长篇小说（有史诗倾向）。《安娜·卡列尼娜》是家庭心理小说。应把《复活》确定为社会思想小说。"

《复活》作为托尔斯泰晚年的巨著，在艺术上也有突出的成就。

第一，突出的对比手法。对比手法是《复活》在塑造人物、反映广阔社会生活时广泛运用也相当重要的艺术表现手法，它表现在以下几个方面。

　　一是社会方面的对比。社会的对比在小说中处处可见：贵族老爷和平民百姓；贪官污吏和无辜囚犯；监狱的"探监日"和副省长夫人的"在家日"；赤日炎炎中，戴着镣铐、顶着酷暑、濒于死亡的七百多名苦役犯排着长长的队伍走向车站，而柯尔查庚公爵一家由抬椅子的男人、手提阳伞的使女和医生簇拥进入车站；彼得堡骄奢淫逸的上流社会生活与巴诺弗濒于绝境的赤贫无告的农村。这些对照，鲜明而突出地揭露了社会的不公平、不人道，贵族、官吏的骄奢淫逸、作威作福，下层人民的贫苦无告。

　　二是主人公的对比。这又表现为主人公之间的对比和主人公自身的对比。

　　其一，主人公之间的对比。小说为了塑造人物形象、反映社会问题，总是不断描写男女主人公之间的对比，尤其是主人公境遇的对比。例如，小说一开始就写玛丝洛娃身穿囚衣，脸色苍白，由荷枪实弹的士兵押着从阴暗恶臭的监狱向法院走去；与此同时，一手造成她不幸的聂赫留朵夫公爵则在豪华的卧室中醒来，身穿洁白的睡衣，躺在羽绒垫的弹簧床上，吸着烟，想着与米西小姐的婚事。这种截取横断面的主人公境遇的对比，使作品一下子进入矛盾对立之中，展示了男女主人公境遇和人生态度等方面的多重对比。

　　首先，这是玩世者与被侮辱者的鲜明对比。聂赫留朵夫为片刻欢乐在复活节晚上诱奸了卡秋莎。本来卡秋莎早已暗暗爱上了他，她是心甘情愿的；可第二天早上聂赫留朵夫给她一百卢布钱票时，她隐约意识到这钱是对爱情的侮辱，也是上流社会对平民清白身份的蔑视，于是，她"推开了他的手"。其次，这是享乐者与受难者的鲜明对比。怀孕五个月的卡秋莎满怀希望地冒雨到火车站去找聂赫留朵夫，车厢内外却是两个截然不同的世界：享乐者聂赫留朵夫"在灯光明亮的车厢里，坐在天鹅绒安乐椅上，说笑啊，喝酒啊，寻欢取乐"；受难者玛丝洛娃则"在泥泞中，在黑暗里，让风吹打，站着哭泣"。这一事实使玛丝洛娃意识到自己的地位，并不再相信上帝。

　　上述突出的对比为男女主人公后来的"复活"做了铺垫，揭示了主人公走向堕落的过程和原因。相同点：他们的堕落都是由社会造成的，而非天生的缺陷。聂赫留朵夫本是纯洁青年，是社会毁灭了他善良的天性，使他沦为荒淫无耻的彻底的利己主义者。少女时代的卡秋莎，更是天真无邪，但社会不容许她清清白白地过正常人的生活，她最终不得不把公民证交出，换领一张黄色执照，进了妓院。不同点：聂赫留朵夫是因顶不住诱惑而自觉堕落的："人世的诱惑总是降伏他，他不知不觉地又开始堕落，往往比以前堕落得更深"。卡秋莎则是因为受到欺骗后历尽人世沧桑而被迫沦落的。前者干出损人利己的事，为别人留下苦难；后者即使在比地狱还糟的生活中，也没有泯灭美好的品质。

其二，主人公自身的对比。首先是让人物的内心活动及其行为构成对比，如聂赫留朵夫在法庭认出玛丝洛娃后，一方面在心里认识到这是自己以前的罪孽，另一方面在行动上躲躲闪闪。这种对比写出了他此时的心理矛盾。其次更重要的是让人物精神变化的前后情形构成对比，以突出人物性格及作品的主题思想，如聂赫留朵夫、玛丝洛娃两人在堕落和复活的过程中情形大不相同。

三是历史与现实对比。例如，小说中法庭审讯一段，以大量篇幅穿插聂赫留朵夫的回忆。在回忆的历史往事中，他是犯有诱奸罪的花花公子；现实中他却是陪审官，坐在陪审席上，审理被他欺凌的玛丝洛娃。这种历史与现实的对比，揭示了现实的审判者和被审者的实际位置的颠倒，深刻地批判了社会的黑暗与不公。

除人物对比外，小说还大量使用景物对比。例如，小说开篇即以自然界春光明媚、生机勃勃来对照的人世间生灵涂炭、强暴肆虐，让生机勃勃的美好、纯洁的大自然与作茧自缚甚至自相残害的污浊、丑恶的人世间两相对照，从而有力地表达自己对人世和社会的否定与批判："尽管好几十万人聚居在一小块地方，竭力把土地糟蹋得面目全非，尽管他们肆意把石头砸进地里，不让花草树木生长，尽管他们除尽刚出土的小草，把煤炭和石油烧得烟雾腾腾，尽管他们滥伐树木，驱逐鸟兽，在城市里，春天毕竟还是春天。阳光和煦，青草又到处生长，不仅在林荫道上，而且在石板缝里。凡是青草没有锄尽的地方，都一片翠绿，生意盎然。桦树、杨树和稠李纷纷抽出芬芳的粘嫩叶，菩提树上鼓起一个个胀裂的新芽。寒鸦、麻雀和鸽子感到春天已经来临，都在欢乐地筑巢。就连苍蝇都被阳光照暖，在墙脚下嘤嘤嗡嗡地骚动。花草树木也好，鸟雀昆虫也好，儿童也好，全都欢欢喜喜，生气蓬勃。唯独成年人，一直在自欺欺人，折磨自己，也折磨别人。

他们认为神圣而重要的，不是这春色迷人的早晨，不是上帝为造福众生所创造的人间的美，那种使万物趋向和平、协调、互爱的美；他们认为神圣而重要的，是他们自己发明的统治别人的种种手段。"这样的景物对比和贫富对比，深刻揭示了阶级的对立和矛盾，突出小说的社会批判意义，增加了作品的批判力量，在很多地方也突出了作家的哲学思考。

第二，复杂而细致的心理刻画。托尔斯泰善于描写人物的心理活动，能深入人物的内心，抓住其瞬息间的思想感情变化，进行复杂而生动的心理表现与心理分析，熟练地运用"心灵辩证法"①精雕细刻，从而使人物形象栩栩如生，跃然纸上。例如，卡秋莎有了身孕之后听说聂赫留朵夫要乘火车经过小镇，她冒着秋夜的风雨到火车站去，想见到离开这么久的聂赫留朵夫（心理过程开端）。但她在路上迷了方向，等跑到车站时，第二遍铃都响过了。她赶紧跑上月台，一眼看到聂赫留朵夫坐在头等车厢里。她一再敲窗子也没有用，因为列车已缓缓开动，越走越快。她一直跟随火车向前跑，没有同聂赫留朵夫照面，火车就开走了。于是她抽抽噎噎地哭起来，她想"等下一班火车开来——往车轮底下一跳了事"（心理过程的中间发展变化），可是，"她身子里面他们两人的孩子，却猛地一动，使劲一顶，慢慢伸开手脚，然后用一个什么很小、很细、很尖的东西又顶了一下"（生理因素）。忽然，"她对他的满心怨恨，她不惜用死来报复的打算——一下子全都消散了"（心理过程的结尾）。又如，在没有与聂赫留朵夫结合这一问题上，玛丝洛娃的心理过程也颇为复杂。当她开始爱上聂赫留朵夫后，她认为和他结婚是对他的拖累和毁灭，而这也是自己的堕落，"是一种可怕的堕落，比以往一切堕落都要坏的堕落，所以她决不同意这件事"。与此同时，她复杂内心世界还有另一心理活动过程："她凭女人的感觉，很快就揣摩到西蒙松在爱她，她想到居然在这样一个不平凡的人心里引起了爱情，她在她自己心目中的地位就提高了。"她进而感到："聂赫留朵夫是出于慷慨，又由于过去发生的事情，才向她求婚。可是西蒙松却在她现在的境遇里爱她，

---

① "心灵辩证法"，是车尔尼雪夫斯基在评论托尔斯泰心理描写技巧时提出的一个概念，其突出特点是：不局限于描写人物心理活动的起始和终结，而更注意心理活动过程的本身及这一过程的形态和规律，即"注意一些感情和思想如何从另一些感情和思想演变而来"，从而展示心理流动形态的多样性与内在联系。

只因为爱她而爱她。"于是，她接受了西蒙松的爱。

　　尤为突出的是作家对聂赫留朵夫复杂心理的描写。托尔斯泰发挥高超的心理分析才华，生动表现了聂赫留朵夫思想变化的复杂过程，细腻地描写了他在一系列关键时刻的心理活动。聂赫留朵夫的思想发展被托尔斯泰表现为一个十分艰巨的过程，他每迈出一步，都受着阶级偏见和传统习惯势力的阻挠，因此不断动摇和退缩，迂曲前进。他在法庭上突然见到玛丝洛娃，意识到自己的罪过。审判中间休息以后，陪审员们回到法庭，这时，聂赫留朵夫感到心惊肉跳，仿佛他不是去审判别人，而是自己去受审。他在心灵深处已经体会到他是一个坏人，应该羞于睁眼看人才对，然而他仍旧拗不过习惯，手里摆弄着他的夹鼻眼镜。这种故作镇静的外表难以掩饰内心的惊恐不安。这样，小说就细腻生动地写出其颇为矛盾复杂的心理和情感：怜悯中感到羞愧，厌恶中怕被揭发，逃避不能，承认不敢，既烦躁又担心。聂赫留朵夫第一次到监狱看望玛丝洛娃，真诚地向她请求宽恕，可是玛丝洛娃已经非当年那个卡秋莎，臃肿的脸很不干净，那双斜睨的眼射出不正派的光芒。一时间，聂赫留朵夫动摇了。一个声音对他说："你不如把身边的钱统统给她，然后向她告别，从此跟她一刀两断。"这时他只能用理智的力量来克制自己，因为他知道，目前他的思想仿佛就在动摇不定的天平上。他决心不让天平向一边歪去，因此竭力克制自己，坚持向玛丝洛娃请罪。后来聂赫留朵夫意识到自己整个生活的虚伪，决心把自己的土地交给农民，自己跟随玛丝洛娃去西伯利亚。但他到彼得堡后，又被旧的生活所吸引，处于矛盾之中。年轻美貌、装束考究的玛丽叶特故意迎合他的心理，赢得了他的欢心。玛丝洛娃的上诉被驳回的那天晚上，聂赫留朵夫躺在床上，想起他要和她一起去西伯利亚的决心和放弃的土地所有权，他的眼前浮现出玛丽叶特的脸和目光。他问自己："我要到西伯利亚去，我做得对吗？我要丢掉我的财产，这我做得对吗？"

　　托尔斯泰继承了俄国和西欧现实主义的优良传统，创造了俄罗斯式的史诗体小说。他不仅善于再现宏观世界，而且善于刻画微观世界。他洞察人的内心的奥秘，在世界文学中空前地把握心灵的辩证发展，细致地描写心理在外界影响下的嬗变过程；并且深入人的潜意识，把它表现在同意识相互和谐的联系之中。他总是如实地描写人物内心的丰富性和复杂性，不只写其突出的一面或占优势的一种精神状态。他不隐讳心爱人物的缺点，也不遮盖所揭露的人物心中闪现的微光。他不粉饰，不夸张，不理想化或漫画化，总是借助真实客观的描写，展示其本来面目，从而于平凡中见伟大，或者相反，于平凡的现象中显示其可怕。因此，他所描绘的性格的发展和变化客观真实、自然浑成而不露斧凿痕迹。高尔基在其《俄国文学史》中评论托尔斯泰："这个人的成就实在惊人，他总结了整整一个世纪的经验，他以忠实的态度，坚强的力量和美妙的艺术手腕完成了这一项任务。"

第三，单线索的情节结构。与《战争与和平》的头绪纷繁、线索众多迥然不同，也不像《安娜·卡列尼娜》采用平行的两条线索，《复活》以聂赫留朵夫为玛丝洛娃冤案申诉而四处奔走为主要线索，将全书的人物事件串成一体，是比较典型的单线索结构。这种一贯到底的单线索结构使小说显得简洁而清晰，便于更形象生动地揭示两位主人公"纯洁—堕落—复活"的精神历程，也能更好地集中深入地揭露社会的种种弊端，且更有利于作家直接宣教。

不过，托尔斯泰晚年直接宣教的主张也使得他的作品充满了各种说教，而大量的说教一定程度上损害了他的艺术形象和作品结构。《复活》在这方面尤其突出，特别是小说第三部大段大段地引用福音书，用宗教情绪代替具体的思想感情，不仅破坏了心理分析的艺术，而且也使主人公的形象变得干瘪。斯坦纳指出："在创作《复活》的过程中，托尔斯泰身上的教师和先知气质让他的艺术大打折扣。在以前作品中，平衡感和构思占据支配地位，在《复活》中，它们却让位于作者急于进行的修辞性表达的愿望。在这本小说中，这两种方式被并直起来，从虚假到救赎的心路历程主题被陈诉出来，作者所用语言抽象，味同嚼蜡，仿佛是在撰写论文。"米尔斯基甚至认为，《复活》应被视为他最不成功的作品之一，是对其学说最为乏味的展示。

二、《安娜·卡列尼娜》：转型时期家庭结构与伦理道德的两难处境中的悲剧

《安娜·卡列尼娜》的构思始于 1870 年，到 1873 年才开始动笔。最初，托尔斯泰打算写一个上流社会已婚妇女失足的故事。但随着写作的深入，原来的构思不断被修改，初稿写成后前后又经过 12 次大的改动。在作家近

乎苛刻的修改中，小说的重心有了巨大的转移，安娜由最初构思中的"失了足的女人"(趣味恶劣、卖弄风情、品行不端)，变成了一个品格高雅、敢于追求真正的爱情与幸福的"叛女"，成为世界文学中最具反抗精神的女性之一。1877 年，小说首版发行，各个章节都引起了整个社会的"踮足"注视，及无休无止的"议论、推崇、非难和争吵，仿佛事情关涉到每个人最切身的问题"，带来了"一场真正的社会大爆炸"。

小说讲述了这样一个故事：年轻美丽的安娜是 19 世纪俄国上流社会的贵妇人，丈夫卡列宁比她大二十岁，是一个不通人情的官僚。婚后，安娜的青春活力受到压抑，只有把全部感情倾注在儿子谢廖沙身上。一天，为了调解哥哥奥布浪斯基(一译奥勃朗斯基)与嫂嫂杜丽(一译陶丽)间的纠纷，安娜从彼得堡来到莫斯科，在车站遇见了"彼得堡的花花公子"——近卫军军官渥伦斯基(一译弗龙斯基)。渥伦斯基出身名门，正在追求杜丽的妹妹吉提。自从见到安娜后，渥伦斯基不再对吉提献殷勤了。舞会上，渥伦斯基对吉提态度冷漠，却伴着安娜跳舞，谈笑风生。安娜身穿黑丝绒长袍，是那么单纯自然，优美快活而又富有生气。渥伦斯基热烈追求她，跟随她一起回到彼得堡。由于交往频繁，两人关系日益密切，引起社交界的责难和卡列宁的不满。在一次赛马中，渥伦斯基不慎摔下马，安娜在看台上坐立不安，神态失常。卡列宁要求安娜立即回家，在回家的路上，安娜向卡列宁坦承了自己是渥伦斯基的情人。经过痛苦的斗争，安娜在丈夫不同意离婚的情况下，公然与渥伦斯基一起生活，并一起到国外去旅游。吉提哥哥的同学列文是个贵族地主，他自己管理庄园，喜欢和农民在一起劳动。他热心探索农业的经营方法，试图与农民联合起来，共同抵御资本主义，但他的新方法和新措施并没有改变农民对他的态度，最后以失败告终。列文爱上了吉提并向她求婚，但吉提当时正热烈追求渥伦斯基，因而拒绝了他。后来经过一段曲折的历程，两人终成眷属。婚后，生活幸福美满，但列文感到精神上很茫然。后来在一个农民那里，他找到了人生的意义——为了上帝，为了他人，生活就会变得美和善。安娜与渥伦斯基从国外回到彼得堡。在儿子生日那天，安娜回到家中，和儿子紧紧拥抱在一起，一时百感交集，热泪夺眶而出。不久，卡列宁走了进来，安娜拉下面纱匆匆而去。在彼得堡，安娜受到上流社会的冷漠中伤，只好住在渥伦斯基的庄园。

她除了渥伦斯基的爱情之外，已一无所有。她愈爱渥伦斯基，也就愈怀疑渥伦斯基对自己的爱情。渥伦斯基对她的烦躁不安也难以忍受，终于为此发生口角。渥伦斯基出门而去，安娜绝望了，觉得随着爱情的破灭，一切都完了。车站上，安娜突然想起自己和渥伦斯基初次相遇时，火车轧死人的情景。她向着驶来的火车扑倒下去，从此摆脱了一切苦难。

小说通过安娜的悲剧揭露了俄国上流社会的虚伪、冷酷和腐败，反映了当时的社会危机；同时又以列文从事农业改革的失败，反映了俄国农奴制改革后尖锐的社会矛盾。在安娜和渥伦斯基的线索里，安娜由于对丈夫卡列宁不满，爱上了花花公子渥伦斯基，并和他同居，遭到贵族社会的鄙弃，后来她又受到渥伦斯基的冷遇，在痛苦绝望中卧轨自杀。这条线索侧重反映俄国社会变革时期家庭关系的瓦解及贵族上流社会精神道德等方面的危机。作家对上流社会（城市贵族及资产阶级）的思想、文化、道德以及他们冷酷虚伪的社会关系进行了鞭挞。列文和吉提的线索主要反映宗法制社会的经济基础的崩溃，揭示了地主阶级同广大农民之间的深刻的矛盾，以及作家的理想及其设想的贵族的出路。作家通过列文对生活和事业道路的探索，广泛地描写了农奴制改革后的地主、农民、新兴资产者、商人阶层，反映了19世纪70年代俄国庄园地主宗法制社会政治经济生活，更通过列文与吉提婚姻与家庭生活的幸福以及列文最终在农村找到精神出路的描写，为贵族乃至世人指明了生活的努力方向。作家把这两条线索对照起来，试图表明：城市和贵族资产阶级西方式个人主义的生活方式给人造成不幸，安娜惨死在火车轮下，渥伦斯基也由于安娜的死在精神上遭受了沉重的打击；而乡村贵族宗法制的生活，却给列文和吉提带来了家庭的幸福。

但托尔斯泰在小说中实际表现出来的，远比他的创作意图更丰富，更深刻，更有意义。这表现在两个方面。一是家庭与个人、理智与情感的矛盾。例如，安娜的内心独白：“我不是尽力、尽我的全力去给我的生活找寻出一点意义吗？我不是试图去爱他（卡列宁——引者），而当我实在不能爱我的丈夫的时候就试图去爱我的儿子吗？但是时候到来了，我知道了我不能再欺骗自己，我是活人，罪不在我，上帝生就我这样一个人，我要爱情，我要生活……”这是人类永恒的矛盾，能激发每一时代甚至每一个人的共鸣。二是独特地把握到一个相当有意义的问题：转型时期的家庭结构与伦理道德的变化。托尔斯泰在客观上触及了一个跨时代的、具有普遍意义的问题，即家庭的性质、形式的变化和社会变革之间的关系。家庭是所有社会组织中，反映社会生活变化最敏感、最迅速的单元，其结构以及相应的家庭伦理关系、道德规范在转型时期必然对社会的变化做出相应的反应。小说中各种家庭矛盾都体现、反映了整个社会的变化。更概括地说，这部小说表现了转型时期家庭结构与伦理道德的变化，以及人处在这样一种转型时期的两难处境而造成悲剧的主题。这种转型在小说中具体表现为如下三个方面。

第一，封闭的农业宗法制家庭向开放的资产阶级家庭转变。封闭的农业宗法制家庭注重的是大家庭的和谐有序，往往抹杀个人，而强调个人对家庭的义务、责任乃至自我牺牲；而开放的资产阶级家庭则注重夫妻各自相对的独立和自由，个人的幸福。家庭是社会发展的产物，家庭的性质、职能、组成、形式和结构，以及跟它密切相关的道德观念和生活原则，是随着生产方式的变化以及随之产生的社会的变化而变化的。托尔斯泰真实地、形象地表现了家庭的性质、职能、组成、形式和结构，以及跟它密切相关的道德观念和生活原则，随着生产方式的变化而变化这一重大的社会主题。小说中，传统的、宗法制的贵族阶级在失去森林，失去土地，失去特权地位，陷入混乱，日渐瓦解，而追求个人自由与幸福的资产阶级在获得森林，获得土地，并取代贵族地主在社会生活中的主导地位。作家借列文之口形象地概括了这一时代的特征："一切都翻了个身，一切都刚刚开始。""一切都翻了个身"是说俄国农奴制被废除了，俄国传统的宗法制家庭生活也在没落；"一切都刚刚开始"则是指资本主义经济关系和资本主义秩序，以及新的资产阶级家庭关系正在慢慢形成。资本主义经济关系对俄国家庭婚姻乃至伦理道德观念方面的冲击，在小说中有突出而普遍的表现。在资本主义的冲击下，"一切封建的、宗法的和田园诗般的关系都破坏了"，一切都越出了"常轨"，一切都改变了原有的"形态"。"幸福的家庭都是相似的；不幸的家庭各有各的不幸。奥布浪斯基家里，一切都混乱了。"作品接二连三地描写了上流社会几个有代表性的家庭的不幸和混乱：奥布浪斯基和家庭女教师的通奸被发现了，妻子正闹着离婚、分家；薛杰巴茨基老夫妇经常为女儿吉提择婿的事吵架拌嘴；卡列宁的妻子爱上了青年军官渥伦斯基，并弃家出走；特维斯卡雅公爵夫人和情人保持人人皆知的"秘密关系"；西尔顿男爵夫人和情人则公开住在一起；契钦斯基公爵更是把儿子带到情人那里，以"增加儿子的见识"。那种"相信一个丈夫应当和他合法的妻子同居"，"相信一个人要养育他的儿子"的传统家庭婚姻观念，已被认为是粗俗愚蠢的和特别可笑的。甚至，上流社会还把引诱一个男子和已婚妇女通奸看作社交场上普通的风流韵事，认为这样做具有"几分优美和伟大"。俄国城市、乡村贵族家庭之间的矛盾、混乱以及道德沦丧，正是俄国社会变革的产物和表现。安娜的性格，她对个人幸福生活的追求，她的爱情悲剧，归根到底是由这种变革促成的。

第二，家庭伦理关系发生相应的改变。其一，伦理轴心从纵向的亲子关系转为横向的夫妻关系。宗法制农村社会由于其财产的继承问题，特别重视纵向的亲子关系，男人占绝对的统治地位，妇女得到的只是诸多限制和义务、责任，以保证继承财产的儿子的纯正；而资产阶级开放的家庭由于只是以夫妻为主的小家庭，伦理轴心已转变为横向的夫妻关系，女性享有更大的自由，也有了一定的自主权，地位得到了较大的提高。其二，女性地位的提高带来了两性关系的变化：女子不再甘当妻子或母亲，开始重视自身的生活、自身的价值，有了自己对爱情、对生活的追求。洛巴诺夫在谈《大雷雨》时也已指出，俄国在"六十年代及稍后的时期，这种妇女解放现象按照某种规律性不断出现，表现为不担负夫妇义务，甚至不担负母亲义务，妇女有完全的自由"。

第三，道德观念发生变化。以上这些，导致道德观念发生变化，具体表现有二。其一，从道德一元变为道德多元。传统宗法制家庭只有一元的道德观，强调家庭中的每个成员尤其是女性必须尽一切力量维护大家庭的和谐与发展；转型时期则出现了道德多元，既有传统的伦理道德观，更有西方以个人为中心突出个人的伦理道德观，如卡列宁等人维护的是旧的观念，强调妇女应该为家庭、为丈夫、为儿女做出牺牲，安娜追求的则是西方的个人主义新观念，强调个人至上、爱情至上。其二，从家庭本位到个人本位。宗法制家庭强调个体绝对服从家庭整体利益，只能承担传统道德文化规定的义务，不能有讲个人幸福的权利，其中对女性的限制尤其突出。然而，西欧的个性解放使安娜强烈地意识到追求个人幸福、追求个性发展是自己的权利。正是上述这些道德裂变、新旧道德杂陈、不同规范的道德在同一时空并存，造成了安娜的迷惘与痛苦，并最终造成了她的悲剧。

这部小说出场人物多达一百五十多个，形形色色，塑造得最为成功的是安娜、卡列宁和列文。

安娜是 19 世纪 70 年代俄国上流社会深受西方个人主义观念影响、追求个性自由和爱情幸福的贵妇人的一个典型，外表美丽，情感真诚，充满生命活力（小说写道："在那短促的一瞥中，渥伦斯基已经注意到了有一股被压抑的生气在她脸上流露，在她那亮晶晶的眼睛和她朱唇弄弯曲了的轻微的笑容之间掠过。仿佛有一种过剩的生命力洋溢在她的全身心，违反她的意志，时而在她的眼睛的闪光里，时而在她的微笑中显现出来"）。她在思想、感情、才能和品德等方面，都远远高于一般贵妇人，纳博科夫称她为"世界文学史上最有魅力的女主角之一"。在塑造安娜的过程中，作家始终非常注意揭示、描绘她外形的美和内在的美，既表现了她作为一个贵妇人的典雅、端庄、美丽、聪慧和质朴，又描述了她深挚的感情和从容的风度，使她无论在哪种场合出现，都光彩耀人。安娜的形象之所以动人，不仅是因为她有着动人的外貌，优雅的风度，更主要的是她有着丰富的精神世界。她富于激情，生机勃勃，坦率善良，渴望自由真挚的爱情，不能忍受封建包办婚姻带给她的冷漠、自私、一直追逐功名利禄的丈夫卡列宁，终于冲破种种束缚跟贵族军官渥伦斯基相爱。安娜性格中一个最重要的特征是真诚。她不愿像当时上流社会的妇女那样过虚伪的二重生活，要求与沙皇政府显赫的大臣卡列宁公开离婚，并明确与渥伦斯基的关系。为了追求个人的爱情幸福，她公开出走，与渥伦斯基同居。她的这种行为不为虚伪、荒淫的贵族上流社会所容。起初，她还能忍受，并表现出要"向社会挑战"的气概，但发现渥伦斯基开始对自己厌弃、冷漠时，她失去了生活的重心，在"一切全是虚伪"的慨叹中，在"上帝，饶恕我的一切"的哀号中卧轨自杀。这是一个带有资产阶级个性解放色彩的迷人的贵族妇女形象，她所追求的只是个人爱情，把个人的爱情、幸福看得高于一切，失去了爱情也就失去了生存的意义。

作家对安娜的态度是双重的。他一方面认为安娜的追求合乎自然人性，是合理的；另一方面从宗教伦理道德观出发，又认为安娜是缺乏理性、放纵情欲的，所以，在小说中他对安娜既同情又谴责。他一方面同情她的不幸，揭露逼死她的贵族社会和贵族官僚的荒淫、虚伪、冷酷；另一方面又强调安娜为个人的"情欲"所支配，抛弃丈夫、丢下儿子离家出走，破坏了家庭的和谐，破坏了他人的幸福，没有尽到妻子和母亲的神圣责任，也毁灭了她自己。在托尔斯泰看来，家庭关系是宗法制的基础，是神圣不可侵犯的，只有夫妻相爱，长幼相亲，才能给整个社会带来幸福。正因为安娜追求个人幸福而使家庭成员遭受痛苦，违反了"爱"的教义，作家才让她饱受折磨，并使这一形象蒙上一层罪人的色彩。他引用《圣经》中的"申冤在我，我必报应"作为全书的题词，也透露了他对安娜的基本看法。他认为安娜应当受谴责，但是上流社会比她更坏，根本不配惩罚她，只有上帝才是真正的裁判者。托尔斯泰借安娜的悲剧无情地撕破了上层贵族道貌岸然的面具，同时又宣扬"爱的宗教"、禁欲主义，试图以此来拯救整个纲常败坏、道德沦丧的社会。

斯坦纳指出，托尔斯泰在作品中似乎祈求了两个神灵：一个是古代的父权制复仇之神，另一个是将受到损伤的精神具有的悲剧性坦诚置于最高位置的神灵。或者，我们可以用另外一种方式来说：通过自由的处理方式，托尔斯泰笔下的女主角获得了罕见的自由，而作家本人也对她产生了迷恋。在托尔斯泰小说的全部主角中，几乎只有安娜一人得到自由发展，超越了小说家的控制和预知。托马斯·曼提出的如下断言是有道理的：《安娜·卡列尼娜》的创作冲动是道德方面的，社会为了自身的目的，夺取了给上帝保留的复仇能力，托尔斯泰针对这样的社会提出了控诉。但是仅此一次，托尔斯泰自己的道德立场显得模糊不清。

安娜在小说中占据中心地位，是一个丰富而复杂的形象，具有广泛、深刻的概括意义。对她，人们见仁见智，评价各不相同。

安娜的爱情悲剧具有多方面的原因。

首先，她的死是社会性的悲剧。她不被上流社会所容，不是由于背弃丈夫，而是由于她真诚地追求个人的爱情生活，并且挑战整个社会的认知，在卡列宁不同意离婚的情况下公然与渥伦斯基组建了一个新的家庭。在当时，俄国上流社会贵妇人"偷鸡摸狗"是普遍的，根本不算什么问题。按照上流社会的虚伪道德，贵妇人鬼鬼祟祟干坏事是合法的，而像安娜这样反对封建包办婚姻，真心实意地爱一个人就有罪了。这就揭露了上流社会的虚伪、丑恶。以卡列宁为主的集团，用法律、责任、离婚、不准跟儿子见面等伪善的观念和冷酷的措施来压迫、折磨安娜；以莉蒂亚为首的集团，又用宗教的名义把安娜的儿子夺走，还借荒唐无稽的降神术否定安娜的离婚要求；以培脱西为代表的年轻贵族集团则对安娜关闭了社交界的大门。那些贵妇人自己过着既有丈夫又有情人的二重生活，却大骂安娜是"犯罪的妻子""堕落的女人"，甚至在公共场所表示对安娜的轻蔑。

其次，安娜自身的矛盾是造成爱情悲剧的直接原因。受西方观念影响，安娜极力追求个人的幸福和自由。她是"一个把爱情看得重于人生的一切幸福的女人"，她也公开向卡列宁宣称："我是一个需要爱情的活的女人。"在她的心目中，爱情至上，个人幸福高于一切。她勇敢地追求被唤醒的爱情，大胆地离家出走，与渥伦斯基公开同居。然而，贵族的生活和教育对她的精神的束缚——忠于封建操守与追求个人幸福这两种思想，在她心里形成激烈的冲突。这个矛盾使她对自己的爱情始终抱有怀疑，不敢肯定自己的行为，并始终认为自己是有罪的："她觉得……她永远都得不到恋爱的自由，却从此要成为一个有罪的妻子……"妻子的责任和母亲的义务使安娜觉得自己在上帝面前有罪，在丈夫面前有罪，在儿子面前更是罪孽缠身。因此，她显得既勇敢又软弱，矛盾而痛苦。安娜的一些做法则是导致其悲剧的直接原因。由于受到整个上流社会的打压，她把爱情当作唯一的出路和希望，像抓救命稻草一样把渥伦斯基牢牢抓紧，最终发展成一种神经质的多疑。她的爱已经慢慢走向自私、走向专横、走向偏执、走向变态。当他们争吵后，渥伦斯基出门而去的时候，安娜觉得一切都完了。于是，走投无路的安娜在深深的绝望中自杀了。她自身的矛盾，是悲剧产生的直接原因，也反映了俄国资产阶级的软弱。

最后，托尔斯泰的矛盾——既赞赏安娜的美和纯朴、诚实的心灵，更强调旧的宗法制家庭道德，强调个人对家庭的责任。他站在宗法制家庭伦理道德的立场上，认为安娜追求个人爱情幸福离家出走的行为是无视宗教道德原则，被情欲所困，破坏了人与人之间的和谐与博爱，更丧失了贤妻良母的德行，必受惩罚。所以他让安娜从此饱受精神折磨，长期处于自责的痛苦心境中，并最终无情地把安娜推到了飞驰而来的火车下。

值得一提的是，很多人认为安娜的悲剧还有一个原因，即所托非人的悲剧——安娜把幸福的希望寄托在花花公子渥伦斯基身上。渥伦斯基是"彼得堡花花公子的一个最好标本"，他爱上了安娜，而且以为自己诚心诚意地珍惜她的爱情。其实，他从来没有真正理解过安娜，因而从来不像安娜爱他那样爱安娜。他在感情、智能、品德、意志等方面都远远低于安娜。安娜把自己个人幸福的梦想放在这样一个人身上，结局自然是不妙的。不过，这是非常牵强的解释。任何人恋爱都不会考虑什么智能、意志的问题，而是两人是否相爱的问题，这是其一。其二，渥伦斯基在与安娜相爱前，可能是花花公子，但自从与安娜相爱后，他全心全意地投入恋爱之中，没有任何花花公子的举动，而且在安娜死后，他毅然放弃彼得堡养尊处优的军官生活，自愿报名去了前线。这说明他是真正爱安娜的，想以死来惩罚自己一时的脾气发作。对此，阿赫玛托娃有类似看法："为什么她会觉得弗龙斯基已经不爱她了呢？后来他不是为了她才走向死亡的吗？"她进而强调说："安娜没有任何理由断定他已经不爱她了。她甚至连怀疑的理由也没有。"①

再来看卡列宁。不少学者认为卡列宁只是一架官僚机器，"想得到功名，想升官，这就是他灵魂里所有的东西"。在妻子和孩子面前，他也端着副官僚架子。他作为法律、教会和社会舆论的代言人，有着卑劣的一面。他是一个大官僚，脱离生活，脱离实际，官场的钩心斗角是他所关心的大事，升官和功勋是他追逐的对象。他没有那种属于正常人的爱情，就连他的婚姻也蒙上了政治的色彩。当他确认妻子背叛自己的实情以后，也曾十分痛苦，但冷静地思考了安娜和他以往生活的细节后，理智又在他的思想中占了上风。"他只关心一件事，怎样用最妥善、最得体、最方便，因此也是最合理的方式雪洗由于她的堕落而使他蒙受的耻辱，继而沿着积极、诚实和有益的生活道路前进。"当发现安娜与渥伦斯基的私情不但没斩断反而愈演愈烈时，他所想的仍旧是如何维护他的面子。这就是一个上层社会的官僚，除了自私虚伪，他一无所有。在情与理的人生天平上，卡列宁重理

---

① 详见［俄］利季娅·丘科芙斯卡娅：《阿赫玛托娃札记(一)·诗的隐居》，张冰、吴晓都译，134～135 页，北京，华夏出版社，2001。阿赫玛托娃甚至认为整部《安娜·卡列尼娜》"都建立在生理和心理谎言上"，这是因为托尔斯泰受正统观念影响，试图表达"一个抛弃合法丈夫的女人，必然会成为婊子"。

轻情,"本我"让位于"超我"。过多地追求"体面",造成了他那种机械地爱、机械地生活、机械地工作的人生状态。"他不是男人,不是人,他是木偶",是"一架官僚的机器,当他生气的时候,他是一架凶狠的机器"。这就是安娜眼中的卡列宁。安娜不喜欢他不大风雅的外貌,更不喜欢他死板虚伪的性格。他生命的全部意义是"体面",为了外在的华而不实的"体面",他不仅牺牲了正常人所应该享受的现实生活的乐趣,而且最终也失去了妻子,家庭破裂。这正是他屈服于环境,压制了生命意识中的情感因素,过于理性化而造成的结果。

也有人认为,卡列宁虽然呆板僵化,有官僚的架子,但他奉公守法,对工作认真负责,对家庭也颇有爱心,心地也颇善良。尽管妻子离家出走,公然与情人同居,但在她生下私生女而得了产褥热的时候,他依旧去看她,并应她的要求,在她的病床前与渥伦斯基握手言和。卡列宁的爱和宽恕不仅施于妻子和无辜的孩子(安娜与渥伦斯基的私生女),还施于给自己造成巨大痛苦的情敌。因此,就连安娜有时也不免感叹:"他毕竟是个好人,忠实、善良,而且在自己的事业方面非常卓越。"他的痛苦与不幸,是封建包办婚姻导致的悲剧。

列文是一个重视贵族传统和向往宗法制生活的庄园地主。早在大学时代,他就对带有家长制生活特征的莫斯科老贵族薛杰巴茨基家十分仰慕。大学毕业后,他厌弃城市的浮华和官场的虚伪,回乡经营农庄,立志当一个对自己和农民都有利的好主人。但是,动荡的社会状况使他发现,贵族地主阶级的经济地位正在动摇,政治和思想道德也日趋堕落。俄国农村正在发生急剧变化,资本主义经营方式正如洪水猛兽一样地入侵。他认为,贵族阶级之所以没落而使商人得势,是因为贵族阶级"天真""懒惰",不珍惜贵族传统;农业经营之所以萎靡不振,是因为农民对劳动成果不感兴趣和"外国文明"阻碍了农业的发展。因此,他决心"俭朴""勤劳",积极从事改革活动,以找出一条避免走资本主义道路的途径。他的改革的内容是:地主出土地,农民出劳力,合伙经营,均分红利。他想通过这条道路避免贵族地主走向没落,同时消除农民的贫困。他这样阐述自己的改革理想:"以人人富裕和满足来代替贫穷,以利害的调和和一致来代替互相敌视,一句话,是不流血的革命,但也是最伟大的革命,先以我们的小小的一县开始，然后及于一省，然后及于俄国，以致遍及全世界。"但他的改革彻底失败了。他几次差点自杀，后来接受了宗法式农民的信仰，在宗教中找到了归宿："为上帝，为灵魂活着。"列文是托尔斯泰笔下又一精神探索者形象，其探索、思考及改革，他在宗教生活中寻找精神出路，都有托尔斯泰自己的生活体验。如果说安娜的悲剧主要表现了作家对腐化堕落的城市贵族资产阶级社会的批判与揭露的话，那么列文的追寻主要表现了作家对理想化宗法制小农社会的向往和探求。

小说出版后获得很高的评价。文学评论家斯塔索夫宣称："托尔斯泰达到了俄罗斯文学从未达到的高度……这部小说充溢着多么强烈的力量和创作的美，有多么神奇的艺术真实啊！在书中初次触动到多么深刻的东西！"其巨大的艺术成就主要表现在以下几个方面。

第一，独具匠心的艺术结构。小说包含了安娜和列文两条彼此联结、互相依存、平行发展的情节线索，串联起众多人物和事件。这些情节有时发生在莫斯科和邻近莫斯科的乡下，有时发生在彼得堡和邻近彼得堡的农庄，表面上没有紧密联系，但作家却将全书组织成浑然一体具有十分紧密的内外联系的当代社会图画，使所表现的生活互为补充，所塑造的人物互为对比，人物的命运截然有别，构成了著名的"拱形结构"。在社会大动荡的时代不愿随波逐流，严肃地对待人生，按照自己的理想选择生活道路，这是安娜与列文的共同之处，也是小说两条主要情节线索的一个内在联系点。安娜的人生追求以实现个人的爱情、幸福为目标，列文的生活道路则以追求普遍的人生理想和社会理想为止境。在这种深层意义的对照上，列文的情节线索可以说是安娜情节线索的继续和延伸。

首先，从外在形式上，小说通过奥布浪斯基和杜丽，把几个主要人物串联成亲戚好友。奥布浪斯基是渥伦斯基的好友，又是安娜的哥哥。杜丽是吉提的姐姐，而列文是吉提的丈夫。在杜丽的建议下，列文还特地去田庄拜访过安娜，完成了"拱顶"的完美衔接。也就是说，小说在两条主线之间特意穿插了奥布浪斯基和杜丽的家庭生活这条中间线，使它在外部结构上成了两条主线的拱顶结合处，从而使二个家庭两条线索互相呼应，具有深刻的内在联系。

其次，通过对家庭问题的描绘，小说把人物纠集在西欧个人主义观念以及资本主义侵袭而带来的共同的"不幸"和"混乱"之中。不但主要人物在家庭婚姻问题上产生不同程度的"不幸"和"混乱",就连次要人物如薛杰巴茨基公爵夫妇也在这一问题上经受着不同形式的烦恼和考验;不但城市贵族、资产阶级社会的家庭关系变得乱七八糟,就连乡村地主庄园也同样充斥着混乱虚伪。

最后,这种"拱形结构"与作家的创作意图有着内在的联系。作家有意用这样一种结构形式把彼此对立的两种生活方式和道德原则联结在一起,从而赞美乡村宗法制的贵族生活方式和道德原则。作家写作《安娜·卡列尼娜》的主要意图是宣扬宗法制的家庭理想,批判城市贵族和资产阶级的生活方式。这种意图决定了小说在结构上的两重性。小说精心设置了两条情节线索,一条是女主人公安娜追求个人幸福,离家出走,最后卧轨自杀;另一条是男主人公列文探索社会出路,从事改革,最后在农村婚姻幸福、找到出路。两条线索平行发展,交错描写,彼此对照,互为映衬,既反映了一切都翻了一个身、一切都刚刚开始安排的当时急剧变革的现实,又贯通拱顶,把两条线索紧紧地结合在一起,使小说结构更严谨。斯坦纳认为:"在《安娜·卡列尼娜》中,城市与乡村的对比相当突出,是小说的道德结构和技巧结构得以建立的轴心。"

关于托尔斯泰作品中的这种城市与乡村对比模式,斯坦纳认为,这是作家从道德和审美两方面来审视的结果。一方面,城市生活存在诸多问题,社会不公,两性行为矫揉造作,有人以残酷方式炫耀财富,城市的力量将人与生命活力的基本模式分离开来;另一方面,乡村的田野和森林中充满生气,让人身心和谐,人们将两性行为视为神圣的、创造性的,乡村生活的本能是构成存在的链条,将月亮的圆缺与人们的思维阶段联系起来,将农事中的播种与灵魂的复活联系起来。正如卢卡奇所说,在托尔斯泰看来,大自然是"这种有效保证:在传统手法构成的世界之外,存在'真正的'生活"。实际上,从城市到乡村的变化,表现了从道德短视到自我发现和自我救赎的变化。

第二,生动真实的心理描写。小说对人物进行了生动真实的心理描写。

首先,小说通过外表和表情来真实地刻画人物内心世界。例如,卡列宁脸上"经常浮上讽刺的微笑",活画出他内心的冷酷自私;列文脸上常有

"孩子式的脸红"和"羞涩"，表现出他的正直单纯；安娜开始因渴求自由爱情，脸上常显露一股"被压抑的生气"，后来因为绝望和厌倦，则经常"眯缝着眼睛"。

其次，小说广泛地描写人物的瞬间心理感受，以表现人物丰富的内心活动。例如，列文去溜冰场见吉提时，感到公园里"所有的树枝都被雪压得往下垂着，看上去就好像是被一袭隆重的新祭衣盛装了起来"。实际上是他求婚前紧张庄重心理的写照，一旦求婚成功，他感到一切都和蔼可亲，一切都向他微笑祝贺，这正是他那温柔的快乐心情的生动反映。又如，当安娜在病房里发现接到电报后急速赶来的丈夫就在床前时，情不自禁地说"你这个人太好了"，并要求卡列宁饶恕自己。卡列宁顿时感动得"眼泪忍不住滚滚而下"，并把手伸给了正在床边陪伴安娜的情敌渥伦斯基。在此，作家不仅细致、深刻地表现了安娜的心理，更传神地表现了卡列宁微妙复杂的心理变化。

最后，作家尤其善于深刻细腻地展示人物的矛盾发展的内心世界。为了揭示人物隐蔽的内心世界，作家多次描写了人物的内心独白，像拉开内心帷幕一样，把人物复杂的心理活动赤裸裸地呈现在读者面前。例如，安娜自杀前那段数万字的内心独白，集中表现了她的矛盾、绝望和愤慨。此时，死的念头对她已不再那么可怕，她开始责备自己竟这样妄自菲薄。"我求他饶恕。我向他屈服，主动认了错。何必呢？难道没有他我就不能过吗？"她没有解答这个问题，却看起商店的招牌来。"公司和仓库……牙科医生……是的，我要把一切全告诉杜丽。她不喜欢渥伦斯基。这是丢人的，痛苦的，但我要把一切全告诉她。她爱我，我愿意听她的话。我对他不再让步，我不许他教训我……菲力波夫，精白面包。据说他们是把发好的面团送到彼得堡来的。莫斯科的水真好哇。还有梅基兴的矿泉和薄饼。"她回想起好久好久以前，十七岁那年，同姑妈一起去朝拜三圣修道院。"当时是坐马车去的。难道一双手冻得红红的姑娘就是我吗？有多少东西，当时觉得高尚美好，如今却变得一钱不值，过去的东西再也要不回来了。当时我能相信自己有一天会落到如此可耻的下场吗？他收到我的条子准会得意忘形了！但我会给他点颜色瞧瞧……这油漆味好难闻哪！他们怎么老是造个没完漆个没了的？时装店和女帽店……"托尔斯泰传神地写出了人物意识流动的过程，充分揭示了人物心理活动的复杂性和矛盾性。

第三，动人的景物描写。小说中的景物描写跟作家的创作意图、主要人物性格的刻画，都有内在联系。托尔斯泰的创作意图是肯定乡村贵族的生活方式，其中自然包括对乡村自然风光的热爱。作家热爱这种自然景物，书中的列文也热爱这种自然景物。此外，这种景物描写也是展现列文热爱乡村劳动生活的一种艺术手段。这就是《安娜·卡列尼娜》一书里自然景物描写既多又美的几个主要原因。书中关于俄罗斯乡村景象和劳动场面的描写生动感人，这也与托尔斯泰本人幼时生长在乡村，后来又长住在乡村，对农民怀有善意，自己又参加劳动的人生态度和生活经历有一定关系。尤其值得一提的是，小说对外在景物的描写往往成为对人物内心的具象化表现。例如，"他仰望着天空，期望看到他所叹赏的，他看成那夜的思想感情的象征的那贝壳形的云朵。天上可一点也没有像贝壳形的东西，在那里，在深不可测的高处，起了神秘的变化，没有丝毫贝壳的踪影，在大半边天上铺着一层愈来愈小的羊毛般的云朵。天空渐渐变得蔚蓝和明亮了：带着那同样的柔和，但也带着那同样的疏远，它回答了他询问般的目光"。这一段景物描写充分揭示了列文渴慕吉提的复杂心理变化。

陀思妥耶夫斯基宣称："这是一部尽善尽美的艺术杰作，现代欧洲文学中没有一部同类的东西可以和它相比！"他甚至在书信中，亲切地称托尔斯泰为"艺术之神"。斯坦纳更具体地指出，"《安娜·卡列尼娜》的完美性在于这一事实：文学形式抵抗说教目的提出的要求，两者之间因而存在一种动态平衡和紧张状态。在双重情节中，托尔斯泰希望表达的意图的双重性得以表达和组织。"

参考资料

《巴赫金全集》第三卷，白春仁、晓河译，石家庄，河北教育出版社，2009。

［苏联］贝奇柯夫：《托尔斯泰评传》，吴均燮译，北京，人民文学出版社，1981。

《车尔尼雪夫斯基论文学》下卷，第一册，辛未艾译，上海，上海译文出版社，1982。

　　［苏联］伏罗宁斯基等：《俄罗斯古典文学论》，蓝泰凯译，北京，北京时代弄潮文化发展公司，2011。

　　［俄］尼·尼·古谢夫：《托尔斯泰艺术才华的顶峰》，秦得儒译，武汉，湖北人民出版社，2000。

　　［苏联］米·赫拉普钦科：《艺术家托尔斯泰》，刘逢祺、张捷译，上海，上海译文出版社，1987。

　　［俄］梅列日科夫斯基：《托尔斯泰与陀思妥耶夫斯基》，杨德友译，北京，华夏出版社，2009。

　　［日］米川正夫：《俄国文学思潮》，任钧译，重庆，正中书局，1941。

　　［俄］德·斯·米尔斯基：《俄国文学史》，刘文飞译，北京，人民文学出版社，2013。

　　［英］艾尔默·莫德：《托尔斯泰传》，宋蜀碧、徐迟译，北京，北京十月文艺出版社，1984。

　　倪蕊琴主编：《列夫·托尔斯泰比较研究》，上海，华东师范大学出版社，1988。

　　陈燊编选：《欧美作家论列夫·托尔斯泰》，北京，中国社会科学出版社，1983。

　　邱运华：《诗性启示——托尔斯泰小说诗学》，北京，学苑出版社，2000。

　　［俄］符·日丹诺夫：《〈安娜·卡列尼娜〉的创作过程》，雷成德译，呼和浩特，内蒙古人民出版社，1980。

　　［俄］符·日丹诺夫：《〈复活〉的创作过程》，雷成德译，呼和浩特，内蒙古人民出版社，1982。

　　［美］乔治·斯坦纳：《托尔斯泰或陀思妥耶夫斯基》，严忠志译，杭州，浙江大学出版社，2011。

　　［俄］列夫·托尔斯泰：《安娜·卡列尼娜》，草婴译，上海，上海文艺出版社，2007。

　　［俄］列夫·托尔斯泰：《复活》，草婴译，上海，上海文艺出版社，2007。

［俄］列夫·托尔斯泰：《战争与和平》，草婴译，上海，上海文艺出版社，2007。

《托尔斯泰研究论文集》，上海，上海译文出版社，1983。

王景生：《洞烛心灵：列夫·托尔斯泰心理描写艺术新论》，北京，中央编译出版社，1996。

吴泽霖：《托尔斯泰和中国古典文化思想》，北京，北京师范大学出版社，2000。

［俄］亚·托尔斯泰娅：《天地有正义——托尔斯泰传》，启篁等译，长沙，湖南文艺出版社，1992。

第十四章　契诃夫：最具现代意识的作家

契诃夫是 19 世纪俄国文学的最后一位大师，与法国的莫泊桑（1850—1893）、美国的欧·亨利（1862—1910）并称 19 世纪世界三大短篇小说家。契诃夫也是世界戏剧史上的大师，对现代戏剧影响深远。俄国学者波洛茨卡娅甚至认为："世界上似乎没有一个伟大的导演不曾在契诃夫的戏剧中寻找创作的支撑。现在，他日益增长的声誉甚至超过了托尔斯泰和陀思妥耶夫斯基。"2004 年是契诃夫逝世 100 周年，这一年被联合国教科文组织命名为"契诃夫年"。

一、默默奉献的一生

契诃夫（1860—1904）出生于俄国南部亚速海岸塔甘罗格城的一个小商人家庭，祖父曾是农奴，后赎回自己和家人。父亲是个小杂货商，笃信宗教，在家里专制成性。契诃夫在读书、练习枯燥无味的合唱与被迫在父亲的店铺值班中度过了童年和少年。

契诃夫从小天资聪颖，只在本地希腊学校经过短期学习就上了中学。1876 年，父亲因生意破产，还不起债，就卖掉店铺，逃往莫斯科，让契诃夫一个人留下继续念完中学。契诃夫一面求学，一面当家庭教师来维持生计，这使他很早就接触社会，养成了注意观察周围生活和独立思考的习惯。

1879 年他中学毕业，1880 年进入莫斯科大学医学系学习，同年以安托沙·契洪特的笔名在幽默杂志《蜻蜓》上发表了两篇作品（第一篇是《顿河地主的信》），从此开始了文学创作活动。

1884 年大学毕业后，契诃夫在莫斯科城外伏斯克列辛斯克城的地方医

院和兹维尼高罗德医院做过医生。他一面行医，一面继续在各种幽默杂志
上发表小说。1890年，他到库页岛考察苦役犯和当地居民的情况，对俄国
的黑暗现实有了进一步的认识。此后，他长期居住在乡村，一边行医一边
创作，并和高尔基、列夫·托尔斯泰等人建立了深厚的友谊。1904年7月2
日，契诃夫病逝，年仅44岁。

契诃夫的一生，是他成功摆脱奴性努力奋斗的一生。他曾对一位同道
总结说："那就写一个年轻人的故事吧。他是一个农奴的孩子，当过店铺里
的伙计，唱过诗，念过诗，也做过大学生，从小就学会了尊重权势，赞赏
别人的主意、吻教士的手，为每一小块面包向人道谢，还时常挨打，上学
时连一件外套也没有，也时常打架，虐待动物，也喜欢和阔亲戚一起吃饭，
并且对人、对上帝做出一些不必要的伪善，因为一个简单的理由：他意识
到了自己的微贱。写他怎样逐渐从自己身上拔出了农奴的根性，怎样有一
个好日子，他突然觉得在他静脉里流动着的已不再是农奴的血液，而是一
个真正的人的血液……"这几句话正是契诃夫对自己一生的"素描"。

契诃夫的一生，更是默默奉献的一生。这具体表现在三个方面。第一，
对家人的默默奉献。契诃夫早在中学时期，就不仅要在求学的同时自己养
活自己，还得适当给远在莫斯科的家人救急。大学时期，他更是担负起靠
写作挣钱接济家人（父母弟妹甚至哥哥）的责任。当了医生，并成为颇负盛
名的作家后，虽然经济情况大大好转，但他担负了更重的帮助家人的义务，
父母和妹妹都靠他养活。第二，对病人和社会的默默奉献。他除了行使医
生救死扶伤的正常职责外，还时常免费给贫穷的农民看病，而且十分热心
于公益事业，对社会默默奉献（对此，他有一个崇高信念——"为公共福利
尽力的愿望应当不可或缺地成为心灵的需要和个人幸福的条件"）。由于他
的努力，塔列日、诺伏肖尔基和梅里霍沃三个村庄造起三所相当好的学校。
他还不断给地方图书馆赠送书籍。第三，对文学的默默奉献。他本人曾以
戏谑的口气说，医学是他的"发妻"，文学是他的"情妇"。他更爱的是文学
这个"情妇"，把所有业余时间都花在文学创作上，在其24年创作生涯中，
一共创作了中、短篇小说470多篇，还有十几部戏剧。契诃夫的创作活动

大致可以分为三个时期。①

第一时期（1880—1885），从模仿、练笔、实验慢慢走向独创的时期。1880—1882 年，是契诃夫的模仿、练笔、实验的阶段，他采用安托沙·契洪特、没有脾脏的人、卢佛等笔名，写作了较多的滑稽作品，内容浮浅，叙述笔调不够含蓄，语言也比较粗俗，纯粹是为了赚钱养家和供自己上大学。当然，在这三年时间里，他也进行了多种实验，甚至实验了各种文学类型。不过，正如英国学者辛格雷指出的那样："大多数的作品都没有什么文学价值，虽然能博得读者一笑，深具娱乐成分并没有任何严肃的意义。"马克·斯洛宁则认为："在契诃夫第一期作品中，他很幽默地讽刺了醉酒的车夫、不贞的妻子、不忠的丈夫、腐败的警员、贪婪的商人。""契诃夫早年的幽默如同一个旁观客见到众生相不禁发出的窃笑。他的初期作品很有点像传真摄影，充满了滑稽与胡闹的情节，而且往往只不过是一桩趣事，嘲笑醉酒的车夫、倒霉的度假人士、不贞的妻子和自鸣得意的丈夫。"

为了赚钱养家和供自己上大学，契诃夫大量写作滑稽幽默作品，而且不得不求速成，仅 1885 年就完成了 129 篇。而 19 世纪 80 年代正是沙皇政府镇压民粹派，为防范革命活动而公开实行高压政策的时候，进步杂志被迫停刊，能合法出版的都是"为笑而笑"的庸俗刊物。契诃夫为了迎合刊物"胃口"，逗人发笑，某些作品不免流于粗俗。后来，他在出版文集时毫不可惜地舍弃了这些作品。马克·斯洛宁对此有不同的看法："多年后（1899年）他拒绝把大部分随笔列入全集，他说：'契洪特写了许多契诃夫不能承认的东西。'可是我们今天重读契洪特的小说时，可以发现里面具有契诃夫在更为成熟的作品中那么显明的特点。主题总是表现他特别注意人生琐碎之处并且暴露人之卑鄙渺小。"

然而，从 1883 年开始，他也创作了一批优秀的作品，如《在钉子上》《胜利者的胜利》《小公务员之死》，并且慢慢走向独创，创作了一些独具特色的作品，如《变色龙》等。

契诃夫早期的优秀作品，从题材和主题看，可以分成两大类。一类表

①　关于契诃夫的文学创作，有不同的分期，其中最有影响的是二分法和三分法。二分法的典型代表是米尔斯基，他认为："契诃夫的文学生涯可划分为泾渭分明的两个阶段，即 1886 年之前和之后。"

面上写俄国社会日常生活中的笑话，实际上是嘲笑当时普遍存在的奴性心理，暴露造成这种奴性心理的专制警察制度，如《小公务员之死》(1883)、《变色龙》(1884)、《普里希别叶夫中士》(1885)等；另一类反映下层人民的贫困和痛苦的生活，揭示现代人的孤独，如《哀伤》(1885)等。但其艺术特征还只是隐隐现出，因此，米尔斯基指出，契诃夫早期小说中的基调，即对人之软弱和愚蠢的平庸嘲笑，只有一位比灵猫的眼睛还要敏锐的批评家，方能看出读者在成熟期契诃夫作品里感受到的高级幽默和人道同情。

第二时期(1886—1891)，稳固发展并形成自己风格的时期。1886 年 3 月 25 日，关心契诃夫的老作家格里戈罗维奇写信给他："您的毋庸置疑的天才的特性是不单调，您进行内心分析的感觉是正确的，您有高超的描写技巧，您善于塑造形象，寥寥数笔，就有了丰满的画面——根据这一切我确信不疑，您的天职就是要写出几部精美的真正的艺术作品。如果您辜负了这种期待，您就会犯下巨大的道义上的过失……别再做那种赶时间的工作了……宁可饿肚子，就像我们当初曾挨过饿一样，您也得珍惜您的印象，写出一部深思熟虑的作品……一部这样的著作的价值将比百余篇美好的在不同的时期散见于报端的短篇高出一百倍，您会马上获奖，您将在敏感的人们的心目中、而后又在整个读者层中占据显要的位置。"契诃夫深受感动，回信说："您的信像闪电一样使我惊愕万分。我非常激动，几乎哭了出来。"他坦率地告诉老作家："如果说我有值得尊重的才能的话，那么我要向您的纯洁的心灵忏悔：我迄今一直不尊重这个才能。我感觉到，我是有才能的，但是我已经习惯于把它看作微不足道的。""从前我对待我的文学工作一向极其轻率、马虎、随便。我不记得，哪一个作品是我花了一昼夜以上的时间写成的"。因此，从 1886 年开始，契诃夫以严肃认真的态度创作小说，他用在文学创作上的时间没有减少，但作品的数量却出现了逐年下降的趋势——1885 年写了 129 篇，1886 年下降为 112 篇，1887 年锐减到 66 篇，1888 年仅仅写了 12 篇。不过，在这一时期，他从滑稽幽默作家契洪特一跃而成为第一流的短篇小说巨匠契诃夫。也就在 1886 年，契诃夫开始放弃笔名"契洪特"而用真名发表作品(第一篇小说是《安灵祭》)。1887 年，《在昏暗中——特写和短篇小说》出版，引起俄国文学界的普遍关注，从此契诃夫开始了职业作家的生涯。

　　这个时期是契诃夫稳固发展的时期，形成了比较客观冷静的叙事方式。

　　1888年是契诃夫一生中颇为重要的一年。这年3月，中篇小说《草原》出版，引起巨大的反响。10月，契诃夫因小说集《在昏暗中——特写和短篇小说》而获得科学院普希金奖。这使他深受鼓舞，同时也在经济上获益。他终于能够安心、稳定地从事小说创作。此后，他信心十足地朝着自己的方向不断前进，终于形成属于个人的艺术特色。

　　波洛茨卡娅认为："就在这个时期，契诃夫的艺术创作发生了转变，其开端就是《草原》(1888)、《没意思的故事》(1889)和剧作《伊万诺夫》(1887—1889)。"米尔斯基指出，发表于1889年的《没意思的故事》可视为契诃夫成熟期之起点，人与人相互隔绝的主题以巨大的力量被展示出来，成为契诃夫一系列成熟杰作的先声。

　　此时期的名篇佳作主要有《幸福》(1887)、《吻》(1887)、《草原》(1888)、《灯火》(1888)、《命名日》(1888)、《神经错乱》(1888)、《没意思的故事》(1889)、《决斗》(1891)等。

　　第三时期(1892—1904)，成熟并趋于乐观的时期。辛格雷认为，1892年是契诃夫一生的转折点，也是他在文学上的转折点，他的短篇小说自此开始进入一个更稳定成熟的阶段。他放弃了不负责任的闹剧，走向更成熟的文学领域。从1892年起，一直到他逝世止，这一阶段的小说应该被当成一个完整的单元看待，其中共有42篇短篇小说。他放弃了比较客观的观察，开始把故事处理得更生动，符合许多批评家的要求，即在小说里批评人生。社会问题的分量在他的作品中变得越来越重要，他也更公开地显露了悲天悯人的情怀。马克·斯洛宁则认为："在九十年代，契诃夫太专注于描写人生的阴暗及破坏的层面，而很少触及可喜的层面。他大多数都是描写知识分子和上层阶级的人。他笔下的人物大都消极失望。所谓'忧愁的人'是也。他们这班平凡人不知道生活的意义，只是愚蠢地活着。他们通常住在某个遥远的小镇，饮伏特加酒、玩牌、说闲话，厌烦于日日夜夜的单调，不再有强烈的情感与创造力。他们是这种生活下的牺牲品，无法逃避，只有深陷其中。"

　　契诃夫在很长一段时间里，欣赏的是那种高雅的情趣："我认为最神圣的东西，是人的身体、健康、智慧、才能、灵感、爱和绝对自由——不受暴力和谎言约束的自由。"19 世纪 80 年代的俄国现实是反动派飞扬跋扈，势利小人阿谀逢迎，自由主义者洋洋得意，优秀知识分子备受摧残。严酷的现实使他不得不改变自己的思想，尤其是 1890 年库页岛之行，使他的思想有了明显的变化，创作也有了相应的发展。作品的题材更为广泛，思想内容更为深刻，艺术特色也更为成熟，写出了不少出色的中篇小说。凭着对俄国社会的长期观察，他又意识到俄国非变革不可，并朦胧感觉到，变革后的俄国将是美好的，他对即将到来的新世界是欢迎的。他这一时期的创作曲折地反映了当时生活的某些本质特点，民主主义、爱国主义、乐观主义明显增强，对祖国的未来充满信心。波洛茨卡娅指出，"在他的作品里中，幽默与抒情，忧郁与欢快，怀疑与希望始终是并存的。些许的变化只是表现在他后期倾向于比较深刻和严肃的方向，以及对于未来的思考"，"在较晚的作品中，幽默与讽刺的交织被正剧与悲剧交织、抒情与哲理的交织所替代"，"在契诃夫晚期作品中，与那些'永恒'的问题相对应的，除了超越于人们生活的'平庸'之上的'神奇的'大自然，还有这种'平庸'本身的种种日常的表现"。这是他小说和剧本创作的繁荣时期。主要小说有《第六病室》(1892)、《跳来跳去的女人》(1892)、《挂在脖子上的安娜》(1895)、《带阁楼的房子》(1896)、《农民》(1898)、《醋栗》(1898)、《套中人》(1898)、《姚尼奇》(1898)、《出诊》(1898)、《宝贝儿》(1899)、《带小狗的女人》(又译《带叭儿狗的女人》《牵着小狗的太太》，1899)、《在峡谷里》(1900)、《新娘》(1903)。

总体来看，契诃夫是在继承此前丰富的文学成就的基础上，大胆创新而自成一家的。马克·斯洛宁指出，契诃夫在写作方面显然继承了过去的丰富传统。我们可以说他所写的角色大都是果戈理在《外套》里所描写的小市民的一种新典型，他所写的忧郁知识分子则脱胎于屠格涅夫的罗亭或冈察洛夫的奥勃洛莫夫。他的幽默常与列斯科夫相近，不过比较含蓄，他的文体继承屠格涅夫：笔调轻松，不卖弄文字技巧，文章有韵律，辞藻有屠格涅夫派传统之典雅。他以医生出身，相信实验主义，又爱好对称工整，不喜欢乡土派作家之感情洋溢和趋于极端。他不喜欢复古派，从他的一般见解和对于艺术之抑制与调和的观念来看，他是个西化主义派。托尔斯泰并没有影响到他的风格，但是他确实接受了托尔斯泰之对完全真理的探求，以及用心理写实手法暴露人之真面貌的方法。同情被生活所造成的不幸人士是俄国文学的特点之一。就是这种基本人性使得契诃夫的幽默如此温暖，他的忧郁如此深沉。他和高尔基在这一方面继承了全盛期的传统，他俩都是全盛期的最后"产物"。契诃夫对于时代病态之锐敏注意则与19世纪80年代的那些作者相同，在这方面，乌斯宾斯基、迦尔洵等可以说是他的先驱。

契诃夫也是世界戏剧史上的大师，对现代戏剧的发展影响深远。他创作了不少剧本，其中比较著名的有：《伊凡诺夫》(1887)写从热情奋发转变成苦闷颓唐的知识分子伊凡诺夫；《海鸥》(1896)描写想创造一番事业的演员和作家的不同结局；《万尼亚舅舅》(1897)写对"名教授"偶像盲目崇拜的绝望和一个想造福后代的乡村医生的幻想的破灭；《三姊妹》(1901)写憧憬美好生活的三个姐妹都只有美丽的幻想而没有实际的行动。剧本写的这些人物大多数是不关心政治的小资产阶级知识分子，反映了他们在变革前黑暗年代的苦闷、彷徨、挣扎和追求，表现了他们的正直、敏感和富于幻想。

其中，《三姊妹》有着丰富的象征意义。英国学者维芙·格罗斯柯普在《俄罗斯文学人生课》中认为，三姊妹总是对身边的现实不满，而渴望到莫斯科去，是因为现实人生——此处的生活，真是让人失望。"到莫斯科去吧，到莫斯科啊，到莫斯科"的呼声背后隐藏的意思是："请不要告诉我这就是我的人生，一定有美好的生活在别处等着我。对吧？"或者说："求求你，让哪个人把我从噩梦般的家人和朋友身边带走吧！"无论是从字面义还是比喻义上来说，《三姊妹》常常被视为一部关于"隔绝"的作品。姐妹们认为她们生活的地方隔绝了她们与世界的关系。其实，她们在感情上也是彼此疏离的，她们评判着姐妹和哥哥的人生选择和生活态度。人人渴望的"彼处"在契诃夫笔下是一个你彻底远离了评判的地方；在那里，你永远感觉不到忧伤和孤独；在那里，人人爱你；在那里，你实现了自己的梦想。谁不想抵达这样的地方？契诃夫明白，我们缺失的东西远比我们拥有的东西更能解释我们。这是十分可悲的、被动的发现。契诃夫认真对待它，同情它，同时也意识到这让我们看起来很可笑。我们永远到不了莫斯科。我们永远也看不到我们现在生活的地方正被幸福环绕。

契诃夫最有名的剧本是《樱桃园》(1903)。朗涅夫斯卡娅几年前先后失去了丈夫和爱子，她悲痛难忍，与情人双双去了法国。她把钱财挥霍殆尽，加之又被情人抛弃，万般无奈之下决定返回故乡的樱桃园。这时，樱桃园已经危在旦夕——由于她在国外债台高筑，债主们决定拍卖樱桃园抵债。商人拉伯兴建议她将樱桃园建成别墅出租，但是她拒不接受，她不想毁掉樱桃园。樱桃园最终还是被拍卖了，产权转到拉伯兴名下。失去樱桃园的朗涅夫斯卡娅并没有先前想象得那样痛不欲生，而是十分平和，决定再度出国寻找"爱情"。最后，她与众人告别。她与兄长都十分感伤，年青一代的大学生特罗菲莫夫和阿尼娅却含笑告别樱桃园，他们高呼："别了，旧生活！""新生活万岁！"

总体来看，无论是从思想探索的角度还是从艺术探索的角度，《樱桃园》都带有总结性的意义。其戏剧散文化的努力，以及浓郁的象征手法的运用，均在此剧中展露无遗。当新的物质文明正以更文明的方式吞食传统乃至吞食着旧的精神家园时，这个剧本的文化精神含义越发彰显出超越时空的价值。这就是为什么它成了当今戏剧界竞相排演的著名剧目。

以上这些剧本在内容方面的共同特点是都体现着作家渴望光明的乐观主义精神，曲折地反映了俄国现实变革的历程。契诃夫戏剧的突出特点有三。第一，戏剧的非情节性，不注重情节，而表现生活流。第二，戏剧的抒情性，即通过各类舞台手段、台词而不是情节发展来表现戏剧冲突，揭示人物性格。第三，戏剧的象征性。这种象征性首先表现在作品的名称上，如《海鸥》象征着拼搏、自由、广阔空间，《樱桃园》象征祖国和家园；其次是用具体舞台手段构成象征，如砍伐樱桃树的声音象征一段历史的丧钟已经敲响。

越来越多的戏剧专家认识到，契诃夫的戏剧是 20 世纪现代戏剧的开端。契诃夫戏剧的特点在于，其戏剧动作不在外部而在内部，在人的心灵里，在生活常态的潜流里。尤其在后期剧作中，他扬弃了对于戏剧人物的非此即彼、非黑即白的简单化判断，因而他的戏剧人物很难用传统戏剧的"正面人物"或"反面人物"来区分。契诃夫戏剧一个意义更为重大的创新是：在戏剧冲突的构建上，以"人与环境的冲突"取代传统的"人与人的冲突"的戏剧冲突模式。英国的 J. L. 斯泰恩在《现代戏剧理论与实践》一书中说："美国现代的每一个剧家都时不时地与契诃夫、斯坦尼斯拉夫斯基或'方法'有牵连。"

特别值得一提的是，契诃夫戏剧中的一些对话和行动，从现象上看好像没有什么联系，而在这类对话和行动背后却潜藏着深层的感情、情绪乃至哲理的联系，人们称这种联系为"潜流"。理解这种"潜流"是理解契诃夫戏剧的关键。同样，注意到作家这一创作特征在小说中的表现也是理解作家有关小说的一个条件。

二、多元格局中现代人的迷茫与病症

契诃夫的作品是开放的、多元的。托尔斯泰早已指出："契诃夫就跟其他印象派一样，有其特殊风格。初看之下，仿佛绘者任意随手涂抹，一笔一画似乎毫无连带关系，可是退后几步从远处去看，竟会发现是幅色彩鲜艳，令人不能不爱的画。"戏剧大师斯坦尼斯拉夫斯基更全面地谈道："契诃夫是擅长于采用多种多样的、往往能在不知不觉中起影响作用的手法的。在有些地方他是印象主义者，在另一些地方他是象征主义者，需要的时候，他又是现实主义者，有时甚至差不多成为自然主义者。"马克·斯洛宁也指出："即使契诃夫自认为是写实派，也非常注意自己观察的准确性，但他的小说还是写得很印象派，仔细运用象征的技巧，念起来朗朗上口，诗意浓郁。"综上所述，可见契诃夫是把现实主义、自然主义、印象主义、象征主义等融为一体的，甚至在某些方面还表现出现代主义的因素（如意识流的萌芽）。[1]

契诃夫对时代和人有异常清醒的认识，1892 年他在一封信中写道："现在科学和技术正经历着一个伟大的时代，但对我们来说，这个时代是疲沓的、抑郁和枯燥的。我们自己也是抑郁和枯燥的……我们没有最近的目标，也没有遥远的目标，我们的心中一无所有。我们没有政治活动，我们不相信革命，我们没有上帝，我们不怕幽灵，而我个人呢，我连死亡和双目失明也不怕……这是不是一种病？……我不向自己隐瞒我的病，不向自己撒谎，不用诸如 60 年代思想这类别人的破烂来掩盖自己的空虚……我也不用对美好未来的希望迷惑自己。我患这种病不是我的过错，也不是我能治好

---

[1]　参见曾思艺：《多元并存 自成一体——也谈契诃夫的艺术风格》，载《俄语语言文学研究》，2011(2)。

自己的毛病。"马卫红精当地指出："他的这段话不仅真实地反映了当时俄国社会中人们(尤其是知识分子)普遍的精神状态,而且远远超越了 19 世纪 80 年代俄国的社会范畴,准确地揭示了当时人类社会所共有的生存困境。上帝死了,昔日的信仰和传统价值体系彻底崩溃,随之而来的是虚无、毁坏、没落、颓废,世界突然变得陌生,模糊混乱,不可认识。人们生活在这样的一个空间里,理想幻灭,信仰缺失,精神萎靡,无所依托,失去了立足点和安全感。人突然被抛入一个陌生的世界,成为一个孤立的个体,成为一个'局外人'。人与世界、人与社会、人与人、人与自我之间丧失了原有的和谐关系,这种和谐关系的丧失投射在主体身上,自然就产生一种荒诞心理。"正是这种对时代和人的病症的异常清醒和具有普遍意义的认识,使契诃夫"以一种超越生活表层现象的情形和智慧关注人的生存状态和人的个性本质,不仅展现了人与社会、人与环境、人与人的荒诞关系,人的孤独和异化,而且还揭示出人性中的种种阴暗面,以及某些现代社会中所欠缺的宝贵品质,如同情、理解、互助、关爱等"。他尤其"清醒地看到日常生活是怎样将人的个性一点一点地啃噬,乃至将人整个吞没。日常生活无处不在,它是'恼人的牢笼',是一只生了翅膀的'笼子',追逐着无路可逃的人,就像日后卡夫卡在其作品中所表述的那样:'一只笼子在寻找一只鸟'"。他"抒写孤独、亲近人们之间的互相不理解、人与人关系中永远难以消除的误会、人面对岁月飞逝的无助以及不明白自己生存的意义等等。他比任何人都敢于讲述生活的无聊与空虚,并把它视为人存在的悲剧的真相"。契诃夫创作的一个显著特点,就是在现实主义、自然主义、印象主义、象征主义等多元格局中着力表现现代人的迷茫与病症。具体而言,契诃夫的作品主要包含以下几方面的内容。

第一,世界的不可认识。契诃夫认为,尽管科学技术正在飞速发展,但人无法完全认识世界,世界依旧是不可知的。

《草原》较早表现了这一现代性主题。很多人认为,这部小说不是通过描写个别人物的遭遇来反映社会,而是通过主人公——九岁的叶果鲁希卡从乡村到城市的一次旅行,广泛地描写了大自然的景色和人民的生活,在某种程度上表现了作家对俄国命运的关心和幸福前途的憧憬。《草原》是一首有浓厚抒情味的诗篇,那广袤无垠的原野,无边无际的草地,空旷的地平线，清凉的早晨和宁静的黄昏，千变万化的色彩，交织成绚丽多姿的奇异美景，千百种声音，汇合成雄壮的草原交响乐。草原仿佛是有生命的，它懂人的感情，给人以力量和信念，是祖国和人民的化身。

　　作品描写的是九岁的男孩叶果鲁希卡跟舅舅去外地求学途经草原时的所见所闻。在他眼里，草原是无精打采的，青草是半死不活的，歌声是悲凉古怪的，一切是这样的郁闷、扫兴和乏味，以致"他觉得自己是个最不幸的人，恨不得哭一场才好"。"草原"获得了深刻的象征寓意：生活就像七月里的草原一样平静，人在茫茫无际的草原上显得无比渺小和无助。他特别喜欢躺在货车上，仰望星空，又感到世界的陌生、不可认识以及其对人的巨大压力："每逢不移开自己的眼睛，久久地凝望着深邃的天空，那么不知什么缘故，思想和感情就会汇合成为一种孤独的感觉。人们开始感到一种无可补救的孤独，凡是平素感到接近和亲切的东西都变得无限疏远，没有价值了。那些千万年来一直在天空俯视大地的星星，那本身使人无法理解、同时又对人的短促生涯漠不关心的天空和暗影，当人跟它们面对面、极力想了解它们的意义的时候，却用它们的沉默压迫人的灵魂。那种在坟墓里等着我们每个人的孤独，就来到人的心头，生活的实质就显得使人绝望，显得可怕了。"

　　小说的副标题叫"一个旅行的故事"。小说通过叶果鲁希卡一路上的观感，充分表现了孤独的儿童心理，或者说小主人公的孤独感。在旅途上，他不仅感到烦闷无聊，而且备感孤独，觉得自己"离家很远，无依无靠，孤苦伶仃"。与此同时，草原是神秘的，草原的天气也是神秘的，草原的夜景不仅神秘，而且有点阴森可怕，草原上的人也是神秘的。孤独与神秘相互叠加、影响，使小男孩产生了对前途的强烈迷茫感。这样，小说就带有相当浓郁的现代色彩：表现世界的神秘不可知。而这是20世纪和21世纪文学最为流行也最为突出的主题之一。①

　　在《灯光》这篇小说中，作家借助一个大学生对世界的理性思考明确地表达出"这个世界上的事谁也弄不明白"的观点。小说展现的是荒谬、怪诞的景象：模糊的灯光在夜空中闪烁，黑暗给大地加上某种稀奇古怪的外貌，

---

　　① 参见曾思艺：《契诃夫小说〈草原〉主题新探》，载《汉语言文学研究》，2014(4)。

夜晚显得更加荒凉、阴森和黑暗，使人联想到开天辟地以前的洪荒时代。人的思想就像模糊的灯光一样，"在黑暗中顺着一条直线往一个什么目标伸展过去，什么也没照亮，更没照亮黑暗"。人力求理性地认识世界，而理性的呼唤却得不到回答，展现在人面前的世界是模糊混乱，不可认识的，人与世界、人与环境的关系始终是对立的，人的存在本身就是痛苦。《决斗》更是宣称："谁也不知道真正的真理！"

第二，人的精神痛苦、孤独与异化。世界的不可认识，使人丧失理想，变得孤独、恐惧甚至异化。马克·斯洛宁认为，契诃夫笔下之所以大多数是这种忧愁的人，并非因为其环境和可怕的社会与政治因素，而是他们的心理和个性使然。他常用的一个主题是失去了认同感，人和人之间不能沟通，也没有了依靠。这最能解释他的小说和剧本中的主角们常说着很奇怪的论调。他们不是与人互相讨论，而是盲目地自言自语。米尔斯基甚至宣称："在表现人与人之间无法逾越的隔膜和难以相互理解这一点上，无一位作家胜过契诃夫。"

《万卡》写九岁的小工徒万卡，被超负荷的工作折磨得筋疲力尽，还要受店主的打骂和凌辱。他回忆起和爷爷在一起度过的快乐美好的时光，只能在夜深人静的时候给爷爷写信诉说，然而这也只是小万卡的幻想，穷苦的爷爷是不可能接到他的信的——信封上写的是"乡下爷爷收"——他连爷爷的地址都不知道怎么。小说充分写出了只身异地者的孤苦无依。

《苦恼》写的是老马车夫姚纳的儿子于一周前死去了，他很想找个人诉说一下自己失去儿子的悲哀，多次尝试却总是不能如愿，最后却只能对自己的马倾诉。小说写道："姚纳的眼睛不安而痛苦地打量着街道两旁川流不息的人群：在这成千上万的人当中有没有一个人愿意听他倾诉衷曲呢？然而人群来去匆匆，谁都没有注意到他，对他的苦恼更是不闻不问。"进而借主人公之口表达了人生的痛苦与无奈："我的痛苦向谁去述说？"以往，学者们只从社会政治方面解读，认为小说比较集中地反映了城市劳动人民的穷苦和孤独，控诉了社会的冷漠无情。现在看来，小说更具现代意义，它生动深刻地写出了现代人的孤独：人的境遇是何等的悲哀，他在自己的同类中竟然失去了进行沟通和交流的可能。对此，有学者指出："20 世纪文学的重要主题——人的隔膜、隔绝、孤独的主题在卡夫卡、加缪等的作品中，将在多少较为有文化的人物身上得到体现，他们对周围环境的反应更为敏锐。契诃夫在下层人物的生活场景中捕捉到了这个涵盖一切的、具有全人类性的问题。姚纳的苦恼乃是全人类性的苦恼。"

童道明更是有简要而精辟的论述："《苦恼》写的是人的孤独与人与人的隔膜。契诃夫提醒读者：人生的最大苦恼与其说是在于人人皆有苦恼，毋宁说是在于没有人理会别人的苦恼。契诃夫写作《苦恼》之后，'苦恼'的题旨——人与人的隔膜，一直延伸在契诃夫的文学创作之中。"他进而指出："契诃夫在《苦恼》中揭示的人生困顿，到了二十世纪成了更为普遍的社会病态。鲁迅先生不也在他的小说《祝福》中揭露了人世间的冷漠与隔膜吗？"他通过对比，进行了具体分析，指出了鲁迅的发展与推进："乍一看来，《祝福》中的祥林嫂要比《苦恼》中的姚纳的处境要好，她毕竟能把儿子怎么悲剧地被野狼吞食的'故事'一股脑儿地说出来，而且起初还能在鲁镇的居民中间产生一些效果：'男人听到这里，往往敛起笑容，没趣地走了开去'，女人们'还要陪出许多眼泪来'。但如果以为祥林嫂讲的遭了狼灾的故事赢得了鲁镇人的同情，那就错了。他们一开始耐着性子听祥林嫂讲那一段悲惨故事，是出于好奇与猎奇的心理，所以，'有些老女人没有在街头听到她的话，便特意寻来，要听她这一段悲惨的故事。直到她说到呜咽，她们也就一齐流下那停在眼角上的眼泪，叹息一番，满足地去了，一面还纷纷地评论着'。祥林嫂的丧子之痛一时间成了鲁镇人茶余饭后的谈助。但一当鲁镇人听熟了这个'悲惨的故事'，人们便表现出了令人吃惊的冷漠，'便是最慈悲的念佛的老太太们，眼里也不再有一点泪的痕迹。后来全镇的人们几乎都能背诵她的话，一听到就烦厌得头痛'。他们对待讲述不幸故事的祥林嫂，或是取笑犹恐不尖刻，或是回避犹恐不及时。鲁迅最后用这样一段沉痛的文字结束了《祝福》中'哀莫大于隔膜'的描写：'她未必知道她的悲哀经大家咀嚼鉴赏了许多天，早已成为渣滓，只值得烦厌和唾弃；但从人们的笑影上，也仿佛觉得这又冷又尖，自己再没有开口的必要了。她单是一瞥他们，并不回答一句话。'实际上，祥林嫂的遭遇比姚纳悲惨。《苦恼》只是写到人们没有理会姚纳的丧子的苦恼，而《祝福》进一步写到了人们把祥林嫂的悲哀'咀嚼鉴赏了'之后又加以'烦厌和唾弃'。那真是'又冷又尖'到令人颤栗的隔膜啊！"人的苦恼，人与人之间的隔膜，根源在于每个人都沉醉于各自的内心并且各有成见。

《仇敌》(1887)中，地方自治局医师基利洛夫的独生儿子刚刚害白喉死去，这时贵族老爷阿包金来到医生家：他的妻子病得很重，情况危急，他来请医生尽快去家里为妻子看病。悲痛的医师起初拒绝了阿包金的要求，但在他的一再央求下同意去看病。当他们来到阿包金家里时，却发现事情出人意料，原来这是其妻设的骗局：佯装病重，趁丈夫去请医生的空隙，跟情人巴普钦斯基私奔。突然的变故和愤怒之情使阿包金失去了理智，他又哭又笑，叫嚷着，咒骂着，接着便滔滔不绝地向医生倾诉家里的隐私，而医生则深感自己受骗上当，愤怒得暴跳起来："我不要听您那些庸俗的秘密，叫它们见鬼去吧！"医生认为这是阿包金在嘲弄他的悲伤，而阿包金则抱怨医生不体谅他的痛苦。两个不幸的人开始互相对骂，互相羞辱，像一对仇敌。

叶尔米洛夫认为，这个作品表现了贵族和平民的矛盾，揭露了贵族老爷阿包金的做作。像基利洛夫这样被贫穷和工作搞得疲惫不堪的人所表现出来的冷酷和无情，只是表面上的，实际上他们内心隐藏着深刻的人性美，而阿包金这种人的优雅和高贵只是外表的光鲜。实际上，这个作品超前地表现了现代人的冷漠与孤独。基利洛夫和阿包金已经丧失了信念，丧失了同情与关爱的能力，道德处于瘫痪状态，因此在冲突的紧张时刻都表现得有失体面，谁也没有通过人性的考验。小说特意点明："不幸的人是自私、凶恶、不公平、狠毒的，他们比傻子还要不容易互相了解。不幸并不能把人们联合起来，反而把它们拆开了。甚至有这样的情形：人们怀着同样的痛苦，本来似乎应该联合起来，不料他们彼此干出的不公平和残忍的事，反而比那些较为满足的人之间所干的厉害得多。"

这种隔膜、冷漠与孤独，使人对世界产生强烈的恐惧。在强大的世界和社会面前，人是渺小的，孤独的，生活让人感到恐惧。《恐惧》的主人公西林患的是一种"害怕生活的病"，他认为，现实的生活和坟墓里的世界同样不可理解、离奇，同样可怕。他整日生活在欺骗、虚伪和无聊之中，自然界的一切、周围的环境、爱情、家庭生活都让他不可理解，都让他感到恐惧。存在主义的先驱克尔凯郭尔认为，存在的最真实的表现是孤独的个体的存在状态，而孤独个体的最基本存在状态则是恐怖。当一个人处在这种没有确定的对象，且来自四面八方的恐怖状态时，温暖友好的外界便消失，代之而起的是一层怪异的帷幕隔在人和世界之间。人无可依靠，孤独苦闷，感到被异己的力量所包围和挤压。这种"恐怖"的状态，实际上也就是一种荒谬感。

这种恐惧、这种荒谬感使人不得不想方设法躲进各种各样的"套子"中，躲进日常生活的种种平庸或庸俗之中，从而导致人性的异化。《姚尼奇》写精力充沛、充满活力、富于理想的青年斯达尔采夫刚到 C 城工作时，迷上了当地会弹钢琴的女子考契克，但她不愿待在这个平庸的小城市，要追求自己崇高光辉的目标，因此拒绝了他。马卫红指出："这是契诃夫世界中最具代表性的一种情景：人们孤独地生活着，每个人都按照自己的兴趣、愿望、感情和方式生活着。当一个人需要另一个人的理解和关爱时，那个人此时却沉浸于自己的兴趣和计划之中。人们之间好像隔着一道看不见的、无法穿透的墙，彼此之间的联系和理解变得异常艰难或不可能。"四年后，考契克回到小城，爱上了斯达尔采夫，深悔自己当时没有理解他："做一个地方自治局医师，帮助受苦的人，为民众服务，那是多么幸福！……您在我心目中显得多么完美，那么崇高！"然而，斯达尔采夫早已躲进庸俗生活的套子，变成又肥又胖、俗不可耐的姚尼奇了，"凡是可以赚钱的机会都抓住不放"。他面对考契克的表白，心里虽然也一度燃起火星，但是一想到"每天晚上从衣袋里拿出钞票来，津津有味地清点，他心里那点火星就熄灭了"。《醋栗》的主人公尼古拉·伊凡内奇一辈子只有一个梦想，就是拥有一个长满醋栗的小小庄园。为了买庄园，这个"善良温和的人"变成了一个守财奴。他节衣缩食，过着叫花子一样的生活。为了钱，他娶了一个年老而丑陋的寡妇，不让她吃饱，把她的钱存在自己的名下，不出三年就把她送进了坟墓。终于，他买下了庄园，种下了醋栗，看着自己头一回收获的醋栗，他眼泪汪汪，竟激动得说不出话来。

通过这些作品，契诃夫形象地指出，可怕的不是生活中的悲剧，而是生活中的安宁闲适；可怕的不是人的命运中的突然剧变和转折，而是不变的生活和日益习惯的麻木。正是这种生活中的庸俗使人变成非人。马卫红认为，契诃夫所描绘的"庸俗"，"可以广义地理解，它不仅仅是指贪图物质享受和缺乏审美趣味，也指一切危害人的健康肌体和健康精神的生活方式、思维习惯、社会习俗等等；除此之外，它还包括丧失做人的独立性和尊严"。马克·斯洛宁对此有更全面深入的论述：契诃夫在描写俄国小城市人民日常生活的作品里，叙述普通人干普通事。他们玩纸牌，讲闲话，吊膀子，喝伏特加，去公事房办公而无从解除苦闷。日常生活之单调是他们生存的法律：永远那么无趣的宴会，说说听过的老笑话，军官恭维婚后会失去美貌的少女那一套老话，当地知识分子关于教育与市政府那一套无用的空谈。他们都对自己的一言一语、一举一动厌倦得要死，可是又总周而复始地重演这些老套。契诃夫远在美国作家舍伍德·安德森或辛克莱·刘易斯之前便已研究中等阶级生活之晦淡，而且道出生活之厌倦为最流行的时代病。他深深感到干无精打采的工作与刻板的消遣是多么无聊。他又指出习惯怎样使人生成为一连串的条件反应，谈情说爱、喝酒或谈话都是如此。契诃夫笔下的男女都是自我孤立的人，其日常生活之平凡使他们不能参与任何事物而打破自我封锁。他们陷在无聊和琐碎事物所构成的泥淖里，日积益多，微不足道的事物使他们看不见本来可能值得一做的事。就是他们的刻毒与恶习也是厌闷与浅薄造成的。陈腐产生邪恶，卑俗欲望与狭窄观念造成歪曲不正的生活。19 世纪 80 年代末及 90 年代初，契诃夫益见关切这种空虚与凡庸的社会病态，并称之为"人类之敌"。

第三，对"小人物"主题的深化。"小人物"这一主题在俄国文学中有着悠久的传统，通常是指那些地位低微、生活贫困的小官吏。19 世纪初，普希金在《驿站长》中开了写"小人物"的先河，果戈理、陀思妥耶夫斯基等继续发展了这一主题。契诃夫笔下的"小人物"不仅概括了俄国传统文学中"小人物"的所有本质特征，而且深化了这一主题，赋予其新的含义。

首先，他们不再是此前作家笔下生活在社会底层穷困潦倒的人，而是与世界失去了联系，沉溺于个人生活与个人安乐之中的人。他们大多默默苟活在自己的小天地里，对生活麻木，对感情麻木，没有互相的理解和关爱，更谈不上具有牺牲精神，有的只是自私、冷漠、平庸、粗俗。其次，"小人物"的范围扩大了，不仅有在长官面前战战兢兢的小官吏，还有荒疏学业的中学生、墨守成规的知识分子、一心想着出嫁的少女等。

契诃夫感兴趣的不是"小人物"的社会地位，不是他们被抢走的"外套"，而是他们的性格特点和心理状态。契诃夫关注的焦点已从不公正的社会制度对"小人物"的压迫和欺凌转向人性中的丑陋品质：奴性、贪婪、自私、冷漠等。诚然，"小人物"的悲剧命运是不合理的、不人道的社会制度所致，但如果认为这是导致"小人物"不幸的唯一因素，就会陷入片面和局限。"小人物"内在人格的缺陷和人性痼疾对自身和他人命运的影响同样不可忽视，契诃夫清楚地认识到这一点，并公开嘲笑那些在创作中试图美化"小人物"的做法。在给哥哥亚·巴·契诃夫的信中，契诃夫规劝道："把你那些受压迫的十四等文官丢开吧！难道你用鼻子嗅不出来这种题材已经过时，现在只能惹人打哈欠了吗？"契诃夫在描写"小人物"上另辟蹊径：他不仅在社会体制、社会环境中寻找恶的根源，还在"小人物"身上寻找。

《小公务员之死》中，切尔维亚科夫为人谨慎，性格可笑。一次他在看戏时打了个喷嚏，把唾沫星溅在前座的一位将军的秃头上。他三番五次地向将军道歉，唯恐将军大人不肯原谅而对他施加惩罚，从此心惊胆战，惶惶不可终日，不久便一命呜呼。不少人认为，从表面上看，他是死于过分谨慎，而实际上，他是死于对"大人物"的恐惧及其奴性心理，而这正是大官僚们长期的暴虐、奴役造成的。在当时的俄国，"大人物"摧残"小人物"是一种普遍现象，反映着俄国警察制度的本质。从另一方面来看，小说中死去的不是"被侮辱和被损害的人"，而是自取其辱、在惊吓中丧失自己的人格甚至性命的小官吏，是深重的奴性导致他丧命。有学者指出："这篇小品的主角是被虐待的，小心翼翼的小官吏，但是在契诃夫笔下已成任何时代，任何场所都可能发生的普遍事件。这种将特殊事件予以普遍化的技巧，以及描写平凡小人物亦悲亦喜，龌龊求生的手法，可说是纯契诃夫式的。"

《胜利者的胜利》《胖子和瘦子》《在钉子上》暴露了"小人物"的奴颜婢膝。《变色龙》里的奥楚蔑洛夫更是一个灵魂丑恶、行为龌龊、不顾廉耻、不讲是非、唯"大人物"是敬的令人憎恶的家伙。他对狗咬工匠赫留金的态度，在刹那间，在众目睽睽之下，接连变了五个一百八十度，暴露出十足的奴性和狗相。契诃夫以幽默的笔调、夸张的手法、诙谐的语言，生动地描绘出那些"一个喷嚏致死"、见官胆寒色变的奴性十足的小官吏，辛辣地讽刺了他们丧失尊严、丧失人格的奴才心理和鄙俗的生活样式，而此前的俄国文学为了高扬像这些十四品文官这样的"小人物"的尊严，曾付出多少努力！

契诃夫还深刻地揭示了"小人物"的双重人格：在强权面前卑躬屈膝、

逆来顺受，一旦有了适当的时机和条件，他们人性中恶的因素就会发酵膨胀，从被压迫者一跃成为压迫者，成为助长邪恶势力的自发力量，其中最典型的是《第六病室》中的看守尼基塔（一译尼基达）。尼基塔是一个退伍老兵，脸上有"草原看羊狗的神情"。他对院长拉京的态度变化最能体现其双重人格。他平时总爱躺在前堂炉子旁一堆乌七八糟的破烂上，可是一见拉京来病房巡视，就会立即从破烂上跳起来，挺直身子，毕恭毕敬地称拉京为"老爷"。可是同一个拉京，在被当成疯子强行关进第六病室后，尼基塔凶相毕露，对他大打出手。

正因为如此，契诃夫的小说往往给人一种灰色的情绪和氛围。高尔基就曾谈道："阅读安东·契诃夫的小说，你会觉得好像是在深秋的一个忧郁的日子里，空气是那样洁净，那些光秃秃的树木、紧挨着房屋和灰溜溜的人们，都显出清晰的轮廓来。一切都是那样奇怪——那样孤寂、静止、无力。"当然，契诃夫的本意是绝不粉饰现实，让人们清晰地了解真实的生存困境，反抗日常生活的庸俗，想方设法消除自己身上的奴性，致力于建设社会的理性和人的良知，致力于人的自省和有为，因为未来的理性社会和人类幸福的构建是奠基于人的自我尊重和人与人之间的彼此理解及尊重之上的。

契诃夫在艺术手法上很有创新。在短篇小说、戏剧方面都是如此。这里谈谈短篇小说。契诃夫把短篇小说创作推上了一个新的高峰，使这种体裁更加完善，更富于表现力。我们应该从更全面、更现代的角度来概括其艺术特点，真正还原其艺术贡献。

第一，客观、冷静的叙事。1888年10月4日契诃夫在一封信中公开阐明了自己无倾向性的艺术原则："我怕那些在字里行间寻找思想倾向的人，怕那些硬要把我看作自由主义者或者保守主义者的人。我不是自由主义者，不是保守主义者，不是渐进主义者，不是修士，不是冷淡主义者。我打算做一个自由的艺术家，仅此而已……我痛恨一切形式的虚伪和暴力……我心中至高无上的东西是人的身体、健康、智慧、才能、灵感、爱情、最最绝对的自由——免于暴力和虚伪的自由，不管暴力和虚伪用什么方式表现出来。如果我是大艺术家，这就是我要遵循的纲领。"这种无倾向性使得他以一种孤傲的姿态，对现实、社会甚至历史，都保持一种距离感，并且特别强调真实和冷静："文学之所以叫作艺术，就是因为它按生活的本来面目描写生活。它的任务是无条件的、直率的真实。"他甚至强调作家要像"化学家一样客观"，并且认为"态度越是客观，所产生的印象就越是强烈"。这也使他的叙事显得客观、冷静。契诃夫往往通过以下方式来实现客观、冷静的叙事。

首先，采用内视角。内视角，即让作品中的某个人物或某几个人物充当事件、生活场景、故事情节的目击者和叙述者，作者不出面，也不对所叙述的人和事表达态度和情感，而始终客观地按主人公的方式"说话和思索"。例如，《草原》用叶果鲁希卡童稚天真的眼光观察大草原旅途中的一切，讲述他的所见所闻；《套中人》借助猎人来讲述故事；而《卡希坦卡》（1887）则采用小狗卡希坦卡的眼睛来看世界，并以它的语言来叙述故事。

其次，设立旁观者或对立的双方。这是契诃夫在小说中较为常用的一种叙述手法。

有时，契诃夫设立一个旁观者，他的声音常常和主人公的话语一起出现。他往往直接闯入主人公的话语空间，破坏其话语的完整性，削弱作为唯一叙述者的主人公的话语的主观性和坚决性，以保证叙述的客观与冷静。例如，《恐惧》中德米特里·彼得罗维奇的自述常常被叙述者打断。叙述者时不时地插入一两句"情景说明"，对主人公在叙述过程中的一些表情和举动等细节做注释，从而减弱主人公话语的功效和意义，如"他用手抹一抹脸，干咳一声，笑起来"，"他那张苍白的脸由于苦笑而变得难看了。他搂住我的腰，小声说下去……"

有时，契诃夫刻意在作品中设置对立的双方，他们各有立场，甚至各有哲学观念，彼此争论不休，但作家始终保持沉默，不做任何评判。《决斗》中，冯·柯连奉行的是坚强的意志，热爱科学和工作，既不姑息自己的错误，也不迁就别人的缺点，对他而言，衡量人的标准显然只有一条——他的生活的合理性；拉耶夫斯基的生活追求恰恰相反，他没有明确的生活目标，追求个人的自由和独立，不愿用任何形式，包括工作、婚姻、家庭等义务束缚自己。他们因此互相辩论，相互敌对，互相仇视，导致决斗。小说的创新之处就在于：作家不同情辩论的任何一方，只是客观写出其对立的言行。作家也以此巧妙地表达了小说的主题：每个人都有自己的谬误，每个人都对自我认识和责任感把握不够准确，从而导致理解和沟通困难。《灯光》则写了工程师阿纳尼耶夫和大学生冯·希千堡两种完全对立的思想和情绪。故事发生在修建铁路的工地上，夜晚的工地和渐渐消失在远方黑暗中的一长排灯光，引起了两人的争论。工程师说："去年这块地方还是一片荒芜的草原，不见人迹，可是现在您看：又有生活，又有文明！这多好啊，真的！"大学生的看法却截然相反："现在我们在修铁路，站在这儿高谈阔论，可是过上两千年，这条路堤也好，那些在繁重的劳动后眼前正在酣睡的人也好，连一点痕迹也没有了。这实在可怕！"两人唇枪舌剑，争论不休。在争论的过程中，大学生寸步不让："我们的思想并不能使人热起来或者冷下去。"工程师毫不示弱："我们这类思想并不像您想得那么无辜。这种思想在实际生活里，在和别人的接触中，只会生出惨事和蠢事来。"两人谁也说服不了谁，而故事的讲述者——一位医生对此客观冷静，不偏不倚，只是暗自思忖："这个世界上的事谁也弄不明白！"

最后，使用象征。契诃夫早期的象征比较单一，如《变色龙》中主人公的那件大衣。大衣时穿时脱，从具体的生活物件提升为象征符号，生动形象地表现了主人公内心的波动。很快，契诃夫的象征走向成熟，并且达到了深刻的哲理高度。契诃夫成熟期的作品，十分注重作品标题的象征性。马卫红指出，《带阁楼的房子》中"带阁楼的房子"对于小说的叙述者（画家）而言，与其说是现实生活的一个具体场所，不如说是一个精神范畴，是精神价值的聚集地，是纯洁崇高的爱情的象征，同时它也是瞬间的幸福、破碎的希望、无望的等待等的象征；《在峡谷里》的峡谷象征着罪孽、欺骗、死亡；《新娘》象征着未来；《跳来跳去的女人》象征着虚荣、浮躁、背叛；《在故乡》中，代表温暖、亲情的"故乡"成为落后、愚顽和粗野的代名词。

契诃夫特别注意作品背景的象征性，他的作品往往极力渲染一种浓郁的背景氛围，并且使这种氛围成为现实、人物心灵乃至人生的某种象征。李辰民谈道："为了突出人和环境的矛盾冲突，契诃夫在很多小说中描写了人物仿佛置身于牢笼、拘留所、精神病院的感觉。主人公活动的场所常常有高墙、栅栏、楼房……使人产生种种心灵上的压抑感。为了渲染这种压抑的氛围，契诃夫往往赋予人物活动环境以灰色的色调。《第六病室》中的医院院墙是灰色的；《带叭儿狗的女人》里安娜住的楼房对面，是一排'灰色的栅栏'；古洛夫下榻的旅馆里，铺着'灰色粗呢的地毯'；《没意思的故事》里，老教授的周围是'灰色的墙壁、灰色的房屋'。灰色，构成了契诃夫笔下的'多余人'、畸零人生活环境的基调，也构成了他们失落、痛苦、冷漠心态的基调。"还可以补充一句，这是作家有意在营造一种象征性的背景，展示了现代人生存的灰色世界和现代人的灰色人生。

由于大量运用象征手法，并且运用得相当出色，契诃夫作品的主题往往具有多义性。如《吻》(1887)，故事情节非常简单。下等军官里亚包维奇在军队的生活单调无聊。他又才不出众，其貌不扬，不得女人喜欢。一次，部队路过一个地方，夜晚他偶然误入一个漆黑的房间，被一个在此等待情人约会的姑娘错吻了一下。这突如其来的一个吻，使他从此像变了一个人："他周身上下，从头到脚充满一种古怪的新感觉，那感觉越来越强烈……他情不自禁地想跳舞、谈话、跑进花园、大声地笑。"他开始厌恶死水一般的军营生活，而对未来充满向往。故事非常简单，但小说的主题却正像李辰民所说的那样，具有"多种神秘的意义：它似乎象征着爱情和幸福的虚无，又似乎要说明追寻不属于自己的东西永远是徒劳的，或者暗示着命运对一个庸人的捉弄。《吻》的主题显然是多义的、无法确定的"。

《第六病室》的主题更是富有多义性。小说描写了一个发生在外省小城医院里的故事。这所医院里的第六病室是专住"精神病患者"的，病房阴暗潮湿，臭气熏天，拥挤不堪。看门人尼基塔像狱吏一样肆意殴打病人，克扣病人的食品。"患者"到了这里不是得到治疗，而是遭到非人的虐待。院长拉京曾经对这种状况不满，但他信奉的是托尔斯泰的"不以暴力抗恶"的理论，所以一点也不进行斗争，只是采取不闻不问的态度。一次，他值班巡视病房，结识了因反抗压迫而被关进来的"病人"格罗莫夫，两人谈得很投机。此后不久，拉京被觊觎院长职位的人诬告为"精神病人"，并被关进了第六病房。拉京遭到看门人的毒打，这时他才醒悟过来，认识到"不抗恶"的错误，但为时已晚，第二天他就死了。

根据特罗亚的研究，小说刚发表就有两种解读："在一部分人看来，《第六病室》影射批判了装模作样、逆潮流而动、鼓吹'勿以暴力抗恶'的托尔斯泰主义。但另一部分人则认为，这部小说是一篇声讨沙俄政权的檄文。'第六病室'是俄国这座精神监狱的象征，凶恶的看门人尼基塔是沙皇政权的象征，而幻想破灭的医生则代表着随波逐流的俄国知识界。"

波洛茨卡娅认为，小说通过拉京的遭遇，尤其是他在遭受了精神和肉体双重痛苦的时候，终于认识到格罗莫夫向他灌输的真理：必须反对残忍，反对践踏尊严，反抗以精神病房和监狱（从医院就能看得到监狱）为象征的现实。拉京为了这个觉悟付出了生命的代价——这就是多年沉浸于理性思辨，以至于将自己与活生生的现实以及他人的痛苦隔绝开的主人公的结局。但是有这片刻的醒悟已经很好了。主人公所发现的真理之光留在读者心中，尽管整个小说的基调十分阴暗。

用更现代更客观的眼光来看这部作品，我们会得出更有现代意义的结论。李辰民指出："契诃夫不仅从精神病理学的角度生动逼真地展现了格罗莫夫从敏感多疑、感知错幻到神经错乱、精神分裂的全过程，而且从社会学的观点写出了导致格罗莫夫精神分裂的缘由——社会不平等，司法机关昏暗，警察到处横行，使一个身居底层的小人物感受到强烈的动荡和压抑，产生一种不安全感和恐惧感，这正是格罗莫夫之所以患迫害恐怖症的主要原因。"马卫红认为，小说除了讲述生活和环境怎样把一个与众不同的人逼进监狱一样的疯人院之外，还有更深刻的哲理意蕴。作家通过拉京和格罗莫夫这两个人物的命运，表现了在混乱无序的世界中，一个人无论社会地位高低，也无论对生活抱积极的还是消极的态度，他终究是孤独地来到这个世界上，而后又孤独地离开这个世界的。在拉京和格罗莫夫这两个人物身上，作家展示了人是怎样不可避免地走向自己的终点——死亡的，从而精辟地概括了人的悲剧性生存状态和生存模式。作家列斯科夫在读了这个小说后说："《第六病室》以微缩的形式表现了我们普遍的秩序和性格。"俄国学者卡塔耶夫则具体指出，尽管拉京和格罗莫夫不论是在性格、气质、言谈举止上，还是在处世哲学、生活方式、对待现实生活中的恶的态度上，是截然不同的两种人，但两人之间却有着"惊人的相似"，因为他们都被粗暴的生活，以及生活中的庸俗、暴力和不公正击垮和毁灭。在这场力量不均的决斗中，两个人都显得软弱无力，他们反抗与之敌对力量的方式只是言语和"对未来的陶醉"。

《海鸥》的主题通过"海鸥"这一象征形象表现出来，也具有多义性：对于特里波列夫来说，它是"美的自我毁灭"，是"被漫不经心地、冷漠地扼杀的美的象征"；而对超越了过去、获得了更高的美的坚强的妮娜来说，它是"青春美的象征"和"被超越的已逝岁月的象征"。

格罗莫夫指出，契诃夫还像象征主义作家一样，注重词汇象征意义的多维性、诗意的音响等："在契诃夫描绘的景色中重要的不是形象（它们是自然的，'写生的'），不是手法（它们实质上是非常传统的），而首先是词汇，其中每个个别的词——草原、风雪、道路、暴风雪——都具有象征的意义多维性，此外，还有几乎被遗忘了的但却是无限熟悉的充满诗意的回声和语义的'七色谱'。"

第二，淡化情节。契诃夫小说具有独特的风格特别是在成熟时期的小说里，他往往只用三言两语交代情节，对人物外表和服装的描写也是草图式的，很少设置错综复杂的情节和充满戏剧性的场面。

马克·斯洛宁认为，契诃夫不像一般现实主义作家那样一丝不苟地收集资料，他善于运用印象主义手法，以具有潜藏着深刻含义的细节作为象征，给读者的想象提供一些支撑点。他的短篇小说的整个结构是建立在少数寓意深邃的，但常常容易被忽视的细节、暗示、潜台词和可以表现出内心生活，尤其是情绪的若干特征上。他不叙述事件的发展，也很少把一个角色完完整整地刻画出来，他只是简单地交代一两件事，并致力营造出一种气氛和感受。他喜欢语焉不详，言近旨远。在他的小说中，零散的谈话片段，无意间的念头，刹那之间的印象都极为重要。不仅如此，契诃夫的故事避免高潮，而且总是缺乏鲜明有力的发展。因此，契诃夫的小说几乎没有情节。纳博科夫说，在契诃夫的小说里，"一切传统的小说写法都被打破了"。

波洛茨卡娅认为："对心理问题和哲学问题的专注（尤其是在散文中）导致了情节的变化，使其中的事件趋于减少甚至完全没有事件。""契诃夫非常热衷描写日常生活的潜在悲剧，对于人们生活中最平常、最灰暗的方面，对于最细微而迫切的问题，对于小人物的平凡痛苦怀着同情。""在契诃夫的作品中，个性与环境的矛盾被压缩在内部冲突上。甚至现在与过去的矛盾（在小说《万卡》《渴睡》《草原》《没意思的故事》和剧本《伊万诺夫》《三姐妹》《樱桃园》中都以不同形式表现了这一主题）通常也只发生在主人公的意识中，过去似乎消融在日复一日的生活中，因而失去了强烈的对比度。"

　　米尔斯基指出，淡化情节与契诃夫的音乐结构有关。"契诃夫的艺术富有结构感，但他所采用的并非叙事结构，而更应被称为音乐结构，不过这并非指其散文充满旋律感，因为它们并无旋律。然而，他的故事结构手法却近似音乐结构手法。他的小说既是流动的，又一丝不苟。他用非常复杂的弧线构造故事，可这些弧线却经过最为精确的估算。他的小说由一连串的点构成，依据这些点，他能在意识的乱麻中理出一道道明晰的线条。契诃夫擅长追溯情感过程的始初阶段，他能指出偏离的最初征兆，但在普通人看来，在与之相关的人看来，那条新出现的曲线似乎仍与直线相交。那起初很难引起读者注意的轻微触及，却能暗示出故事的发展朝向。此后它便作为主旨不断重复，伴随着每一次重复，弧线的偏离越来越明显，最终完全与那条始初的直线分道扬镳。《文学教师》、《约内奇》和《牵着小狗的太太》均为这种情感弧线的完美范例。比如，《约内奇》中的直线即医生对图尔金小姐的爱，而弧线即他对成功（获得）外省仕途的沾沾自喜和难以自拔。《文学教师》中的直线仍为男主人公的爱情，弧线则是他对自私幸福的隐约不满以及他的智性抱负。《牵着小狗的太太》中的直线是男主人公如何看待他与那位'太太'的罗曼史，他视之为一阵无关紧要、转眼即逝的迷恋，弧线则是他对她难以遏制、涵盖一切的爱。在契诃夫的大部分小说中，这些结构线因丰富而又柔和的氛围而更显复杂，他营造这种氛围的素材即大量富有情感意义的细节。其效果是诗意的，甚至抒情的，犹如读一首抒情诗，读者的兴趣点并非情节的发展，而是诗人情绪的'感染力'。契诃夫的小说是一个个巨大的抒情整体，它们无法被分解为片段，因为每个片段均严格地以整体为前提，离开整体便毫无意义。就结构的统一而言，契诃夫胜过现实主义时代的所有俄国作家。仅在普希金和莱蒙托夫处，我们方能发现与之相当或稍胜一筹的结构天赋。

　　第三，喜剧性和悲剧性相结合。契诃夫小说常用幽默的笑来揭露和鞭挞那些可耻可厌的丑恶事物，善于从"为世人所看得见的笑料中看到为世人所看不见的眼泪"。这也就是善于挖掘现实生活中残酷和庸俗事物的悲剧性，使小说具有喜剧性和悲剧性相结合的特点。《小公务员之死》通过主人公看似可笑的因一个喷嚏再三道歉并终至吓死的故事，反映了"小人物"奴性深重的痛苦主题，带有很强的悲剧性，可以说是"以喜剧的形式表现悲剧的题材，以轻松的笑写出痛苦的问题"，是苦与悲相结合。《套中人》也是喜与悲的结合。

第四，简洁和朴素。契诃夫说"简洁是才华的姊妹"，又说"写作的艺术是提炼的艺术"。为了达到简洁，契诃夫坚持"一点多余的东西都不应该有。凡是与小说没有直接关系的东西都应毫不留情地去掉"。契诃夫小说没有详尽的景物描写和背景交代，情节单一，发展迅速。他能够几笔就栩栩如生地刻画出一个人物的肖像来，把"日常生活的矿石炼成宝贵的金子"，把司空见惯的"三角恋爱"故事提炼成为深入揭露社会矛盾的情节结构（如《跳来跳去的女人》）。列夫·托尔斯泰赞赏契诃夫的小说："每一个细节不是必需的，就是优美的，没有多余的。"在契诃夫的笔下，那些日常生活的用具，无足轻重的对话，千篇一律的老生常谈，脸上的表情，说话时的噪音和音质，器皿的碰击声，食物的香味，衣着的颜色等，无不成为揭示人物的行为、心理和性格的重要手段。

在契诃夫看来，"朴素才是最要紧的"。不要外表的装饰和矫揉造作，这是契诃夫的艺术信条。他的小说没有惊人的事件，很少急剧的转变和紧张的场面，没有强烈的感情冲动和复杂的人物心理分析，总是和生活一样真实，自然。语言简朴，不做作，不雕饰，表面看来似乎平淡，实际上含蕴深厚，感情真挚，富有艺术魅力。他常常能从不惹人注意的地方发现人的自私和虚伪，从别人不能发现悲剧的地方发现"苦恼"和"哀伤"，从好像并不可怕的现象中揭示出骇人听闻的丑恶和庸俗。高尔基说："庸俗是他的仇敌，他一生都在跟它做斗争……他能够随处发现'庸俗'的霉臭，就是在第一眼看来好像很好，很舒服，甚至光辉灿烂的地方，他也能够找出那种霉臭来。"的确，契诃夫发现了生活中可怕的敌人——庸俗。庸俗使得年轻有为的医生姚尼奇变成了守财奴（《姚尼奇》）；庸俗使得渴望美好生活的希娜伊达不得不走上自杀的道路（《匿名者的故事》）；庸俗好比生活中的毒蛇，不仅扼杀了年轻的生命（《在峡谷里》），而且扼杀了真正的美与才能（《跳来跳去的女人》）。而这一切始终是在惊人的朴素的形式下表现出来的，是"用一种诗人的崇高的语言和幽默家的温和的微笑来描写人生的丑恶的"（高尔基语）。

契诃夫的小说一般都很短。他善于描写主题性人物、关键性场面，善于选取特征性细节，能够做到简洁而不浅薄，朴素而有变化。这种简洁和朴素，再加上此前的象征等，使契诃夫的作品内蕴丰富，具有波洛茨卡娅所说的 20 世纪艺术的特点——"留白与弦外之音，简练与潜台词"，甚至"小说的思想越充实，其形式就越轻松"。马克·斯洛宁则宣称："他的小说精致完美，既简单又包罗万象，所有作品一概文笔典雅，洗练而深蕴抒情性的笔调。"

此外，米尔斯基指出，契诃夫的艺术被称为心理艺术，但它与托尔斯泰、陀思妥耶夫斯基或普鲁斯特的心理艺术很不相同。他善于表现人与人之间无法逾越的隔膜和难以理解。尽管如此，契诃夫笔下的人物相对缺乏独特个性，好像均操同一种语言，亦即契诃夫自己的语言。他们无法像托尔斯泰和陀思妥耶夫斯基笔下的人物那样，仅凭声音便能被分辨出来，契诃夫的人物全都一样，其构成均为同一素材，即"普通的人性材料"；契诃夫研究的是"普遍的人"，作为种类的人。他像普鲁斯特一样，关注最微小的细节，即灵魂的"鸡毛蒜皮"和"细枝末节"。司汤达诉诸心理的"整数"，他跟踪心理生活有意识、有创造力的主线，契诃夫则关注意识之"微分"，关注其无意识的、不由自主的、消融毁灭的次要力量。契诃夫的手法作为一种艺术非常积极，比如，就比普鲁斯特的手法更为积极，因为它立足于对素材更为严格、更为自觉的选取，以及对素材更为复杂、更为精细的处置。但作为一种"世界观"，作为一种"哲学"，这一手法却十分消极，是"不抵抗的"，因为它是对灵魂的"微生物"及其毁灭病菌的投降。契诃夫的创作会给人这样一个总体印象，即他崇拜的是无能和软弱。因为，除了详尽展示小说人物对他们之病菌的屈从过程，契诃夫并无其他方式表达对他们的同情。在他的世界里，强者是无人性的粗人，他们外皮过厚，感觉不到生活中唯一重要的东西，即那些"细枝末节"。

三、《套中人》：缺乏安全感的孤独个体的异化

《套中人》说的是某城中学四十多岁的古希腊语教师别里科夫怪得出名。晴天出门也穿雨鞋，并带着雨伞。他总把脸藏在竖起来的衣领里，鼻梁上架着墨镜，耳朵用棉花堵起来。他坐马车时则必须支起支篷，在家里，他的床上老挂着帐子，一躺下就用被子蒙住脑袋，他的表和小刀等用品都必

须装在套子里。他觉得只有政府的禁令又清楚又明白。每逢遇到违背法令和脱离常规的事情，他总是闷闷不乐，摇头低声说："千万别出什么乱子啊！"十多年来同城的人都怕他，为了他人们不敢举行晚会，不敢打牌，甚至不敢大声说话。大家出于无聊，就把教员柯瓦连科的妹妹瓦连卡介绍给他。瓦连卡活泼愉快，爱唱爱笑。别里科夫确实喜欢瓦连卡，自从和瓦连卡交往后，他觉得自己能像个人那样生活了。但是，他依旧无法摆脱自己的"套子"，看不惯柯瓦连科兄妹的生活方式，迟迟不敢求婚。一天，他找到柯瓦连科，告诉他，教师不能骑自行车，而女人骑自行车更不成体统。柯瓦连科马上与他争吵起来，别里科夫表示要去告诉校长。柯瓦连科一向讨厌他告密，就抓住他的衣领把他推了出去，别里科夫便磕磕绊绊地滚到了楼下。这时正巧瓦连卡带着两位女伴回来，看到别里科夫的狼狈样忍不住哈哈大笑起来。这对别里科夫来说是比摔断脖子和腿更可怕的事情，从此一病不起，不久就死了。他的死使大家如释重负。可是，不出一星期，生活又照旧进行，"仍然那么严峻、令人厌烦、杂乱无章"。

以往的学者一直从社会政治方面解读，认为小说的主题是：刻画了别里科夫的性格并揭露了制造这种性格的令人窒息、停滞的俄国社会，指出只有打破各种"套子"和改变现有生活方式才能"埋葬"所有的别里科夫。

但是也有一些不同的解读。有学者认为，小说"是针对超越时空为惰性所支配的人类生活。'我们住在窒闷、狭隘的城镇，写不要的书籍，玩骨牌，并在懒虫、歪理专家、轻浮女郎中度过一生，说些愚话，听些蠢语'"。

波洛茨卡娅认为，这部小说像作家晚期带有封闭性的结局（契诃夫的大多数小说的一大创新其实是开放式的结局）一样具有丰富的多义性。别里科夫是一个像可怜的切尔维亚科夫一样的生活在恐惧之中的小人物，也是一个性格更为复杂的人物。这个"套中人"不是那种与世无争的人，他的攻击性使得学校同事和学生，城里的居民和读者都感到恐惧。但他也有人的共性，他毫无疑问属于那种真心喜欢自己所教课程的教师。只是他这个热衷于维护官方法规的"冷面人"（在这一点上，他又是一个复杂化的普里希别耶夫军士）突然遭了厄运：他所能达到的最大的爱与那保守的最高律令"千万别出什么乱子"相撞了，他只剩下唯一的出路——死亡。但是整个小说的结尾（听故事的人所说的一大段话）却是面向读者的，要读者思考，在官方压制和"套中人"的权威的双重压力下，究竟应该如何生活。

安春华认为，综观《套中人》的思想意蕴，大体上可以分为三个层面。一是社会批判的层面，作品广泛地触及了 19 世纪末期俄国社会的阴暗面和众生相，尖锐地揭露和讽刺了当时人的病态和社会弊端；二是文化批判的层面，诸如学校中的人浮于事，反动政府的思想文化控制，无聊庸俗风气的蔓延等，其中特别值得注意的是对人的病态生存和精神危机的揭示，显示出作者宏大的人文视野和敏锐的现代意识；三是深入人本的形而上的层面，诸如对人的基本的生存处境和人生的根本意义的探讨等。从社会批判到文化批判，再到形而上的哲学探索，意味着《套中人》的意义结构是逐层深入、逐步深化的。《套中人》的艺术世界当然是 19 世纪末期俄国社会现实的反映，但这是一种特殊的社会现实，而且作者观察和透视这一现实的眼光并未局限于民族的范围和社会学的层次。从题材上看，《套中人》是以沙皇亚历山大三世实行专制恐怖统治的俄国社会的土壤，以及生活在其中的人为描写对象的，但由于作者不重视追求细节的真实，不重视通过揭示人与人之间的关系和描写人与人之间的精神冲突刻画人物性格，尤其不重视如何真实地反映现实生活，《套中人》中的生活便不仅是现实生活对等意义上的真实形态，还有象征隐喻意义上的超现实的形态。因此，《套中人》所着重揭示的就不是俄国社会和俄罗斯民族特有的时代矛盾和社会问题，而是人类社会共同面对的自由难题和人类生存困境这个具有世界意义的问题。作者正是把当时俄国的社会现实纳入整个世界文明社会来进行批判和反思的，把别里科夫当作一个"群体"来塑造的，从而表现出真正深刻的现代意识和非常敏锐的现代感受力。同时作者还通过对人类社会生存困境和极权统治下的精神危机的观照，来深入反思有关人类和人生的永恒话题，如人的本性，人生的意义和价值，人的出路等，触及人类存在的整体和本体之谜，从而赋予《套中人》以鲜明的本体象征性，把《套中人》的思想意蕴提到了形而上的高度。

简言之，《套中人》的主题就是深入探讨和表现了缺乏安全感的孤独个体的异化。

别里科夫生活在一个不很稳定的社会结构中，现实生活使他感到孤独、怀疑、猜忌、焦虑以及不安全。"惊恐万状的个体寻找某人或某物以束缚他自己；他再也不能忍受自己作为个体的存在，疯狂地试图摆脱这一状况，通过消除'自我'这一负担而重新获得安全感。"（弗洛姆语）别里科夫成为"套中人"的心理机制，就是他作为孤独的个体的安全感的缺失。于是，他把自己的身体、自己的东西，用各种各样看得见的"套子"装起来；把自己的语言、自己的思想、自己的行为用"过去"、用当局的意志这些看不见的"套子"装起来。他没有朋友，没有事业，没有爱情，没有婚姻，什么都没有；他必须像服苦役那样，付出的越来越多，得到的却是更多的欠债。他始终没有得到付出这般代价所想要获得的东西——内心的安宁与平静。别里科夫的人生旅行，是"非人"的，是痛苦的历程，是完全的失败，是最起码的人生价值的彻底破灭和自我的失落，是人的怯懦和无能的证明。这种人生历程和生存状况，相当深入地揭示了极权社会的文明危机和人类社会中人的生存困境。人是社会秩序的奴隶和牺牲品，人时时处于"秩序"的控制之下，任何一种越轨和反抗，都将导致个人毁灭性的悲剧。现代主义文学倾向于文化批判，本质上就是对人的生存状况、人的本质问题的探索。苦苦思索的契诃夫看到了、表现了社会对个体的异化，涉及整个人生甚至整个人类的普遍性、根本性也是永恒性的问题，显示出一个真正的艺术家不囿于传统、勇于创新的精神。

别里科夫性格的最大弱点是面对极权社会残酷的生存环境和严重的精神危机而缺乏与之对抗所应有的理性、信仰、热情和力量，因而常常不由自主地流露出发自本性的对极权统治的怯懦、盲从和对生活的迷惘、无能为力。别里科夫也许不乏聪明才智（他是学校的希腊文教师），也许心地善良（只想做一个纯粹的现行制度的"守法良民"），但是，他缺乏那些对人生来说是最根本性的东西。别里科夫钻进"套子"，被"套子"异化，成为"套中人"，造成个性的异化、自我的失落；同时，这也表现出作家对自我的稳定性的可靠性的怀疑，这种人与自我关系的异化也是现代主义作家时常表现的主题。而在后现代主义文学中，主体已经彻底消失，人不再有主体意识可言。由此，我们可以看到契诃夫的目光的敏锐。

总之，别里科夫的"套子"形象，淋漓尽致地表现了他面对复杂矛盾而又非理性可以把握的社会的恐惧和怯懦的个性，让读者看到这个人有一种铭心刻骨的孤独感、绝望感、失落感和荒谬感。别里科夫不隶属于某个神圣的范畴，甚至不容于世俗关系和现实社会——他随着自我的失落也失去了跟同事们正常来往的能力，同事们讨厌他，"柯瓦连科从认识别里科夫的第一天起，就痛恨他，受不了他"；社会这个庞然大物对别里科夫来说完全成了一个异己的存在，他人则是一堵无法逾越的高墙。别里科夫被迫不断地与社会关系和现实人生疏离、脱节，最终变成了孤独无靠和空无所有的存在。别里科夫曾想走出"套子"，他想结婚，但是他无法消除自身的内在矛盾，无法消除自己与社会的矛盾。他这样一个没有自我、没有选择、没有思维的人如何能够改变自己的生活方式，能够结婚？无法应付种种生活问题、社会问题的别里科夫在瓦连卡"一串响亮而清脆"的笑声中卧床不起，命丧黄泉。

在现代主义及后现代主义文学中出现的人物命运充满了悲剧色彩，人生成了一场悲剧性的闹剧；人丧失了智性情感，不再高雅伟岸、温柔美丽，而变得猥琐渺小、滑稽可笑，这些在别里科夫身上得到了很好的诠释。别里科夫是如此没有生活的能力，如此脆弱，让我们看到人的自由意志在社会的控制与高压下将怎样一败涂地。而一旦人失去了理性、信仰、热情和力量，就无法在社会中生存，就必然被社会无情地抛弃。别里科夫的病态性格不是一般的个性气质问题，而是自我的失落，理性的匮乏，说到底是一种危及根本的致命的时代疾患。别里科夫的生活意义、行动目的全在当局意志，他把当局意志当作拯救自己精神的一根稻草。然而，当局不可能事无巨细、一件件、一点点、一丝丝、一毫毫都规定明白，那么别里科夫就要迷惘、痛苦、孤独、焦虑。可悲的是，这样一种病态的思想行为方式，使别里科夫的人生陷入了一个难以自拔的怪圈：越没有安全感，就越钻进"套子"；越钻进"套子"，就越没有安全感。如此这般，理性被一点点消磨，选择权一次次丧失，自我、自由意志更是无从谈起，生活能力几乎丧失殆尽。这不能不说是一种恶性循环。因此，别里科夫的人生只能是痛苦与无奈。

别里科夫的病态性格有着普遍的文化定性，他的内在矛盾也就是人类社会中社会文明本身危机的一种表现。当无力把握自己的命运，理性、理想被褫夺，自我、自由意志失落时，人所剩的就只有动物般的感觉和本能。在人类的生存境遇中，无论什么时代什么社会，都有不同形式的"套子"和

"套中人"出现。放纵意志，无限的选择给人带来的肯定是痛苦；但是扼杀选择，扼杀自由意志与自我也无法达到真正的幸福。人类社会往往处于这种尴尬的处境中。

因此，小说的主题应该是主人公恐惧世界和生活，极力逃避生活，力求一切都生活在套子中，从而导致了人性的异化，简言之，就是缺乏安全感的孤独个体的异化。而这又涉及对别里科夫形象的评价。

以往人们对这一形象基本持彻底否定的态度。别里科夫这位作品的中心人物，是一个"胆小，保守，扼杀一切新思想的典型"，"一个旧制度的卫道者，新事物的反对者"，甚至有的评论文章称他为"不是警察的警察，不是密探的密探"。概括地说，别里科夫是一个反动知识分子的典型代表，是一个反动、保守，生性乖张，墨守成规，妄图扼杀一切新事物的"套中人"的典型，是沙皇政府的帮凶和走狗，旧制度的卫道士。而作品的意义就在于"揭露了资产阶级知识分子极端利己主义的丑恶灵魂和充当沙皇专制帮凶的反动本质"。

别里科夫的最大特点是把一切都装在套子里。作者是从两个角度，分两个层次来刻画他的性格的。作者先一般地描写他的衣食住行、待人接物、精神状态、语言习惯和社会影响，然后画龙点睛地描写他的婚事。小说以讽刺的手法写他像蜗牛那样把自己缩在壳里。"他即使在晴朗的天气也穿上雨鞋，带上雨伞，而且一定穿着暖和的棉大衣。他的雨伞总是用套子包好——就连小折刀也是装在一个小套子里的。""他戴黑眼镜，穿羊毛衫，用棉花堵上耳朵眼，他一坐上马车，总是叫马车夫支起篷来。"他的寝室很小，像个盒子。不论多么闷热，他也把窗户关得严严的。床上一年四季总挂着帐子。他睡觉时穿上睡衣，戴上睡帽，再把脑袋蒙在被子里，并且在被子里战战兢兢，生怕别人谋害他。在一般描绘中，契诃夫揭示了别里科夫性格中彼此对立的两个方面，即他害怕黑暗势力，保守，多疑，胆怯和屈从反动势力，顽固反对一切新生事物。他念念不忘的口头禅是"千万别闹出什么乱子来啊"，他处处保护自己，维护自己的利益。他企图尽一切可能与外部世界隔绝，以避免各种外来灾祸。更重要的是，他把自己的思想也极力藏在一个"套子"里，以求政治上平安无事。这个"套子"是"政府的告示和报纸的文章"中写着要"禁止"的东西，即使官方"批准或默许"的东西，他也不敢苟同。因为，他"觉得在官方的批准和默许里面，都包藏着使人起疑的成分，包藏着隐隐约约还没说透的成分"。

别里科夫的行为既表现了他的自私和怯懦，也暴露了沙皇当局的高压和凶残。这两个因素使他的性格发生了质变，从屈从反动派到适应反动派的需要，最后变成了沙皇制度的卫道士和告密者，甚至像害怕瘟疫一样害怕新事物，害怕一切超出庸俗的生活常规以外的东西。因此，胆小、多疑是其性格的一个方面，而屈从反动势力，反对新生事物，则是其性格的另一方面，而且是本质的东西，可鄙的利己主义把两者联系起来。他顽固地反对一切新生事物，以致长期辖制全城，窒息了人们的创造精神。别里科夫这一典型具有跨国界、跨时代的巨大概括意义，作家在这个典型里概括了那些由自私、怯懦，丧失人格，屈从反动势力，甚而堕落为反动势力帮凶的人的一般特征，这种人常常是正直的人们既怕又恨的角色。

小说在一般描绘之后，集中描绘了别里科夫的婚事。纯洁的爱情会不会把他从"套子"里唤出来呢？会不会在他的心底激起一点活人的气息呢？瓦连卡很美。"长得很高，身材匀称，红脸蛋"，而且性格活泼，爱唱爱蹦，又是五等文官的女儿，还有田产，年龄约为三十岁。然而这一切并没有促使别里科夫从心底生发出爱情来，就连他答应结婚的念头也主要是由于周围人们万众一心的怂恿才产生出来的。他怕尽义务，怕负责任，怕惹出麻烦来，结婚的念头不仅没给他带来振奋，反而使他六神不宁，最后在瓦连卡的笑声中一命呜呼了。

契诃夫写了别里科夫性格的两个方面，但它们不是等同的，别里科夫的性格也不是既可怜又可恨的，而是完全被否定的。他胆小怕事是沙皇当局实行高压政策的结果，也是他贪生怕死，私利心重，屈从反动势力的结果。沙皇的反动势力统治是可憎的，然而别里科夫屈从于反动势力做了反动势力的帮凶，却是不可原谅的，因此，作家对别里科夫的态度始终是批判的。别里科夫的形象具有深刻的批判意义，它暴露了资产阶级知识分子的自私、软弱和妥协性，以及堕落为黑暗势力的帮凶的反动本质。同时，作者也揭示了造成这一现象的根本原因，即沙皇高压政策和残酷统治。这一形象还有更深刻的意义，契诃夫指出，别里科夫绝不是个别的人，像这样的人还有许许多多，以此告诉人们改造俄国社会是多么迫切，并借听故事人之口发出了"不能再照这样生活下去啦"的呼声，激起人们起来改变现状。

实际上，早在1986年，刘伯奎就已指出，别里科夫并非"旧制度的卫道士"，"作品中看不到他为当局效劳的实际行动"，人们并不怕他，还给他贴漫画。他只是一个"可怜的受尽折磨的小人物"，"面对种种一般人难以忍受的侮辱，他都只是怯懦地忍了下去，既无还击的念头，更无报复的手段"。作者的意图并不是要把套子的罪恶归于别里科夫本人，道理很简单：就像不能把"笼子"对"鸟"的束缚之罪归于关在笼子里的鸟一样，也不能把受害的"套中人"当作"布套子"的"凶手"。这很有见地。

孙亦平进而提出，别里科夫是一个受到沙皇专制统治压抑，人格精神被扭曲的受害者，是一个可怜又可悲的小资产阶级知识分子的形象：从表面上看，别里科夫确实是一个胆小怕事、顽固保守的人。但仔细分析，别里科夫的言行与一个正常人相比，已经有了明显的变异，他已经出现了精神分裂的现象。他所处的生存环境中的凡人琐事在周围人看来是习以为常的，他却认为是越轨的、不正常的。他的精神极为脆弱，"一画就气，一推就滚，一笑就死"。所以，我们不能以一个正常人的思维水平来衡量他，将他认定为一个顽固保守、反动的知识分子典型。再说他对待官方禁令、法规，虽然一清二楚，但同样"觉得在官方的批准或默许里，老是包藏着使人起疑的成分，包藏着隐隐约约，还没说透的成分"，全校的人乃至全城的人都怕他，但"就连校长也怕他"，应该说大家都被他的精神分裂症给吓坏了。所以，别里科夫只是一个被现实生活刺激、惊吓，心灵被扭曲的可怜又可悲的小人物。

我们认为，别里科夫形象具有突出的现代特征、普遍意义和人性深度，揭示了人性的异化问题。

别里科夫恐惧世界与生活，因此极力逃避生活，无论什么时候、什么天气都穿的套鞋、棉大衣，戴的黑眼镜，使用的雨伞等，是他给自己包上的一层套子，他躲在这个套子中，以便同世人隔绝。但是"现实生活刺激他，惊吓他，使他经常心神不宁"，于是他进而把自己和自己的思想极力藏在套子中，像寄居蟹或者蜗牛那样极力缩进硬壳里去，他时时刻刻都在心里念叨："千万别闹出什么乱子来。"这是他惧怕生活的心理反应。充满敌意的、可怕的世界让他感受到生存的恐慌，他拒绝接受生活中的一切变化（卡夫卡的《地洞》后来以象征的方式，通过动物表现了这种对生活的恐慌），甚至意外的爱情都不能动摇他的套子原则。对别里科夫来说，生活中的欲望越少，内容越少，危险也就越少，他的套子也就越牢固。生活中的一切破坏规章制度的行为都让他担惊受怕：做祈祷的时候有个同事来晚了，女校的女学监晚上同一个军官在一起了……他无时无刻不在担心："千万别闹出什么乱子来"。在他看来，每一个细小事件的背后都隐藏着极大的祸患，他的生活就是不断地等待灾难。因而，他总是处于无法遏制的恐惧之中，害怕生活中的一切。他的心被一种非理性的、黑暗的、原始的生活恐惧掌控着，他把世界理解为一种敌对的、可怕的存在，并全力保护自己不受其伤害。面对变化莫测的生活和层出不穷的"意外"，别里科夫保护自己的唯一方式就是循规蹈矩，崇信权威，严格执行各种规章制度，坚信逾越和背离会招致无法估计的祸患。"各种对于规章的破坏、规避、偏离的行为，虽然看来同他毫不相干，却使得他垂头丧气。"因而，他竭力去阻止各种破坏和偏离规章的行为（所以，社会政治解读认为他成了旧制度的卫道士和帮凶，也不无道理）。在荒诞世界的面前，人已经丧失了主体精神，丧失了人的价值和尊严，竟然显得如此渺小和无奈！

在契诃夫的作品中，别里科夫的这种恐惧感代表着人对世界的一种无意识的、本能的反应。然而，如果我们的理解仅限于此，那就低估了这部作品的艺术价值。它的深层意义还在于表现了整个世界的荒谬，外来灾害的无法预测和不可遏制，以及人对自我命运的不可把握和生存的无奈。别里科夫不论怎样小心翼翼，谨言慎行，最后还是出了"乱子"——他自己被人从楼梯上推了下来，一命呜呼。别里科夫的所作所为，在常人看来是无法理解的，甚至是荒谬的。如果我们细细地品味，就不难悟出作品的深层含义：当一个人处在被控制和被胁迫的情形下，原本健康的人格自然会发生裂变。这固然是辛酸的无奈，但更是荒唐的真实。别里科夫这一形象的艺术魅力就在于，作家通过人物在人格、精神方面的畸变，来渲染和深化人物在荒诞处境中的苦闷。别里科夫的性格是可笑的，但更是可悲的，或者说在喜剧性的矛盾中包含着悲剧性的因素。契诃夫在表现生活时所惯用的一种手法，就是善于在同一事件里面挖掘同时并存却又截然相反的两个方面，即借助可笑的表象揭示可悲的现实，而在由可笑转入可悲之际，正是事物的内在意义暴露之际。

别里科夫把生活的欲望降到最低限度。他的理想不是生活，而是死亡。因为生存是痛苦的，而死亡是最终的幸福——棺材成为别里科夫最好的和最安全的套子。别里科夫终于死了，他实现了自己的愿望。躺在棺材里的别里科夫"神情温和、愉快，甚至高兴，仿佛他在庆幸他终于装进了一个套子里，从此再也不必出来了"。然而，生活并没有因为他的死而有丝毫好转。如前所述，契诃夫的主人公们害怕的不是死亡，而是生活。他们每个人都有自己的套子，都有自己合理的"理想和追求"，如姚尼奇的钱财，尼古拉·伊凡内奇的醋栗。不能适应套子的生活将导致主人公的死亡，如《第六病室》中的格罗莫夫。然而，生活在套子中同样是危险的，同样要付出惨重的代价——失去做人的尊严和做人的自由，过着动物般的生活，别里科夫就是如此。俄国学者阿法纳西耶夫指出："'套子'是人现实的生存状态，是与人的'内心世界'相适应的生存形式。别里科夫现象——害怕生活、落落寡合、孤僻自闭——集中体现了人的永恒本性。"

马卫红进而谈到，在世界文学中，别里科夫不仅是一个逃避生活的典型，而且也是异化形象的雏形。生活在恐惧中的人失去了精神和心灵自由发展的能力，导致人性的屈从、变异和扭曲。这种畸形发展使人失去了作为人的本质，变为"非人"，人对于自己，对于他人都成为异己者。人在环境的挤压下丢失了自我，异化成类似寄居蟹或蜗牛一样的生物，异化成卡夫卡的大甲虫和尤奈斯库的犀牛。从某种程度上说，别里科夫的这种变异比格里高尔一夜之间变成大甲虫更可怕，因为这种变异是在不知不觉中发生的。格里高尔虽然外形上发生了变化，但他内心中作为人的情感和欲望没有变，他仍然渴望亲人的关怀和家庭的温暖，仍然会为无法给家里挣钱而感到愧疚。别里科夫身上发生变异的不仅是人的外形，而且还有人的精神世界。就这一点而言，他比变成大甲虫的格里高尔更可悲。

波洛茨卡娅指出，在《套中人》面世不久，在俄国就出现了与之有着渊源关系的作品，这就是安德烈耶夫的《窗边》(1899)、库普林的《平静的生活》(1904)、索洛古勃的《卑劣的小鬼》(1905)、奇里科夫的剧本《伊万·米罗内奇》(1905)等。列米佐夫的《不知疲倦的铃鼓》(1910)，甚至德国作家亨利希·曼的长篇小说《温拉特老师》(1905)也受其影响。

关于契诃夫的重要贡献与文学地位，米川正夫有很好的论述。他指出，契诃夫是俄国文学中最初的纯粹的短篇作家。他之所以转向短篇小说，虽然有俄国生活中心已渐渐从悠悠的田园转移到急速而轻快的都市的影响，但主要的是由于自身的艺术创作的特殊性。当他执笔的时候，最煞费苦心的，就是要怎样才能够最简洁地进行表现。在这方面的不断的努力，使得他那捉住事物的极微细的一端来暗示全体，以及在单纯的一言一语当中装进无限的内容的可惊叹的技巧，完成到最高超的程度。他乃是一个在俄国文学的表现形式上面完成了一大改革，而成为近代主义之先驱的，不能被忘记的人物。波洛茨卡娅则较为全面地论述了契诃夫对同时代尤其是 20 世纪文学的深远影响。[①]

值得一提的是，特罗亚有一段话对我们全面理解契诃夫十分有益，现把它当作结尾："他对现实无疑是悲观主义者，但他又对进步，对人的不断完善，对美好生活的到来抱有纯朴的信念。契诃夫是唯物主义者和无神论者，但他在内心深处却有一种神秘的忧虑，他感到自己无法说明其中的奥秘。科学思维和人类温情同在，辛辣的讽刺与冷静的观察共存，这就是他的文章之所以具有极大真实性的原因。"还可以补充一句，这也是其作品的一大魅力。

参考资料

安春华：《从〈套中人〉看契诃夫创作的现代意识》，载《中州大学学报》，2009(3)。

《亚·奥斯特洛夫斯基、契诃夫戏剧选》，陈冰夷、臧仲伦等译，北京，人民文学出版社，1998。

俄罗斯科学院高尔基世界文学研究所：《俄罗斯白银时代文学史(1890年代—1920 年代初)》，谷羽、王亚民等译，兰州，敦煌文艺出版社，2006。

---

① 参见俄罗斯科学院高尔基世界文学研究所：《俄罗斯白银时代文学史(1890 年代—1920 年代初)》Ⅰ，谷羽、王亚民等译，兰州，292～337 页，兰州，敦煌文艺出版社，2006。

［美］埃里希·弗罗姆：《对自由的恐惧》，许合平、朱士群译，北京，国际文化出版公司，1988。

［俄］高尔基：《安·巴·契诃夫》，汪介之译，见周启超主编：《白银时代·名人剪影》，北京，中国文联出版公司，1998。

［俄］格罗莫夫：《契诃夫传》，郑文樾、朱逸森译，郑州，海燕出版社，2003。

李辰民：《走进契诃夫的文学世界》，香港，香港天马图书有限公司，2003。

刘伯奎：《罪责在"套子"不在"套中人"》，载《外国文学欣赏》，1986(4)。

马卫红：《现代主义语境下的契诃夫研究》，北京，中国社会科学出版社，2009。

［俄］德·斯·米尔斯基：《俄国文学史》，刘文飞译，北京，人民文学出版社，2013。

［美］弗·纳博科夫：《论契诃夫》，载《世界文学》，1982(1)。

《契诃夫文集》第十四卷，汝龙译，上海，上海译文出版社，1999。

《契诃夫文集》第十五卷，汝龙译，上海，上海译文出版社，1999。

《契诃夫文学书简》，朱逸森译，合肥，安徽文艺出版社，1988。

《契诃夫短篇小说选》，汝龙译，北京，人民文学出版社，2002。

孙亦平：《别里科夫形象及其意义新探》，载《南昌教育学院学报》，2004(1)。

［法］亨利·特罗亚：《契诃夫传》，侯贵信、郑业奎、朱邦造等译，北京，世界知识出版社，1992。

童道明：《我爱这片天空——契诃夫评传》，北京，中国文联出版社，2004。

［英］辛格雷：《契诃夫传》，范文译，台北，志文出版社，1975。

［美］马克·斯洛宁：《现代俄国文学史》，汤新楣译，北京，人民文学出版社，2001。

《斯坦尼斯拉夫斯基全集》第一卷，史敏徒译，北京，中国电影出版社，1958。

结　语　俄罗斯文学的特点

俄罗斯地跨亚洲和欧洲，既接受了欧洲文化、文学的影响，又深受亚洲文化、文学的影响，因而形成了自己独特的文化、文学传统。总体来看，俄罗斯文学有以下三个方面的突出特点。

一、突出的现实关注

俄罗斯文学有一个优良的传统，那就是关注当前社会现实问题，并且通过对人物心理奥秘的揭示来反映并思考这一问题，同时又与道德尤其是宗教的内容、与对人性的探索结合起来，因而又具有了超越性——由当前的现实功利性上升为普遍性、永恒性。可以说，俄罗斯文学是一种既具有当前现实功利性又具有人类性的文学。它面向现实，但又颇具超越性；它关注彼岸，但又把根深深地扎入俄罗斯劳苦群众的土壤。这种突出的现实关注表现为对小人物的关注、强烈的民族激情或爱国主义激情、浓厚的政治色彩。

19世纪的俄罗斯文学，有一个引人注目的特点，即对"小人物"命运的关注。从普希金的《驿站长》开始，到果戈理的《外套》打下坚实的基础，并贯穿整个俄罗斯文学。20世纪俄国文学进一步关心下层人民的不幸。例如，左琴科的幽默讽刺小说，以往都认为只是讽刺、揭露丑恶的一面，其实它还包含着对小人物的深深同情。俄国文学有源远流长的揭露、讽刺小市民和市侩习气的传统。马克·斯洛宁指出，在19世纪40年代，"亚历山大·赫尔岑曾给'市侩阶层'下了这样的定义：'少智缺德的小人。他们自命不凡，愚昧无知，残酷无情和俗不可耐。'从果戈理到萨尔蒂科夫-谢德林和契诃夫，俄国作家们一直在揭露披着各种伪装的'市侩阶层'"。左琴科继承了这一传统，其"讽刺作品专门描写无聊的人，也就是俄国人常常称之为'市侩'的那种卑鄙的、胸襟狭窄的中下层社会的市民"。李莉进而认为，左琴科的小说犹如灰色的日常生活的场记，个个庸常故事都能烛幽索隐，小人物的愚昧无知、懒惰保守、阿谀奉承、庸俗无聊、虚荣自私等等世相，也都被放大具显，如在目前。左琴科在《青春复返》中说："没错。我写的是小市民。是的，我们是没有作为一个阶级的小市民，但我大体上塑造的是一个集合的形象。在我们每个人身上都有小市民、私有者和贪婪者这样那样的特点。我往往将这些特点集合起来，放到一个人身上，于是这个人物对我们就熟悉和似曾相识了。"这段话，一方面说明了作家塑造形象的方法，另一方面更重要的是，他指出我们每个人身上都有小市民的特点，这是人性的弱点。正因为如此，作家创作这些作品的目的并非单纯的揭露和讽刺，而是要帮助人们认清自身的小市民习气，从而摆脱束缚，坚定对自身的信心。这也使他的幽默讽刺小说超越了以往文学中对小市民的简单讽刺和揭露，多了一份怜悯、忧伤、宽容和同情，昭显了作家的人性关怀。对此，李莉有非常精辟的论述。她指出，一方面，左琴科小说的佳胜处，就在他通过切近而又能作用于人心的"无限深渊"——普通生活的日常形式和小人物庸常人生的当下追求，在纵横交错的社会之网中，直达人性的深处，致力于传达人物内心的幽微奥秘，于审丑的幽默小说中寄寓对人性本质的深刻认识，对小人物的实际生存状态的真切感受；另一方面，"左琴科的人物"与环境无法调和的矛盾冲突把那个时代社会基层的复杂关系和生态呈现出来，从彰明人物两难的生活处境开始，直达生存意义极限的人生体验。"于嬉笑诙谐之处，包含绝大文章"。如是，庸常故事包含了认识和认同两个方面，认识的自然是这些小人物所代表的人性的悖谬，认同的则是他们作为人的生存本能。对人性的可笑、可叹、可怜的洞悉，以及建立在这种洞悉之上对同类的宽容和关怀，使得左琴科的幽默深刻而非尖刻。真正的幽默总是包含了宽容，总是根植于对人性的透彻了解，总是给予一种人道主义意义上的关怀。

俄苏文学更突出的特点是对俄罗斯民族前途的高度关注，这表现为爱国主义和政治色彩。果戈理的一段话道出了所有俄罗斯作家的心声："还是在很早以前，从我几乎还不懂事的岁月开始，我就充满了炽热的热忱，为了国家的利益，使自己的一生变成有用的一生，纵然只能效绵薄之力，我也会热血沸腾。"因此，俄罗斯古典文学的一大特点便是强烈的民族激情，具体表现为关心俄罗斯民族的前途与命运。19 世纪，卫国战争不仅打败了不可一世、横扫欧洲的拿破仑，而且使俄国成为欧洲的霸主之一，这大大地激发了俄罗斯民族的爱国热情；与此同时，一部分随俄军打进欧洲的青年军官和知识分子，目睹了西欧的文明，深感俄国农奴制的落后与不人道，渴望有一个根本性的变化。1862 年在多种因素的作用下，沙皇虽然颁布了废除农奴制的诏令，但俄国的现状并未得到根本改变。而且随着西欧资本主义文明越来越凶猛地不断涌入，俄罗斯文化受到了越来越大的冲击。俄罗斯民族向何处去？俄罗斯民族该如何面对这一强劲的冲击力？这是 19 世纪俄国作家普遍关注并在作品中大力反映的问题。这些，仅从 19 世纪俄罗斯文学中出现的不同系列的人物形象，如"多余人"形象系列、"新人"形象系列、"忏悔的贵族"形象系列中即可一目了然。

"多余人"是 19 世纪中期俄国文学中出现的一组人物形象。最早的"多余人"形象是普希金诗体长篇小说《叶甫盖尼·奥涅金》中的男主人公叶甫盖尼·奥涅金。普希金不仅是公认的"俄国文学之父"，而且也是俄国心理现实主义的奠基者，他所刻画的奥涅金生动地体现了面对西欧与俄国两种文化的冲突，俄国青年贵族不知所从、迷失方向，从而终生一事无成的具体境况。奥涅金相当聪明，有良好的教养，深受西欧启蒙主义思想的影响，对浑浑噩噩、一潭死水的俄国现实不满，渴望行动，试图对这平庸的现实有所改变，但终因目标不明确，再加上自身俄罗斯贵族的平庸性，结果终生一事无成，成天在痛苦中煎熬。在当时，青年贵族是俄罗斯民族的希望，对青年贵族的前途与命运的关注，也就是对俄罗斯民族前途与命运的关注。此后，不少心理现实主义作家沿着这条道路继续向前拓展。莱蒙托夫在《当代英雄》中塑造了"多余人"毕巧林，屠格涅夫在《罗亭》中塑造了"多余人"罗亭，冈察洛夫更是塑造了"多余人"的末代子孙奥勃洛摩夫。"多余人"形象从在两种文化的冲突中找不到出路，怀疑、不满、忧郁、苦闷、彷徨、悲观，发展为最终的完全无所事事、懒散成性，而且因循守旧、害怕改革。这说明俄国心理现实主义作家的目光发生了变化，他们已不再认为青年贵族代表着俄罗斯民族的前途与命运，相反，他们已逐渐成为跟不上时代发展，即将被扔进历史"垃圾堆"里的人。

与此同时，随着俄国历史上平民知识分子开始登上历史舞台，展示自己的力量，俄国作家便把目光转向了新的文学人物形象系列——"新人"形象系列。"新人"是指 19 世纪五六十年代俄国社会中出现的平民知识分子、民主主义革命者，他们往往从事劳动，自食其力，意志坚强，道德高尚，不仅有美好的理想，而且有能力去实现它。最出色的"新人"形象是车尔尼雪夫斯基在《怎么办》这部长篇小说中塑造的，拉赫美托夫是其中的佼佼者。俄国心理现实主义小说中的"新人"形象则是由屠格涅夫塑造的。屠格涅夫是俄国文学中最善于捕捉时代变化的作家，他最早反映了俄国文学从贵族文学向平民知识分子转变时期的一个显著的社会特征，就是"多余人"的消失和"新人"的出现。他在 19 世纪 60 年代初出版的长篇小说《前夜》和《父与子》是这一时期最早描绘"新人"形象的作品。《前夜》中的男女主人公英沙洛夫、叶琳娜在小说中被描写为"新生活的预言者"，《父与子》中的巴扎罗夫也被不少学者当作"新人"。"新人"不仅仅是新生活的预言者，他们也以自身的努力与奋斗昭示了平民知识分子的力量。这说明俄国社会也把俄罗斯民族的希望寄托到他们的身上。

但俄国的贵族在当时毕竟还是客观存在，并且为数不少。他们的前途依然与俄罗斯民族的前途息息相关。于是，19 世纪中后期又出现了列夫·托尔斯泰的一系列"忏悔的贵族"形象系列。"忏悔的贵族"是 19 世纪后期俄国文学中的贵族知识分子形象，他们受过良好的教育，有强烈的道德感，一度犯过错误，后来幡然悔悟，深深忏悔，并用实际行动来赎罪。通过一系列"忏悔的贵族"的形象，尤其是通过《复活》中的聂赫留朵夫，托尔斯泰表达了自己的殷切希望：俄罗斯的贵族都应该自觉地忏悔赎罪，自觉地放弃专制与暴力，放弃财产，放弃富裕的寄生生活，深入民间，爱人、怜悯人，以建成人人相爱的幸福美满的人间天国。在此，托尔斯泰把俄罗斯民族的前途与命运寄托在忏悔贵族的改过自新，与人民融为一体上，这也是这位思想家和作家为俄国社会所开出的独特的治世之方。

上述形象无一不表现了作家对俄国前途与命运的思考。他们不倦地探索俄罗斯民族的发展道路，试图为苦难的民族找到一条更新之路。正因为如此，高尔基把俄国文学称为"一种提问题的文学"，他认为没有一个问题是俄国文学所不曾提出和企图解答的。俄罗斯古典作家表现出强烈的忧患意识和深重的社会使命感，他们往往以文学为武器，参与到对俄国人民的解放运动的核心问题的探索中。19世纪前期，他们提出了"谁之罪"的问题，揭示社会罪恶产生的根源是农奴制与专制制度；19世纪后期，他们提出了"怎么办""真正的白天何时到来""谁在俄罗斯能过好日子"的问题，探索社会的新出路。

20世纪初，在现代主义尤其是象征主义那里，这表现为对俄罗斯前途和命运的关注。尽管现代主义是一个极力追求艺术形式，带有极强唯美色彩的文学流派，俄国现代主义更是以其影响深远的对艺术形式的探索著称，然而，现代主义尤其是俄国现代主义，对社会并非毫不关心，并非完全躲在艺术的象牙之塔里。俄国现代主义艺术家关心社会的发展，探索社会的前途，试图以艺术为多灾多难的社会和人民探寻一条获救之道。俄国现代派无一例外，都向往革命，渴望革命，企盼革命为世界、为人民带来一个幸福、美妙的新世界，他们不仅对1905年及1917年的革命表现了相当的积极性，而且在自己的创作中一再表现革命这一主题。俄国现代主义诗人都具有一种历史乐观精神，都把幸福、美满寄托在历史发展的未来。象征主义在这方面尤为突出，不管是老一代象征主义诗人，还是年青一代的象征主义诗人，他们都在以不同的方式表现对俄罗斯前途与命运的关注。老一代象征主义诗人，更多地试图把美与宗教结合起来，尝试着以极具唯美与宗教色彩的诗歌为苦难的祖国与人民探寻一条获救之道。他们提出的"艺术是从最后毁灭中拯救人类的手段"即为显例，突出代表是梅列日科夫斯基。年青一代的象征主义诗人则力求在革命中为世界开辟新的天地，他们纷纷欢呼革命的到来，在作品中歌颂革命，典型代表为勃洛克。阿克梅派实际上是俄国现代主义四个流派中最具唯美色彩的一个流派，但古米廖夫的诗也反映了作为一个知识分子尤其是一个追求自由、艺术的知识分子，在那动乱的血与火的年代里的困惑。曼德尔施塔姆更是希望以艺术对抗扼杀个性的专制帝国、以诗歌在文化中为俄罗斯找到一条康庄大道。未来主义不仅欢呼革命，而且较早地以诗歌反映或歌颂了城市生活，甚至较早表现了城市生活将带来的物的异化乃至造反。进而，他们表现人性，探索人性。

19世纪末20世纪初，由于科学技术的进步，更由于都市化、工业化的影响，人们普遍对人很感兴趣，试图对人性进行探索。在此大潮中，俄国现代主义也大多致力于人性的探索：象征主义试图以美来拯救世界，他们引进宗教的因素，不仅是为了给这混乱一片的世界找到终极价值，同时也是为了以宗教作为考验人性的标尺。"他们主张不是借助于暴力和消灭人的差异，而是通过'阐释善的思想'，通过爱的伦理把人们联结成共同一致的集体。这种思想导致他们进行了多种多样的探索，这在各种文学流派的政论和艺术创作中得到了反映。梅列日科夫斯基和倾心于他的文化圈人士指责历史上俄国的东正教服从于尘世的权力和消极无为，探索着宗教改革新的道路"，勃洛克和别雷"选择的是另一条也是宗教的道路，他们追随弗拉基米尔·索洛维约夫，虔信索菲娅并为她服务"，另外"有一大群作家在古老信徒派等各种教派中寻找精神复兴的道路"，尤为重要的是，"古代俄罗斯关于人与整个存在的世界兄弟般结合的思想在白银时代的宗教探索中占有特殊地位"。

与此同时，他们深入挖掘现代社会在人性方面存在的一系列问题——如人与人关系的异化，人的孤独，人性中的善与恶的冲突等。阿克梅主义中，古米廖夫通过浪漫的灵魂、客观的形式表现了一个有着心灵的激情、刚强的个性的人那富有浪漫情调的探险与征服，展示了人性中具有进取性的一面，阿赫玛托娃则反复探究爱情过程中隐秘的人性，尤其是女性心灵中的幽微曲折；未来主义则以对现代城市的歌颂及反思，表现现代意义上的人性。总之，正如俄罗斯学者阿格诺索夫等指出的那样："世纪之交人的敏感性、多值性、多变性、力量与虚弱的交替、悲剧性的急剧变化都反映在文学家的散文、诗歌和戏剧的情节中，反映在对我们的文学来说很典型的梦境、幻觉、复杂的联想中……"

苏联文学对社会的关注更加突出，爱国主义与政治倾向融为一体。肖洛霍夫、帕斯捷尔纳克、索尔仁尼琴这样的大师，也时刻关注着现实问题，并且视野宏阔。

二、浓厚的道德色彩

俄苏文学具有浓厚的道德色彩。这与俄罗斯文化及俄罗斯文学传统有关。俄罗斯文化是一种"罪感文化"。10 世纪末，弗拉基米尔大公接受了基督教。拜占庭基督教中希伯来文化的强烈的原罪意识，被俄罗斯原封不动地保留下来。此后，由于长期战乱，这种原罪意识与苦难意识交融，在民族的心灵深处产生了一种浓郁的罪孽意识。这种意识在俄罗斯人心中渐渐扎根，使他们注重道德的修养，注重忏悔，并在灵与肉的冲突中肯定前者，否定后者，进而形成一种超越意识，一种执着于精神追求的理想主义和一种强烈的殉道精神。因之形成了重视道德内省的民族传统。最早奠定俄罗斯文学重视道德这一基础的是普希金。他在《叶甫盖尼·奥涅金》中高举俄罗斯式的道德旗帜，对当时相当流行的弘扬个性与自由做出了独到的反思。他认为，弘扬个性与自由是必须的，但应该而且必须建立在责任的基础上。也就是说，个人在维护个性、追求自由时，必须意识到自己对自己，尤其是对他人的责任，妥善处理好为我与为他的关系。在诗体小说中，他对小说的男主人公奥涅金在采取行动时有无责任心，态度十分鲜明。当奥涅金以负责的态度，拒绝了达吉雅娜的求爱之后，普希金对其言行大加赞赏，不惜"现身说法"，指出人们对他的不公："我的读者，您一定会赞成，/说在伤心的达吉雅娜面前，/我们的朋友有着可爱的言行；/他并非在这里才初次表现/他的心灵中正直的高尚，/尽管人们由于存心不良，/对他丝毫也不宽宥……"而对奥涅金杀死朋友连斯基的不负责任的举动，诗人则满腔义愤，痛加谴责。他先写一个人为了些微小事而杀死自己的朋友该有何等难受的感触，接着，他展示了连斯基作为诗人可能建立的功勋——"他的竖琴原可能铿锵几千年"，最后忍不住深深感叹，愤怒声讨："唉！读者啊，沉思的幻想家，/这位诗人和多情的少年，/已经死在他的朋友的手下！"更重要的是，他塑造了达吉雅娜这一俄罗斯道德的理想化身。在诗体小说中，达吉雅娜的个性被置于具有崇高道德意义的地位上面。她身上那种严肃慎重地对生活以及对他人的态度，那种对自己行为负责的深刻责任感，那种将生活视为高尚道德事业的特点，使她成为典型的"俄罗斯灵魂"。她在道德上不可动摇的坚定性和责任感，远远超出了家庭生活的范围，独特深刻地表现了甘愿做出自我牺牲的一代人的崇高理想，体现了俄罗斯民族传统的道德理想，展示了俄罗斯民族的精神气质和巨大的道德力量，对此后的俄罗斯文学产生了深远的影响。

　　此后，俄罗斯文学在这个方面不断进行深化。小说家们更多从个人的道德内省或内心的善恶冲突中来表达道德的主题，高扬道德的旗帜。其中，最突出的作家一为托尔斯泰，一为陀思妥耶夫斯基。他们都从宗教中获取营养，形成了自己独特的道德观，表现了以劝善为使命的道德意识。

　　托尔斯泰一生都在寻找"正确的"宗教信仰，寻找上帝，最后终于找到了爱的上帝，爱的精神。爱的法则成了他救世的灵丹妙药，他在福音书里找到人生的答案和真谛。基督教的原始教义是他进行文学创作的动力，他基于这个教义创造了自己的新的宗教哲学——托尔斯泰主义。这是一种福音书与东方宗教哲学相结合的宗教，核心思想是"勿抗恶"和"人的道德自我完善"。托尔斯泰刚登上俄罗斯文坛不久，车尔尼雪夫斯基就写了评论其小说的文章，指出其创作具有两个突出的特点，一个是"心灵的辩证法"，另一个是纯洁的道德情感。其实，这两者是有着紧密的联系的。纯洁的道德情感往往是通过不断进行的自我观照与自我反省来体现和达到的，这贯穿托尔斯泰的整个创作，在《复活》中尤为突出。在《复活》这部长篇小说中，托尔斯泰深入细致地描写了男女主人公的精神从动物式的人和麻木不仁中复活，升华到不仅怜悯他人、关爱他人，而且能为所爱的人做出巨大的自我牺牲的崇高道德境界（聂赫留朵夫为了重新爱玛丝洛娃，也为了赎罪，愿放弃一切，陪同她走上漫长的流放远方之路；而玛丝洛娃则在重新爱上聂赫留朵夫之后，为了他的名誉与前途拒绝了他的求婚）。

　　陀思妥耶夫斯基更是把道德色彩浓重的俄国文学推进一个新的阶段。他从人和神人、受难之路与爱的力量、人的自由之路、双重人格——善恶本性的嬗变等方面，探讨了人性及人的出路问题。陀氏宗教观的核心是人而不是神。他的宗教和他的文学创作都以人为中心。他所创作的人物形象表现人的善恶本性，表现人的内心中的"上帝"与"魔鬼"的搏斗，灵与肉的分裂所形成的双重人格。他写出神人和超人以及由他们构成的启示世界和魔幻世界，展示人为了达到人格的完美和统一，为了达到精神的复活而走的一条痛苦的受难之路。总之，陀思妥耶夫斯基通过揭示"人的秘密"，展现出融于他的艺术世界中的全部宗教意识和形象体系，表现自己独特的道德意识。陀思妥耶夫斯基从抽象的伦理道德原则出发，把人的心灵看作善与恶、上帝与魔鬼展开连续斗争的场所。因此，他的作品总是描写人的心灵善恶两极的激烈交战,从《双重人格》一直到《卡拉玛佐夫兄弟》,莫不如此。再如《罪与罚》,大学生拉斯科尔尼科夫一方面在某种类似"超人"理论及西欧其他理论的影响下,试图无视"平庸"的道德规范,证明自己的确是超人,可以为了社会的进步和人们的幸福,杀死对社会和人们有害无益的放高利贷的老太婆,另一方面杀人后又受到良心的谴责,深感痛苦,小说生动而震撼人心地描写了拉斯科尔尼科夫在决定杀人后的内心矛盾冲突,特别是杀人后善恶两极的激烈争斗。最终,在为了他人勇于牺牲自己的索尼娅的影响下,他内心中的善战胜了恶。

别尔嘉耶夫指出:"俄罗斯的主旋律将不是现代文化的创造,而是更好的生活的创造。俄罗斯文学将带有比世界全部文学更多的道德特点和潜在的宗教特点。"这是很有预见性的,因为20世纪俄罗斯文学继承了俄罗斯古典文学的这一道德传统,道德探索同样是其重要的主题。20世纪50年代中期到60年代中期,道德探索在文学领域重新获得重视,突出表现是人道主义被视为文学的旗帜与灵魂,出现了专门的道德题材文学类型。在道德题材文学作品中,道德探索具体表现为:其一,着重谴责德国法西斯惨无人道、灭绝人性的罪行,如肖洛霍夫的《一个人的遭遇》;其二,批判个人崇拜和官僚主义者不关心人、不尊重人、不信任人的现象,如爱伦堡的《解冻》、特里丰诺夫的《解渴》;其三,强调表现普通人的人性、道德素质、思想感情,肖洛霍夫《一个人的遭遇》的主人公索科洛夫是典型代表;其四,从人的角度尊重敌人,在罪犯身上寻找人性,如涅克拉索夫的短篇小说《第二夜》宣称"敌人也是人",尼林的中篇小说《冷酷》写出了罪犯包金身上的人性,同时提出在革命斗争中应该遵循一定的道德准则。60年代中期以后,由于科技革命的发展、物质生活的丰富,享受主义、拜金主义盛行,文学创作中的道德探索进一步加强。具体表现为:其一,道德探索渗透各种题材的文学作品,如工业题材中格拉西莫夫的中篇小说《投产》、切尔内赫的剧本《来去之日》,农业题材中拉斯普京的中篇小说《最后的期限》《告别马焦拉》,战争题材中瓦西里耶夫的中篇小说《这里的黎明静悄悄》、贝科夫的中篇小说《方尖碑》,国际题材中邦达列夫的长篇小说《岸》等;其二,以道德问题为中心内容的作品不断出现,其中一类作品涉及"善""恶"观念以及人与自然的关系等问题,如艾特玛托夫的中篇小说《白轮船》、特罗耶波尔斯基的中篇小说《白比姆黑耳朵》、阿斯塔菲耶夫的长篇小说《鱼王》；另一类作品通过对日常生活的描写，暴露人们道德上的缺陷，如拉斯普京的中篇小说《为玛丽娅借钱》，特里丰诺夫的中篇小说《交换》《滨河街公寓》，以及利帕托夫的长篇小说《伊戈尔·萨沃维奇》等。

　　在某种程度上，这种浓厚的道德色彩表现为突出的人道主义精神。如前所述，东正教的思想形成了俄罗斯人的人道主义传统。别尔嘉耶夫指出："对于丧失了社会地位的人、对被侮辱与被损害的人的怜悯、同情是俄罗斯人的很重要的特征"，并且使俄罗斯人有一种强烈的忧患意识，"向往更好的、更加公道的生活"。在俄罗斯古典文学中，对下层人民苦难生活的关注，始自拉吉舍夫。他在《从彼得堡到莫斯科旅行记》中目睹农奴制下人民的悲惨生活，不禁深深感叹："我举目四望，人民的苦难刺痛了我的心。"普希金的《驿站长》、果戈理的《外套》等作品则奠定了关心小人物的苦难和命运的传统。十月革命后，人道主义在苏联文学中获得了新的内涵。高尔基把它称为"无产阶级的人道主义"或"革命的人道主义"，这种人道主义"是要把一切种族和民族的劳动人民从资本的铁蹄下彻底解放出来"，"使整个劳动人民的世界摆脱嫉妒、贪婪、庸俗和愚昧——摆脱许多世纪以来摧残劳动人民的一切丑恶现象"。20 世纪 50 年代中期，俄国文学揭露官僚主义对人的不关心，控诉个人崇拜给人带来的危害，揭示战争中人的悲惨命运，把小人物放在艺术描写的中心，甚至从全人类的角度来写人。"一切为了人，一切为了人的幸福"，被看作人道主义精神的体现。正像肖洛霍夫所说的那样："我希望我的作品能够帮助人民变得更美好，能够激发人的爱以及为人道主义的理想而积极奋斗的愿望。"

三、宏阔的人类视野或全球视野

　　俄国文学具有宏阔的人类视野或全球视野，这也与东正教有关。早在拜占庭（东罗马）帝国灭亡时，俄罗斯东正教思想家就已提出"第三罗马帝国说"，鼓吹俄罗斯民族是上帝选来承担特殊使命的民族，是基督教的真正体现者和捍卫者。最早论述"第三罗马帝国说"的是菲洛费伊。"他认为，第一个罗马帝国由于它任凭异端在早期基督教会中盘根错节而灭亡。第二个罗马（拜占庭）由于它同渎神的拉丁教徒缔结合并协定而陷落。现今，历史的接力棒已经递给莫斯科国家。它是第三个罗马，也是最后一个罗马，因为第四个罗马是不会有的。"（克雷维列夫）这一理论与东正教的千年王国说、基督论等结合，不仅对历代沙皇，而且对俄国知识分子也产生了深远影响：一方面形成了他们的大俄罗斯主义（如泛斯拉夫主义），另一方面也形成了他们特殊的历史使命感和宏阔的人类视野——俄罗斯民族富有实现社会真理，实现人类友好情谊的特殊使命，俄罗斯民族有义务实现千年王国。再加上东正教本身所具有的终极性追求，这使得俄罗斯文学具有宏阔的人类视野或全球视野。所以，在 19 世纪的俄罗斯文学中，普希金、托尔斯泰、陀思妥耶夫斯基等作家，莫不以对人性的关注、人的灵魂等的得救而具有人类性。别尔嘉耶夫指出："19 世纪伟大的俄罗斯作家进行创作不是由于令人喜悦的创造力的过剩，而是由于渴望拯救人民、人类和全世界，由于对不公正与人的奴隶地位的忧伤与痛苦。"米川正夫也谈到，在 19 世纪，俄国文学一面进行着本国社会状态之研究、批判，一面则不再把它当成只是俄国一国的地方问题，而发展到可以从一般人类的高处去加以观察和检讨的东西，因而获得了世界的意义。

20 世纪初，梅列日科夫斯基的《基督与敌基督》三部曲，"揭示了一个主题——基督与敌基督之间的斗争，这是基督教里一个著名的神学问题"。"梅列日科夫斯基把基督与敌基督看作世界历史上的两个原则，具有象征性的意义。在他这里，基督与敌基督的斗争主要表现在他所选择的历史人物的心灵之中，小说主人公的心灵世界成了基督与敌基督、基督教与多神教的战场，在这一点上，他与陀思妥耶夫斯基类似。整个人类历史就是这两个原则的斗争史，是两个原则下的两个道德价值体系的斗争史。敌基督代表的实际上就是多神教的力量，主要体现的是人间的原则：人间的美、肉体的真理、快乐和对生活的享受等。基督所代表的是基督教的力量，基督教所教导的是更高尚的道德水准和价值取向。不难发现，多神教更接近人间生活，而基督教与人间的事情相距较远，与人间的幸福几乎是格格不入。"（张百春）索洛古勃在《卑劣的小鬼》中继承了陀思妥耶夫斯基解剖人的灵魂与刻画二重人格的传统，深入解剖了人心中的罪恶与黑暗，揭示了人心中潜伏的破坏本能、毁灭本能。主人公彼列多诺夫（一译彼列顿诺夫）具有明显的二重人格。表面上，他受过高等教育，是五等文官，还是贵族中学的教师，在公共场所，他也的确竭力展现自己受过教育、是五等文官又是教师的一面。但其实，他心理极其阴暗、卑劣，比别里科夫还要可怕。索洛古勃通过这一形象，充分揭露了"彼列顿诺夫习气"的破坏性、可怕性。在社会政治生活中，它毒害人们，扼杀人们的生机，使人如履薄冰，生活在危险和畏惧之中。更重要的是，正如周启超指出的那样："'彼列顿诺夫习气'的破坏性不仅表现在社会政治方面。它的可怕性，在小说的叙述中获得了一种超历史的概括性，一种形而上的本体性……彼列多诺夫的人性在狂想中丧失，他不仅成了那种无处不在无时不有的魔鬼品性的牺牲品，而且更是被魔鬼缠住身心的折磨者，他折磨他周围所有的人。""通过这样一个卑微的'小人物'向'卑劣的小魔鬼'的蜕变，索洛古勃展开了他对人的性灵的拷问。他试图揭示在人的意识深层潜伏着的破坏本能、毁灭本能的可怕能量，而达到对现代人的人性本身被异化这一'类本质'的透视。在这个层面上，'彼列顿诺夫习气'就不仅是'当代俄国日常生活本身'的象征，而且还是'现代人在异化世界状态中精神蜕变人格丧失'的象征。"别雷的小说《银鸽》《彼得堡》则把俄国知识分子与人民的关系问题放到东西方文化融合的背景下来思考。在别雷看来，俄国东西方的问题在某种程度上就是知识分子与人民关系的问题，也是俄国的前途与出路的问题。俄国的知识分子由于过于西化，过分冷静理智，因而难以真正融入俄罗斯大地和民众的生活，而广大民众尤其是鸽派教徒尽管力量强大，但又由于过于愚昧、迷信，也无法使俄国得救。他们杀死了达尔雅尔斯基，表明东方战胜了西方，"东方的黑暗深渊"奴役着俄罗斯。解决俄罗斯东西方问题最好的办法，是两者"在形而上学的更高境界上互相融合"（马克·斯洛宁）。这些都体现了人类视野。

在苏联文学中，这种宏阔的全球视野主要体现在三个方面。一是对于人与自然关系的思考。从20世纪20年代的叶赛宁一直到七八十年代的阿斯塔菲耶夫、艾特玛托夫，许多俄罗斯诗人和作家把文学与人的道德状态、人的生存环境乃至整个人类的命运联系起来，表现出神圣的忧患感。二是大量描写国际题材（如邦达列夫的《岸》），并在对战争等给人类带来灾难一类事件的反思中揭示人性（如瓦西里耶夫的《这里的黎明静悄悄》），有时更把人道主义发展为对人类命运的终极关怀（如肖洛霍夫的《静静的顿河》、帕斯捷尔纳克的《日瓦戈医生》)。三是对人类精神性的弘扬。这是 20 世纪俄国现实主义文学的最重要特征之一。主流形态的现实主义作品塑造了一系列正面形象,如高尔基的《母亲》中的巴威尔、奥斯特洛夫斯基的《钢铁是怎样炼成的》中的保尔·柯察金等,强调了人类信仰的神圣性和精神生活的重要性;非主流形态的现实主义作品也十分关注人的精神性,它们或者大胆地揭露极权主义对人的精神的高压和操控,如扎米亚京的《我们》,或者辛辣地讽刺市侩们的物欲横流、拜金主义和奴性,如左琴科的短篇小说,或者歌颂人在历史巨变时期对真理的探索、对独立自由的追求和人道主义情怀,如肖洛霍夫的《静静的顿河》、帕斯捷尔纳克的《日瓦戈医生》。

值得一提的是,文学在俄罗斯有着非常重要的地位,对俄罗斯民族有着重大影响。科尔米洛夫等指出:"俄罗斯文化从普希金时代起就以文学为中心:不是宗教、哲学或科学,而是文学创作形成了民族意识类型、思维方式和感受方式。因此,文学被神圣化,成了崇高的民族财富。'普希金是我们的一切'或者'普希金在我们这里是一切开端的开端'这种定义决定了文学在民族文化中的地位和作家的社会地位。""作家是形成社会意识和民族心智的最重要角色。他们肩负着抨击弊端、启蒙同胞心灵、指明真理的道路、成为人民手中'目光敏锐的拐杖'的重任。"

参考资料

[俄]弗·阿格诺索夫主编:《白银时代俄国文学》,石国雄、王加兴译,南京,译林出版社,2001。

[俄]尼·别尔嘉耶夫:《俄罗斯思想:十九世纪末至二十世纪俄罗斯思想的主要问题》,雷永生、邱守娟译,北京,生活·读书·新知三联书店,1995。

胡日佳:《俄国文学与西方:审美叙事模式比较研究》,上海,学林出版社,1999。

[俄]谢·伊·科尔米洛夫主编:《二十世纪俄罗斯文学史:20—90 年代主要作家》,赵丹、段丽君、胡学星译,南京,南京大学出版社,2017。

[苏联]约·阿·克雷维列夫:《宗教史》上卷,王先睿、冯加方、李文

厚等译，北京，中国社会科学出版社，1984。

李莉：《左琴科小说艺术研究》，北京，人民文学出版社，2005。

［日］米川正夫：《俄国文学思潮》，任钧译，重庆，正中书局，1941。

［美］马克·斯洛宁：《苏维埃俄罗斯文学（1917—1977）》，浦立民、刘峰译，上海，上海译文出版社，1983。

张百春：《当代东正教神学思想》，上海，上海三联书店，2000。

周启超：《俄国象征派文学研究》，北京，社会科学文献出版社，1993。

［苏联］伊·佐洛图斯基：《果戈理传》，刘伦振等译，天津，天津人民出版社，1982。

附录一 《伊戈尔远征记》：主题思想和艺术特色

《伊戈尔远征记》(1185—1187)是俄国古代文学最高的成就之一，也是欧洲中古四大英雄史诗之一。它在结构上包括三个部分：序诗、正诗、结尾。序诗提出有两种写作方法：一种是"遵循这个时代的真实"(亦译"今天的真情实况")，即严格符合事件的实际历程，像历史那样记述事件；一种是按照 11 世纪下半叶到 12 世纪初著名的俄罗斯武士兼歌者鲍扬的方法，这是一种自由地、创造性地加工材料的方法。正诗是史诗的主要部分，也可分为三个部分：第一部分描写伊戈尔率军征讨波洛夫人(又译波洛维茨人、波洛威茨人)——第一天初战告捷，第二天惨败被俘以及战败的可悲后果：波洛夫人乘胜侵入罗斯国土，大肆烧杀抢掠；第二部分描写基辅大公预言性的梦、他的忧伤，他"含泪的金言"——沉痛谴责伊戈尔的个人英雄行为，庄严号召全罗斯各王公团结对敌；第三部分先写伊戈尔的妻子雅罗斯拉夫娜在普季夫尔城头的"哭诉"，然后写在她哭诉的感召下，伊戈尔逃出敌人的魔爪，重返祖国。结尾，作者宣布荣誉属于往昔和现在的王公和武士(包括伊戈尔)。

史诗的情节比较简单，其主题得到较多讨论。大多数学者认为，史诗表现了爱国思想或讴歌了爱国主义精神，其依据主要有三。其一，"号召诸侯团结起来共同防御外侮，——这就是远征记的基本思想"(季莫菲耶夫等人)。其二，"首次通过诗的形式以惊人的力量热情洋溢地描绘了罗斯大地一个爱国者的形象……当时整个罗斯都为因战败而献身的军人们哀悼，后来又为伊戈尔获救、从波洛维茨人战俘营中脱险而感到庆幸。祖国大地的自然界也与人民休戚相关，甘苦与共；风雨、雷电、乌云、太阳、阴霾、晨雾、黄昏、河流、海洋、山脉和草原以及岗丘构成了一幅宏伟的背景，

《伊戈尔远征记》就在这样的背景中开始演出。而这些自然景象又使每场演出情绪不断激化，而且往往直接参与事件，帮助主人公同敌人斗争"（苏联科学院历史所列宁格勒分所学者）。"《伊戈尔远征记》的中心形象乃是为人民所热爱的祖国的形象。正是在这个形象中，在广阔无垠的俄罗斯大地的生动形象中，作者极其清楚地表达出这个思想：祖国的土地必须统一，必须消灭祖国土地上的政治割据现象"（季莫菲耶夫等人）。其三，马克思曾谈到这个问题。"这部作品是对当时社会生活里一些最迫切、最尖锐的问题与事件的生动反映。事情涉及了保卫俄罗斯国土和抵御外国侵略者与压迫者。事情涉及了俄罗斯人同草原游牧民族的连绵不断的斗争。""基辅大公斯维雅托斯拉夫的著名的'金言'在作品里占据着一席中心地位。用利箭堵住敌人进攻罗斯的道路，踏上金的马镫，'为今天的耻辱，为俄罗斯国家，为勇猛的伊戈尔·斯维亚托斯拉维奇的失败'复仇，——《伊戈尔远征记》作者在斯维雅托斯拉夫的演说中插进了这样一段热烈的号召"，"这个联合俄罗斯一切有生力量来同外敌斗争的号召里面，也就包含着《伊戈尔远征记》的基本爱国思想"（布罗茨基等人）。

这种爱国主义主题的观点影响深远，不过，近些年来，也有一些学者提出了不同看法。

刘文孝坚决反对这一长期以来相沿成习的说法，认为伊戈尔发动的战争并非保家卫国而是侵略扩张，并反驳了"爱国主义说"。其一，尽管史诗描绘了俄罗斯辽阔的国土、娇美的江山，并对俄罗斯盛衰的历史进行了回顾，有热爱祖国河山、热爱祖国历史的思想，但不能说这就是爱国主义。其二，史诗号召团结对敌，这是好事，但主张"团结对敌"不一定就是爱国主义。其三，马克思在评说史诗时并没有用过"爱国主义"这样的字眼。所以，从马克思的评说引出反侵略的爱国主义思想，是没有说服力的。至于马克思说"全诗具有英雄主义和基督教的性质"，同样不能证明作品的爱国主义思想。马克思所说的"英雄主义"和"基督教"不是两个词，中译文应该是"基督教—英雄主义性质"，这说明，这种英雄主义是从属于基督教的，是实行基督教扩张的"英雄主义"，而并非今天人们理解的爱国主义。

朱洪文认为，《伊戈尔远征记》的主题，既非单纯的"爱国主义"，也非单一的"扩张主义"，而是"爱国主义与扩张主义的二重奏"："纵观整个作品，其内容的核心关键词应该是'内讧'，没有内讧，就不会有远征的失败，波洛夫人的侵入（与之相对应的是，基辅大公号召王公们团结起来抗击波洛夫人）以及民生凋敝的惨况。'扩张主义'说的持论者往往只注意到了'远征'这一事实，而无视后两个事实（团结起来抗击波洛夫人和作者对民生凋敝的惨况所怀抱的同情），因而由远征的非正义性而认定'《伊》是扩张主义的'。'爱国主义'说的持论者则将关注的目光投向了后两个事实，并且因着这种'关注'的执着而产生了同化前者的愿望且付诸实践，因而将作品定性为'是爱国主义的'。"他指出，所谓消除内讧（团结）具有双重功能指向，"也就是说，作者呼吁王公们团结，不仅仅是为了卫国，同时还指向扩张。只有这样，才能合理解释作品中这种二律背反现象：作者一方面呼吁王公们团结起来保卫国家，另一方面却对这场灾难的罪魁祸首大加礼赞，而对他的责备只不过是因为他没有与其他王公团结起来以致招致失败。鉴于团结的双重功能指向在作品中同时得到了体现，我们认为《伊》的主题应该是'爱国主义与扩张主义的二重奏'"。

20 世纪 90 年代后半期，俄国学者对《伊戈尔远征记》产生的背景进行了多视角的研究，提出各种假说，其中影响最大的观点就是认为伊戈尔不是去远征波洛夫人，而是去为儿子娶妻。尼基京认为，伊戈尔是地道的中世纪封建主，他首先关心的是自身的利益、公国边界的安全和巩固家族的势力。按照尼基京的意见，伊戈尔行动的目的是到他的亲家，以前的忠实盟友康恰克那里去做客，遵守业已签订的协议为自己成年的儿子与康恰克汗的女儿操办婚事。戈格什维利认为，把伊戈尔远征认定为操办婚事，可以解答把"伊戈尔远征"解释为"爱国—英雄主义"时所产生的难题。按照尼基京的说法，毫无疑义，伊戈尔终究要走向康恰克的游牧部落联合所控制的领土。伊戈尔的行军路线大概是通过康恰克与戈扎克所控制地盘的边界。1184 年，伊戈尔和符塞伏洛德在第聂伯河左岸强盗式的袭击使戈扎克蒙受屈辱。那么，从封建道德观点出发，戈扎克有充分的"法律"依据在俘虏伊戈尔后进攻其控制的领土。伊戈尔自行其是的政策引起基辅方面极大的震惊，伊戈尔同康恰克结盟后政治和军事力量的加强是对基辅王公和贵族利益的现实威胁。许多研究者推测，戈扎克及时收到了基辅方面关于伊戈尔行动目的的密告。尼基京将这种推测变为无可争议的事实：戈扎克收到来自基辅的关于伊戈尔带着大量彩礼为儿子操办婚事的密信。这一说法源自一份特殊的文献资料，其中很简单地提到伊戈尔把"俄罗斯黄金"沉入卡雅拉河底，戈扎克做好充分准备迎战欺侮过自己的人。还有人对尼基京的假说做了补充，认为符拉季米尔与康恰科夫娜结婚可以使伊戈尔家族"夺取特穆托罗康城"的打算变为现实，因为伊戈尔可以提出继承祖宗遗产的要求，这样特穆托罗康城可能会作为康恰科夫娜的陪嫁而得以收复。再者，伊戈尔与康恰克联合起来后，会大大改变俄罗斯军事政治舞台上的力量配置，有效地保障车尔尼科夫斯基和诺夫戈罗德—塞威尔斯基公国在第聂伯河上的商业利益。

　　雷巴科夫的考证与以上假说完全吻合。他认为，伊戈尔不是侵犯康恰克，康恰克没有组织围攻伊戈尔；康恰克是最后来到卡雅拉河边的，当时俄罗斯军营已被围攻；在战场上康恰克为被俘的伊戈尔（自己的亲家、康恰科夫娜未婚夫的父亲）担保；战胜塞威尔斯基的军队后，康恰克拒绝参加消灭已缴械的塞威尔斯基公国的战斗；康恰克让伊戈尔过着自由舒适的俘虏生活；最后在伊戈尔逃跑后，康恰克拒绝杀死作为人质的伊戈尔的儿子；还让符拉季米尔与康恰科夫娜结了婚。1187年，伊戈尔与康恰克有了共同的孙子。相信"婚礼说"的人还用下列事实来证明其说的可靠性。其一，伊戈尔远去草原带上了自己所有的儿子，包括年幼的奥列格和斯维雅托斯拉夫，同时带了很多的礼品和黄金给儿子的未婚妻和自己的亲家。从逻辑上判断，这些财物会落入戈扎克之手。因为戈扎克知道伊戈尔行程的时间和目的。其二，史诗中记述伊戈尔的宫廷歌手（其中有熟知《尼伯龙根之歌》的歌手）责备伊戈尔"把财帛沉溺在波洛夫人的卡雅拉河底，向河里倾倒了俄罗斯的黄金"。向河里沉溺黄金这个情节与德国史诗《尼伯龙根之歌》中因娶亲受阻而将黄金沉溺河里的情节相似。王人法赞成这一观点，进而提出：《伊戈尔远征记》中译本书名与俄文原文不对码。书名的俄文是"Слово о полку игореве"，而"полк"（古俄语拼写为 пълку）并无"远征"之意。1957年莫斯科国家外语和民族语出版社出版的《俄语词典》和1985年商务印书馆出版的《大俄汉词典》对其的释义为"团"、"团队"或"军队"。史诗中也多次用到 полк 这个词，也无"远征"之意。可见中译本的译名是错误的。从 полк 的本意及以上介绍的最新的考证看来，书名应译为"伊戈尔团队记"。这个译名，一表明不是"远征"，二表明伊戈尔是去迎亲，只带了少量的军人，是"婚礼车马队"。由此可以得出这样的结论：以为《伊戈尔远征记》"歌颂了为祖国而战的伊戈尔"，这是不符合历史事实的，因为史诗的作者知道伊戈尔远行的真正目的，知道激烈的战斗替代了亲家们原先准备的喜宴。这场战争是由基辅大公暗中策划挑起的，伊戈尔在遇到复仇者戈扎克攻击时才展开自卫还击。[①]

格奥尔吉耶娃认为："《伊戈尔远征记》的中心思想就是：当罗斯面临外来侵略的威胁时，所有的罗斯王公必须采取统一行动，即采取'一致对外'的政策。而影响这种统一行动的主要障碍就是王公之间的纠葛和内讧，而且《伊戈尔远征记》的作者也不是维护国家统一的支持者，他认为，罗斯就应该分成若干个公国，各公国均应有自己的主权。因此，本书作者的倡导并不是为了维护国家的团结，而是追求内部的和平和行动的统一和谐。"

上述几种观点，大都有理有据。只是"婚礼说"或"迎亲说"论据不足，可以存疑。有些俄国研究家指出，尼基京把《伊戈尔远征记》描写的第一场冲突解释为抢婚风俗的表现是错误的。因为从 1185 年"远征"的领导人组成看，抢婚并未列入伊戈尔的行动计划。另外，俄罗斯的编年史常常记载俄罗斯王公与波洛夫公主结婚的事，但只字未提抢夺未婚妻的风俗。[②] 更重要的是，我们研究文学作品固然必须知人论世，但首先得一切从文本出发。综观《伊戈尔远征记》的整个文本，根本没有提到伊戈尔是带儿子去"迎亲"或举行"婚礼"的。因此，即使历史上实有其事，也不能由此推理出某种想当然的结论。文学作品毕竟是一种艺术创造，它表现的是作者对历史、世界和人的思考，对历史事实必然精心挑选，有一定的加工改造甚至虚构或背离。

《伊戈尔远征记》这部俄国中古最杰出的作品，的确是根据史实加工而成的。我们只有深入考察当时的历史，并且紧扣住这部英雄史诗，才能做出实事求是的评判。

据历史记载，1184 年，基辅大公斯维雅托斯拉夫率领俄罗斯各诸侯对

---

① 以上俄国学者观点等，均见王人法：《关于〈伊戈尔远征记〉的主题问题》，载《安康师专学报》，1999(2)。

② 王人法：《关于〈伊戈尔远征记〉的主题问题》，载《安康师专学报》，1999(2)。

虎视眈眈的南方草原游牧民族波洛夫人进行了征讨，大获全胜，并俘虏了柯比雅克汗。诺夫哥罗德—塞威尔斯基大公伊戈尔·斯维亚托斯拉维奇未能参加这次征讨。1185 年，伊戈尔大公背着斯维雅托斯拉夫，擅自率领三个大公——兄弟符塞伏洛德·斯维亚托斯拉维奇、儿子符拉基米尔、侄子斯维亚托斯拉夫·奥列戈维奇，贸然远征波洛夫人，最初获胜，接着惨败，整个军队只有 15 人生还，所有大公包括伊戈尔全都被波洛夫人俘虏。后来，伊戈尔虽然侥幸逃回，但波洛夫人乘胜追击，把战火几乎燃遍了俄罗斯大地。这就是史诗据以描写的历史事实。单纯地从上述历史记载和史诗的情节来看，的确是伊戈尔率军侵入波洛夫人的地盘。然而，我们可以把眼光放得更长远一些，看看这个故事前前后后几百年的历史情况。

根据俄罗斯人记载的历史，从 915 年到 1036 年，罗斯各王公与波洛夫人之间发生的较大规模的战争共 16 次，从 1061 到 1210 年，波洛夫人对罗斯进犯 46 次，并且，波洛夫人的进犯是基辅衰落的主要原因。从这个角度来看，这部史诗表现了一定的抵御外敌侵略的爱国思想。然而，我们应该采用更宏阔的视野来看待这一问题。罗斯人与波洛夫人这几百年间的战争，从人类发展的历史来看，是游牧民族和定居民族为争夺生存空间和物质、财富而进行的长期斗争，不是今天你打我，就是明天我征你。史诗的作者作为俄罗斯人，自然会有自己强烈的情感性和鲜明的倾向性，尽管他在序诗中提出创作这部史诗要"遵循这个时代的真实"，即要严格符合事件的实际历程像历史那样记述事件，而不采用鲍扬的方法——一种自由地、创造性地加工材料的方法。然而，史诗中基辅大公"含泪的金言"——沉痛谴责伊戈尔的个人英雄行为，庄严号召全罗斯各王公团结对敌，以及结尾作者公开站出来宣布荣誉属于往昔和现在的王公和武士，表现了对罗斯的深挚感情，从而使这部史诗充分表现出只有俄罗斯人的历史真实而绝无波洛夫人的历史真实。由上可见，史诗主题的爱国主义说依据不够充分，而且带有狭隘的民族主义成分。综观整部史诗，我们认为，这部史诗的真正主题应该包括紧密相连的三个部分，这就是反对个人英雄，宣扬统一行动，表现爱的力量。

季莫菲耶夫等指出："追求个人光荣是伊戈尔的基本动力。"史诗首先就写到，伊戈尔是"为无比的刚勇激起了自己的雄心"，"王公的理智在热望面前屈服了"，想要"用自己的头盔掬饮顿河的水"，打进波洛夫人的领地，为自己建功立业，赢得不朽名声。作者后来再次强调"俄罗斯人以红色的盾牌遮断了辽阔的原野，为自己寻求荣誉，为王公寻求光荣"，这说明伊戈尔的行动完全是个人英雄主义行为。这一行为的后果是虽然初战告捷，但接着便是远征惨败，并使波洛夫人把战火燃遍罗斯大地。因此，基辅大公在"含泪的金言"中一再谴责这一点，先是说"你们过早地用宝剑把烦恼加给/波洛夫的土地，/去为自己找寻荣誉"，后来又说："但你们说道：'让我们自己一逞刚勇，/让我们自己窃取过去的光荣，/让我们分享未来的光荣！'"两者都强调伊戈尔是为了自己的荣誉而擅自采取作战行动。这既是当时历史的真实反映，也从更深的层面折射出具有浓厚东方色彩的俄罗斯人的群体观念。当时的罗斯并非后来大一统的俄罗斯帝国，而是诸侯林立，有着许多各自独立的小公国。因此，一方面，这些诸侯因为利益互有矛盾，另一方面，面对非我族类而且总是虎视眈眈的波洛夫人，他们团结起来则力量强大，不同心同德统一行动，就很容易被波洛夫人各个击破。与此同时，作为东方色彩浓厚的民族，俄罗斯人特别重视群体，强调个人对群体的责任感，强调个人的利益应该服从于群体的利益，特别反对置群体于不顾的个人英雄主义行为。泽齐娜等早已指出："作者认为，与游牧人作战失败的原因，罗斯蒙受灾难的原因……在于奢望个人荣光的王公们的个人主义策略。"史诗通过伊戈尔征战的失败和基辅大公"含泪的金言"，鲜明地表现了反对个人主义和把个人置于群体或集体之上的主题，而这一主题后来成为俄罗斯文学的一个基本主题，在普希金、丘特切夫、陀思妥耶夫斯基、托尔斯泰等的作品中得到继承与深化，在 20 世纪的苏联文学中更是得到大力张扬。

面对波洛夫人把战火燃遍罗斯大地，基辅大公一方面沉痛谴责伊戈尔的个人英雄式的行动，另一方面回顾历史，指出以前之所以取得胜利，是由于王公们团结一心，统一行动："与车尔尼戈夫的贵族们在一起，/与军司令们在一起，/与达拉特人在一起，/与谢尔比尔人在一起，/与托普恰克人在一起，/与列武加人在一起，/与奥尔别尔人在一起。/而这些人发扬着祖上的光荣，/不带盾牌、只配靴刀/光凭呐喊便能战胜敌军。"而今，王公们各有主张，相互内讧，"他们自己给自己制造了叛乱，而那邪恶的人便节节胜利地从四面八方侵入俄罗斯国土"。基辅大公严正地指出："正是由于你们的内讧，暴力/才从波洛夫人的国土袭来。"。因此，他号召各王公统一行动，一致对敌："请用你们的利箭/堵塞边野的大门吧，/为了俄罗斯的国土。"这便宣扬了独立自主的罗斯王公应该结束内讧，团结起来，统一行动，一致对敌的主题。因此，我们赞成格奥尔吉耶娃的观点。史诗并非为了维护国家的团结，而是强调一致对外。这样，这部史诗的又一主题便是顺接反对个人英雄主义行为而来的号召统一行动，一致对敌。

这部史诗还有一个重要的主题，那就是表现爱的力量。这种爱表现在两个方面。首先，是雅罗斯拉夫娜对丈夫的爱。其次，是雅罗斯拉夫娜对出征士兵的关爱。她哭诉道："哦，风啊，大风啊！/神啊，你为什么不顺着我的意志来吹拂？/你为什么让可汗们的利箭/乘起你轻盈的翅膀/射到我丈夫的战士们身上？……/光明的、三倍光明的太阳啊！/你对什么人都是温暖而美丽的：/神啊，你为什么要把你那炎热的光芒/射到我丈夫的战士们身上？/为什么在那无水的草原里，/你用干渴扭弯了他们的弓，/用忧愁塞住了他们的箭囊？"季莫菲耶夫等指出："在雅罗斯拉夫娜的哭诉中，听得出来这不仅是一个贤惠妻子的悲伤，而且是一个爱国者的悲伤，她为全体人民的苦难而痛心，甚且悼念着在波洛威茨草原上阵亡的俄罗斯军队。她不仅为自己丈夫伊戈尔公的负伤伤心，还为与波洛威茨人作战而尸横沙场的俄罗斯兵士而哭泣。"然而，关于史诗的这一爱的主题尤其是爱的力量的主题，以往学者很少专门谈到，尽管大家都意识到，伊戈尔能够逃脱，是由于其妻子的哭诉，如布罗茨基等指出："在第三篇里，作者重又说到伊戈尔公，叙述他怎样从波洛威茨人的囚禁中逃回祖国。这次脱逃据说应该归功于伊戈尔的妻雅罗斯拉夫娜的哭诉和祈祷。她祈求自然界的力量——风、第聂伯河与太阳——把她丈夫伊戈尔'送来'给她，使她不再向远处的海洋挥洒眼泪。这祈求生了效，伊戈尔终于逃出囚禁了。"刘文飞、陈方也强调："在雅罗斯拉夫娜之哭诉的感召下，伊戈尔终于逃出敌营，回到了罗斯。"伏罗宁斯基甚至认为："雅罗斯拉夫娜不仅是一个可爱的妻子，掩护伊戈尔脱逃的大自然本身也受她爱的力量所支配。"我们认为，雅罗斯拉夫娜是俄国文学中最早的一个完美而动人的妇女形象，她的忠贞不贰和情深似海，尤其是她的人道主义情怀，赋予这一形象特别的深度和艺术魅力。细读原作就会发现，雅罗斯拉夫娜的哭诉不仅是全诗最精彩的部分也是全诗的高潮。它决定了伊戈尔能从敌营逃出，并且和伊戈尔的出逃在史诗中占据了五分之一强的篇幅，体现出史诗的又一主题：表现爱的力量。

由上可见，这部史诗含蕴丰富，其主题包含紧密相连的三个部分：反对个人英雄，宣扬统一行动，表现爱的力量。

下面我们来谈谈这部史诗的艺术特色。

一是抒情色彩浓厚。史诗本是叙事诗歌，但《伊戈尔远征记》却具有强烈的抒情性。整部史诗浸透着深厚的感情，几乎从头到尾都是抒情的。布罗茨基等指出，"这并非一篇平静而循序地记述事件进程的故事，却是一首似乎自发地从作者激动的心灵中一涌而出的抒情兼叙事的史诗"。这种抒情性或浓厚抒情色彩的形成，主要在于整部史诗"都采用生动的演说形式，这演说是直接对那些被歌者称为'兄弟们'的听众而发的。不仅作者，连登场人物符赛伏洛德、雅罗斯拉夫娜、基辅大公也发表了生动热情的演说。他们对于进行中的事件各有各的感受，并深深地受到震撼，于是就用抒情的、动人的演说去泄露自己的感情"。伏罗宁斯基则认为："《伊戈尔远征记》是抒情叙事诗……全诗充满着浓郁的抒情色彩。对于远征，尤其是对俄罗斯国土的叙述，使用的是崇高而庄重的语调。妻子对出征丈夫的送别曲，特别是雅罗斯拉夫娜的哭诉，是用温情而诚挚的语调来表达的。"此外，作家热爱罗斯大地和自然，并且将其拟人化，让它参与各种行动，也使史诗具有抒情性。

史诗中最精彩的抒情片段是雅罗斯拉夫娜的哭诉。"这是雅罗斯拉夫娜的声音，/这声音能传到多瑙河畔，/就像一只无名的杜鹃，/在呻吟般地发出呼唤：//'我愿清早就飞去，/在多瑙河畔飞翔，/我要在卡雅拉河水里/蘸湿我白色的丝袖，/给王公擦一擦/他负伤的身体上/那一处处滚烫的伤口！'//雅罗斯拉夫娜清早就在呻吟，/在普季夫尔的城墙上哭诉：//'哦，风儿，大风啊！你为何迎面吹向我们的武士？/你为何让异教徒的利箭/插上了轻盈的翅膀？/难道你不曾多次吹来，/在白云下的山巅吹拂，/把蓝色大海上的船儿爱抚？/神啊，你为何要把/我的欢乐都吹进草丛？'//雅罗斯拉夫娜清早就在呻吟，/在普季夫尔的城墙上痛苦地哭诉：//'哦，光荣的第聂伯河啊！在波洛夫的土地上，/你打穿了一座座石山！/你一直流到科比雅克营地，/背负着斯维亚托斯拉夫的战船！/神啊，请把我的夫君/送到我的身边来啊，/好让我别在一清早/就把眼泪洒进你的波涛，/奔着夫君向大海流去！'//雅罗斯拉夫娜清早就在呻吟，/在普季夫尔的城墙上哭诉：//'光明的、闪亮的太阳啊！/你在爱抚所有的人，/可你为何要把那滚烫的光芒/投射在我夫君的武士们身上？/要在那干涸的原野里，/用干渴扭弯他们的弓，/用忧伤塞满他们的箭囊？'"（刘文飞译）她向着辽远的海洋、向着伊戈尔被囚禁的地方挥洒自己的眼泪，向风、向第聂伯河、向太阳祈求把丈夫从敌营释放出来。

二是人物形象鲜明。史诗塑造了好些形象鲜明的人物形象，其中最突出的是伊戈尔大公的形象。首先，他是一个热爱荣誉、奋不顾身的王公，具有昂扬的斗志，军人的勇敢和激情。他主动出击，既是为了荣誉，也是为了罗斯，即使出征前目睹了日食的凶兆也毫不动摇。《往年纪事》（Пловесть временных лет）记载了这次日食，而且据史家考证，这次日食在俄国历史上确有其事，它发生在1185年5月1日下午3点25分，时间在伊戈尔4月23日率兵出征之后。作者有意把它提前，是为了突出伊戈尔意志的坚强和荣誉心之强，并且也有加强史诗的悲剧意味的作用。被俘后他一直怀念祖国，伺机逃走，最后终于逃回国土。其次，他为了追求个人的荣誉，不联合其他王公就采取单独行动，不仅损兵折将，使自己身陷敌狱，而且给罗斯大地带来了巨大灾难。在基辅罗斯的历史上，斯维雅托斯拉夫并非一个很有作为的大公，但史诗却把他塑造得威名远震。他曾像暴风雨一样击溃波洛夫人，活捉了柯比雅克汗；同时目光远大，行事英明，号召全体罗斯王公统一行动，一致对外。由此也可见史诗对人物形象塑造的成功。雅罗斯拉夫娜的形象也很成功。在她的哭诉里，我们发现她不仅是一个贤惠深情的妻子，而且是一个在俄国文学史上较早出现的人道主义者。她不仅为自己的丈夫挂怀、伤心，而且为尸横疆场的罗斯士兵担忧、哭泣。

三是民间特色突出。布罗茨基等指出，这部史诗"广泛运用了民间创作所爱用的手法，如否定性的比拟（'先知鲍扬不是放出十只苍鹰去捕捉一群天鹅，而是把他那灵巧的手指按在活的琴弦上'），常用的形容词（'快捷的'战马、'快'刀、'广阔无边的'原野、'灰'狼、'深蓝的'鹰），哀哭的形式（雅罗斯拉夫娜的哭诉），描写符塞伏洛德武功时的民间英雄歌手法（'你的金盔闪着亮光，你这野牛跑到哪里，哪里就有波洛维茨人的邪恶的头颅落下')。"季莫菲耶夫等也谈道："《伊戈尔远征记》与民间诗歌的内在联系，还表现在对自然界的描写上。自然界在《伊戈尔远征记》中，也像在民间口头诗歌作品中一样，与人物的感情相通，同情人物的悲哀，与人物同欢乐，预告危险。当伊戈尔准备就绪，催兵出征波洛维茨时，太阳以阴影阻住他的道路，黑夜以风暴呻吟等，——整个大自然都在警告伊戈尔。而当他从敌营中逃跑出来时，太阳光芒万丈地在天空中照耀，啄木鸟以啄木声向他指示到河边的道路。顿尼茨河以自己的波浪爱抚他，夜莺用欢乐的歌声通知着黎明的来临。"

参考资料

［苏联］布罗茨基主编：《俄国文学史》上卷，蒋路、孙玮译，北京，作家出版社，1957。

［苏联］伏罗宁斯基等：《俄罗斯古典文学论》，蓝泰凯译，北京，北京时代弄潮文化发展公司，2011。

［俄］T.C.格奥尔吉耶娃：《俄罗斯文化史——历史与现代》(修订版)，焦东建、董茉莉译，北京，商务印书馆，2006。

［苏联］季莫费耶夫主编：《俄罗斯苏维埃文学史》，殷涵译，上海，上海文艺出版社，1962。

［俄］德·谢·利哈乔夫：《解读俄罗斯》，吴晓都等译，北京，北京大学出版社，2003。

刘文飞、陈方：《俄国文学大花园》，武汉，湖北教育出版社，2007。

刘文孝：《〈伊戈尔远征记〉"爱国"辨》，载《昆明师范学院学报(哲学社会科学版)》，1982(3)。

苏联科学院历史所列宁格勒分所编：《俄国文化史纲(从远古至 1917 年)》，张开等译，北京，商务印书馆，1994。

王人法：《关于〈伊戈尔远征记〉的主题问题》，载《安康师专学报》，1999(2)。

杨蓉：《〈伊戈尔远征记〉中自然图景的人文意蕴》，载《中国俄语教学》，

2006(4)。

《伊戈尔远征记》，魏荒弩译，北京，人民文学出版社，1983。

［俄］M.P.泽齐娜、Л.B.科什曼、B.C.舒利金：《俄罗斯文化史》，刘文飞、苏玲译，上海，上海译文出版社，1999。

朱洪文：《爱国主义与扩张主义的二重奏——关于〈伊戈尔远征记〉的主题》，载《俄罗斯文艺》，2002(5)。

附录二　杰尔查文：现实生活中的人之歌

　　加甫里尔·罗曼诺维奇·杰尔查文(1743—1816)被普希金称为"俄罗斯诗人之父"，后世评论家则认为他是俄罗斯第一个真正意义上的诗人，是近代俄罗斯诗歌的奠基者，是19世纪俄罗斯诗歌繁荣局面的开拓者和先驱者。一生创作较多，最重要的作品主要有《费丽察》《大臣》《致君主与法官》《悼念梅谢尔斯基公爵》《钥匙》《上帝》《致叶甫盖尼·兹万卡的生活》等。本文拟综合所能见到的有关资料，对其创作进行初步探讨，以抛砖引玉。我们认为，杰尔查文的诗歌最重要的特点在于，它们是现实生活中的人之歌。

　　人，是杰尔查文诗歌创作的动力，也是其诗歌的中心主题。他一生最关注的便是人。他积极了解当时农民起义的原因，愤怒揭露宫廷文武百官的腐败、政府的专横和各地贪污的现象，甚至吁请叶卡捷琳娜女王用仁慈的态度对待敌人："女王啊！敌人也同样是人！"他尤其重视有个性的人。在代表作长诗《费丽察》中，他一反罗蒙诺索夫在诗中把女主人公伊丽莎白塑造成女神的做法，而把自己的女主人公费丽察塑造成一个真正有个性的人。她是卓越、聪明、热诚的，并且宽容、朴素，关心民众的幸福，富于人性：

　　　　你不像你的穆尔查，/你常常是徒步而行，/在你的餐桌上/常常是最普通的食品；/你不珍惜你的安宁，/在小桌上又读又写；/从你的笔下流泻着/给所有的人们的幸福；/仿佛你根本不会玩牌，/朝朝暮暮就像我们一样。(北京俄语学院科学研究处翻译组译)

　　与此同时，他善于从现实生活尤其是日常生活的角度出发，表现人物，抒发感情，从而大大超越了以前的古典主义诗歌对现实生活尤其是日常生活的排斥。这样，就形成了杰尔查文独特的现实生活中的人之歌。具体而言，杰尔查文这种现实生活中的人之歌，体现在以下几个方面。

第一，炽烈的公民精神。人在很大程度上是社会性的生物。作为社会性的生物，人必须遵守社会通行的法则，自觉维护社会的合理秩序，为促进社会的繁荣发展而努力奋斗。而在西方的近现代意识中，这就表现为公民精神。公民精神体现了人的主体意识，也表现了人对现实的热切关注，充分展示了现实生活中人的意义，而炽烈的公民精神正是俄罗斯诗歌的优良传统。其奠基者是康捷米尔(1708—1744)。俄国学者库拉科娃指出："按照这位作家的意见，必须教育人们意识到每一个人的生活目的就是为祖国服务。而为祖国服务就是意味着和一切阻碍祖国顺利前进的东西做斗争。一个作家没有权利作无动于衷的旁观者。他是一个公民，是一个作为社会裁判员的公民。"他曾骄傲地回答敌人："我现在来回答派我充当裁判员的人们所要知道的最后的一个问题：我仍要写作，——按照一个公民的职责来写作，我要消灭那一切可能危害我的同胞的东西。"对此，库拉科娃评论道："康捷米尔是第一个明确地谈到诗人作为一个公民的义务和作为一个社会裁判员的权利。同时，他还指出，迫害不可避免地会随时随地降临到一个作为普通公民的诗人头上来的。但是，他教导人们勇敢，他坚决主张必须彻底履行对社会应尽的职责。"文学史家布拉果依也指出："康捷米尔最早体现了俄罗斯文学的战斗精神和公民气质。"此后，经过罗蒙诺索夫、苏马罗科夫、杰尔查文、拉吉舍夫等人的继承和发展，到19世纪，俄国公民诗终于形成蔚为壮观的局面，在社会上产生了巨大的反响。

俄国的公民诗歌实际上包括两个方面的内容：第一，强调履行公民职责，歌颂尽忠报国，描写有益于国家和人民的重大事件；第二，"和一切阻碍祖国顺利前进的东西做斗争"，具体表现为关心人间苦难，抨击社会乃至宫廷里的专制与黑暗。

前者以罗蒙诺索夫为代表，他的诗歌颂英雄业绩，为国家的重大事件而创作：或赞颂军事上的胜利(如《攻克霍京颂》)，或献给加冕典礼、登基周年纪念、女王的命名日、王位继承人的婚礼(如《伊丽莎白·彼得罗芙娜1742年从莫斯科到彼得堡颂》《彼得·费多罗维奇与叶卡捷琳娜·阿列克谢耶芙娜1745年举行婚礼颂》《伊丽莎白·彼得罗芙娜1746年登基日颂》《伊丽莎白·彼得罗芙娜女皇1747年登基日颂》《伊丽莎白·彼得罗芙娜1752年登基日颂》），或颂扬俄国内外政策，谈论战争与和平，表达对祖国母亲的热爱（如《颂1747年》《彼得大帝》）。从《攻克霍京颂》的一些片段中，我们即可领略这些颂诗的特点：

> 欢呼声伴着小溪沿松林山谷喧腾：/胜利，俄罗斯人的胜利！/而敌人丢刀弃剑仓皇逃遁，/甚至害怕留下自己的一丝踪迹。/目睹他们的这一番狂奔乱逃，/连月亮对这耻辱都深感害臊，/赶忙把羞红的脸藏进了乌云。/只要俄罗斯有所向无敌的力量，/荣耀就会在茫茫黑夜中翱翔，/号角般响彻这地球的四海八垠。（曾思艺译）

这是歌颂安娜女王时期俄国军队的强大威力。又如描写获得胜利消息后的情景：

> 意外的狂喜俘虏了理智，/把它带到高巍巍的山峰上，/那里风已忘记在林中狂唤；/深幽幽的山谷也悄无声响。/万籁俱寂，泉水默默无声，/它总是惯于留下一路淙淙，/潺潺浸浸地飞奔下山岗。/那里月桂盘绕出一个个桂冠，/那里喜讯飞快传向东西北南；/蒙蒙烟雾弥漫在田野的远方。（曾思艺译）

后者以拉吉舍夫为代表，他在《从彼得堡到莫斯科旅行记》尤其是附于其后的诗歌《自由颂》中，对阻碍祖国顺利前进的各种社会问题（如农奴制及官僚机构的黑暗、贵族的腐化、商人的道德堕落等）进行了无情的分析和大胆的抨击，并把矛头直指沙皇与教会：

> 沙皇的权力保护宗教，/宗教确认沙皇的权力；/他们联合起来压迫社会；/一个为束缚理性费尽心机，/一个力图把自由消灭；/两者都说：为了公共利益……（汤毓强等译）

号召人们充分利用大自然赋予的复仇权力，追求自由，推翻专制。

杰尔查文的创造性在于把二者结合了起来。一方面，正如布罗茨基等指出的那样，"诚实正直地为社会服务这个基本思想，鲜明地贯穿着杰尔查文的全部创作……构成了他的信仰与生活的本质"。他极力歌颂当时俄国社会的一切重大事件，尤其是俄国的军事胜利。当时，正值叶卡捷琳娜执政时期(1762—1796)，是俄国的盛世。俄国依靠强大的武力，在鲁缅采夫、苏沃洛夫等军事统帅的领导下对外扩张，版图大大向外推移。他歌颂了重要历史人物，如叶卡捷琳娜二世、波将金、鲁缅采夫、苏沃洛夫等，也较早地赞扬了俄国英勇的士兵，俄国军队的胜利则是其歌颂的重点。正因为如此，别林斯基宣称："杰尔查文是一个伟大的天才的俄罗斯诗人，他的作品是俄罗斯人民生活的忠实的回音，是叶卡捷琳娜二世时代的忠实的反映。"库拉科娃则称他的诗为俄国"18世纪的诗歌体裁的编年史"："他写过奥恰科夫的围困，伊兹马伊尔的占领，神奇的阿尔卑斯山进军，杰尔宾特的征服和俄罗斯人民打退拿破仑的斗争……这些颂诗是庄严的，有些还比较长，都是用高级体的语言写成的……在杰尔查文的颂诗中除了统帅们的肖像以外，我们还可以看到许多动人的诗句，它们描写着取得胜利的真正英雄——俄罗斯的士兵和俄罗斯的人民。"另一方面，杰尔查文为人正直，疾恶如仇，以强烈的公民责任感，揭露官吏的无能、政府的腐败，如其名作《致君主与法官》：

> 全能至高的上帝已经醒来，/对地上的群神公开审判；/罪孽与邪恶已然汇流成河，/还待宽容你们到何月何年？//你们的职司就是维护法律，/面对强暴不可迁就姑息；/对那些无依无助的孤儿寡妇，/你们不能置之不理。//你们的职司是救民水火，/对不幸的人们给以庇护；/保护弱小不受强权欺凌，/使天下受苦人解脱桎梏。//他们竟充耳不闻！视而不见！贿赂已经把两眼蒙蔽，/累累罪行震撼着大地，/虚伪谎骗触动了天宇。//帝王们！我曾把你们奉若神明，/谁也不能对你们品评非议，/但你们同我一样也有七情六欲，/也同我一样迟早终须一死。//如同枝头落下的枯叶，/你们也将凋残萎谢，/如同死去的卑微的奴隶，/你们也将那样悄然寂灭。//苍天啊，显灵吧！正义的上帝！/听取众生祈祷的声音：/愿你降临，审判惩处奸佞，/愿你是人世

间唯一的圣君！（李家午、林彬译）

《大臣》一诗也是如此。布罗茨基等指出，18世纪的诗歌中，没有比杰尔查文的《大臣》《致君主与法官》之类的颂诗更有力、更富于勇敢的公民热情的作品。要有高度的公民的勇气，才能公开地说出杰尔查文在这些诗中所说的话，才能那样有力地刻画出虚伪与罪恶。

这样，杰尔查文就独创性地把颂诗变成了公民诗，并且与现实生活紧密相连，甚至像别林斯基指出的那样，把康杰米尔的讽刺与罗蒙诺索夫的歌颂结合起来。《费丽察》就一方面歌颂了叶卡捷琳娜二世的贤明与博大胸襟，另一方面讽刺性地通过日常生活细节描写了"我"及所有上流人的懒惰、好玩、胡闹与放荡：

> 可是我睡到晌午才起，/然后是吸烟又喝咖啡；/我把工作日当作假日，/我让我的思维沉湎在幻想里：/……/或者，我带上狗、侍从小丑或朋友，/坐着金色英式轿车驰驱，/四马并驾，壮观绝顶；/或者，我带上个什么美人，/在秋千架下款款而行；/……/或者，终日胡闹待在家，/我同妻子一块儿玩"傻瓜"；/一会儿和她爬到鸽舍上，/一会儿蹦蹦跳跳捉迷藏……

然而，不只"我"一人如此：

> 费丽察啊，我是如此放荡！/但所有的上流人都和我一样。（朱宪生译）

在被库拉科娃称为"杰尔查文的具有公民意义的暴露性抒情诗的最高峰"的《大臣》一诗中，他一面树立正面形象，一面讽刺大臣们的愚顽：

> 一个大臣，他应当有/健全的头脑，文明的心灵；/他应当处处用自己的行为/证明他的称号十分神圣……/如果精神高尚，我才是个公爵，/如果热情蓬勃，我才是个主人；/如果关心众人，我才是个贵

族……／但驴子终究是一匹驴子，／尽管你给他挂满了勋章；／假如需要它动一动脑筋，／它只会把耳朵摇得乱响。（蒋路、孙玮译）

　　杰尔查文这种极具创造性的公民诗，对当时和后世产生了颇大的影响。布罗茨基等指出，拉吉舍夫、十二月党诗人雷列耶夫，以及 18 世纪末和 19 世纪初俄罗斯社会及文学界的一切进步与优秀的人物，都很尊崇杰尔查文高度的公民精神和表现这些精神时的勇敢态度。拉吉舍夫曾经把自己的《从彼得堡到莫斯科旅行记》寄给杰尔查文，雷列耶夫也曾经把自己的一篇《沉思》献给他。杰尔查文的公民诗歌对克雷洛夫和普希金创作中的公民主题都起了影响。

　　第二，抒情的哲理诗歌。俄国的诗歌有表现哲理，探索生命意义的传统。俄国哲理诗的源头在文人创作中可追溯到俄国第一位职业宫廷诗人、俄语音节诗体的创始人谢苗·波洛茨基(1629—1680)。他的诗集《多彩的花园》，被称为俄国文学史上第一部诗集。集中收有许多哲理诗，如《酒》《节制》等。《酒》写道：

　　　　对于酒，不知该称誉还是责难，／我同时把酒的益处和害处分辨。／它有益于身体，却受控于本能的淫邪力量，／刺激起有伤风化的种种欲望。／因此做出如下裁判：少喝是福，／既促进健康，又不带来害处，／保罗也曾向提摩太提出类似建议，／就在这一建议中蕴含着酒的奥秘。（曾思艺译）

　　波洛茨基的这种哲理诗具有开拓意义，但从艺术上来看，还只停留在人生经验的简单总结或表面的哲理探索，而且说教过多，诗味不足，缺乏诗的情感因素。

　　把俄国哲理诗推进一步的，是罗蒙诺索夫。他的名诗《晨思上帝之伟大》《夜思上帝之伟大——写在壮丽的北极光出现之际》，把科学知识与哲理诗结合起来，进而思考自然的规律和一切生命的终极。如《夜思上帝之伟大——写在壮丽的北极光出现之际》：

白昼隐藏了自己的容颜；/黑沉沉的夜幕笼罩了田野；/黑乎乎的阴影爬上了山巅；/阳光远离我们早已熄灭；/出现了繁星密布的漫漫苍穹；/白昼的深渊，缀满无数星星。//仿若滚滚海浪中的一粒细沙，/仿若万古寒冰中的一星火苗，/仿若狂暴旋风中的一缕流霞，/仿若熊熊烈火中的一片羽毛，/我深深沉入这无底的深渊，/困扰于万千思绪，惶惶不安。//圣人贤哲们对我们宣示：/"宇宙中有千万种不同世界；/那里数不清的太阳金光熠熠，/那里种族繁衍，时序更迭：/上帝普世的荣誉举世不易，/那里也有同样的自然力。"//然而，大自然，你的规律何在？/午夜的国度竟然升起了朝霞！/莫不是太阳在那里灿烂登台？/莫不是冰海燃起了火花？/这冷冰冰的火焰照耀着我们，/这是白昼在黑夜里光临凡尘！//啊，你们能用敏锐的目光/洞悉永恒法律的典籍，/能透过事物的微小迹象/把握大自然的法则规律，/你们熟知所有星星运行的轨迹；/请告诉我，是什么令我们如此惊异？//是什么在夜间摇曳出明光闪闪？/是什么用细袅袅的火焰覆盖了长空？/怎么会有不出自阴森森乌云的闪电，/从地面升起急急冲向苍穹？/怎么会有冷冽冽的水汽/在寒冬化为烈火恣肆？//那里，浓烟与海水在死拼；/或者是灿烂阳光金光闪亮，/穿过浓密的空气照射我们；/或者是云峰高耸闪耀着银光；/或者大海上不再吹刮西风，/柔和的水波轻拍着太空。//对于周边许多切身的事情，/你们的回答依然是疑云密布。/你们能否说清，宇宙是怎样渺无止境？/那些最小的星星之外又是何物？/对于你们，生物可是未知的终极？/你们能否说明，造物主是怎样伟大无比？（曾思艺译）

在这里，罗蒙诺索夫还只是试图把科学知识、激越的感情与哲理诗结合起来，探究自然的规律、宇宙的奥秘。

杰尔查文开始把生命的思索与饱满的激情较好地结合起来，并把哲理诗由向外探寻自然规律转向通过人自身的生命来追寻宇宙人生的奥秘。他强调，在卓越的抒情诗中，每一句话都是思想，每一思想都是图画，每一图画都是感情，每一感情都是表现，或者炽热，或者强烈，或者具有特殊的色彩。这样，他就不仅从理论上，而且从实践上，把俄国的哲理诗发展

成为哲理抒情诗，并初步奠定了俄国哲理抒情诗的基调。杰尔查文的哲理
抒情诗关注现实生活，感叹人生短暂，青春不再，试图思考生与死的奥秘。
但他不是像波洛茨基似的直接说出自己的思考，而是把感情与形象灌注于
诗中，透过感情与形象显示哲理，生动形象，攫人心魂，如《午宴邀请》：

舍克斯纳的金煌煌小鲟鱼，/酸凝乳和红菜汤，已摆放停当；/高
脚杯里的葡萄酒、潘趣酒颜色鲜丽，/时而像冰晶，时而像火星，令人
神往；/香炉里冒出的香气四处飘萦，/篮子里的水果喜气盈盈，/仆役
们紧张得不敢大声喘气，/围在桌子四周静候你莅临；/等着身材匀称
的年轻女主人，/朝他们伸出自己的玉臂。//来吧，我昔日的恩人，/
你是我二十年幸福的创造者！/来吧——房屋虽然没有华丽的装饰
品，/没有黄金，没有白银，也没有雕刻，/请赏光来访我的家：它的
财富——/只是可口悦神的食物，/还有我那一目了然的整洁和刚正不
阿的性情。/来吧，抛开所有事务来纳纳凉，/吃一吃，喝一喝，欢畅
欢畅，/这里没有损害健康的调味品。//不是宠臣、权贵，也不是官
员，/我只是邀请好意善念，/来参加我的俄式普通午宴；/而凡是给我
带来损害的伙伴，/都不可能见证这次家宴。/你，我的天使，仁爱慈
善！/来吧，快来享受幸福；/且让敌对的情绪暂时远离，/我的门槛一
向阻拒/任何缺乏善意的脚步！//我把这一天的时光/都献给朋友们和
美人；/我懂得人的价值在于品格高尚，/并且知道，我们的一生只是
过眼烟云；/孩提时代刚刚过去，/老年时期就已逼至，/死亡早已隔着
栅栏在把我们窥探：/唉！为何竟如此束手无策？/哪怕仅仅一次头上
缠满花朵，/也并不会让你留下忧郁的目光。//我曾听到过，听到过这
个秘密，/有时就连沙皇也满怀愁绪；/无论黑夜还是白昼都没有安
谧，/虽然所有生命的安谧都拜他所赐，/虽然他享有巨大的荣耀，/然
而，唉！那宝座可真那么美妙，/它使他一生都在忙碌不已？/这边只
见欺骗，那边全是衰损：/单调可怜的时钟指针，/永远在钟里转动不
息！//于是，只要那绵绵阴雨天还在，/让明朗的日子变得阴沉，/而
幸福之神来对我们疼爱，/用她的手轻轻地抚摸我们；/只要严寒的日
子还未呈现，/花园里的玫瑰还芳香扑面，/让我们赶紧把它们嗅闻。/

对！我们要充分享受生活的美妙，/用生活中能解忧的一切排除烦恼，——/哪怕打官司把全身的衣服都输尽。//然而，假如你或其他那些人，/你们这些被我邀请的客人，/更喜欢金碧辉煌的豪华大厅，/沙皇那丰盛美味的甜蜜食品，/那你就千万不要到我这里来吃饭；/请您耐心听我解释一番：/无上幸福并非帝王紫红袍的光辉灿灿，/并非食品的丰盛美味，也非听觉的其乐融融，/而是精神的健康与灵魂的宁静，/简朴适中是最好的盛宴。（曾思艺译）

诗人通过诗歌来表达生命短暂易逝，应该放下一切烦恼及时享乐的哲理。其中"并且知道，我们的一生只是过眼烟云；/孩提时代刚刚过去，/老年时期就已逼至，/死亡早已隔着栅栏在把我们窥探"的表述非常精辟。

又如《悼念梅谢尔斯基公爵》：

时光的语言！金属的叮当！/你那恐怖的声音使我惊慌，/你的喊声在不断把我召唤，/召唤我一步步走向死亡。/我才刚刚来到这个世界上，/死亡就已咯咯响地把牙咬，/它挥舞着镰刀，如砍禾苗，/把我的日子砍掉，像闪电一样。//一切都紧攥在命运的爪心，/任何生物都无法脱逃：/帝王和囚徒——都是虫子的食品，/恶毒的自然力把坟墓一一吞掉；/时间张开大口吞噬荣耀功德：/像河水向大海飞速汇送，/一天天一年年流入永恒；/死亡贪婪地吞咽着所统治的王国。//我们滑到深渊的边缘上，/如飞而下坠落其中；/与生命一起接受自己的死亡，/我们只是为了死亡而诞生。/死亡无情地消灭一切：/无数星辰因它而毁灭，/众多恒星因它而熄灭，/它威胁着整个世界。//他不希望像凡人那样死掉，/他期盼让自己成为永恒；/死亡走近他，就像强盗，/意外地偷走了他的生命。/唉！我们恐惧越少的地方，/就越可能很快遭遇死亡击顶；/向雄伟高空迅飞的雷声，/都无法和它斗胜争强。//奢华、享乐和安逸的儿子，/梅谢尔斯基！你在哪里躲藏？/你把此岸的生命抛弃，/却匆匆奔向死亡之岸；/这里只有你的躯体，却没有灵魂。/它在哪里？——它在那边。那边又是哪？——我们一片茫然。/我们只有哭泣并大声呼唤：/"哦，降生世上我们何其不幸！"//快乐、喜悦、爱情，/与健康一起闪耀光芒，/可那边所有人的血液都已冰凝，/灵魂的慌乱乃由于悲伤。/曾公然摆着餐桌之处已是陵寝；/响起聚会盛宴欢呼的地方，/传来的是下葬前的哭丧，/死亡对所有人都一视同仁。//死亡对所有人都一视同仁——/既有那些权高盖世的帝王；/也有那些把黄金与白银/当作偶像的奢华的富商；/还有魅力迷人的美人，/还有以理性使人高尚的哲学大师，/还有凭豪勇而无所顾忌的壮士，/——它都霍霍磨快镰刀的刀刃。//死亡，躯体的颤抖和恐怖！/我们是骄傲和悲惨的结合；/今天是上帝，而明天是尘土；/今天诱人的希望将我们迷惑，/而明天，人啊，你又在哪里？/时光一去，/漫漫混沌即成虚无，/你整个一生也如梦境，转瞬即逝。//有如梦境，有如甜蜜的幻想，/我的青春也早已消逝；/美不会总是使人心醉魂荡，/欢乐不会总是如此令人着迷，/智慧不会总是如此肤浅，/我不会总是如此美满；/对荣誉的渴望使我备受煎熬，/我总听见荣耀在不停地大声召唤。//于是英勇精神即将逝去，/并且带着对荣耀的渴盼；/辛苦积攒的财富转眼空虚，/心中所有激情像波涛一般/都将依次一一消失殆尽。/幸福彻底离开完全可能，/你们所有人在此改变并伴称：/我已站进永恒的大门。//今天或者明天随时都会死去，/别尔菲利耶夫！我们当然是有限的生命：/为何要痛苦不堪，悲伤不已，/为你那死去的朋友不能永生？/生命是上天所赐的短暂赠品；/请为它让自己回归安谧，/并祝福这种命定的打击，/以你那个纯洁的灵魂。（曾思艺译）

这首悼念好友亚历山大·伊万诺维奇·梅谢尔斯基公爵(1730—1779)的诗歌，在浩浩宇宙的背景中思考生、死、永恒等终极问题，情感丰富激越，极富哲理深度。"死亡，躯体的颤抖和恐怖！/我们是骄傲和悲惨的结合；/今天是上帝，而明天是尘土；/今天诱人的希望将我们迷惑，/而明天，人啊，你又在哪里？"情理交融，是出色的哲理诗句，至今仍极具震撼力。季莫菲耶夫指出，杰尔查文写了不少篇哲理抒情诗：关于生活的意义问题，关于时刻威胁着人的死亡问题，以及宗教主题都使他深深地感兴趣。颂歌《悼念梅谢尔斯基公爵》就以巨大的诗的力量表现出死亡威胁着人的那种感情。杰尔查文对这体会得越是深刻，就越能在诗中强烈地反映出人们对一切尘世的欢乐生活的无限渴望的心情。诗人给自己找到了一条肯定生活的出路：生活本身是美好的，而且生活本身在每一个时刻都证明了这一点。

精短的《时间的长河飞流急淌……》已是较为成熟的哲理抒情诗：

> 时间的长河飞流急淌，/带走了人们的所有功业，/使民族、国家和帝王，/全都在遗忘的深渊里湮灭。/即便留下一星半点东西——/通过竖琴和铜管的乐音，/也会被永恒之口吞噬，/无法逃脱普遍的命运！
> （曾思艺译）

杰尔查文还最早在俄国诗歌探索哲理抒情诗的视画性，创作了图形诗《金字塔》：

> 我看见
> 红霞初现，
> 闪烁的红光，
> 恰似闪闪烛光，
> 灿烂了漫漫黑暗，
> 给整个心灵带来欣喜若狂，
> 然而是什么——是因为太阳霞光才如此美丽？
> 不！——金字塔——本身就是美好事业的回忆。

这种图形诗别出心裁地把诗歌语言以诗行的方式，排列成与诗歌内涵相统一的形状或画面，从而增强诗歌的感染力和审美效应。这首《金字塔》通过视画性和图画美，歌颂了美好的事业——不朽的劳动（埃及金字塔充分体现和代表着人类劳动的智慧和成就，是人类劳动所创造的不朽业绩），使金字塔图形与歌颂不朽的劳动的主题相得益彰。这种方法在后世得到继承和发展，著名的有阿普赫京的《生活的道路仿如贫瘠荒凉的草原一样向前延伸……》（倒三角形）、勃留索夫的《三角形》、布罗茨基的《喷泉》等。

杰尔查文的哲理抒情诗对后来的俄国哲理诗，尤其是丘特切夫的诗歌，有着颇大的影响，对此，笔者在《丘特切夫诗歌研究》一书中已有论述，此处不赘。

第三，俄国的自然风景。俄罗斯的大自然有一种非同寻常的美。法国作家莫洛亚指出："俄罗斯风景有一种神秘的美，大凡看过俄罗斯风景的人们，对那种美的爱惜之情，似乎都会继续怀念至死为止。"然而，18 世纪很长一段时间里，由于俄国古典主义统治文坛，而俄国古典主义深受法国古典主义影响，主要描绘义务与情感的冲突，表现公民精神，对自然很少关注，即使描绘到自然景物，也往往是古典主义的假想风景，最多也只能像罗蒙诺索夫一样，把它当作科学认识的对象，如《晨思上帝之伟大》之描绘天空：

> 那里火的巨浪滚滚奔腾，/茫茫一片无边无际，/那里火的涡流不断翻涌，/互相竞斗了许多世纪；/那里岩石像开水一样沸腾，/那里火雨在哗哗喧鸣。（曾思艺译）

18 世纪后期兴起的俄国感伤主义的一大贡献，便是重视自然风景，并且以一种审美的眼光欣赏大自然的一切，同时把它与人的心灵结合起来。该派领袖卡拉姆津认为："大自然和心灵才是我们该去寻找真正的快乐、真正可能的幸福的地方，这种幸福应当是人类的公共财物，却不是某些特权人的私产：否则我们就有权利责备老天偏心了……太阳对任何人都发出光辉，五光十色的大自然对于任何人都雄伟而绚丽。"俄国感伤主义以此为指针，在诗歌创作中把自然景物的变化（自然的枯荣）与人的生命的变化结合起来，对生命进行思索，如卡拉姆津的《秋》把自然的衰枯繁荣与人心的愁苦欢欣联系起来，并面对自然的永恒循环，深感人之生命的短暂。不过，他们的自然风景一般还是普遍的风景，俄国色彩不太明显。

受俄国感伤主义尤其是卡拉姆津的影响，杰尔查文在后期的创作中大大增加了对俄国自然风光的描绘，以致自然风景描写在其晚期乃至整个创作中占据着显要的位置。他的自然风景描写，往往和日常生活的描绘结合起来。如《致叶甫盖尼·兹万卡的生活》，就把对俄国地主日常生活的描写与对俄国自然风光的欣赏融为一体。诗人善于用颜色传神地描写日常生活的细节，如描写餐桌上的食物的一段：

> 紫红色的火腿，碧绿的菜汤加蛋黄，/绯红焦黄的点心，白嫩的牛油，大虾/像树脂与琥珀一样通红，还有鱼子酱，/斑斓的梭鱼配上淡青的葱叶——多么漂亮……（蒋路、孙玮译）

杰尔查文也善于通过视觉和听觉的形象来把握和理解自然，如《瀑布》：

> 宝石之山从高而降，/像四堵断崖巉壁，/像无底的珍珠与白银，/它在下面沸腾翻滚，/又向上掀起一堆堆小丘；/从飞沫中升起一座蓝色的丘陵，/远处的林中听来咆哮如雷鸣。（北京俄语学院科学研究处翻译组译）

杰尔查文的一大贡献是把有个性的人带进俄国诗歌，从而打破了古典主义用国家、集体窒息人的局面，使人的情感、个性得以发展。他在诗中不仅表现自己刚直不阿的性格，而且描写自己的生活琐事、情感经历，使诗歌富有自传性。他用有个性的眼光来观察自然，结果发现了俄国极富特色的自然风景。库拉科娃指出："杰尔查文最先把真正实在的自然景色放到诗歌中，用真正实在的俄罗斯风景来代替古典主义的假想的风景。杰尔查文看到全部色彩和自然界的全部丰富的色调，他听到各种声音。在描写乡村的早晨时，他听到牧人的号角、松鸡的欢悦的鸣声、夜莺的婉转娇啼、奶牛的鸣声和马的嘶叫……杰尔查文不仅最先在俄罗斯诗歌中描述了真实的风景，而且他还让风景具有极为鲜明的色彩。"季莫菲耶夫更具体地谈道："杰尔查文诗中的自然已经不是古典主义所虚构的那种自然，而是真正的、俄罗斯的、具有民族色彩的自然：那边，草原海一般地翻腾，/白色燕麦浪也似的卷奔，/灰鹤云也似的聚集，/从山岗上发出声声洪鸣……生活的图画也就是通常俄国世俗的图画：一杯好酒，/上好的俄国饮料，/木碗中满装着油煎面包片，/从那里泛出卷卷的白泡……/一碗好的热汤，/熏火腿，/阖家围坐……/多汁的洋白菜，/白蘑馅饼……"

杰尔查文对俄国诗歌的贡献，还表现为较早地歌颂个人的情感，如宣称：

> 我将尽情享受人生的欢乐，/频频地同我的爱人亲吻，/常常地倾听夜莺的歌声。（朱宪生译）

并且创作了大量充满生活欢乐、两性真情的爱情诗，如《各种美酒》：

> 这是灿丽着玫瑰红的美酒，/让我们为两颊绯红的女子干杯。/喝了它心里真是其乐悠悠，/恰似亲吻着红嘟嘟的小嘴！/你也那么红艳，美若天仙，/——快来吻吻我吧，心肝！//这是灿亮着西班牙黑的美酒，/让我们为黑眉毛的女子干杯。/喝了它心里真是其乐悠悠，/恰似亲吻着红丹丹的小嘴！/黑姑娘啊，你也美若天仙，/——快来吻吻我吧，心肝！//这是灿闪着塞浦路斯黄的美酒，/让我们为金发的女子干杯。/喝了它心里真是其乐悠悠，/恰似亲吻着美得醉人的小嘴！/金发的姑娘，你也美若天仙，/——快来吻吻我，心肝！//这是名叫天使之泪的美酒，/让我们为柔情似水的女子干杯。/喝了它心里真是其乐悠悠，/恰似亲吻着多情的小嘴！/你也柔情似水，美若天仙/——快来吻吻我，心肝！（曾思艺译）

又如《十四行诗》：

> 美人，你千万别白白地浪费时间，/要知道，没有爱情世上的一切纯属徒劳：/你要珍惜，可不能丧失动人的美貌，/以免因虚度一生而满怀伤感。//趁你的心还激情盈溢，快热爱青春华年；/等到这一生过尽，你不再是原来的你。/快为自己编好花环，趁百花正艳丽，/快趁春天去逛花园，到秋天将阴雨绵绵。//快欣赏，快欣赏那火红的玫瑰，/等到它的叶子一片片凋萎：/你的美貌也将像它一样萎谢。//趁你还没有衰老，别浪费自己的时间，/要知道，等到你的美貌像那玫瑰凋谢，/那时谁都不愿意再看你一眼。（曾思艺译）

杰尔查文还主动向民间文学学习，把民间的谚语、生动的口语等带进了俄国文学。杰尔查文身上已初步具备了后来俄罗斯诗歌发展的各个方向，他不愧为"俄罗斯诗人之父"（普希金语）。

参考资料

［苏联］布拉果依：《从康捷米尔到今天》，莫斯科，1972。

［苏联］布罗茨基主编：《俄国文学史》上卷，蒋路、孙玮译，北京，作家出版社，1957。

［苏联］季莫菲耶夫主编：《俄罗斯古典作家论》，北京，人民文学出版社，1958。

［苏联］库拉科娃：《十八世纪俄罗斯文学史》，北京俄语学院科学研究处翻译组译，北京俄语学院印，1958。

《俄罗斯抒情诗选》上册，张草纫译，上海，上海译文出版社，1992。

《俄诗精粹》，李家午、林彬译，合肥，安徽文艺出版社，1987。

飞白主编：《世界诗库》第 5 卷，吴笛译，广州，花城出版社，1994。

顾蕴璞、曾思艺主编：《俄罗斯抒情诗选》，北京，商务印书馆，2017。

［俄］拉吉舍夫：《从彼得堡到莫斯科旅行记》，汤毓强、吴育群、张均欧译，北京，外国文学出版社，1982。

［法］莫洛亚：《屠格涅夫传》，江上译，台北，志文出版社，1975。

徐稚芳：《俄罗斯诗歌史》，北京，北京大学出版社，1989。

曾思艺：《丘特切夫诗歌研究》，北京，人民出版社，2012。

朱宪生：《俄罗斯抒情诗史》，西安，陕西人民教育出版社，1993。

附录三　尼基京：徘徊于唯美与现实之间

　　尼基京是俄国 19 世纪一位杰出的诗人。在当时，他的诗尽管得到车尔尼雪夫斯基、杜勃罗留波夫等人的高度评价，但影响不是太大，以致列夫·托尔斯泰在 19 世纪末宣称："我们现时还没有足够地评价尼基丁，他只有将来才会被更多地评价，而且越来越多。尼基丁与他的作品，比其他的诗人，生命更长久。"20 世纪以来，尼基京的影响逐渐广泛。高尔基称他为"卓越的、颇有影响的社会诗人"。伊萨柯夫斯基声称："尼基京是我最热爱的诗人之一，还在乡村小学读书时，我就喜爱他的作品。我永远感谢尼基京这座诗的宝库，在遥远的年代，他给我揭示了生活，使我懂得了诗。"雷连科夫、特瓦尔多夫斯基也从尼基京的诗中获益匪浅。

一、生平与创作概况

　　伊凡·萨甫维奇·尼基京（又译尼基丁、尼斯金，1824—1861），出生于沃隆涅什的商人家庭，在神学院受过教育。其父破产后被迫辍学，经营一家小客栈，只能在工作之余抽空读书。和柯尔卓夫一样，他也是一位自学成才的诗人。1859 年，用多年的积蓄在沃隆涅什开了一家书店，想帮助青年读者提高文化水平。因长期生活贫困，劳累过度，1861 年因病去世。

　　尼基京一生创作了数百首抒情诗，此外还创作了一些长诗，如《富商》（1857）、《达拉斯》（1860—1861）、《神学院学生日记》（1860—1861）。普罗特金娜在《尼基金的创作道路》一文中将尼基京的创作历程分为三个阶段：第一阶段是 1849—1853 年，即模仿、探索时期，受莱蒙托夫、丘特切夫、柯尔卓夫、费特、迈科夫等的影响，感慨命运无常，表达自己对幸福生活的狂热追求，描写优美的自然风光；第二阶段是 1853—1856 年，一方面受到纯艺术派的影响，创作了一些温柔散漫的田园诗，另一方面受到以涅克拉索夫为代表的革命民主主义诗派的影响，创作了大量描写人民生活的诗歌，充满了对劳动人民的同情和对社会不公的控诉，也鲜明地表达出反抗精神。1856 年之后是第三阶段，也是诗人的创作高峰期。此时诗人坚定地走上了现实主义和革命民主主义创作的道路，创作了最优秀的作品，如《农夫》《乞丐》《富农》等。

尼基京的作品还被翻译成各种斯拉夫语及其他民族的语言，保加利亚文艺学家、索菲亚大学教授鲁萨基耶夫在其所著《斯拉威柯夫与俄罗斯文学》一书中，就曾指出尼基京对这位保加利亚诗人的积极影响："尼基京以其鲜明的民主精神、现实主义、创造性的思想和朴素的艺术形式影响了斯拉威柯夫。"尼基京的不少诗被谱成歌曲，成为俄罗斯民歌或名歌，流传世界各地，如《纺织姑娘》。

但是，国内外关于尼基京的研究文章，至今仍然为数不多。在我国，除了郑振铎在其《俄罗斯文学史略》、徐稚芳在其《俄罗斯诗歌史》中分别提到或介绍过这位诗人外，到目前似乎只有马家骏在《域外文丛》第二辑发表的《俄罗斯诗人尼基京的诗歌》一篇文章评介尼诗。翻译界对尼诗虽然有些零星译介，但至今仍未见到一个单行译本问世。这不能不令人感到遗憾。

二、抒情诗及其特点

尼基京正好处于俄罗斯社会的新旧交替时期和俄罗斯文化的真正形成期。一方面，是落后的封建农奴制，另一方面，是西方资本主义的侵入；一方面，是沙皇的专制与高压，另一方面是思想的解放，改革乃至革命的呼声；一方面，是俄罗斯的文化传统，另一方面，是西欧文化的冲击；一方面，是革命民主主义者对苦难人民的爱与同情，号召人民起来革命，另一方面，是纯艺术派唯美主义徜徉于自然与爱情之中，追求人生、艺术与美的完满和谐。这样，尼基京的诗歌就不能不带有强烈的时代特征，具有一定程度上的典型意义。

尼基京创作伊始，就深受两方面的影响。一是以费特为代表的纯艺术派唯美主义，他们以大自然与爱情为主题，以精致的语言、新颖的技巧、完美的形式，细腻地表现自然的美和爱情的诗意。二是以普希金、莱蒙托夫、涅克拉索夫、谢甫琴科以及尼基京的同乡柯尔卓夫等为代表的公民诗人，他们注重现实，反映社会问题，表现出强烈的公民责任感，为不幸的下层人民大声疾呼，甚至鼓动人民起来斗争。前者更多地受西欧文化的影响，超脱于现实之上，在艺术形式方面追求更多；后者主要维护俄罗斯文化传统，更注重内容的现实性。在早期，尼基京更多地受费特等人的影响，在其1856年出版的诗集中，唯美主义的气息更浓一些。1856年，尼基京在得到车尔尼雪夫斯基的指导后，更多地倾向于涅克拉索夫等人的诗。他把当时的禁诗——雷列耶夫的诗歌和涅克拉索夫的《大门前的沉思》抄录下来，精心学习，公民精神得到发展，变得更关注现实。柯尔卓夫、谢甫琴科等对农民生活的反映更是引发了这位生活于下层的青年的深深共鸣。他们对民间口语与词汇的鲜活运用，无疑给诗坛带来了强劲的活力，这也使尼基京激动不已，并在自己的诗歌创作中一再仿效。但唯美的一面并未消失，他不时地或者写一些纯粹歌颂自然与爱情的诗，或者把大自然与农民的生活结合起来，既展示大自然的诗意与美，又描绘充满活力与情趣的农民生活。这样，对大自然和爱情进行诗意描写的唯美倾向与具有公民精神、大胆反映现实问题的社会倾向，二者在尼基京诗中引人注目，它们或交互出现，或泾渭分明，或水乳交融，在其诗的内容、语言、风格等方面均有明显的表现。

在内容方面，尼基京的诗可分为自然诗、爱情诗、社会诗三类。他的自然诗观察细致，描摹逼真，颇有意境。早期地方色彩不浓，往往抒写大自然普遍的诗意与美，以及它对诗人心灵的抚慰，给诗人的鼓舞与力量，与早中期的费特如出一辙。《田野》抒写诗人在优美、宁静的田野中，感到心灵和思想无比自由，深感大自然是自己的"母亲、老师和朋友"，给他力量，使他对未来充满信心。《森林》的主题也与此类似，在森林的浓荫中，在森林的喧响里，诗人忘记了心灵的悲痛、生活的苦楚，得到了慰藉。到中后期，尼基京的诗极具地方特色，使人如亲眼看见其故乡的风景一般，如《别再酣睡了，我的草原》《亮丽的星光》等。尼基京的自然诗具有很强的色彩感，如《田野上蓝莹莹的天空……》：

田野上蓝莹莹的天空，/镶着金边的云彩浮动，/森林上盈盈薄雾轻笼，/温煦的黄昏水晶般红……//轻轻吹来一阵夜的凉爽，/窄窄的田垄上麦穗进入梦乡；/月亮像一个火球冉冉东升，/树林辉映着一片片艳红。//繁星的金光柔和地闪耀，/纯净的田野静谧而寂寥；/这寂静使我仿佛置身教堂，/满怀狂喜地虔诚祷告上苍。（曾思艺译）①

第一节中天空的蓝色、云彩的金边、薄雾的洁白、黄昏的晶红组成和谐、优美、动人的风景画。这种色彩有时表现得细致入微，如《乡村的冬夜》：

明月快乐地高照/在村庄的上空：/皑皑白雪的幽光闪耀，/好似蓝色的火星。

银色的月光与皑皑的白雪交相辉映，正是在这月光与雪色的辉映中，诗人发现了不易被察觉的色彩——皑皑白雪折射出的像蓝色的火星一样闪烁不定，乃至随着脚步的移动一闪即逝的幽光。

尼基京的自然诗也具有极强的动感。由于所处的时代新旧交替，动荡不已，俄罗斯传统文化与西欧文化冲突正烈，而诗人的生活颇为贫困，需要时常奔波以挣钱糊口，他喜爱运动，放声歌唱生命的活力，如在《生机》中写道：

生机像自由的草原一样蔓延……/走吧，请细看——别疏忽大意！/山丘那边绿盈盈的长练/是你不愿寻找的静谧。//最好是到处风狂雪暴，/最好是漫天大雨倾盆，/驾着箭似的三套车满草原迅跑，/那该是多么地动人心魄！//喂，车把式！快拉紧缰绳，/干吗紧皱双眉？请纵目远方：/天地多么宽广！自编的歌声/最能诉说心里的痛苦忧伤，//让那被强压心底的可恶眼泪，/哗哗地尽情流淌，/我和你，顶着淫淫雨威，/向着天边，不停地纵马飞缰！

---

① 附录三所引尼基京诗歌，均为曾思艺译。

　　他在诗中大量描写具有动感的事物，特别喜欢描绘运动的过程。如《早晨》从星光渐暗，朝雾蒙蒙，云霞似火一直写到旭日东升，万物醒来，人们开始劳作：

　　　　星光闪烁着渐渐熄灭。云霞似火。/白蒙蒙的烟雾在草地上飘萦。/红彤彤的朝霞盈盈洒落/在波平如镜的湖面和繁枝茂叶的柳丛。/敏感的芦苇睡眼惺忪。四野寂无人声。/露水晶莹的小径隐约可见。/你的肩头稍一触动灌木枝/银亮的露珠便滴滴洒上你的脸。/轻风徐吹，揉皱了水面，涟漪频荡。/野鸭们呷呷飞过，消失了踪影。/远远地，远远地隐隐传来一阵钟响。/窝棚里的渔夫们已经睡醒，/取下渔网，扛起木桨，走向小船……/东方燃烧着，火海般一片通红；/鸟儿们歌声悠悠，等待着旭日露面。/森林静静伫立，满脸笑容。/一轮朝阳离别了昨夜投宿的大海，/跃出地面，喷薄着耀眼的光芒，/万道金灿灿的光流，哗哗倾泻在/爆竹柳的梢头，田野和牧场。/农夫骑着马儿，拖着木犁，一路欢歌，/沉重的负担，落在年轻人的双肩……/心儿呀，莫难过！快从尘世的忧烦中超脱！/向太阳，向快乐的早晨道一声早安！

《暴风雨》更是细致地表现了一场暴风雨从酝酿、始发、狂烈到平息的整个过程：

　　　　一队队的云彩五色斑斓地在蓝天飘萦，/空气透明而纯净。夕阳红霞辉映，/河那边的针叶林好似燃起一片金焰。/苍穹和河岸在波平如镜的水面照影，/柔软、细长的芦苇和爆竹柳绿莹莹。/这儿，层层涟漪和夕阳的余晖熠熠波动，/那儿，远离陡峭河岸的阴影，河水好似烧蓝的钢铁。/远处的平地像一条宽阔的彩绫，/草地绵延，群山气势飞动，蒙蒙白雾中，/小镇、村庄、森林时隐时现，天空幽蓝。/四野静谧。只有坝里的水一片喧哗，不肯安静，/好像在乞求自由，抱怨为磨坊主效力，/有时微风像隐身人悄悄掠过青草丛，/嘴里咕哝着什么，自由自在地向远方疾行。/现在，太阳已经落山。而一片绯红，/依然鲜艳在天空。这亮丽的红光，/溢满河流、两岸和森林，渐渐暗淡，溶入昏冥……/看，它再一次在昏昏欲睡的河面朦胧显形，/岸边的山杨飘落的那片枯黄的树叶，/仿如一只红蚬蝶，光彩熠熠，渐渐失去踪影。/阴影渐浓。远处的树林开始变幻成/各种怪异的形象。柳树们俯身水面，/若有所思地倾听。针叶林不知为何满面愁容，/山丘般的重重乌云，以一种无形的力量升向天空，/可怕地漂浮着汇聚，幻化出稀奇古怪的种种/坍毁城堡的塔楼和石壁层层堆叠的废墟。/呼！起风了！毛茸茸的芦苇摇头晃脑，唧唧哝哝，/野鸭们赶忙游进水草丛，不知从哪里飞来/一只惊叫的凤头麦鸡。爆竹柳的枯叶随风飘送。/多沙的道路上一股股尘土黑压压地团团飞卷，/弯弯曲曲的闪电箭一般迅速地划破云层，/灰尘越来越浓厚地漫天飞腾，/敲打绿叶的雨点好似急促激烈的鼓点齐鸣；/眨眼间，雨点变成漫天暴雨，针叶林/在狂风暴雨中猛烈哆嗦，东倒西倾；/一个巨人开始摇动自己那乱发蓬松的头颅，/一会儿嗡嗡啸叫，一会儿呜呜悲鸣，/仿佛巨型磨坊突然工作，转动轮子，翻飞石头。/刹那间一切都被震耳欲聋的呼啸罩笼，/又传来一阵古怪的轰鸣，仿佛瀑布的轰隆。/满身雪白泡沫的波浪一会滚滚扑向河岸，/一会跑离它，逍遥地在远处轻荡徐行。/一道闪电，明亮耀眼，突然照亮了天空和大地，/转眼间一切又在重重黑暗中隐身匿形，/霹雳声声轰响，好似骇人的大炮阵阵发射，/树木慢腾腾地弯身，枝梢在浑浊的水面挥动。/又一次滚过一声炸雷，岸边的一棵白桦/喀嚓倒下，熊熊燃烧，亮似红灯。/观赏暴风雨真叫人开心！此时此刻/不知为什么，血管里的血液循环奔流如风，/你双目尽赤，精力充沛，只想尽情自由酣畅！/茂密针叶林的惊恐中有某种可亲的东西，/听得见歌声，叫声，可怕话语的回声……/似乎，俄罗斯母亲那古老的勇士复活了，/在战斗中与仇敌劈面相逢，正大显神通……/……藏青色的云彩渐渐稀薄。稀疏的雨滴/偶尔洒落湿漉漉的大地。有几角天空/星星闪烁，好像烛光。阵风渐轻，/针叶林的喧嚣渐渐平息。月亮东升，/柔和如水的银光洒满针叶林梢，/暴风雨后，到处弥漫着深沉的寂静，/天空依旧满怀爱恋地凝望雨后的人境。

喜欢表现事物浓烈的色彩，喜欢选择自然最具运动感的过程，这也是丘特切夫和费特诗的一个突出特征，尼基京似受益于他们。但尼诗往往是以动写静。这位自学成才，在贫困生活中苦苦挣扎、努力奋斗的诗人，在经受社会大环境的动荡和个人小环境的劳碌之余，心灵深处真正渴望的，还是那一份难得的宁静。在《田野上蓝莹莹的天空……》一诗的结尾，他情不自禁地流露了心灵深处的秘密："这寂静使我仿佛置身教堂，/满怀狂喜地虔诚祷告上苍。"

因此，他的自然诗喜写黄昏、夜晚、清晨，并以各种具有动感的形象衬托出自然的宁静。尼诗中有不少直接以"黄昏""夜晚""深夜""早晨"为题，还有不少虽未以此为题，但以此为背景来构成静谧的境界。

尼基京的爱情诗数量不是太多，以致在人们的印象中，他只是一位社会诗人和风景大师。尼基京的爱情诗独具特色，它们所表现的主要是初恋时那种羞怯、纯洁的感情，细腻真诚，精致动人。其有《日日夜夜渴盼着与你会面……》一类直接展示初恋时羞怯矛盾心理的诗。这首诗写初恋时的心理如此细致入微，而又颇具典型意义，以致此后的小说、戏剧、当今的影视中表现这类场面，总给熟悉这首诗的读者一种似曾相识之感：

> 日日夜夜渴盼着与你会面，/一旦会面——却惊惶失措；/我说着话，但这些语言/我又用整个心灵诅咒着。//很想让感情自由地奔放/以便赢得你爱的润泽，/但说出来的却是天气怎样，/或是在品评你的衣着。//请别生气，别听我痛苦的咕哝：/我自己也不相信这种胡言乱语。/我不喜欢自己的言不由衷，/我讨厌自己的心口不一。

尼基京喜欢把人置于大自然中，在美丽动人、和谐宁静的大自然里，表达初恋的纯洁、幸福，物我和谐，情景交融，如《幽暗的密林里夜莺停止了歌唱……》：

> 幽暗的密林里夜莺停止了歌唱，/一颗星星滑过莹莹的蓝空；/月亮透过树枝交织的绿网，/把青草上的露珠点得颗颗晶莹。//玫瑰沉

睡。凉爽随风飘传。/有人吹起口哨，哨声戛然停息。/耳中清晰地听见/一片虫蛀的树叶轻轻落地。//盈盈月色下，你可爱的容颜/多么温柔，又多么恬静！/这个充满金色幻想的夜晚，/我真想让它漫漫延长，永无止境！

同类的诗，还有《长虹在天空中七彩闪耀》等。这些诗既有费特等把人与自然结合起来，以构成爱情诗优美、和谐的意境的唯美传统，又独具尼基京那种近乎圣洁的初恋的纯洁与羞怯。

尼基京的社会诗写作包含深广的社会现实内容。这主要体现了涅克拉索夫等的影响。俄国文学中有写作公民诗歌的传统。这一传统到"十二月党人"诗人和涅克拉索夫手中达到顶峰。尼基京深受其影响。他的社会诗包括以下几方面的内容。

一是反映下层人民生活的贫困、不幸与苦难，对他们的遭遇表示深深的同情，如《村中夜宿》：

浊闷的空气，松明的浓烟，/脚下，是遍地垃圾，/长凳布满灰尘，墙角边/蛛网的花纹层层结集；//熏得黑黝黝的高板床，/硬邦邦的面包就着凉水吞，/纺织女的咳喘，孩子们的哭嚷……/啊，穷困，穷困！//受苦受穷，终生劳累，/却像乞丐般死去……/在这儿就应当学会/信教，并善于耐穷受屈！

这类诗为数甚多，著名的还有《农夫》《马车夫的妻子》《乞丐》《老爷爷》《铁锹掘好了深深的墓坑》等。

二是揭露、讽刺俄国的封建残余和新兴的资产阶级。例如，长诗《富商》塑造了精于盘剥、粗暴野蛮的商贩路基契的形象，对代表封建残余和新兴资产者的商人、资本家进行揭露；《主人》更是明确指出商人、资本家是新的掠夺者，是荒淫无耻之徒。这表明尼基京既反对封建农奴制，也反对西方资本主义文明。

三是对俄国人民身上的奴性进行毫不留情的深刻揭露。这在俄国诗人中极为罕见，从而也最具创见。在这方面最有代表性的是《我们的时代可耻地消亡……》一诗：

> 我们的时代可耻地消亡/继承祖祖辈辈的衣钵——/我们这代人多么驯良，/竟安恬于奴隶的沉重枷锁。//我们只配卑贱的命运！/我们甘愿忍受邪恶；/我们毫无胆量，一味安分……/任谁都可以把我们羞辱折磨！//我们吃奶时就已饱吸奴性，/我们甚至有嗜好创痛的痼疾。/不！父辈们从未有过初衷，/让我们做个公民像条汉子。//母亲也没教会我们仇恨，/情愿忍受暴虐者的桎梏——/唉！她还糊涂地领着我们/到教堂为刽子手祝福！/姐妹们为我们唱的歌，/从来不涉及生活的自由……/从未！她们深受残暴的压迫，/从摇篮里就压根没有自由的念头！//我们只好哑默。时代消亡……/耻辱也不曾使我们砸碎镣铐——/我们这一代锁链锒铛/还在为刽子手祈祷……

诗中指出，由于继承祖祖辈辈的衣钵，由于父辈们、姐妹们从未想到要把"我们这代人"培养成公民，唤起我们对自由的向往，我们显得"多么驯良"，竟然"安恬于奴隶的沉重枷锁"："我们毫无胆量，一味安分……/任谁都可以把我们羞辱折磨！"尤为深刻的是："我们吃奶时就已饱吸奴性，/我们甚至有嗜好创痛的痼疾。"车尔尼雪夫斯基曾痛心地感叹这种奴性："可怜的民族，奴隶的民族，上上下下都是奴隶。"尼诗比车尔尼雪夫斯基的论述更为深刻，它从心理分析角度进行深刻的透视，并且几乎已达到现代精神分析学派心理分析的深度。奴性十足的人逆来顺受，一味安分，苦中寻乐，创伤、疼痛过多反倒麻木不仁，甚至喜爱起创伤、疼痛来，这真有点受虐狂的味道了。诗人的独特、深刻之处还不止此，他在揭穿这一点后又在诗歌的结尾进一步深化："耻辱也不曾使我们砸碎镣铐——/我们这一代锁链锒铛/还在为刽子手祈祷……"真是"哀其不幸，怒其不争"。

四是带有强烈革命倾向。这些诗诅咒黑暗暴政和专制统治，表现人民处于无权地位的忧伤和愤怒，甚至号召人民奋起反抗，拿起斧头进行斗争，如《弟兄们，我们背着沉重的十字架》：

> 弟兄们，我们背着沉重的十字架，/思想被禁锢，言论遭封锁，/

诅咒，深深埋藏心底下，/眼泪，在胸膛翻腾如浪波。//罗斯被桎梏，罗斯在呻吟，/你的公民却只能无言地忧伤——/儿子忧思着患病的母亲，/偷偷哭泣，不敢哭出声响！//你没有幸福，也没有安乐，/你是苦难和奴役的王国，/你是贿赂和官僚的王国，/你是棍棒和鞭子的王国！

这类诗，还有《贫农之歌》《可鄙的暴政会覆亡》等。

自然诗、爱情诗的唯美倾向与社会诗的公民精神，在当时的俄国社会似有水火不相容之势。车尔尼雪夫斯基、杜勃罗留波夫等人对费特等人的唯美主义不仅颇有微词，甚至大加指责。费特等人对革命民主派的社会诗也颇不以为然。但在尼基京的诗里，这两种似乎对立的倾向却得到了较为出色的结合。例如，他早期的《恬静的黄昏……》，前面五节大量描写黄昏大自然的美景，构成恬美动人的意境，结尾一节却出人意料地转到社会问题上：

> 恬静的黄昏，/笼罩着山顶，/如镜的湖心/新月在照影。//朵朵浮云缓缓/在荒凉的草原上空，/好像绵延无尽的山峦，/飘向未知的旅程；//宽阔的河面上空/暮霭在飘飞，/深深的寂静中/密林已沉醉；//清澈的河湾/在苇丛里闪烁，/静谧的田原/在旷野中安卧；//蔚蓝的星河/快乐地张望，/巨大的村落/无忧地进入梦乡。//夜的黑暗中/只有忧伤和淫乱/未曾合眼入梦，/寂静里转侧难眠。

由于前面主要写的是乡村的自然美景，因此结尾虽显突兀，但很真实，并使全诗的内涵得以大大深化。尼基京似乎由此找到了把唯美倾向与社会倾向结合起来的方法。此后，他或者在寂静、优美的自然背景里展现人们的贫苦与不幸，如《乡村的冬夜》，或者更多地在美丽、恬静的大自然里描绘农民们的劳动生活，如《早晨》《亮丽的星光》等。尼基京的这类诗最富特色，也最挥洒自如，既优美生动，又富于现实生活气息，拥有独特的艺术魅力。

唯美倾向、社会倾向在尼诗的语言、风格上也有鲜明的体现。

唯美倾向的诗，语言比较优美、精致、文雅，风格清新、柔美、细腻，前述之《田野上蓝莹莹的天空……》《幽暗的密林里夜莺停止了歌唱……》《长虹在天空中七彩闪耀》等即为显例。社会倾向的诗，尤其是深受柯尔卓夫和谢甫琴科影响的诗，往往采用民间的词汇和语言，比较口语化，风格粗犷豪放乃至悲壮沉郁，最典型的是《遗产》一诗：

老父身后/未给我留下/奴仆黄金，/高楼大厦；//他只留给我/祖传的珍宝：/坚强的意志，/无畏的勇豪。//有了它，男子汉/潇洒走天下！/无财也富有，/无名也奋发。//受痛苦，遭困窘，/仍像夜莺悠悠歌唱；/度贫寒，历劫难，/犹似雄鹰眼明神旺；//面对仇敌，袒胸向前；/雷霆在顶，/含笑血战。/任凭命途多舛，/我心一片泰然，/漫漫人间世界/好比天上乐园！

这首诗完全是民歌风格，放在柯尔卓夫诗集中几乎可以乱真。其他社会倾向的诗，尤其是反映下层人民的不幸、贫困、苦难与反抗的诗，虽不如《遗产》那么完全民歌化，但口语色彩和风格的粗犷豪放、悲壮沉郁也还是很突出的。

在唯美与社会倾向结合的诗里，上述两种语言、两种风格得到了较完美的统一。这样的诗既具有口语的生动、灵活，又不乏诗语的优美、清新，既柔丽细腻，又粗犷豪放，如《亮丽的星光……》：

亮丽的星光，/闪烁在蓝天上；/如水的月光/流泻在树枝上。//湖湾水平如镜，/映着沉睡的树林；/静寂的密林中/到处黑沉沉。//欢声笑语/从树丛远播；/割草人燃起/熊熊篝火。//一匹白马夜色中/脚上的锁链哗啷，/在深深的草丛/孤独地游荡。//剽悍的歌手/唱起了歌曲。/人群里走出/一个小伙子。/把帽子往上一抛，/不用瞧随手接住，/蹲着身子舞蹈，/口哨声好似莺雏。//草地里的长脚秧鸡/随歌鸣声嗒嗒，/歌声远远消逝/在茫茫四野……/金黄的田坂，/莹洁的湖面，/明丽的河湾，/无边的草原……//田野上的星星，/幽僻的芦苇荡……/发自肺腑的歌声/情不自禁地飞出胸膛！

唯美与社会倾向的有机结合，使尼基京创作出了这样一些好诗：描写的是现实生活中的人或事物，表面上极其自然、平凡、朴实，实际上却隽永、深刻，极富象征意味，耐人寻味，发人深思。如《犁》：

> 你，犁啊，我们的母亲，/熬度痛苦贫穷的帮手，/始终如一的养育者，/永恒持久的工友。//由于你，犁，恩惠/使打谷场的粮堆更加丰满，/饱生恶，饱生善，/就漫布于大地的花毯？//向谁来回忆你……/你总是那么淡泊，默默无声，/你劳动不是为了荣誉，/唯命是从的尽职不应尊敬？//啊，健壮的，不知疲倦的/铁一般的庄稼汉的臂膀，/让犁——母亲享受安宁，/得在那没有星光的晚上。//田塍上绿草如茵，/野蒿在摇青晃翠，——/莫非你悲惨的命运，/完全是野蒿汁的苦味？//谁让你老是想到，/做事永远一心一意？/养活了老老小小一大群，/自己却像孤儿被抛弃……

诗歌表面上歌咏的是俄罗斯农村生活中最为常见的劳动工具——犁，但诗中着力描绘的是犁的默默无声，淡泊自持，一心一意地尽职工作，最后那"养活了老老小小一大群，自己却像孤儿被抛弃"的悲惨命运，却使犁这一形象大大提纯，升华成广大俄罗斯农民的象征。这类诗以小见大，由近及远，从日常生活的平凡朴实中发掘出浓郁的诗意、深刻的内涵，而且在艺术上自然生动，优美隽永，达到了相当的纯度与高度，最能体现尼基京诗歌独具的特色。

综上所述，从尼基京的诗歌创作中，我们既可看到费特等唯美主义的影响，也可看到涅克拉索夫等现实主义的影响，还可看到他在这二者之间的徘徊——在同一段时间，既写唯美诗，也写社会诗，以及他努力对二者进行融合。在尼基京的诗里，我们还可看到他对俄罗斯文化传统的坚持，对西欧资本主义文化的抵制。总之，从尼基京身上，我们可看到19世纪中期俄国社会的复杂性、文学的冲突性、交融性。因此，对尼基京的研究，不是可有可无，而是具有独特的文化意义。

参考资料

马家骏：《俄罗斯诗人尼基京的诗歌》，见江西省外国文学学会编：《域外文丛》第二辑，南昌，江西人民出版社，1984。

［苏联］普罗特金娜：《尼基金的创作道路》，见《尼基京作品选》，莫斯科—列宁格勒，1949。

曾思艺：《俄罗斯诗歌研究》，北京，北京大学出版社，2018。

后　记

　　2004 年，我博士毕业，时间较为宽裕，又正值年富力强，天津师范大学文学院当时主抓教学的副院长赵立民教授知道我的俄罗斯文学研究颇为出色，便鼓励我为全校学生开设俄罗斯文学方面的课程。我考虑到学生的兴趣问题，报了"20 世纪俄罗斯文学"的课程。由于这门课在当年秋天开出后受到学生的欢迎，所以，赵立民教授建议我 2005 年春天再开设一门校选课"19 世纪俄罗斯文学"。这样，从 19 世纪到 20 世纪的俄罗斯文学，学生们就都有了较为全面、系统、深入的了解。后来，由于课程太多（曾经一个学期我有过函授生、自考生、夜大生、校内本科生、硕士生、博士生等多达 9 个头的课，就连周末都得早出晚归地到外面上课），再加上 20 世纪俄罗斯文学还有许多新的东西没时间补充（一是自己备课的时间不够；二是教学时间不够，每门课只有 36 课时），所以，从 2008 年开始我申请停开"20 世纪俄罗斯文学"，而专讲"19 世纪俄罗斯文学"，并一直开到现在。十几年来，"19 世纪俄罗斯文学"深得学生喜欢，从校选课发展为校优秀课，再发展为校精品课，最终发展为现在的校通识课。这是我多年以来全力以赴致力于教学的成果。

　　我一直认为，大学的教育，关键是教书育人，即培养有独立解决问题的人才和有思想、有品德的人。然而，当今社会，由于教育存在某些弊端加之就业压力，学生们最缺乏的恰恰是：第一，独立思考问题与解决问题的能力；第二，能相对轻松地面对困境的审美能力和人文素质，也就是荷尔德林所说的"诗意地栖居大地"的素质。而俄罗斯文学在这两方面都能提供很好的教育，因此，俄罗斯文学的教学也就在这两方面都负有一定的使命。以人为本，培养有独立能力和良好人文素质、审美能力的学生，这是一名合格的教师义不容辞的责任，也是一切教学的真正目标，因之也是教学的关键。为了实现这一目标，除了注意教学方法的灵活性、多样性以及教学的直观性、生动性，采用多媒体教学之外，我还在以下两个方面大加努力。

首先，把科研成果引入教学，在深化教学的同时，注意培养学生独立思考的能力。文学经典作品往往具有丰富复杂的内蕴，"横看成岭侧成峰"。有经验的教师正好可以利用这一点，引入自己多年来的科研成果（如对丘特切夫、普希金、茹科夫斯基、果戈理、莱蒙托夫、奥斯特洛夫斯基、陀思妥耶夫斯基、契诃夫等的研究）和他人的科研成果，介绍各种不同看法，然后重点讲透最为适当的一种观点。这样既介绍了学术前沿知识，深化了教学内容，又借助各种观点开阔了学生的视野，引导他们该如何鉴别、思考，如何创新。

其次，加强艺术分析，培养学生的审美能力，并结合作家、作品，进行人文、人生教育，巧妙地培养学生正确的人生观。文学是艺术，艺术最讲究美，而美最能陶冶性情，使人诗意地栖居在大地上。所以，要大力加强艺术审美分析，培养学生的审美能力；与此同时，结合作家的生平事迹和作品的内容，因势利导地进行人文、人生教育，培养学生正确的人生观，如着重讲述俄罗斯文学那强烈的爱国主义精神、独特的人道主义情怀和突出的道德追求，以激发学生的爱国热情，培养学生健全的道德情操和人道主义精神。

以上两种方法，经过教学实践，被证明行之有效。学生们反映不仅增强了独立思考能力，提高了艺术审美能力，而且在人生观、世界观方面受到积极引导。我的课一直深受学生好评，也得到听课的领导、专家的认可。2010 年，我被评为天津师范大学教学名师。

然而，要做到上述两点，需要花费大量的心血和时间。十几年来，我一心一意扑在教学上。首先，是花了大量时间，认认真真地阅读俄国作家的作品，即使以前读过的，也认真、细致地重读，并且力求有自己独到的感受和看法。迄今为止，19 世纪俄国文学，我已读完《普希金全集》《莱蒙托夫全集》《丘特切夫诗全集》《屠格涅夫全集》《果戈理全集》《陀思妥耶夫斯基全集》《托尔斯泰小说全集》《契诃夫文集》，以及茹科夫斯基诗选、奥斯特洛夫斯基戏剧能找到的十几种中译本、阿克萨科夫的作品、费特和柯尔卓夫的诗歌。其次，是围绕教学搞科研，在读有所感的基础上深发开去，写成论文，发表了20余篇与俄罗斯文学相关的论文。最后，是时时关心学术前沿，花时间了解并阅读同行们的最新研究成果，尽量将其引入教学之中，以使教学更富新意、更有深度。

正因为如此，我编著的教材《19世纪俄罗斯文学史》受到有关专家的高度评价，并且在2015年和《20世纪俄罗斯文学》一起，由北京师范大学出版社出版。近几年，我继续关注国内外的19世纪俄国作家和作品研究，并随时把一些新颖而深刻的论述补充到书中相关作家作品部分，同时也扩写了对三大古典诗人普希金、莱蒙托夫、丘特切夫的抒情诗的分析，大大充实了阿克萨科夫和柯尔卓夫这两章。

我认为，好的教学一定富于科研含量。这就必须引入科研成果。但一个人的精力总是有限的，因此，除了引进个人的最新科研成果外，还得引进他人的科研成果，以刷新知识，改变成见，并深化思想认识。但正因为如此，任何好的教材，都不可能是个人独著的，而只能是编著。本书每一章后面的参考资料列出了所参考和引用的书籍或论文。在此，特对所有这些书籍和论文的作者表示诚挚的感谢！是你们的观点和论述使本书更加全面，也更有新意和深度。还要感谢北京师范大学出版社，特别高等教育分社的社长周粟，编辑周劲含、杨磊磊，让这本增补版《19世纪俄罗斯文学史》得以出版！

2021年1月26日
写于天津津南区天山龙玺紫烟阁